［日］妹尾河童

少年H

张致斌 译

三联书店

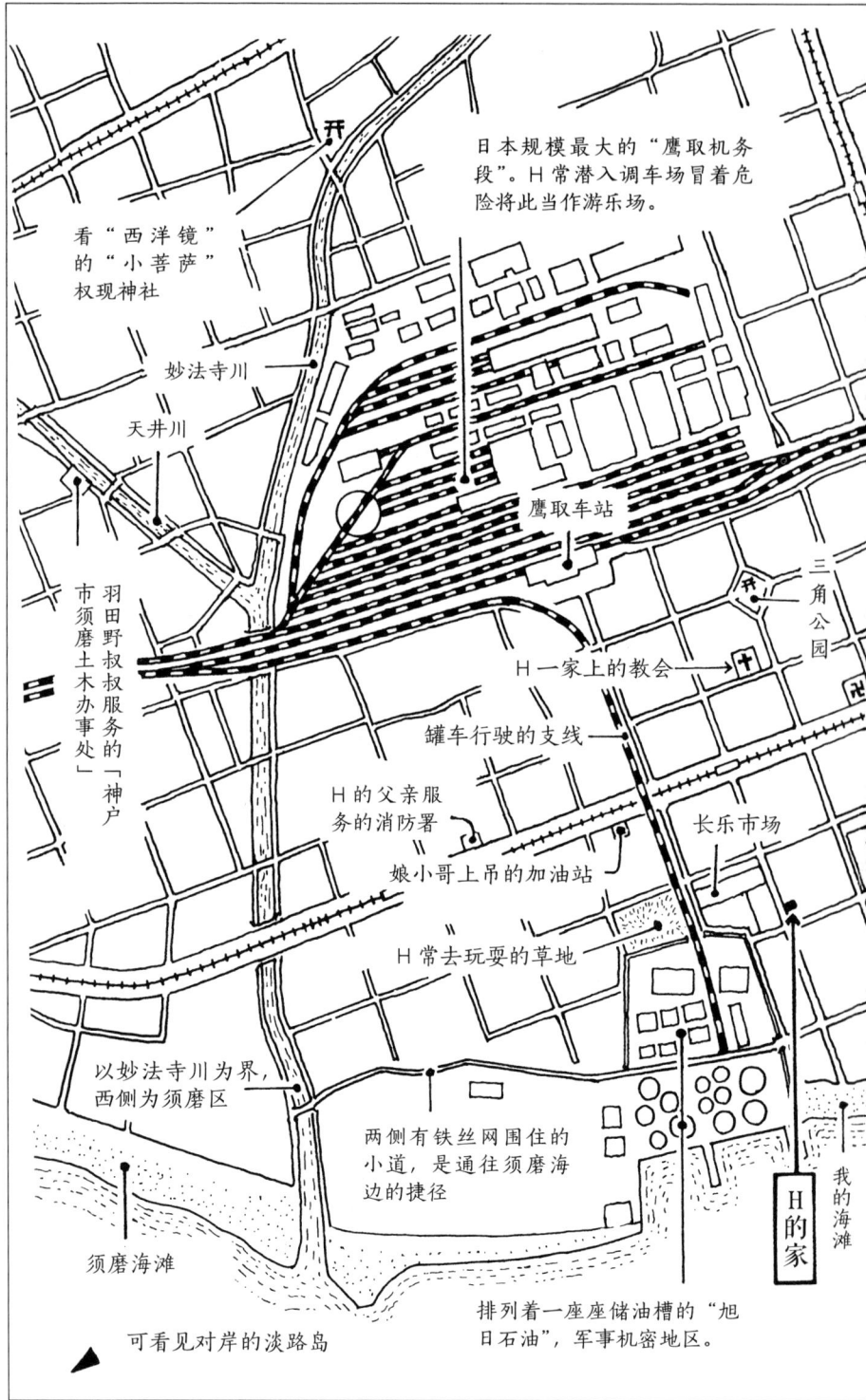

看"西洋镜"的"小菩萨"权现神社

日本规模最大的"鹰取机务段"。H常潜入调车场冒着危险将此当作游乐场。

妙法寺川

天井川

鹰取车站

三角公园

羽田野叔叔服务的「神户市须磨土木办事处」

H一家上的教会

罐车行驶的支线

H的父亲服务的消防署

长乐市场

娘小哥上吊的加油站

H常去玩耍的草地

以妙法寺川为界，西侧为须磨区

两侧有铁丝网围住的小道，是通往须磨海边的捷径

H的家

我的海滩

须磨海滩

可看见对岸的淡路岛

排列着一座座储油槽的"旭日石油"，军事机密地区。

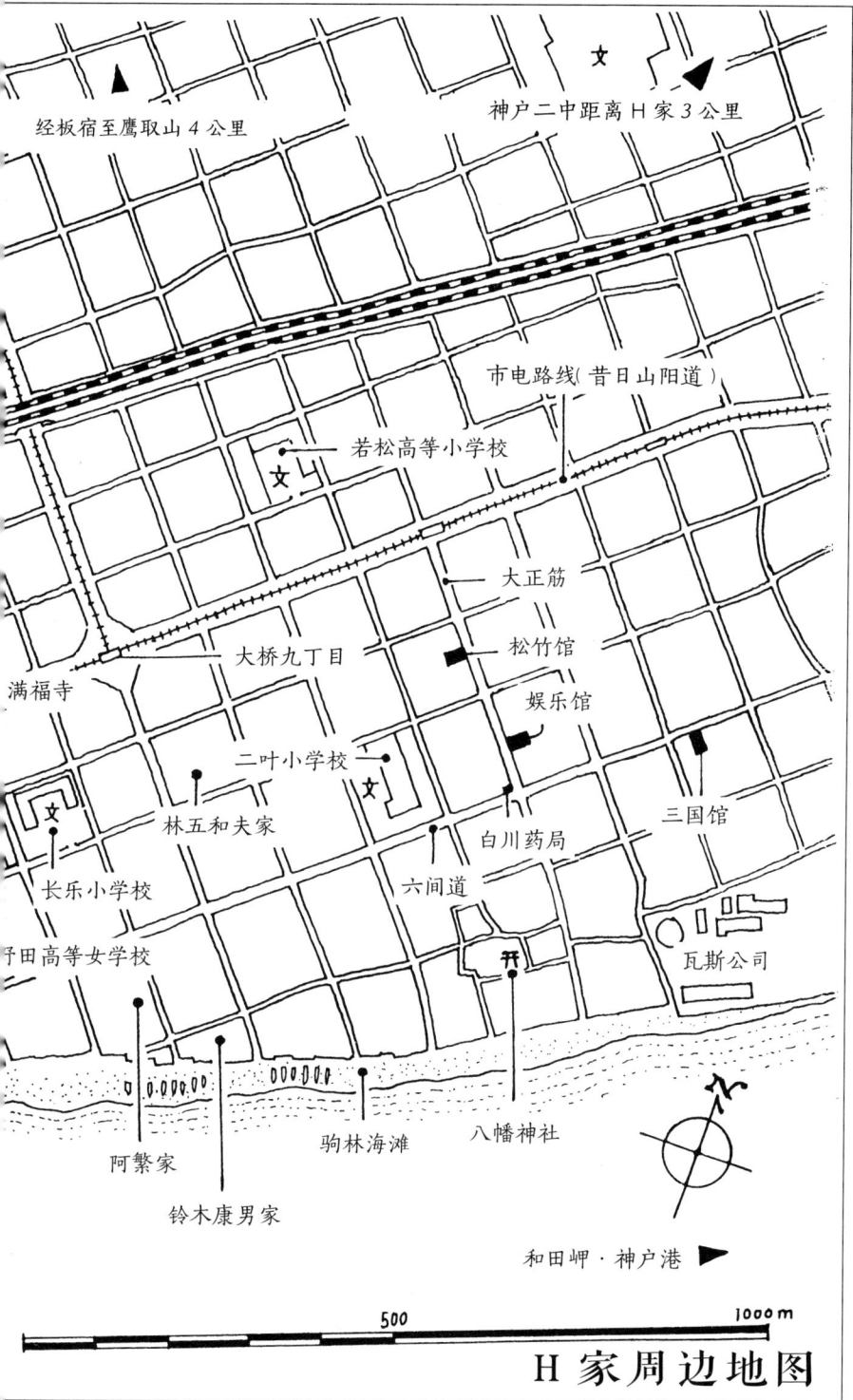

经板宿至鹰取山 4 公里

神户二中距离 H 家 3 公里

市电路线（昔日山阳道）

若松高等小学校

大正筋

松竹馆

娱乐馆

大桥九丁目

满福寺

三国馆

二叶小学校

白川药局

林五和夫家

六间道

长乐小学校

予田高等女学校

瓦斯公司

阿繁家

驹林海滩

八幡神社

铃木康男家

和田岬·神户港

500   1000 m

H 家周边地图

H 家周边，战灾烧毁图

鹰取机务段

鹰取车站

父亲出勤的消防署

H 与母亲二人历尽千辛万苦才逃到这片草地，免于被烧死的下场。

旭日石油的储油槽。空袭时与鹰取机务段同为攻击目标。

须磨海滩

灰色部分为昭和二十年 3 月 17 日与 6 月 5 日的空袭中烧毁的区域。（这是根据后来的记录所得知。神户共遭受 115 次的空袭，烧毁面积达 950 万坪。）

鹰取馆

三角公园

教会

满福寺

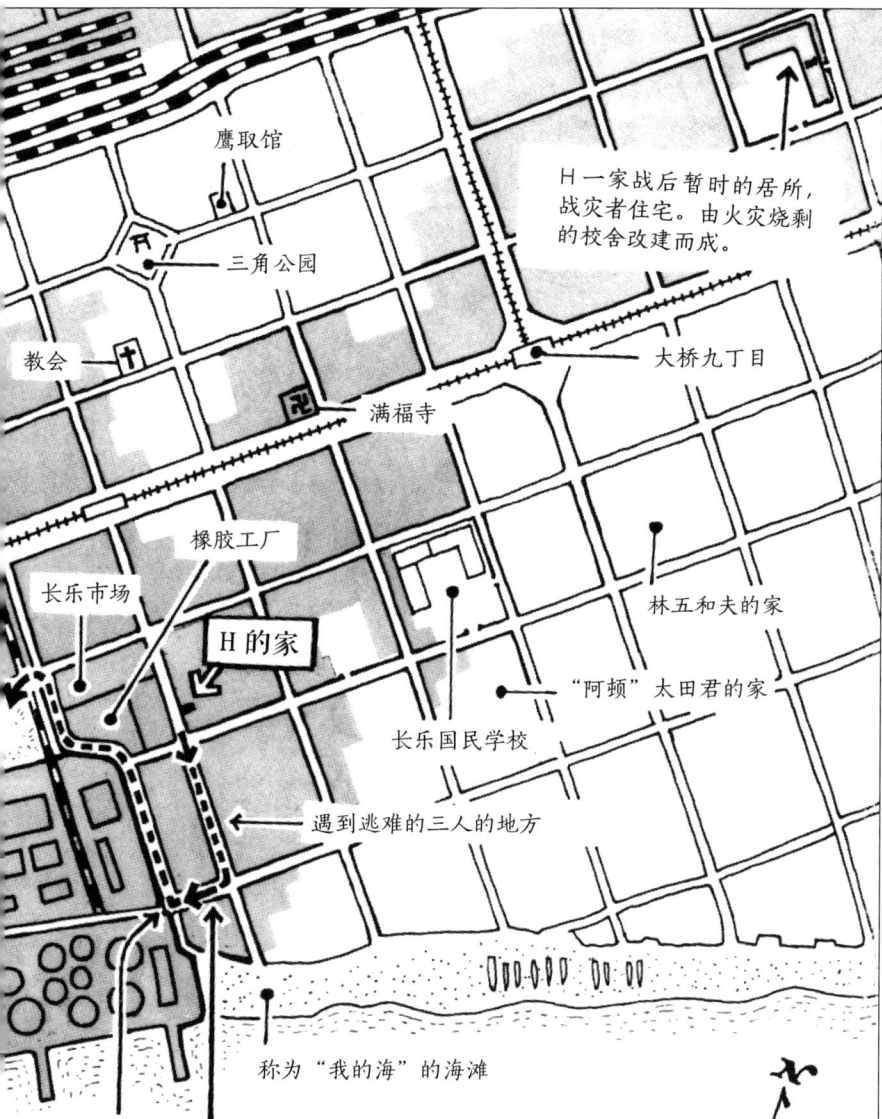

H 一家战后暂时的居所,
战灾者住宅。由火灾烧剩
的校舍改建而成。

大桥九丁目

橡胶工厂

长乐市场

H 的家

林五和夫的家

"阿顿"太田君的家

长乐国民学校

遇到逃难的三人的地方

称为"我的海"的海滩

点线是 H 和母亲逃难的线路。虽然只
是 500 米的距离,但对 H 而言,这些
空袭状况、亲眼所见的火灾状况,就
是"神户大空袭"的一切。

逃难途中,母亲在石
油公司栅门边一度失
神。母亲却说:"我
刚才是在祈祷。"

500 m

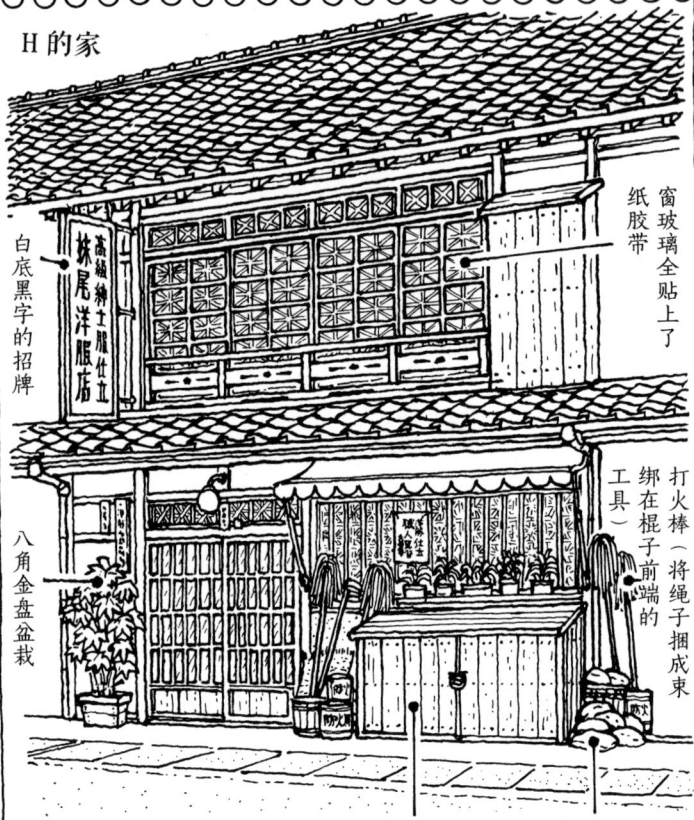

H 的家

白底黑字的招牌

株尾洋服店 高级绅士服仕立

八角金盘盆栽

窗玻璃全贴上了纸胶带

打火棒（将绳子捆成束绑在棍子前端的工具）

停放 H 的中古脚踏车的车库　　防火用沙包

H 家承租了四户连栋住宅的其中一间，门前马路有公车经过。正面装有铁窗，在神户是极其普通的民宅，门面看起来不像是西服号，但在战局加剧之前生意也相当兴隆。H 很讨厌门口有一盆八角金盘，因为朋友家的都是摆在厕所旁边。一听到 H 称之为"厕所盆栽"，母亲就会生气："你这样说对八角金盘太失礼了吧。"

…肇，3 岁。好子，1 岁。照片在相馆拍摄。
因为我家可没有那么大的沙发。

…走在街上，不认识的人前来搭话：「你是妹尾君啊。」少年很不可思议地反问：「你怎么知道？」「胸前写着 SENŌ，简直就像随身挂着大张名牌呢」对方笑说。少年回家后立刻跟母亲抗议：「我希望把胸前的字去掉，一定要的话，只保留 H 就好了。只有 H 一字，别人不会知道名字是肇。」后来，「衣服改好啰。」少年看到毛衣大吃一惊，胸口中央织了大大的「H」字，因此被取了「H」这个绰号。

…父亲盛夫36岁（1902年生）。母亲敏子33岁（1905年生）。肇8岁（1930年生）。妹妹好子6岁（1932年生）。这张照片由亲戚中迷上摄影的年轻人帮忙拍摄。当时，不在相馆拍全家福的例子很少，所以这张照片很珍贵。双亲都是基督徒，母亲尤其虔诚。（后面屏风上贴的纸张，可以见到她每日挂在嘴边的"爱"这个字。）

…跟前页同一天拍摄的照片，夫妇从未两人一同拍照过，父亲说："够了，不要浪费底片。"显得有些害羞。相较之下，母亲却是泰然自若，少年对此印象深刻。

…前排中央的老夫妇，是从广岛来神户游玩的亲戚，不是 H 的祖父母。照片背面有母亲的字迹："盛夫·36 岁 9 个月。敏子·33 岁 6 个月。肇·8 岁 10 个月。好子·6 岁 6 个月。"记下超乎一般的细节，还真是"记录狂敏子夫人"的作风啊。但是，也许是这种 DNA 入侵我体内，才使我写了这本《少年 H》吧。DNA 真是可怕。

…小学三年级时。因为是新学期重新编班，全班师生一同拍摄纪念照。
母亲说："今天会合影留念，一定要穿这件毛衣。这是妈妈特地织的。"
这件毛衣胸口织有 H. SENŌ 的字样。当时没有其他人穿这种毛衣，所以
特别醒目。为此非常难为情的少年，就坐在照片中的坂辻老师的旁边。
因为他是班长。

···1941 年（昭和十六年），
小学五年级暑假。

…于兵库县立第二神户中学教练射击社枪械库前的合影（1944 年）。往年没有这种拍合照的惯例，所以也觉得不寻常。似乎是校内学长接连上战场了，所以才紧急集合大家合影留念。学长们戴的是学生帽，H 的学级戴的是战斗帽（对英美开战后，入学新生一律戴战斗帽），从服装与衣领可以区别高年级与低年级生。

…久门教官是教练射击社的指导老师。身为中尉军官，却是颇具人情味的文化人。他态度温和，从来不痛揍学生，在绘画与音乐方面有很深的造诣，学生都很景仰他，在战时是极罕见的人物。

…1945年春。我家在3月17日的空袭下全毁，但后来空袭警报几乎每天都响。父亲突然说："我打算请照相馆帮我们父子俩拍张合照，然后寄去给敏子和好子她们。"H心里想"这或许是最后身影也说不一定"。收到照片后过了三天，相馆在5月6日的空袭中烧毁殆尽。

父亲42岁，放弃裁缝一职转任消防员。H是中学三年级生，14岁。

…兵库县立第二神户中学的玄关前。

第二排左起第一人是中学三年级时的 H。

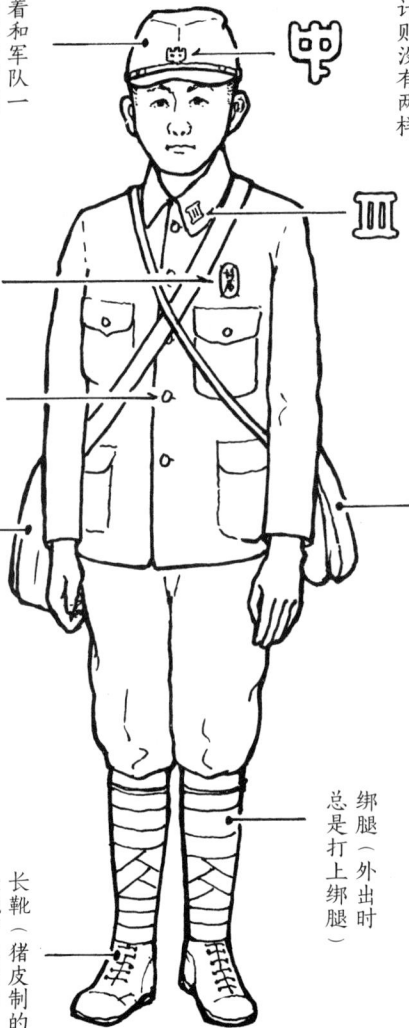

神户市街经过百次以上的空袭及三次猛烈轰炸后，已经完全化为一片焦土

甲　三　妹尾

戴着和军队一样的军帽，颜色是与衣服同样的国防色，也就是卡其色

二中的校徽为银色，一中的为金色，设计则没有两样

三年级生的领章（银色）

防空头巾（也有使用坐垫改制成的头巾）

金属扣换成了陶制品

厚棉布制的肩

背包

绑腿（外出时总是打上绑腿）

长靴（猪皮制的长靴，然而后来变成鲨鱼皮制品），鲨鱼皮很不耐用

…1945年，中学四年级学生，16岁。战争结束后的第一年。拍这张照片时，H自杀未成，后离家秘密住进学校的废弃教室。

…与中学四年级的同学合影（1945年），其中四位在本书中登场。后排左为H，中央为木村雄乡，前排左起为藤田乔治与野村康夫。

…我的老板奥村隼人老师嗜酒如命，这幅漫画是他醉醺醺时一笔而就之作。

…这张画是奥村先生为我画的速写，他是位描绘力出众的画家。我中学时期都是理三分头，当时头发已经长得稍长，他如实地画出了我当时的模样。

…松冈宽一老师的侧脸，从他头发的长度看，应该是我进入招牌店的第一年。松冈老师虽然画工精妙，但也是个善于嘲讽、替人家取绰号的高手。

…「二纪会」会员儿玉幸雄老师送的贝雷帽。「戴上贝雷帽，不要动哦。」于是成为老师的模特。看了儿玉老师的画，发现他出色地捕捉了顽童的眼神和嘴角的表情。

…好不容易才被排除在"神户二中"留级人选之外，终于毕业的 H 后来到"菲尼克斯工房"招牌店工作。这是画家合开的招牌店，不只教学徒作画，也教导如何写字。技术尚未熟练，老板就吩咐"写来看看嘛"的第一件招牌作品，是一家中国人经营、位于东亚路的西服店。虽然历经风雨 47 年仍屹立不摇，但在阪神大地震（1995 年）时崩塌，埋藏于瓦砾之中了。

目 录

少年H（上）……………001

红标唱片小哥 …………003

铃鼓 …………014

娘小哥 …………024

刀叉 …………034

二钱浆糊 …………044

地图和鸡蛋 …………055

爱 …………065

大海之子 …………075

水灾 …………085

《三件宝贝》…………095

现人神 …………106

日德意三国同盟 …………116

军事机密 ············126

纪元二千六百年 ············137

"互不侵犯条约" ············148

十二月八日 ············159

踏绘 ············170

邻组 ············180

防毒面具与间谍 ············191

火车之旅 ············202

暑假 ············212

克勤克俭直到胜利 ············223

神户二中入学考试 ············234

咬踢号 ············245

田森教官 ············256

少年H（下）············267

教练射击社 ············269

血型 ·············281

实弹射击 ·············293

蛸壶 ·············304

杂烩粥与疏散 ·············315

地瓜与蟹肉罐头 ·············326

空袭 ·············337

灾后废墟 ·············348

朋友 ·············359

机枪扫射 ·············370

学校工厂与"无法松" ·············381

俘虏 ·············392

德国无条件投降 ·············403

同归于尽 ·············414

原子弹 ·············425

接受《波茨坦宣言》 ·············436

埋枪 ·············447

占领军通告 ··········458

M1卡宾枪 ··········469

战灾户住宅 ··········480

墙壁上的眼睛 ··········491

等一等 ··········502

教室的住民 ··········513

留级人选 ··········524

菲尼克斯工房 ··········536

"人生二十五年"的时代 井上厦 著/韩冰 译 ··········547

少年 H

上

红标唱片小哥

"你是妹尾同学啊。"在路上被个陌生的叔叔这么问，男孩吓了一跳，觉得很不可思议，于是反问：

"你怎么知道？"

"不就写在你的胸前嘛。好像随身挂着名牌一样。"叔叔笑着说。

自小学一年级的时候起，男孩就被迫穿这胸前织有"H. SENŌ"字样的毛衣。

母亲敏子之所以会想到要织件文字图案的毛衣给自己的儿子穿，起因于收到一封来自美国的信，看到上面的收件人姓名以及其中所附照片。照片中的妇人穿着胸前织有英文字样的毛衣。

那位妇人是曾经待过神户的基督教传教士史坦博斯女士，由于对流行的触觉也非常敏锐，是敏子崇拜的对象。

曾经亲密往来的友人，穿着织有英文字样的毛衣展露笑容的模样，伴随着思念，看起来更觉美好。

即使是外国人众多的神户，在昭和十二年（一九三七）左右，街头也还看不到有人穿那样的毛衣。

敏子属于那种念头一动便会立刻付诸行动并且热切投入的类型，既然想到要让儿子穿同样的款式，自是马上完成一件织上了大大的罗马字拼音 H. SENŌ 字样的毛衣。

深咖啡色的毛衣搭配白色文字，大老远就非常醒目。相对于母亲的洋洋得意，少年却因衣着和其他孩子过于不同而觉得难为情。

接着，在明白胸前的大字就是自己的名字之后，更是无法接受。

"讨厌啦，我不要再穿胸前有名字的衣服了。改成只有'肇'[1]的 H 就好。如果只有一个 H，别人就不知道是我的名字了。"

经过抗议，升上三年级时，衣服上就改成了只有"H"一个字母。

H 这个字铅笔上就有，是身边常见、大家都识得的英文字母，所以 H 很快就成了他的绰号。

H 家经营西服号。住在神户的人，若提到"从鹰取车站向海边往下走，本庄町六丁目的西服号"，就算手边没有地图也都立刻知道是哪一家。

虽说二楼挂着一面快顶到屋檐的"订制高级西装 妹尾西服号"长形大招牌极为醒目，但主要还是因为没有第二家西服号的缘故。

尽管号称"订制高级西装"，其实也只是门前马路有公交车经过的普通民家，兼做生意的小店罢了。

虽然邻近妹尾家须磨闲静的屋敷町，但位于妙法寺川东侧的

---

[1] 罗马字拼音 Hajime。——译注

这个区域，却与那种住宅区有相当大的差异。这里有市场和橡胶工厂，是住家与商店、餐饮店、澡堂和铁工厂夹杂在一起的老街坊。

市街给人的感觉与紧邻的须磨地区截然不同，但有一共同之处，就是拥有"近山面海"这种得天独厚的环境。

H的双亲虽然注重教育，但也表示"功课在晚餐后做就好"，认为白天有太阳的时候就是小朋友的游戏时间。拜此之赐，放学回家之后就算立刻上山下海去玩耍也自由得很，不会有人管。总之，H每天就是忙着到处玩。

H当作游乐场的山离家很近。其中往北攀登四公里便可登顶的鹰取山，更被视为"我们的山"，是孩子们熟门熟路的游乐场。

海也一样，出门只消往南走三百米便是沙滩，是名副其实"我的海"。

所以，暑假期间，每天都是上午上山，下午下海游泳。

H尤其喜欢去海边玩。经常打着赤膊只系条兜裆布便冲出家门，一路跑过大街直接跳进海里。

"这种事，须磨那些少爷可做不到吧。"越想越得意的他，不禁觉得"咱们住的地方实在太棒啦"。

除此之外，还有许多令屋敷町的孩子羡慕的游戏场地。在鹰取车站北侧机务段的调车场，有各式各样的火车头吐着烟和蒸汽行进，而通往旭日石油储油槽专用支线所经的大草地，则是最佳的棒球场。

"旭日石油"是一家荷资与英资合股的石油公司，那条支线，是为了将船运抵达的石油从储油槽运走而设的专用铁道。由于罐车只在早上和中午进出两次，在草地上玩耍的孩子，只要列车来时注意一下就好。而且，最近罐车通行的次数减少，难得才有一列经过，更是一处适合 H 他们的游戏场地。

"罐车愈来愈难得一见，光亮的铁轨都渐渐生锈啦。"

H 跟木炭店的大叔这么一提，他点点头压低声音：

"那是因为和中国的战事陷入胶着的缘故。石油越来越少就是证明。这可是军事机密，在外面可千万别乱讲啊。"大叔表情有点吓人。

H 认为什么"军事机密"的根本就是平日喜欢夸大的大叔在唬人。

木炭店大叔的店也兼卖什锦煎。一到夏天，木炭店就会变成冰店，印有"冰"字的布旗在店头飘扬。在刨冰的季节，大叔的店便会成为孩子们自澡堂返家途中逗留的场所，热闹得很。

见多识广又风趣的大叔，颇受顽皮小鬼们欢迎。只不过孩子们都不太相信大叔所讲的事情，因为其中往往掺杂着听起来煞有介事的吹牛成分。

除了木炭店大叔之外，附近还有许多怪人。好比"不男不女的小哥"啦，边骑脚踏车边大声唱歌的"乌龙面店小哥"啦，老把"效忠天皇陛下"挂在嘴边的"后备军人大叔"，以及一看到小孩就嚷着"走开走开"、挥竹竿赶人的"玩具弓箭店老板"等等。

H 最喜欢的，是大马路斜对面的"乌龙面店小哥"。

"听说是东京来的。看他送外卖挺周到的，可是究竟是什么来历呢？"附近的大人因猜不透而议论纷纷。

小哥自称是面店的亲戚，不过向面店老板娘打听，说法却是："是朋友家的小孩，虽然不是亲戚，可是帮忙外送很勤快，评价也不错，就让他住下来了。"

乌龙面店小哥讲起话来确实很怪。想讲神户话，却不时夹杂东京腔，被 H 调侃："逊毙啦！"送外卖的时候，小哥总会骑着脚踏车一路高歌。H 就是喜欢他这一点。只要听到小哥的歌声，H 就会赶快骑上脚踏车去追小哥。

不过，H 踩脚踏车的姿势很有意思。因为家里买给他的是一辆成人尺寸的中古车，脚够不到，只能将腿从横杠下穿过去划着踩踏板。即使如此还是可以骑得相当快，以不输小哥的速度跟在后面一路边唱着歌。

在 H 家，除了学校所教的歌曲和赞美歌以外都不准唱，想出声唱歌，非得离家远些不可。"有如风中的……羽毛……难以捉摸……女人心……"跟小哥一同高歌真是乐事一件。有一天，小哥这么说："真那么喜欢唱歌的话，吃过晚饭后来我房间，放唱片给你听。可是不能告诉别人，来的时候也别让人瞧见。"

H 以上澡堂为由离家，自门前马路朝澡堂走了一段之后拐进巷子，绕道自乌龙面店的后门进入。进去前还回头张望了一下，确认没有被人看到。

厨房里一个人也没有。挂在天花板下的昏暗灯泡，朦胧地照着收工后空荡荡的房间。尽管有些畏缩，头一遭进入面店后场的 H 还是好奇地四下打量。

两口排在一起的煮面锅，周围仍有余温。另有一口冒出柴鱼高汤气味的大锅，H 掀开盖子尝了尝里面的高汤。或许是还没调味，味道不怎么样。

"喂，你在干什么啊？"从二楼下来的小哥一出声，H 慌慌张张拧开水龙头将毛巾弄湿。"因为我出门的时候说要去澡堂，如果毛巾干干的不是很奇怪吗？"听 H 这么说，小哥作势要赏他个板栗，说道："你还真是个智慧犯啊。"

虽不明白什么是"智慧犯",但 H 觉得那是赞美,不好意思地笑说:"还好啦。"上楼后的左手边就是小哥的房间,非常小,只有三张榻榻米大,可是书架上却有非常多的书和唱片。

"嘿,别只顾着眼珠子乱转啊。要不要喝咖啡?有点苦就是了……"

听小哥这问,H 非常开心,觉得自己被当作大人看待,于是接口:"喝呀,我不怕苦。"

其实,H 家一直以来喝的都是红茶,从来没有尝过咖啡。

小哥笑着拿了架上一个盒子,放入黑色豆子喀哩喀哩磨了起来。竟然传来一股像是烟草的气味,H 不禁有些担心,但仍强作镇静。

尝了一口,觉得咖啡好苦。"怎么样?好喝吗?"小哥问。H回答:

"只要多喝几次习惯这苦味,我应该会喜欢吧。"

"哪受得了让你多喝几次。不需要勉强自己去喜欢。"说着,小哥开始一圈圈转着手摇式留声机的曲柄,再小心翼翼放上一张唱片。

"这是藤原义江(Fujiwara Yoshie)的唱片,里面有我常唱的歌。"

小哥轻轻将唱针放到唱片上,一时间只听到沙沙的声响,突然出现男性的歌声,吓了 H 一跳。

"咦,明明叫 Yoshie,怎么是男生啊?"

"你以为是个女生呀。藤原义江是很有名的歌剧男高音,当然是男生啰。那首《善变的女人》,歌剧中著名的咏叹调。"

"什么是咏叹调?"

"是在歌剧里唱的，听起来最舒服的歌。"

H觉得，心情真的会变好。

反复听到三遍、四遍之后，小哥开口了。

"别太过分了，唱片都要磨坏啦！"

讲的是东京腔，显得不太高兴。可是H还不想回家，于是央求："那就换一张嘛。"

"藤原义江这张唱片，是在美国录制的'红标'，比一般唱片要贵很多。日本的红标歌手就只有他一个。嗯，那就放这张《出航之港》给你听吧。"说着，小哥又一圈圈转着留声机的曲柄。

"这是首老歌吗？"H问。"你哪年生的？"小哥反问。H答说昭和五年（一九三〇）。

"这张昭和三年发行的，当时你还没出生哪。"小哥如此说明。

当留声机播出"嗨呦嗨呦嗨呦嗨呦破浪前进……"时，H得意地说："这首歌我知道。这首咏叹调也不错啊。"

结果小哥笑着说："这并不是咏叹调喔。"

另外，小哥还放了《荒城之月》和《啾啾千鸟》等歌曲给H听。

尽管分不出咏叹调和非咏叹调的差别，H却发表了感想："这个叫藤原义江的人可真厉害。能唱各种歌曲。"

小哥闻言显得很高兴，说道："好，既然你听得懂，找时间再放给你听。只不过，来这里的事，还有听唱片的事，都不能告诉任何人。"

"嗯，我谁也不会讲。可以打勾勾为证。"H说着竖起小指。

小哥笑着说："要是不守信用，可要吞下千根针喔。"并和H勾了小指。

之后，H每晚都造访小哥的房间。

连续三天没上澡堂，母亲已经起疑。

这时，父亲一句话帮忙解除了危机，"洗澡要把身子搓干净一点啊。"父亲似乎已隐约知道 H 的行踪。

数度走访小哥的房间之后，H 更喜欢负责送外卖的小哥了。于是，打算为他冠上"红标唱片小哥"的敬称。

再度来到二楼时，H 将此告诉小哥。突然间，小哥敛起惯有的笑容，说道：

"少来！还是叫乌龙面店小哥就好。不准说什么红标唱片小哥！"

小哥的语气吓了 H 一跳。因为他从不曾这样拉大嗓门。

尽管不明白小哥为何不高兴，H 仍表示知道了。总之，H 不想得罪小哥。

事后过了几天。

"今天有朋友来找我，不准你来，今天晚上别来啊。听到了吧。绝对不可以来。"小哥直盯着 H 的眼睛这么说，语气相当坚决。于是 H 也一副了然于心的口吻："嗯，我不会去。有秘密的事情要谈是吧。"

小哥顿时显得不知所措，好不容易才答道："因为来的是好久不见的朋友啦。"

从 H 家二楼窗户，可以清楚看见斜对面的乌龙面店，天黑后，H 便在此望着小哥的房间。窗帘拉上了，看不出来了些什么人，不过房里亮着灯。果真是有客人啊，H 心里想，尽管有点寂寞却也只有忍耐。

是夜，外头响起"哗哗！哗！"的尖锐哨音，同时传来"在那边！在屋顶上！"的吵嚷声，惊醒了睡梦中的 H。

睡在一旁的父亲也醒了，H便问那哨音是怎么回事。

"是警察在抓犯人。不可以出去。"父亲说。

H冲上二楼，从窗帘缝隙偷偷往外瞧，看到对面屋顶上有爬着逃走的人影。在逃的有两人，而且立刻就可以认出其中一人是小哥。H不禁心跳加速。

三名黑衣人从晾衣台爬上屋顶，前后包抄扑过去压制住小哥。"给我安分一点！"一阵嘶吼扭打之后，有人大喊："抓到啦！"小哥的身影随即自屋顶那一头消失。

原本不断响起的尖锐哨音也停了，四下突然变得静悄悄的。

街坊邻居似乎也都被吵醒，四处都有窗户亮起随即又熄灯，但谁也没有打开窗子。可能大家都一样，关了灯躲在家里隔着玻璃窗偷看外面吧。可以感觉得到，外头发生了让大家都非常害怕的事情。

一想到"小哥被警察抓走了"，H突然觉得害怕，开始发抖。

"该睡啦。"来到身后的父亲拍拍H的肩膀这么说，但H要求再等一下，眼睛继续看着下方乌龙面店前的马路。

不久后，黑衣人从各角落现身在马路上集合。看来出动了不少警察。H凝神细看，试着在即将收队的人群中找出小哥的身影，无奈太暗看不清楚。

隔天早上，附近的大人聚在一起窃窃私语。

"真可怕，竟然在凌晨一点半出动。听说抓了四个人。""果然是赤色分子啊。""因为是思想犯，特高[1]自然查得紧。"

愈听愈担心的H问道：

---

[1] 特别高等警察。——译注

"什么是思想犯啊？特高又是什么？"

大人们立刻噤口，以严厉的眼神瞪着H，说道："这种事别大声嚷嚷！"

小哥果真是要谈一些被警察知道就有麻烦的秘密，H心里这么想。

翌日，H想知道事情有没有见报，便问父亲："有没有登乌龙面店的事？"

得到的回答却是：一字也没有。又隔了一天依然没有上报。

去年冬天，女演员冈田与戏剧导演杉木，穿越国境逃往苏联一事就曾上报，喧腾一时，但乌龙面店小哥的事却只字未提。

H猜想，或许是因为小哥并非名人的缘故。但想不通的是，为何警察会查出小哥的事。对此父亲说道：

"可能是朋友告密。最近抓得越来越紧，就连朋友也不得不提防。"

明白"告密"是什么意思的H只觉自己心跳加剧，连呼吸也变得困难。

H想起日前种种，当自己说出"红标唱片小哥"时，他看起来好像突然生气了，说："不准叫什么红标唱片小哥！"；拥有许多唱片和书籍；还有就是自己猜测有"秘密"时，那不知所措的模样等等。他果然并非普通的小哥。

因为，听说"红"就是指共产主义者。

"我有遵守约定，没对任何人说啊。去告密的不是我。"H心底如此喃喃自语。而且，每天在学校也都担心不已，深怕自己也会被警察抓走。

但H下定决心，即使遭到调查，也不会供出曾经在小哥那里听唱片的事情。搞不好，歌剧中的咏叹调也是唱不得的歌，他心里这么想。

一星期来，乌龙面店都没有开门做生意，不知道是不是连老板也一并被警察带走了。

后来，附近的人都不愿再提起小哥。

可是，H却鼓起了勇气去问面店老板娘。

"小哥现在人在哪里呢？"

不料老板娘脸色一沉，说道：

"好像被抓去当兵了。应该不会再回来了吧。别再问那个小哥的事了。他给我们惹的麻烦已经够大了。"

铃鼓

　　H 很讨厌铃鼓的声音。虽然自三岁左右便一直听着铃鼓的声音，可是上了小学之后却突然开始讨厌起来。升上三年级后更是愈来愈排斥，即便是从大老远传来，其他人都听不到的微弱铃鼓声都能立刻察觉。

　　若听到铃鼓声接近，H 就会避开朋友的注意赶紧躲进巷子里。

　　铃鼓的声音，总是随着大鼓声逐渐接近。那是基督教街头传道班所奏的乐音。负责打大鼓的是丸山药局的山冈叔；手击铃鼓，以同行两倍大音量高唱赞美歌的，正是 H 的母亲敏子。队伍行进的范围很广，会将 H 就读的长乐小学周边道路全部绕过，所以同学们个个都认得，那个一路击着铃鼓的就是 H 的妈妈。

　　次日，H 必定会被好几人围着嘲笑："鸭面（阿门），素面，凉面，信主的人——全部——都能得救。"

　　虽然 H 每个礼拜天都会上教会，早已习惯被笑是"阿们的孩子"，但铃鼓声响过之后的隔天早上，还是会觉得很烦。受够了的 H 曾多次央求母亲：

"我不会说不要上教会，也愿意继续去上主日学，就只有一点，可不可以别再沿街打铃鼓唱歌了呢？"

可是没有用。母亲总是感到不解："为什么？那是为了要让不知道的人了解神的事迹，给他们指引，一点也不必觉得难为情啊。"

敏子成为基督徒，是离开故乡广岛来到神户之后的事情。

她的娘家务农，住在与福山市相隔一座山的深安郡御幸村。

敏子的母亲是西本愿寺派真宗一寺院家的女儿，家族全是佛教徒，根本无法想象她竟然会成为基督教徒。双亲、兄弟姊妹和亲戚除了讶异之外，也非常生气，大骂：

"寺院家的子孙居然去信奉基督教。我们要跟这种背弃佛祖的家伙断绝关系！"

"既然要当基督徒，以后就别来往了吧！"

在村里也成了不小的事件。

"神户那里的外国人很多，早就应该提防基督教才对。"

气恼的双亲曾写信努力试图劝敏子回心转意，但多少还是有些心疼。

之所以如此，是因为二老认为，会演变成这种局面，或许是肇因于强迫敏子结婚，又送她去了神户，所以感到愧疚。

十八岁那年，敏子被迫答应父母所决定的婚事。

敏子是六人兄弟姊妹中的四女，那时期压根没想过结婚这件事，而且姊姊峰子也才出嫁不久，自然是非常诧异。

"后面还有妹妹实子和弟弟正雄，如果你和阿盛能配成对就太好了。"

对父亲的这说法，敏子极力反对，表明不愿嫁给阿盛。

这位阿盛，是嫡裔的次男，妹尾盛夫。他生于明治三十五年（一九〇二），比三十八年生、支庶的敏子大三岁。由于嫡庶两家比邻而居，两人从小一起长大，关系就如同亲兄妹。敏子做梦也没想过要和青梅竹马的盛夫结为连理，怎么好说歹说也无法接受。

"你不喜欢也没办法，我们已经和对方谈妥了，亲戚也没有任何人反对。"

既然家人均已同意，亲戚们又大表赞成，与其说是死心，不如说是别无选择，而将离开父母和兄弟姊妹，前往遥远的陌生城市，令敏子内心充满不安。

将成为丈夫的盛夫，早在八年前便已离家前往神户学洋裁。

大正七年（一九一八），盛夫决定离乡背井的那个年代，即使是都会区，几乎所有人都仍穿着和服与木屐。

十五岁的少年盛夫，所以会下定决心前往神户成为洋裁师傅，是因为认为："不久之后，日本必将进入人人都穿西服的时代。"

透过已在神户发展的亲戚介绍，他得以进入元町一家名店"岛崎虎吉高级西服号"当学徒。

当盛夫拎着包袱拿着介绍信，首次来到岛崎西服号时，被人家这么说："还是个小孩子嘛。身子够不够结实啊？想要出师，得花上十年喔。你熬得过吗？"是这么个会令雇主担心的小个子孩子。

盛夫之所以会自普通高等小学毕业后旋即离家谋职，是因为父亲与长兄挥霍无度，嫡系已处于破产状况。

虽然嫡系家族仍住在大宅里，但就和山林地与田产一样，迟早也会被拿去抵押落入他人之手。

家里之所以急着撮合盛夫与敏子，或许是打算趁祖传大宅仍在的时候将婚事办妥吧。

请假自神户返乡的盛夫西装笔挺的模样，令亲戚和村人大为吃惊，纷纷表示："变成一个体面的绅士啦！""神户果然洋派哪。"

盛夫与敏子的婚礼原本要在祖宅大厅举行。可是，婚礼当天早上，却发生了意想不到的事。

盛夫的弟弟四郎因为肺结核而离开大阪绸缎批发商的东家，返乡疗养，他在就寝的厢房去世了。

为参加盛夫与敏子的婚礼而聚集的亲戚，因为一天之内既要出席丧礼又要参加婚礼而乱成一团。

敏子原本期望婚礼能够延至隔日或另外择日再办。可是，她的要求未获接受。理由是要请亲戚们再集合一次非常麻烦，而且预订的宴席酒菜已经送达，所以决定只将丧礼和婚礼的时间错开。

喜宴原定要在大宅的宴客厅举行，但因安置了四郎的遗体，只得紧急变更，先办丧事。临时由正善寺请来和尚诵经。

"食物可不能染上烧线香的味道，还是移到隔壁比较好吧？"婶婶这么提议，兄弟姊妹和亲戚中的年轻人赶紧帮忙，将已经送到大宅厨房的料理端去支庶家。

听着走廊上众人来回奔走的嘈杂的脚步声，一个人待在昏暗佛堂的敏子，低声哭了起来。

除了被逼婚而难过之外，更为婚礼与丧礼同日举行的晦气而觉得倒霉透顶。与姊姊峰子的婚礼相比，未免差太多了。峰子出嫁时排场之大，连堤防上都是长长的人龙。

唯独自己遭到隔离，还要被送去陌生的神户，这样的受害者意识折磨着敏子。

婚礼和喜宴紧接着丧礼之后举行，这莫名其妙的一日在慌乱中结束后，盛夫早一步先回神户去了。

两个月后，盛夫再次返乡来接敏子时，她仍然不愿前往神户。双亲来到车站送行，敏子哭着挥手，直到不见两老的身影，而后在远行的列车上还是哭个不停。看着面前流泪不止的新婚妻子，盛夫觉得很难过。虽然之前便知道这件婚事敏子并不乐意，盛夫仍不免心想，自己这样简直就和人口贩子没有两样。

新居在靠近三宫的加纳町，是一间租来的二楼房间，只有四张半榻榻米大。

镇日闷在这没有任何算得上嫁妆之物的家中，就只等丈夫回来，敏子实在是寂寞难耐。

"别一直关在家里，偶尔也出去走走怎么样？只要搭电车到须磨站下车，眼前就是大海，后面靠着山，风景很美，去散散心吧。"盛夫说。

敏子总算听了进去，出门前往丈夫建议的须磨海边。

在故乡的时候，若要去海边，就只知道得翻过一座山，自福山搭公交车跋涉好一段路才能抵达的"鞆之浦"。因此，住处离海这么近，着实令她讶异。

在沙滩上捡捡贝壳玩了一会儿后，从岸边经过的山阳本在线有一列由蒸汽车头牵引的客车鸣着汽笛驶过。

敏子心里想着："是开往娘家广岛的啊。"目送那列车远去，泪水突然涌出，不断自脸颊滑落。

总之她就是常哭。即使努力尽可能上街，敏子购物时仍会提心吊胆惴惴不安。因为那口广岛腔曾经惹人大笑。

为免露出广岛腔，她发现只要像读国语课本那样讲话就好。

于是以电台播音员的发音为范本，像是学外语一样每天练习。

有一天，市场一个老板娘问道："你是东京来的吗？"敏子闻言大乐，缓缓说道："不，我是从广岛来的。"尽管音调应与东京腔仍有不同，但别人听来似乎认为像是标准语，让她得到了自信。

有了这次经验之后，敏子变得会主动出门，哪里都敢去。上百货公司逛一整天，或是去国际航线船舶停靠的美利坚码头这一类可以窥探未知世界之处的周遭闲晃。

由于变化太大，盛夫也只能苦笑，心里想："这总比整天哭要好。"

"敏子这个爱哭鬼，竟然变成活力十足的大姑娘。可真是脱胎换骨啦。"改变之大，连故乡的兄弟姊妹也大感讶异。

或许是因为离开了父母和亲戚，不再受干涉，原本压抑的盖子被刮走，好奇心冒了出来也不一定。

婚后第五年生了个男孩。分娩时不但因为足先出而难产，生出来后还呈假死状态没有发出第一声啼哭，产婆拼命打小屁股，才终于哭出声来。

由于是期待已久的第一个男孩，所以取名为"肇"。不过，盛夫并未立刻去报户口，而是延了六天才去办出生登记。这是因为他遵从了产婆的建议。

理由是，男婴的生命力不如女婴，还是先观察一下状况，看是否能够平安活下来再说。万一办好出生登记后没几天便夭折，又得去办死亡登记。为了避免这种情况，通常都是弄清楚是否养得活之后再办手续。所以，肇在户籍上登记的生日，是昭和五年六月二十三日，比真正的出生日期要晚。

只不过，盛夫隐瞒了晚报登记这件事，对敏子说："孩子出生后第二天就去办登记了。"这是因为，肇是个出生时没有立刻发出哭声的虚弱婴儿，敏子想知道何时办理出生登记，以判断孩子是不是养得活。

虽说婴儿都爱哭，肇却比一般婴儿更会哭。

"听说爱哭的孩子好养，可是你未免也太爱哭啦。还真像你妈。"盛夫笑着哄孩子。

肇出生两年后，敏子又生了个女孩。这孩子一落地便发出洪亮的哭声，敏子和盛夫都松了一口气。因为希望她能成为人见人爱的孩子，所以取名为"好子"。

拜师学艺并充当伙计回报的期限已满，又至他店工作了一阵子之后，盛夫决定独立，自己开一家店。藉此机会，举家自三宫搬到神户西端靠近须磨的地方。就西服号这一行而言，远离元町和三宫是较为不利，但近山面海，敏子非常满意："环境很适合孩子们成长。"

敏子与基督教相遇，就是在这时日。

某日，外头传来大鼓和铃鼓声，接着有一支唱着赞美歌的队伍自门口经过。由于敏子早有意一探究竟，便将三岁的男孩和七个月大的宝宝放上婴儿车，像被铃鼓和大鼓声吸引似的，推着车跟了过去。那一行是基督教的街头传道人，目的地是临时搭在附近三角公园的户外集会用帐篷。

见敏子推着婴儿车而来，帐篷里的牧师与信徒上前相迎，并未露出惊讶的表情。帐篷里的电土灯虽然昏暗，却没有佛寺那种严肃气氛，并不可怕。

那一次牧师讲道的内容是："人人皆会犯罪。无人能说自己没有罪。但只要悔改，求神赦免，任何人都能得救，都可以进入天国。"

敏子有如遭到电击般深受感动。

"即使是罪人，只要向神祈祷，就不会下地狱了吗？"

"是的。基督教是救赎的宗教。教会是治疗为烦恼所苦的人的场所。"

敏子益发感动。

从小，她就很害怕寺院里的佛坛和佛经。因为双亲告诉她的是："做坏事的人会下地狱，在死后不断受苦。"常给她看的地狱图也很可怕。或许是那成长期经验深植心中，对于"死=地狱"的恐惧在成年之后依然无法抹去，如同害怕黑暗的幼儿，仍旧会做噩梦。

三天后的礼拜天，敏子又将两个孩子放进婴儿车，推着来到教会。

教会是间普通的木造民宅。咔啦咔啦拉开玄关的格子门，牧师娘便出来相迎。教会里铺的是榻榻米，各年龄层都有的男女信徒约三十人坐在坐垫上唱着赞美歌。

赞美歌一唱完，上田德太郎牧师便将敏子介绍给大家认识。而后翻开《圣经》，引述一节："因为人心里相信，就可以称义，口里承认，就可以得救。"众人并一同为她祷告。

敏子的心怦怦跳，问道："我讨厌父母所决定的婚姻，还反抗他们，直到现在依然怨恨自己的不幸。这样的人，神也会赦免，也会拯救吗？"

"如今你的罪已获得赦免，并获赐永恒的生命，入籍天国成为神之子了。"

上田牧师这么对她说。

回到家后，敏子立刻将教会的事告诉盛夫。

"下个礼拜天，你也一起去吧。到时候你就会更清楚了。"

"这样啊……"盛夫没有正面答复。因为他知道，敏子是个一有什么想法就会立刻像要扑过去一般的行动派，若是意见相左，就会滔滔不绝辩上一个小时。

"基督教也分为好几个派别喔。我去的那个好像属于新教。山手通上不是有间很气派的石砌教堂吗？听说那是天主教，教廷在罗马。牧师说，我们的教堂没有气派的祭坛和镶嵌玻璃。向神祷告不需要气派的建筑物。其实每一位信徒都是教堂。因为神就在人的心里。"

敏子甚至还模仿上田牧师的口吻向盛夫转述，正确的程度令人吃惊。

教堂并非宗教的殿堂，这种观念，也令盛夫产生了一些兴趣。

定做西装的客人里，也有好几个外国人，经常让他有种感觉，佛教与基督教的差异，在于"文化差异"。

相对于闪电式成为基督教信徒的敏子，盛夫是慢慢接受成为自己的信仰。一段时日后，两人一同受洗，成为虔诚的信徒。

"要常常祷告，不住地祷告，凡事谢恩。"（《帖撒罗尼加前书》第五章第十六节）这成了日后妹尾家的格言。

自此，敏子便站上街头传道班的排头，开始了击着直径约三十公分的铃鼓、活力十足行进的生活。

敏子似乎决心将两个孩子养育成"纯洁的天使"，所以参加了教会举行的"献儿式"。那是相当于天主教幼儿洗礼的仪式。

将自己的儿女也献给神，全家都成为基督徒，令敏子非常满足。

不消说，每个礼拜天 H 和好子都得去教会上"主日学"。

敏子对孩子的教育，完全是以"神之子"为目标，所以 H 在进小学之前便已读过标有注音的《圣经》。拜此之赐，不但较早识字，对于古文也能有相当程度的理解。敏子的教育方针展现了成果。

识字之后，H 就想读《圣经》以外的东西。可是遭到严格禁止。

"除了《圣经》之外，其他的书都不可以看。因为你们会学坏。"母亲对孩子如此宣告。获得认可的例外只有一本，是在教会买的图画书《天路历程》。

《天路历程》的内容描述一名男子背负沉重的行囊，不断踏上危险的旅程，故事有趣，但宗教色彩浓厚。这唯一的一本翻来覆去早已看腻，H 也很想看《少年俱乐部》和漫画，可是都不行。

"因为你是已经献给神的小孩，绝不能做坏事。要一直当个乖宝宝。"几乎每天都要听到这样的叮咛，也让 H 觉得很烦。

H 下定了决心。决定："在有能力主张意见之前，不要违抗妈妈。不过，就只忍耐到行成人礼的十五岁吧。虽然我会上教会，可是我也不是妈妈心目中那种小孩。只不过这一点要是被拆穿的话会有麻烦，就先扮演一下乖宝宝吧。"

小学三年级之后的 H，是个敏子若知道实情会大吃一惊、意想不到的"乖宝宝"。

要扮演一个乖宝宝，有许多事情必须忍耐。铃鼓的声音就是其中之一。

娘小哥

从大马路往内走两条巷子的一户人家，住着附近孩子都喊他
"娘小哥"的青年和他上了年纪的母亲。

他除了总是轻声细语之外，体型和一些小动作也都不像男人，
才会被叫作"娘小哥"。昭和十二年底，庆祝攻陷南京的游行之后，
町内举办了文艺表演。当时，他身穿女性和服跳舞。化了妆的脸
比附近任何一个女人都美，大家都热烈鼓掌。

自那一夜起，"娘小哥"就成了他的绰号，头一个这么喊的
就是 H。

H 很受娘小哥疼爱，所以完全没有恶意，而且还认为，用娘
小哥来形容小哥，是再贴切不过的了。即使人家喊他"娘小哥"，
他也不会生气，还笑颜以对，似乎也不是完全排斥。

距离 H 家约一公里外，有条闹街叫作"大正筋"，与其垂直
相交的"六间道"则是条热闹的商店街。之所以叫六间道，是因

为路宽达六间。[1]

H非常喜欢大正筋和六间道。道路两侧分布有"松竹馆"、"娱乐馆"、"三国馆"等多家电影院，五光十色的热闹程度，是本庄町周边的商店街无法相比的。

娘小哥就在大正筋的某家电影院工作。

"不准去六间道和大正筋啊。去那种地方玩，会变成小太保。"

尽管母亲如此交代，那地区对H而言却相当有吸引力。事实上，那地区的帮派分子颇多，的确也是有些可怕的地方。

可是在小学一年级的时候，H就已经敢远征大正筋和六间道闲晃，根本不当回事。或许早已充分具备了混小太保的条件。

虽然会去电影院周边晃荡，但父母并没有给H半毛零用钱，无法进去看。尽管顶多只能瞧瞧电影广告牌和张贴出来的剧照，但也够他兴奋的了。

在那个年代，电影仍称为"活动写真"，也还残留少部分由辩士配合画面解说的默片。虽然绝大部分的电影都已配有演员本人的录音，海报上都还会特别强调"有声"。

有一天，H在电影院"松竹馆"门口遇到附近豆腐店的大叔。

"你来做什么？这个小孩子又不能看。"被这么一说，H心中一惊，但仍努力装出若无其事的模样回答："只是看看电影广告牌而已。"以掩饰自己的不知所措。

"你这么喜欢活动写真啊？那跟我进去吧。"

H听了很高兴。"咦，真的吗？"嘴上虽然这么说，心里却仍有所提防。万一大叔向父母亲告密的话，麻烦就大了。大叔似

---

[1] 旧制长度单位之一，一间＝六尺，约一·八二公尺。六间约十公尺宽。——译注

乎察觉了这一点，说道：

"放心啦，我不会说出去的。叔叔可不会帮你出钱，如果由大人牵着进去，小孩子免费。不过，通过收票口的时候，你可要装矮一点啊。"

竟然还有这种高招啊，H不禁感到佩服，并期望往后最好都能如此。

走过收票阿姨面前时，H的心跳微微加速，但她只是瞄了H一眼，什么也没说就放行了。

入口挂有黑幕，以防止外面的光线泄入。黑幕竟因污垢而显得油亮，H觉得好脏啊。

撩开布幕进去里面突然变得漆黑，H撞上走道旁的铁栏杆差点跌倒。东张西望寻找座位，结果看到后方角落高出一段的地方有两个似乎视野不错的空位。

"去那边坐吧。"H说，豆腐店大叔连忙压低声音说道："不行，那是临监席。"

"什么是临监席？""给警察坐的，以便监视有没有放映违法的活动写真，有没有坏人进来。现在虽然空着，可是有时候会过来巡逻坐在那里。"

听到警察两字，H吓了一跳，但心里却想，警察竟然能免费看电影，真不赖。

或许是觉得H一直发问很烦，豆腐店大叔说："你可以去前面一点找位子，想走的话就自己回去。"然后便丢下H，径自往中央的座位走去。

H独自坐到了最前排。银幕上正在放映的片子是《爱染桂》，H也知道演员的名字，因为已经在广告牌上看过。

出现在银幕上的是田中绢代和上原谦。画面里的脸太大，得仰着头看，越看越不舒服。

曾在澡堂听大人们说是"很有意思的活动写真"，H却不觉得多有意思。或许是因为没有从头看起，不了解剧情的缘故。不过，还是觉得很兴奋，很开心。

好一会儿之后，虽然还没演完，H就想先回去了。一来是因为电影院里有股尿臊味，再者是因为担心太晚回家会挨骂。

不过，在回去之前，有个地方他想偷看一下，就是那有忽明忽暗的光束从小窗射出来的房间。他认为，放映电影的机器应该就在那里面。

那个房间就在入口旁边。碰巧骑脚踏车跑片的人正要进去，房间门开着。里面的人接过拷贝，同时不高兴地抱怨：

"太慢了吧！后面的片盘要是不早点送到，电影就要中途开天窗啦。"

H吓了一跳，因为那人竟是熟悉的娘小哥。

那时的娘小哥，声音完全不一样，就像个男人。

"你在这里负责这样的工作呀？"H问。

"是啊，我是这里的放映师嘛。"声音突然又恢复平日的轻柔，H觉得很奇怪。

"娘小哥好像演员一样，能用各种声音说话啊。是因为每天看电影的缘故吧。"

"或许吧。"小哥笑着说，同时开始工作，将片盘装上放映机。利落的动作相当帅气，H不禁心想："女装打扮的小哥很不错，可是也很适合当放映师啊。"

当时H还不知道，他原本是跑江湖卖艺的旦角，母亲也在同一戏班工作。后来因为母亲生病，离开了戏班，才在 H 家附近住下。听说他是在尼崎出生的。

亲戚中有个"尼崎的叔叔"，偶尔会带着相好的年轻女子一同来访，不知道娘小哥是否很讨厌那个叔叔，只要两人一到，他就会像是换班似的立刻出门。

H 之所以常去娘小哥家玩，是因为可以拿到剪下来的电影胶片。娘小哥每次将剪下的胶片送给 H 时，都会透光看着，同时模仿电影明星的声音为他说明那一场戏。

为表感谢，H 会以色铅笔将电影广告单着色之后回赠。

H 明明很喜欢娘小哥，可是跟朋友在一起时，却会带头捉弄他取乐。

顽皮小鬼们对他的鸡鸡很感兴趣，于是起哄："让我们见识见识他的鸟鸟吧。"即便是上澡堂，他也总是用毛巾严密遮住，决不让人看到前面。

木炭店的次男说："我看过。好小，就像小孩子的一样。"理发店的儿子听了却说得斩钉截铁："不对。因为我也看过，根本就没有鸟鸟。"

结果就是："那就来赌吧，赌一盘刨冰。"并约定礼拜四傍晚去澡堂确认。

娘小哥下班之后都会上澡堂，但时间通常已接近午夜，不过礼拜一和礼拜四可能是轮早班，七点左右便会到澡堂。

五个顽皮鬼聚在一起，等待娘小哥到来。H 揽下了扯掉毛巾的任务。原因有二，一是如果进行顺利，不论谁赢，都可以占便宜吃到刨冰，二是因为众人的怂恿："能迅速扯掉毛巾的就只有你啦。"

H若无其事地接近裸身的娘小哥，趁他要离开浴池的那一刻抢走毛巾。他急忙用手遮住前面，孩子们却没错过那一瞬，接着立刻异口同声喊道："好——大，好——大。"

娘小哥看起来很难过，蹲在冲洗场的瓷砖地上。

这时，在一旁冲洗身体的榻榻米店岩夫老板，啪地赏了H一记耳光。

H倒地在瓷砖上滑行，撞到蹲着的娘小哥才停下。这时娘小哥问："没事吧？"并扶H起来，令H感到自己的行为非常可耻，小声说道："请原谅我。"

经过那次过分的恶作剧后，娘小哥还是会陪H玩，并没有改变。

因为还会偷偷让H免费看儿童不宜的电影，所以对H而言，他是一位绝不能告诉父母的"秘密之人"。

H刚升上四年级那年春天，娘小哥收到了召集令。

由于认为娘小哥根本不适合当兵，忧心的H便前往他家。

H看到了那张召集令，俗称"红单"，其实是粉红色的薄纸。

罹病的伯母起身坐在褥子上哭。

町内会的会长与后备军人大森叔高喊："恭喜你即将出征。"走了进来。接着说："我们会帮忙照顾令堂，不必担心。你可要效忠天皇陛下，奋勇作战哪。"

伯母听到大森叔的大嗓门，又"哇"地开始号啕大哭。

娘小哥抚着母亲的背，安慰她："不要哭了，我不会有事的。"

町内的人来到鹰取车站送行，娘小哥与其他出征士兵一样，在"万岁！万岁！"的欢送声中搭上列车离去。

这种时候，后备军人大叔的心情都会特别好，或许是能够喝到出征士兵的特配酒也不一定。每次送新兵入伍，大叔都会摆出前辈的架子，看起来一副开心的模样。

可是三天后，宪兵和警察来到娘小哥家。屋里传出伯母的声音："我儿子已经去当兵了，不在家。"以及宪兵怒斥："胡说！就是没去部队报到，我们才来找人的！"的声音。由于警察突然出来屋外，H等人立刻开溜。

娘小哥逃兵而且行踪不明一事，立刻在附近传开。

"如果发现行踪要立刻通报。知情不报者，将处以比藏匿小偷更重的罪，请大家注意。"街坊间暗中流传着这样的讯息。

来到学校一打听，虽然也有同学知道娘小哥逃兵这件事，但是其他街坊的孩子并不知情。渐渐的，大家都不再谈论娘小哥的事了。并不是忘记，而是害怕提及。

大约经过了两个月，H和邻居五年级的平井清以及木炭店的次男育夫，三个人一同上山捡柴。"现在连木炭店的孩子都得去捡柴啦。"育夫笑着说。

说是捡柴，其实不过是收集一些枯枝背回家，平均每周上山一次而已。

那是男孩们在山里顺便玩耍的一份工作。由于家家户户都缺乏燃料而必须捡柴，每次去都得更往山里走才捡得到树枝。

H一行登上了邻近须磨离宫的皇室领地高尾山。此处虽属禁止进入的区域，但只要从西侧峭壁下去，对面就有一处尚无人迹的地方。只不过，那坡面非常陡，下去还没有太大问题，回程背着枯枝向上爬可就累人了。

三人默默在草丛中窸窸窣窣穿梭寻找掉落的枯枝。

如果娘小哥躲在这一带，人家就找不到了吧，H心里正这么想时，育夫一脸正经地说：

"我告诉你们一件事，可是绝对要保密喔。"

"嗯，不会说出去的。"

"说话要算话啊。跟你们说喔，我在后面的巷子里看到娘小哥了。"

"真的假的？你和你老爸一样喜欢骗人。"

"这可不是瞎说的。昨天晚上，我在巷子里看到娘小哥。一喊他，他就逃走了。"

事情憋着的育夫愈来愈害怕，但也还没跟老爸讲。

"娘小哥一定是担心生病的母亲才回来的。"

"听说病得很重，腹痛一直治不好。"

"町内会说要帮忙照顾，根本是骗人的。"

"到底藏在哪里呢？应该会肚子饿才对。"

三人讲定此事要守口如瓶后，用绳子将枯枝捆好。

H想早点回家。不知是不是爬峭壁时腹部用力的缘故，有大便泻了出来。明明有便意却硬要忍住，这下子后悔也来不及了。

最近H经常拉肚子，原因他自己也很清楚。因为他有个坏毛病，只要觉得什么东西搞不好可以食用，就会送进嘴里试试。

看来是昨天在海边烤来吃的贝有问题。曾听大人们说："旭日栈桥下采的马珂蛤，因为受石油污染，吃了会中毒喔。"原来是真的。

虽然裤子里黏黏的很不舒服，H却没对另两人说。

曾有一次，在山上草丛中拉野屎后，发现便中杂有豆粒。"会不会在这里发芽啊？"边这么想边用树枝捅着时，后方传来窸窣声。一回头，看到三个玩伴的脸。见H狼狈的模样，三人大喊："看到啦,看到啦——,我们看到你在吃便便啦——"这回之所以没说,就是因为想起当时为了平息那有损名誉的谣言,颇费了一番工夫。

沿天井川下山,穿过鹰取车站附近一处铁道涵洞时,肚子又疼了。

忍回家是不可能了,但是到途中的加油站应该还可以,H心里想。加油站虽脏,可是有厕所。

H和两人道别后,手按着下腹部缓慢行走。

说是加油站,但如今已成了空屋。街上的车辆使用汽油燃料的渐渐变少,多半为燃烧木炭或柴薪的"代燃车",所以加油站就停止营业了。

不久之前,此处仍是H他们的绝佳游戏场地,藏身在各角落玩打仗的游戏。玻璃破了正好,可以丢石头玩得更开心。

可是,最近却很少来这里玩了。之所以如此,是因为满地碎玻璃,连踏脚的地方都没有,而且厕所里粪便四溢,臭气令人无法忍受。

来到久违的加油站,H原本仍犹豫是否要去蹲那脏兮兮的厕所,但忍耐已到极限,只好赶紧伸手握住门把。生锈的门随着叽叽嘎嘎的声音打开,H的眼前出现一双穿着鞋子的脚。有人吊在那里。

战战兢兢抬头一看,竟是娘小哥。

上吊的娘小哥,眼睛是张着的。苍蝇嗡嗡绕着他的脸打转。娘小哥的裤子被小便弄湿了。H也吓得失禁。再加上又拉肚子,只觉得下半身愈来愈湿黏。

H回到家,将娘小哥的死讯告诉父亲。

"我去报警。"父亲说着连忙出门。

冲进自家厕所上过之后，H来到后院用水管冲洗。换了条裤子，又赶往加油站。因为H心里想，若是不在旁边陪着的话……

娘小哥仍吊在那里。可是H并不害怕。

"不想当兵的娘小哥，就只有一死了啊。是不是与其上战场被子弹打死，自己上吊自杀比较好呢？"H心里想。

警察骑脚踏车赶到，警防团的大叔拉来了板车。

割断上吊用的绳子，娘小哥啪一声掉下来。

大叔等人将脸别开，一面怕弄脏手，一面将尸体抬上板车，用草席随便盖住。

"要送去哪里呢？"H问，警察闻声斥责：

"小孩子不用知道。不准跟来。"

目送板车离去，H这才放声大哭。因为觉得娘小哥实在太可怜了。

再怎么擦，眼泪还是不断流下，怎么也停不了。

一个礼拜后，娘小哥的母亲也过世了。

附近的邻居都来参加丧礼。

警察也来了，逢人就问："有没有亲戚来？"

"没有，没有。"H上前这么说，警察怒斥：

"没有人问你！"

"因为我认识尼崎的叔叔，才会说没来啊。"讲完立刻逃开。

不只是亲戚，就连电影院的同事、朋友，都没有任何一个来参加丧礼。

刀叉

自小学二年级起，H 就开始用刀叉吃饭。那是银制的刀叉，又大又重，小孩子使用起来很不称手。妹妹好子虽然只有五岁，拿都拿不稳，却也有样学样跟着努力尝试。

"如果现在就习惯使用刀叉，对未来一定有帮助。"由于母亲敏子这么说，两个孩子也无可奈何，吃饭的时候只好辛苦一点了。

母亲似乎认为，为了孩子长大成人之后不论在何处用餐都不会紧张，现在就让他们适应刀叉，是件重要的事情。

只不过，吃的是极其普通的家常菜，与西餐相去甚远。

吃可乐饼的时候是还有那么一点气氛，但是吃烤鱼、炖煮蔬菜的日子就伤脑筋了。

刚开始让孩子使用刀叉时，敏子还用汤盘盛味噌汤，想教他们如何以汤匙喝而不发出声音。浮着豆腐的味噌汤，用西餐汤匙来喝根本不好喝。

"这太过头啦，味噌汤一定得用碗来盛才对吧。孩子们连筷子都使不好也不行啊。"

幸亏父亲帮忙提出异议，虽然只有这一项，但总算不必用盘子喝味噌汤了。

尽管 H 愿意忍耐以刀叉进食，这古怪的餐桌风景，却绝不能让朋友们知道。

因为他觉得，一家四口围着折叠式矮桌，跪坐榻榻米上，小孩子使用刀叉进食的景象，不论怎么看都不正常。

与 H 家并不相称的高级银制刀叉，是美籍宣教士史坦博斯女士返美时赠送的纪念礼物。除了刀叉之外，还附赠了两组边缘有花饰的大盘子各半打。那盘子非常美，H 也很喜欢。

可是用那盘子盛饭，再用刀叉进食，是相当困难的事。

敏子之所以会有引进刀叉作为餐具的念头，起因于受邀至史坦博斯女士家作客，一顿以刀叉用餐的款待。

面对刀叉，敏子显得不知所措。

"要不要换筷子？"

史坦博斯女士见状，以流利的日语这么问。敏子婉拒，努力依样画葫芦进食。敏子当下便暗自决定，日后一定要让孩子们学会西式餐桌礼仪。

史坦博斯女士虽是美国人，却一口流利的日语，是因为她自昭和三年（一九二八）起在日本待了六年，并致力于基督教的传教工作。她是美国一个教团的宣教师，该教团与敏子所属的教会常有交流。

之前来日本的艾柯尔宣教师也一样，在日本各地走动，也曾多次顺道造访神户的教会。H 一家，与两位宣教师连同家人都有交往，有很多机会贴身观察与日本相异的风俗习惯。

异国来的人们，为了要能使用正确日语讲话而努力的模样，令敏子深受感动。除了立刻让孩子们开始习惯使用刀叉外，就连讲话用语，敏子也打算在家要尽量使用标准语。

她的考虑是，未来孩子们必须到异地生活时，应该不至于因语言而有所不便。

"在外头说神户腔没关系，可是回到家请用标准语。"

母亲对 H 说。

"标准语？那不可能吧，我不会说什么标准语啊。好子也要用标准语吗？"

"我当然希望好子也能那样做啊，可是做哥哥的得先当个好榜样才行。收音机里播音员所讲的，就是日语的标准语。试着学那种说话方式。你妈刚来神户的时候就是那样练的，你也可以。"

母亲突然以与平常不同的用语讲话，逗得 H 笑了出来。

"平常都要那样说话呀？"

"尽可能注意，试着说说看吧。"

母亲一脸认真地讲话时，是不可违逆的，"这下可有得受了。"H 心里想，但也只能认命。

"我会尽量试试看，可是，同样是日语，却和神户腔差好多……不过，讲标准语这件事，我不想让朋友知道，绝对不要。有朋友来的时候，就让我破例吧。"

"为什么？"

"因为他们又会笑说，我们家还真奇怪。"

"我不觉得这有什么奇怪的。听到美国人字正腔圆说着日语时，大家都会感到佩服，如果你能说一口标准语，也会让人佩服的。"

"我才不想让人佩服呢。"

H 着急地说，可是母亲完全不明白儿子的困扰。

史坦博斯女士的日语究竟如何流利，当时四岁的 H 已不复记忆。可是，她回美国时，在美利坚码头看着大船送行时的事，却记得很清楚。

锣声响起，船缓缓离岸，手中的彩带卷一圈圈散开拉长。听来悲伤的汽笛声响起，系在送行群众与船之间的五彩纸带在风中化为碎片飘落，浮在晃荡的水面。接着，船朝外海渐行渐远。这些情景深深烙印在眼底。

对 H 来说，那是第一次体验与身边的人别离的感受，所以印象才会特别深吧。

由于那时的记忆已与使用刀叉用餐建立了关联，因此在 H 心里，并不觉得美国有多遥远。史坦博斯女士回国之后，不时会寄卡片来。

看着那些圣诞卡或风景明信片，H 每每这么想："长大以后，我一定要去美国。"

进小学时收到一张写有贺词的明信片，上面的照片是纽约栉比鳞次的高楼大厦，H 看了非常讶异，问父亲：

"这么高的楼，是怎么盖的呀？"

"因为美国是个了不起的国家，拥有世界一流的技术。下礼拜我要去詹姆斯先生那儿，到时再帮你问问明信片上那些大楼的事吧。"

詹姆斯先生是一位居留地[1]的贸易商、"詹姆斯商会"的经营者，美国人。盛夫曾表示，此君属意的西装款式，要比同属英语

---

[1] 旧租界。——译注

系的英国人来得时髦。性格爽朗声音洪亮，在定制费之外往往还会另给小费，是个大方的人。可是呢，在定制费上通常也会讨价还价。

"外国人虽然会明白讲价，却会给小费，最后算起来价格还是相同。这不一样的习惯还挺有意思的。"盛夫曾笑着这么说。

詹姆斯先生曾在圣诞节送给H一个很棒的玩具。那是一辆美国的消防车。或许是因为拥有和日本不同的高耸建筑，分成多段折叠起来的梯子可以伸得很长，朋友们见了都很羡慕。

为詹姆斯先生假缝试穿回来后，父亲说：

"我知道啦。这张照片里最高的那栋大楼叫作帝国大厦，完成于一九三一年，也就是昭和六年。比你出生晚一年。"

盛夫通常都用"你"来叫自己的儿子。

想到这么高的建筑物竟然是小一岁的弟弟，H非常开心，笑着说："虽然是弟弟，个子却好高啊。"

父亲接着又说地下铁的事给他听。

"据说纽约地下铁的通车时间，比东京早了二十七年。那是明治三十六年（一九〇三），比我出生晚一年。所以美国的地下铁是我的弟弟啰。"

父子俩看着明信片上的照片，同声说道：

"美国的弟弟真了不起！当哥哥的可得加油才行。"

H暗自决定，要练得更善于使用刀叉。

"法国人是不是也一样用刀叉吃饭呢？"

"没错。接下来我要去三宫，为一家餐厅的大厨假缝试穿，到时候要不要跟我一起去？"父亲说。

"要去要去，就算向学校请假都要去。"

盛夫打算带 H 去法国餐厅，是因为想让孩子留下另一个美好的回忆。不过，这一点暂时保密。

大约过了两个礼拜后的一个下午，H 放学一回到家，父亲便说："我们走吧。"

似乎是特地调整了假缝试穿的时间，等着一起出门。

去三宫，搭市电约需四十分钟，或是搭省线电车只需十五分钟，H 说："搭市电好。"因为他希望乘车时间能尽量久一点。

那间餐厅在元町大丸百货店的斜对面，门前马路有电车线经过。

二楼是餐厅，一楼是有成排酒瓶的酒吧。楼梯扶手上有金色的唐草纹雕刻，呈弧形通往二楼。

登上楼梯，来到餐厅的客席。窗户挂有胭脂色天鹅绒窗帘，餐桌上立着未点燃的蜡烛。天花板装有水晶吊灯，但也没开灯，室内一片昏暗。

"感觉这里不像是日本。我在电影上看见过这种屋子。跟那个好像啊。简直像是到了外国一样。"

H 兴奋地说着，在桌椅间穿梭。

一面大镜子旁有扇通往厨房的双向门，盛夫推开走了进去，H 连忙跟上。里面是排放着锅子和瓦斯炉的大厨房。脸上堆着笑迎向父亲握手的是个高大金发的人。那位是法籍大厨皮耶鲁先生，盛夫向他介绍 H："我儿子。"

皮耶鲁先生头戴一顶白色高帽，好像都快顶到天花板了。H 的父亲却是小矮个，两人站在一起，看起来像是漫画，有点好笑。

"从这里下楼走后门出去，可以看到你喜欢的东西哟。"父亲笑着说。

H 依照指示，打开酒吧的后门出去。外面是条窄巷，对面也有一扇门。打开门一看吓了一跳。原来那扇门通到电影院里面。

"这样啊。"H 心里想。原来餐厅和电影院是夹着同一窄巷比邻的两栋建筑。

虽然从外面无法进入这条巷子，但现在知道，父亲来此为人假缝试穿时，可能经常看电影。

银幕上播放的是外国电影，一个鼻下蓄小胡子的男人，以一种慌张而不稳的有趣走路方式，在工厂里东躲西逃。最后，被不停转动的大型机具卷了进去。那慌慌张张的动作非常滑稽。

H 认为那只是电影，并不是真的。因为要是真被齿轮夹到，可是会死人的……那到底是怎么拍摄的呢？左思右想，还是不明白其中的奥秘。

那部外国电影虽然没有对白，但连 H 都看得懂。"这比《爱染桂》有意思得多。"H 很是喜欢。

可是，父亲没多久就来找人，H 觉得很遗憾。

"下个礼拜我送西装过来的时候再让你跟，到时候还可以看。另外，皮耶鲁先生说有东西要给你。"听父亲这么说，H 又乐了。

皮耶鲁先生给的是他从没吃过的柔软蛋糕。

要把这完好带回家而不碰坏可伤脑筋啦，正这么想时，皮耶鲁先生拿来碟子和小叉，说道："在这里吃吧。"

说的应该是法语，H 却能够立刻意会，自己也觉得很不可思议。但话说回来，皮耶鲁先生是用法语跟父亲说话，而父亲以日语回答。

由于两人似乎能够顺利对话，H 不禁觉得："原来啊，我现在才知道。"

定制西装的顾客，有法国、美国、德国、意大利等好几个国家的人，H 原本还纳闷：“爸爸究竟会讲几国语言啊？”觉得很不可思议，但盛夫只是很平常地讲日语而已。看来盛夫是将皮耶鲁先生或佛利德里希先生视为与国籍无关的个人与他们往来，若是定制西装这种程度，不论用哪种语言都可以沟通。

隔周的一个下午，H 又当跟班来到皮耶鲁先生的餐厅。

满怀期待走进电影院，看到的却是相同的画面，很失望。

若是晚一点来的话就可以接着看下去了，心里难免遗憾。

父亲来找人时听到抱怨，说道：“要是将近傍晚的时候才来，皮耶鲁先生不太方便，因为要忙着准备晚上的餐点。好像下个礼拜要换片了，今天你就多看一会儿吧。我去买衬里和纽扣，你就在这里等。”

H 听了心想：“爸爸真好。”

大约一小时之后，父亲来接人，同时告诉 H，这部电影的片名是《摩登时代》（*Modern Times*），那个小胡子是卓别林。

那一天，皮耶鲁先生说有个儿子和 H 同年，拿照片给两人看，同时邀下个礼拜天去家中做客。听说他太太是日本人。这是父亲帮忙翻译的。

当天的礼物不是蛋糕，是味道有些奇怪的奶酪，但也很好吃。

回到家，H 一比较就发现，餐厅的刀叉都亮晶晶的，家里的却略显暗沉，不免有些在意。

“蘸点牙粉刷刷看。”依母亲所言刷过后，刀叉真的变得亮晶晶了。H 非常高兴，接着又刷了好几支。刷着刷着，发现其中一支，四根叉齿中有一根稍微弯曲。

H 试着扳正，先用手指压，可是太硬，并没有复原。虽然知道除了用铁锤敲之外别无他法，但这么做会造成伤痕，于是用手帕包起来敲。

用铁锤敲了几下，却往反方向弯过了头。连忙想要扳回来，不料"咔"一声折断了。

"完蛋了。这下该怎么办才好？"H不禁担心，意外的是母亲并未生气。

这可真少见哪，H正觉不可思议时，母亲说话了。

"以后那支就是你专用的。比较好认。"

H松了口气，但也难免失望。

可是，当H觉得无可奈何只能死心的时候，好子开口了。

"那支给我用吧。哥哥掉了牙，用那个不好吃饭。"

差两岁的好子喜欢"哥哥长、哥哥短"地缠着，H一直觉得很烦，现在听到这番话，不禁为自己的小心眼感到汗颜。

"我不再是个会迷路的小孩了。"好子难为情地说。

好子四岁的时候，有一回H正和朋友玩得兴起，妹妹也想加入，H觉得碍事，就说要玩捉迷藏让她当鬼，大家趁躲起来的时候转移阵地到别处玩耍去了。

一阵子之后，H想起妹妹还在当鬼，连忙赶回原地，却不见人影。看来，好子是一直都找不到哥哥他们躲在哪里，到处走就走丢了。

忧心忡忡的H请朋友帮忙寻找，直到黄昏都没找着，这下事情闹大了。

就在天色即将转暗时，远方有个陌生的阿姨背着妹妹走来。

H见了顿时松了口气，一屁股瘫坐在路上。

"幸好没事、幸好没事。"被母亲和众邻居围住的好子还傻傻的，不知道大家都急坏了。

据那阿姨表示，当时好子独自一人在距离相当远的海边走着，她觉得不太对劲，于是主动上前询问。

"我问她是谁家的小孩，可是她只会说'那边'和'这边'，实在摸不着头绪，看来真的绕了很久。不过这孩子都没哭，还说是在跟哥哥玩游戏。年纪这么小，却是个勇敢的孩子。"

H听了立刻上前抱住妹妹赔不是。"对不起，请原谅我吧。"

不用说，H后来自是挨了一顿臭骂。

尽管H当时感到懊悔，之后依然觉得被妹妹缠着很讨厌，还是会在不被母亲看破的前提下不理好子。

可是，在叉子这件事之后，H对妹妹的态度就彻底改变了。

即便将少了一齿的叉子摆在自己的盘子旁，好子也会找机会悄悄换走。这一点也令H折服。

不禁觉得妹妹实在是比自己要善解人意得多。

二钱浆糊

离家朝山区走约两公里再溯妙法寺川而上，有一座被孩子们昵称为"小菩萨"的权现神社。那座神社每逢庙会祭典都有各式各样的民俗杂技聚集而来，生性好奇的 H 年年都会去看。

"我已经四年级了，可以自己一个人去。" H 说完便出门了。

一穿过神社鸟居，立刻发现旁边有个装了透镜的奇怪箱子。

"去年没见过，应该是第一次来小菩萨的吧。打哪儿来的呢？"

似乎很有趣，于是 H 上前在一旁直盯着。

那口装有车轮的箱子约莫打横的一扇纸拉门那么大，漆成黑色，四处打上金色卡锁，看起来相当气派。箱子较长的一面，装有十面左右直径五公分的透镜。透镜分为高低两列，高的应该是成人用，低的则是儿童用。

在装有透镜的箱子上，一对大叔和大婶铺了厚坐垫相对而坐，手持有如长尺的竹板啪啪敲着，同时和着节奏吟唱，像是在解说剧情。

每唱完一段，大叔就会拉一下上方垂下来的绳子。每拉一次便会发出咔咚一声，似乎是箱内有什么物体落下。

H很想由透镜一窥箱子里究竟是何模样，无奈口袋空空如也。

怎么样才能凑上去瞧瞧呢？他绞尽脑汁，终于想出一个好主意。他贴近一个正由透镜窥看的大人，小声说道："呃，原来沙眼就是这样传染的啊，真可怕。"

沙眼是一种传染性眼疾，当时有许多眼睛红通通的患者。由于沙眼是造成失明的主要原因之一，学校里也安排所有学生至医务室洗眼。

"是不是这样就会得沙眼啊？"H认为，只要在旁边这样嘀咕，一定会有人感到不安而离开透镜。可是事情并没有想象的那么简单。

虽然连续三个大人都相应不理，他还是很有耐性地转换目标，在一旁嘀咕。

第四个叔叔将眼睛别开，瞪了H一眼。

"真是的，你这孩子好烦哪。"说着走开了。

H立刻冲到空出来的透镜前，想要一窥箱内时，脑袋挨了一记，顿时眼冒金星。抬头一看，台上的大叔扬起竹板，正要再次打下。H飞快闪到那根棒子够不到的距离外，嘴里说道："是刚才那位叔叔说，我可以接着看的嘛。"

这便是H的计谋。不知大叔是否相信了这番说词，总之，他又继续唱下去。八成是没有闲工夫理会这个捣蛋鬼，否则剧情会被打断，只好忍下来了吧。

H边提防大叔的竹片再伸过来，边由透镜窥看。

挂有两颗灯泡的箱内明亮，可以看到有如戏剧演出的广告招牌画的图画清楚浮现。那图画和贴花的毽子板一样，贴有让角色的衣物呈现立体感的美丽布料。用色之美，令 H 看得入迷，心跳加速，赞道："真实的戏剧演出也不过如此。"

画中呈现的是街道一片火海的火灾场景。不知是否为了观察火势，有个披头散发的女人登上了消防瞭望台。接着从上方落下遮住前一张的画中，那女人已经遭逮捕绑了起来。接着就被处以磔刑。如此换了五幅画后结束，里面的电灯熄灭，变得一片漆黑。

离开这口杂耍箱时，H 行了个礼，说道："好有意思啊。画很漂亮，谢谢。"

见大叔和大婶都笑了，这才松了口气。

感觉到两人脸上的不快已经消失，H 厚脸皮地想着："那我明天还要来看喔。"

第二天，好子说："我也想去看庙会。带我去。"但 H 以"不行，你一定又会走失"为由拒绝，一个人往小菩萨院内去了。

H 并未立刻走近箱子，而是先在远处物色可能成为冤大头的成人。

虽然身子半躲在神社牌楼的柱子后面，台上的大叔却眼尖看到，边唱边用竹板指来，吓了 H 一跳。

可是没想到，大叔却像在招手般比画"过来看呀"。H 做出"我没钱"的动作。大叔点头示意"没关系，来看吧"。H 这才稍微放心走过去。

怎么也没想到，竟然这么简单就让自己看白戏，H 因此认定这位大叔是个好人。每次遇见会给自己方便的人，H 都会飘飘然地立刻抱持好感。

由于得以从昨天没看到的开场全部看一遍，H 非常满足。虽然看一遍不太够，还想多看几遍，但觉得"还想再看"这要求太过分，便忍住了。

放弃看画的念头后，H 转而观察大叔大婶唱词的嘴型，跟着唱腔和台词学了起来。而且，还根据唱词回想箱子里那些画中相符的场景。

最后，因为 H 反复听了五遍之多，大叔颇为讶异，用东京腔问道：

"你读几年级啊？这么喜欢这个，要不要跟我回去当徒弟啊？"

H 有点害怕，便悄悄自箱边溜掉了。

因为他想起曾听邻居一位大婶说过："跑江湖的杂技团会诱拐小孩。"

回到家，确认过母亲上教会不在之后，H 便悄悄将看过神奇箱的事，还有大叔以东京腔所说的话，向父亲报告。因为知道父亲听了不会生气。父亲说：

"那叫作'西洋镜'。关西也有，不过你说那个人操东京腔，应该是从东京过来的吧。许久前报上曾经登过，'因应当前时局，于靖国神社院内表演杂技有失庄重，一律禁止'的新闻，所以被赶出东京寺院，大概是四处旅行之中来到神户的吧。你看的西洋镜，演了什么戏码？"

父亲这么一问，其实不太明了故事内容的 H 说道：

"有火灾，有个身穿和服的女人登上消防瞭望台。然后被捕，被处磔刑杀死了。"

而后凭记忆模仿大叔的腔调，拿起父亲做西装用的尺，啪啪敲着桌面唱了起来。虽然只唱出开头的一部分，却也相当具有"西洋镜"的味道。

"此处乃驹入吉祥寺，别馆之内书院，展卷之后呀……手微动而眼传情……阿七喜好之长茄……"

儿子唱得起劲，父亲见了却是目瞪口呆。

"那是《卖菜女阿七》的戏码，你了解唱词的含义吗？内容有些色情，最好不要在别人面前唱喔。"父亲说。

"哪里色情啊？内容到底在说些什么？告诉我嘛。"H央求。

父亲没办法，只好逐句将H所唱的内容解释给他听。得知那故事是发生在过去东京仍称为江户时的真实事件，H心底不禁一声感叹。

"在驹入那里的吉祥寺中……"

"叫作驹入的那个地方，真有一座叫吉祥寺的寺院吗？"

"应该有吧。我没有去过东京，所以也不清楚。"

"别馆之内书院……展卷之后呀……"

H唱了一段之后又问。

"什么是内书院？展卷又是什么意思？"

"位置靠内侧的书斋，就是读书的房间。展卷就是用功读书的意思。"

"哦。"搞懂之后H继续唱下去。

"那个有卖阿七喜欢的长茄、还有从头到尾长着毛的玉米棒的果蔬铺，索性一把火将它烧……"

唱到这里，父亲制止说："够了够了。"H却执意追问：

"阿七这个女人，是不是很喜欢茄子和玉米棒啊？"

父亲面有难色，犹豫了一下。

"那也有色情的意味，最好别再唱了。在你妈面前绝对是不行的。还有，在学校也不可以唱。因为西洋镜是大人看的玩意儿。"

H仍不明白为何茄子和玉米棒会色情，但很少见父亲如此严肃，便不再追问。不过，他还是试着一吐满腹的不服。

"西洋镜的箱子上，也有给儿童看的位置啊。"

"那是给跟父母一起去的小孩看的。"

父亲的说法一反平常不合道理，H觉得爸爸今天有些奇怪，于是改变话题。

"给小孩子看的纸剧场，妈妈也说不准看，都不给我钱，很伤脑筋啊。也不给买零食的零用钱。"

每天的点心时间，敏子都会将几种糖果饼干各放一些在小铝盘里分给孩子。她认为，生活所需都经由家长挑选买给孩子了，所以不必再给零用钱。因为她相信，自由使用零用钱，会让孩子变坏。她的说法是：

"零食铺子的东西不卫生，最好别买。想要什么就说，妈妈会买给你们吃。"

可是，这却让H很受不了。

H曾发脾气将铝盘往矮桌上敲，盘子变得凹凸不平。

好子的盘子完好如新，一点凹痕也没有，所以一眼就可以看出哪个是谁的盘子。虽然敏子也知道H对于酌量分配的点心有所不满，但仍坚持自己的方针。

H堵住好子的嘴，偷偷将盘里的点心塞进裤袋，到外面跟朋友交换。交换的方法是，一同上零食铺子，由朋友购买H想要的东西，然后两人交换。

这种交易颇受朋友们欢迎。他们能从H这里换到的有，银纸包装的巧克力一颗，水果糖三颗，花生数粒，或饼干数片等等，每种都只有少量，但和小铺子卖的零嘴都不同，可说是皆大欢喜。

拜此之赐，撒了黑砂糖的米花、香烟糖、俗称炸弹的薄荷糖等等，这些零食铺子卖的东西，H都可以自由挑选，成为自己的囊中物。只不过，唯独看纸剧场一事依然无计可施，他伤透了脑筋。

　　纸剧场叫卖的梆子声，通常都在四点左右传来。每次一听到梆子声，H就会坐立不安。

　　当梆梆梆的声音在街头巷尾绕行时，附近的男孩便一个个冲出家门，聚在巷内的空地。虽然H也会赶去，但不会靠近纸剧场的脚踏车。

　　老板用钥匙打开后架货箱的抽屉，先向孩子们兜售麦芽糖。

　　没钱买的H，偷偷躲在摆花盆的架子后面，等待纸剧场开始。可是，通常都会被老板发现，喊道："走开，不可以白看。想看就回去跟妈妈讨了钱再来！"同时用像是赶狗的手势将H赶走。但H可不会这样就放弃，都会在远处伸长了脖子看，一集都没错过。

　　因为，要是不知道《黄金蝙蝠》、《怪杰白头巾》的剧情，朋友们聊起这个话题时就无法加入。

　　H无论如何都想要零用钱。他曾因试图侵吞购物找回的零钱被拆穿，遭母亲痛斥，还被罚向神忏悔，乞求原谅。

　　敏子的现金管理非常完美，就算只少了一钱都会立刻察觉。而且衣柜里放钱包的抽屉还有机关，每次开关都会发出"啪"的一声，想偷是不可能的事情。

　　"我好想要零用钱喔。想付了钱，站在前头看纸剧场。"

　　听了H的要求，父亲像是突然想起似的，说道："能不能去帮我买两团浆糊？"说完就给了两份的八钱。

　　父亲为何会突然这么说呢？浆糊跟零用钱有什么关系呢？虽

然觉得很奇怪，H还是拎着小水桶出门了。

做西装时，像是缝制衬里等步骤都必须使用浆糊，营业用的浆糊得上八条街外的二叶町五丁目的小田原浆糊店买。这是固定由H负责的工作。

浆糊店是一家门面一间半（小于三米）宽的小店，只制作和贩卖浆糊。该店的浆糊，有拆解和服清洗后上浆用的浆糊、洗衣店用的浆糊、灯笼店用的浆糊等，依商业用途分为或软或硬等多种。H要买的是较硬的浆糊。那种浆糊就放在外头玻璃门前装满水的桶子里，像豆腐一样泡着。与豆腐不同的是形状呈半球形，因为制作时将浆糊置入碗形模具，才会呈半球形。

H之所以每个礼拜都得跑浆糊店，是因为那种浆糊无添加防腐剂，若是一次买太多，就会发霉坏掉。

H买回来后，父亲说了一番玄妙的话。

"买回来啦？其中一团就免费借你到下礼拜吧。一定要还我喔。这一团浆糊是四钱，学校工艺课用的瓶装'不易糊'[1]，一小瓶要四钱对吧。一团这种浆糊，可以分装成几瓶呢？"

"可以装成四瓶。"话一出口，H立刻明白其中的玄机。因为，其实H一直都是将营业用浆糊装进不易糊空瓶带去学校用的。

"爸爸头脑真好啊。"H佩服得五体投地。

"这件事就当作我们父子俩之间的秘密吧。"父亲笑着说。

翌日，H在教室这么对同学们说：

"明天浆糊大特价。不易糊一瓶要四钱，跟我买浆糊只要二钱。"

---

[1] 日本老牌文具商"不易糊工业株式会社"的主力商品。——译注

"为什么？"

"因为是将营业用的浆糊特别分装的。跟家里讨四钱，扣掉二钱之后还剩二钱。这二钱就可以当作自己的零用钱了。不过，'二钱浆糊'只有四人份。先讲先赢啊。"

话一说完，立刻有六人要订购，只好猜拳决定。

"便宜归便宜，可是绝不能让父母和老师知道。要是被拆穿就惨了。"

翌日的工艺课，向 H 买浆糊的人得意洋洋地向其他同学炫耀："二钱浆糊、二钱浆糊！"

H 的"二钱浆糊"很受欢迎。H 将第一份的钱还给父亲，用剩下的钱买了下一批预约的浆糊。

"浆糊发霉坏掉啦。"虽然有人如此抱怨，H 却表现得很强硬。

"那当然比不上不会发霉的高价不易糊啊。可是只要打开瓶盖泡在水里，就可以维持两个礼拜。都已经赚了二钱，就别挑剔啦。觉得不好的话，不买也无所谓。"

只不过，工艺课的浆糊用量并不大，要不让剩下的浆糊坏掉，对没经验的孩子来说相当不容易。于是，H 提供了一个鬼主意，怂恿同学：

"就说工艺课需要很多浆糊，用完了，再讨钱来买不就得了。"

由于买方每次也都可以毫不费力就赚进二钱，对双方而言都有好处。H 的"二钱浆糊"生意超乎预期地顺利扩展。

最初是将一个分装成四瓶，第二个礼拜就买来三个分装成十二瓶，再一个礼拜就又加倍。工艺课的前一天接受预约，虽然得避开母亲的注意去进货比较辛苦，但 H 一直很努力。

要赚零用钱，还有其他地方得费心。由于"二钱浆糊"是在教室进行交易，除了得小心别让老师看到之外，还必须预防没买浆糊的同学去告状，采取的方法就是分送从家中橱柜偷来的水果糖，有这些个地方得费心。不过这些都收到了效果，一个月下来收入超过了二元五十钱，H乐透了。

父亲虽然没给H任何零用钱，但传授了自行挣钱的法子，还提供种种协助，比方说帮忙将前一天提水桶购回的浆糊藏在檐廊下面。

H首度用自己的钱买了纸剧场的麦芽糖，光明正大地站在最前面看。从澡堂返家途中也可以去吃刨冰或是当地俗称"肉天"的什锦煎，享受出手阔绰的感觉，H非常开心。

"明年的'西洋镜'，我要付钱看。"H下定了决心。

有一天，长一岁的木炭店育夫，以俨然大人的口吻说道："虽然我们都不会说，但万一附近有什么风声传到你妈那里，你就要倒大楣了。小偷之所以会被抓到，关键往往是乱花钱而露出马脚啊。"

一番话说得H心惊肉跳。虽然万万没想到会被人喻为小偷，但也觉得确实存在这种风险。于是决定日后用钱要小心，以免引人注意。

首先，将藏钱的地点从家中书桌抽屉转移到巷底无人会发现的角落。那里是相隔两户的年糕店后面，靠近化粪池口的地方。"秘密金库"，是个像是抽掉一块砖而形成的凹洞。那里曾是H藏弹珠的所在，因为旁边是又脏又臭的地方，过去从不曾被别人发现，是绝佳的金库。

好不容易能够自己赚取零用钱，但H还是不太放心。因为他有预感，"二钱浆糊"的生意并不能长久持续下去。

四年级的工艺课，会使用厚纸板来制作笔盒和明信片盒，但升上五年级后，便换成使用刨子、锯子以及木板来制作书架之类的木工了。如此一来，就不能像过去那样靠"二钱浆糊"作为收入来源了。

　　"好时机可不是经常有的，生意还真不好做啊。"H心里这么想。

地图和鸡蛋

H强忍尿意，背着书包快跑。全速狂奔，就连运动会时也不曾跑得这么快，铅笔盒里也因而咔嗒咔嗒激烈作响。"如果在学校上过就好了。"H非常后悔。

其实他在学校曾去过厕所，但反常的是看到一整排面向小便斗的背影竟然客满，只好放弃，连忙冲出校园，觉得应该可以忍到回家。

途中看到有个同学对着电线杆小便。能那样撒尿想必很痛快吧，令他相当羡慕。可是，母亲严禁他在路边便溺，只得忍耐。

好不容易回到家，H书包一扔就想冲进厕所。可是门却锁着，打不开。咚咚敲了敲门，里面传来妹妹的声音："等一下，马上就好。"

等了一会儿还是没出来。"在里面干什么呀！"他大骂，但是忍耐已到了极限。

于是决定从走廊绕到后院去撒尿。

起初还有些犹豫，但因后院是水泥地，到时用水冲一下就好。

H想掏出鸡鸡，可是慌乱之下竟一时掏不出来。

终于尿出来了，却撒得一点也不带劲。

这时，H突然醒来。

原来是又尿床。裤子湿了。他很懊悔，如果早一点醒来的话就来得及了。

都已经四年级了，可是H每个礼拜还是会尿床一两次。相反的，妹妹好子从小就不曾尿床。这项差异，对H造成沉重的压力。

一家人睡觉时分为两组。H和父亲、好子和母亲各盖同一条棉被，但躺的方向相反。也就是说，双方的脚对着脚，头在相反的外侧。这种睡法很合理，因为冬天睡觉时可以将被炉夹在中间。

H的头靠近走廊。在寒冷的季节那位置是有点冷，所以竖了个枕头当屏风，以免寒风从缝隙钻进来。讽刺的是，那寒冷的位置却最适合H。因为，那是家中离厕所最近的地方。

离厕所近归近，如果感觉有尿意却起不来的话就不具任何意义。

即使半夜醒来，多半也已经来不及。当H发觉大事不妙，窸窸窣窣处理时，往往会吵醒睡在旁边的父亲。

如果要换褥子重铺，恐怕会连母亲和妹妹都吵醒，不能那么做，只好采取紧急应变措施。就是使用一块称为"遮掩地图用褥子"、约半张榻榻米大小的正方形薄褥子，暂时将湿掉的部分盖住。这块褥子，是母亲敏子将一条旧毯子折叠缝合而成的特制品。

H并非故意将褥子当成厕所而毫不在意。

若是这样下去，他担心三年后会连中学都没法上。他也一直努力，想靠自己的意志力起床，在清醒的状况下小便。只不过，始终难以如愿。

有一天夜里，他感到有尿意后马上就醒来，看了看旁边的父亲仍在睡梦中，然后走去厕所。在厕所门口遇到妹妹，妹妹还说："哥哥你醒了吗？"

"嗯，没问题。"H回答，确认自己是清醒的之后，心想："嘿，今晚不错喔。"便开始撒尿。可是，竟然还是在被子里。

当时觉得自己真是没用，连哪一段是梦、哪一段是现实都分不出来。他不禁担心，若是继续像这样连自己都无法信任的话，会不会变成神经病呢？

妹妹之所以经常在梦里出现，或许是H的自卑感作祟也不一定。

话虽这么说，妹妹其实从来不曾嘲笑他。反倒是，好子似乎还为哥哥尿床而感到难过。

对于尿床一事，双亲从不曾抱怨或说出类似说教的话，是H唯一可以比较安心的部分。在家里，大家并不会刻意对于尿床这件事视若无睹，但会尽量避免拿来当话题。一个例子就是不讲"尿床"而是说"地图"。这说法是好子发明的。

当时还没上小学的她，看到被H弄湿的裤子之后说："好像地图喔。"这让H稍微松了口气，笑着说："我在睡觉的时候画了一张地图。"

从此之后，"尿床"一词自家中消失，取而代之的是"地图"，但对H而言，即使"尿床"换成了"地图"，屈辱感却并未消失。

虽然也试过睡前不要喝水，或要求父亲摇醒他，但似乎都不太管用。

三年级暑假，去实子阿姨、也就是母亲嫁到广岛县熊野村的妹妹家里玩的时候，H又尿床了。

阿姨家以宪行居首,共有五个小孩,H心想,要是再犯就太丢脸了。所以睡前就像念咒语一般,默念了好几遍:"这里不是自己家,是表哥家喔。想尿尿的时候要赶快起来啊。这里可不是自己家啊!"然后才睡。

可是,H早上起床一看,裤子还是湿了。发现时,他吓得惊慌失措。

H企图隐瞒,连忙将被裤折起塞进壁橱里。这时实子阿姨正巧走进房间,令他心头一惊。结果,却听到阿姨这么说:"好乖,会自己折棉被呀,你们要好好学学人家才行。"吓得他冒冷汗。

H原本预定要住两晚,却临时变更行程,决定当天下午就要搭巴士回外婆家。

"不是讲好再多待一天,玉枝姊会来接你回去的吗?"阿姨想留住H,但他说:

"来的时候我也是一个人,我自己会回去。只要搭巴士到终点站就是福山了。"

H在巴士上看着送自己到站牌、不住挥手送行的阿姨和表哥他们,心中满是愧疚。

虽然H总是一副近乎吊儿郎当、满不在乎又无忧无虑的模样,但其实也有不少小孩子特有的烦恼。

尤其是自己看着画上了"地图"的裤子时,虽然会故作开朗地说:"今天的地图好像美国啊。"但其实内心郁闷得不得了。

在闯祸那天的早上,H局部清洗过地图的部分后,将裤子折起顶在头上爬楼梯到二楼的晾衣台。将裤子摊开搭在护栏上晾之前,会特地仔细观察一下周遭。这是因为得提高警觉,以免正在晾有渍迹的裤子时被住在后面的"小美"看到。

H 很喜欢须贝美智子。所以，这种事情绝对不能让小美知道。

两家后面隔着一条小巷，小美家是平房，所以从 H 家二楼的晾衣台可以俯瞰她家。不过，因为并非正后方而是隔了一户，所以无法看到小美家整个后院，只能看到靠近厕所那部分。

也就是说，为了不让小美从家中看到"地图裤子"，就不能晾在晾衣台的中央，必须晾在靠北侧的柱子旁才行。这么做，才可能尽量避开小美家的视线。

只不过，母亲不喜欢这种晾法。因为晾在中央才照得到太阳，通风也比较好。

上学之前，H 都会悄悄再上二楼确认一下，看裤子是否被移了位置。因为有时会被母亲挪到中央，不得不小心。

有一天，H 发现裤子被从特意晾着的位置挪到了中央。

"又来了！"他嘟囔着，同时如往常一样要将裤子拉起移回原位。这时，裤子从手中滑落，哐啷一声掉到后院。因为掉下去时好像打落了挂在墙上的脸盆，发出了左邻右舍都会听到的巨大声响。"在干什么啊？"母亲在楼下大喊。

登时 H 心想糟糕了。因为不巧小美刚从厕所出来，正在洗手，被巨响吓了一跳而抬头往上瞧。惨就惨在两人正好四目相对。

虽然觉得小美应该没有看到地图裤子，但不知为什么，四目相对却令他非常狼狈，难为情到了极点。

过去，H 都会假装巧遇，然后与小美结伴去上学，但后来就不再走在一起了。

说不定在那之后，小美已经抬头看过二楼的晾衣台，发现了 H 的秘密。一想到这里，H 就觉得心好痛。

就在这怪怪的感觉下，H 的初恋结束了。

只要能治好自己尿床的毛病，H什么都愿意尝试。

有一天，敏子不知从哪儿打听到一位医生，于是对H说："听说加古川那里有一位名医，会用灸法治疗尿床和拉肚子，要不要去试试？"

原以为会没有意愿的H竟然很干脆地回答："嗯，我去。"

母亲非常讶异。"灸疗很烫喔。你可以忍受吗？"母亲再次确认。

"我不要再画地图了。如果真的能治好，我会忍耐。"

H是真心愿意忍耐。拉肚子的原因，在于自己经常试吃一些古怪的东西，靠灸疗是治不好的，但这一点并没有告诉母亲。

加古川只比姬路近一些，颇有一段距离。搭火车得花将近一个小时，于是选在时间充裕的暑假，专程往返治疗。

尽管H讨厌灸疗，但能够搭乘由蒸汽车头牵引的列车而非电车，还是很开心。虽然得先搭电车到明石，但要到三站外的加古川，唯一的方法就是搭火车，这真是太好了。

在加古川站下车，敏子和H俩自南侧出口出站后开始步行。根据人家画给她的地图沿国道走了一段后再转往南。不料却突然变成了令人不安的田间小路。

"灸疗的名医，真的会住在这种地方吗？"H忧心忡忡地问母亲。

"就是说呀，再看一下地图好了。"

敏子将撑着的洋伞交给H，自和服怀中取出地图，把皱褶整平后又看了一次。

"应该没错。就是走这里。"敏子又撑着伞继续前进。

空中升起了积雨云，毒辣阳光下的田间小路，因草丛中散发的热气而更加闷热。

挥汗走了大约二十分钟，终于抵达目的地，竟是一户稻草屋顶的农家。院子里有鸡跑来跑去，旁边牛棚里的牛哞哞叫，H 非常诧异。

"这里真有灸疗的名医吗？怎么有种上当的感觉。"他心里想。

脱了鞋踏上昏暗的客厅，已经有大约十人坐在那里排队等候。里头有老太太也有孩童，看起来都是来从相当远的地方来的。

幸好屋内凉爽舒适，但看起来要等很久才会轮到自己。

在充作候诊室的客厅，为打发时间，H 拿起一本《家之光》杂志，然后先看看母亲的表情。轻轻翻开内页，母亲也没吭声，令他不禁窃喜。

原本还担心，是不是在这里同样"不准看《圣经》以外的书"。由于进展顺利，索性趴下来看。公然在母亲面前看杂志，有点像在做梦。

"灸疗也许很烫，但一定能把你治好的。"敏子这么对 H 说之后，便在候诊室里开始祷告。若是默默祷告也罢，但敏子却是叽叽咕咕地出声长祷，令 H 觉得很丢脸。

旁人满脸讶异看着敏子，但敏子祷告结束一睁开眼睛，那些人又急忙转头朝不同的方向望去。

等了约莫一个半小时，总算轮到 H。敏子和 H 被领进里面的房间，在一位被称为医师的留胡子的老者面前坐下。

"会尿床吗？"一开口就这么问，让 H 很不高兴。

"真的治得好吗？" H 问。

"嗯，不过得看你能不能持续接受治疗。"说得好像很行似的，然后一抬蓄胡的下巴，示意 H 躺到铺着的竹席上。

H 相当担心，灸炷是不是会放在鸡鸡的前端。

当他已经豁出去准备脱裤子时却遭制止："干什么呀，不必脱裤子。"这才松了口气。

捻成圆锥状的艾草被放置在腹部四周和脚等各处，燃上了火。

虽然很想忍耐，但因为太烫，H 还是咿咿哭了出来。

回程中，母亲说道："今天表现不错，就奖励一下，请你吃亲子丼（鸡肉鸡蛋盖饭）。"带 H 走进站前一家乌龙面店。由于敏子鲜少让孩子们外食，所以不论在外头吃什么，H 都很兴奋。何况，还是比玉子丼（滑蛋盖饭）贵的亲子丼。

除此之外，光是想到可以抛开刀叉，用筷子扒饭，不由得便露出了笑容。

送上桌的亲子丼，白色米饭上配着蛋的黄色，煞是好看。

那阵子，鸡蛋已经愈来愈不容易买到，H 和母亲不禁同声欢呼：

"哇！好好看！"

白饭的米好，蛋和鸡肉也都新鲜，非常好吃。

可是，H 心里却想着："这个蛋很好吃，可是像煎蛋，硬了点，可惜了。如果能再滑嫩些，一定会更好吃才对……"

H 曾模仿法国餐厅大厨在厨房示范的调理法，在自家厨房拿起平底锅，做出里面半熟的蛋包饭。因为经常被夸奖，对于自认拿手的菜色难免有些自大。

"用这种蛋来做蛋包饭肯定很好吃。妈，我们买一些蛋回去好吗？"H 央求母亲。

自家养的鸡所生的蛋受到赞美，面店老板娘很开心，去鸡舍取了六颗蛋，用报纸包好交给 H。

刚产下的蛋还温温的，H吵着说："这个让我抱回去。如果一直抱着，说不定会孵出小鸡哦。"

"小心一点，抱太用力的话会破掉啊，也别跌倒了。"才这么叮咛，H旋即在车站阶梯上跌了一跤。因为抱着鸡蛋的纸包而看不到踏脚处。

正想着糟糕时，报纸已经湿透。竟然破了两颗。

"得赶快吃掉才行。"母亲这么一说，H连忙取出破掉的蛋吸食。敏子拿了另外一颗赶紧吸，但是蛋白从手中流下，弄得和服上黏答答的。一旁等火车的人笑看母子俩吸食蛋汁，令H觉得很丢脸。

到了下个礼拜，H再次因灸疗烫哭之后，又和母亲一同掀开了站前乌龙面店的暖帘。

"您好，我们又来啦。今天还是要吃亲子丼。"说着便拉椅子坐下，但这时H心里想，以后可能会常来这里吃亲子丼，于是走向后头的厨房，决心先说清楚。

见小孩子闯进来，老板娘吓了一跳，没想到这小家伙竟然说："希望蛋能够做得软嫩些，不要煮得太硬。还有，葱不要切长段，最好能帮我们斜切。"更是令她诧异。

"客倌还真是挑剔啊。"老板娘笑着说，不过还是照H的要求做好。如此一来，更是好吃得不得了。

下一次也一样，在灸疗哭过后，又来到站前同一家店吃亲子丼。

老板娘过来招呼。"小弟弟，我照你的方法去做之后，大家都赞不绝口，真要好好谢谢你。"

H颇为得意，说道："老板娘，下次我画一张亲子丼的图来，让你贴在店里。"

回家后，H用蜡笔在图画纸上画了亲子丼。由于蛋黄的颜色画得看起来非常美味可口，连他自己都很满意。

下一趟又去加古川时，一出车站便直接前往乌龙面店，将画交给老板娘，并且说："要回去的时候我还会来。"

回程时，依照惯例来到店里点了亲子丼。

"画得真好哪。如果贴在店里，我觉得要吃亲子丼的人一定会增加。今天就让我请客当作谢礼吧。"老板娘说。

敏子非常意外，并表示婉拒："因为小孩子的一张画就这样，很不好意思。"但最后还是说不过老板娘，让她招待了一顿亲子丼。

一张画就换到两碗亲子丼，H不禁心想："这比二钱浆糊还好赚哪。好，以后就这么办吧。如果画能卖，要画多少我都愿意。"

暑假结束后改成每个礼拜六去加古川接受灸疗，又持续了一个月。

每次都咿咿地哭，每次也都一样吃亲子丼。

结果，两个月里忍受了七次烧烫，防止尿床的灸疗法却是完全不见效果。

可怜的H，之后仍一直在褥子上画着"地图"。

爱

用墨汁写在宣纸上的"诚征洋裁学徒"招贴，贴在店外玻璃窗上已有一个礼拜了。

字由敏子所写。因为父亲盛夫自认字很丑，从不提笔，所以书信及公所的文件表格等，全都由敏子负责。

至于讲话次数，敏子也远远多过盛夫。邻居和教友都说盛夫是个"沉默寡言的老实人"，但 H 却认为："我不觉得有那么沉默寡言啊。刚刚好吧。妈妈才是话太多了，很啰唆。"

"征学徒的招贴，是不是加上'开朗、身心健康者佳'比较好？"敏子这么说，但盛夫回道："不必写那些啦。只要有心想成为裁缝师就好。"

这时，H 心里想："没错，没错。"

之所以突然要征人，是因为原本的学徒宫本顺二将独立自己开店。H 家里都喊他阿顺。

在出师之前的修业期间，阿顺曾一度入伍，因为生病才返乡，已经年过三十。所以，盛夫似乎也打算让他早点独立。

对于比合约提早一年半辞职一事，敏子有些不满，但盛夫表示："就让他照自己的意思去吧，这样最好。"

H虽因阿顺离去而感到寂寞，但随即便将注意力转移到来应征的新人身上。因此放学回家后第一件事就是先问："今天有人来吗？"

招贴张贴出去后第三天，听说有个具裁缝经验的人来，但只是看看店里的情况，问了问待遇，随即便离去。看来是个想找地方跳槽的人。

"那一位并不是我们要找的人。"盛夫说。

隔天下午来了个小哥，H正好在场，也见到了。

是名像棒球选手一样的大高个儿。父亲的身高比一般人矮，是个一百五十公分出头的小个子，因此那小哥看起来更显高大。

一个礼拜只来了两个人，H觉得想当裁缝师的人大概很少，不料盛夫的说法却是相反："比预期的要多哪。"

H曾对父亲表明："我将来不想当裁缝师。不喜欢整天待在家里工作。以后我想做的是，去三宫皮耶鲁先生的餐厅当服务生，要不就是去'平和楼'陈先生那里当厨师。"

理由极其单纯，只是认为可以尝到各式各样的美食。

父亲听了之后说道："你以为当服务生就可以尝遍店里的美味，那可就错了。"

"可是每一道菜应该都要知道。如果没吃过，怎么会清楚呢？"

"或许会吃也不一定。但那是为了工作，只能每种尝一点吧。真那么喜欢吃，就得等你长大之后，以客人的身份去光顾了。"

因为和自己所想的不一样，H给弄迷糊了。

"不必什么都现在就决定，等中学快毕业时仔细考虑过之后再做决定就好。还有，不想当裁缝师这件事，最好别跟你妈讲。"

听父亲这么说，H心想："是哦，那这就先保密吧。"

"诚征学徒"的招贴贴出去大约过了十天，H放学回到家，盛夫和敏子正在讨论。

"招贴是不是该撕了？"盛夫说。"是啊。"也表示同意的敏子正要去撕掉招贴时，一个小伙子骑脚踏车飞快地经过，似乎自窗外窥看屋里。

"那个人昨天经过时也一直看着招贴。我记得他的长相。"正当H这么想时，那人又掉头飞快地折返，这回停在门口下了脚踏车。

"好像有人来应征了。"H告诉父亲后，便静静等待玄关的玻璃门被打开。

打开前门进来的人，有一脚不方便，每走一步身子都会大幅起伏。

"好几次我打府上经过，看了那张招贴……"那人说，显得很害羞。

敏子也从饭厅出来和年轻人打招呼。这时她发现来人一只脚弯曲变形，表情显得有些不知如何是好。

盛夫却毫无顾忌接连提问，诸如："先坐一下，动动正常的脚给我看看。""你坐在榻榻米上时，是什么样的姿势呢？"等等。

答复会在两天后以明信片通知，所以留下住址后便请对方回去了。

当天晚餐后，父亲和母亲开始讨论要录用那个高个子小哥，还是脚不方便的人。H还是第一次看到这样的双亲。

"裁缝师不只是针线活吧。为客人假缝试穿或跑外务的情况也不少，脚不方便的话，会不会有问题啊？"

"是啊、是啊。"H心里也表赞同。

辞去工作的阿顺，因为很会游泳，有时会让H骑在背上扮浦岛太郎，也经常陪着玩传接球。所以，H希望来家里的，是第二号那位比阿顺还高的小哥。

听到母亲也说高个子比较好，H心想："难得跟妈妈一样。"然而父亲的看法却不同。

"四肢健全的人还有很多其他工作可以做。再说，体格好的话，搞不好中途会被拉去当兵。想当裁缝师的话，即使体格无法当兵，只要本人有那份心就行。我之所以想当裁缝，就是因为个子矮小。像我这样的人，都认为若以洋裁为业一定可以胜任而一路努力过来了。所以，我打算采用那个脚不方便的孩子。即使脚不好也可以成为裁缝师。我要让那孩子将来成为一位能独当一面的裁缝师。"

尽管有些失望，但也非常了解父亲的意思，H心里想："是我输了。"

话说回来，过去还从来未曾见过父亲如此清楚地展现自己的意志。

二年级的好子似乎也能了解，出声附和："就是说嘛。"

最后敏子同意，决定录用脚不方便的小哥。

这时，敏子对丈夫说："我知道了，那就是你的爱吧。"

盛夫不禁苦笑："没那么夸张吧。"

四天后开始正式来家里上工的小哥，名叫"吉本繁男"。于是，家里都喊他"阿繁"。

阿繁家在野田町八丁目，只有三条街的距离，骑脚踏车跑一趟用不着五分钟。所以连饭都是回家吃过再来。

H曾骑脚踏车跟着阿繁，到他家门口看看。结果，伯母出来非常礼貌地鞠躬说道："请多多关照。"吓得H落荒而逃。

晚餐时本想提起此事，但又把话吞了回去。因为母亲肯定会说："怎么没有好好打招呼呢。"

说到打招呼，想到必须老实拒绝"平和楼"的陈先生，就觉得很不好意思。

这是因为H想起上回陈先生说"是哦，想来我们'平和楼'工作啊。叔叔教你呀。当厨师很不错喔"的时候，自己只回了一声"嗯"而已。

那一阵子，是H开始觉得当中餐馆的厨师虽然不错，但还是去西餐厅当服务生比较好的时候。H没有明白拒绝陈先生，部分原因在于陈先生经常会将难得一见的点心用纸包起来给他。

父亲下次去"平和楼"假缝试穿的时候，H打算跟着去，对陈先生明讲："我要等长大之后再决定，请不要指望我。"

H已做好心理准备，如果以后因此而得不到点心，那也没有办法。

半个月后，随父亲同去拜访陈先生时，H一咬牙便说了。

不料陈先生笑着拍拍H的肩膀。"原来是那件事呀，别担心啦。我会等到你长大做决定为止。只不过，叔叔不知道能不能一直待在神户。虽然叔叔真正的故乡，就是神户。"

H立刻就明白话中的含义。因为正与支那交战，所以有人会说："你们是敌人，滚回支那去！"也有人当面骂他们"清国奴"。

陈先生一定也常被说是"清国奴"，并因此而难过吧，H心里这么想。

H曾听父亲说过："支那的人，是我们的前辈。因为在我们来到神户的很久以前，他们就已经有许多人住在居留地和元町一带了。"

所以，H家里即使对于"支那的人"也不使用"支那人"这个字眼。

"我才不认为陈先生是清国奴呢。我一听到后备军人大叔他们嚷什么'清国奴'就很生气。陈先生要比那些人了不起得多，我很尊敬你喔。"

陈先生霎时露出不知如何是好的表情，但还是对H说："谢谢。"声音很小，与平日陈先生的声音不同，H不禁担心自己是否说错了话。

离开后，H问父亲："我是不是说了奇怪的话？"

"我想陈先生一定吓了一跳，可是这不是很好吗？因为是你真实的想法和心情啊。不过一般人大概会觉得你很奇怪吧。只要记住这一点就好。"

听了这番话，H不禁觉得自己家果真很怪。

因为他也知道别人曾这么说："西服号那家人还真奇怪，竟然把房子租给朝鲜。"

大约半年前，H家曾分租给朝鲜的人。

敏子好像是经熟人介绍，将二楼四坪大的房间租了出去。

那人在市场工作，本姓"金"，但自称"金田"。因为，当时朝鲜的人都必须改用日本姓氏。

听父亲说，以前朝鲜的人，就算结了婚，女方也不必从夫姓，如今却不得不改成日本姓氏，想必很不情愿吧。

大家都鄙视"朝鲜"，竟然还把房子租给这种被瞧不起的人，在旁人眼中，H家确实很怪吧。

金田先生搬来不过三天，附近就出现了流言飞语。

虽然左邻右舍和走得比较近的人好像对"妹尾家"有一定程度的理解，但旁边七丁目的几个婆婆妈妈就会聚在一起嚼舌根。H曾经清楚听到她们在说什么。

"明明苅藻通和东尻池那里就有朝鲜街，何必特地将这里的房子租给那种人呢。"

"信阿门的人家果然很古怪。"

所以，H早就知道自己家不是一般普通的家庭。

敏子会将房子租给朝鲜人，是受了宣教师史坦博斯女士的影响，因为史坦博斯女士曾在教会如此讲述："我们不能歧视他人。虽然这已列入美国的宪法，但是白人却仍然歧视黑人。这是令人非常难过的一件事。为了消弭这种情况，我们所要努力的，就是开始去'爱'。"

H那时只有四岁，除了记得被史坦博斯女士抱过之外，其他都没有印象。可是却听母亲如同反刍般经常这么说："不可以歧视别人"、"史坦博斯牧师告诉我们，爱是没有国界，不分人种的"。

金田先生明知道自己被人喊"朝鲜、朝鲜"的受到歧视，却一直忍气吞声，一定很不好受吧，H心里这么想。

金田先生是个话很少的人，傍晚下班回来就径自上二楼，只在就寝前如厕时才会下来。

有一天下来时，H抓着他问："人家喊你朝鲜，你怎么都不会生气？"金田先生笑了笑，说："没办法，因为我是朝鲜人啊。如果每次都生气，日本还有哪里可以住呢？"

听到H转述金田先生这番话，母亲说："金田先生真了不起。

看来他是个明白耶稣基督教诲的人。接受苦难，甚至还原谅说自己坏话的人，一定能上天国。我要好好将神的爱传给金田先生。"而后便带着《圣经》上二楼去了。

盛夫自言自语似的嘟囔："也不看看对象是谁就立刻要跟人家谈基督教，好像不太对吧。"H听了，不禁后悔自己多嘴把此事告诉母亲。

对于金田先生，H一家并没有任何偏见，唯独一件事让H有意见。

就是吃早餐时，金田先生会抱个一升瓶[1]从二楼下来这件事。在那瓶中晃荡发出声响的，是金田先生夜里解的小便。

"早餐的时候看到那一升瓶让我很受不了，跟他讲讲嘛。"H说，但母亲的看法却相反。

"因为二楼没有厕所，那也是不得已的啊。夜里大家都睡了，金田先生不好意思下楼，才会忍着的。会撞上早餐时间，也只是因为正好得去上班的缘故，所以我们也得容忍一点。"

这位金田先生在三个月后搬走了。

因为发生了一点小误会。

H放学回到家，正要放下书包时，"为什么？不可以这个样子！"母亲的声音自二楼传来。

父亲去三宫谈生意不在家，阿顺正踩着缝纫机。

H大惊冲上楼，却见金田先生和母亲坐在那里怒目而视。

"怎么了？金田先生做了什么？"

"什么也没做啊。看吧，就连小孩子都觉得我好像做了什么

---

[1] 玻璃容器，容量约一·八公升。——译注

不应该的事情。或许我有点想歪了……这我道歉。可是，整天听您说'爱'呀'爱'的，当然会觉得怪怪的。"

敏子立刻响应："没有错啊，神告诉我们'要爱所有的人'嘛。《圣经》里最常出现的字就是'爱'。《哥林多前书》第十六章十四节也说'凡你们所作的都要凭爱心而作'。"

H随即明白了个中原委。因为H也曾因为"爱"这个字而受过教训。

二年级的时候，有个叫喜美的女孩子请吃煎饼，隔天H便将海边捡来的美丽紫色贝壳用纸包好当作回礼。

同学们见了便问："你喜欢喜美啊？"

"嗯，我爱她。"H回答。众人大笑，喜美则哭了。

那时，H就隐约感觉到，教会和家里所使用的"爱"，似乎和别人所想的"爱"不同。

《圣经》中虽有"要爱你们的仇敌"，但如果没有详细说明就无法理解，而H是在电影院里弄懂的。

因为男女之间表示"喜欢"时都会说"我爱你"，H这才恍然大悟。

金田先生误以为《圣经》中的"爱"就是电影里的"爱"了。

或许是觉得尴尬，金田先生不久后就搬走了。

H虽因从此可以不必再听那一升瓶晃荡的水声而松了口气，可是也没讲出来，否则很可能被母亲说是"没有爱"。

虽然不觉得母亲"爱众人"的观念有错，但认为若是不小心就会造成困扰。

因为H甫进小学随即受到的冲击也与"爱"有关，所以记得很清楚。原本因为上了一年级而兴奋不已，却在放学途中被高年级学生围住，说：

"你家信阿门对吧。听说鸭面(阿门)、素面的信徒连敌人都爱，所以也爱清国奴吧。你也喜欢清国奴吧。没错吧！"

H非常害怕，一心只想逃，终于哭着说：

"我才不喜欢清国奴。我不爱他们。我讨厌清国奴！"

这件事直到很久之后都还像一根刺扎在H心头。

甚至还觉得如果还有机会再对陈先生说"我才不认为陈先生是清国奴"时，还要加上一句："因为我爱陈先生。"

不过到头来还是放弃了，因为觉得那么做只会让陈先生吓一跳而已。

因为"爱"变得有些复杂，H决定多加小心，除了教友以外，还是都当作不能通晓意思的人比较好。

金田先生搬走时，父亲担心地问：

"为什么呢？怎么说搬就搬？是不是邻居说了什么让他在意的话啊？"

H当时默不吭声，没有说出人家搬走的原因。

发生金田先生的事之后，H曾对母亲说：

"爱人很好，但如果不分对象，是会被误会的，要注意一下啊。"

可是，敏子宣扬耶稣基督的"爱"的热忱却丝毫未减，日后自然仍经常做出令人不知所措的事来。

大海之子

海是 H 的游乐场。

不论沙滩或大海，全都是自己的。只想游泳的时候，就出门往西，穿过"旭日石油公司"厂区，前往须磨海边。

孩子们之所以喜欢须磨海边，是因为有辽阔的美丽沙滩。

可以穿越石油公司厂区的路，虽然有时会因门上了锁而无法通行，但通常都开着。进入厂区后，一个个油槽四周还有铁丝网严密包围，并没有办法靠近。

H 这些孩子，总是抬头望着巨大的油槽，一面沿铁丝网走过夏草丛生的小径。这条到须磨的近路，是他们的专属通道，鲜有大人利用。

遇到门上锁的时候，就在家附近的海边玩。本庄町的海边，距 H 家只有三百米，是名副其实的自家的海。

在自家附近的海边，除了游泳之外还可以玩许多游戏，有一回还自行制盐。

三年级时，H 前往双亲的故乡广岛，途中在赤穗下车，去盐田见识过制盐的过程，回来后便呼朋引伴试着自己制盐。

为了将装在铁锅里的海水浓缩，费了许多柴火与时间，好不容易煮出了卤水。

"这叫作卤水。接下来只要让太阳晒干就会变成盐了。"

H充内行为大家讲解，并将变浓的盐水放在阳光下晒。

做出来的成品，与日常所见的盐完全不同，不但黏糊糊，还带有红色。试着舔舔看，咸确实是咸，但同时也苦得要命，根本没有人认为那是盐。

后来才知道，带红色是因为夹杂了铁锅的锈，而苦味则是因为没有去除盐卤。H想再次挑战，但同伴全都逃之夭夭，制盐一事只好作罢。

岸边不远处有一栋混凝土造的昆布加工厂。建筑物周围的沙滩上有好几个以竹竿搭成的棚架，上头晒着昆布。那是做昆布卷用的昆布，已经过调味，会随风散发出甘甜的香气。

H一干孩童，为了不被工厂的大叔发现，会以匍匐的方式接近，扯下昆布，拍掉沙子之后分食。或许是偷吃的刺激感使得滋味更好，总觉得其他地方再也找不到如此的美味。只不过万一运气不好被抓到，脑袋瓜就会挨竹竿，被打得眼冒金星。这时只好边念着："昆布偷不着，脑袋就中招。"边揉自己脑袋上的包。

夏天的夜晚尤其愉快。暑假期间，即使稍微熬夜也不会挨骂。晚饭后，男孩们便会以钓星鳗为由到海边集合。甩甩竿子抛投钓饵装个样子之后，众人便躺在沙滩上，边看星星边说些不能让父母知道的悄悄话，笑得滚来滚去。

H去海边玩一事，母亲虽然不会禁止，但若没有报备获得许可，就一定会挨骂。尤其是严格禁止放学回家途中就直接去海边玩。父母规定 H 必须先回家放好书包，告知去处之后才可以去玩。

这条规定令 H 非常痛苦。大家在放学回家途中呼朋引伴上某处玩耍，唯独自己无法同行，得先回家一趟再从后追去，让他觉得很丢脸。所以，有时也会瞒着母亲半路跑去玩。

只不过，就算已经制造了相当巧妙的不在场证明，多半还是会被识破而挨骂。

一旦铁证摆在面前无从狡赖时，可不是认错就能了事，母亲还会要求 H 忏悔祷告：

"去为你说谎的事忏悔反省。"

"你妈可真像侦探哪。"渔夫的儿子铃木康夫这么取笑 H。

H 坐在拉上沙滩的传马船[1]上，正用蘸了口水的手指仔细清除肚脐里的沙。

"就是说啊。上次就是裤子突然被拉下来，结果发现肚脐里有沙。所以绝对不能大意。"

不过 H 还是没有学乖，因为他认为，与朋友玩耍的情谊比较重要。

H 从传马船跳下沙滩，冲进海里哗啦哗啦洗净全身。

确定身上没有一粒沙之后回家去。

"我回来啰。"一打开玄关门，从里面出来的母亲突然抓住 H 的脑袋舔了一口。

"果然又跑去海边玩啦。我一尝是咸的立刻就知道了。"

这令 H 大吃一惊。怎么也想不到竟然还有舔脑袋这一招。

孩子要去海边玩，敏子虽然没办法禁止，但也觉得非常危险。

---

[1] 以橹推进的日本传统小舟。——译注

因为担心，每次目送 H 去海边时都不敢大意，必定会再三叮咛：

"小心别被海浪卷走喔！千万不可以单独一个人游到外海啊！"

天候不佳的时候，波涛汹涌，确实很危险。但是 H 他们却有一种浪不够高就不能玩的有趣游戏。那就是，当大浪涌来正要打上沙滩的瞬间，飞身往浪里冲的游戏。

跃入比自己个子高出许多的大浪中，身体就会在浪头里打转，然后摔在沙滩上。这时，要立刻爬起来朝沙滩跑。若是手脚太慢，就会被退去的水流拉走，甚至有可能被带到外海，相当危险。不用说，玩这种游戏绝不能让父母知道。

下海玩耍的朋友之中，敏子最信赖的，就是驹林六丁目渔夫家的孩子康男。因为康男爹经常直接卖鱼给敏子，除了这层交情外，还有就是他们父子都擅长游泳，所以敏子认为要是有个万一，他们有能力伸出援手。

"如果我儿子在海里做了什么危险的事，请帮我好好教训，不必客气。麻烦您了。"

敏子如此拜托康男爹，殊不知，事实上哪有什么援手，反而还曾经让自己的孩子遭遇险境。

二年级的时候，H 被康男爹从船上扔下海，喝了一肚子海水。当时可把他吓坏了。

不住往下沉的 H，在海中抬头看着自己口中吐出的气泡噗噜噗噜往上冒。康男爹一言不发在船上看着。

当 H 觉得自己就快不行了，才被跃入海中的康男爹一把抓住脖子拉上船。

呛着的 H 边咳边吐水，康男的渔夫爹则在旁帮忙拍背舒缓。

可是，当 H 刚觉得终于得救了的时候，冷不防又被抱起扔进海里。

H 吓得拼命划动手臂。虽然又灌了许多海水，但神奇的是，他已经靠自己的力量游了起来。

尽管无法想象竟然有如此可怕的大人，但拜此之赐，原本是旱鸭子的 H 学会了游泳。康男的渔夫爹说：

"在生死关头学会游泳的人，是绝对不会溺水的。"

H 好一阵子不太敢靠近康男爹，但后来终于明白这位渔夫所说的一点不错。

不过，H 这些孩子知道，就算是善泳的渔夫也有可能溺水。海相不佳的日子常有渔船在外海翻覆，船上的渔夫有时会被冲上岸。这种时候，就会看到一群大男人扛着门板，从海那一侧全速奔跑，自 H 家门口经过。这一幕年年都会上演。

众人所扛的是趴着搁在门板上的瘫软溺水者。目的地是澡堂。

孩子们会喊着："船难啊！船难啊！"跑着跟过去。

到了澡堂立刻让溺水的人躺在冲澡场的瓷砖上，边浇热水边进行人工呼吸。孩子们也都脱掉衣服，用桶子帮忙汲热水去浇。最擅长按压胸口、对嘴吹气施行人工呼吸的是海边昆布店和铁工厂的两位老板。其实，这两个人平日不太对盘，唯独这种时候，却能够合作无间，技巧高明令人佩服。

在众人的照料下，有的渔夫顺利恢复呼吸捡回一命，但也有人急救无效再也没睁开眼睛。

H 这群孩子，在这种现场看多了，也都学会人工呼吸以及如何让溺水者把水吐出来的方法。

升上四年级后，游泳课会进行游泳鉴定。H 是三级，算不上多厉害，但帽子上也绣了一道表示等级的黑线。

做过热身操后，游泳课的指导老师说：

"游得快没有用。最重要的是能够慢慢地持续游下去。还有就是，游的时候绝对不可以溅起水花。要能够只有头露出水面静静地游。如果哗啦哗啦地游，就会被敌人发现遭到攻击。"

经过彻底训练的游泳技术，有身体侧躺手臂向前后伸展的伸泳法[1]，以及称为蛙泳的平泳法。

为了在手持物品时也能游泳，还得练习踩水，总之就是一再被要求不可以游快。

顺带一提，H刚升上二年级时，才得知东京将主办奥运，可是竟然在三个月后的七月取消了。

学校教的这种"慢慢游"的方式，跟奥运的游法完全相反，H不禁觉得"以后可能再也不需要比快的游泳竞赛了"。

放暑假前，有一个长泳日。由六年级领头，依照年级排到三年级成一列纵队入海，以平泳来游。

老师在船上监督，同时咚咚敲着大鼓。学生配合那鼓声挥臂划水。"不溅出水花，安静而缓慢地长时间游下去"是长泳的目标。

"船沉没时，这将是能不能保住一条命的关键，虽然现在觉得很痛苦也要让身体去适应。这可是海军的游泳方式啊。"老师说。

H也搞不懂什么是海军式，但认为学会踩水挺管用，因为这样在潜水用渔叉打章鱼或采牡蛎的时候可方便了。潜水的孩子们都拥有自制的渔叉。虽然这在钓具行就可以便宜买到，但拿着自己做的渔叉更有得炫耀。将粗铁丝烧热后敲打成形，用凿子打出防脱落的倒钩，滋——一声浸入水中焠炼，前端磨尖后绑在细竹竿

---

[1] 日本古式游法之一。—— 译注

头固定。虽然简陋，但那在孩子眼中却是引以为傲的渔具。

H向斜对面转角的铁工厂借用砂轮机，做出一支锐利的渔叉，已经颇接近钓具行贩卖的商品。因此，他不禁稍稍摆出了大侠的架式。在竹竿上系了橡皮带，拉紧后潜入海中，瞄准猎物松手，就唰地一声射出刺穿鱼或章鱼。

由于须磨海岸的海流很强，潜水的时候有可能会被带走。尽管非得注意海流不可，但也经常可以抓到较大的章鱼。

一抓到章鱼，H就会大喊："喂——我抓到一只啰。"向同伴炫耀过之后，便先将章鱼在防波堤的水泥地上摔一摔，再用短棍咚咚咚不断敲打，因为要敲打过才会变软。用折叠小刀切下章鱼脚，就着火堆烤来吃。牡蛎通常是生吃，但带壳直接烤过，呼呼吹两下趁热吃也十分美味。

康男也很善于潜水，不愧是渔夫之子，摇传马船也很厉害。

"教我摇橹啦。"H央求。

"找我老爸教吧。不过先声明，我老爸可是很严格的。"

H仍清楚记得被扔进海里那件事，所以已有心理准备。

邀了朋友，四人一同去学摇橹。

登上传马船试着要握橹时，发现握的位置太高够不着。康男见状立刻搬来三个装鱼的箱子帮忙摞起来。"我也够不着，总是这么办。"说着露出洁白的暴牙笑了。

康男爹先示范讲解如何以画8字的方式摇动船橹，但照着去做，船却一直在原处打转，根本不会前进。

但是连续练了大约三天，便已经可以控制传马船的行进方向了。

他们会在海边等待捕鱼返航的船只，在拉上岸停放前借来划着玩。

有一天，听说康男爹要进城办事不出海，于是去央求："船借给我们吧，到时候会拉回原位停好的。"

得到同意后，H等五人上了船，干劲十足地出海了。

由于大家的技术都已不错，很顺利来到外海。好天气，蓝天上飘浮着朵朵白云，海面风平浪静。海峡对岸的淡路岛清晰可见，仿佛近在眼前。

"现在海流往西，天气又这么好，说不定可以一直划去淡路岛喔。"H说。

"淡路岛太远了，不可能啦！要是那么做，铁定会被我老爸修理。"

康男吓得强烈表示反对。H本来也不是真打算去淡路，便说道："没办法到淡路也无所谓，我们就轮流划，看能到哪里吧。"

康男听了抽抽搭搭哭了出来，因为他非常担心，不知道老爸的宝贝船会变成什么模样。可是，另外那三人都赞成再朝外海划一段。

"我们试试看嘛，康男不想划的话，就坐着看好了。"几个人异口同声地这么说。

可是划着划着，H他们几个也渐渐感到不安了。

他们发现船并没有往西，而是被海流带向相反的东边了。

看来已经到了潮流改变方向的时间。

"不行，别再往外海划了，还是赶紧靠岸吧。随便哪个海滩都好。"

说完后，几个人便逆着海流使尽浑身气力轮流划。情况已不容许他们再朝淡路去了。但再怎么划都没办法向岸边靠近，几个人都急了。

外海和 H 他们玩耍的岸边不同，海流速度远远超乎想象。

出航的驹林海滨自眼前往旁边越离越远。

一面拼命划，一面用眼角留意岸边，发现归来的铃木爹正朝这边挥手，同时大声喊着。

虽然根本听不到声音，但仔细看他的手势，好像是要孩子们往东划。然后康男爹便跳上脚踏车疾驰而去。

那身影随即被房舍挡住看不到了，似乎是要先绕到前头去等孩子们。

大伙儿轮流拼命划，手掌起了水泡，都磨破了，痛得要命。

康男号啕大哭，最后所有人都跟着哭了起来。但还是边哭边划。

新凑川河口的防波堤出现在眼前时，船终于渐渐接近岸边。

康男爹将脚踏车往沙滩上一倒，脱掉衣服冲入海中游了过去。

"总算得救啦！" H 心里想。或许是松了口气，朋友们你一言我一语开始指责 H：

"要挨骂啦。都是 H 闯的祸。""错不在我们。全都是你害的！"

H 也觉得的确如此，本想跳船游泳逃走，但最后还是认了，等康男爹来了再说。

铃木爹搭上了船边，孩子们伸手帮他上了船。H 紧闭双眼，已有挨顿痛揍的心理准备。不料只感觉到被湿漉漉的手臂紧紧抱住，在意外之下睁开眼睛。康男爹竟然将大家紧紧抱在一起。

这意想不到的发展令 H 大吃一惊。

"你们没事就好。什么都不要说了。可别因此就害怕大海喔。我们可是大海之子啊。明白吗？明白的话就快回答！"

听了这番话，孩子们抽抽搭搭地回答："明白了。"

事情过后不到一个月，康男爹收到了召集令。

由于街坊的男丁陆续接到召集令，H心想或许哪天就会轮到康男爹，不料竟来得这么快。

康男母亲很久前就病故，所以是祖母带大的。一旦父亲从军，就只剩康男和祖母相依为命了。

H将康男的父亲即将从军一事告诉母亲，并忧心地问："我们家爸爸是不是也会收到召集令呢？"

"应该是不会收到吧。他的身材矮小，兵役体检是丙等。康男的父亲身强体壮，是甲等体位啊。"

敏子说，接着连叹了几声"可怜哪……"随后又加上一句："你去说一声，入伍那天，我会去厨房帮忙。因为铃木太太不在了。"

H邀了那几个划船出海却失败而漂流海上的伙伴，一同去康男家。

到达时，康男爹正与渔夫朋友商量托管船的事。

几个人拉了康男来到海边。和那天一样，澄澈清朗的蓝天飘浮着白云。海上风平浪静。

众人登上拉到岸边的传马船，围着康男。

康男将被送去三田的外婆家。

"三田在神户的内陆。山里是看不到海的。"

说着说着，原本强忍着泪水的康男肩头颤动开始啜泣，终于号啕大哭。

大家都很难过，跟着哭成一团。

"要常常回来玩喔。我们等你回来，再一起下海去玩吧。"

H才这么说，心中却突然浮现一个念头："真的还会再见到康男吗？"

水灾

等 H 放学回到家，父亲说道：

"下个礼拜天，我要送西装去三宫交货，要不要跟我顺道去看生田川呢？"

"去啊！去啊！" H 兴奋得跳了起来。原来父亲还记得两年前的承诺，自是令他开心不已。

昭和十三年（一九三八），父亲带他去看将神户市整个淹没的大水退去后的灾情时，曾这么说："看清楚了。将来修复之后，我再带你来看。"

那时水灾发生后才三个礼拜，到处都留有洪水肆虐后的伤痕。不久之后，报上刊出这么一则新闻："水灾防治对策'新河川'工程动工。"听父亲转述此一报道，H 不忘提醒："完工之后，要遵守约定带我去看那条河喔。"

"大概要等到你升上四年级的时候吧。"父亲说。

"什么，要等上两年啊。"当时虽然觉得久，但两年的时间就这么过去。听到父亲问："要不要跟我顺道去看生田川呢？" H

才知道当时的承诺并非随口说说，在感动之余，回想起那时的情景。

神户遭洪水肆虐，是 H 上小学二年级时的事情。

"那是昭和十三年的七月五日。我记得很清楚。雨是从三日中午开始下的。"

H 之所以连日期都记得一清二楚，是因为当时的点点滴滴都留在脑海里。

七月三日是礼拜天，所以全家一同上教会。

中午前从教会回到家时，还没有下雨。

H 和朋友约好下午去爬鹰取山，打算吃过午饭后立刻出门。

不料父亲竟说："今天不可以上山。"

由于父亲鲜少干涉自己的行动，H 觉得很奇怪。

"看来午后真会下很大的雨。虽然气象预报经常失准，但今天可不会错。空气很潮湿，一定会下雨。山上很危险，别去了。"

父亲接着如此强调，所以即使朋友都上门邀约了，H 还是不能出门。

可是，不多久就知道父亲是对的。

一会儿后，才刚觉得似乎下雨了，随即便倾盆而下。

去爬山的几个朋友跑了回来，全成了落汤鸡。

"才走到板宿就下雨了，我们看情况不妙赶紧回来。幸好你听了爸爸的话没有去。"

惊人的雨势之后一直持续，下了一整夜。第二天，雨依然没有停止的迹象，因为是星期一，照常去上学。不过，可能是发出了警报，低年级提早一个小时放学，要学生快点返家。

H 的级任早濑老师送学生到放置鞋柜的玄关，并逐一叮咛：

"要立刻回家，不可以在外逗留跑去玩啊。"

出了校门，马路已经像是小河了。

文具店老板娘提醒路过的孩子："别走路边，有水沟，危险！"

回到家一看，玄关的土间因为和路面等高，水已经流进来了。

"水位到了下午说不定还会更高，我们趁现在先把榻榻米垫高吧。"

父亲说，然后在工作台上放了两个茶箱，要将榻榻米叠在上面。

H没想到榻榻米这么重，自己一个人根本搬不动，但能得到父亲托付，自是乐得卖力帮忙。就连刚满六岁的好子也学着过来帮忙。

H心里想："这还是第一次全家人同心协力做一件事啊。"

将榻榻米搬开后，露出铺在下面的旧报纸。那是去年大扫除时才铺的，但也全部除去。如此一来，好像是突然将榻榻米换成了木地板。或许是因为不习惯，感觉像是到了别人家一样，H有些坐立不安。

看着叠起来的榻榻米，父亲说："水应该不会涨到这么高吧。"

"趁还有干净自来水的时候。"母亲说着便以水桶和锅子储水。接着将炭炉和木炭移至饭厅旁的走廊，以免被弄湿，搁上茶壶开始烧水。

搬榻榻米的工作告一段落，一家人便在木地板上铺了蔺草坐垫，边喝红茶边看着外头的滂沱大雨。

雨中鲜少行人，但不时仍有脚踏车和公交车溅着水花经过。看着窗外驶过的公交车，H心里想："简直跟船一样了嘛。汽车在水里行驶不会抛锚吗？"

结果，就有一辆公交车在眼前停了下来。由于时间太过巧合，H 不由得笑了出来，不料被父亲用尺敲了一记，但还是止不住笑。因为平日只从外头经过的公交车，竟然停在并不是站牌的自己家门口，就像是漫画一样好笑。

　　公交车上的乘客似乎因为近距离被人在家里隔窗盯着看而不太好意思，都一副若无其事的模样尽量避免往这边瞧。公交车一直停在那里，完全不见要再上路的迹象。

　　车上有个孩子隔着窗朝这边似乎说了些什么，敏子见状便招招手。

　　看似孩子母亲的妇人跟车掌说着话，同时指指孩子又指指 H 家。司机先生听了一会儿后点点头，打开车门。

　　妇人和孩子涉过有如小河的水，打开 H 家的门进来了。这时带着泡沫的浊流也随着母子二人流进玄关。

　　"不好意思，可以借一下厕所吗？这孩子肚子疼……"

　　妇人话没说完，敏子立刻接道："没问题，请直接上来吧。请进请进。"

　　H 心想妈妈的"神就是爱"又发作了，但什么也没说。

　　那孩子强忍着便意，一副快哭出来的模样被妇人领着冲去厕所。两人膝盖以下全都湿透，水一路滴滴答答流下，在木地板上形成一道水渍。

　　一想到女孩子屙的大便浮在水里打转的景象，H 就觉得好恶心。洪水的浊流应该也会灌入化粪池，搅动后又流出去。"原来路上流动的水，是混杂着大小便的脏水啊。"H 正喃喃自语时，妇人和小女孩从厕所出来了。

　　待二人洗好手，敏子为她们泡了红茶。

或许是透过车窗看到这情景，一会儿后又有四人下了公交车。

下公交车，意思就是得哗啦哗啦涉水而过。"那些人真是脑筋有问题。"尽管 H 这么认为，但人家或许只是觉得，反正市区都淹水了，身上稍微弄湿也无所谓了吧。

膝盖以下湿漉漉的叔叔阿姨滴着水走进来，木地板被裤子和鞋子流出的水弄湿，干的部分愈来愈少。

虽然母亲确实说过："不必脱鞋没关系啦，地板也不是很干净。"但 H 还是很讨厌让外人穿着鞋进屋。

进来的人说了声："借用一下。"便轮流去上厕所。

方便过之后，也没有立刻回公交车上，全都留了下来，敏子逐一询问要喝红茶或一般的茶后，开始备茶。

坐着的 H 得抬头看着那些人。

或许是因为裤子湿了他们才不愿坐下，但那样站着默默喝茶的模样，令 H 很不舒服。

由于众人沉默不语，有个叔叔可能是想缓和一下气氛，说道："好大的雨啊。"结果，只有一位老太太应了声："就是啊。"其他人沉默依旧。大家仿佛在期待什么，但又一脸不知该期待什么的表情。

"为何这些人不回去公交车上呢？难道他们都要住下来不成？我家可没有那么多被褥啊。"H 不禁开始担心。

一会儿后，"哦，原来如此！"H 这才想通。与留在泡水的公交车上相比，待在屋子里情绪多少可以较为放松吧。

原本因母亲热心助人而不太开心的 H，此刻也不禁觉得："看来，'神就是爱'应该是正确的吧。"

约莫过了半小时，司机先生进来说道："引擎进水，没办法发动了。我已经打电话请求派车来救援，可是不确定是不是立刻就会过来……大家还好吧？"

这么一问，众人似乎才突然想到，各自说了声"多谢招待，打扰了"后纷纷离去。

晚饭后，再往窗外看，停在门前的公交车已不见踪影。看来是救援车辆过来拖走了。H原本还期待能在现场看的。

到了第三天，七月五日，豪雨依然未止，甚至愈下愈大。

听收音机，播音员表示神户可能会全遭淹没，但后来因为停电，后续情况不明。

在H家周边，浊流有如河川一般向海奔流。

傍晚，羽田野叔叔扛着脚踏车，好不容易来到H家。在H出生前，叔叔曾在妹尾家寄住了大约三年。后来结婚，如今已是小学一年级和四岁男孩的父亲，仍一直维持着亲戚般的往来。羽田野叔叔是市公所的土木技师，在距H家不远的天井川办事处上班。

"水已经淹上了天井川的桥，可能会连桥也冲断，我好不容易才过来。说不定再半个小时桥就没了。今天我已经回不了家，能不能借住一晚？"叔叔说。

"如果是羽田野叔叔，要住几天都没问题。"H高兴地说。

和H的父亲不同的是，叔叔的体格很好，经常让H骑在肩上逗着玩。

H记得小时候曾有自高处看着火柱冲天的景象的经验，那火柱好像是骑在叔叔肩上去看烧正月装饰的情景。

H曾听母亲说："我记得那时你三岁，应该是叔叔带着去驹林的八幡神社看岁神祭时的事情吧。"

对 H 而言，羽田野叔叔就像是另一个爸爸。

H 竖起耳朵，仔细听叔叔叙述水灾状况的一字一句。

"新凑川和妙法寺川沿岸都有住家被冲走，到处都有惨重的灾情。死伤人数也已经非常多。我持续以电话和市公所保持联系通报灾情，但那些溃决的地方已经不是靠堆沙包就可以防堵的了。一段时间后，连办公桌都开始浮动，电话也断了，我看苗头不对赶紧撤离过来这里。"

据说叔叔是在木造的办事处遭洪流吞没前不久，才扛着脚踏车离开。

"鹰取车站西侧的涵洞，水深已到胸口，我差点就连脚踏车一起被冲走，真的是好险哪。"他描述当时的情况。

之所以会带脚踏车出来，是因为叔叔认为即使大水退去，运输系统应该还会瘫痪一段时日。

雨到了深夜依然未停，爆发的山洪使得山坡崩塌，形成凶猛的土石流袭击市街。听说三宫以东一带地区的灾情尤其惨重。

叔叔家靠近妙法寺川，H 觉得会很危险，但叔叔说："那一带的河道很深，而且从马路到住家之间还有颇长的台阶，地势高，不会有问题。"

持续到第四天，雨终于停了。

羽田野叔叔清早起床后，马上找 H 帮忙，用水桶和铲子清除流进玄关和地板下的泥水。用过早餐，叔叔说了声："我会再来。"便骑着脚踏车前往市公所。

过了中午，马路上的积水终于退去，但公交车和电车仍未恢复行驶。

"我们家的水灾，就只有地板下方进水，厕所的大便浮起来，公交车上的乘客进到屋里而已，可真是万幸啊……"看着前天公交车乘客弄湿的地板痕迹，H回想起这次奇妙的水灾体验。

数日后，盛夫确认电车的部分区间已复驶，便穿上雨鞋前往三宫。因为"平和楼"陈先生订制的西装已经做好得送过去，顺便探望几位客户。

晚上回到家，父亲说：

"跑了一趟，结果要拜访的人一个也没见着。虽然西装也没办法亲手交给人家，但街道都被泥给埋了，哪还管得了西装。东边的灾情远比想象严重，跟这里差太多了。根本无法估计什么时候才能复原。"

父亲表示，三宫周边街区处处可见倒塌的房屋，路上满是被冲出来的家具用品、泥巴和石头，还有市电车出轨，上面满是泥浆。根本还不到人可以行走的状况。

"这就是所谓的天灾吧。"H认为豪雨造成的洪水，是人力无法抵抗的天灾。不料父亲却说："不对！"

"啊？"H感到疑惑，于是父亲说明：

"这不是天灾。是人类贪图便利擅自改变河川，所以河川生气了。最不该的就是，将河川关起来变成暗渠。所以说这应该是人祸。"

H听不明白，问道："什么是暗渠？"

父亲拿起洋裁用的粉土，边在桌上画着暗渠边解说：

"所谓暗渠，就是将河道埋在地下，像这样覆盖起来。覆盖之后，上面就可以作为道路或是设置公园，所以大家都以为这是个好法子。有些地方甚至改变了河川原本的流向。如果那么做能够永远不发生问题的话，我觉得是很不错。可是这次的大雨，三天就下了六百毫米。据我所知六百毫米已经是神户年雨量的一半了。一下子下这么多雨，好像连专家都没料想到。"

神户背后连接六甲山与摩耶山的坡面，不断被铲平作为住宅用地，所以有很多地方原本生长的树木都没了。

"没有树的山无法涵蓄水分，雨水一下来就会立刻流走。因为长时间降雨而变得松软的山坡被水流侵蚀，冲刷下来的土石全都流进暗渠。如此一来暗渠很快就堵塞了。堵塞的河川无法发挥作用，水会淹到路上是理所当然的事情。连与河川隔着一段距离的三宫这回都满目疮痍，原因可能就在于加纳町通往三宫的大马路，古时候是有河水流过的河道。自人类以水泥暗渠防护的河川涌出的水，自然汹涌流上了街头，因为水记得昔日河流走过的痕迹啊。"

由于父亲第一次用这么长的时间解说事情，加上本身对此话题很感兴趣，H不禁觉得："爸爸真了不起。"如果学校上课也用这种方式讲解的话，就算二年级生应该也听得懂吧，他心里想。

三个礼拜过去，水灾灾情稍微整顿之后，H随父亲前往四处仍留有受创痕迹的东边。

先搭电车直达芦屋，然后再往西一站站回来。首先看到的是芦屋川流域，没想到竟然有如此巨大的岩石被冲下来，数量惊人的石头堆得到处都是，甚至还有压垮民宅的巨石仍然留在现场。

与芦屋相邻的冈本，周边自山至海已经全毁。

住吉川的灾情看起来比较轻微。"因为这条河的河道又宽又直，流通顺畅，才没有酿成灾害。"

从住吉川再往西行，又是满目疮痍的景象。

仅神户市，被冲走的房屋就超过十五万户，灾民数超过六十九万。父亲将报纸上的讯息讲给 H 听。

被盖成暗渠的青谷川、大石川、生田川一带尤其严重，原本温驯的河川，看来只是忍隐不发而已。一旦忍无可忍，就变得狂暴失控了。

由于其中也有第一次听到的河川名，H 用铅笔写在笔记本里背下来。

时间转至两年后。父亲依照约定，带已升上四年级的 H 再访改善工程竣工之后的河川。

与巡视洪水灾情时相同，从东搭电车逐段往西边移动边下车走，各地已不复见当时受灾的痕迹了。

尤其是将河川加盖变成暗渠这个造成严重灾情的主因已遭废除，经改造的生田川河道加宽，自"布引瀑布"下游至出海口，已成为一条笔直的壮观大河。

"这么一来，河川就会一路顺畅不再发怒了吧。"H 说，但父亲接道：

"不过呢，所谓'灾害总在人们遗忘时降临'[1]，所以不可以掉以轻心。即使我们认为不会有问题，还是有可能发生出乎意料的状况。若是不牢牢记住这一点，就会再度尝到苦果。"

H 找出家中的神户地图，边回想洪水灾情严重的地区，边用红铅笔涂上颜色。

---

[1] 出自昭和学者寺田寅彦所言。—— 译注

《三件宝贝》

同学太田治夫被大家喊做"黑秃阿顿"。

"黑秃"二字，来自他脑袋上的黑痣。所有男孩子的发型都一样，是用推子理成的三分头，他也不例外，因此可以透见那黑痣，自然也逃不过朋友们的法眼，于是取了"黑秃阿顿"这个绰号。

母亲听到 H 称太田君为"黑秃阿顿"时这么提醒：

"怎么给人家取那种绰号啊？我想太田君会很不高兴喔。"

"又不是我取的。大家一直都这样叫他，应该不会不高兴啦。"H 说，但母亲摇摇头，说道：

"别再叫人家'黑秃'了，我认为太田君即使觉得讨厌，也会忍下来。就像好子讨厌被叫斗鸡眼，也一直忍耐了。好子被取笑是斗鸡眼时，你不也气得跟人家打架，忘了吗？"

斗鸡眼是指斜视，妹妹好子有内斜视，左眼珠偏向内侧。好子刚进小学不久时，曾遭高年级学生取笑：

"斗鸡眼、斗鸡眼，在看哪里呀？快看正前方吧！"

H 见状怒火中烧，立刻冲了过去。无奈对方是恶名昭彰的"小流氓三人帮"，这场架打从头就没有胜算。虽然惨遭修理，但妹妹被说是"斗鸡眼"，H可没办法忍气吞声。

母亲一番话，让H想起那时打架的事，但拿"黑秃"和"斗鸡眼"来相提并论，还真令他不知如何是好。

"知道了，以后不会再那么叫，就只叫他'阿顿'好了。"

"也别叫阿顿，就称太田君不是比较好吗？"

母亲的表情略显不快，但H没吭声。因为他觉得，如果突然由"阿顿"改称"太田君"，当事人也会吓到吧。

至于为何会有"阿顿"这个绰号，原因不明，但绝非来自"愚钝"的"钝"。因为他不但担任班长，成绩也非常好。

H之所以与阿顿特别要好，是因为他会大方地将自家的书借给H，所以H私下都叫他"阿顿图书馆"。放学后顺道去阿顿家看书，是H的乐事之一。

H能够在教室里和朋友们一同聊《野犬二等兵》和《冒险滩吉》等漫画以及《风之又三郎》之类的书，都是拜阿顿之赐。

只不过"阿顿图书馆"的存在，若是被母亲发现可就不妙，必须保密。

虽然儿子已经要升小学四年级了，她仍不时叮念："除了《圣经》和课本之外，其他都不准看。学校的课本里也没有小说和漫画不是吗？"

虽然H深怕"阿顿图书馆"一事被母亲发现，老是提心吊胆，但不知怎样的机缘巧合，母亲十分欢迎阿顿与H来往。

"我放学后去阿顿家一下。"只要这么说，母亲似乎就很放心。

或许是因为阿顿的父亲在市公所服务，职位颇高，而他家也很气派的缘故。

敏子似乎认定，只要儿子和这家的孩子玩，就不会变成小流氓。H很有技巧地，隐匿可能会令母亲蹙眉的交友关系，只列举会受母亲欢迎的朋友名字来报告。

阿顿家位在一出校门口便在眼前的野田町七丁目。房屋四周围着以卵石砌成的气派围墙，进了大门后，玄关位于非常里头。玄关左侧是西式的客厅，右侧则是主屋的大宅。从正房的大厅可以欣赏经过精心整理的宽广庭院，池中有鲤鱼优游，还有大青蛙自在地爬着。

春天的时候，孩子们会去阿顿家的池塘捞蝌蚪，到了夏天，则可以吃到放在井里冰镇过的西瓜。

H不曾见过阿顿的父亲，但母亲都会端茶水点心出来招待，所以很熟。阿顿的母亲见H喜欢看书，又懂礼貌，好像还颇为信任，并未看穿他野孩子的真面目。

"阿顿你可真幸福。家里有这么大的院子，又有一大堆书。"

"书都可以借你啊，带回去看也没关系。我爸的书虽然不能出借，但是他不在的时候，你可以坐在客厅的椅子上看。"

阿顿大方地说。客厅的皮椅柔软舒适，书架上整排的书，俨然真正的图书馆。

有一天，H在客厅的书架上发现一本童话书《三件宝贝》，是一位名叫芥川龙之介的人所写的。封面蒙上如酸橙的黄色布料，边缘泛着金光。打开一看，宽将近五十公分，是本相当大的书。书中收录六个短篇，逐页翻看，不时可见彩色的插图。那些插图所采用的并非童话风格而是成人画法，非常美。

令H兴奋的除了豪华的外观之外，内容也非常有意思。

H很讨厌那种哄小孩的童话书，但这一本却和以前遇到的那些童话书截然不同。

《白》这一篇，是一只名叫"小白"的狗的故事。小白在街上走的时候，目睹邻家的黑狗被一个可怕的大汉设陷阱抓走。或许是听闻黑狗的狂吠惨叫而心生恐惧，小白的身体竟在不知不觉间变成黑色。拼了命好不容易逃回家，饲主却没认出是自家的狗，因为小白的身体变黑了。非但没有认出，甚至不高兴地说："哪来的狗啊？"便将它撵走。小白这才发现自己身体的变化，大吃一惊。之后，它避开一切会映出自己身影的镜子、水洼，在街头流浪。意想不到的情节就此展开。

书中其他故事也让 H 读到忘我。

《蜘蛛丝》和《杜子春》也很有意思，但 H 觉得最棒的是《三件宝贝》。

在《三件宝贝》里，一个出外旅行的王子，自森林中遇到的三个盗贼手中买下具有神奇法力的"隐身斗篷"、"飞天靴"和"削铁如泥的宝剑"。然而所谓的魔法宝物根本就是骗人的，只是王子并不知道已经上当。

来到城镇，王子在投宿的旅店听闻黑人王与公主的婚礼近日将在城堡里举行。根据传言，公主非常讨厌黑人王，这是一桩被强迫的婚事。

王子听到后便决定救出公主，于是独自潜入城堡。他打算用那三件具有法力的宝贝，狠狠教训一下坏蛋黑人王。

但是王子手中的斗篷、长靴和宝剑都是假货，一点用处也没有。

反倒是黑人王却拥有真正的魔法斗篷、长靴和宝剑，这下王子危险了。没想到面对即使如此仍坚持一决胜负的王子，黑人王竟然说道：

"原本我以为只要拥有三件魔法宝贝，就连公主都可以娶回家，看来我错了。"

剧情急转直下。H这才发现，应该是坏蛋的黑人王其实是好人，至于王子，只是坚信自己代表正义的一方而已。

"写出这一篇的人，可真会写小说啊。"H欣喜若狂，好像芥川龙之介这位作家是自己发掘似的。

"这本可以借我吗？我想带回去好好看。"

阿顿闻言大惊失色，强烈拒绝。

"不行！这本不行。这是我爸珍藏的书，不可以！"

由于过去从未听过阿顿如此断然的讲话方式，H也大吃一惊。这天的阿顿不是平时那个"大方的阿顿"了。

生性促狭别扭的H，人家愈是拒绝，就愈想把那本书借到手。

"只要一天就好。我绝不会弄脏。马上就还。难道这样也还是不借吗？"

或许是H带威胁性的要求达到软化的效果，阿顿竟然提出一个出乎意料的条件。

"好吧，如果你能空翻两圈的话就借。要两圈喔，只有一圈不算。"

阿顿和朋友们都直盯着H。

空翻一圈H是办得到，但两圈这种事却连想都没想过，因为体操老师曾说："如果能翻两圈就可以去参加奥运了。"但H心想，如果助跑之后用力蹬起跳板的话，说不定可以翻两圈。

"好！看我的！"

众友人一路起哄，从阿顿家移师学校的沙坑。

体操课使用的起跳板仍留在沙坑旁。原本似乎以为尝试空翻两圈这种事是不可能的，发现 H 竟然玩真的，阿顿用哭丧的嗓音大喊："别跳了，不可以啊！"但 H 已经起跑了。一蹬起跳板，腾空而起。

身子在空中转了一圈再加半圈，就这么落下，倒栽葱摔进沙里。

随着喀的一声响起，H 感到右肩剧痛。紧咬嘴唇忍着痛，还不认输地说："就差那么一点点。"

想到差点就可以借到《三件宝贝》，H 懊恼不已。

朋友相当担心，H 却说道："千万不可以把为了借书而受伤的事告诉我妈喔。"要求他们封口。

见儿子哭着回来，母亲大惊，立刻带 H 去大桥九丁目的"本田外科"。右肩肿起，而且因内出血而发红。因为锁骨断了。

在诊疗室被问及受伤原因，答称："在沙坑跌倒。"院长以怀疑的眼神盯着 H："只是跌倒怎么会这么严重呢？"

由于从肩膀到手腕都缠上了一圈又一圈的绷带，右手不能拿筷子和铅笔非常不便，H 却并未因此而消沉。因为阿顿已经偷偷将《三件宝贝》带出来借给了 H。

"借到你康复为止，可是不能被任何人发现喔。"阿顿再三叮咛。

"不必担那个心啦，我会藏在绝对没人能找到的地方。也不会把书弄脏。"H 说，左手紧紧抱着书。阿顿看在眼里，神情有些无奈，说不定是在担心 H 会不会不还书。

书就藏在二楼挂在书桌前的画框后面。虽然得垫椅子伸长了手才拿得到，有些不便，H 仍开心不已。"虽然骨头断了，可也没白疼啊。"乐得像是《三件宝贝》已归自己所有似的。

斜对面米店的五十岚大婶，对忧心复原情况的母亲提出忠告。"如果骨头断了，一定得去接好。要是这样下去，搞不好右手会一辈子都不能动喔。告诉你一个在这方面很行的地方，去新开地找一家叫'赤壁'的柔道接骨院。"

听到右手可能一辈子不能动，H害怕了，说道："我们快点去吧。"

新开地，是神户最热闹的一区，街上有多家电影院连在一起。H之前便打定主意，等到能独自前往时，要去聚乐馆和松竹座等知名电影院前面瞧瞧。

母亲带着H和好子一同前往新开地。因为好子很想搭市电，所以当跟班。

赤壁接骨院很好找，因为建筑物外墙漆成了大红色。隔壁是柔道道场，挂着"赤壁道场"的招牌。可以听到里面练柔道的人大声吆喝和摔打的声音。

H有些不安。既然名为"柔道接骨"，该不会要被摔飞出去吧，他心里想。

候诊室里大约有十个人坐在榻榻米上等待。H想起以前去过的加古川那家灸疗院，不禁有种不祥的预感。

里面的房间传出"喝！"的一声，同时伴随着"好痛！"的惨叫，令H想走人。母亲瞪着他，威胁道：

"我问你，是不是右手一辈子都不能动也无所谓？"

"如果回去的时候可以吃咖喱饭，我就愿意忍耐。"

H提出了交换条件。因为来的时候，在路上看到一家店，写有"咖喱饭"的白色布帘随风飘动，还传出香气。

"这回是咖喱饭呀。你每次都得吃一顿才请得动喔。"母亲笑着说。

轮到 H 进去，一拆掉肩膀的绷带，身穿柔道服的医生厉声道：

"怎么没有立刻过来！断掉错位的锁骨不是就会这么定型了吗？什么，去看外科？这就跟肚子痛却去找眼科一样嘛。要是不把粘连的骨头弄开再接回去，是治不好的。会痛喔，忍耐一下！"

话刚说完，医生出其不意抓住 H 的手和肩膀，"喝！"一声用力拽。H "啊—"大叫之后就这么昏过去了。

醒来时，发现自己躺在候诊室，好子在旁边哭。

"真是太好了，听说骨头接回去了。不过，好像还得来几趟才行。"母亲说。

那锥心的痛令 H 害怕。由于疼痛的程度甚至超过在沙坑摔伤的时候，所以 H 重申：

"每次来我都要吃咖喱饭喔。"

咖喱里只放了一点点肉，但口味和家里的不同，很好吃。

好子说："咖喱好辣，而且要看哥哥那么痛，好可怜，下次我不来了。"

治疗约一个月后，渐渐不必再面对那难耐的痛，H 开始主动想去赤壁接骨院了。因为每次都可以赚到一顿咖喱。

尽管右肩以下都吊着，但与此不便相比，以左手画图写字而受到朋友夸赞令他洋洋得意，家里又有《三件宝贝》等着，实在是幸福的每一天。

直到有一天可不得了，出事了。放学回到家，只见母亲拿着《三件宝贝》，面色铁青地站在那里。似乎是书太重使得画框掉落，藏在后面的书就露了馅。

"这书是怎么回事？你读了芥川龙之介的书吗？这个人是自杀身亡的小说家啊。"

书被发现，加上得知芥川龙之介是自杀而死，令H大感震惊。因为根据基督教教义，无论如何都不可以自杀。

母亲这方也一样，除了因儿子偷偷读小说而震惊之外，更因为是自杀而死的人所写的书而不知所措。

"这本书，学校老师说可以看吗？"

"因为松冈老师说这是一本好书，可以读读看。"

H随口扯了个谎。于是抱着书的母亲立刻穿上木屐，说：

"我现在就去学校找松冈老师问个清楚，看是不是真的。"

万万没有想到母亲会立刻去问老师，H慌了。松冈老师八成会被气呼呼来访的母亲吓一跳，而且应该会说："我没讲过那样的话。"一旦查出书是借自阿顿，在他父亲面前也穿帮的话该怎么办？该如何道歉才好？问题如旋涡般在脑袋里打转，转得H都快昏了。

大概过了一个小时，母亲回来了。意外的是竟然一脸平静，H这才稍微放心。

"松冈老师说，的确曾建议你读芥川龙之介的《三件宝贝》。还告诉我，读这样的书不会变成小流氓，而且要是除了《圣经》之外什么都不让你看，反而不能培养出好孩子。所以，我决定以后允许你读其他书，只是要先拿来给我看过，别再偷偷看了。"

母亲如此巨大的转变令H愣住了。还有就是，松冈老师非但没有因H说谎而生气，还巧妙配合圆谎，也令他诧异。更想不到的是，甚至告诉母亲要让孩子多看书。之所以会有这种反应，是因为H原本不太喜欢松冈老师，因为他经常大声斥责学生，做体操时要求尤其严格。因为讨厌，所以给他起了"拳头"这么个绰号。可是，这位老师却如此袒护H。势利的H，突然开始喜欢松冈老师了。

"这好像跟恶魔般的黑人王其实是好人的故事一样嘛。"H心里想。

肩膀上的绷带虽然还没拆，但H已经决定将《三件宝贝》还给阿顿。打定主意后的最后一天，将过去没读过的小铅字部分，包括"代序"，这是一位名叫佐藤春夫的人的文章，以及后记，是绘制插图的小穴隆一所写的"跋"，都试着读了一遍。

读过才知道此书的由来。原来芥川龙之介打算出一本"摊开搁在桌上，可以让好几个孩子埋首一起读的又大又美的书"。可是，在书完成的前一年，芥川龙之介自杀了。

"是哦，完成之后的《三件宝贝》是这么棒的一本书，芥川龙之介却没见过啊。还有这么一回事啊。"想到这里，H不禁心头发热。再次摊开书，一页页翻着翻着，眼泪突然流下来。

小穴隆一写道："作者芥川龙之介，在本书尚未完成前因病去世。"后记签署的日期是昭和二年（一九二七）十月二十四日，看来是要对读这本书的孩子隐瞒自杀一事，刻意说是因病去世。

翌日，H在放学回家途中先去阿顿家还《三件宝贝》。

阿顿自父亲的书架上抽出空盒，小心翼翼将书装进去。他大概天天都在担心父亲会发现书架上的书盒是空的吧。想到这一点，H不禁深感抱歉。

《三件宝贝》的最末页标有定价，看了才知道，竟然高达五元。这吓了H一大跳。因为电影的成人票才五十钱，咖喱饭才十五钱，五元可是笔不得了的金额。买这一本书，竟然可以吃超过三十份咖喱饭，可见有多贵。H这才明白，难怪阿顿的父亲会说："这本书绝对不可以带出去。"

因为，《三件宝贝》对伯父这个成年人而言，也是"贵重的宝贝"。

H下定决心，长大成人之后，一定要买本《三件宝贝》。

现人神

走进 H 就读的长乐小学正门，右手边是沙坑，左手边是相扑场，旁边还有奉安殿。

所谓奉安殿，是奉纳天皇、皇后二陛下的御真影及教育敕语之处，以混凝土建造、有若金库的建筑物。所谓"御真影"，指的是陛下的照片。

依照规定，学生们每天上学放学时都得去奉安殿行最敬礼。每逢节日庆典，那帧"御真影"都会移至礼堂，装饰在讲台后方的中央，但都安置在伸缩式布帘中，学生们无法直接目视。

别说看一眼御真影是什么样的照片，就连从奉安殿移到礼堂时都没人见过。H 很想见识一下那照片。顺便也想窥探一下奉安殿内部是何模样。

H 本想邀死党一起行动，但大家都表示没兴趣。

无可奈何的 H 只好单枪匹马，在天皇陛下诞辰的"天长节"仪式开始前一个半小时提早到校，在奉安殿前一直守候。

大约过了三十分钟，穿着晨礼服的校长和教务主任几乎同时到来，快步登上正面玄关的石阶。片刻后两人又在玄关出现。这回两人手持漆黑的方盘，神情肃穆。原本有些担心会挨骂，但二人什么也没说，H松了口气，道声："早安。"二人并未理会，好像没听到那请安的声音似的。

教务主任拿了钥匙正准备打开门锁时，H凑了过去想一窥内部。不料校长突然大喊："行最敬礼！"H连忙低头鞠躬。

就这么保持敬礼姿势好一会儿，传来上锁的声音，悄悄抬起头，看到门已经关上。结果，H什么也没瞧见。

仔细一看，校长将一个以紫色布巾包裹的方箱捧至眼睛的高度，并维持那姿势朝校舍走去。

望着那背影，H心想："果然还是无法看到御真影啊。"

"怎么样？"朋友到校之后问。"什么也没看到。"H回答。"我猜也是。你这家伙还真是对什么都好奇啊。"朋友似乎觉得H在做傻事。

"只是想弄清楚我们是向什么东西行最敬礼而已啊。"H如此反驳。

在礼堂举行，以向御真影行最敬礼为开场的典礼相当折腾人，H觉得很讨厌。

一年里的节日和纪念日多达十四天，但学校放全天假的日子很少，在纪元节（二月十一日）、天长节（四月二十九日）、明治节（十一月三日）等，还要宣读教育敕语，而且典礼过程中必须保持立正姿势不能动。讨厌节日的不止H，每个学生都受不了这些个仪式。

在校长恭读教育敕语卷轴的这段时间，全体人员必须保持低头的姿势，大约三分钟一动也不能动，这尤其痛苦。

事实上，唯有这段时间，遮住御真影的布帘会拉开，结束时再关上。

学校里的御真影究竟是何模样，H无论如何都想瞧个清楚。

当校长开始宣读教育敕语后，H先确认过周遭的人全都低着头，自己悄悄抬起头。

结果发现，装饰在讲台中央的御真影，就是家家户户墙上都挂着的司空见惯的天皇陛下与皇后陛下的肖像照。

H心想："什么嘛，就同一张照片啊。为何不必对家里的御真影行最敬礼，在学校就得行最敬礼，还不准看呢？"

对着御真影低头聆听教育敕语会感到痛苦的不止H，所有学生都一样。因为头一低，鼻水好像就会流出来。

宣读教育敕语的时候，无论发生什么事，都绝对不可以发出声响，即使鼻痒难受，大家也只能忍耐。

H会背长达三百一十五个字的教育敕语全文，不过这并不特别，因为到了四年级，很多孩子都会背。

"朕唯我皇祖皇宗肇国宏远树德深厚我臣民克忠克孝兆亿一心世济其美此我国体之精华教育之渊源亦实存于此……"后续还有长长的一段，得一直低着头，边计数到最后那句"御铭御玺"还剩多少字，边等校长读毕。

教育敕语一结束，礼堂内便会响起"嘘噜嘘噜、嘶嘶"的声音。那是全校学生一同吸鼻水所发出的声音。

H只是将教育敕语照拼音死背下来而已，并没有一字一句的意思都完全明了，知道的就只有一个字，就是自己名字"肇"这个很难的字，在敕语开头便出现了。

"这个肇字，并不是一般事物起始的始字[1]，而是描述一个国家开始时的用字。"

之前听父亲解说时，H吓了一跳，还曾表示不满。

"为什么要取这样的名字呢，我和创立国家这种事明明扯不上关系啊。而且肇这个字很难，写起来又很麻烦，我不喜欢。"

当时父亲难掩失望，喃喃说道："因为不是随处可用的字，觉得很适合你嘛。"

不论教育敕语或御真影，都令H不解。明明是相同的御真影，家里的和学校的到底哪里不一样了，实在很奇怪。如果去问教务主任，应该可以得到答案吧，他心里想。

"我知道天皇陛下的地位崇高，可是，为什么学校的御真影不准人看呢？为什么要像拜神一样对待呢？"H试着去问。

"这个嘛，因为校长宣读教育敕语时诚惶诚恐，就如同天皇陛下行幸长乐小学，亲自颁赐文书一样。恭迎天皇陛下的时候，沿路的人民不是都得深深低头，不得直接拜谒天颜嘛。一样的意思。天皇陛下虽然人类形体示现，却是'现人神'，也就是神的化身。"

听到说是现人神，H还是不明白，究竟和神社祭祀的人，或者基督教的神有何不同。活生生的人，真有可能是神吗？他觉得很不可思议。回到家，一提起这件事，母亲立刻说：

"天皇陛下才不是神。神只有我们天上的天父一个人而已。《圣经》上不是写得很清楚嘛。"母亲语气相当坚决。"糟糕！"H不禁后悔，应该趁母亲不在的时候问父亲才对。

---

[1] 日文的肇、始二字同音。——译注

"爸爸怎么认为呢？"

"对基督徒来说，神就只有耶稣基督而已，可是其他宗教还有别的神。山边不是有座回教寺院，也称伊斯兰教，那里的信徒认为神就只有一位，名叫安拉，除此之外没有其他神喔。与其讨论哪位才是真的神，不如大家各有自己信奉的神。这样不是比较好吗？"

"这样的话，认为天皇陛下是神也算一种宗教啰。"

"可以这么说吧。在日本还有许许多多其他的神，或许可以视为其中一种吧。"

父亲刚说完，母亲随即逼问：

"身为基督徒，你真的那么认为吗？难道你承认邪教的神？"

"我说啊，如果把别人信仰的宗教说成是邪教的话，那基督教被人家说是邪教的时候也就不能抱怨啰。毕竟绝大多数的日本人都会去神社参拜自己喜欢的神，如果连这都不能认同的话……"

H 觉得，或许父亲的看法比较正确吧。

因为 H 最喜欢的神，就在日本的众神之中，这才稍感放心。那位神叫素戋呜尊（须佐之男命），是出现于记载日本远古神话的《古事记》一书中的天照大神的弟弟。

这位天照大神，据说是众神中最崇高的神，天皇陛下的先祖，是供奉在伊势神宫的一位女神，可是弟弟素戋呜尊却经常闯祸。H 知道后，立刻就喜欢上这位神了。

这个机缘来自五年级的课本。课本里这么写道：

"天照大神的御弟名叫素戋呜尊，经常胡闹闯祸。尽管如此，大神仍一直疼爱有加，从不曾责罚。可是，素戋呜尊后来却弄脏了大神的织布坊，大神因而遁入天之岩屋，关上石门，隐身其中。"

H先前看过的插图中，就有为使天照大神自岩屋出来，一个名叫天钿女命的女人在跳舞的场景。

H这回没去找教务主任，而是放学后去请教山崎老师，因为他认为若去找教务主任，可能又会得到让人摸不着头脑，难以理解的答复。

戴着黑框眼镜的山崎老师并不是级任，但会以浅显的方式说明，让听的人很容易了解。

"课本里写，素戋呜尊做了胡闹的事，是什么事啊？"

听了H的问题，山崎老师说："等我一下喔。"便去老师办公室，从书架上取来《古事记》这本书。老师在H面前翻着书，说道："找到了，素戋呜尊的事在这里。"

书上满是汉字，H根本看不懂。

"是这么写的。"老师读过后为H解说。

"素戋呜尊破坏了人类宝贵的田埂到处捣蛋。还有，素戋呜尊在宫殿里乱扔大便，又剥了马皮丢进有女人正在织布的房间。到了这个地步，原本一直袒护弟弟的姊姊天照大神，终于也气得把自己关在岩屋里。"

"想不到众神之中也有这种乱七八糟会做坏事的神啊。"H相当开心。

再加上又得知素戋呜尊虽然是个满脸大胡子的大汉，却会因为想见已经过世的母亲而号啕大哭。

H益发喜欢这个叫素戋呜尊的神了。

"这么有趣的事，怎么不用容易懂的方式编进课本里呢？"

"因为不能直接把《古事记》的内容编进课本啊。书里天钿女命在岩屋前跳舞的时候，其实是裸体的。由于裸体跳舞很有趣，大家看了都哈哈大笑。天照大神不知外面发生了什么事,将石门打开一道缝偷看。这时,一位名叫天手力男神的大力神趁机撬开石门,硬把天照大神拉出了岩屋。"

山崎老师笑着说。

可是,H 的课本里,插图上的天钿女命却穿着衣服。

"课本上的图,有穿衣服啊。画来骗人的嘛。怎么会这样?为什么呢?素戈呜尊明明是个会乱扔大便的神,课本里也没有写。是不是让大家知道天皇陛下的祖先是个奇怪的神不太好啊?所以就算《古事记》里明明就有,也要隐瞒对天皇陛下不好的部分吧。"

H 一连串的"为什么"令老师招架不住,只得如此告诫:

"等你再长大一点就会明白了。还有,以后别再将天皇陛下和素戈呜尊连在一块儿讲比较好。"

H 有些失望,原来老师也有不能说的事啊。或许是会因为"不敬罪"而被抓走吧,他心里想。即使连"不敬罪"的汉字都还不会写的孩子,也很清楚那是很可怕的。

因为,其实只是半开玩笑说了天皇陛下的事,就有可能被警察以"不敬罪"带走。

事实上,H 知道住在大正筋一家药局后面的大叔就被抓了。听说他只是对附近的孩子们说:"就算是天皇陛下,也要吃饭,也会屙屎。跟普通人一样。"被警察得知而遭逮捕。

也认为"如果是真的神,应该不会大便"的 H,觉得大叔说的是事实,但决定还是别对任何人讲。

因为不知道谁会去告密,所以得牢记,对于"天皇陛下"还是谨慎为上。

即便在学校,也是从一年级开始就被彻底教育天皇陛下是"神圣"的，若听到"天皇陛下"四个字，不论身在何处都要立刻起身立正站好。所以，将天皇陛下拿来"开玩笑"是会出事的。

动不动就连番"效忠天皇陛下"的后备军人大叔，经常召孩子们来训话："你们长大后如果去当兵，也要拼了命为天皇陛下而战。为国效力是男人的义务，是荣誉的事。"

大叔也曾这么说：

"日本全国的命令，都是出自天皇陛下的命令，不得违抗。不论要我们去当兵，或是进攻敌营，全都是天皇陛下的命令。"

H觉得很奇怪，天皇陛下不可能亲自下攻击命令吧，但大叔说道：

"因为部队长官是代替天皇陛下发号施令的，所以指挥官的命令全都是天皇陛下的命令。"

"小孩子并不是军人，不必听天皇陛下的命令，是吧？"

听H这么讲，大叔突然生气了。

"小孩子是天皇陛下的赤子（子民，婴儿）。你们是天皇陛下的孩子！孩子不能违逆父母的话吧！"

H第一次听到赤子这个名词，问了之后才知道是哪两个字。不过，到底是什么意思，可一点也不明白。

在讲这些事情时，大叔一再提到"天皇陛下"，H他们每次都得应声立正站好。

虽然除了后备军人大叔外，其他大人也说"不论任何事情都是天皇陛下的命令"，但H就是觉得奇怪。

因为，那么多的指挥官到底下了些什么命令，天皇陛下明明就不知道，却全都被认为是天皇陛下的命令。

认识《古事记》的素戋呜尊之前，H觉得天皇陛下严肃又可怕，一直不怎么喜欢，但不曾对别人说过。可是知道天皇陛下是那个明明是神却会胡闹的素戋呜尊的子孙后，就开始觉得，或许天皇陛下并非神圣的"现人神"也不一定。

盛夫担心儿子口无遮拦，于是提醒 H：

"你还是不要觉得有趣就乱跟人说素戋呜尊的事情比较好。"

老爸的说法跟山崎老师一样。

回想起来，山崎老师自那次之后，就没再跟 H 讲过素戋呜尊的事了。

H 给山崎老师取了个"古事记老师"的绰号，每次遇到老师都央求："古事记老师！说说素戋呜尊的故事嘛！"但老师都装作没听到，来个不睬不理。

有关天皇陛下的话题，大家都显得很小心。

所有人中，仅有一人完全不在乎。是个女人，经常在街头边走边大喊：

"为了天皇陛下，怎么还能珍惜生命呢！天皇陛下万岁！天皇陛下万岁！"

此人多大年纪，H 并不清楚，但她总是脸颊涂了红圆圈，头发绑着许多缎带，身上是脏兮兮的和服和一双磨损了的木屐。

听附近的大婶说，她住在天井川较上游的多井畑。

"好像是丈夫和哥哥战死之后，就渐渐精神失常了。"据说如此，但事实如何则不得而知。她似乎每天四处游荡，有时也会走过 H 家这条街，一路大声嚷嚷。不论怎么听，那女人口中的"天皇陛下万岁"感觉并不是真心的"天皇陛下万岁"，不禁为她担心的 H 问父亲：

"那个人，难道不会因为不敬罪被抓走吗？"

"她并没有说什么特别不敬的话，应该没关系吧。"父亲说。

喊得那么大声，大家都知道也用不着去告密，所以 H 认为她迟早会被抓。不过，她就是没被抓。

后备军人大叔似乎也觉得很伤脑筋，曾表示："如果她精神正常的话，或许还能劝一劝，这个样子实在是拿她没办法啊。"

"为了天皇陛下，怎么还能珍惜生命呢！天皇陛下万岁！天皇陛下万岁！"

那女人在黄昏的街头缓缓而行，叫嚷声一遍又一遍传入耳中，总觉得有些可怕。

日德意三国同盟

正在看报的父亲告诉 H："宝冢歌剧团的事情上报了。"

父亲曾带 H 去欣赏宝冢的歌剧，所以觉得他可能对这件事感兴趣。

"宝冢少女歌剧学校的学生没有参加'反英市民大会'，惹上了大麻烦。据说理事长被叫去宪兵队挨了顿臭骂。"

"什么是反英啊？" H 问。因为他很喜欢宝冢,不免有些担心。

"就是明确表示讨厌英国的抗议集会。可是宝冢歌剧团的学生没有参加。因为她们之前曾以亲善大使的身份前往美国，并参观纽约的万国博览会，所以见识到许许多多只待在日本国内无法看到的世界各国事物。"

虽然 H 不了解世界各国的现况，却也觉得"反英"可不太妙。因为父亲的客户有不少英国人。

好比居留地"史创格商会"的韦艾特先生、坎贝尔先生，他们都是"妹尾西服号"重要的客人。

"前不久才听坎贝尔先生说，和日本的贸易往来愈来愈困难，打算最近就要回英国了。说不定西服号会没办法继续像过去那样经营了。而且上门订做新西装的日本人也变得少之又少……"盛夫说道。

这么说来，最近真的好像只有来修改西装的人增加。父亲将新布料摊在工作台，喀嚓喀嚓剪裁的情景也少见了。H很喜欢剪刀裁剪布料的声音，若是无人订制新西装，一定会觉得很寂寞。

"不只是没办法继续做西装，一旦签订'日德意三国同盟'，情况可能会更不得了，实在令人担心哪。"

父亲接着这么说。外头的人都认为德国若与日本结为同盟，"日本将变成更强的国家"，可是父亲却持相反的看法，H觉得很奇怪。

因为上门的顾客之中也有德国人和意大利人，H知道父亲的看法并非出自个人好恶，但想弄清楚"担心"的理由何在。

"这你绝对不可以跟别人讲喔。要是传出去，会被说成不爱国的'非国民'。"

"也不能让妈妈知道？"

"也不能告诉你妈。万一她说出去就麻烦了。"

想到父亲连母亲都不能信任，却讲给自己听，H觉得很高兴。

"缔结三国同盟，意思就是日本将与憎恨英国的德国站在同一阵线。到时候，我们和英国将处于敌对关系。美国也持续对三国同盟保持警戒。听说美国已表示'如果日本加入三国同盟，美国将提供英国武器，并且会加强对支那的援助'。要是日本也得对美国开战，想以三国同盟作为后盾，是发挥不了作用的。德国和意大利距离日本实在太远了，根本不可能过来帮忙。"

"爸爸怎么会知道这些事呢？看报吗？"

"前几天听詹姆斯先生说的。"

H和詹姆斯先生也很熟。詹姆斯先生是美国人，很疼H，在英商"史创格商会"附近同样从事贸易。

"美国似乎非常气愤。'将采取对抗三国同盟的措施'并不是口头警告而已。好像已经打算禁止对日本出口废铁。这样下去，日本不仅要应付与支那的战事，也会与美国交恶，变成与全世界为敌。所以说，为了讨好德国而搞什么'反英运动'，实在是自找麻烦。"

H原本就因很单纯的理由而觉得"德国人很讨厌"。那是去德国海军军官克劳森先生家时开始有这种感觉的。在等待父亲假缝试穿时，与比自己大一岁的克劳森家长子在一旁玩弹珠台。那时，或许是因为H连赢三局而不服气，那孩子突然翻脸打翻游戏机，用日语骂道："日本人和犹太人都是笨蛋！"

离开克劳森家，走下北野通的坡道时，H对父亲说：

"爸爸喜欢克劳森先生吗？他们一副很了不起的模样，好像看不起裁缝师……我不太喜欢德国人。"

"可是，也不能认为所有的德国人都和克劳森先生一样。因为德国也是有形形色色的人。克劳森先生是纳粹军人，就当他比较特别就好了。"

父亲一说，H立刻就懂了。同是德国人，也有完全不同类型的人。他想起犹太裔的德国人欧本海默先生一家，就是很好的人。将此告诉父亲，父亲笑了，H连忙澄清：

"我可不是因为欧本海默伯母请吃香肠才这么说的喔。"

神户人对于外国住民已经习以为常，能很自然地与各国家的人往来，但最近却渐渐会区分是英国人、美国人、法国人或是德

118

国人了。或许是国际间微妙的紧张气氛也在市民间传开了吧。这阵子对纳粹德国产生好感的人突然增加。好像是起自两年前的夏天，希特勒青年团一行来日访问之后。

希特勒青年团来访的成员有三十人，个个身高都达一七〇至一九〇公分，全都没戴眼镜。这令大家惊讶不已。此外，全员表现出军队般的纪律，行动井然有序，还穿着帅气的制服，所到之处都受到疯狂的欢迎。希特勒青年团在日本停留三个月，走访各城市，最后由神户港搭船返国。他们离日后，报纸与广播仍不断赞美。

"希特勒青年团让我们见识到年轻人的理想形象。他们所留下的优秀长处，值得日本大力学习。"

就连 H 也认为："不奇怪啊，希特勒青年团那么帅。"一行人访日收到极佳的效果，连带使得"日德意三国同盟"获得压倒性的支持。

听说意大利也有一位类似希特勒的首相名叫墨索里尼，而且也有类似青年团的少年团。可是呢，住在神户的意大利人大多爽朗，感觉不像德国人那么一板一眼。不过，随着"日德意三国同盟"呼声的升高，意大利人愈来愈受欢迎，外头也开始有人与他们称兄道弟了。

"反正结成三国同盟，就只能走一步算一步了吧。对支那的战事也还没结束……"听父亲忧心地这么说，H 也感到不安，问道：

"应该还有其他想法跟爸爸一样的人吧？如果有的话，为什么大家不一起站出来说呢？"

"说了只会被宪兵抓去，送进监狱吧。前阵子，有位斋藤隆夫众议员，在帝国议会的众议院发表演说时表示，虽然我们声称对支那的战争是为了大东亚共荣，是为了维护世界和平秩序的'圣战'，但战争是国家之间的武力冲突。将此说是'圣战'，根本就是欺骗、是谎言。由于那是事实，据说当场有不少众议员也鼓掌赞同，可是却激怒了陆军大臣，斋藤先生最后被迫辞去了众议员。就连在理应议论政治的国会，都没人敢再讲话。反对军方政策的人，全都被迫消失。政治也就变得乱七八糟，难以收拾。"

"哦，还真是复杂怪奇啊。"H说。那阵子"复杂怪奇"一词正流行，因为知道意思是"让人想不通"，所以动不动就模仿跟着"复杂怪奇"一下。

父亲告诉H，这"复杂怪奇"一词，事实上是一年前出自平沼总理大臣之口。

"哦，原来这是深奥的政治语言啊。"H心里想。

"复杂怪奇"其实与德国有关。日本军在满洲诺门罕这地方隔国界与苏联军交战时，德国却与苏联签订"互不侵犯条约"，双方约定不以武力相向。何况最近报纸上难得看到日军胜利的报道，令H非常担心。日本相信德国会理解自己的难处，却遭到背叛。为此，平沼内阁留下"欧洲世界实在是复杂怪奇"这句话后总辞了。

听父亲说明此事后，H心想："德国太贼了。"

与苏签订"互不侵犯条约"九天后，德国冷不防进攻邻国波兰。由于出动了为数惊人的坦克和战机猛烈攻击，波兰立刻陷入险境。就在这时，苏联也突然加入，从背后攻击波兰。

波兰在两国夹击下毫无招架之力，随即投降。前后不过两个礼拜的时间。就好像两头猛兽袭击羊一样，猎物则由德国与苏联瓜分，纳入各自的版图。

德国已经并吞了奥地利，同时入侵捷克。

对于德国的扩张领土，英国和法国均表示："绝不容许再这样下去！"最后终于宣战。"第二次欧洲大战"就此揭开序幕。

H也很清楚，缔结"三国同盟"，意味着将与英国和法国为敌。他不禁担心，日本的大人，究竟知不知道纳粹德国是那样的国家啊。日本的铁已经越来越短缺，听说美国也打算尽量减少出售废铁给日本。好像也渐渐无法再进口石油。

"日本短缺的可不止铁和石油。与外国交易要用的钱愈来愈少了。"

"咦，也缺钱啊？"

"国家的钱，指的并不是钞票，而是实际拥有多少真正的'黄金'。照理说，钞票必须能替代黄金货币，可是情况渐渐改变了。原本每张钞票上面都印有'本券可兑换金币'的字样，可是现在已经不能兑换了。"

H不知道以前钞票曾经用来替代金币。

"如果还有那种钞票，我想看一下。"

"有啊。这就是有注明的那种十元。"

从钱包掏出的十元纸钞上，印有"本券可兑换金币拾元"的字样。

"明明写了可以兑换金币，如果不能换，不是写来骗人的吗？"

"现在的说法是：'虽然不能兑换金币，但是货币的价值还是一样的。要相信国家。'不只不能兑换金币，还要求申报家中有多少'贵金属'和'黄金'。去年夏天，家家户户都收到一份'黄金持有量国势调查'的表格。因为是强制申报，除了金牙和金笔之外都必须填写，不得谎报。我看，迟早有一天会要我们把手上的黄金全部缴上去。"

"咦，连金表也要啊？妈妈的金表也申报了吗？那可是我的手表啊。怎么可以没有征求同意就擅自申报呢！"H很不高兴。之所以说是"我的手表"，是有原因的。

那只手表，是H五岁时，在附近一处三角公园玩秋千时，在地上捡到的。那时母亲对H说：

"你拿好，我们一起去警察局吧。"吓得他哭了出来。

"我没有偷东西，这是捡到的啊。我不是小偷！我才不要去警察局！"

"遗失手表的人一定很着急吧。如果不吭声就这么留下来，就和小偷没什么两样。不过呢，如果一年之内都没有人来认领，这只手表就归送交失物招领的人所有。"

H听了心情好转，随母亲一同前往警察局。

就在已经完全忘了那手表的事情时，收到了一张明信片，上面写着：

"由于手表的失主一直没出现，请携带印鉴至警察局领取。"

母亲在警察局的服务台领取手表时，一旁的H伸出手："那是我的手表。"警官见母亲面露为难，便帮忙安抚H：

"这只手表啊，是成年女性戴的表喔。而且这是只金表，非常昂贵。所以，还是先交给妈妈，再请妈妈答应在你长大之后，买一只男生的手表补给你，怎么样？"

最后，这件事以"这是我的表，先借给妈妈"的结论收场。所以，母亲手上那只与身份不相称的金表，其实是H的。

"是你的手表没错，可是左邻右舍早都知道你妈戴金表，现在想藏也藏不了。何况现在也禁止当铺收金制品，就算有黄金也换不了钱啊。"

父亲这么哄着，H也只好自叹"没法子"了。"没法子"这句中文也是当时的流行语，连小学生都经常挂在嘴边。这句中文的意思是受不了、没办法、无可奈何。

在大人之间，"没法子"却具有更严重的意思。

大约在一年前，颁布了一条"国民征用令"。所以，凡是具有特殊职业技术的人一旦接到此命令，就必须立刻接受征用。相对于征兵的"红单"，大家称之为"白单"。

"爸爸要是收到'白单'，是不是就非去不可呢？"

"因为我有裁缝技术，大概得去缝制军服的工厂吧。"

"如果不愿意去呢？"

"就会处一年以下的有期徒刑，或一千元以下的罚金。"

"妈妈知道吗？"

"应该知道吧，只是没跟我谈过。大概是不想谈那些令人担心的事情吧。因为我会做西装，有可能收到'白单'，所以我打算加入警防团。"

所谓警防团，是召集民间成年男性而成立的组织，经军事训练与消防训练以保卫邻里的维安团体。

除了男性所组成的警防团之外，政府还下令成立称为"邻组"的町内组织。东京那边已经完成组织工作，神户地区也将开始组织起来。

"在以前的江户时代，有所谓的'五人组'，若是有人犯罪，同组者都得负连带责任。五人组虽然要大家互相帮助而成立，却也是互相监视的组织。'邻组'就跟那个差不多。"

盛夫说，"邻组"的任务包括为出征的士兵送行，帮忙照顾他们的眷属，或是阵亡士兵的遗族。互相督促避免奢侈浪费，集资购买国债、参与民间的防空消防训练等。将邻组纳入原本就有的"町内会"组织，以推行各种政策。甚至形成一种气氛，若不参与邻组的活动就领不到生活必需品的配给券。

昭和十五年（一九四〇）六月十四日，进攻法国的德军兵不血刃占领巴黎。

虽然各地似乎仍有游击队持续反抗，但纳粹德国已经完全制伏了法国。

之后三个月，驻德大使来栖三郎终于在柏林签署合约，正式加入"日德意三国同盟"。

盛夫大感震惊，也变得不太和H谈话。原因不只是"三国同盟"而已。因为还出现了令西装生意遭受致命打击的严重问题。

那就是颁布了一条"国民服令"的法律。当这条法律的详细说明从"神户西装商业公会"转来时，已有心理准备的盛夫仍不免愕然。公文上这么写的：

"我国服装文化过度模仿欧美，缺乏自主性，必须反省。回顾世界各国兴亡的历史，民族的发展必定伴随着建设性的服装文化。日本亦应开创自己独特的服装，超越国际水平，建立足以指导东南亚诸民族的新服装文化。所以，期望各位能够发挥自己的技术，协助生产此次所制定的国民服。"同时还附有缝制国民服的纸样与完成图。

新制定的"国民服"多为与军服相同的卡其色，帽子则是类似军人便帽的"国民帽"。着国民服戴上帽子时，一般人也得行军队式的举手礼。

"以后所有男性都得穿这种衣服吗？如果穿西装会不会被抓？"H问。"是不会被抓，不过穿西装的时候，裤管也必须打上绑腿才行。因为国民服被制定为可立即作为军服使用，而且也能充作礼服，以后大家可能都得穿国民服了吧。现在为霍华德先生缝制的西装，搞不好是最后一套了。"

霍华德先生的这套西装，是即将返回英国的坎贝尔先生，要送给仍会留在神户的霍华德先生作为纪念的三件式西装。

盛夫延后了这件工作的交货日期，以比过去更从容、更珍惜的态度缝制。

由于实施了"民需西服布料加强管制"措施，男装布料已经变成以卡其色为主，西装布料难以取得，所以才认为说不定是最后一套吧。

阿繁在一旁专注地看着盛夫工作的手。或许在阿繁眼中，这也将是最后一套吧。

在"国民服令"颁布前大约三个月，还有一道"不得制造、贩卖奢侈品"的禁令。其中关于订制西装部分，规定冬季款不得超过一百三十元，夏季款则不得超过一百元。

由于盛夫所缝制的，即便是最高档的冬季西装也不过八十五元或九十元，价钱并未达"奢侈品"的标准，却也可以预见西服号的未来了。

不久后，街上到处都可以看到"奢侈是大敌！"的醒目标语。

军事机密

"以后外来语都不能用，'pitcher'得改说'投手'，'catcher'必须改说'捕手'才行了。"

"'投手'、'捕手'还没什么，遇到'strike'的时候得说'好球'，'ball'得喊'坏球'，感觉就像是不响的屁一样没劲儿。"

H一伙边打棒球边咯咯谈笑。

这是因为内务省的一纸公告出现如此内容："过去的崇洋，已成为培育大和魂的阻碍。故须禁止使用片假名来表现外来语。符合此禁令者包括，对时局不敬者、有违善良风俗者以及标新立异之片假名艺名等。"

驱逐英语的波澜正不断向四处扩散。

"投手史塔芬（Victor Starffin）的名字也不能用了，你们知道吗？"邻家的美田耕作说。H不知道，于是问：

"咦，那以后要叫什么呢？"

"因为史塔和须田同音，所以被迫改成汉字名，叫'须田博'。"

"'史塔芬'改成'须田博'，好怪喔。"

孩子们接着开始列举自己所知遭驱逐的外来语。

"'Golden Bat'牌香烟改成了'金鸱'。Bat不是蝙蝠嘛，结果变成了停在神武天皇的弓上的金色鸟，升级太多了吧。"

"'牡蛎Fry'改成'牡蛎洋天'。市场里油炸店的广告单上都这么写。"

"听说汽水的'cider'要说'喷出水'才行。前阵子我在报上看到'瓶装喷出水送达前线劳军'的新闻。"

"'喷出水'啊，我好像也听说过，可是听起来很像公园的喷泉喔。"

"你们知道汽车的'Handle'要怎么说吗？"

因为大家都不知道，肉铺家的小俊不禁有些得意。

"'Hadle'啊，叫作'运转圆把'。"

"啥，'运转圆把'？怎么写啊？"

小俊用树枝在地面写了"运转圆把"四个汉字。

"你啊，既然连这些字都记得住，就应该再用功些，成绩才会好啊。"

众人纷纷开他玩笑，却也都被"运转圆把"打败了。

"那'H'也不能用了不是吗？H是英文吧。"

"铅笔上的'H'或'B'也得改成'硬'和'软'，好像也已经在卖了。你的'H'不会有问题吗？"

朋友们以像是谴责的眼神望着自己，H霎时有些不安，但随即反击。

"不只是英文，德文里也有H这个字母啊。你们应该知道Heil Hitler（希特勒万岁）吧。Heil就是'H'这个字母开头的，所以H不只是英文而已。"

"是喔，原来德文也有 H 啊。既然德国是我们这边的，H 就保留好了。"

虽然众人都能认同，H 却觉得不妙。"希特勒万岁"，是祝颂希特勒、宣示效忠的用语。临时拿来当作避风港，却说出像是自己也与纳粹德国结盟一样的话，令他后悔不已。但话说回来，日后难免会遇到别人同样将"H"视为应该排斥的英文，所以得想个办法如何避免那种危险。

"别再喊'H'，叫我'妹尾君'就好。"H 试着这么提议，却立刻遭到驳回。

"傻了啊，'妹尾君'有三个字，'H'比较短，容易喊。"

要是改不掉"H"这个绰号，暂时就只好用希特勒万岁来蒙混了，他这么想，但同时坚定立誓，以后再也不穿胸口"H"字样的毛衣了。

除了周遭的英文不断被去除之外，连日文也有被去除的情形。虽然之前便听说过明信片上的文字先用墨汁涂销才寄送的事情，但实际收到信件内容将近一半被涂销的明信片时，还是吓了一大跳。那张明信片，是亲戚家一个被征召入海军的哥哥寄来的。看着涂得大片黑的军用明信片，父亲说道："终于要赴前线了。"似乎是从被墨汁涂销的部分感受到了这一点。

将文字以墨汁涂黑而无法判读，是为了保密防谍。所谓"防谍"，是防范间谍的意思。父亲对 H 说："以后防范间谍的监视会越来越严，你也别再爬上屋顶啦。"

H 不解地问："为什么爬上自家屋顶算是间谍行为呢？"

"因为规定不能够从二十米的高处向下看。要是爬到屋顶上画图，是会被当成间谍抓走的。"

H觉得这是吓唬喜欢爬上屋顶的儿子的替代性说法，意思是"很危险，别再爬了"，可是会被视为间谍行为，听来又不像是骗人的。

因为在前年，昭和十四年（一九三九）十二月修订的《军事机密保护法》中规定，禁止在高度二十米以上的地方俯瞰摄影或写生。

"军机保护法"的可怕，已经在市民生活的周边造成许多影响。

海上若有军舰停泊，别说是拍照，就连写生也不行。

更有甚者，连在行驶中的火车上眺望海上的景色也不行。这是因为，自神户向西行驶的列车，离开神户车站后，乘客若是不立刻自动将靠海侧的百叶窗拉下，就会惹上"军机保护法"。

H听闻此事时心中一惊。对于几乎天天看海玩耍的H来说，身边可能触犯"军机保护法"之处未免也太多了。

H在海边玩的时候，经常会眺望从不远处的海面通过的军舰，偶尔也会仔细画下军舰的素描。

"看着照片或是书来画没有关系，可是别再对着实物素描了。"

父亲正色提醒H。起初只觉得"事情怎么变得这么古怪"而一笑置之的H，也不禁开始害怕，决定以后不再画风景写生了。

因为实在分不清哪里可以，哪里又不行。

于是，他下定决心："好吧，以后就只画相扑图吧。"之所以如此，是因为认为画相扑图，可以当作男生之间流行的"日光照片"的底片，一定会畅销。所谓"日光照片"，是一种煞有介事冠上"科学玩具"之名，在孩童之间流行的玩具。将蜡纸底片放在名片大小的相纸上，夹入嵌了玻璃片的匣子里，让阳光照射三分钟，利用照片的显影原理，经阳光烧印而成的图案就会出现。和照片不同的是,由于未使用定影液,图案几天后就会消失。虽然有此缺点,可是能够自己晒出照片来玩,还是很受欢迎。

"日光照片"的材料,在学校附近的路边有个大叔铺了草席坐在那里卖。如果买整组,就会有二十五张以蜡纸印刷的底片。可是,许多孩子已经玩腻了相同的底片,H所画的相扑四十八招自然卖得很好。

H动着脑筋,打算想出一个比一张一张画更有效率量产的方法。最后想出一个好点子。用钢针笔将图案刻在誊写版印刷用蜡纸上,然后用俗称噗噗纸(放在嘴边用力吹会发出噗噗声)的蜡纸来印刷,一张原稿就能够增产到四十张。

誊写版是拜托山崎老师向学校借用。H回报老师的方式,就是在印刷品需要插图时过去帮忙。

画相扑四十八招的参考数据,是向同年级的林五和夫借的。他是长乐小学的相扑冠军,绰号"横纲"。对相扑自然是如数家珍,也拥有许多照片和画,大家都说:"相扑的事情,问林君就对了。"

相扑的土俵(擂台)原本是四方形,后来才改成圆形,直径十五尺则是在昭和六年(一九二一)所制定,比之前的十三尺大了二尺。这些都是听他说的。

林君不只体格好,成绩也好,还擅长绘画。作品总是与H竞争小学生画展的参展资格,敏子非常欣赏,跟H说:"林君这孩子活泼又聪明,你们要好好相处啊。"

敏子每次带H去看百货公司所举办的画展时,一定会邀请林君,并招待上食堂吃东西。所以向他借数据的回礼就可以省了。

儿子热衷于相扑画,盛夫稍感安心。敏子也很开心地表示:"如果是像林君这样的孩子,再添个儿子也不错啊。"所以对H来说,林君是最好用的护身符。

拜"横纲"林君帮忙推销日光照片底片之赐，生意非常好，赚进不少零用钱，可是不久又腻了。

"怎么，又玩腻啦。接下来要画什么呢？可别画军事机密去卖啊。"父亲借口开了个玩笑，但似乎有些担心。

"不画了。我已经想出了更好的点子。这回还是跟相扑有关，不是什么军事机密，放心吧。可是不能告诉妈妈喔。我只是想赚点零用钱而已。"

请求父亲保密后，H便说明了自己的生意新企划：为大家交换相扑力士卡提供中介服务。虽然有些麻烦颇费工夫，却是个以前没人做过又不需本钱的新生意。

"不需本钱的生意是不错，可是不能占人便宜喔。"

"这不是占便宜。因为是拿出自己不要的卡片来交换想要的力士，大家应该会开心地向我道谢才对。而且我也可以完全不花钱就收集到力士卡……嗯，就看我的吧。爸爸也不必再因为军事机密而担心，这不是很好吗？"

虽然父亲似乎仍无法释然，H却已二话不说买了一本笔记本为新生意做准备。

当然，这回也得到"横纲"林君的协助，贡献他的专业知识。首先将所有力士的名字逐页写在笔记本上，并为受欢迎的力士画圆圈作为记号，以圆圈的多寡来决定交换率。

就连鲜有相扑地方巡回比赛的神户，相扑也极受欢迎。职业相扑赛，每年的春夏两季各进行十五天。每到比赛时间，不论大人小孩都会紧守着收音机听转播。尤其是连战皆捷的双叶山最受欢迎，大家都认为这就象征着在中国战线频传捷报的日本军，而陷入狂热。即使后来败给安艺海，连胜纪录停在六十九胜，双叶山在全日本人心目中的英雄地位依然没变。

"双叶山的卡片很难弄到，就给六个圈吧。"

听了林君的建议，H在笔记本上画了六个圈。

学校门口有两家文具店，东边那家"文泉堂"有卖相扑力士卡。

力士的照片卡，一张张装在报纸袋中贴在硬纸板上。孩子们称之为"抽相扑"。一钱抽一次，可是很不容易抽到受欢迎的力士。所以，孩子们抽的时候大多会双手合十，口中念着"双叶山、双叶山"。为了抽到自己想要的力士卡，就得不断投资抽奖，而且会累积多张重复不想要的力士卡。

H先在朋友们之间打听，看大家想要出售和购入的力士卡是哪些，记在笔记本里。

这是为了建立谁有几张什么卡，想要哪张的数据库。

开张后第一号客人，是豆腐店的良次。

"如果真能弄到双叶山，我愿意拿出羽黑山和安艺海，还可以再加上名寄岩。"

手上拿着一叠力士卡的良次说。H查过笔记本，决定去找拥有两张双叶山的阿松问问。把轮值留下来打扫的阿松叫到走廊，提出良次开的条件，得到的回答是：

"安艺海的我不要，可是如果有佐贺花或是神风的话，我愿意让出双叶山。"

良次原本不太愿意拿出神风，但实在太想要双叶山了，于是成交。

"好啦，你们各给我一张不要的力士吧。"

H从双方手中各获得一张送人也不会心疼的力士卡当作中介

费。就算是他们不要的力士卡，只要打开笔记本，立刻就能找出有偏好的家伙，不会浪费。靠着中介抽头，H自己力士卡收集也顺利进账，两个半月就完成了一整套。H有时也会回馈林君，两人都笑称这是"不错的买卖"。就劳力程度来看，这其实是没什么效率的买卖，但是专注在相扑上，可以忘掉日常一些讨厌的事情。

这一点对大人来说也一样吧。因为狂热投入相扑之际，可以忘掉战争，以及诸多不便的辛苦生活。

当局加强了对戏剧、电影和书籍的审查，经常"管制"或"禁止"，相形之下，对相扑却是积极推动。或许是因为被视为"国技"的相扑，不但可以达到消解国民欲求不满的效果，也能与提升战斗意志相结合吧。这从原本一季举行十三天的赛事，于昭和十四年延长为十五天，便可瞧出端倪。

专心经营"力士交换中心"超过了半年的H，突然宣布要停业了。部分原因是整套的力士卡都已经齐全，渐渐失去了兴趣，主要还是因为发生了一件事，令他产生"不要再这样玩下去了"的念头。

因为他得知，竖立在校园里的"二宫金次郎"铜像即将消失。

那一阵子，街上的铜、铁制品陆续都不见了。铸造的邮筒、人孔盖在不知不觉间都被水泥制品取代。H常去玩耍的满福寺，钟楼的钟也没了。因为钟不能用水泥打造，钟楼变得空荡荡，只有风从柱间吹过。可是，怎么也没想到连学校的铜像也将消失。

有一天朝会时，从校长的讲话中才知道这件事。

"终于，二宫金次郎先生的铜像也要出征了。铜像将化为攻击敌人的炮弹。今天放学的时候，请大家向金次郎先生道别吧。"

校长说。

"再怎么说,敲掉学校的金次郎拿去做炮弹,也未免太过分了。难道日本已经沦落到这步田地了啊……"H的心情变得很沉重。

校长随后继续说了一些话,可是H都没听进去。因为想起了刚入学时与二宫金次郎相遇的情形。

铜像是个身穿和服梳了发髻,背着柴薪,边走边读书的孩子,H觉得模样很奇怪。于是立刻去问甫当级任的早濑老师:"那个人是谁?"早濑老师是一位女老师,人很好,H很喜欢她。

"那是二宫金次郎。每一所学校的校园里都有,为的是作为学生们的榜样。铜像的高度正好是一米,先记起来吧。"

老师这么说。H心想,那样边走边读书好吗?

几天后,H在校园中被金井老师叫住。

"同学,不要边走边看书啊。"

"为什么?早濑老师说,要拿那个铜像的二宫金次郎当榜样啊。"H说。

"边走边看书,很容易撞到东西,而且对眼睛也不好。拿他当榜样的意思是,要你们努力用功,并不是边走边看书啊。"老师说。

"那为什么要立那样的铜像呢?"

"二宫金次郎这个人,因为家里很穷,从小就必须工作,没有时间读书。他因为工作的时候也不忘读书,后来终于成为一个了不起的人,所以被立为铜像。"

老师这么说,但H还是不太能接受。而且他觉得那是一尊表情有些哀伤的奇怪铜像。这最初的印象一直没消失,直到升上五年级,依然无法改变那"看似哀伤的铜像"的看法。

回忆着这段往事时，校长讲完了。

校长走下司令台，换教务主任上去。

"正如刚才大家听到的，二宫金次郎先生也要去参战了。各位只是小学生，不能上战场，可是还是能帮得上忙。请大家找出家里铁制或是铜制的东西，带来学校。路边捡的旧钉子或是瓶盖也都好。小朋友们也一齐来为国家努力吧。"

当天下午一放学，H就来到校园，走近再看一次二宫金次郎的铜像。神情看起来依然有些哀伤。

等林君走出教室，H上前相邀："要不要去须磨浦公园？好久没去了。"

因为心情有些烦闷，所以想到稍远的地方走走。

林君家的方向与H家相反，所以先回到H家放下书包再出发。要去须磨浦公园，可以沿着海边走或是走电车道的国道，经过讨论，决定走海边。天气晴朗，远方立着积雨云。

踏着沙滩，林君说：

"这次，我要代表长乐小学参加神户学童相扑锦标赛。虽然真野有个黑渊很厉害，不过我一定会赢的。"

"加油啊。如果赢了，就是名副其实的神户横纲啦。"

满载出征兵士的列车自沿海的铁路驶过。列车靠海侧的窗户都没有关，每扇窗都可以看到即将入伍的士兵探出头望着大海。可能是发现了走在海边的两人，他们大声喊着什么，并用力挥手。

"因为是军队，所以在火车上不关窗也不会触犯'军机保护法'吧？八节车厢载满了士兵，应该是要前往姬路的营区吧？"

"不可以。你这样数着军用列车，反而会因'军机保护法'被当成间谍。"

林君一脸严肃提醒 H。

翌日，到学校一看，二宫金次郎的铜像已经不见了。看着孤零零留在校园里的水泥座，H 不禁悲从中来。

问过校工叔叔，说是一大早货车来接走了。叔叔也帮了忙，还说："好重啊。"听说附近二叶小学的二宫金次郎也躺在旁边，而且那尊金次郎铜像上，还挂着"祝．出征，二宫金次郎君"的肩带。

纪元二千六百年

拿裤子来补的乌龙面店老板，一坐下就开始发牢骚。

"《奢侈品制造贩卖禁令》实施后，西服号的生意虽然大受影响，可是餐饮店也快遭殃了。因为颁布了《白米禁令》，如果店里卖的米饭不是混了两成小麦的糙米，就会遭到停业处分。我看接下来乌龙面也会改采配给，连生意都做不成了，是不是啊？"平日沉默寡言的乌龙面店老板，难得说了这么多话。

"砂糖和火柴也都变成配给制啦。"盛夫跟着附和。

由于火柴是每人每天配给五根，令 H 非常失望。因为他很喜欢玩火柴，经常拿来恶作剧，现在母亲却严禁他碰火柴。

除了这不行那不准的诸多限制外，每个月的一号还被订为禁酒·禁烟的"兴亚奉公日"，当天餐饮店和电影院都不得营业。

常带 H 去看免费电影的豆腐店大叔说："连钱都变得惨兮兮了。十钱硬币的材料从铜改成铝，放在水上还会浮起来啊。"

听说豆腐店大叔实际尝试过让硬币浮起来。H 后来试过，也成功了。

不论什么地方，可怜的景象都越来越多，唯独"庆祝纪元二千六百年"的祭典却是热热闹闹筹备着。

"西洋的历史有一九四〇年，可是自神武天皇创建日本国至今已有二千六百年了，所以日本的历史比西洋古老，可以说是前辈，这是真的吗？"

放学回到家的H，问正在踩缝纫机的父亲。

一听到儿子又开始问"真的吗？"，盛夫暂时先以"是真的"来回答。

似乎是觉得，在举国上下颂赞建国的历史、宣扬国威之际，还是别告诉儿子多余的事情比较好。

忽然间，不论大街小巷，到处都朝着昭和十五年十一月十日的"纪元二千六百年纪念·庆祝大典"这一天动了起来。

H对此产生实际感受，是早在八个月之前的二月，一个寒冷的午后。

"聚集了好多军舰喔，我们去看吧！"住在海边的干货店家的昭五，气喘吁吁跑来告诉H。

"可以看吗？那是军事机密吧？"H嘴上虽这么说，却立刻和昭五一同赶了过去。

远方海面上，真的可以看到军舰聚在一起。

"右边的是巡洋舰，那前面是驱逐舰吧？"

"后面有部分被挡住的不是战斗舰吗？"

"这些要是被间谍拍下照片可不得了啊。"

聚集在海边的孩子们七嘴八舌地发表感想。这时，渔船明神丸的大叔从家里出来，说了一件吓了大家一跳的事情。

"明天纪元节的九点，听说会鸣炮。好像是为了庆祝纪元二千六百年开始的节目。明天早上你们可以再来。只是看看没关系，不会被抓走的。"

翌日，纪元节的一大早，H一伙又来到海边集合。

风呼呼地吹着，很冷，于是捡拾漂流木生了火堆。因为夹杂着潮湿的木头，不好点燃，费了好一番工夫才把火生起来，在风势助长下，劈里啪啦愈烧愈旺。海上波涛汹涌，浪头激起白色浪花，军舰依然稳稳停泊着。

上午九点，军舰上的大炮一齐轰隆轰隆鸣放礼炮。虽是空包弹，但头一次看到的孩子们都大声欢呼，快乐得在沙滩上又蹦又跳。

"日本的海军果然好厉害啊。"

昭五兴奋地放声大喊。H明明也同样兴奋，却这么回应："可是，如果真的打起来，敌人也不会闷不吭声，一定会反击的。"

话一出口，大家的炮口都对着他："你站在敌人那边啊！"

H有喜欢唱反调的毛病，心想以后讲话可得多加小心了。

以礼炮迎接二月十一日纪元节的昭和十五年，可真是彻彻底底"庆祝纪元二千六百年"的一年。而且不只是人们在庆祝，甚至还及于马匹，H知道后大感意外。

H发现一辆载运御影石（花岗岩）的马车自住家附近的电车道向西行，于是跟在后面，想知道要去哪里。或许是因为自己属马，所以H很喜欢马。

马车最后来到须磨浦公园。马夫叔叔似乎觉得一路跟着马车走来的小朋友很有意思，边帮马擦汗边介绍。

"这些石头啊，是建造纪元二千六百年纪念碑的石材。从御影运来的，不久之后就会在这里盖起一座很大的纪念碑喔。"

H 这才知道，因为是采自御影地区，所以叫"御影石"。

由于叔叔看起来一点也不凶，H 便试着要求："可以让我骑那匹马吗？我好想骑一次马看看喔。"

"这匹马是属于挽马，是专门拉车的马。跟让人骑乘的马不同，所以不行。"

被一口回绝，H 有些沮丧，却也得知世界上还有不能让人骑的马。不仅如此，叔叔还告诉他许多以前不知道的事。

大约两个月前，叔叔的马也收到"召集令"，从军去了。因为战场不全是机动车辆可行驶的地方，马匹往往比车辆更好用。

"年轻力壮的马几乎都被征召成为军马了。原本以为剩下的这匹马，会因为年纪大而不必受征召，没想到要我提供出来作为这次纪元二千六百年庆祝游行之用。参加庆祝游行的马，之后应该都会收到召集令去当军马吧。"

叔叔说。H 这才知道，原来也有马的召集令。

"什么样的马可以成为军马呢？马也有甲等体位的标准吗？"

"有喔。首先依照使用目的，分为乘马、挽马以及驮马三种。甲等体位的乘马，要能够背负人和装备合计六十二公斤跋山涉水，六公里路要能够以平均每分钟三百五十米的速度跑完。"

叔叔对马的事情知之甚详，令 H 相当讶异，后来才知道他退伍返乡之前曾是战场上的辎重兵。所谓辎重兵，是以马匹和车辆运送武器、弹药以及粮食的运输部队。叔叔一直负责照顾马，所以返乡之后就成为马夫。

之所以退伍返乡，是因为左手臂受了伤。被倒塌的货物压在下面，左手臂骨折，后来就不能弯了。

H 本想说："我右肩的锁骨也断掉过。"但想到和战争和马的话题都无关，又吞了回去。

"那挽马呢？"

"挽马啊，要能够拉动载人和货物五百二十公斤重的板车。"

"叔叔的这匹马呢？"

"现在大概四百公斤左右吧。我也不想勉强它。"接着叔叔温柔地拍着马脖子边说："乖。乖。"

至于驮马，则说是要能背负一百六十公斤货物，以每小时六公里的速度行走的马。

"好的马愈来愈少，这阵子连乙等都会收到召集令了。"

为了答谢叔叔教了自己这么多，H在笔记本上画了马，撕下来送给他。

"我家也有一个小学二年级的男生喔。"叔叔说着露出洁白的牙齿笑了。由于那表情很像马儿的脸，H觉得很好笑。

叔叔让H坐上卸下石材的空货台，送到家附近。

在马车上眺望平日行走的马路很有趣，H路上一发现朋友就大声吆喝，结果货台上增加为四个人。

"顺便到我家喝个茶吧。"H说，但叔叔婉拒："牵着马车不好意思，不过去了。"虽然H再三邀请，但叔叔还是重复那句"不好意思"，最后在本庄町四丁目的站牌前让孩子们下车，而后离去。

"为什么牵着马要不好意思呢？"回到家后，H问父亲。"虽然同样是军人，他们却被叫作辎重卒，连'兵'都比不上。被说成是'只送货不打仗的部队'，而且会因为不必上前线而觉得被瞧不起，所以那位叔叔也不喜欢牵马进市区吧。"父亲说。

H心想："前线的部队明明也得靠辎重兵运送弹药和粮食才不会有麻烦啊。"

大约一个月后，H又想找叔叔搭马车，于是约林君同往须磨浦公园，但纪念碑已几近完工。所以没遇到运送石材的辎重兵叔叔。

抬头望着高耸的纪念碑，发现石头的中央刻有直书的"八纮一宇"四个字。

"'八纮一宇'的意思是'将世界纳入同一个屋檐下'。也就是说，'要以日本为中心，统一全世界'。早点把'八纮一宇'几个字学起来也不错。"施工的大叔这么告诉两人。

"这我早知道了。"同行的林君轻声说，H不禁心想："林君真了不起，什么都知道。"

从那之后，大街小巷到处都可以看到"八纮一宇"和"纪元二千六百年"。

收音机也在半年前便开始不断播送被选定为庆祝国民歌的《纪元二千六百年》。所以，全日本人人都知道这首歌，也没有人不会唱。

"金鵄耀辉　日本的荣光　映照吾身

衷心庆贺　就在今朝　纪元二千六百年　啊　一亿民众心中澎湃"

这首进行曲风格的歌，在学校也必须唱，H虽然也会大声唱，却不明白为什么会"心中澎湃"，又为什么要办这样的庆祝活动。

"告诉你，这里面有秘密。可别说出去啊。"木炭店大叔嘱咐过之后才跟H说。

"其实，纪元二千六百年纪念原本计划要与奥运或万国博览会一并举办。可是，因为与支那的战争持续胶着无法实现。由于得做一些能振奋民心的事情，才会扩大举行纪元二千六百年的庆祝活动来热闹热闹。不过，我说的这些都是秘密，要是传了出去可是会被抓的。"大叔讲话时一脸正经。

虽然大叔以前常喜欢骗人，但这回看起来像是真的。

回到家，H 实在是藏不住话，于是问问父亲的看法。盛夫说："是真是假，我也不清楚。自己不清楚的事情，还是别跟人说比较好。"

H 心想这果然是真的，露出"隔墙有耳，窗外有眼，是吧"的表情点点头。

随着庆典日期接近，电线杆上、家中墙上、围墙上等处，写有"欢欣鼓舞庆祝纪元二千六百年！"的海报、招牌也不断增加。

后备军人大森叔开心地说："从纪念日起一连五天的庆祝活动期间，好像从白天就可以喝酒。听说那酒还是特别配给的哩。"不过这事跟孩子们一点关系也没有。

H 他们根本不在乎有没有酒，但听到"好像也会配给砂糖"的传言时，觉得："庆典果然很不错啊。"

砂糖的公定价格已涨到一斤（六百公克）要二十七钱，而且还很难买到，黑市的价格更是贵上不止一倍，有砂糖特别配给的传言自是令他们开心不已。

"我可没听说有那种事。而且邻组的传阅板上也没有通知，应该是骗人的吧。"

听母亲这么说，H 和好子都有些不安。

果不其然，纪念日就快到了也不见砂糖特别配给。果然是骗人的。

原以为能吃到期待已久的年糕小豆甜粥的 H 大失所望，很想大骂："说什么'欢欣鼓舞'，哪欢欣得起来啊！"

十一月十日当天，上午各地先鸣汽笛。虽然学校也有庆祝典礼，但和平常的典礼一样无聊。就听演讲，唱《纪元二千六百年》的歌，高呼三声万岁而已。

放学后，四五个同学一同来到海边，在水泥栈桥上大声唱起《纪元二千六百年》的歌。同一首歌，一伙人自己乱唱，就格外开心。

回到家，正在听收音机的父亲告诉H，今天全国同时鸣汽笛，还有东京的宫城前广场举行庆典的情况。

天皇陛下身穿陆军大元帅的军装坐在御座，美国、法国、德国、意大利等各国大使也都出席参加庆典。

"外国人应该会觉得无聊吧。出席一个宣称日本的历史比公历还悠久的典礼，不知心里怎么想喔？"H很在意。

"应该是无可奈何吧。你不也讨厌学校的典礼，但还是得参加吧。道理是一样的。代表国家表达敬意的典礼，不参加可不行。如果不出席，就会被认为代表该国的意志。这可能使得国与国之间产生心结，进而发生争执。国家之间的争执就有可能导致战争。"父亲说。H觉得确实有理。

自庆典那天起的五天里，城里一片与过去不同的光明景象。自"占领南京"以来中断已久的花灯游行与花电车均解禁，非常热闹。大街小巷确实如同标语所写的那样"欢欣鼓舞"。所谓"花电车"，是车体以人造花和灯泡装饰的电车。

亮着耀眼灯饰的电车夜里行驶在街道上非常美丽。H他们都早早吃过晚餐去看电车通过。花电车自东边的三宫方向驶来，往西端的须磨去，来到H他们住的本庄町时已经相当晚，但正因周遭暗了下来，灯饰更显光彩夺目。看着抵达终点须磨又折返的三节电车自眼前通过，H心想，这值得画下来。

一回到家，H立刻用蜡笔画出灯饰的光点，然后以蘸饱墨汁的笔将整面涂满。如此一来，带有油质的蜡笔部分不吸墨，自然就营造出花电车在黑暗中浮现的感觉。

　　"好漂亮啊。像是真的一样。"妹妹看了发出赞叹，得意忘形的H问道："可以卖多少钱呢？"又开始盘算能靠花电车画去换些什么了。

　　"我会分你好处的，可是好子可要保密喔。"H叮咛过后，当晚一口气画了八张。

　　那个时候，图画纸、蜡笔、粉蜡笔等绘画用品都属于贵重品，但H却拥有大量的纸、蜡笔以及水彩颜料。这是因为H的舅舅妹尾正雄是画家。正雄舅舅比母亲小七岁，在广岛县尾道的小学当美术老师，是"独立美术协会"的会员，每次在东京或大阪处理画展事宜时，途中都会在神户下车，顺道拜访H家。

　　知道正雄舅舅哪天要来，H都会兴奋地等待。因为舅舅每次来一定都会送他绘画材料。也许是舅舅和大阪的"樱花粉蜡笔"这家绘画用品公司很熟，相当轻松就能够买到颜料和图画纸等用品。

　　H之所以喜欢见到正雄舅舅，除了能收到绘画用品之外，还有一个原因是画作能够获得赞美。因为H是个"喜欢听赞美的人"。

　　不像别人那样只会说"画得真好啊"，舅舅会确实点出"用色不错，构图也很好"来夸奖，听在耳里特别受用。

　　"你的画真能卖啊，就连职业画家的作品都不太好卖哪。"舅舅用广岛腔笑着说，幸好说的不是"小孩子不准卖什么画"。

　　正巧舅舅来到神户，看过花电车的画后，着实夸奖了在粉蜡笔上涂墨汁的这个点子。随后又说："你的作品和风景画和花卉画不同，比较像是时事绘画，花电车这种主题也许没法子一直卖下去。这种作品只有在话题还热的时候才有卖点。"

还真的完全让舅舅说中了，令H大吃一惊。

庆祝期间结束的隔天十五日，前一天还贴满大街小巷"欢欣鼓舞庆祝"的海报全部消失。而几乎就在同样的位置，换上了"庆典结束，快回到工作岗位吧！ 十一月十五日 大政翼赞会"的海报。

也不知是什么时候贴的，简直就像是变魔术，一夜之间就全换了。

感觉就像是正做着好梦却突然被叫醒一样，H的心情低落。

木炭店大叔看到H在路上走着，在店里招招手。

"喏，现在知道叔叔说的没错了吧。庆祝活动就只有五天，然后就全部叫停了。不论'欢欣鼓舞庆祝'的海报，或是'庆典结束，快回到工作岗位吧！'的海报，都是出自大政翼赞会之手。两种都是事先印制准备好了的。"

听了这番话，H心想："还真是这样啊。"在沮丧之余，将花电车的画作免费送给了想要的朋友。他不想再看到花电车的画，也不想再画了。

舅舅只住了一宿就回尾道去了，所以不知道神户市内的海报于一夜之间全部被换掉的事情。H很想问舅舅，尾道是不是也贴有"大政翼赞会"制作的相同海报，是不是也一样立刻都换掉了。

"大政翼赞会"，据说成立于十月十二日，也就是一个月前才成立的。虽然听说过是以近卫文麿这个人为核心所创立，但H还是搞不太清楚。

父亲也说："目前还看不出来究竟是什么样的组织。本以为成员都是些学者、财经人士还有大公司老板，但是其中也有不少想法完全相反的政治家。感觉上军方并不喜欢他们，可是最后应该还是会听从军方，变成一个推动'国策'的组织吧。"

"好复杂啊，实在是搞不懂。"H说。

"我也不是很了解，所以没办法说到让你明白。"父亲的语气有些不快。

由于很少见父亲如此，H也沉默下来。

H能够理解的就是，实在让人搞不懂的事情越来越多了。

"互不侵犯条约"

昭和十六年（一九四一）四月，H升上"国民学校"的五年级。因为原本的"普通小学"已改称"国民学校"了。

开学典礼上，校长这么说。

"从今天起，普通小学将改成'国民学校'。除了名称改变之外，也期待各位同学能够成长，成为足以担负国家重任的大日本帝国臣民。在学校的学习，也要比过去更用功，才能让自己成为对国家有用的孩子。教科书也改了。以前一年级的第一课教的是：开了、开了、樱花开了。新的国语教科书则改成：红的、红的、朝日、朝日。请大家以全新的心情好好用功读书。期勉大家都能成为出色又能干的臣民。"

一进教室，大家立刻七嘴八舌开始嚷嚷。

"我觉得开了、开了比较好啊。"

"国民学校听起来好怪。"

"早就知道啦。报上有写，我爸都讲给我听了。"

"音符的 Do、Re、Mi、Fa、So、La、Si、Do，以后也要改成

HA、NI、HO、HE、TO、I、RO、HA 了。"

"咦，是真的吗？"

"H 你不知道啊？"

"大门的校匾也改成‘长乐国民学校’了，你没看到啊！"

向来消息灵通的 H，因为有许多事情不知道而懊恼不已。

放学后，H 特地来到大门确认校匾，果然有块新的木匾，以墨汁写上了"神户市长乐国民学校"。原本的是铜板配上浮雕文字，气派得多。那面校匾大概已经拿去做炮弹了吧。

H 很想亲眼见识一下新版的教科书，于是隔天早上，在上学途中抓住豆腐店家的次男小吉，要他拿出书包里的教科书来瞧瞧。

里面果然写着"红的、红的、朝日、朝日"，那一页的图还是彩色印刷，图中有五个孩子举着手面向朝日的背影，旁边还蹲着一条狗。

小吉打开书包后就一直抬头看着 H，终于抽抽搭搭哭了出来。或许是担心，重要的教科书是不是会被五年级的大哥哥拿走吧。

"对不起。只是借看一下而已。"H 说着将书归还，无奈小吉还是哭个不停。

可能是看到这一幕，好子追了过来，气呼呼地指责："哥哥，你怎么可以弄哭一年级的小朋友呢！"H 想解释，但把人家弄哭是事实，只好一再道歉。因为 H 是争不过妹妹的。

放学回家一打开玄关门，发现阿繁怪怪的。原来是哭了。看到父亲一脸为难，H 便将好子早上说的话直接搬来用。

"是爸爸把阿繁弄哭的吧？怎么可以把人弄哭呢！"

"我又不是故意把他弄哭的。只是要他先有心理准备，因为我也不知道西服号往后会如何。虽然我打算训练阿繁成为一个能独当一面的裁缝，可是缝制西装的机会愈来愈少，要能独当一面，非得缝制各种衣服累积许多经验不可。这可能得花上十年，可是未来可能就只有国民服或者西装的翻新、修补的生意了，让人担心哪。只是跟他说了这事而已。"

结果阿繁就难过得哭了。仔细一看，父亲的眼睛也红红的。

阿繁揉揉眼睛，说："修补西装我也想学，请让我再待一段时日，拜托。"

"如果收到修补的单子当然没问题啊……"听父亲这么说，H提议：

"我有个好主意！写一张'修改西装成国民服'的广告贴在窗子上，怎么样？"

父亲考虑了一会儿，说："这或许可行喔。虽然没办法改得跟国民服一模一样，不过款式可以做到很像。只有颜色没法和指定的国防色一样，就来试试看吧。"

"那我就负责海报。因为是帮爸爸画的，免费。"

说着H得意地笑了，原本抽抽搭搭的阿繁也跟着笑了。

贴在窗外的海报意外地很早便收到了效果。第二天晚上，第一位顾客上门了。那是在银行上班的柴田先生。或许因为柴田叔叔是大学毕业，薪水不错的缘故，是定做过多套西装的老顾客。

"弟弟，有没有用功念书啊？"柴田先生一见H就这么问。他常因明明一点也不有趣的事情而哈哈大笑，是个不受欢迎的叔叔。不过H仍然笑脸迎人，那是因为母亲一再交代："人家是我们重要的客户，不可以臭着脸躲开。"

"我是看到窗外贴的海报才来的。"叔叔这么说，可是和往常不同，好像失去了活力，无精打采的。这是因为发生了令他担心的事。

"我工作的银行，已经决定要和别家银行合并了。由于实行经济管制，要求小银行进行整合，接着就是整顿人员了。可以预见的是，在失业之后征召令也会跟着到。征召令一到就躲不了啦。在被派从事机械工之类做不惯的工作之前，也许走后门先弄个军警工厂的事务职才是上策。所以就早点脱掉西装改穿国民服吧。"

"我明白了。嗯，我会尽快改好。只不过柴田先生是来改造国民服的头号顾客，我还得研究一下才行，价钱方面当然也会service 的。"

由于父亲用了 service，H 在一旁提醒：

"爸爸，不能用英语啦。要说'给点折扣'，不然会被抓喔。"

两个大人都笑了。柴田先生哈哈笑过后说：

"说个 service 不要紧啦。不会这样就被抓的。因为连报上都出现了《每周一次无肉 Day》的报道。'Day'可是英文啊。"

说是这么说，但 H 真的很担心。这是因为，听说在几天前，六间道一家理发厅的招牌就被砸了。被砸的原因，听说是上面写了英文 Barber。H 他们听了都很害怕。孩子们平日都有心理准备，定时要忍受被理发推子修理成平头的痛苦，不过也会开玩笑说："回家要去受 barber 刑了。"根本没想过"barber"也会是导致砸毁的字眼。逐渐感觉到就连习惯使用的 barber，都已经"有危险"了。

只不过，为何"Day"就可以而"barber"不行，"cider"又得是"喷出水"呢？真是越想越有气。

说到生气，一个月四次的"无肉日"也令人火大。每个月的一号、八号、十五号还有二十一号，肉铺必须歇业，不准做生意。不仅是牛肉和猪肉，就连鸡肉也不行。若违反规定，就会遭到勒令停业的处分。

"前一天先买，然后在无肉 Day 的时候吃。难道连吃也不行？"H 一直缠着母亲，但被一口回绝："干吗非得在无肉 Day 吃肉啊！"

有时候 H 的心情很不错，但就是喜欢顶撞，情绪显得不太稳定。而且不只是 H，焦躁不安的同学也愈来愈多。这是因为不明白总是由大人任意决定这个不行、那个不可以的标准到底在哪里。

父亲给了 H 零用钱，但不是想要安抚情绪不稳的儿子。第一次从家长那里得到零用钱，H 吓了一跳。

"因为布料好，所以柴田先生的国民服改出来的样子很不错。将西装改成国民服算是大成功。这是画海报的酬劳。可别告诉你妈啊。"父亲说。

H 决定要用这第一笔零用钱看电影。因为想用于能够留下回忆的事情上。

"一起去新开地吧。"H 约了喜欢电影的伸吾。选中的片子是，松竹座上映的美国片《戴斯屈出马》（Destry Rides Again）。从报纸广告得知，这是一部由玛琳·黛德丽和詹姆士·史都华主演，有砰砰枪战的喜剧。

礼拜天下午，H 自教会返家后，前往伸吾家。伸吾已经坐在家门前的垃圾箱上等着了。二人交换了一个眼神，点头示意后就出发了。不论是前往新开地或是去看电影，自然是没对任何人讲。两个人兴奋不已，在市电上闹过了头，被同车的大婶和车掌臭骂了一顿。

向往已久的松竹座，与位于大正筋的松竹馆不同，是一栋有雕刻装饰，外观漆黑的气派建筑。来到售票窗口准备买票时，里面的大姐瞪了两人一眼，说："这电影小孩不能看喔。"声音好像瞧不起人似的冷漠拒绝，又没说个道理，令人生气。不服气的 H 抗议：

"报纸的广告上并没有注明啊。"

"有，虽然字小得快看不见，可是一定有写。看，这里也有写，看清楚啊。"

"如果买成人票的话可以看吗？"

"不行。这是规定。我说啊，你们在这里闲晃，可是会被补导联盟抓喔。"

一听到补导联盟，两人心头一惊。要是被预防青少年不良行为的督察委员抓去，不但会挨顿骂，还会通知学校和家长。

"今天先回去好了。"伸吾说。"这样就回去岂不是太气人了吗？"H 说着沿新开地的大马路往南走。边走边东张西望，不知不觉来到聚乐馆前面。

聚乐馆，是神户知名的电影院，甚至还有顺口溜："好地方，好地方，就是聚乐馆"。在 H 心里，这里也是"有机会也要进去看看"的电影院。本期上映的是日本片《振袖御殿》。广告牌上大字写着："众所期盼，旋风式话题作终于登场！"而且也注明"普级，适合合家观赏"。或许是觉得放心，伸吾也表赞成，于是买票进场。

可是，剧情实在是无聊透顶。两人失望地离开电影院，默默搭上市电回家，一路上几乎都没说话。这令没看成美国片《戴斯屈出马》的 H 更是觉得加倍遗憾。

到了下礼拜的某日，H 放学回到家，父亲外出不在。踩着缝纫机的阿繁指了指旁边的报纸。

"你爸要你回来后看看这条新闻。"

报上的铅字大标是《日苏签订中立条约。互相尊重领土不予侵犯。于莫斯科签署》。旁边是松冈外务大臣与斯大林的照片。甫于德国与希特勒会面的松冈外相，回程中顺道前往莫斯科，与苏联讲定互不发动战争后返国。

虽然 H 并不明白个中道理，却也觉得不会造成战争是好事。

接着，报纸注销的消息是《日苏中立条约，举世震惊》、《美惊愕，深表失望。忧心日本南进》。

"又在刺激美国了。不仅和德国联手，又与苏联签订互不侵犯条约。可是，苏联明知松冈外相与德国结盟的日德关系，为什么现在还要签订中立条约呢？"盛夫喃喃说道。

虽然 H 也很想知道，可是见父亲也觉得纳闷，只好放弃发问。

同一天报上还有德军和意军进攻埃及，以及英国丘吉尔首相表示《全力守住埃及》的新闻。

随后的一个月里，德军发动了猛烈的攻击。保加利亚、南斯拉夫、希腊一个个遭殃，甚至连伦敦都遭大编队的战机空袭，据说轰炸了两遍。

H 家与其他家庭不同，如果报纸上出现"美、英"这些字，绝不会认为事不关己。

H 坐在工作间墙上的世界地图前，用手指找出报道中出现的地方。而后，心里想着："隔着太平洋的美国好远哪。不知道史坦博斯女士是否无恙？回英国去的坎贝尔先生，是不是平安抵达伦敦了呢？"

可是，不论在学校或是家附近，都不能谈论这种事。可以作为共同话题的，就只有日本与德国胜利的讯息而已。H 若想与好友谈论美国或英国的事情，八成会被指责："你是日本人吗？"

能够放心谈论心中所思的人，就只有父亲而已。想到这一点，就觉得有些寂寞。

外出前去三宫和山手一带的父亲回来了。在玄关脱鞋的时候就传来一股异味，是从抱回来的大包袱里散发出来的。

"好臭喔！怎么回事？那是什么臭味？"H直嚷嚷。

"在电车上就被大家直盯着，实在是难为情。那是我接来修补的西装上的臭味。"父亲说。收到欧本海默先生一张"有工作，麻烦您"的明信片后出门的盛夫，被引领至犹太协会，介绍给一群外来的犹太人。这些人由波兰搭西伯利亚铁路，经海参崴辗转来到神户，一行共五十三人。

"他们预计停留三个礼拜，然后再动身。在神户这段时间，拜托我帮忙修补西装，是那些衣服的气味。因为长时间搭乘火车旅行没有办法洗澡。再加上外国人和日本人不同，体味很重，都渗进衣服里了。欧本海默先生也说：'实在是不好意思，但拜托帮帮忙。'所以也不好拒绝。我所能做的，就是帮那些人修补衣服而已。"

听父亲说明原委后依然"好臭好臭"嚷个不停的，竟然是平时把爱世人挂在嘴边的母亲，H生气地大声说："妈妈，你的爱哪去啦！"

确实很臭。那气味，很接近动物园笼子里的臭味。可是父亲和阿繁仍然默默地继续工作。由于到处都开了口子的西装非常多，缝补破洞很费工夫，相当辛苦。

一边缝补，父亲一边将听来的事说给H听。"他们十五天后要在神户港搭大阪商船'马尼拉丸'出港，预计航行四十天抵达非洲南端的开普敦。然后从那里以搭火车、骑骆驼以及步行等方式穿过非洲大陆中央的沙漠和丛林，前往巴勒斯坦。听说要花上五个月。"

看着地图，H边想象这趟旅程会是一次艰苦的大迁移。同时也为他们担心，即便是穿越非洲大陆北上，也不确定是否能够平安通过德军的战区。再说，五个月以后的事情根本无法预料，H不禁觉得，不得不千里跋涉的犹太人很可怜。

一行人原本计划在美洲上岸。可是，西半球的国家全都拒绝，于是他们决定朝梦想的祖国移动。

"这简直就和《旧约圣经·出埃及记》一样嘛。就好像是由先知摩西率领，从埃及前往巴勒斯坦的犹太人大迁徙。虽然那是纪元前好几个世纪以前的故事，如今又重新上演一遍啊。当年摩西挥杖祈祷，红海分开出现一条路，才得以摆脱追兵，这样的奇迹，如今会以什么样的形式出现呢？"父亲说。

将近十件西装修补好后，盛夫赶忙送去犹太协会。听说欧本海默太太也在场，甚至还哭了。大家真的都很开心。

弥漫家中的犹太人气味大致消散时，H期待已久的六月二十三日终于到来。这一天是H满十一岁的生日。一般家庭，都是在过年时全家一起加上一岁，H家却是在家人各自在生日的那天加上一岁。

过去生日时餐桌上总会出现美食和蛋糕，本以为今年恐怕没有了。没想到竟然有马铃薯烧肉，还有蛋糕。H非常讶异。

听说是欧本海默先生送的礼物。因为盛夫没有收取修补西装的费用，觉得过意不去，但想要以其他方式答谢，于是父亲便说："那我就不客气了。我儿子生日快到了。"

"欧本海默先生家，食物应该也不宽裕……"母亲说。她的饭前祷要比平常来得长。

这一天，还发生了一件一直留在 H 脑海的大事件。

德国攻击苏联，点燃了"德苏战争"的炮火。从波罗的海至黑海的辽阔区域，约三百万德军越过国界进攻而来。报纸上的标题写着：

《德意向苏联宣战。数千德机猛炸苏联领土》。H 大感惊讶，问父亲：

"爸，明明已经签了'德苏互不侵犯条约'，德国为什么又毁约呢？"

"那是十四年八月的事，到现在还不到两年吧。"

"那个时候，苏联和德国明明是一同入侵波兰的伙伴，现在却成了交战的敌人。就算是'互不侵犯条约'，也是可以单方面看情况毁约的啊。"

日本与苏联的中立条约也挺靠不住，不知道能维持到什么时候，H 心里想。

之后不到一个月，近卫内阁总辞。原因不明，据传可能是因为阁员间的意见相左。

两天后，第三次近卫内阁成立。这已是近卫内阁的第三度组阁。这回松冈外相被排除在外，另一方面，有七名军人入阁。

虽然德军在各地频传捷报，可是也有德国引以为傲的"俾斯麦"号战舰在丹麦海峡的海战中遭击沉的报道。

据欧本海默先生说，有传言指出，曾是妹尾西服号顾客的德国海军克劳森中尉已经搭 U 型潜艇出航了，家人都还留在神户。完全不知道曾有 U 型潜艇停在神户港而且又出海的 H 非常惊讶。应该是机密吧。

虽然 H 很讨厌克劳森中尉，但想了想，还是为他祈祷："希望潜艇不要被击沉，平安返回德国。"

十二月八日

十月十六日，近卫内阁再度总辞。

"什么嘛。搞几次都不行啊？这已经是第三次总辞啦。"连 H 看了都傻眼。

这回的原因，似乎又是"阁员意见不一致"。新任总理大臣是原本的陆军大臣，东条英机中将。而且东条先生除担任总理之外，还身兼陆军大臣与内务大臣。

不只 H，几乎所有的孩子都知道"东条英机"这个名字。一月时制定并发布"战阵训"的人就是他。所谓"战阵训"，说的是军人应该恪守的事项，标榜的是"超越生死执行任务。宁愿选择自尽，也不投降成为俘虏"的精神。目标对象不只是军人，也试图植入未来会成为士兵的小学生心中。

在 H 的学校，也有老师在修身课[1]谈"不受苟活而成囚虏之辱"的观念。"战阵训"也灌制成唱片贩卖，那声音就是出自东条陆

---

[1] "二战"前日本小学的课程，类似公民与道德课。—— 译注

军大臣本人。那位"战阵训的东条先生"成了总理大臣。

"终究是让东条先生当上总理大臣了啊。近卫先生尽管犹疑，不够明确，但看起来一直在寻找避免与美国开战的解决之道……"

一旦由军人出任总理大臣，美国恐怕不会再信任日本了吧。盛夫似乎对此感到不安。

之后过了一个月，正在看报的父亲抬起头说："连丙等也会收到召集令了。"声音显得很讶异。

所谓丙等，是指年满二十岁兵役体检时，被判定为"丙等体位"的人。所谓丙等，就是有深度近视、重听等身心障碍，或身高一五五公分以下者，不适合当兵。所以被排除在现役征召的对象之外，不会收到红单。

由于盛夫只有一五一公分，就如同"丙等范本"一样。因为是与"甲等体位"的人无法相比的小个子，若是去当兵，尺寸实在差太多了。

听到连这样的丙等体位竟然也开始会收到红单，H忧心地问：

"爸爸也会收到召集令吗？"

"我应该不会收到红单吧。因为报上说，是昭和六年以后接受兵役体检的人。"

"爸爸是哪一年接受检查的呢？"

"大正十一年。何况我现在都已经三十九岁了。"

"像爸爸这种身材也去当兵的话，一定马上就吃败仗啦。不可能跟甲等体位的人拿同样的枪背负同样重的装备行军。明知道这样却连丙等都要采用，是不是已经没有体格好的人，军队不够了呢？"

"应该是吧。就在前不久，看到除了甲等之外，连乙等的人都会收到召集令就已经很讶异了，现在竟然连丙等都……"

报道征兵制度已经改变那天的报纸，写着与 H 的感受完全相反的讯息。

"高声欢呼，与丙等告别之日。我们也是英勇的军人！"在这样的标题下写着："过去只要提到丙等就觉得颜面无光的你我，如今已可神气地成为帝国军人。因为亲自持枪报效国家的日子来临了。就大和魂来说，大家都是毫不逊色的'甲等'。所以，为什么'丙等'就不可以当兵呢？日本可不是那么浅短的国家。"

"上面写的好像大家都开心地等着去当兵一样，根本是胡说嘛！我从来没看过有谁收到红单的时候还会开心的。"

H 撅着嘴这么说，于是父亲就此提点："或许其中是有人等着从军上战场也不一定。虽然我不认为大家个个都希望收到红单。不过什么样的人都有嘛……"

即使父亲这么说，H 还是无法改变自己的看法。

H 知道娘小哥和铃木康男的父亲收到召集令时的情况，不久前木模厂的小哥也一样。因为当时在木模厂玩，全都看到了。

木模厂是以木头制作铸模的木工厂，是孩子们经常聚集逗留的地方。

H 他们喜欢去那里玩的原因是，可以拿到制造过程中产生的废木料。对孩子们而言，这些废木料可是做模型飞机的宝贵材料。

当 H 一如往常在木模厂玩的时候，召集令送到了。

将红单交给小哥，接过印章时，负责发送的人员说了声："恭喜。"可是脸上的表情却显得有些同情。

大婶低声和直盯着粉红色召集令的小哥讲了些话后，去佛坛前双手合十揖拜，"锵"地敲了一声磬，一言不发跑上二楼。

小哥关掉机器，随后跟着上楼，没多久便传来哭泣声。三男义胜虽然听到了，却假装没事，继续跟 H 玩。

或许是从发送召集令的人那里听到了消息，隔壁豆腐店老板娘慌张冲来，不住说着："果然还是来啦。"

老板娘叫住从二楼下来的小哥，说道："收到了红单，不去也不行，可是你要小心，千万别中弹了，要平安回来啊，不要成了装在白木箱里的遗骨被送回来。为国立功什么的，没有就算了。出征那天致词的时候，也别讲那种'死也要成为护国鬼'之类的话。听说讲那种话的人比较容易挨子弹。"

"嗯，我知道。"小哥点点头轻声回应老板娘。

可是到了送行会那天致词时，表现却完全不同。他用力大声地说：

"等了又等，终于收到了召集令。既然受召成为天皇陛下的士兵，为国捐躯战死沙场，正是日本男儿的夙愿。身为帝国军人，我将置生死于度外，奋勇作战。那么，我要出发了。"

邻居听了都吓了一跳，报以热烈掌声。或许让大家吓一跳的不在致词内容，而是在音量吧。因为，大家从没听过木模厂的小哥这么大的声音。他和弟弟义胜不同，平日是个轻声斯文的人。所以大婶经常叨念："你要果决一点啊。你是男人吧！"

怎么也想不到，这样的人，竟然能以如此果决的声音致词。

令 H 讶异的不只是音量，还有如同直接引用"战阵训"的内容。他觉得小哥说谎。说什么一直在等待收到红单，也不是事实。一定是收到了红单，所以故作姿态表现得像个军人。

在前往车站的送行队伍中，H 边走边沉思。

H 将心里所想告诉父亲。"我觉得很失望。小哥为什么要说

162

违背自己想法的话呢？收到红单的时候，那一家人根本就一点也不高兴啊。虽然出征士兵的致词都差不多，可是没想到连小哥都会说出好像报纸上写的那种话。"

结果父亲的回答令人意外。"不，也许小哥只是把藏在心底的话说出来而已。"

"咦，怎么说？"

"小哥的母亲和家人都不愿他去当兵，希望他平安归来不要战死，都是最真实的心情。我想，这就跟你看到的一样。小哥应该也知道这一点。可是知道归知道，却无法改变小哥深植在心底'为国牺牲是男人的责任'的想法。如果把这事告诉母亲，也只会让她难过，所以一直没说出口。相信小哥也很苦恼，所以才会在出征日那天明确表达出来。木模厂的小哥，或许是想对着自己和大家宣告，自己已经是个能独当一面的男人了。既然接到了红单，也不能没有一死的觉悟。可能是想以'为国牺牲'这段话，让母亲也有相同的觉悟吧。年轻人就是纯真啊……"

H愈听愈是愤愤不平。

"爸爸的说法很不合理。否则，讨厌战争的我，是不是就不算男人了呢？是不是我就不纯真了呢？事情什么时候变得这么复杂了啊！难道，所有的男人都是为了替天皇陛下牺牲性命才出生的吗？除此之外都不行吗？我才不要这样。我觉得哪里怪怪的。"

究竟哪里怪，H也说不清楚，但就是无法抹去"总之就是怪"的念头。不论在学校、自家附近或是报纸上的新闻，都让他觉得愈来愈怪。原本信任的父亲，最近也经常会说些复杂、让人弄不懂意思的话。

H冲出家门，跑向海边。边跑边后悔，没有披上毛线围巾。

风又冰又冷。

将近十二月的海，波涛汹涌。虽然不喜欢这种冬季的海，却也觉得"这就好像我现在的心情啊"。扔过石头后，H对着打来又退去冒着白沫的海浪，全力"哇！"放声大喊。连喊了好几次，喉咙都痛了。明明觉得很难过，眼泪却流不出来。

望着汹涌的海面，H突然想起，不知道日美会谈的结果如何呢？

为了协助驻美的野村大使，还派遣了来栖三郎特派大使前往华盛顿，这是十一月十五日公布"丙等体位也会收到召集令"同一天的事。

"来栖大使"这个名字，五六年级生几乎都知道。因为不只是大人，连孩子们都很关心会谈的发展，不知日美交涉是会达成协议抑或决裂。

日美之间的不稳定状况，几乎天天见报。

可以看到如"掌握和战之钥，来栖大使赴美受重视"抱持期待的报道，但另一方面也有陆海军两位大臣同声表示"不论事态如何发展，陆海军皆有万全准备"的报道。

"我实在不明白报纸上写的事。"说着，非常想了解地向父亲提问：

"搞不好，我们会跟美国打起来吧？"

"我也不知道。似乎正在努力交涉试图避免……可是我们很清楚，如果现在开战，日本将更艰苦，我认为不会这么简单就开战，可是……"

"可是什么？爸爸只会说可是，我不懂啦。"

"美国总统和来栖大使都搞不懂的事情，我哪搞得懂啊！"

H终于把温厚的父亲给惹毛了。只不过，与其说这是对执拗的儿子发脾气，不如说是因为处于看不到方向和出口的状况，盛夫本身的焦躁也不一定。

舆论似乎已经往日本与美国无法避免一战的方向倾斜，到了一根火柴就能引燃的地步了。就连H的好友，也几乎个个都表示："要是对美国开战的话，日本赢定了。因为美国人没有大和魂啊。还是赶快宣战比较好。"

"光靠大和魂就能战胜吗？美国可是个建了许多高耸摩天楼的国家。日本的大楼，就只有百货公司吧？而且不只是大楼而已。听说军舰和飞机的数量也很惊人。"H虽想反驳，但终究没开口。H想摆脱唯有自己沉默不语的郁闷，于是寻找能跟大家一起笑的话题。

"之前不是有个规定，投手史塔芬必须改名叫须田博，你们还记得吧。这次的更怪更好笑喔，就是要废止电影明星的艺名。阪妻不行了。阪东妻三郎以后要叫田村传吉。大河内传次郎要变成大边勇。昨天报纸上写的。"

"为什么非把大家都熟悉的艺名改成那种名字不可啊？"

"说是因应时局，当红明星也必须停用艺名，改回得自父母的本名，以认真的态度致力于戏剧演出。"

"为什么？难道用艺名就无法认真演出啦？怎么有这么蠢的事啊。"

这群五年级生纷纷骂道："官员都是笨蛋嘛。""真是令人傻眼，想笑都笑不出来！"

两天后的十二月八日，上午七点，收音机传来急迫的声音。

"插播最新消息。插播最新消息。大本营陆海军部上午六时发表。帝国陆海军已于今八日拂晓，于西太平洋与美、英军进入战斗状态。"

听到这段广播时，H正在吃早餐。一想到终于开战手就发抖，弄洒了味噌汤。正在喝茶的父亲呛得一直咳。"跟美国和英国打起来了吗？"母亲问，但父子两个都没吭声。因为一时说不出话来。

尽管完全不知战况如何，但相较之下，突然闯入战争就够令人震惊了。父子俩只是反复说着："终于打啦。"

来到学校，谈的也全是开战的话题。

"只说是西太平洋，到底是攻击哪里啊？都没有更进一步的消息。""我认为会赢。""联合舰队是不是已经横渡太平洋接近美国啦？"

大家都很兴奋。甚至还有人惟妙惟肖地模仿插播新闻的语气反复播放。

就连朝会时，校长也提到早上的广播报道，说道："从今天起，大家要更加努力用功，不要输给战场上的将士。"

将近中午时，校内广播播出了收音机的插播新闻。虽然听不太清楚，但知道是海军航空队攻击了夏威夷的檀香山，击沉停靠在珍珠港的美军舰艇，造成重大伤害。

中午的便当时间，H一口都还没吃，肚子就痛了。忍了好一阵子，最后还是受不了，冲向厕所。男生在学校上大号可是件丢脸的事。

跟小便时不同，上大号时得进隔开的单间厕所，而那里是女厕。所以，万一被朋友们瞧见，就有遭嘲笑："女生！女生！"之虞。H冒着风险打开门。虽然觉得似乎隔壁有女生，可是已经忍耐不住，在响亮的声音下开始拉肚子。

H过去虽然常因吃些怪东西而拉肚子，但这次却想不出原因。唯一能想到的是，广播的插播新闻。都是"于今八日拂晓，于西太平洋与美、英军进入战斗状态"害的。

　　回到家谈起腹泻的事，父亲说他也是。"什么啊，连爸爸也这样。"从早上到现在，H这才露出笑容。父亲也苦笑道："不只是人，动物受到惊吓或非常紧张的时候也会拉肚子啊。"

　　两人的腹泻持续到傍晚。

　　日美开战是清晨的事，日报的新闻看不到任何讯息，可是晚报上就出现大铅字《帝国对美英宣战》的标题，并刊载了天皇陛下的宣战诏书。

　　与平日不同的是，晚报是由第一刊和第二刊两个版合成的特别号。

　　上面满是"拼死空袭夏威夷岛""我空军檀香山大轰炸，击沉珍珠港二美舰""新加坡大轰炸""奇袭马来半岛毅然登陆""我军开始攻击香港""菲律宾大轰炸""日本对荷属东印度宣战""尽速占领威克岛"等醒目的大标。

　　第一刊上注销了开战的理由。标题是"我极力让步，美国仍不接受"。外务省发表的对美通牒备忘录，被大量铅字填满。

　　"好难喔，我看不懂。到底写了些什么？"H希望父亲帮忙整理说明。

　　"全部都要啊？我就简单说说好了。"犹豫了一下后，父亲开始解说。

　　"简单说，就是日本为了维护太平洋地区安定、确保世界和平已经尽了一切努力，美国的态度却看不到任何诚意。介入日支之间的问题就是其中之一。误以为日本发动战争是为了征服支那，不断支持重庆的蒋介石政权，指责日本的所作所为。除此之外，甚至说服荷兰对日本进行经济封锁。日本已经提出立即自南部法属印度支那撤兵的妥协方案，美国却表示这样还不够。日本对于美国政府无视于东亚的现实状况……"

"还有啊？只要大概就可以了……"

"已经说得够简单啦，不然不说啰。"连父亲也觉得烦了。

后来听到的说明是，美国方面提出的条件包括，日军全面退出支那领土，日支间回到战争前的状态。日本军部认为"这么一来日本将失去所有囊中物。岂不是一无所有了吗？"而强烈反对，最后终告决裂。这好像也是近卫内阁多次倒阁的原因之一。

"说是为了维护和平才宣战，可是看过全文之后，我觉得宣战的理由太过薄弱。无法忍受日本遭到经济封锁，这是真话，搞不好我们在想什么，不只是美国，其他国家也已经看透了。"父亲说。

H听了不禁为父亲担心。

"这些话要是传出去可不得了。别光说我，爸爸才应该注意呢。"

"我会注意的。所以，我才趁你妈和阿繁都不在的时候说啊。为什么只对你一个人说呢，是因为想告诉你，今后会发生许多事情，你要用自己的双眼好好看清楚喔。我想，往后对基督徒的压迫也会愈来愈严重。如果自己不够坚强的话，是会被击垮的。等到这场战争结束时，可不能变成一个惭愧可耻的人哪。虽说可能有许多事情不得不忍耐，若是知道必须忍耐的理由，就可以熬得过去。"

由于父亲的眼神和话语不同于以往，H听着不禁担心这会不会是父亲的遗言。

警察对教会下达指示："请自律,安静度过圣诞节。"理由是"十二月二十五日是大正天皇驾崩之日,在那一天庆祝耶稣诞生极为不敬"。只不过,大正天皇逝世已是十六年前的事情。过去明明从不曾禁止圣诞礼拜,却在开战的同时变成得"自律"了。

H家另外还有一件难过的事情。就是终究得辞退阿繁了。

"已经没有什么可以教你,也没有工作需要帮忙的了。以后就寂寞了。"盛夫说。阿繁只是默默点点头。饯别餐会,在最后一个工作天的晚上举行。晚餐准备的是寿喜烧,但阿繁却没怎么吃。H虽然难过,却连阿繁那一份肉也吃掉了。

踏绘

H 期待圣诞节到来。因为可以得到礼物。

那些礼物会堆在教会的圣诞树下。礼拜结束后，就会照写在包装上的名字点名，逐一过去领取。不耐等候的 H，总会假装欣赏圣诞树上的装饰，摸到最近的距离，偷瞄写有自己名字的礼物。从包装的大小和形状来猜测里面装了什么。

在外国的绘本上可以看到，圣诞夜里，圣诞老人会驾着雪橇在半夜到来，悄悄将礼物放在熟睡的孩子身边。可是，没有谁曾来 H 家。取而代之的是，晚上的聚会中，可以从川口始牧师那里收到礼物。

在 H 六岁之前，这个教会的牧师是上田德太郎先生，后来换成川口牧师，圣诞聚会的节目仍完全相同。

一如往常，H 拿到礼物后便迫不及待当场打开包装，等不到带回家才拆。看到里面是素描簿和水彩，不禁有些失望。因为从尾道的舅舅那里得到的图画纸和颜料已经够多了，一点也不稀奇，并不是自己想要的东西。

H想要的是玩具。低一年级的森胁君得到的是玩具电车，令他很是羡慕。由于金属制的玩具已经都看不到了，这辆电车也是木头做的，不过造型和颜色都很不错。H想用素描簿交换电车，正在角落交涉时被母亲发现，挨了顿骂。

圣诞节的礼拜和活动结束后，是大人专属的集会时间，要讨论重要的事情，孩子们先回家。回家的路上，森胁开口了。

"今年圣诞节好怪。这还是第一次窗帘紧闭过节。"

森胁觉得非常奇怪，H便将自己所知告诉他。

"听说是因为大正天皇是在圣诞节这一天去世的缘故。警察还要求我们自律，说在这一天庆祝太不像话。所以才跟过去不一样，办得低调一点。"

"什么是自律？""就是自己想做的事情也要克制的意思。"

"以后都要这样吗？""我也不清楚,不过好像是得一直这样。"

森胁君要搭电车回去，于是在市电道上道别。

同行的好子说："能搭电车好好喔。要是我们家也远一点就好了。"可是教会在本庄町三丁目,H家在六丁目,距离不到四百米。

回到家后，好子拆了礼物，是可以换装的纸娃娃，玩了一会儿就睡着了。可是H却一直等到双亲回来，因为想知道究竟是谈了什么大事。大约过了一个小时，返家的父亲和母亲都愁眉不展。

"教会要改名字了。'日本拿撒勒人教团神户教会'以后要改称'日本基督教团神户本庄町教会'。这在两个月前，也就是十月就已经决定了，还有详细的说明。"

"为什么？难道没有人表示不愿意改名吗？"

"没人敢反对啊。东条内阁上台时，政府随即决定要进行宗教改革，根本就没得选择。于是下令将全日本分属于不同会派的基督教会全部集中，今后整合为单一的'日本基督教团'。这并不只限于基督教。好像对佛教也下达了整合命令。以后教会里的事情和传教方式，全都必须报告。"

盛夫说明时，敏子合掌默默祈祷。

与 H 一家的表情呈对比的是，隔壁美田家传来"万岁！万岁！"的呼声。后来得知，当时正在播放日军占领香港的新闻。

街上弥漫着战胜的气氛，但军部除呼吁自制之外，同时宣布禁止门松等过年装饰。

谣传为庆祝攻陷香港，会有特别配给的砂糖和点心，满心期待的 H 后来知道受骗，非常失望。

昭和十七年（一九四二）元旦的报纸头版，刊登了两张海军省发布的大照片。两张都是在遭受攻击的珍珠港上空拍摄的空照图。

看来是海军的飞机在战斗时所拍摄的照片。照片中甚至拍到两排停在港里的美军舰队遭到炸射起火燃烧、沉没的画面，非常震撼。听说这种从高处往下看的照片或图画，称为"鸟瞰图"，好像是鸟的眼睛所见到的画。

H 立刻照着报上的照片，将"攻击珍珠港鸟瞰图"画在图画纸上。边画边觉得用鸟的眼睛来画图还真有趣，同时认为这种画会卖。

元月三日早上九点，收音机播出雄壮的"军舰进行曲"，又有大本营发表的新闻了。内容是：完全占领了菲律宾的马尼拉市。

一星期后，又攻下了马来半岛的吉隆坡。报纸上刊登了英军因日军进攻而放弃城市，仓皇撤退的新闻。

日军竟然这么厉害，令 H 相当惊讶。原本以为美国和英国的文明比日本发达，武器和战术应该更先进才对，结果却令人意外。

将改好的西装送去三宫的盛夫傍晚时回来，喃喃说道："听说王子教会屋顶的十字架被锯掉了。"

王子教会属于不同会派，但同样是基督教的教会。这个教会建在王子公园旁护国神社的附近。

"为什么要把十字架锯掉？"H很想立刻知道原因。

"教会屋顶的十字架比护国神社还高就是不敬！因为这个理由就被锯掉了。"父亲说。

护国神社是比照东京九段的靖国神社，供奉阵亡将士英灵的神社。换句话说，就是"地方上的靖国神社"。

"应该是不喜欢日本人信奉美国人和英国人所信仰的基督教吧。理由是不参拜为国牺牲的将士英灵，跑去拜什么耶稣，实在不像话。之所以锯断十字架，我想是为了发泄那股悒愤。因为那边是山坡，依山而建的建筑物会比神社高也是没办法的事啊。很单纯地认为十字架就等同于美国和英国，是代表敌国的标志。实在是伤脑筋啊。"

H也觉得这种事情很恼人。

由于与史坦博斯女士和艾柯尔宣教师的国家交战，彼此就成了敌人，但因父亲和母亲都没有放弃当个基督徒，H在学校所受的"阿门攻击"也比以前更严重。

上个礼拜，H的桌面就留有被粉笔画上十字架的痕迹。之所以说痕迹，是因为被擦掉了。只是没有完全擦干净，H立刻就看出来了。而且也猜得到画的犯人是谁，又是什么人擦掉的。画的是二叶町十丁目的胜造，而擦掉的人是木炭店的阿育。

于是H在放学回家的路上试着求证，但阿育说："我不知道是谁画的，但不是我擦的。"胜造的父亲是个真正的黑道分子，其子则是个"小老大"，大家都很怕"小流氓阿胜"。所以，可能是害怕遭到报复也不一定。若是如此，为何甘冒危险帮忙擦掉，实在是想不通。

晚上在餐桌边，H将此事告诉父亲和母亲。不料母亲敏子却胡乱猜："阿育可能是想来教会吧？要不要下次邀邀看？"惹得H不快。但随即接口："实在是拿神就是爱的人没办法啊。敏子小姐。"同时露出不像小孩子的苦笑。

这段对话之后，盛夫说道："我有事跟你们讲。不过，这事可不能说出去。"表情一反平常，相当严肃。

"我要说的是，往后我们这个家要怎么过日子才好。目前日本似乎是不断取得胜利。不但空降部队占领了印度尼西亚的巨港，也逼得新加坡无条件投降。开战至今才三个月，已经击沉美国舰艇一百六十艘，击落飞机一千五百架。如果发布的这些战果是真的，赢得有些过分了。"

"爸爸到底想说什么？"虽然很佩服父亲能够不假思索说出击沉的军舰数目，可是H急着想知道，这和我们家的未来有什么关系呢？

"自然有关系，你就耐着性子听下去。照这情况下去，想必会取得更丰硕的战果吧。虽然不知道能够持续赢到什么时候，可是我认为军警将变得跋扈，也会对宗教施以更大的压力。到时候，外头可能也会有许多人跟随那种步调。如果违抗的话，就会被认为思想和大家不同，被说是'非国民''国贼'的情形会愈来愈多，说不定会尝到更多苦头。所以，为了避免让人家认为'信奉基督教的人就是敌人'，我希望你们还是多加小心比较好。"

"你什么时候失去信仰啦？没想到你是这种人！"原本默默听着的敏子向盛夫表示强烈抗议。

"等一下，我还没说完。"盛夫以手势制止，继续说下去。

"我并没有说要放弃基督教信仰。只是你如果还用过去那种方法劝诱人家走上信仰之路，就会惹上麻烦。我要讲的是这个。之前的圣诞礼拜警察要求自律，我们的教会并没有停办不是？虽然拉上窗帘以免光线外露，但还是照常举行了圣诞礼拜。我认为，往后必须像那样多注意周遭的情况才行。从前，在基督教遭到镇压的江户时代，不是有些人就成了地下吉利支丹（昔日的基督徒）。不过还不必像那些人一样躲躲藏藏的。"

H也知道长崎地下吉利支丹的事。据说如果被查到，就会被送上十字架，用矛刺杀或以火烧。为了查出基督徒，官差会让人践踏基督或圣母的画像。若是不踩的话，就会泄露基督徒的身份而惹来杀身之祸，但信徒还是不愿践踏"踏绘"。

"以后基督徒也会被调查，被迫踩踏绘吗？"

H忧心地问，敏子斩钉截铁地说：

"我不会踩的。我们不是天主教，和吉利支丹的信仰方式也不同。如果真有那种情形发生，我也不会踩！"

盛夫说："不是那个意思，我认为踩也没关系。因为信仰是在自己的心里，要维护信仰，不是只有正面反抗一途而已，希望你们能明白这一点。"

H明白父亲非常慎重说出的这番话，不仅是为了保护全家，也是为了守护信仰。接着，盛夫突然说出令人意外的事。

"我打算去当消防员。你们觉得呢？"

这令敏子非常讶异。H也无法理解为什么突然会这样。

"现在的时局，西服号已经很明显无法再经营下去了。如果继续这样不做改变，被征召是迟早的事。到时候，应该会被派去被服厂，日复一日缝制军服吧。与其那样，我觉得去消防署工作还比较好。幸运的是，署长已经要我过去了。"

那位署长 H 也认识。因为署长冲野先生，是妹尾西服号长年的老顾客。

长田消防署，位于大马路上娘小哥上吊的加油站斜对面，离 H 家很近。四年级时，想看消防车的 H 偷偷溜进建筑物内被逮到，当时帮忙解围的就是这位熟识的署长。

最近，消防署因为有两个年轻人接到了召集令而缺人，才得以采用新人。据说消防人员和警察收到红单的比率较低，但是最近情况似乎已经变了。

"我觉得这样挺不错的，你们觉得呢？"

"突然问我们意见，我也答不上来……可是当消防员，得冲进火场吧。"

见敏子无法立刻同意，盛夫进一步说明。

"为什么我想当消防员，是因为值勤时间是每隔一天值二十四小时。不轮值的日子可以休一整天，还可以用来修改或是修补西装。"

"那还真不错。"敏子这才点头。

"还有件事要商量，跟你有关。我说，你要不要当邻组的组长？因为现在的组长，香烟店的田代太太说：'我的风湿很严重，能不能请敏子太太代替我呢？接下来还有防空训练和分发配给等等，好多需要体力的工作，我这把年纪已经做不来了。'何况你要是不出来担任组长表现一下，以后可能会被人指指点点。为了

176

维护你的信仰，好好为邻组尽一份力吧。"

默默在一旁听着的好子说："那很好啊。"虽然她不可能懂，但说得如此明确，敏子似乎也突然有了那个意思，说道：

"好，我就试试看吧。防空训练和事务性的工作是没有问题，可是如果要跟大家一起去神社参拜，可就头痛了。我没有那种信仰，也不能膜拜其他的神。"

"就知道你会这么说。这就等同于刚才讲的踏绘啊。虽然实际上并没有踩踏。耶稣知道你并没有丧失信仰，会原谅你的。"

两个礼拜后，盛夫身穿消防员制服，头戴帽子，打着绑腿回到家。父亲个子矮小，袖子显得长而宽松，模样滑稽，H开玩笑道："这是地下吉利支丹的变装吗？"

父亲也咧嘴笑了，问："有那么不合身啊？看久就习惯啦。"

依规定公务员不得兼职，西服号也不好明目张胆地继续营业。于是，就将原本在马路上就可以看到的缝纫机，从一楼搬到二楼，转换工作的场地。

搬缝纫机时，H在上方拉，父亲在下方推，还是相当费力。

面向晾衣台的四坪房间作为工作场所。也就是H房间的隔壁。随即传来踩缝纫机的声音，H过去偷瞧，只见拆散的消防员制服一片片缝合起来，已经改小了。

父亲开始值勤后，H忍耐了一个月，但实在很想去消防署见识见识，因为想从消防署的消防瞭望楼俯瞰街区。但父亲说：

"那里不是小孩子玩耍的地方，不准去。"

哀求了很多次都没有用。于是H趁父亲轮休的日子，在放学回家时绕到消防署，试着拜托署长冲野大叔。结果竟然比想象中简单。

"是哦，你爸爸说不行啊。照讲是不行的，不过我偷偷让你上去好了。可是，你可别中途就吓哭了喔。"

接着指派了一位消防员叔叔陪 H 上去。那位叔叔在后面再三叮咛："爬到顶之前绝对不要往下看喔。"

来到上面，轮值的瞭望员看到爬上来的 H，非常讶异。"这孩子是妹尾先生的儿子，因为署长很疼他，让他上来参观。"叔叔帮忙解释。

可能是因为风大，瞭望台有点摇晃。往下一瞧，可以清楚看到神户的街区。

虽然可以看到本庄町的屋舍，但前面被橡胶工厂的屋顶挡住，看不到 H 家。不过，长乐国民学校和鹰取机务段却可以清楚看见。可以看到火车头在宽广的调车场吐着烟往来移动，还有火车头驶上转车盘掉头的情景。须磨的海波光粼粼，晴朗的天空飘浮着白云，淡路岛似乎近在眼前。

"要说我们正在打仗好像是骗人的一样。当消防员真不错啊。"H 说，但立刻被纠正。

"瞭望台上的警戒工作，可不是悠哉地欣赏风景喔。要随时注意四面八方是否有火光，必须比火警通报更早发现才行，很辛苦的！"

获许爬上瞭望台一事，虽然保密没说，但两天后还是露了馅。

父亲罕见地真的动怒了，有点可怕。

"爬上瞭望台的事情绝对不可以跟朋友说啊。要攀爬到高处，除了获得许可的相关职业人员之外，可是都违反了'防谍法'啊！"H 承诺不会跟任何人讲。

昭和十七年的六月二十三日这一天，H 满十二岁了。母亲用宝贵的砂糖和红豆，煮了 H 最喜欢的红豆汤为他庆生。三天后，东京那边传来日本基督教团的茑田牧师，因为"违反了治安维护法"而遭到逮捕的消息。

"什么是'治安维护法'？"

"就是将意图颠覆国家、做出危险事情的人逮捕起来的法律。"

盛夫结束轮值刚从消防署回到家，草草对 H 说明之后便赶往教会。

川口牧师好像也还没掌握详情，只知道全国各地的牧师都陆续遭到逮捕。

"据说是因为认定基督徒'追求神的国度'，是一种否定天皇陛下所统治的日本这个国家，企图变更国体的危险思想。终于要动手了。"

盛夫似乎感觉到，圣战这种疯狂失控的行径已经停不下来了。

不只是左派从事政治活动的组织，现在已经变成连宗教相关人士也会遭"治安维护法"取缔的时代了。

就算 H 能了解父亲说过的事，但知道实际情况持续变得更恐怖时，还是不禁打了个寒战。茑田牧师遭到逮捕一事，就和乌龙面店小哥那时一样，都没有见报。

邻 组

六丁目被划分成四个邻组这种组织。敏子被选为第四组的组长。说是被选上，其实是首任组长香烟店老板娘辞职之后，无人愿意接手的缘故。

虽然对于组长的工作繁忙已有心理准备，但忙碌的程度却是与日俱增，令敏子诧异。不过她没有抱怨，当了三年组长。大概是因为她将此视为神赐予自己，向众人展示基督徒生活方式的机会吧。

上午出门参加防空训练讲习，下午就召集附近邻居传授所得，傍晚则分配配给物资，或是点收汇集来的物品。

邻组长最耗费心神的是，不要让人质疑配给品的分配是否公平。要是诸如鱼干的大小或是蔬菜分切的方法遭人抱怨就麻烦了。

还有许多得传达的事项。H 第一次被叫去帮忙，是制作"警报传达一览表"。

原本应该是将分发下来的"防空必备"手册发送给邻组成员，可是印刷的纸质粗糙，文字不清楚，于是母亲拜托 H 放大誊写到图画纸上。

"警戒警报的音响是，呜—持续三分钟。"

"空袭警报是，响四秒之后停八秒，重复十次。"

由于字体放大又画上了飞机，前任组长田代大婶称赞："连老人家也看得很清楚。"

这令 H 颇为得意，挨家挨户发送给邻组的十四家，并且交代："贴在显眼的地方，直到熟记为止。"到了学校，也很认真地教其他孩子分辨警报。

放学回家途中，H 看到母亲正对邻居发号施令，虽然有些难为情，但总比敲着铃鼓大声唱歌的街头传道要好，也只好忍耐了。

防空训练原本是每个月实施一次，最近增加了次数，改成每两个礼拜一次。

说是"防空训练"，其实是消防训练。每户人家都必须派一个人参加这个训练，可是参加的通常都是婆婆妈妈，男人很少。因为年轻男性几乎都被征调去当兵，其余也被征召去工厂，都不在家。

号称"以妇女之手保卫后方"，平时就不倚靠男人的婆婆妈妈，拿着水桶和打火棒集合，非常有精神。

打火棒，是将绳子捆成束绑在竹竿前端，做成类似掸子的工具。使用时先将绳子浸湿，即可将火星拍落扑灭，防止火势蔓延。

训练一开始，婆婆妈妈们就扛着梯子跑到墙边爬上屋檐，以水桶接力方式洒水。其中特别卖力来回奔走的，就是组长敏子。

由她所带领的邻组，传闻是这一带最优秀的一组。借校园举行的邻组消防训练对抗赛，便证实了这一点。当时共有二十组参赛，经过审查获得了第一。评分是以水桶接力的速度、消耗的水量以及灭火所费时间等等来计算，总分非常突出。

由于洒水方法非常有效率，获得前去指导的警防团人员夸奖时，就有邻居开敏子玩笑：“因为她先生是消防员嘛。”或许是敏子直肠子的性格，以及经常助人的善良得到了认同，她从来不曾因为身为基督教徒而受到歧视。

如果套用敏子式说法，就是她“被爱着”。

“你妈可真是拼命。听说前阵子还从梯子上摔下来啊。”

朋友如此调侃，但那是真的。虽然H并没有目睹母亲跌落，但目击者表示：“抱着水桶，一屁股摔落地上。”

扭伤了腰无法活动的敏子，在家躺了三天，其间附近的婆婆妈妈轮番来探视，H非常开心。开心的原因，有一半是因为可以收到难得吃到的豆沙包等慰问品。

说到豆沙包，昭和十七年“纪念攻陷新加坡胜利庆祝会”的特别配给也让人欣喜若狂。街头巷尾流传“好像会有庆祝特别配给”的说法时，H并不相信，觉得又是骗人的。攻陷香港时，庆祝会和特别配给都只是谣言，最后什么都没有。但这次明显是真的。因为母亲已开始将各户人口数填入“特配领取表”了。由于“特别配给”的物品是透过邻组发放，所以连品名都知道。酒、砂糖、红豆，还有另外为孩子们准备的糖果点心和皮球。之所以额外加上皮球，听说是因为占领了南方的橡胶资源地区的缘故。

虽然过去H曾说：“我讨厌战争！”却被甘甜的特别配给遮住了眼，竟也觉得：“打仗赢了真不错啊。”由H无节操的想法看来，政府意图以特别配给“提升战意”的政策，充分达到了效果。

之后连续好几天，收音机都在雄壮的《军舰进行曲》配乐声中，持续报道“大本营发表”的战果。孩子们都很期待战胜带来的第二次特别配给。

昭和十七年三月三日，于泗水外海与雅加达外海的两次海战，击沉敌方巡洋舰六艘、驱逐舰八艘以及潜水艇七艘，共二十三艘。

八日，占领缅甸的仰光。

九日，荷属东印度无条件投降。

十七日，美军总司令麦克阿瑟自菲律宾的柯里几多岛逃往澳洲。

这些战胜的报告，不只由收音机播送，还以大号铅字跃上报纸版面。

H不禁觉得，搞不好美国和英国投降的日子已经不远了。

不止是H，外头的人也都确信会赢得胜利。可是，盛夫却持相反的看法。

"对方应该不会投降吧。我们非得趁早提出和谈不可。若是长期这样打下去，我看很难一直保持胜利。因为对方的资源量应该是占压倒性的优势吧。"

H回想起那张纽约大楼群的明信片，也觉得很有道理。"因为日本已经连二宫金次郎和寺庙的钟都得收去做炮弹才行了啊。"

不过，H最近已经充分体认这种对话可不能让别人听到。否则就会因"违反治安维护法"而遭逮捕。他心想，毕竟"隔墙有耳，隔窗有眼"啊。

报纸或广播仍持续大幅报道战争胜利讯息的四月十八日，发生了不得了的事情。

下午两点左右，美军飞机突然出现在神户上空，投掷烧夷弹之后飞走了。

H也听到了超低空飞行的轰隆声。当时他正在学校打扫走廊。

由于和以往听到的飞机声不同，还冲到窗边往上瞧，可是已不见飞机的踪影。

"我看到了。是美国的飞机。翅膀上的标志是星形，中间有一个圆。是美国的飞机不会错。"

"我也看到了。还看到飞行员的脸。是美国人。"

"少盖了！"

"是真的！"

看到的孩子们都很得意。

"是为了要来一次逼真的防空演习才这样飞的吧？"

有孩子提出这样的看法，引发众人热烈争论。没看到的 H 非常懊恼。

回到家，母亲似乎也只听到轰隆声而已。

附近的人聚在一起谈论着。

"好像有人听到广播有警戒警报，可是我没听到。"

"飞机朝西往须磨方向飞去之后，空袭警报就响了。可是也有人说往东边飞去，也不知道哪种说法才是真的。"

"可以确定的是只有一架的引擎声。不是两架。"

大家正七嘴八舌说着时，空袭警报响起。

"这是干吗？飞机都走了才发空袭警报是怎么回事？"

"说不定是又来了。"

婆婆妈妈们赶紧各自回家，可是飞机并没有来。

到了下午七点，收音机播出广播："中部军司令部发表。本日下午，两架敌机空袭名古屋，造成轻微损伤。又本日下午，一架敌机空袭神户，投掷烧夷弹，同样并未造成重大灾情。国民如今更须奋勇作战，期待防空必胜。"

得知真有空袭，所有人都哑然失色。

听说东京也出现了十多架敌机，九架遭到击落。新闻之后，播放了《空袭不足惧》这首歌。这首歌是四个月前才谱好，不过H已经听过。当时只觉得这首歌应该不会流行才对。歌词是这样的：

"空袭不足惧　守护青空的钢铁之阵

不分老少今奋起　光荣的国土防御

荣耀由我们来担　敌机啊敢来就放马来吧"

这首歌是否军方指示播放不得而知，但是一再重复播放，反而令人情绪低落。因为有种"这首歌出现得有点凑巧"的感觉。

H想知道隔天的报纸会如何报道空袭的新闻，不料大标题竟然是《空袭不足惧》，让他差点笑出来。除此之外，还有《"邻组精神"克服空袭》、《空防坚固，后方若金汤》之类的标题。报道的内容写道："初次面对敌机空袭完全不显慌乱，人人坚守岗位，发挥最大努力，将火灾控制在最小限度内，充分展现了平日训练的成果。"

H觉得这篇报道怪怪的。因为与实际感受有很大差异。

消防署勤务结束后回到家的父亲说，去过遭烧夷弹轰炸的现场。

好像是烧夷弹刚投下就紧急出动了。有四枚烧夷弹落在兵库车站南侧的松原通周边以及中央市场附近。附近的苅藻岛就有高射炮阵地，却一发也没有发射。丢脸的是，发现遭到空袭时已经太迟，敌机早就飞走了。

烧夷弹引发的火灾迅速扑灭，并没有大范围蔓延，可是听说应当以水桶接力协助灭火的邻组成员，都因实际情况与训练不同而迟疑，内心大受打击。这也难怪，因为没有任何人想到会真的遭到空袭。

这次空袭,听说有一人死亡,可是不论广播或报纸,都没有"死者一名"的报道。

"报上写的都在骗人!"H气呼呼地说。报纸还拿在手上的父亲说:"因为负面的消息是不会写的。可别认为报上写的全是真的喔。再说军方也会审查,报社如果没有表现出协助作战的态度,是会被整垮的。"

"这么说,大本营发表的'战胜'消息,也多半是假的啰?"

H不禁担心。盛夫一副不打算正面回答的模样,喃喃说道:"这个嘛,或许打个折扣比较好吧。"

后来,报上刊载了中部军司令部防卫主任参谋难波中校的谈话。

H心想,中部军司令部,不就是敌方轰炸机来犯时,连警报都没有发的祸首嘛!负责人难波中校这么说。

标题是:"'为空袭做准备!防范偷袭!'、'勿怠忽训练与准备'。"

"苏联与德国陆路相连,但日本并没有,应该不会发生日夜轰炸不停的情况。或是说,应该不会发生一晚遭到多次空袭的事情。相对的,遭到偷袭的可能性却很大。所以,我们必须以'遭到偷袭'为基础,来考虑日本的防空该如何因应。

"其次,由日本的都市特性来看,是拥有密集的木造家屋。所以我们认为,日本的防空在于必须能防患于攻击初期。为此,我们平常就得确实做好准备,对于烧夷弹必须有清楚的认识并加以克服。火灾,由星火蔓延而成大火的情况很多。所以,用打火棒扑灭星火就非常重要了。若是平日没有做好心理准备,面对实际状况时就可能会腿软。重点在于，要抱持靠邻组即可扑灭的信念先行演习。"

H问身为消防员的父亲，对此报道有何感想。回答是：

"如果日后再有空袭，我认为规模可不会像这次只来一架，扔几枚烧夷弹而已。说要能'防患于攻击初期'，但如果一次来几十架，四处投掷烧夷弹或炸弹，街上到处都会同时起火。到时候，靠邻组灭火根本就来不及。防空训练的时候，是大家以水桶接力对一个起火点洒水，我觉得情况可不会这么简单。整个城镇同时烧起来的火灾，过去从没有哪个地方经历过。依我看，火势蔓延的速度会比关东大地震的时候还快。路上也会出现电线杆倒下或是房屋燃烧坍塌的情形，说不定连消防车都无法通行。"

"那该怎么办呢？要怎么灭火？""老实说，灭不了的。以消防术语来说，这种无法收拾的火灾叫作'放任火灾'。即使如此还是会出动消防车设法灌救的地方是军需品工厂，民家是不列为抢救目标的。"

咦！H心头一震。他从来没这么惊讶过。

"那打火棒是不是没用啊？"

"如果整个城镇都烧起来，拿着打火棒到处打，想也知道是没有任何效果的。如果遇到空袭看到到处都烧起来的话，赶快寻找没有起火的方向逃命。如果四周已经被火包围，就将棉被或毯子浸湿包住头，朝火势最弱的地方逃。洒个三四桶水根本起不了作用，也不要以为拿打火棒到处打一打就可以扑灭。"

"既然如此，为什么还要大家接受水桶接力训练，还有根本就没用的打火训练呢？防空参谋骗人，竟然要全日本的邻组成员接受这种训练，太过分了！"

"因为要是让国民知道实情可能造成大混乱，并对军方愈来愈不信任，导致丧失战斗意志。为了让全民团结朝同一方向前进，'防空训练'这道护符是不可或缺的。这可是极机密喔。"

H觉得，要是没从父亲这里听到实情就好了。今后该如何看待那些进行防空训练的人才好呢，愈想就愈难过。

"这些事绝对不可以告诉你妈喔。身为邻组组长站在最前面的她，还是什么都别知道比较好。只不过，遇到空袭火灾的时候，可要带着你妈逃命啊。因为我得去灭火，不会在家。敏子就拜托你了。她那个人哪，即使身陷火海，也会按照训练的方式去做……"

H试着想象空袭的场面，但是没有真实感。不过还是决定先牢记父亲的这番话。接着问道："那么，消防署是基于什么样的考虑进行训练的呢？"

因为他想先有个底。

"由于平时的火灾和空袭的火灾不同，所以两方面的训练同时进行。可是，刚才我也说过，空袭造成大范围火灾时，是不考虑前往民宅灭火的。唯一的例外是，有可能延烧到重要设施的时候。或许你会认为这个样子根本就不需要什么消防了吧，但是平时发生火灾时，即使只是烤鱼冒的烟那种程度，只要觉得情况异常，都会马上出动的。"

"那我就比较放心了，可是，如果不打仗，就不会发生整个城镇变成一片火海这种事情了嘛！一直说打胜仗打胜仗，大本营发布实在是不能相信啊。"

这种事除了父亲之外不能对任何人讲，令H焦躁。

除了美、英之外，日本也早与中国打仗，但市民并没有什么紧迫感。直到第一次遭空袭后，或许是对"正在打仗"有了真实感受，突然开始喊起"空防"了。

学校里也有模拟空袭警报响起时的避难训练。

敌机飞来时，最好不要离开校舍。据说留在混凝土建筑物里面比较安全。如果时间充裕的话，就到一楼的走廊趴下。如果听到"咻——"炸弹落下的声音，最好立刻卧倒，用手掩住眼睛和耳朵，张大嘴巴。这是为了避免眼珠因爆震波而蹦出，而捂住耳朵张开嘴则可防止鼓膜破裂。

一年级到六年级的学生，都被安排反复练习。H是最高的六年级，也被训练去指导低年级。要张嘴捂住眼耳卧倒，H可以接受，因为觉得到时或许真的管用。

市政府下达指示，"由各邻组负责在大马路挖掘防空壕"。

因为是命令，邻组成员全部出动去挖掘防空壕。宽一米，深一·二米，长二米。据说应该再大一些深一点比较好，可是没法在大马路挖出那么大的坑，所以才缩小尺寸增加数量。遇到空袭时，好像只要躲进这种防空壕，就能保护身体免于爆震波的伤害。可是如果炸弹直接命中就无可奈何了。

挥汗挖掘时，邻组成员聊起日本海军潜艇炮击美国本土的话题。

"报纸上有登，报了空袭的仇，真是大快人心哪。"

"听说美国人都吓得发抖。"

报纸确实以大号字体写着"我潜舰巨弹强轰奥勒冈。连续炮击美太平洋岸"。接着描述被趁虚而入的美国与加拿大如何狼狈，并暴露其预警巡防系统如何薄弱。那篇文章，怎么看都有种"可报了之前空袭的一箭之仇"的感觉，乖僻的少年心想："真好意思说啊。"

"要说美国预警系统薄弱，四月十八日有敌机飞抵神户扔下烧夷弹，这才终于发觉施放空袭警报的，不晓得是谁！"

　　H 心情烦躁又无人可以发泄，只好自言自语，父亲见状说道："别再看报了。不看就不会把你搞得这样焦躁不安了。"

防毒面具与间谍

放学回到家，H发现玄关口堆着纸箱，立刻就知道里面装的是什么。因为上面写有"防毒面具·甲型"。

"终于送来啦！"H说着就要拆箱，但被好子制止。

"哥哥你不可以碰，这是妈妈交代的。"

母亲到附近分送防毒面具，不在家的这段时间，请好子负责看顾，不准别人碰。

"看一眼就好。"H很想早点见识见识防毒面具这种东西。

大约两个月前，听父母谈论防毒面具的事情之后，H就一直很感兴趣。

区公所发了一张"购买防毒面具事宜"的印刷传单，夹在传阅板通知邻组各户人家。上面这么写：

"市府指定区域内的家庭，建议每户购买一套防毒面具。有意者请以专用表格填写姓名、年龄、欲购买型号，由邻组统一申购。三个月内，将依紧急程度自重要地区开始发放。此外，由于各家户的经济状况不同，市府备有补助金。防毒面具并非强制购买，但由于空防已进入相对紧急的时期，期盼大家能够理解市府的用心并且配合。（内务省、防空协会、神户市公所）"虽说并不是强制，内容看来却有种不得拒买的感觉。

"是不是因为靠近储油槽，这里才会被认定是紧急程度高的区域啊？"

相较于母亲的疑问，H 觉得"每家买一套"这种说法很奇怪。

"如果遭到毒气攻击，家里就有人得救有人死掉了啊。我们家有四个人，得买四件才行。"为此担心的 H，看着手拿钱包的母亲这么说。

"是没错啦，可是这个防毒面具真有防毒气的效果吗？你说呢？"

敏子问丈夫，这 H 也很想知道。听父亲说过，前不久东尻池的三水化学工厂失火，他就曾戴着防毒面具去灭火。

"我认为这是可以防毒气的，不过……我看美国并不会使用毒气来攻击。"

盛夫说得肯定，敏子和 H 同时大嚷："为什么？"

"因为毒气会受风向影响，也不知道会朝哪里飘散，并不是种称手的武器。有时距离很远的人受害，相反的，近处的人却无事。而且与烧夷弹和炸弹不同的是，无法破坏建筑物造成火灾。用来全面攻击神户的话，很没有效率。所以，我认为不会由空中落下毒气弹。"说得相当有把握。

"原来如此啊！"敏子和 H 听了也都信服。

"既然这样，不买防毒面具也没关系嘛。何况一套还要四元八十八钱。"

敏子认为丈夫应该会同意"没有购买的必要"吧。不料回答竟然是：

"非买不可吧。如果我们家不买，邻组成员大概就谁也不会买了吧……"

"话是不错，可是要大家买这么贵又不知用得着用不着的东西，好像不太好吧。难道不能让邻居们也都知道，因为不会遭到毒气攻击，所以不买没关系吗？"

敏子这番未经思考的话吓坏了盛夫。

"这种事情绝对不能说。否则立刻就会被特高警察带走。因为这铁定会被认为是'利敌行为'的。总之，家里的谈话都别跟外面的人讲。"

接着父亲和母亲因意见不一致，又讨论了好半晌。

H很想拥有一套，可是要价四元八十八钱，相当于成年人可以看五场首轮电影的价钱，觉得防毒面具好贵。就在自认没指望打算放弃时，听到双亲决定："还是买四套好了。"H非常开心。

孩童用和大人用的尺寸不同，为H申购的是四号，好子的是五号。"我的要多少钱啊？"H想知道价钱，但母亲说："小孩子不用知道。"声音显得不太高兴。看来母亲因为必须购买防毒面具而生气了。

由于察觉到这一点，之后就尽量避免提到防毒面具的事情。

不过，H还是每天都在盼望。现在总算送来了，就在眼前。

H寻找印有四号的箱子。"有了。这是我的！"说着正准备打开箱子时，快哭出来的好子试着制止："不可以，不可以打开！"但H将她的手挥开，把防毒面具拉出来。

比想象来得重。橡皮的触感冰凉。防毒面具是灰绿色橡胶制，嘴的部位接着一个直径十公分、厚四公分，像是压扁的罐头的圆筒状物体。

"戴上这个，真的就不怕毒气啦？"说着就戴上了。

"哥哥，快拿掉！好可怕，好像猪头妖喔。"好子急忙躲开。好像是觉得哥哥突然变成了妖怪。

呼吸有点费劲。但 H 还是开心地吭哧吭哧学着猪叫，去追爬着逃开的好子。就在这时，母亲回来了。

"搞什么鬼！要是把橡皮弄破，不就没效果了嘛！"母亲大声说。

"我只是在练习使用防毒面具啊。不先练习一下怎么行……"H 连忙边脱边辩解，但母亲的怒气可不会这么快消。

防毒面具在学校也成了话题。问过才知道，区域性的差别似乎相当大，有地方是强制购买，有的地方则是没有任何家庭买。

听田村君说，他家有七口人，可是只买了一套。

大部分的男孩子都表示："想要自己拥有一套。"

防毒面具似乎散发着一种稀奇古怪物品所特有的神秘感。

"家里没买孩童用的给我，好想看喔。明天带来让我见识一下。"

"我也想看。能不能借我戴一下？"

好几个同学这么说，令 H 很苦恼，因为母亲不准他带出去玩。可是，同学们已经知道了还拒绝，铁定会被说是"小气鬼"。话说回来，家里买防毒面具给 H 的事，到底是什么人传出去的呢？明明就没跟任何人讲过，所以 H 认为，应该是有间谍从邻组成员那里打探的。

H 为此问父亲该怎么办。

"既然大家想看，就带去让他们看看没关系。到时别太招摇就好。还有，不准你去找什么间谍。大家都'间谍、间谍'的太过敏感了。"

父亲的语气难得听来不太高兴，H也觉得好像真是如此。

自去年十月"佐尔格国际间谍组织"遭检举以来，报纸和街头巷尾的海报上，"防谍"和"间谍"等字眼确实突然增加了。

七月的"防谍周"，也高举"发挥日本精神消灭间谍！"的标语，报上还刊登了"美英谍报网真面目"的长篇报道。

报道的标题是：《以神户为中心的谍报网》。

"长久以来，神户就是各国的外国人居住之地，敌方的情报机构很容易在此取得宝贵的情报。他们会巧妙利用工作或友谊，渗透接触对象的家庭作为情报来源。很多人因为不知道这种手法而成为敌方的间谍。

"日前破获的神户英国机构，多年来在阪神有效运用经济方面的特殊地位致力于谍报活动。其中又以ＢＳ商会、Ｓ棉花株式会社、ＮＫ商事等为代表性的谍报组织。

"原本的负责人及员工等英国人，或归国或被留置在'敌国性外国人集中营'，现在城市里已经见不到，但他们精心留下的谍报网却依然巧妙存活继续活跃。间谍网中混杂着与我有友好关系的德国人和意大利人，甚至还有日本人。

"各位可能以为间谍想要的情报只限于军事或经济方面的极机密，但即使是毫不起眼的小事，对他们而言都是重要的情报，市民务必谨慎提防。

"比方说，即便只是气象资料、海水深度，对敌人来说都是有用的情报。事实上，就曾有假装钓鱼去侦测海底而遭举发的案例。"

报道后面的篇幅还很长，但 H 已经吓了一跳："竟然连天气预报也是！"

仔细想想，自对美国和英国开战那一天起，报纸的天气预报栏就突然消失了。现在才知道原来是为了防谍。

"可是都已经跟中国打了那么久，天气预报也没停啊。分明是瞧不起支那，但对美国就不行了。果然还是害怕美国啊。如此严厉搜捕间谍，不就是害怕的证明吗？" H 心里虽然这么想，但对父亲也都没说。

每次听到间谍二字，盛夫就会显得神经质，是有原因的。一来他有许多顾客是外国人，而且在开战之后，仍继续与已成为敌人的美国人、英国人及其家庭往来。

盛夫原本考虑近日带 H 去白川的"敌国性外国人集中营"探视英国籍的霍华德先生，但那已成了相当危险的举动。幸好还没去。因为突然发生了令人紧张的事件。那是七月下旬的一个早晨。

"你是妹尾盛夫吗？有些事要请教，麻烦跟我们走一趟。"

两个便衣刑警上门，将盛夫带走了。

因为是轮休的盛夫刚才回到家的时刻，搞不好连消防署的值勤和返家的时间都被掌握了。敏子去教会不在家，H 正准备去学校。好子则是碰巧有同学来邀，早一步出门了。

盛夫离家时交代：

"最好别让敏子和好子知道。就说我突然有工作得去三宫一趟。"

H 忍着想要朝离去的刑警背后扑去的冲动，喊道：

"快点让我爸回来啊。他又没有做坏事！"

刑警虽然回过头，但未发一语关上门离去。

虽说幸好父亲没有被上手铐，但一想到会不会像茑田牧师那样一进监狱就回不来，H就六神无主，等了一会儿仍不见母亲回来，可是上学快迟到了，只好留了字条出门拔腿就跑。气喘吁吁来到学校，大家已经进教室去，操场上一个人也没有。

山崎老师默默看着难得迟到的H好一会儿，问道："怎么了吗？"

H吓了一跳，因为当时他因担心得不得了，正望着窗外发呆。

放学回到家，父亲仍然未归。到了傍晚都还没回来。

"有没有说去三宫找谁？"母亲直追问，但也只能回答："不知道。"

父亲究竟在哪里接受什么样的调查，光是想象H就觉得忐忑不安。

晚上虽然延后开饭时间，但还是没等到人。敏子也开始怀疑，这次出门是不是并非为了工作。因为过去从不曾有过这种情形。

到了八点，盛夫总算回来了。

"吃饭没？"敏子问。"不想吃。"说着径自上二楼去。

尽管H很想知道父亲接受了什么样的讯问，但什么话都没说，也没跟着上二楼。

敏子也反常地没有问丈夫发生了什么事。

约莫过了一个小时，父亲喊H："上来二楼一下。"

"我问你，史坦博斯女士寄来那张有纽约大楼的风景明信片，还在不在？如果还在，可不可以借我一下？明天还得去一趟。"

H吓了一大跳，觉得心脏好像都要蹦上了喉咙一样。

"是因为我那张风景明信片，害爸爸被抓的吗？"

"不是啦。你不要担心。明天再去一次应该就没事了。"

"应该是有人向警察告密，说了风景明信片的事。否则明信片一直放在我的抽屉里，警察怎么可能会知道。果然有间谍啊。我绝对要把那个间谍找出来，替爸爸报仇！"H相当激动。

但父亲说："别乱来。我之前也说过吧。要是去找间谍，你就会惹人厌。就算找出那个人，对你也没有什么好处，只会让彼此的关系更加恶化而已。"

听父亲这么说，H很生气，觉得："什么嘛，跟耶稣一样只会讲大道理！"并且下定决心，绝对要找出那个人，为这件事负责。

翌日来到学校，H惊讶得差点跳起来。因为桌上被人用粉笔写上了"间谍"两个字。

看来父亲被带去讯问的事情已经传出去了。H思索着是否有谁可以信赖。和善的昭五太过软弱，登志夫又可能会讲出去。正左思右想时，看到林君从走廊经过。因为和林君不同班，最近很少有机会玩在一块儿，但认为可以找他谈一谈，而且他是相扑高手，找出间谍时还能帮忙教训对方。

放学后，H在体操用具放置场对林君说明原委并拜托他帮忙。

"没问题。要是以后这种事情被我看到，我不但会把人抓来摔，还会痛揍一顿。"

听到这样的承诺，H才稍感放心。可是，林君接着却说出一件怎么也想象不到的事情。

"很久以前就有个谣言，说你们家是个'间谍家庭'。难道你都不知道？听说你有美国寄来的风景明信片，是真的吗？"

"听谁说的？我就是要找说出这件事的家伙，那家伙才是间谍！"

"问倒我了，因为听有好几个人说过，也不知道是谁最先讲的。"

这时 H 想起,很久以前曾拿明信片给阿育看过。

"有没有想到可能是谁呢?"

H 并没有把阿育的名字告诉林君。因为如果是阿育,自己一个人就可以把他打扁,而且由于是非常亲密的朋友,让他大受打击。

H 认为桌上的间谍两字不可能是阿育所写。如此一来,这回想必又是画十字架的胜造不会错。H 觉得一定要让对方知道,被说成是间谍会是多么困扰多么讨厌的一件事。为此必须找到证据才行。搞不好犯人不止一个。若是对手多的话,就不能单靠林君的力量,H 还打算请左右邻的美田君和平井君当帮手。

一路想着这件事从学校回到家,看到父亲已经回来了。像是终于松了口气,无力地瘫坐在玄关口。

"已经不必再去了吧?没事了吗?" H 忧心地问。

"应该没事了。这张明信片先还给你。不过,你以后最好别再把这种东西拿给别人看了。虽然只是很久以前没什么特别的明信片,还是得小心一点。"

"果然是因为这张明信片才被抓的啊?"

"不是。明信片只是顺带问到的。虽然也问了明信片寄件人的事情和教会的事情,但主要还是问开战以前与美国人和英国人往来的情形。又问现在是不是跟外国人还有接触。最后提醒我,今后对于犹太裔德国人,也要依照敌国性外国人的标准往来,务必格外小心。"

听着父亲讲述,H 更是不能原谅阿育。就算只是问出把事情告诉胜造的理由也好,否则实在咽不下这口气。

"我认为把事情说出去的是阿育，在桌上写字的是小流氓阿胜。"H告诉父亲。

"拿纽约的照片给阿育看的是谁呀？如果没给人家看，不就没得讲了吗？不可以说什么阿育是间谍。你是什么时候拿那张照片给人家看的？"

这么一问，H回答：

"刚升三年级的时候。那时还没有跟美国开战，所以我跟他说美国有这样的建筑物，是个很厉害的国家。"

"既然如此，阿育也会把从你这里听到的事情说给朋友听不是吗？如果我说得没错，那你去教训阿育不是很奇怪吗？反倒是阿育，说不定现在正因你的桌子被写了间谍而烦恼呢，是不是？你才应该去安慰一下阿育才对。"

和上次不同的是，听了这番话，H不再认为是在"讲大道理"，而是觉得"实在说不过老爸啊"。

幸好母亲不在，否则听了这些话，八成又要说"这就是爱"了吧。

翌日在学校，H邀阿育："今天晚上一起去钓星鳗吧。我吃过晚饭后去找你。"

夏天一到，男孩子们晚上就会来到海边，将系了铅锤的钓线使劲甩向外海，再将那蚕丝钓线的另一端绑着削细的竹子插在沙里，人就可以安心地躺在沙滩上。只要听着海浪声，等待星鳗上钩就好。若有星鳗上钩扯动竹竿，铃铛就会响。

吃过晚饭后，H去阿育家找人。可是阿育不在。本以为他躲起来了，原来是先到海边坐在沙滩上等H。

两人一起用力将钓线甩到海里之后，就躺在沙滩上望着天空。

阿育感觉到躺在一旁的 H 身体微微发抖，似乎是有话想说。H 试着尽可能平静地开口，不料声音却反而沙哑了。

"我可没生气喔。因为是我让你看的嘛。把美国的事说给你听的也是我。全都是因为战争的缘故，不能怪任何人。我决定不再追查写间谍的是谁了。阿育，我们永远都是好朋友。"

听 H 这么说，阿育突然哭了起来。接着说道："以后如果桌上又有字，我也会帮忙擦掉。" H 听了也流下泪来。

满天的星星因为泪水而晕开，光呈线状散出，颗颗都变得毛茸茸的。

那天晚上，阿育钓到两条星鳗，H 却一条也没有。

火车之旅

"你一个人有办法去广岛县的乡下吗？已经六年级了，应该没问题吧？"

放学刚回到家的 H，突然被母亲抓住这么问，吓了一跳。

虽然搞不清楚为什么会有这种事，H 却很开心，大叫："我去！我去！"想到可以自己搭火车就兴奋不已。

但仔细听下去，原来还有附带条件，就是要带妹妹同行。

"咦！可以不要带好子吗？"

尽管 H 有些失望，可也不愿乡村行被取消，连忙答应这个条件。

这里所说的乡下，指的是盛夫和敏子的故乡，广岛县深安郡御幸村字中津原。

两年前 H 曾随母亲前去参加法事，更早之前也走访过许多次。不过，没有大人陪同的旅行还是头一遭。

盛夫和敏子之所以打算让两个孩子单独去旅行，是因为谣传长途旅行不久后将会受到限制，也不容易买到车票。"趁现在让孩子们回乡下好好玩一个月吧。"会有这种想法，可能是感觉到就连自己这样的一家人，特高警察的调查和宗教镇压等等都已悄悄接近的缘故吧。

虽然 H 希望能尽早动身，即便是一天也好，但出发日还是定在八月三日星期一。因为那边没有教会，所以敏子坚持非得参加二日的礼拜不可。出发日定在三日，H 可以忍受，但是他希望可以自己决定乘车班次，也想自己去买票。

于是立刻前往大正筋的书店，询问火车时间表的价钱。价格是三十钱，H 的私房钱足以负担，但还是作罢。因为他觉得，如果买了，自己存私房钱的事就会曝光。H 回家央求母亲。

"要有火车时间表，才能查班车的时间。我很想买一份，可以给我三十钱吗？"

"干吗买？就只用那么一次！不需要什么时刻表。"

H 听了很失望。母亲就是那么小气。

"时间表可以用来查很多东西，是一种很好的学习方式啊。"

"想学习的话，去火车站查不就得了？"

H 放弃说服母亲，前往鹰取车站。可是，候车室里只贴了电车的时间表而已。因为鹰取站是个小站，只有省线电车停靠，长途列车都不停。所以要去广岛的话，搭普通车得去须磨站或是兵库站，快车则必须再往东两个站的神户去搭才行。

H 本想直接去神户站查，但为了保险起见，决定还是先问问收票口的站务员。

"我想查火车班次的时间，请问站里面有没有时间表？"

"有啊。如果这里看的话，我可以借你。会从地图查目的地吧？地图上路线上面的数字，表示刊出时间的页数。如果不会的话再来问我。"

H 接过时间表，坐在候车室开始翻查。

山阳本线的时间在第九页。因为打算搭上午八点左右的列车，用指头顺着那一带寻找。八点四十分有一班神户往下关的快车。那班车，是前一晚八点四十分由东京发车的夜车，而且还注明挂有二等卧铺车厢。列车行驶一整晚抵达神户，竟然要十二个小时。

H 心想，东京果然很远哪。

这班车会在上午十一点五十五分抵达福山。也就是说，搭乘时间是三个小时又十五分钟。在福山站换福盐线，到第二个站横尾要二十分钟。所以抵达时可能马上就可以吃午饭了。

如果不搭这班快车，而是选择八点四十八分发的普通车，到福山的时间是十二点四十分，需要四个小时。H 无论如何都想搭快车。除了可以早一个小时到达之外，还因为普通车和快车的牵引车头不一样。快车是由一年前，也就是昭和十六年推出的 C 五九新式大型蒸汽车头来牵引。在 C 五九问世之前，快车的车头是 C 五三。

由于 H 平日就将鹰取机务段当游乐场，对蒸汽火车头可说是如数家珍。

"还不会查班车的时间吗？"

听到声音，H 这才回神抬起头，原来是刚才借给自己时间表的那位站务员，从办公室出来站在面前。

"我会了，可是有件事想请问一下，这班快车，是用 C 五九牵引的吗？"

"这个嘛，因为列车并不停靠鹰取站，我也不清楚。"

H 听了心里想："这个铁道职员还真不可靠啊。"但并没有说出口，先询问票价。

"这我就知道了，因为是我的工作嘛。请等一下。"

说着回到办公室，坐在售票窗口前，打起算盘。

"从神户经福山到福盐线的横尾，三等的成人票单程是三元六十钱，再补上快车的一元六十钱，合计五元二十钱。儿童票半价，所以是二元六十钱。如果几天后才回来，买来回票比较划算。"

"谢谢。我拿到钱再来买票。"

回家的路上，H心想："比想象的要贵啊。都可以看八场电影了。"

"干什么去啦？现在才回来，让人很担心啊。"看来母亲等H等得很着急。

"如果你让我买时间表，就可以在家查了……去车站查比较花时间嘛。"

H说了个不是理由的理由，而且没把查时间表的结果告诉母亲。因为觉得当着父亲的面说比较好。这就必须等到明天父亲轮休回来才行。到了第二天傍晚，证明这是明智的决定。果不其然，母亲强烈反对搭快车。

"小孩子旅行又不赶时间，没必要搭快车。虽然要多花一个小时，可是那段时间只要坐着就好，什么也不必做啊。没必要多花八十钱，就只为了早到一个小时吧？"

"不只是这样啊。只有那班车是由C五九型的新式蒸汽大车头牵引的。"

"什么C五九的我不懂啦，不过既然是搭火车，根本就看不到是用什么火车头牵引的不是吗？"

"才不是呢。每次靠站的时候都可以去看啊。"

"所以那种车头的参观费要八十钱啊？是不是贵了点？"

H说不过母亲，打算认输。

其实H也知道妈妈说的不是没有道理。毕竟两个小孩子往返的旅费就超过二十元。但仍然绞尽脑汁试图反攻。

"如果爸爸妈妈一起去的话，两个人来回的火车票就要多花超过二十元。因为只有小孩子去，这部分就省了。只要这么想，就会觉得快车票很便宜了。以前总是搭普通车，就让我们搭一次快车嘛。求求你。"

听着敏子和儿子一来一往，盛夫终于开口了。

"就让他们搭快车吧。反正这种机会也不多，也许能留下美好的回忆……不过，到了那边可要好好照顾好子喔。"

"知道。我会尽量不让她哭的。谢谢。我太开心了。谢谢。"

H连番道谢，以免又让母亲有理由反对。

"道谢作战"奏效，由C五九牵引的快车车票终于得以入手。

出发当天，兄妹俩不让母亲送行，自行前往车站。在鹰取车站搭省线电车，到神户时距离列车的发车时间还有四十分钟。H比对过向父亲借的手表和车站时钟的时间，开心地在月台上走动。好子虽然一直跟着，但看着兴奋不已的哥哥，似乎有些担心。

"哥哥，你不是要去前面看火车头吗？万一正在看车头的时候开车了怎么办？要是赶不上车就糟了。我一个人也去不了，很担心哪。"

"不必担心啦，在哪个站会停多久，我都查清楚了。在神户站停三分钟，姬路站四分钟，冈山甚至有五分钟。所以我可以近距离欣赏C五九好几次。"

"这都是你自己查的呀？"好子显得非常佩服。

"是啊。这下子比较可以信得过哥哥了吧。"H不禁自吹自擂起来。

八点三十七分，C五九喷着烟和蒸汽准时进入月台。

出现在眼前的C五九非常巨大。在鹰取机务段看到的时候，完全不似近距离见到这么壮观。司机员和机关士下了车，与等待的机组员换班。应该是因为神户这个站以西属于山阳本线，以东则是东海道本线，乘务区间也跟着变了。过了一会儿，发车铃声响起，H连忙跑向车厢。

好子也从窗户探出头来招手要他快点。

车内拥挤，但有个亲切妇人愿意换座，兄妹俩才能坐在一起。不过好子旁边还有位老太太，所以是三人座。四下一望，大部分的位子都坐了三个人。大人坐着显得很局促。最近人一多好像就会以这种方法处理。

自神户发车后还不到十分钟，通过了鹰取站。从长途列车的窗口看过去，自家周边熟悉的景色都显得跟平时不同，很有意思。

一会儿后，乘客纷纷将靠海侧的百叶窗啪哒啪哒拉下。因为自可以看到海的须磨站往西，是禁止眺望海侧风景的。这规定H早已知道。但是，实际目睹这情景，才清楚认识："原来这就是'军机保护法'啊。"对成人而言，这么做似乎已经是"旅行的常识"，但明明没有任何人指示，大家就一齐起身关闭百叶窗，遮住视线，令H非常讶异。

这班列车上，应该也有初次搭乘山阳本线的人，可是却不见任何一个人犹豫或质疑，实在是不可思议。

南侧的窗一关上，车内变得昏暗，风也吹不进来，突然变得闷热。

"为什么要关窗子呢？"好子问，H附在她耳边说明。

"如果看了海上的军舰，就会触犯'军机保护法'还有'防谍法'。反正，就是不能看海啦。"

"我们家附近，明明就随时都可以看到海，真奇怪。"好子说着，因为觉得滑稽而笑了出来。H也想跟着一起笑，可是想到前阵子的"间谍"事件，还有爸爸遭警方约谈的事情，就笑不出来了。

列车在关窗的状态下行驶，过了明石接近加古川之后，总算远离了海岸，可以打开百叶窗了。

想到马上就要抵达姬路，H就开始坐立不安。九点三十二分到姬路站，三十六分发车，会停靠四分钟。只要跑到最前面去，就可以再看看C五九。一进入姬路站，不待列车完全停止，H就跳上月台。虽然落地还颇为平稳，但仍遭站务员吹哨，挨了顿臭骂。

原本想要上C五九的驾驶座见识一下，但因刚才挨了骂，心生胆怯的H只敢在下面仰望，不待发车铃响便提早回座。

母亲吩咐到了姬路才吃早餐，于是打开布包。饭团里夹了卤肉。虽然已经是最近难得吃到的好料，但H其实是想买铁路便当吃。坐在对面的大叔，打开在姬路买的铁路便当吃将起来，令他非常羡慕。那便当是白饭上放了腌梅子的日之丸便当，配菜有卤小鱼、蔬菜和红烧蒟蒻，虽然看起来并不是多么好吃，但H就是想知道究竟是何滋味。大叔吃完后将免洗筷啪一声折断，就要将便当盒往座位底扔时，"请问，那个便当的包装纸可以给我吗？"H问道。大叔有点意外，"咦，这张纸啊？"大叔反问，显得有点意外。"我想当作旅行的纪念……"

听H这么说，大叔一脸难以置信的表情，说道："这有什么问题。"将盖子上的包装纸给了H。

H道谢后将皱褶摊平。纸张中央绘有三条直立的锁链，上方排列着军人、工人和主妇三种人的圆脸。文字写的是"热忱！力量！合作！""总体战，人人皆战士"。还有此便当是早上八点制作，价格三十钱的标示。只不过看到那样的菜色，H觉得有点贵。看过小字的"请尽快食用。空盒请置于座椅下面"标示后，仔细对折两次后收进提包里。

　　看到哥哥向陌生人讨铁路便当的包装纸，好子或许是觉得难为情，一直低头不语。

　　对面的大叔好像突然对H感兴趣，开始问东问西。

　　"你读几年级呀？""怎么只有两个小孩来搭火车呢？""要上哪儿去？"诸如此类，H愈来愈不耐烦，不禁有些后悔，如果没跟对方讨铁路便当的包装纸就好了。

　　过了姬路之后，隧道变多了。由于山阳本线多隧道，乘客很忙。因为进隧道之前一定得关上玻璃窗。要是动作太慢，烟囱冒出的烟从窗口窜入，会害得大家咳个不停。至于关窗的时机，好像自然会有经常旅行的人主动出面负责指挥。只要靠近隧道，在那人的指示下，大家一齐出手关窗。全员的动作比起在须磨海边关百叶窗时还要迅速。

　　直盯着那位"隧道负责人大叔"的H，非常佩服大叔对沿线状况如此了如指掌。明明就不像是会有隧道的样子，可是一入弯，就听到他喊："快进隧道啰。"大叔的生存意义，好像就是告诉大家"隧道"的讯息。

　　听到"快进隧道啰"而起身关窗的人，坐回位子后大约五秒，列车就钻进了隧道。时间的拿捏相当精准，看来大叔在不会太早也不会太晚发出预告这方面下过一番工夫。H听说这样的人几乎每节车厢都有一位，就很想去隔壁车厢看看。结果好子抽抽搭搭地说："我一个人不会开关窗子，你坐着不要到处乱跑啊。"而且旁人也说："丢下妹妹一个人不好吧。"H只好放弃行动。

搭乘由蒸汽火车头牵引的列车，乘客都必须有和煤烟攻防的心理准备，即使没有隧道，所见持续是平坦田园风光的时候，也不能掉以轻心。受风向影响，绵延低飞的煤烟，经常会突然从窗口钻进来。所以，从窗户可以看见烟的时候，注意到的人就会立刻拉下防煤烟的纱窗。

虽然稍稍被煤烟呛到，能搭乘快车还是让H非常满足。身子享受着快车舒适的速度，眼睛欣赏着朝后飞逝的风景。这时，眼睛忽然疼起来。大概是因为头探出窗外，煤灰跑进眼里了。流泪都快流出来，可是眼睛却疼到睁不开。见H捂着一只眼睛，对面的大叔说："不可以揉眼睛啊。等我一下。"取出手帕折出一个角，前端用唾液沾湿，凑向H的眼睛。担心眼睛会被戳到的恐惧，加上认为沾着大叔唾液的手帕很脏，H全身紧绷。大叔翻开H的眼皮检查，"找到啦。"说着用手帕在眼皮迅速一抹。"稍微眨眨眼睛看看，是不是不痛了？"大叔得意地问。"好像弄掉了。谢谢。"H嘴里道谢，心里同时想着，看来得忍耐和这位大叔相处到福山了吧。

十点五十六分抵达冈山。在这里要停五分钟。H带着素描簿和铅笔跑到月台尽头。火车头咻咻吐着蒸汽，看起来像在喘气一样。H想从在鹰取机务段无法观察的角度来画，所以来到前面看着画。这时，H和似乎正看着自己的火车驾驶先生四目相遇。H立刻指着火车头的驾驶室，以手势询问："可以让我上去坐坐吗？"结果对方点点头。H反倒吓了一跳。怎么也想不到，竟然会让一个小孩子登上行驶中的火车头驾驶室。H避开站务员的视线，快步跑到驾驶室下方，刚踏上铁梯，驾驶先生就伸手把他拉了上去。或许是驾驶先生对于这个在神户站和姬路站都跑来看火车头的男孩感到特别亲近的缘故吧。

想到自己现在竟然就在C五九的驾驶室里，H兴奋不已，说道："实在是不敢相信。就算是死了也甘愿。"驾驶先生笑着说："别那么简单就死了嘛。"驾驶叔叔打开锅炉的盖子，让H看煤炭在其中燃烧的情形。驾驶室又小又热。驾驶先生将各处指给H看，并一一说明。"快车票多八十钱真是太便宜啦！"H实在太开心了。

回到客车座位后，H好一阵子仍处于恍惚的状态。列车起动后，打开素描簿，边回想刚才所见的驾驶室边画下来。虽然列车摇晃使得铅笔线歪歪扭扭，H却持续画着，一点也不在意。

车过仓敷，十一点五十五分抵达福山。这三小时又十五分钟对H来说就像做梦一样。

在福山站要换搭福盐线，由于距离换乘的电车发车还有充裕的时间，H决定先把脸上的煤灰洗干净。到月台上的长条水泥洗脸台前，刚下车的人排成一列接着自来水哗哗洗着脸。H和好子也一起洗了脸和鼻孔。由于流下的水都变黑，H说道："肺也变黑了吧。"但好子要他别再说了。

搭上福盐线平安抵达第二站的"尾横"。母亲的哥哥义男舅舅，带着扁担在收票口相迎，露出洁白的牙齿说："欢迎来玩。"扁担是要将托运的行李挑回去的工具。跟着义男舅舅赶往"向古屋"，外公和外婆正在那里等着。

"听说中午要吃素面喔。"听舅舅这么说，H突然就觉得肚子饿了。

土堤上的路，散发着一股夏草蒸腾出的"乡间气味"。

暑假

　　位于距离横尾车站步行约十五分钟的八幡神社山脚，唯有的一户农家，就是 H 母亲的娘家。这屋子的隔壁，原本建有嫡系的广大宅院，现在就连建筑物的痕迹都已不复见。那是父亲生长的家。当时以"向古屋"的"嫡系"与"支庶"之称来区别，如今嫡系已经消失，"向古屋"就只剩母亲的娘家了。

　　H 两年前来访时，嫡系的宅院的遗迹还残留着库房，现在那也已被破坏，连基地四周的围墙都任其倒塌，一片荒芜。

　　"这里是爸爸小时候的家啊。真凄惨。"H 心里想着，从围墙的缺口往里窥探，发现宅院遗迹已经成了西红柿结实累累的田地。

　　"不可以进去围墙里面喔。那里已经是别人的土地了。"

　　因为阿郁舅妈曾这么交代，于是小心翼翼不让人发现，从围墙缺口钻了进去。阿郁舅妈是敏子的嫂嫂，虽然人也很好，但讲话口气比较硬，H 有点怕她。

　　到了围墙里面一看，才知道基地要比从外面看时的感觉大得多。

有一处的地面略微隆起，堆有许多大石头。那里很可能是有假山的气派庭院吧。土地凹陷处应该是池塘。H边想象鲤鱼优游的情景，边想："爸爸应该没做过把池子里的鲤鱼钓起来这种捣蛋的事吧。"

正门旁有口没有吊桶的井。试着拿石子往里面扔，隔了一下才听到扑通一声。在井边绕了一圈，发现地上有个系着绳子的水桶，看来是打水灌溉之用。"这口井里的水，是爸爸小时候喝的水。"想到这里，H突然很想喝喝看。将水桶放入井中想要汲水，可是水桶一直浮在水面沉不下去，竟然连汲水也这么费劲。好不容易汲上来喝的水，味道却跟普通的水没两样，很是失望。

大门遗迹的附近，沾有白泥粉的干木板层叠散落，有的弯有的翘。照那形状判断，应该是小船的残骸。

"离河边那么远的屋子，为什么会有小船呢？"H觉得很不可思议。

回到家，外婆正在养蚕室用大菜刀切着喂蚕用的桑叶。外婆名叫千贺，生了六个小孩，是个健康又开朗的人。

"西瓜已经冰镇过了，叫好子也来吃吧。"H听了便去找好子。

好子在屋后下方的水渠，请外公帮忙捞青鳉鱼。

外公名叫治三郎，是个小个子而温和的人。H立刻询问小船的事情。

"嫡系遗址里面，怎么会有坏掉的小船呢？"

"自古以来，这一带就经常会闹水灾，所以才有小船。现在堤防已经加高，不太需要担心水会淹过来，不过以前有好几次田都泡水了。那种时候，嫡系的小船就派上用场了。"

那些四散的木板，就是那艘小船。为水灾而准备的小船平日吊在长屋门的天花板下，一旦有状况就可以立刻放下来使用。淹水的时候，向古屋就如同水中的孤岛，饮用水的补给、孩子们通学等等，全都仰仗那艘小船。大人为水患所苦，但听说孩子们却相反，因可以搭船而暗自开心。听闻此事的 H 也觉得："可以搭船去上学一定很有趣吧。"

H 还有一件事想问。

母亲的名字明明是"敏子"（トシコ，Toshiko），可是在这里，大家都叫她"阿敏"（オトシ，Otoshi，与'掉落'谐音）。就连外婆和外公也都是"阿敏如何如何"的，令他觉得非常奇怪。

问过外婆，才知道母亲的秘密。原来"敏子"并非母亲真正的名字，户籍上的名字是"阿敏"。可是，外婆对 H 这么说：

"本名是阿敏这件事，你听了可不能说啊。因为阿敏这名字听起来会让人误以为是东西掉落的'阿落'，她觉得是个粗俗的名字，很不喜欢，小时候经常为了这件事哭。长大了以后还是觉得很讨厌，于是就自己将名字改成了'敏子'。"

"为什么要给女儿取那么奇怪的名字呢？这也太可怜了吧。"

"因为以前的人取名字习惯在前面加上'阿'，很少用'子'。藤井伯母不是叫阿龟（オカメ，Okame）嘛。亲戚里甚至还有一位叫阿占（オシメ，Oshime，音同'尿布'）喔。"

H 也不得不同意，阿落至少比阿龟和尿布要好些。

阿龟伯母虽是远房亲戚，但因有个名叫辰夫的儿子，H 感觉格外亲近。在众多堂表兄弟姊妹中，H 与"小辰"特别要好。他是比 H 长一岁的小哥哥，除了年纪相近之外，两人更是比任何人都气味相投。或许是因为 H 和辰夫都没有兄弟的缘故，每次碰面都会立刻如亲兄弟般玩在一起。辰夫家距向古屋大约步行二十分钟的距离。辰夫前去广岛的递信省学校就读，但 H 一听说他放暑假回来，便匆匆扒完了午饭。结果，阿郁舅妈说话了：

"现在外头正热，等到傍晚凉快一点的时候比较好吧。如果一定要去的话，就戴上帽子再出门。"

"别担心啦。我会戴上帽子的。"

H 说着便出门了。这个暑假，H 希望能学会广岛腔。所以除了亲戚的小孩之外，他也打算尽量跟村里的孩子们玩耍。

H 走在田间小路时，好子在后面追着喊："哥哥，带我一起去！" H 心中大喊不妙。

"哥哥骗人！你不是跟妈妈保证过，说到了乡下会照顾好子的嘛？如果不带我去，我就写信回神户告状！"

"我有照顾啊。可是妈妈交代过，说好子身体比较虚弱，要让你睡午觉。下午太热，所以我才不想带你去，让你睡午觉也是照顾啊！"

经过一番争辩，硬是甩掉好子，H 全速奔跑。

后面传来妹妹的哭声，H 却忍住没有回头。最近好子已经变得相当善辩，得费尽唇舌才有办法哄骗她。

冲上堤防后视野豁然开朗。眼前的河水，是从东方的神边流过来的高屋川。小辰家后面有条更大的芦田川，高屋川就在西方不远处与芦田川汇流，朝福山方向流去。

没有遮阴的堤防上虽然很热，但有风吹来，还是很舒服。抬头一望，积雨云涌上了蔚蓝的天空。H 很喜欢积雨云。看了会觉得充满活力。"虽然和神户海边的积雨云看起来一样，可是风的感觉不同啊。"H 心里想。

河堤下面是大片河滩,看到有孩子的身影,正在放牛吃草。"你们好啊——"H大声打招呼。孩子们听了抬起头,沉默了好一会儿,接着却突然蹲下,捡了小石子朝H扔来。同时还嚷着:"是'分限仔'。是分限仔家的孩子!"

H有些难过。本想交个朋友,对方却不接受。

H跑开了。即使汗水流进眼里感到刺痛,还是没有休息喘着气一直跑。因为觉得跑步能够让自己不那么难过。跑到寺院前时瞥了一眼钟楼,发现钟仍吊在那里。看来这里还没有连钟也捐出去。H本想登上钟楼撞钟,但还是忍住了。因为想起上次来寺院里捡银杏的时候顺手撞了钟,被和尚臭骂了一顿。

辰夫家那一带的地名叫作"片山"。看到小辰家大门了。H老远就大声喊着:"喂——,小—辰。"应该是听到了声音,辰夫冲出家门相迎,笑着说:"声音可真洪亮。在一里之外就知道是小肇来了。"

刚从屋后农田回来的伯母,以及辰夫的三个妹妹也陆续从家里出来。

"大家都长大啦。"H的口吻像个大人,大家都笑了。

"这边的话小肇已经说得不错啰。"辰夫如此夸奖,相当佩服H。

"我想利用这个暑假学好广岛腔。小辰就当我的老师吧。"H拜托他。

"虽说都是广岛腔,可是我们这里跟尾道又略有不同,如果是广岛市,就差更多了。"

"那我学这里的就好。刚才过来的路上,有人说我是'分限仔',还朝我丢石头,'分限仔'是什么意思?"

"'分限仔'就是指有钱人。大概是因为你戴着白帽子，又穿白衬衫和短裤，看起来像是有钱人吧。"

"我讨厌被叫'分限仔'。我想被当成这里的小孩，想跟大家做朋友。所以我才想学好这里的话。"

见H说得认真，辰夫点点头，露出理解的表情。

"那我把旧草帽送给你。短裤换成长裤，再穿件旧汗衫，就不会被当成分限仔了。"

H这下又乐了。小辰随即拿出长裤和汗衫借给他。

"我以为小辰会上这里的中学，没想到竟然去读广岛的学校。为什么呢？"

"因为我家不是分限仔，才会去读递信省的学校。从那里毕业，就可以立刻进递信省工作。"

"递信省是指邮局吗？"

"算是吧，不过也有比邮局还大的单位……"

H觉得小辰真了不起。竟然一个人去广岛住宿读书。

"小肇明年也要上中学了吧？打算报考哪里？"

"县立第二神户中学，可是我还没开始准备入学考试，也不知道考不考得上。为了考学校而用功，实在很讨厌啊。我很伤脑筋吧。"

"一定考得上啦。小肇不是还当班长的嘛……"

聊着聊着，两人在家脱了衣服，到后面的芦田川游泳。河水又冷又湍急，浮力也不如海水，比在海里游泳要困难。

回向古屋途中，那些朝H扔石头的孩子还在，于是又打了声招呼："你们好啊——天气不错哦。"看到是H，孩子们都愣住了。因为原本的白帽子和短裤，竟突然换成了草帽和棉长裤还有汗衫。

其中一人回过神来，问道："你哪儿来的啊？"H 冲下堤防，说道："从神户来的。我单名一个肇字，你们可以叫我 H。如果有什么好玩的，可不可以让我跟呢？"

其中像是孩子王的那个，向另外三个以眼神示意后说：

"我叫良三，今天晚上有个秘密行动。你能保证绝对不说出去吗？"

"不会说、不会说。我会保守秘密的。"

"那好，晚上八点去'哗啦啦'。真的，绝对不可以告诉任何人喔！"

"我谁也不会说，不过，'哗啦啦'是哪里啊？我不知道地方。"

"沿这个堤防往横尾车站走，途中不是有个围堰，那下面就是'哗啦啦'。"

尽管 H 完全不知道他们的目的为何，还是答应会去。

晚饭后，H 避开好子的注意从后门溜出去，以比白天更快的速度在堤防的路上奔跑。来到围堰附近，有个孩子用手电筒照来画着圆圈。

"没告诉任何人吧？要是走漏了风声可是会被警察抓的。"听良三这么说，H 有些害怕，但还是回答："我没告诉任何人。"

"好，那我们开始吧。"配合良三的号令，叫作昭太的孩子便从竹笼里的纸袋中抓出白色粉末，大把大把撒在水面上。河水受到拦阻蓄积在这里。之所以叫"哗啦啦"，好像是因为水量多的时候会漫过挡水板，哗啦啦流走的缘故。

月亮出来了，所以不开手电筒也可以清楚看见白茫茫的水面。不一会儿工夫，只见大鲫鱼浮上了水面。不止一条，而是接二连三不断浮上来。水面上满是嘴巴一张一合漂浮的鱼。

"怎么回事？你们下毒了吗？鱼会死吗？"H尽是疑问。

"这是石灰粉，不是什么毒药，只是让鱼因为缺氧而浮上来。石灰并不会跑进鱼身体里，只要清除内脏再红烧就好。很好吃喔。不过，这是被禁止的。"

良三用"明白了吧！"的眼神瞅着H。虽然他们也要分一份鲫鱼给H，但H婉拒了。因为就算带回去，也无法交代这些鱼是怎么抓来的。

自哗啦啦这天之后，或许是获得了信任，H与良三他们成了好友，成天玩在一起。这里玩的方式与神户淘气小鬼的游戏大不相同，非常有趣。甚至还去看了牛的配种。让公牛从母牛后面骑上去，然后就会生小牛。除了玩得尽兴之外，这里也丝毫没有日本正在打仗的感觉。

说到战争，就只有偶尔看到堤防路上有欢送出征士兵的队伍，在幡帜的领导下朝横尾车站走去。甚至连那出征的送行队伍，看起来都一副悠哉的模样。

有一天，H带着妹妹从辰夫家回去的途中，看到堤防下的河滩有马儿亲子在吃草。H见了大声唱起："马儿亲子，感情好得不得了"好子听了一脸讶异，说道："哥哥好像小孩子喔。"接着唱起另外一首歌。

"离开家国已数月　抱着与马共存亡的心情　进攻跋涉山与河　热血以缰绳交流。昨日在攻陷的碉堡里"好子接着还要唱第二段。

"够了，别再唱那首歌了。"H大吼。

"哥哥讨厌这首歌了啊？以前不是经常唱的嘛。"

H以前确实常唱这首《爱马进军歌》。可是看到河滩上的马儿亲子，想到这匹马也可能被征召战死沙场，就突然觉得心焦。接着无来由地想起娘小哥。那位小哥就是不愿当兵而自杀了，所以被认定是非国民。可是 H 很喜欢娘小哥。

H 故意又大声唱起"马儿亲子"，并强迫好子跟着唱。

在田埂边唱边走着时，身后的好子突然惊声尖叫。回头一看，好子竟然跌进了田边的粪坑里。虽然有稻草盖子的竹架撑住，但下半身好像还是浸入了水肥中。H 连忙抓住好子的手往上拉，同时还得提防别让自己也掉进粪坑，费了好一番工夫才把整个人拉上来。原本一直没吭声的好子，在得救后突然哭了出来。好子身上沾满了大便，会哭也是很正常的。"别哭啦！" H 说着将好子推到田边的水渠，用手帮她清洗。可能是水量不够，洗得不怎么干净。手弄得黏答答的，还臭得要命。

田里粪坑中的大便，时间久了之后，表面会形成一层干膜，没有新鲜大便那么臭，但可能是好子的脚在粪坑中踢蹬，激怒了陈年的大便吧。

"就快到家了，回去我再帮你洗。在这里也只能这样了。"

H 安慰抽抽搭搭的好子。湿答答的兄妹俩就这样滴着水匆匆走在田埂上。回到家，外公、外婆还有阿郁舅妈的态度却令人意外，竟然都在笑。H 原本很生气，但后来才听说，乡下的小孩有时也会跌进去。搭救上来时还会说："好便便，增肥效果棒，长得快又壮。"

虽然觉得对不起好子，H 还是将粪坑事件画进图画日记里。

图中画的是哭着走在田埂上的好子，旁边的说明写着"臭烘烘的好子，手也被大便弄脏，连眼泪都没办法擦"。这可不能让好子看到，H 心里想。

但后来好子却说："哥哥，你的图画日记写好了吗？我写好啦。题目是'我的暑假，臭乎乎的暑假'。哥哥也可以写啊。"H这才松了口气。

　　乡下的暑假过得很快乐。秘密的哗啦啦也干过两次。此外还做过其他不可告人的秘密勾当，就是去偷看火葬。跟着出殡的队伍来到山间，躲在草丛后面偷看人家在空地上堆积柴薪焚烧尸体的整个过程。棺材的外箍在火焰中脱落，尸体好像要坐起来似的动了，随即又扑通倒下，十分可怕。

　　还看了母牛产子的过程。刚生下来的小牛立刻就会站立，让H相当惊讶。

　　村里举行庆典时，看到村里的大哥和神边来的人打架，打得头破血流。可是干架的那两人，后来却又把酒言欢，实在令人意外。

　　这些H全用图画日记记录下来。一天一天过去，感觉日子过得要比在神户来得快。

　　小辰也比H早三天回广岛的宿舍。由于福盐线电车会从向古屋前经过，H没去车站送行，决定在屋前挥手。虽然距离铁道有三百米，但可以清楚看到挥手的小辰。H和好子一直挥手，直到电车朝山那边转弯看不见为止。

　　回去的前一天，H将会经过的站名全部横写在纸上排成一列。义男舅舅买了时刻表给H，所以车站的名字全都知道。H为此更喜欢义男舅舅了。他答应舅舅，回神户之后会自己画明信片寄过来。舅舅还跟着到福山车站，为他们送行。H和好子从火车窗口一直挥手，直到看不见舅舅的身影。

　　回程搭的是每站都停的普通车，总共要停四十三个站。H将写好站名的长纸条靠在窗边，每停一站就拿铅笔画一条线将站名杠掉。

途中 H 不知不觉睡着了，醒来时非常紧张。因为不知道已经到了哪里。一看记录站名的纸，通过的车站已经都杠掉了。坐在对面的叔叔在笑。原来是他帮忙杠掉的。

被煤烟弄脏了脸的 H 和好子，筋疲力尽总算回到家。每站都停可是相当累人的。

令他们惊讶的是，地板下竟然挖出了防空壕。正用铲子将土从地板下铲出来的羽田野叔叔探出头，招呼两人道："哟，平安回来啦！"

父亲在消防署值班，不在家。

H 打算等明天父亲回来之后再问个明白，在自家地板下方挖防空壕是不是真的有用。因为 H 觉得很怪。如果房子被炸烂或是被烧夷弹烧毁，人就被压在下面出不来了。他觉得，这样不是反而危险吗？

乡间所没有的战争景象，一回到神户似乎就变得巨大而清晰了。

克勤克俭直到胜利

暑假结束一到学校，就有麻烦的情况得面对。就是横式书写改为由左到右。除此之外假名的拼法也改了。例如"法"这个字的拼音由"ホフ"改为"ホウ"，"桥"的音读则是由"ケウ"改成了"キョウ"。

孩子们纷纷提出疑问或表示不满，国语课的课堂上闹哄哄的。

"为什么！以前在学校学的不就全都要反过来啦！"

"考试的时候如果写以前读音，是不是算错？"

"クワウ（光）改成コウ。チウアウ（中央）则是改成チュウオウ。就照平常讲话的拼法作答不就得了？"

"那为什么原本'今日'得写成ケフ呢？"

"因为一直以来都是那么教的啊。"

"既然如此，别改不就没事了。大人每次都擅自主张！"

H觉得自己偶尔也要有个班长的样子，便举手向山崎老师发问：

"这到底是谁在什么时候做的决定啊？"

"在暑假之前，文部省就已经下达公文通知，学校打算第二学期再开始教，所以没告诉你们。我们也准备制作容易懂的对照表。至于为什么要这样改，目的好像是为了让日语超越英语，推广到大东亚共荣圈各国，以便将来成为全亚洲的语文。为了要让外国人学会日语，唯一的方法就是换成罗马拼音。使用罗马字的时候，如果不照拼音来写，就可能会搞不清楚意思。还有就是，罗马字不能像日文一样直写。因为是横写文字，而且只能够从左向右书写。如果从右写起，就会让人看不懂。所以，趁这时候放弃日文从右书写的方式，统一成由左书写比较好。刚开始可能会有些混乱，不过慢慢就会习惯了。老师也认为这样比较好。"

经山崎老师说明，六年一班的孩子们大致都能够接受改定的理由。不过，H 认为要以日文作为全亚洲各国的语文，似乎是不太可能的事情。之所以如此，是因为 H 认识一位久居神户、却不太说日语的印度人。感觉上，那人明知道说日语会比较方便，但就是执意不说。

可是规定"横式书写由左向右"之后过了三个月，却连报纸都依然混乱。

每天摊开报纸，H 都会检查横式文字的情况，却是左起和右起混杂，乱七八糟。就连同一页刊载的广告，也可看到"阪神电车"是左起，可是排在旁边的"宝冢大剧场"却是右起的情形。

孩子们看横式文字时，都会先确认是左起或右起，否则"核桃（クルミ）"就变成"牛奶（ミルク）"了。

除了书写方式混乱之外，接着又多了个麻烦的规定，就是"植物、动物名，禁止使用敌性用语"。"コスモス（cosmos）"是敌性语，要改成"秋樱"，而"カンガルー（kanggaroo）"竟然要改成"袋鼠"。

孩子们觉得有趣，把这种名词代换当作猜谜游戏来取乐。虽然大家事实上很生气，但除了以此寻开心之外也无可奈何。

令人生气的不只是语文，金属回收运动也变得比过去更过分。

传阅板上呼吁："倾竭家中的金属！即使一片铁都能变成兵器、军舰，成为战争最后制胜的力量。"学校的二宫金次郎早已消失，这回连以铁丝织成用以清除鞋底泥土的脚踏垫都被剥走了，让人不禁怀疑，是不是不久之后连体操用的单杠也会不见。

H觉得自己那辆有点生锈的脚踏车也一直被盯着，很是担心。

"放心好了，我不会连还在使用的脚踏车都缴出去的。"虽然母亲曾这么说，但是因为职责所在，似乎也很为难。因为上面下达了指示，要求："邻组组长必须负责游说，要各家庭不要舍不得报缴。"

"总不成要大家把煮饭的锅子都拿出来吧。现在一般家庭拿得出来的金属就只剩火箸和炉架这些东西啦。还要叫人家再拿东西出来就太过分了，我做不来。"

母亲难得示弱。据说隔壁町还真有人缴出了饭锅。已经到了不论东西多小，只要与金属沾上边统统都得供出的地步。

H将过去收集的金属纽扣藏了起来，以免被身为邻组组长的母亲发现。H从小就很喜欢金色纽扣，这些都是得自父亲，好不容易攒下来的。

由于制服一定要用金纽扣，每当有人送军服、警察制服、铁路人员制服、学生服来修改，H就很开心，眼巴巴看着纽扣，因为汰换下来的纽扣就会归他所有。如今那种金属制纽扣已经停止生产，全部改为陶瓷制纽扣。后来报纸上也注销"胸前的金纽扣就是子弹！"要大家缴出金属纽扣的报道。

"我真是不爱国啊。"心里这么想的 H，趁无人注意的时候将用饼干罐装着的宝贝金纽扣整个带进地板下的防空壕，在地面再挖个洞埋起来。

孩子们之间，原本也会比赛收集废铁钉等破铜烂铁。只不过，慢慢就不再带去学校了。因为学校会以"为国贡献"为由收走，一钱也拿不到。但是到了金属回收日，町里就会有人收购。

到了回收金属的指定日，H 就会带着所收集的东西出门，来到距离相当远的集货地点。会有人负责分类铜铁，经鉴定后决定收购价格。

老旧铜制品一贯是五元二十钱，黄铜二元二十七钱。铁的价格则依生锈程度而有所差异，一贯二十钱至三十钱。[1] 趁母亲去教会不在家的日子，H 带着东西来到充作集货地的酒铺门口。不料 H 家这一组竟然有代理组长香烟铺老板娘在场，吓了他一跳。H 收集的破铜烂铁只有八百六十钱。事实上，其中还夹带有从禅昌寺厨房木门上偷来的金属零件。换算过价格后只拿到十六钱，令他相当失望。H 拜托香烟铺老板娘保密，别把他拿破铜烂铁来的事情告诉母亲。

说到保密，H 需要保密的事情可真不少。冲刺自习逃课就是其中之一。

由于明年春天就得面对中学的入学考试，级任山崎老师为每一位打算升学的人考虑合适的报考目标。依 H 的条件，是去报考"兵库县立第二神户中学"。在神户，通称"一中"和"二中"这两所中学，是公认难考的学校，而长乐国民学校准备报考"二中"

---

[1] 贯尺法质量单位，一贯＝一百两＝一千钱＝三·七五公斤。——译注

的学生好像有七人。林五和夫也是其中之一。

之所以无人报考"一中"，是因为改行战时体制实施"学区制"，神户市区被分成了东西两部分。西地区的学生就只能报考"二中"，不能选择一中。理由据说是避免长途通学。神户其他的县立中学，还有三中和四中。

长乐国民学校有意报考中学或女中的学生，大约占全体的四分之一。这个数字很低的原因在于，有些孩子虽然成绩很好，可是家庭情况却不允许他们升学。

到了十月，尽管并非强迫性质，但放学后升学组还得留下来用功。

H不喜欢数学，只要在笔记本上写着数字，思绪不知怎地就会跑到电影那边去。甚至还有一次正在计算时，数字竟不知不觉长出手脚，成了一幅持刀对战的武打场面，因此挨了顿骂。那个时候，他正打算靠卖破铜烂铁存够私房钱，好去看岚宽主演的《鞍马天狗》。"岚宽"指的是时代剧红星，岚宽寿郎。

留校读书的H经常肚子痛。"老师，我肚子痛，能不能先回家？"山崎老师听了笑着说："又肚子痛啊，那走吧。"搞不好老师也知道H肚子痛是装的。不过，H还是会在朋友们面前捂着肚子离开教室。因为不这么做，会觉得对仍在用功的人很不好意思。不用说，H并没有回家。

先环视一下操场，然后溜进运动器材仓库。伸吾已依约坐在跳箱上等着了。由于伸吾不是升学组，可以随意去玩耍，H很是羡慕。

两人抬起体操垫，将书包藏在下面，来到已经关闭的东门，翻墙跳到外面。

之所以不从正门出去，是因为从教室窗户可以看到，会有危险。由于伙伴伸吾想看的是榎健（榎本健一的昵称）的《矶川兵助功名传说》，要让他改变心意去看《鞍马天狗》可真棘手。最后总算答应的原因是 H 开出的条件："榎健留着下次看，到时候我帮你出一半电影票钱。" H 和伸吾依照四天以来的计划，搭上市电，前往新开地的电影街。

"松竹座也开始放岚宽的片子啦。"在电车上，伸吾如此感慨，H 心里想："说的也是啊。"松竹座过去一直是专门放映外国片的电影院。尤其以美国和法国的电影居多。由于那是敌国出品的电影无法上映，所以改成放映日本片的电影院。"友邦德国的电影好像没问题。""可是，外国的电影还是美国片比较有意思啊。竟然不能演卓别林的片子。不过日本的电影也变得不正常啦。"两个爱好电影的少年模仿大人的神情不住感慨。

不正常之处是，过去东宝、松竹、大映等影业都拥有自己的直营戏院来放映，如今却整合重编成配给网。这是因为底片短缺，发片量减少，为了自保而不得不采取因应措施。不利的状况除了底片短缺之外，剧本还必须经过审核，若是不符合国策就得不到许可。至于拍摄完成的电影，则经"红系"与"白系"两系统来配给。《鞍马天狗》是"白系"的首轮电影。来到松竹座前面，H 的心脏就开始怦怦跳。因为想起了上回和伸吾来此想看美国片《戴斯屈出马》的时候，售票口的大姐不但不准两人进去，还用"会被补导联盟抓"来吓唬他们。

这回虽然顺利进去，却还是在入口和电影院里仔细打量周遭，不敢掉以轻心。除了补导联盟的人之外，还得提防其他学校的老师。《鞍马天狗》的电影版，描述鞍马天狗出现在文明开化的横滨，大战在居留地的外国商馆伪造货币的雅各布一党的故事。H 觉得，雅各布是犹太人，所以日本才会跟德国一样以他为反派吧。或许不这么安排，就不符合国策电影的标准了。不过，岚宽饰演的鞍马天狗刀法了得，很精彩。H 看得过瘾，伸吾似乎有些不满，主张："还是榎健好啊。"H 虽然也喜欢榎健，但觉得武打片能让人心情舒畅，偶尔看看挺不错的。

离开电影院走在路上，伸吾提醒 H："要是再那样模仿挥刀动作的话，我们来看电影的事立刻就露马脚啦。"

搭电车回去，但是没坐到距离最近的"本庄町四丁目"，而是在前一站"大桥九丁目"下车。这是为了避免遇到邻居而露马脚，再说也得回学校一趟。匆匆去学校取出藏在体操器材仓库的书包，两人拔腿就跑。因为回家时间已经比预期晚了许多，自然着急。

返家途中，遇到迎接英灵的队伍。虽然赶时间，但不默哀也不行，只得停下站好。抱着白布包裹的骨灰木箱走在前头的是认识的人，野田町八丁目的西田婶。之前就曾听说她的先生阵亡，如今终于成为英灵返家。他们家有三个孩子，可是队伍中不见孩子们的身影。

低着头时，H 想到"英灵"的意思像是指"英国人的灵魂"，感觉很奇怪。日本语真是复杂又困难。这让他想起之前曾跟朋友笑谈："'英机遭击落'会让人误以为是'东条英机'被轰下来了。"

回到家门口，好子已经在外面等着。

"哥哥，不好了。你从学校偷溜的事被妈妈知道啦。我觉得不早点通知的话你会有危险，所以一直在这里等。该怎么跟妈妈说呢？"

H 一时不知如何是好，脑袋一片空白。

问题就在于，自己溜出教室的事情，母亲是什么时候听谁说的呢，但这妹妹并不知道。姑且就说去伸吾家玩，后来又去车站迎接西田先生的英灵，因为等候多花了些时间，H 如此盘算。才打开玄关的门，母亲立刻出现，劈头就问："你是不是搭电车去新开地了？"H 大吃一惊。

原来有邻居碰巧搭同一班电车，把事情跟敏子说了。H 已有心理准备要挨一顿骂，搞不好还得被罚向神忏悔祷告。意外的是母亲并未继续追究，反而令 H 感到讶异。

后来从父亲那儿得知，听到儿子好像跑去新开地，敏子立刻冲去学校确认，却听山崎老师这么说："还是别把他管得太紧，别想把他绑得死死的。让他多看些书和电影也没有关系。我认为那孩子上二中应该是不成问题。"H 听了之后心里想："山崎老师真是个好老师啊。"除此之外还附赠了一个令人开心的消息，就是文部省推荐的电影《夏威夷、马来半岛海战》即将上映，有家长陪同，小孩子也可以看。

随着日子一天天过去，报纸上已净是战争的消息，町内的也更进一步加强了防空训练。学校老师也教导孩子们认识烧夷弹的种类及其特征。美国投掷的烧夷弹共有三种，"油脂"、"黄磷"以及"铝热剂"，大概汽水瓶那么大。据说"油脂烧夷弹"炸开后，胶状的汽油就会飞溅并且燃烧；"黄磷烧夷弹"像是一大块火柴头的引火药；"铝热剂烧夷弹"则会高温燃烧放出蓝白色火焰，甚至足以熔化金属。

听父亲说曾经看过送到消防署的烧夷弹实物。比汽水瓶要长，大约五十厘米。三十八枚集束装置于筒壳内，而壳筒会在空中解体，让烧夷弹四散落下。在多木造房屋的住宅区使用"油脂"或

"黄磷"，工业区则多使用"铝热剂"吧。光是想象自己居住的市街陷入火海，H就很害怕。可是，仍然想试试亲手扑灭两三枚烧夷弹。

在学校，防空训练的次数也增加了，六年级的音乐等课都因而取消，但有一天在走廊被许久不见的奥野老师叫住。奥野老师是位非常喜欢藤原义江的音乐老师。因为他记得H曾说："我也知道《弄臣》的咏叹调喔。除此之外，我还知道嗨呦嗨呦破浪前进的《出航之港》和《收拾渔叉》。"老师眼睛发亮，语带炫耀地问："藤原歌剧团要在东京的歌舞伎座演出歌剧，你知道吗？"H这还是第一次听说，吓了一跳。外国歌曲明明都已经被禁了，竟然还能在歌舞伎座演出歌剧，H觉得很不可思议。"因为是德国人瓦格纳的歌剧，所以可以演。"奥野老师说。"原来如此，真是巧妙的安排啊。"H的心情也因而好了些。并且在心底起誓，以后一定要去看歌剧这种表演。

不只是《弄臣》的咏叹调，H也喜欢爵士乐的《黛娜》(Dinah，日本有多人翻唱，包括榎本健一)。因为听外国歌曲会让他心情好。

说到心情好，一年当中就以圣诞节排名第一。光是看着教会的圣诞树上装饰的小灯泡闪烁，H就够开心的了。加上还能拿到礼物，自然更是高兴。只不过，圣诞节庆祝活动已经不能办得太过热闹。警察和军方变得极度啰唆，今年也只能悄悄举行。

圣诞礼拜结束后回到家，一摊开报纸，立刻看到"为空袭作好准备"这则报道。内容来自一场由中部军管区防卫参谋难波中校主持的座谈会。这位难波中校，就是本土首次遭到空袭时，说出"用打火棒扑灭星火非常重要"这种蠢话的人，结果他又说了这种话：

"由于日本四面环海，当确定敌机来袭时，往往已经来到我们的上空。所以，日本要面对的是突发性空袭。若能在几小时前就施放警戒警报或空袭警报是最好不过，但也可能空袭警报刚响，炸弹就已经下来了。这是从日本的地理条件所见的防空特征之一。"

H心里想："什么啊！这根本是为四月十八日的空袭找借口嘛，敌机都离开了才施放空袭警报。"继续往下看，还有这么一段。"虽说空袭无法避免，但只要有万全的准备，就可以将损失降到最低。只要熬过两三次就会习惯了。就某方面来看，空袭要比火灾容易应付。空袭虽然会突如其来，但都会听到引擎的轰隆声之后才到，而火灾则是不知道何时会从哪里冒出来。就这一点来说，空袭比较容易应付，而且是可以习以为常的。"

居然说比火灾容易应付！想到此人竟然是中部军管区的参谋就一肚子火。

H将报纸拿给父亲看，想知道父亲有什么感想，可是父亲什么也没说，只是默默将报纸折起来。

街头巷尾贴满了"克勤克俭直到胜利"之类的标语，报纸和广播也不断反复宣扬。"克勤克俭直到胜利"是为纪念大东亚战争一周年而举办的"国民决心标语"的入选作品。作者是东京一所国民学校五年级的十一岁女孩。

"写得好！"H这么认为，却又觉得出现这种标语不太妙。

孩子们随即在学校玩起标语游戏。有人造了"为了胜利，忍耐、再忍耐"这样的标语，H跟着加上："持续忍耐有碍健康"，结果遭到众人围剿："这根本不叫标语！"、"你不爱国！"

学校时钟的面盘也变了。原本一到十二的数字内侧，加上了

十三、十四、十五等红色数字。听说今后要和军队一样采二十四小时制而不用上、下午了。也就是说，下午六点要改说十八点。麻烦事又增加了啊，H 心里想。因为特别在意火车的"时间表"，于是立刻跑去书店瞧瞧。没想到从十一月开始，封面的文字已改成"时刻表"而不再是"时间表"，内容也改以二十四小时制印刷了。虽然"时刻表"的价格没变仍是三十钱，但他发现班次好像比夏天少了。H 拿着新的"时刻表"一页页翻着时，老板说话了："你买不买？不买的话就别乱翻！"H 是经常被书店老板赶的惯犯。此外还从报上得知，要买新年假期的车票将有限制。原来旅行会受限制、车票愈来愈难买的传言是真的。

看来想要再回广岛乡下，暂时是不可能了。H 不经意脱口说出："克勤克俭直到胜利"，但随即又补上："持续忍耐有碍健康"，并且用笑来掩饰。

神户二中入学考试

町内会结束后回到家，敏子叹气道："又得买战时国债了。"之所以说又得，是因为明明已经买过，却又接到一纸要求加码购买的公文。

身为邻组组长的敏子，又得挨家挨户劝大家购买国债，想到就头痛。国债要价高达二十五元，将近上班族月薪的三分之一。所以，不论对哪一家来说都很困扰，只好以共同购买的方式来解决这个难题。

H要求看看家里以前买的"国债"实物。那是大小约半张报纸，上面印刷有类似纸币图样的纸。

"为什么要买这种印刷的纸呢？"

"因为打仗要花很多钱。钱不够，国家要向国民借钱，就是国债。这和储蓄存款不一样，不能够立刻领回来，不过还是会算利息。"

"购买国债的钱什么时候可以拿回来呢？"H问，母亲说："要等胜利之后吧。如果战败的话，八成就拿不回来了吧。"

"咦！"H一声惊呼。因为他觉得，在这种可能还不了钱，以及边向国民借钱边打仗的状况下，能赢得了富裕的美国吗？

筹措战争资金的手段，可不只国债而已。各种商品的税金也都大幅提高。

或许是因为最容易收到税，其中以香烟涨得最凶。

原本十八钱的"光"，一口气涨到三十钱。虽然香烟涨价跟孩子们无关，却也都知道调涨之后的价钱。因为已经成为《纪元二千六百年》这首庆祝歌曲的改编歌词了。原本的歌词是：

"金鸱耀辉　日本的荣光　映照吾身

衷心庆贺　就在今朝　纪元二千六百年　啊　一亿民众心中澎湃"

如今却改编成这样：

"金鸱涨成十五钱　荣耀之光三十钱

振翅高飞的鹏翼，已经要价二十五钱　啊　一亿民众在哭泣"

尽管被吓唬说唱这首歌得小心，万一被警察听到的话会被抓走，但不论大人或小孩都还是会偷偷唱。

令人讶异的是，就连老把"为了赢得这场圣战，把性命献给天皇……"挂在嘴边的后备军人大森叔都会低声哼着："金鸱涨成十五钱……"可见心里也觉得吃不消吧。

"物资短缺，物价高涨，上头到底在搞什么啊。也不知道禁这禁那的是什么意思。"也成为私下的流行语。

大约自三年前起，艺名和外来语就已遭到整肃，最近又有命令："英美的爵士乐、轻音乐等轻佻浅薄的音乐，有碍国民士气之提升，将全部扫除。"遭禁止演奏的歌曲甚至包括大家熟悉的《黛娜》《我的蓝天》(*My Blue Heaven*)、《老黑爵》、《山腰上的家》(*Home On*

The Range）和《珍重再见》（*Aloha 'Oe*）等，令人惊讶。

遭禁的歌曲据说达千首之多。

孩子们之所以气愤地嘀咕："也不知道禁这禁那的是什么意思。"是因为禁止的标准乱七八糟莫名其妙。会这么觉得，是因为后来得知一度遭禁的英国民谣《我的家庭》（*Home! Sweet Home!*）和《最后的玫瑰》（*The Last Rose of Summer*）这回却被排除了。理由是："歌曲已经融入国民的生活之中"。

"敌国性歌曲到底是基于什么标准来判定的啊？"H 心里想。

或许是想法一样，朋友们也都气愤地表示："别定些无法维持的草率政策啊！岂不是徒增我们的困扰嘛！"

"还有件事也令人生气。竟然用石块充当英灵的遗骨。害西田婶哭得好惨。"

伸吾说道。他的母亲基于住在同一町的情谊前去吊唁，痛哭的西田婶说："打开装遗骨的白木箱一看，里面竟是三颗用布包起来的小石头。虽然先生被拉去当兵时我已经有他可能战死的心理准备，可是看到他竟然变成了小石头回来，就越想就越难过……"

伸吾的母亲回家之后也边流泪边气愤地说："一张红单把家中的支柱拉走，居然只送回三块石头，真是岂有此理！或许战场上的状况已不容许处理阵亡者的遗体，可是一想到死在那种地方的士兵的憾恨，我就受不了。战争怎么演变到这种地步啊。"

H 家斜对面春日叔阵亡的通知也已送达。虽然遗骨仍未送回，但玄关的门牌旁已经贴上了"英灵之家"的牌子。

专门公布战果的"大本营发表"的消息中断了好些时日，但二月二日的报纸又大幅刊载了在所罗门群岛的捷报。

"击沉战舰二艘、巡洋舰三艘。重创战舰、巡洋舰各一艘。击落战斗机三架。我方损失：飞机自爆七架、未归三架。"

所谓击沉，就是遭炮击或炸射的船舰转眼间沉没。日本方面的损失，之所以会有自爆的飞机，应该是为了击沉敌舰而直接冲撞目标吧。

虽然自报纸和收音机得知，在远离日本的南方岛屿周遭正进行激烈的战斗，但是输赢则不得而知。这是因为在一个礼拜后，报纸又刊登了"转进布纳及瓜达尔卡纳尔"的报道。

布纳和瓜达尔卡纳尔岛的位置，看了报纸上的地图才知道，位于新几内亚东方的所罗门群岛。可是，还是不明白"转进"到底是什么意思。

报纸上是这么写的：

"一、南太平洋方面的陆海军部队，自去年夏天以来持续牵制瓦解敌人的强力反攻，目前正在新几内亚岛及所罗门群岛各要线设置战略据点，一旦完成，将可据此作为执行新作战计划之基础。二、于布纳与所罗门群岛的瓜达尔卡纳尔岛作战的部队，持续以寡击溃敌军执拗的反击，因已达成目的，故于二月上旬撤离该岛转进他处。"

这则充满麻烦词汇的报道，H读了许多遍之后总算理解，原来意思是："敌方军力强大，由于再也守不住布纳与瓜达尔卡纳尔岛而败走。"

晚餐时问父亲："转进，是败走的意思吗？"父亲却仅回答："嗯，算是吧。"希望能听到进一步说明的H非常不满。

若是去问附近的大人可能很危险，但觉得木炭店大叔应该会说明，于是悄悄跑去问。不料大叔却一反平常，令人讶异。

"日本绝对不会输！只要有一丝那种想法的家伙，就是不爱国！"大叔气呼呼地说。由于语气过于激烈，反而让 H 觉得很奇怪。

H 很想知道真实的情况，每天都看报。可是报纸翻来翻去，写的尽是些日军胜利、或者士气高昂的报道。

"别整天光看报，不好好用功的话会考不上二中的。你难道不知道要进二中很困难啊！"敏子端出母亲的架子教训 H。

觉得很烦的 H 说："听说会考与日本的战局有关的题目，不看报可是考不上的。"

这是事实。因为白川药局的儿子昭夫去年考上神户二中，曾这么告诉 H："口试会出不看报就答不出来的题目。"

"我听说去年的考试就有人被问到：'什么是 Ａ Ｂ Ｃ Ｄ 包围网？'妈妈，你知道吗？ A 是 America；B 是 Britain，也就是英国；C 是 China，也就是支那；D 则是 Dutch，荷兰。虽然说的是包围日本的四个敌国，但要是无法详细回答的话就考不上了。"

母亲只说了声："是哦。"就没再讲话，H 只好带着报纸上二楼。二楼有两间四坪大的房间，分别是父亲轮休日的隐秘工作间和 H 的书房。

父亲去消防署出勤的日子，隔壁就不会传来踩缝纫机的声音，很安静。这种日子，因为二楼只有自己一个人，H 便会假装用功，偷看跟朋友借来的书。他当然也很清楚为了考试非得用功不可，却常会冒出"船到桥头自然直"的念头。

长乐国民学校决定推荐七人报考神户二中。听说好友志贺亮次只能报考三中，H 吓了一跳。明明他的成绩很好，也曾当过班长，老师却要他报考三中。放学后，志贺君头抵着楼梯下的鞋柜哭了出来。H 见了心中一惊，但因不知该如何安慰才好，于是假装没看到，悄悄从一旁溜走。

自两年前起，中学入学考试便改为只有口试、体育测验以及校方提出的书面审核数据。口试包括理科、数学以及国语。H很担心数学，所以拟定了补救的作战策略。

听说东边一中的校风属于文质彬彬的秀才型，西边的二中则是文武并重气质稍微粗犷，活泼的人录取率比较高。"到时候就看我的吧！"H心里想，并决定以爽利的态度与清晰肯定的声音来应答。

三月十九日入学考试当天，因规定要有家长陪同，于是由母亲陪考。

明明自己可以一个人去，H尽管不满却只有忍耐。长乐的七名考生约好同行，与陪同的家长一行鱼贯搭上市电。前往二中要在第八站"五番町二丁目"下车，对H来说这是条非常熟悉的路线。因为去新开地的电影街时搭的都是这条线。不消说这件事当然得保密。

在五番町二丁目停靠站下车，登上坡道，横亘眼前的是以混凝土护岸的新凑川。对岸建有四层楼的白色校舍。"到啦！"虽然上回来拿申请书时看过，一旦面对的是入学考试，不免有种新的感触。校舍玄关的墙上嵌有上书二中正式名称"兵库县立第二神户中学校"的校匾。玄关旁站着持枪上刺刀的高年级生，像军人一样腰上挂着弹匣和刺刀。虽说还是中学生，看起来却像大人，有些可怕。

"果然和国民学校不一样啊。好像军营喔。"H带着略微紧张的心情走进校舍。

从马路上看，校舍是四层建筑，但一楼相当于地下。因为要爬楼梯才能到操场。也就是说，二楼的教室才是一楼，有点复杂的建筑。

考生被带到三楼礼堂集合，等了很长一段时间。

"我去学校里探险一下。"觉得无聊的 H 说，但被林君阻止："现在别乱跑比较好。等考上二中再说。到时候时间有的是啊。"H 觉得有理，便打消了念头。

等了一个半小时才轮到 H。踏进充作试场的教室，正面的桌子后坐着三位老师和一位着军装的军官。看领子上的阶级章，是中尉。虽然 H 认为这位是每一所中学校都有配属的所谓"配属军官"，但听说还有教授军训的其他军人，究竟如何也不得而知。

口试的第一道题，由正中央的老师提出。他指着桌上的铝制茶壶与铁壶，问道：

"这是用什么制造的？请说出材料名称。"

"左边的是铝。"H 大声说。"很有精神啊。不过你可以不必这么大声。"老师的表情略显惊讶，笑着说。

"那么，这个铝制茶壶生锈了吗？""整个都已经失去光泽，已经全部生锈了。"

"铝制茶壶的提把缠有藤皮，铁壶却没有，这是为什么？"

"因为铝的导热性较佳，提把很快就会发烫，而铁的导热性没有铝那么好。所以提把不会发烫，不必缠上藤皮。换句话说，与铝制茶壶相比，铁壶具有不易冷却的特性。"H 回答。

接着换右边的老师，说道："接着是数学题。"H 已然觉悟，是否落榜，就看这题了。

"一个深五米，周长二十米的正方形防火水槽，如果装满的话，可以储多少立方米的水？"

240

"一二五立方米。"回答时，H心里想："什么嘛。"这就是传说中二中的困难考题吗？尽管觉得很不可思议，却也比较安心了。

　"再来要问的是，日本军进出南方作战的理由是什么？如果要赢得这场战争，该怎么做才好？请说说你的看法。"

　H认为这应该就是口试的重头戏，干劲十足地在心底为自己打气。

　"为了维护亚洲的和平，日本准备打造大东亚共荣圈。但美国误以为日本企图支配亚洲，所以禁止对日本输出铁和石油，甚至连英国与荷兰都卷入，组成了ＡＢＣＤ包围网。面对这种不讲理的做法，日本在忍无可忍的情况下，终于引发了大东亚战争。

　"日本军之所以进出南方，除了要解放遭美国、英国、荷兰据为殖民地的各国家并协助独立之外，也为了确保石油及橡胶等资源，以排除我国面临的威胁。要赢得胜利，人人都要抱持'击倒鬼畜英美'的精神，并且力行节约。我认为，要有节约等同于生产的认知，是非常重要的。回答有些冗长，以上。"

　H观察老师们的反应来决定是否需要稍加补充。

　三位老师都一脸惊讶直盯着H。戴眼镜的圆脸军官用力点头，表情显得相当满意。H看在眼里，心生"好耶，没问题啦"的把握。但接着H却觉得："我真是个差劲的家伙。"

　"打倒鬼畜美英"，是陆军省一个月前采用的"决战标语"。因为在报上看过那张海报已分发至全国的消息，便灵机一动借来使用。其实，H很排斥"鬼畜美英"一词。因为回想过去亲密往来过的美国人和英国人，没有一个长得像鬼或是畜生。结果，却因为一心想要讨好入学考试的老师而使用了"鬼畜美英"一词。虽说是狗急跳墙，却也背叛了那些熟识的人。

关于日本投入战争的理由，也是原封不动引用报上的内容，并不是 H 自己的想法。摇身一变成为军国少年，令 H 有些内疚。过去父亲所说"践踏踏绘也没关系"指的是否就是这种情况，自己也没把握。H 认为与地下吉利支丹相比，自己更像是"弃教的神父"，觉得心底很苦。

不过，在说出这种话之后，他才明白了一件事。大人们之所以会说出"为了天皇陛下"或者"神国日本是不灭的，绝对不会输"这种话，或许有些人是真心的，但其中应该也有不少人是出于无奈才那么说的吧。

H 意识到自己已从国民学校的学生一脚踏进中学生这个靠近成人世界的阶段，忽然觉得："以后有得瞧了。"

回家途中，大家都在预测自己能否考上，H 自满地断言："我认为自己考得上，一点也不担心。"因为觉得考题实在太简单了。

第二天考体育，项目有铅球、单杠以及跳箱。单杠考的是能否于高单杠以逆回环上杠。单杠不费吹灰之力就过关，可是五层跳箱就不顺利，结果 H 骑坐在箱上。之后，去礼堂接受身体检查。礼堂有一部分铺有席子，在那里脱了鞋，仅着一条内裤接受检查。

两天后的十三点发榜。仍然需要家长陪同。大批考生聚集在西侧校舍阶梯下的门前，门一开便一齐冲上阶梯。斜穿过操场，直奔贴榜单的体育馆。一大堆人气喘吁吁冲到，开始在榜单上寻找自己的号码。H 找到了自己的一四七号。林君也考上了。只见前田耕司在人群中一蹦一蹦的。看来他也合格了。

走出体育馆，高见贞男、望月秀雄、河田安雄笑眯眯地在那里等着。唯独不见梶山。"梶山回去了。"望月君说。之后就没人再提梶山的事。

长乐国民学校报考的七人算来有六人上榜。比率相当高。上榜的考生与家长随后被集合起来，听取订购制服及通学时的注意事项。

若是搭电车通学，不准搭到学校下面的五番町二丁目。规定得在距离学校两公里的停靠站下车。说是为了将来当兵作准备，以日常的长距离步行来锻炼腿力。搭市电从东边来的人要在"凑川公园"下车，从西边来的人则得在"御藏菅原通"下车。若是搭省线电车要在"兵库车站"下车。乘山阳电铁就要在"西代"下车。下车后要立刻排成两列，由高年级领头行进。

途中遇到老师或是高年级，得立正行举手礼。所以新生被要求在家多练习敬礼。

自学校返家途中，大家顺道前往定做制服的长田西服号，但H却随母亲直接回家去。因为父亲会为他缝制制服，不必去定做。

定做学生制服使用的是人造纤维的混纺，需要衣料配给票四十点。由于每人一年的衣料配给票是一百点，如果连袜子、衬衫和内衣都买，就会所剩无几。

"领子帮我做高一点。"H向父亲要求。布料好像是许久前就准备好的，军官制服用的上等货，H非常开心。纽扣是陶制而不是金属扣。鞋是猪皮制成，仍看得出粗糙的毛孔，但穿在脚上，这种长筒鞋相当帅气。

H在榻榻米上穿好鞋，反复练习打绑腿的方法。好子见状说道："哥哥，你好像在练习要去当兵喔。"

H听了也只能苦笑，说："说不定真是这样。中学里有真的军官教授军训，好像是要培养军人的学校一样。听说那种训练很辛苦。"

H 很担心这一点。因为谣传高年级生非常可怕，动不动就像军队里的士官一样殴打低年级生。结果，这是事实。

　　开学典礼那天，只因为对持枪在校门口站岗的高年级生说了句："枪借我看一下。"立刻就挨了一记。H 气愤地想："也不至于这样就要打人吧！"

咬踢号

　　放学后，看到高年级生蜂拥闯进教室，不免感到害怕。因为不晓得会不会又因什么事挨揍而提心吊胆。知道是来为社团招人时，大家才松了口气。每个新生都得选择一个社团参加才行。社团包括棒球队、相扑社、柔道社、剑道社、滑翔机社、刺枪术社、教练射击社、骑术社等等。

　　由于没有绘画社，H相当失望。林君自然是加入了相扑社。好像是因为知道他是长乐的横纲，所以指名邀请加入的。

　　H选了骑术社。因为他老早就想骑马。还有就是，与其他社团相比，可能比较不必吃苦头，而且感觉比较有趣。

　　申请加入骑术社之后，有个学长走进教室问："妹尾在不在？"对方自我介绍："我是教练射击社三年级的杉田。"想到开学典礼那天修理自己的是教练射击社四年级学长，立刻采取防御架势，万一又被这个三年级生揍可受不了。可是，对方却没有动粗的意思。

　　"我是来邀你参加射击社的。古田学长好像看上你了。他交代要把叫妹尾的小子带去枪械库。"

H觉得自己有危险。因为不知道去了枪械库会有什么下场。

"我才不要因为被看上而挨揍。"

"同样是揍，也有讨厌的揍和疼爱的揍，难道你分辨不出来吗？"

"那我可不会分。不论哪一种，我都不想挨揍。何况我已经申请加入骑术社，请不要再提教练射击社了。"

"好吧，我知道了。我会这么转达古田学长的。"三年级的杉田说完便离去。

不料第二天，古田学长开门走进教室。

教室里的新生大感紧张纷纷后退。因为风声已经传了出去，这个人就是曾在校门口突然修理一年级生的学长。H站在原地，差点尿裤子。

"别用那种表情看我嘛。今天不会打你啦。我只是来问问，你怎么会对枪感兴趣呢？那时为什么要求我让你看枪呢？"

"因为我想看看击发子弹的构造是什么样子。"

"只是这样？""嗯，就只是这样。"

"是哦。如果加入教练射击社的话，我可以教你喔。而且你的军训成绩也会变好。要是你退出骑术社，就立刻来我们这里。等你喔。"

说完就走了。H松了口气，差点腿软。而后，又觉得"说不定他是个好人啊"，差点改变原本的看法。

一个礼拜后，在骑术社学长的带领下，第一次前往马场。

骑术社的马场，位于市电终点"平野"往北自有马街道向上爬一段的祇园神社附近。骑术社的新社员意外的少，只有四个人。

其中有一个喜欢画画的小仓宗夫。H很快就和他成了好友。听他说因为有个亲戚曾骑过马，所以拥有骑马用的长靴，尽管只是中古的。

高年级虽然有人穿长皮靴，但也有人用的是布制护腿。新生一律打绑腿，但被告诫真要骑马时不能打绑腿。理由是骑乘时万一绑腿松开，有可能缠住马的脚，会有危险。但学长也说：

"不过没关系，你们暂时可以先打绑腿，反正也没机会骑。"

的确，新社员并不需要护腿。因为日复一日都只是去打扫马厩和刷马而已。原以为骑术社很轻松才加入的H，因为期待落空而失望。而且还被四年级的大井学长嘲笑：

"你以为立刻就可以骑马啊？笨蛋！"

平野骑术俱乐部并非二中骑术社专属的马场，马匹也是与其他马术俱乐部共有。

马厩里有十四匹马。从入口进去正面右边算来第三根柱子上，挂有"小雪"的名牌。因为那匹马是栗色毛，脸上散布着如雪花的白色斑点。

据说每个新社员都得尝过这匹马的苦头，才算通过骑术社的入社仪式。虽然拥有"小雪"这般优雅的名字，但这匹马其实脾气很坏。如有不知情的人站在前面，它会冷不防狠咬他的肩膀；要是漫不经心绕到后面，就一定会被它踢。这令大家都很害怕，于是给它起了"咬踢"这个绰号。

初次见面那天，H就被它一口咬住右肩而吓了一大跳。

"要提防小雪喔。"大井学长确实曾这么提醒，但却没说明该如何提防。看来，咬踢号和学长根本是早已串通好，正期待着这场捉弄新社员的欢迎仪式。

进入二中后，H发觉有两件事与国民学校不同。那就是低年级必须绝对服从高年级，俨然已成了规定。在国民学校并没有这种上下关系。其二就是，彼此间的称呼，叫的是姓。H开始被叫作"妹尾"。对H而言，这并不讨厌。因为有种突然变得比较像大人的感觉。

一年级生彼此还不太熟，仍在摸索该如何称呼他人。起初喊"横田君"，而后再慢慢努力改成"横田"。

横田的手段比H高明。他会拍马场管理员泽村大叔马屁，称呼他"教官大人"。H跟着喊"教官"，也得到不少好处。因为，他会偷偷传授学长们不教的骑术。

"首先，不能被马瞧扁了。因为马很会观察人。如果认为这个人技术不好、会害怕的话，它就不让骑。虽说得和马培养感情，但也不能一味讨好，不然就只能一直当马的仆人。想骑上马背，就得让马承认这个人够资格骑它。这里是马场，所以马大多温驯，任谁都能骑，可是咬踢号不一样。它是匹桀骜不驯的马。要是能骑上它，就表示很厉害啦。"

泽村教官大人的说明很容易理解。高年级生都不会这么教。说不定是怕新生太快学会，他们就没办法摆学长的架子了，H这么认为。

打扫马厩时，H会特别留意咬踢号。一进马厩，就直接来到咬踢号前站定，面对面目不转睛直盯着，然后轻声喊着："喔——啦、喔——啦"边轻拍它的脸颊。如果发现它露出牙齿有要咬人的意思，就立刻双手用力拉紧缰绳，使它无法随意摆头，再从正面一直瞪着它。

每天都采用同样的方式，渐渐地，咬踢号变得温驯了。有一天，

H来到马厩之后便去照料其他马匹，故意忽视咬踢号，于是它就用鼻子发出噗噜噜的声音提示自己的存在。

当H牵着咬踢号来到马场，正要将缰绳交给大井学长时，咬踢号居然冷不防咬了大井学长。令众人诧异的是，过去一直以能骑咬踢号自豪的大井学长，肩膀一被咬，竟然因慌乱而跌倒。看到这一幕，管理员泽村先生笑了。在大家面前被咬踢号捉弄，大井学长因丢脸而动怒，说道："以后别牵咬踢号来马场了。"H相当同情，但其实没这必要。因为听说泽村先生后来经常趁二中学生不在的时候骑它。而且还会骑出马场长程奔驰。这种日子，仿佛要将出游的事情告诉H似的，咬踢号会显得心情特别好。H心里也想着，希望有朝一日能骑咬踢号远游。

应该是看出了这一点，泽村先生会趁高年级生不在的日子私下让H和横田骑马。人马之间也各有所谓的投缘吧，横田就喜爱一匹眉间有三点白斑，体型大的"三星"，并培养出良好的关系。

不是骑术社练习日的时候，两人也会以帮忙打扫马厩为由前往马场，接受泽村先生指导。刚开始时，就连上马都很吃力。由于够不到马镫，得以木栅栏垫脚才能勉强跨上去。坐上马背后位置相当高，不免有些惊讶，感觉就像是自己变成了巨人，可以俯瞰周遭，非常开心。虽然咬踢号姑且让H骑上去，但一开始走，就载着H使劲用身子朝马场的木栅栏挤压。如此一来，骑马者的腿就会被马腹和栅栏夹住，痛得要命。马很清楚这么做的效果。如果此刻发出惨叫，就是马赢了。

由于H尽可能不在这种比试中败阵，渐渐就可以驾驭咬踢号了。

虽然有时会因双腿没有夹紧而坠马，但咬踢号并不会嘲笑这种失败，还会小心避免踩到跌落地上的 H。

"我们好像是为了骑马才进二中的啊。"H 正与横田、小仓边说笑边打扫马厩时，泽村先生慌慌张张跑来，用近似颤抖的声音叫道：

"山本司令官战死了！"

"真的吗？真的就是那位山本司令官？"

山本司令官，说的是指挥联合舰队攻击夏威夷珍珠港的山本五十六上将。他不仅受军部爱戴，也被大家奉为国民英雄。

"是真的。这是刚才从收音机听到的新闻，消息来源是大本营发表，所以是真的。"

泽村先生似乎是方寸大乱，在马厩里快步走来走去，突然间又冲了出去。

三个学生也终于恢复镇静，说了声："我们还是先回家吧。"便离开马场。

回到家，父亲已经从消防署回来。他已经知道山本司令战死的消息，还说司令的职位已决定由古贺峰一上将接任。

"已经没指望了。如果不趁现在交涉停战，只会一路输下去。就算打架也有收手的时候，何况是战争。不趁早放弃，日本一定会被彻底击垮。"

最近经常沉默不语的父亲竟然说得如此明确，令 H 相当诧异。

"从公布消息的时候就已经决定好继任的司令官这点来看，山本司令更早便已战死，只是一直保密而已。这段时间，美军一定是持续进攻，丝毫没有停息，或许应该要有不久之后日本本土将遭受攻击的心理准备比较好。昨天消防司令总部传来一份'空袭时守备地区重组'的公文，西神户的消防车勤务范围将扩大到尼崎。看来本土遭受全力轰炸的局势已经迫在眉睫。"

H觉得父亲的话很有道理。

翌日来到学校，酒井校长在朝会时恭读"颁授青少年学徒敕语"之后，又对山本五十六联合舰队司令战死一事发表讲话。平日以活泼粗犷闻名的二中，也为深切的哀恸所笼罩，一整天都很安静。

令人震惊的事不止这一件。在公布山本司令官战死的消息后十天，也就是五月三十日，傍晚时收音机播放出《海行兮》。大本营发表的讯息若是捷报，会配上雄壮的《军舰进行曲》，令人难过的新闻则会配《海行兮》。

这天播放《海行兮》，是因为"阿图岛守军全员玉碎"的消息[1]。记得前一天报纸才报道了"于阿图岛附近击沉美军舰艇七艘"的战果，H不禁愕然，这究竟是怎么回事？

翌日的报纸，以整版篇幅报道了"阿图岛玉碎"的消息。上面写着："山崎指挥官率全体将士壮烈夜袭，玉碎！""守军未要求一兵一卒增援，以少数兵力对战敌方大军终致玉碎"。所谓"玉碎"，就是全员抱着必死的决心突击敌营而战死的意思。虽然报上赞美他们"未要求增援"的气节，H却怀疑这说不定是因为知道即使要求也不会有援兵的缘故。除了突击战至最后一兵一卒之外别无他法。一想到在遥远的阿留申群岛的孤岛上，那群被遗弃的官兵的憾恨，H就觉得不忍。泪水扑簌簌滴到报纸上，眼前一片模糊。

在学校，"玉碎"依然是话题。

---

[1] 大本营发表首度以玉碎取代全灭，以免过度动摇民心士气。——译注

"是不是战线拉得太长啦？"对于疑问派的看法，占压倒性多数的神国派却认为："因为对手又不只有支那，战线会扩大也是无可避免的事。只要日本军秉持不惜玉碎的武士道精神，我们绝对不会输！"

若是依照入学考试的回答来分，H也属于"神国日本"派，但真正的心声却正好相反，只好保持沉默不加入论战。

班上同学个个显得焦躁不安。因为好不容易进入理想的学校，却为了开垦农耕地前往丸山，在丘陵地连续三天都在翻土。带领他们的老师，是以研究竹子闻名的室伏老师，绰号"榎健"。可是H却不喊他"榎健"。因为觉得一点也不像，而且对自己最崇拜的榎本健一太失礼了。

"笨哪，只要看成是二中的榎健，别当作是那一位榎健不就得了。"听横田这么一说，H也觉得有理。横田比H成熟好几倍。

横田的父亲是海员，听说正搭着运输船前往南方海域。现在南方海域是激战区，想必他每天都很担心吧。

听横田说，父亲出发时，曾把他叫到跟前这么说：

"也许这一去就回不来了。就别再指望我，好好过日子吧。你是男孩子，要好好照顾妈妈和妹妹。相对的，我准许你做任何事，不必在乎学校老师不喜欢。想做什么就去做吧。"

横田说明当时的情景，开朗地笑着说："好像是楠木正成、正行父子樱井之别的场景哪。"[1]

H此时似乎也可以理解横田性格如此成熟的原因所在。

---

[1] 楠木正成，镰仓幕府末期至南北朝时期著名武将，留有遗言"七生报国"，被视为军神。——译注

252

数日后，横田走到 H 身旁，附在耳边低声说道："好不容易，执行的日子就快到了。"

H 心中有些忐忑。要"执行"的是，瞒着高年级生擅自骑马远行的计划。实现的日子，已决定在三天后。

因为，高年级那天得去川崎重工服劳动，不会去马场。

"不过，我们还是别告诉小仓吧。万一东窗事发他也倒霉。人家毕竟是个乖乖牌啊。"

若是小仓不参与，H 原本打算向他借马靴的，但也只好忍耐。

执行的当天，由于无法瞒着泽村教官把马偷带出去，得先打点好。为了让他点头，横田拿了父亲从国外带回来的威士忌为饵。那应该是任何一个大人都不愿送人的宝物。

"没关系啦。我老爸说过，想做什么就去做。"虽然横田这么说，但也不确定是否包括将威士忌带出去这种事。可是呢，这件贡品的效果极佳。

"教官，这个请您收下。不过，请借我们两匹马。我们保证，绝对不会乱来。"横田说。泽村先生愣了一下，但随即笑着点点头。甚至连马靴、马刺和马鞭都一并借给他们。这令两个人忍不住想笑。在马厩前将马鞍搁在马背上，跨骑上去之后先绕行马场一圈，然后骑了出去。"别让马跑啊。"后头传来泽村先生的呼喊，但两人头也没回只是举手响应。

两人一前一后下了坡道，来到有马街道。天王川沿着街道流去，于是两人决定北上，到可以下去河滩的地方。H 察觉咬踢号有意奔驰，稍稍一扯缰绳制止。若是开阔的地方还无妨，这里可是卡车与载货马车来来往往的街道。一回头，只见横田也扯紧了缰绳。

骑着咬踢号出来远游，简直像是在做梦。不但天气晴朗，还听得到左侧天王川的水流声。H非常幸福，根本不觉得正处于战争中。此刻，H已忘却阿图岛的玉碎，以及山本司令战死的事情。

跟在后面的横田来到旁边，说道："我们在金清桥前面那里下去河滩吧。"H也赞成。那里的话应该很容易从马路下去。

不待H以缰绳下达指示，咬踢号便自行踏上往河滩的路。简直就像是听得懂先前的对话似的，两人不禁笑了出来。可能是与泽村先生来过许多次，对咬踢号而言已经是固定路线了吧。

在河滩下了马，H与横田将马鞍取下。两人脱掉马靴，赤脚将马牵到浅水处。准备周到的横田，将布水桶叠好挂在马鞍后面带了来。两人轮流拎布水桶去河边提水，用刷子将两匹马从头到脚清洗一番。咬踢号看起来很享受，一副这也是例行公事的表情。

在河滩尽兴玩过了头，时间有些晚了，于是回程稍微加快了脚步。

回到马场，发现泽村先生脸红红的。好像喝酒有些醉意。不过还是将马的身体检查了一遍，说道："不错，洗得很干净，再帮它们擦擦汗就好。还有就是把蹄子清理干净，你们就可以回去了，剩下的交给我。"

两人的远骑照理说不会有人知道。可是两天后便东窗事发。

H和横田被叫去马场，遭五个高年级生围住揍了一顿。不过，会挨揍也是理所当然的事，即使流鼻血也都忍了下来。最后，H和横田被迫退出了骑术社。但就是想不通，怎么会形迹败露。因为管理员泽村先生已经收下难得弄到的贵重威士忌，嘴巴应该已经封住才对，也不可能是自己说出去的。

后来才知道，原来当时似乎曾在街上与书店老板擦身而过。

254

那家书店就在市电的站牌前，骑术社成员往来马场时常会顺便进去。书店老板对上门的高年级生夸赞："今年的新生进步可真快啊。"于是就穿帮了。

虽然两人的脸颊好一阵子都得淤青肿胀，却对骑马远游一事都不感后悔。因为从不曾如此快乐。后来得知，未被此事牵连的小仓反对要两人退社，并帮忙求情。

两人被迫退社后没多久，骑术社本身也面临了存亡的危机，只不过两件事之间并无关连。据说，是因为高年级生在马场后山抽烟被抓到。与其他社团不同，骑术社离学校很远，老早就有管不到学生的问题。那天有老师突然去马场视察，高年级生运气不好正巧爬到后山去抽烟。据说当场被逮。

"八成是那个管理员泽村老头去告的密。"对于这个传言，H也觉得很可能是真的。因为二中骑术社与管理员之间一直有相当大的嫌隙。

三个月后，骑术社遭到废社。也不知是否吸烟事件成为导火线，抑或战局突然告急，学生经常被调派去工厂或农地从事劳动服务无法再骑马，遭到废社的理由不明。或许是与柔道社、剑道社、教练射击社等社团相比，骑术社的存在，被认为是与战争无关，玩乐性质的嗜好也说不定。虽然二中的骑术社已经消失，H仍然偷偷去看过咬踢号好几次。

田森教官

逐渐适应学校的气氛后，H发现高年级生还是有个别差异，并非个个都很可怕，也开始研究起老师们的癖性。借助于比较熟的学长所提供的信息，H制作了老师绰号一览表并且秘密出版。

由于绰号与老师的身体特征或癖性有关，如果不认识那个老师的话就没有意思，也不觉得好笑，但是对二中在学的学生而言，却能令他们忍俊不住。

教数学的川野老师被叫作"蚱蜢"。因为他鞠躬弯腰时上半身都会保持一直线，姿势就像只"蚱蜢"。住谷老师是"强公"，因为他心情好的时候会说《悲惨世界》"尚万强"的故事给学生们听。"你们还没听过吧。很精彩喔。"听高年级生得意地这么说，一年级生很是羡慕。

姊崎老师叫"阿姐汉"，因为他是教汉文的老师。校长则是"绒猴"。理由纯粹就只是个子小，像是可以放在口袋里的绒猴。

学校里最让人害怕的就是负责军训的田森教官，被叫作"好色皇"。听高年级生说出理由时，大家都笑弯了腰。

"田森教官虽然老是板着那张国字脸，其实很好色喔。经常对学生说：'你有姊姊吧。下次带照片来。'因为他已经从学籍名册查过家庭成员数据，所以清楚得很。有姊姊的家伙可得小心了。虽然他本人老是摆出陆军中尉的架子，但其实根本是个'好色中尉'。偏偏他又喜欢装出谨严的军人模样，动不动就说：'不胜惶恐，天皇陛下……'将'天皇陛下'抬出来教训学生。像这样为了自己的需要将'天皇陛下'抬出来，才让人不胜惶恐哩。因为口称天皇陛下实在太过频繁，于是大家就把这矛盾的两面结合，叫他'好色皇'。不过你们可得小心。要是'好色皇'三个字传到他耳里，下场可能是丢了你的小命。千万要记住，说出'好色皇'三个字，可是做了比触犯不敬罪还可怕的事喔。总而言之，一旦被田森教官盯上，那个可怜的家伙肯定是完蛋了。"

　　起初当成笑话来听的一年级生，到了后半段都吓得不敢吭声了。

　　事实上，人称"被盯上就完蛋"的田森教官，已经盯上了H。

　　第一次遇见田森教官，是在入学考试的口试教室。听H就"大东亚战争"发表看法，满意地用力点头的军人，就是他。所以对H的第一印象，无疑非常良好。说不定这就是田森教官决定让H合格的主要原因。

　　或许是因那件事而记住了H的长相，例如在走廊相遇的时候，教官都会稍稍露出微笑。所以H并不觉得他是如同高年级生所说那么可怕的人。

　　只不过，他终究是个可怕的人。

　　H一早在校门口遇到田森教官，立刻立正敬礼。这时夹在腋下的素描簿啪嚓掉在地上。H正想捡起时，教官伸手表示要看。

接过去一页页翻看，教官的脸色突然一变，问道："这是什么？"那一页上画的是躺着的裸女。

"是马奈的临摹画。"H回答。教官似乎并不认识马奈这位画家。或许是将"马奈"误解是"模仿"（二者的日文同音），教官大骂："模仿的临摹是什么意思？你把教官当傻子啊！"

H的素描簿里之所以会有马奈的临摹画，是因为在小仓家看的美术全集里，有"马奈的裸女"这幅画。可能是小仓的父亲也喜欢绘画，书架上有许多这种昂贵的画册。小仓对羡慕不已的H说："随时都欢迎你来我们家看画册。"于是放学之后就会顺道过去看。有时甚至还招待晚餐，或是留H在那里过夜。

H很喜欢看美丽的裸女画。若说对女性的身体没有憧憬是骗人的，但也不全然只有那种感觉。画册翻来覆去看得入迷。光看还不过瘾，拿了铅笔，专心临摹画在素描簿上。田森教官看了生气的就是这张画。

H尽可能仔细解释，但田森教官就是不接受。

因为是在校门口训话，上学来到学校的学生都一脸诧异看着。大家似乎都很害怕，向教官敬礼之后稍微避开绕路走向校舍。

"听着，这就先放在我这里。第一节下课后到办公室来！"说着抱着素描簿快步离去。看那走路的方式，好像仍然很生气。

田森教官是军训教官，除了他之外还有两位教官。

一位是现役军人民山中尉，是真正的配属军官。之所以说"真正的"，是因为其他教官并非现役军人，而是后备役的军官。现役与后备役的不同之处在于，现在隶属于部队，或是过去曾经待过军队。即使是过去待过军队的人，同样是一旦被征召就必须立刻去尽军人的义务。

不论哪一所中学，课程中都排有"军训"这一科。因为要教全校学生军训，只靠现役的配属军官无法负荷，于是采用后备役军官以教职员身份进入学校。这种后备役的教官与现役的配属军官一样着军装，腰间挂着军刀。所以，外表看起来完全相同。

　　田森教官明明只是后备役，却比配属军官的民山中尉还会摆架子。那是因为他以"拥有在中国的实战经验"为傲的缘故。民山教官似乎是因为没有实际上战场打过仗，自觉矮人一截。

　　二中除了森田教官外，还有一位久门教官是后备役的中尉。他的本业是经营钟表店。这位教官很喜欢绘画和音乐，又很有人情味，深得学生的信赖。虽然同样是教军训的教官，也有相当大的个人差异。

　　得知 H 被田森教官叫去办公室，朋友们都很担心，陪同来到办公室前。并附在耳边说："千万别顶撞哪，不然到时候会怎么死都不知道。懂吧。"

　　要进办公室时，先在门口大声喊："一年二班妹尾肇报告。田森教官要我来报到。"就跟在部队里一样。因为这是规定。办公室里好几位老师抬头瞄了 H 一眼。可能心里都表示同情吧。"进来。"田森教官说。"是！" H 应声之后关上门，走到教官的座位旁。

　　"你小子早上说，这是照著名画临摹的，是不是想唬我啊！你拿去给其他老师瞧瞧。去绕一圈，让大家看看你画了这种东西！"

　　"是。我拿去请其他老师看。"复诵之后先来到田森教官邻座的久门教官前站好，摊开裸女画那一页。"喔，是马奈的奥林匹亚啊。你画的呀？"久门教官说。接着走到对面，给正在办公，教物理的畑老师看。"是马奈啊。"老师说着抬头看 H。"是的。

是马奈。"H 回答。

这时，H 偷瞄田森教官一眼，结果四目相对。这下糟了。教官似乎认为那是瞧不起自己的眼神，意思是："看吧，其他老师不都知道'马奈'这个画家嘛。哪有人会把马奈误认成'模仿'的。"H 看教官的时候心里并没有那么想。可是，在所有老师都在的办公室里，田森教官却觉得受到羞辱。他突然揪住 H 的领子，一拳便往脸上招呼。

"什么马奈不马奈的！你画的不就是裸女吗？士兵在上战场打仗，你这软弱的家伙却只会画这种图，简直就是非国民！那么喜欢画，就好好练习怎么画武器吧！一定要把军人精神彻底灌输到你这种家伙心里。"

田森教官揍了 H 之后怒气仍未见平息，又来回扇了几个耳刮子。

接着，他环视办公室内，大声说道："中学生画裸女还带来学校，竟然还放过他，这样还算是老师吗？这种学生该如何处置，我倒想听听各位的意见！"

其他老师纷纷转移视线望向自己的桌子。

训话没完没了一直持续，第二节课开始，老师们全都离开办公室之后，田森教官的怒骂声依然未停。

H 好不容易获释，已经是老师们下课即将返回办公室的时候了。

H 没回到担心的大伙所在的教室，而是上了楼顶。阴霾的天空下，可以看到西边的鹰取山。嘴里已经不再流血，但仍隐隐作痛。而这又和心中的悲伤重叠。自己所憧憬的神户二中，不该是这样的学校。开学典礼那天，看到挂在礼堂的匾额上有"质素刚健、自重自治"几个大字时，心里还兴奋地想着："啊，就是这个就是这个！"因为先前听学长说过，二中精神就是这八个字。在粗犷气质的风气中讴歌自由，发挥自律自制的精神而不需由他人管理。这就是二中的特色。从这里毕业的学长，之所以出了许多画家和诗人，应该就是这种校风所孕育出来的吧。

校长欢迎新生的致词，也在谈过战时紧迫的情势之后，讲述学校光辉的历史，并希望大家要有身为年轻人的自觉。

入学之后，H第一件想要调查确认的事情，就是应该是挂在校长室的一幅画。听说那幅画是，画家小矶良平先生的作品《舞娘》。

H敲敲校长室的门，大声报上名。"请进。"校长随即应声让H进去。《舞娘》那幅画比想象的还大。"画得真好啊。"H感动地说。"学校里还有东山魁夷先生的作品喔。"校长听了之后这么告诉H。"是挂在礼堂那幅《冬之山》吧。我看过了。"H回答。"你也作画啊？希望你将来也能成为画家，捐赠作品给学校。"校长鼓励H。

听说小矶良平先生是毕业于大正十一年的第十届校友，东山魁夷先生则是毕业于大正十五年的十四届校友。H算来是三十六届，所以他们可是大学长了。校长还告诉H，除此之外，第五届的古家新先生、第九届的田中忠雄先生也都是画家，而且不仅是绘画这个领域，小矶先生的好友，诗人竹中郁先生也是神户二中的毕业生。

决定报考二中时，H便打定主意，考上之后要参加美术社画石膏素描。因为过去还没画过石膏素描，打算在学校为当个画家做准备。可是来了之后却发现，学校里的美术课已经成了可有可无的课程，连美术社也没了。不仅如此，军人还比谁都嚣张，已经变成一所如果临摹马奈的画，就会挨骂是"非国民"的学校了。

"这就是二中吗？简直就是进了陆军士官学校嘛！"确认过四下无人后，H在楼顶放声大喊："好色皇，你这个混蛋！"

田森教官的虐待，并不是一天就结束。

"你的父母亲好像都是基督徒哦。你也上教会吗？你应该知道那是美国人和英国人信的教吧。在教会向耶稣祈祷时，都祈求些什么啊？在神社祈福的时候，我们可以祈求日本必胜，不知道在基督教的教会里能不能祈求日本胜利呀？向美国人和英国人所信奉的耶稣，不可能求这个吧？耶稣应该是站在信徒人数多的那一边吧。你是不是也该回去劝劝父母亲，日本人还是别信什么基督教比较好吧。"

H在心里呐喊："好色皇，你喜欢的德国人也有很多基督徒啊。混蛋！"

军训课对H而言简直就是地狱，原因并不在于训练严格，而是不合理和受辱的情形实在太多。会突然拿还没教过的东西来考，如果答不出来，就会罚伏地挺身或跑操场若干圈，而H受罚的次数比其他同学多。H忍耐这一切的方法就是，在心里不断大骂："好色皇大混蛋！"有一次在家不小心脱口说出"好色皇"，还被母亲责问："那是什么？"

听说好色皇是元町某当铺家的儿子，于是H问曾在元町的西服号学艺的父亲认不认识一位田森教官。没想到，田森当铺竟然只与父亲当学徒学习洋裁技术的岛崎西服号相隔三家店。

"你这一问，我倒想起来了，当铺老板确实有儿子。竟然已经升上中尉成为教官了啊……我还在见习的时候，就经常修补田森当铺送来的西装。当铺的隔壁是一家旧货铺，虽然挂着'元町骨董美术'的招牌,但那家店其实也是田森当铺所经营。说是'骨董美术',不过就是家从家具、佛坛、照相机到旧衣服都有的店,全都是隔壁的流当品拿过来卖的。流当的西装经过修补之后多少可以卖好一点的价钱,所以都送去岛崎西服号。由于修补费被砍到极低,因此都分给学徒作为练习之用。现在回想起来,那还真是不错的修炼,对日后有很大的帮助。"

父亲竟然很怀念田森当铺并心存感激,令 H 很受不了。

"所谓当铺,应该是不论客人带什么东西上门,眼光都要够利才行吗?可是教官却是无知的阿呆,大家都认识的画家的作品,他竟然都不知道。上那种教官的军训课,只会学到错误的东西,上战场的话一定很快就阵亡了。"

H 已经彻底觉悟。这样下去,就让那个田森教官当着大家的面杀掉算了。H 每天都抱着独自与好色皇战斗的心情去上学。

H 很清楚小仓和横田为自己担心得不得了。可是并不想连累他们。

吃过午餐便当后,H 来到西校舍前,望着耸立的尤加利树写生时,瞥见田森教官的身影。

H 装作没看见,希望他别过来。可是教官却来到一旁。看了一会儿画,说道:

"这回不画女人,改画尤加利啦。"

H 听了一肚子火。明知接下来的话如果出口会有什么下场,却还是说了。

"我不知道这棵树是男还是女,但画树应该不会有问题吧……"

果不其然,话刚说完,长靴立刻踢来。接着脸颊也挨了揍。

H干脆豁出性命，又补上一句。

"动手打人是不是很痛快啊？反正我们学生挨揍也不能反抗，就请打个过瘾吧。"

说完后便闭上眼睛咬紧牙关，准备迎接盛怒的教官接着动手带来的冲击。可是铁拳并没有飞过来。H觉得奇怪，悄悄睁开眼睛，看到教官已经转身朝校舍本馆走去。

回教室之前，H先去保健室检查嘴巴。并没有严重出血，但还是有伤口。跟脸比起来，被长靴踢到的胸口更疼，于是躺下休息了一会儿。"我恐怕撑不下去了。"正这么想时，援军出现了。

教练射击社四年级的古田学长打开保健室的门走进来。还有横田。或许就是他去报信，说H有难的吧。三年级的杉田学长、二年级的北见学长随后也到了。床上的H想要起身。

"躺着别起来。听说你被田森教官修理得很惨啊。要是继续这样独自反抗的话会有危险哦。来教练射击社吧，让我们保护你。射击社是久门教官的地盘，田森教官也不敢对社员动手。其实，久门教官早就交代过，要我们拉你入社。久门教官也说过，会尽全力来保护你。先加入看看，不喜欢再退出也没关系。有空就到枪械库来。"

说完就出去了。最后关门的杉田学长转头朝H一挤眼睛。

由于射击训练直接就与战争有关联，令H有些犹豫，但还是打算过几天去窥探一下射击社当作社办的枪械库。

报上刊出了这么一则新闻：文部省通令各学校"国民学校、中学暑假一律取消"。内容写道："为克服决战下的烈日，并提升学生、孩童的士气，将实施有纪律的团体训练。尤其是中学生，必须利用此一期间接受与军队同等的训练，以'明日的军队'之姿,锻炼出强健的体魄。另外,将更积极安排全校学生的游泳训练,以拓展'全民皆泳运动'的成果。"

订于七月二十日至二十九日于须磨海域进行的游泳训练即将开始。

得知首日带队的竟然是田森教官,H认为自己会有危险,于是前往枪械库找古田学长。枪械库是以原木建造的坚固建筑,打开颇大的横拉门,正面是通往二楼的宽幅楼梯。一进入建筑物内,只觉得凉飕飕的,还有股油味。楼梯左右的一楼,是成排立在置枪架上的枪。

"一年二班妹尾肇到。"一说完,里面便传来古田学长的声音:"哦,你来啦,快进来。"在楼梯后方,有三名高年级生正在分解枪支进行保养。其中一人打量H全身上下,笑着说:"那个单挑好色皇的妹尾,就是这小子吗?"见几个高年级生并不可怕,H松了口气。

"可以上二楼看看吗?"H问。"跟我来吧。"古田学长说着领H上楼去。二楼和楼下一样,也有成排的枪。

"有四种枪啊。"

"观察挺仔细的嘛。这是村田枪,是明治十三年(一八八〇)研发出来的枪。这种是三十年式步枪,明治三十年(一八九七)开发出来的,日俄战争时用的就是这种。现在虽然已经不能发射子弹,但是上初级教练的时候用这个就够了。"

H看到曾经见过的枪,便伸出了手。"那种枪被称作三八,是目前仍在服役的三八式步枪。要不要拿拿看?重量有一贯目。正确说来是三千九百五十公克。"好重啊,H心里这么想,但没说出来。万一因此被骂"军人就是日复一日随身带着这种枪在打仗的啊！"可受不了。

"你知道为什么叫三八式吗？"古田学长问。H 想起刚才听到三十年式是明治三十年的枪，于是战战兢兢试着回答："因为是明治三十八年（一九〇五）开发出来的枪吗？"

"没错。你原本就知道呀？""不是。""很好，有潜力。"古田学长说着自个儿乐起来。H 算了算明治三十八年是多少年前。结果发现已经是四十年前了。H 心里想，用这么老的枪作战啊？美军用的又是什么样的枪呢？

"这种类似三八式的短枪呢？是儿童用的吗？""笨蛋。怎么可能会有小孩子用的枪。那是三八式骑兵枪。比较短而且轻，适合作为新生训练用枪。"

H 对枪产生了兴趣。想学习分解并实际射击看看。H 决定加入教练射击社。"很好，明天起就过来吧。我会好好照顾你的。"

古田学长说着笑了，H 也跟着笑了。

此刻的 H 还不知道，有什么样的严格训练正等着他。

少年 H

下

教练射击社

说到八月，一般都是放暑假的日子，但 H 和好子都得上学。

H 一如往常，在室伏老师的带领下前往学校的田地从事农耕作业；国民学校的好子，也在须磨海边接受以班级为单位的游泳训练。

两年前的 H，不只是暑假，几乎天天都忙着玩耍，但最近就连十岁左右的孩子游戏时间也愈来愈少。因为"游戏时间"被防空训练和锻炼等等给剥夺了。只要到学校和附近走走看看就知道，世间突然变了个样。

兵役年龄也是如此。少年兵志愿入伍年龄调降了一岁。报纸曾经报道："国民学校高等科毕业，年满十四岁即可从军。"

也就是说，H 明年也将满那个年龄。

"如果有意愿，立刻就可以入伍。十四岁混在大人的群体里当兵想必很辛苦吧。从教练射击社的训练就可以想象，真去当兵会有多操蛋。"

在学校的农耕地不断翻土的 H 这么一说，在一旁用堆肥来施肥的赤尾博史气呼呼地说：

"不必去当兵，现在就已经够操蛋了！"

的确，每天这样翻土、用畚箕挑运堆肥，工作非常累人。不仅肩膀和腰酸痛，还觉得很窝囊。室伏老师亲手抓起马粪，骂道："笨蛋！要这样掺进土里才行！"学生都很郁闷，嘟囔着："我们进二中可不是为了来扒粪的啊。"

听到宣布："明天不必下田"时，大家都露出"总算得救了"的表情。可是听到"学校还有工作，明天照常到校"又大感失望。

隔天的工作是整理和打扫海军兵学校借为考场的礼堂。自 H 入学以来，讲堂已经两度作为海军兵学校的考场，而且已经排定两个礼拜之后作为陆军战车兵的考试之用。不仅是学校的礼堂作为陆海军的考场，真正的军人也经常进进出出。

学校走廊上贴有"海军兵学校"和"陆军士官学校"招考的海报。旁边还有一张"打倒英美鬼畜"的大海报。

"美英两国的音乐都被禁了，有人说'没有理由中学还要继续教敌人的语言'，英文课可能很快就要停了。"

这个谣言，来自丸山四郎。他的父亲在县政府上班，所以才会得到这种情报。丸山希望能进"海兵"。"海兵"是指海军兵学校，陆军士官学校则称为"陆士"。可能是因为在海军的长兄战死，所以他的敌忾心理特别强烈。

丸山情报都是些报纸没有刊载的未发表消息，就像风一样在校园里传开来。

要确认此事是否属实，就只能问教英文的松元正信老师了。

松元老师进教室后还没关好门，就有两三个同学急着发问：

"听说英文课要停啦，是不是真的？"

"应该没有哪个家伙听信谣言，马上把英文课本扔进垃圾桶了吧？"

回答引来哄堂大笑，但松元老师随即正色这么说：

"那只是谣传，并不是已经决定的事情，你们还是好好念书别受影响。所谓'知己知彼，百战百胜'，所以必须学习敌人的语言。如今令我担心的是，只要扯上敌国文化就一概摒弃的风潮。在这种状况下，我也不知道英文课会持续到什么时候，但很希望能教你们英文直到最后。希望大家能珍惜现在上课的每一个小时，把握宝贵的时间好好用功。好吗？"

"好！"全班齐声回答，听起来有些激动。因为大家觉得，松元老师是冒着危险告诉他们非常重要的事情。

H对松元老师产生好感。同时有了这种评价："二中果然一如风评有好老师啊！"

下课后打扫教室时，教练射击社的山田学长从窗口探头进来，"放学后到枪械库集合。你负责通知其他班的同学。"说完就跑了。H联络了隔壁班的横田。H参加教练射击社之后的隔天，横田说要跟，于是也加入了。

来到枪械库，看到中部第四一二六部队的两个排站在前庭。可是仅由服装和站姿就可以看出来，这百人左右的部队全都是新兵。

就年纪来说，有许多是中年人，少数混杂其中的年轻人，看起来身高和体力都不够。应该都是由丙等体位征召来的人吧，H这么认为。

令人讶异的是，这部队的枪借自二中，现在是来归还的。

"为什么学校的枪要借给军队呢？"H向杉田学长请教原因。

"学校的枪，是军方拨下来借给我们的。所以军方有需要的时候，我们得提供协助。至于为什么来借，最好别打探。因为这种事情也属于作战方面的秘密，你还是小心点。"此外就没再详细说明，因此 H 猜测，搞不好是枪支已经不够了。

绕道前来学校的新兵部队，应该是接受行军训练，背着借来的枪支走了相当长的距离之后，又回到二中来还枪的吧。每个人都非常累。

士兵还了枪后，就整队由西门的阶梯下去，离开校园。

教练射击社的成员将返还的枪支搬上工作台，一把把用油布仔细擦拭。由于没有射击，只消将外部的灰尘和汗擦掉即可，清洁起来比想象的简单，所以提早完成。

接获工作结束的通报后，久门教官来到枪械库，对社员说："大家辛苦了。"

H 很想跟喜欢绘画的教官说说话，可是来到枪械库的教官身份是中尉军官，气氛不适合闲谈，只能忍住。

最里头传来教官与古田学长的谈话声。

"一年级的新进社员由谁负责训练？""是杉田。""可以带去夜行军了吗？""训练还不够，不过应该来得及。""好，千万别受伤了啊。"

H 从这对话中听出，传说中的"地狱夜行军"可能就在不久之后了。

"敬礼！"喊口令行举手礼目送久门教官离去后，古田学长说道："你们将由杉田负责指导，即使辛苦也要好好努力，别被打败了。并不是要让你们痛恨而故意整人，请不要怨恨学长。如果有什么意见，可以跟我讲。不过，可不允许撒娇。完毕！"

教练射击社的训练几乎是连日不断。放学后自不用说，农耕工作结束回到学校，随即就有训练在等着。甚至连礼拜天都没得休息。

　　礼拜天，天刚亮就起床，搭头班市电到凑川神社集合。凑川神社奉祀的是楠木正成，深为神户市民所景仰而昵称为"楠公"。

　　打扫这座神社境内，是教练射击社历来的传统行事。不论刮风或下雨，每个礼拜天的早上都得去打扫，社员均不得缺席。

　　社员到齐至本殿参拜之后，到社务所借了竹扫把，分散开来打扫各处。H分配到的区域是由乌龟驮着、造型奇特的"楠木正成墓"四周。墓碑上刻"呜呼忠臣楠子之墓"，学长介绍过，这几个字出自水户黄门之手。

　　打扫完毕后，H一定会双手合十在墓前祝祷。因为楠木正成明知没有胜算，仍然效忠天皇奋战而亡，实在很可怜。

　　H期盼，神户的凑川不要成为这场大东亚战争的决死战场。

　　不过，凑川神社的清扫服务导致的睡眠不足之苦，和社团训练中的匍匐前进相比就轻松太多了。

　　所谓匍匐前进，是一种在地上爬行前进的训练。因为是双手水平持枪，手肘撑开与脚交互移动前进，上衣的双肘与长裤的膝盖部位都被坚硬的地面和小石子磨破了。行进中只要脑袋稍微抬高了些，高年级生手中刺枪术用的木枪就会横扫而来。虽然戴着钢盔并不怎么痛，但还是会锵的一声让人头晕眼花。还会被警告："很不好受吧，可是在战场上决定生死的关键，就在于没有养成这习惯了。"由于高年级生不是只会敲人的脑袋，也会跟着一齐匍匐前进，新生自然受到了激励。

　　教练射击社的行军也相当严酷。即使是经常举行的全校行军也没得比，因为那是全副武装的行军训练。

全副武装要携带重四公斤的枪，背负内装十公斤重沙包的背包，腰挂四个各装填三十发子弹的弹药盒以及刺刀，头戴钢盔。

刚开始的时候，只走个八公里就脚步蹒跚，差点不支倒地。

"光是行军太可怜了，也让你们练习射击吧。"

听久门教官这么说，H与横田互使了个眼色。因为他们原以为升上二年级之后才有可能练习射击，没想到才接受训练没多久就可以实弹射击，非常兴奋。古田学长说道：

"是实弹射击没错，不过用的是练习弹，火药减量而且弹头是平的，射程也短。也就是说，用的是不必去实弹靶场，在校园里即可射击的子弹。"

H曾经看过高年级生在校园一隅用木板围出的靶场练习射击。

"实弹射击的标靶距离是一百米，练习弹射击的距离则只有十米。不过，训练还是和实弹射击一样。十分钟后领枪。解散！"

向古田学长敬礼之后，一年级的八个人就冲去厕所小便。站在H旁边的横田说："虽然累人，不过还挺好玩的。而且好色皇也没法再找你麻烦。"

H的确是因加入教练射击社才得救，不再觉得人身安全受威胁。

领到的枪，平日都收在枪械库楼梯下方的仓库里，上了坚固的锁。那里可说是"枪械库中的枪械库"。十二把三八式步枪排放在里面。至于为何要如此谨慎管理，是因为属于枪身上的"菊花御徽纹"没有磨掉的现役枪支，必须妥善保管。实弹射击时使用的是这里的枪支。与其他训练用的枪不同，这些枪的保养特别仔细，向枪管里瞧，不但可以看到亮晶晶的膛线，也找不到任何火药渣污垢。

"你们也一样，射击之后要仔细清洁恢复到这种状态。射击的步骤，就如同之前所教的，记得装弹之后要关保险，上靶台后，要等听到'开始射击'的口令才可以扣扳机。今天每人打十发子弹。仔细瞄准之后再射击。"

H分配到的，是一把被称为四号的枪。下了枪械库前的阶梯，前往操场一隅的靶场途中，杉田学长来到一旁小声告诉H：

"这把四号枪的弹着点习惯偏右上，所以只要瞄准中心黑点的稍微偏左下就好。"

由于是首次体验实弹射击，相当紧张，起初的两发都脱靶。幸好事先已经得知这把枪的惯性，H的成绩很不错。久门教官说：

"以头一次射击来说很厉害了。不过以后要注意，别猛地扣扳机。有句话这么说：'扣扳机时，要如同暗夜的霜降'，也就是要轻柔地像是勒住一样扣下。还有一点，瞄准的时间不要超过五秒。瞄准的时间太长会眼花，枪也容易晃动。如果三秒以内没有击发，最好重新瞄准。知道了吧。"

"是！"H回答后，一种前所未有的，像是生存价值的感觉油然而生。

没想到，射中瞄准的目标竟然这么有意思。这让他想起，小学三年级时，曾经热衷于用橡皮筋射火柴盒。那有种快感。可是，以真枪射中目标，感觉更是痛快。

秋意更浓，稻作也收成后不多久，教练射击社著名的"夜间行军演习"就将登场。

晚上二十三时出发，全副武装，彻夜从平野走到二十公里外的有马，途中还安插了战斗训练。因为出发地点并不是学校而是平野，必须自行在家着装再前往集合。于是每个人都得在学校的枪械库领取一套装备，各自将枪、刺刀以及背包带回家。

见儿子一副阿兵哥模样还带了把枪回家，母亲敏子大吃一惊，直嚷嚷：

"这是怎么回事？那是真枪啊？会发射子弹吗？会打死人吧！"

不巧这天是父亲的消防署轮班日不在家，H不知该如何说明才好。

"就算会开枪，也不见得都是对人射击。现在若是不接受这种训练，连学校都会待不下去啊。反正我身上也没有实弹，不用担心啦。"

H说明弹药盒中装的是空包弹，也就是假的子弹，可是光是家里有把真枪，敏子就觉得很讨厌。

傍晚去小睡的H在二十一点起来，边吃晚餐边瞄时间。

好子不知怎地说要跟哥哥一起吃，所以这么晚才陪着H吃晚餐。

虽然觉得现在就出门还早了些，H还是在玄关穿上鞋打好绑腿，背起背包站了起来。仿佛要送儿子上战场一样，母亲泪流满面地看着H，好子也一脸不安。于是H在为难之中出门了。

搭上市电，车掌和乘客都一脸诧异地看着H。一个中学生这么晚了穿着军装带枪上车，也难怪大家会有这种反应。

来到平野站前，人员尚未到齐，只见久门教官抽烟的火光一明一灭。武装的学生夜里在路上聚集，不明就里的居民似乎觉得毛毛的，甚至有人家将开着的门窗都悄悄关了起来。"好像被当成是'二·二六事件'了似的。"不知谁这么说，大家都笑了。

二十三点整，排成两列纵队的队伍朝有马出发了。四年级的古田学长一行担任在途中埋伏的假想敌，已经提早三十分钟动身。

小队长是三年级的杉田学长，可能是四年级生为了让低一年的学弟有指挥的经验吧。H所处的第二分队分队长是二年级的松川学长。

自有马街道的入口北上不多久，右边是骑术社的马场，H戳了一下走在前头的横田的背。横田似乎也想起那次骑马远行的事，用力点了点头。

出发才走了一个半小时来到天王谷，就觉得很吃力了。"振作一点！还有十五公里啊！"杉田学长怒吼之后开始唱起《讨匪行》。小队长唱一节后，其他队员接着复诵。

"无止境的泥泞啊　断粮三天两夜　风雨吹打着钢盔

萧萧马鸣也已绝　倒下马匹的鬃毛　如今成死别的遗物"

唱着唱着，H不禁纳闷，这么阴郁的歌怎么会是军歌。因为一唱这首歌，仿佛就能体会战场上的辛酸苦痛，让人产生厌战之心。沙沙的脚步声和歌声持续着。

"烟盒已经见底　讨来的火柴也已湿　饥寒交迫的夜啊"唱完后好一阵子大家只是默默地走着。松川学长突然说道：

"这首歌的作曲者是藤原义江，你们知道吗？"

H心头一震，就好像触电一样。竟然是唱《弄臣》那首《善变的女人》的人。不禁觉得这好像是命定的相遇。

出发后已经走了两个半小时，却还不能休息。

"就快到箕谷了。那里是到有马的中间点。后面的路程才是地狱啊。"

分队长松川学长这么说，之后又走了大约两公里，好不容易才获得十五分钟的小休。大家在路边坐下，正想喘口气时，右前方突然遭受敌人攻击。黑暗中传来朝己方射击的枪声，还看得到火光，很是吓人。

　　部队在左侧的田里散开，卧倒之后打开枪的保险。估计距离大约两百米，但实际可能更近一些。虽然知道假想敌是熟识的古田学长他们，还是觉得"跟真的敌人一样，好可怕啊"。

　　"第一、第二分队绕向左翼。"听到小队长的声音，H尽可能趴低匍匐前进。在水稻收割后的田里爬，残留的茬子刮得脸发疼。

　　分队长松川学长突然一语不发举起手，比出停下的手势。屏气凝神潜伏着，可以感觉到附近有人在动。一会儿后，便看到了采低姿势移动的敌人。

　　"射击！"分队长一声令下，H他们便扣下了扳机。虽是空包弹没有子弹射出，但也真有火药爆炸，也并随声音和火光，感觉就像是身处实战与敌人交火，相当恐怖。

　　交战大约三十分钟后，敌人消失了。小队又排好队伍走上有马街道。

　　大家都累得步履蹒跚。困得不得了，拼命想睁开眼睛，眼皮却很不争气地马上就黏在一起。背包里的沙也非常沉重，很想拿出来丢掉。

　　来到多闻寺山门下，总算又有一次小休。出发至今已经过了大约五个小时。

　　众人卸下背包随便一扔，抱着枪躺在路上。H非常渴，拿了水壶喝水。这时杉田学长说道：

　　"去年，有人在途中将沙给扔了。抵达有马之后一测就穿帮，下场可惨了。你们应该没有人在重量上动手脚吧。"

躺在隔壁闭目养神的横田悄悄戳了戳 H 的腰。H 转过头去，只见他苦着脸指着自己的背包，压低声音说道："得找个地方将沙补足才行。"可是要避开高年级生的注意将沙包装满，是不可能的事情。

"出发！"众人随口令起身，再次踏出沉重的步伐，实在是困得要命。

由于边走边睡，H 两度跌落田边的沟里。第一次被久门教官伸手拉起，但裤子已经湿了。每个人都浑身是泥。

虽然期待黎明快点来到，天色却迟迟不亮。步枪、背包和子弹都变得重得要命，连脚也好像不是自己的了，开始不听使唤。

漫漫长夜终于过去，旭日初升，已经可以看到山路那头的有马市街。

"只要走到那里就结束啦。"正这么想时，前方的路上出现了敌人。是戴着白色假想敌臂章的古田学长他们。扮演敌人的六名高年级生冲了过来，距离愈来愈近。双手持枪，刺刀在朝日下闪闪发光，看起来非常锐利。

小队长杉田学长回过头大喊："冲锋！"率众人向前跑，但是大家都摇摇晃晃的。就算想喊出"杀！"的攻击声，嗓子却已沙哑发不出声音。

与假想敌的距离愈来愈近，双方在相距五米时停下。两军都发出动物般的嘶吼，摆出以刺刀直刺对手胸膛的姿势。看着高年级生刺向自己的刺刀，一种像是真要被刺中的恐惧油然而生。战斗训练终于结束了。

幸运的是，并没有检查沙包。或许是松了口气，横田眼中噙着泪水。

　　"夜间行军演习到此结束。"久门教官的声音传来，H 只觉得好像是在梦中听到的一样，随即就昏倒了。

血型

没想到有血缘关系的同一家族，血型竟然也会有所不同。

不仅 H 不知道，大人们对于"血型"的存在也不关心，不晓得输血时血型是否相符，是决定生死的重要关键。

之所以开始关心血型，是因为报上刊登了一则"因应空袭受伤时之需，请了解自己的血型"的新闻，又看到了邻组的传阅板之故。

传阅板上有"全家一起去验血吧"几个大字，下面写着："请将写有姓名、住址以及血型的布缝在自己胸前。尤其是血型，要写得大而清楚。那将可以拯救您的性命。"

之后，"你是什么血型？"就在各处成为话题。

学生们在学校接受检测，至于不知道自己血型的居民，则在"血型检测班"来到的日子去验血。"血型检测班"在市内巡回，搭起帐篷作业。也曾到长乐国民学校，在运动场搭帐篷。那一天，以邻组为单位申请的人，大排长龙等待检测。

验血其实很简单。用手术刀稍微划破耳垂采血，滴在涂有透明液体的玻璃片上即可。等一会儿变色之后，就知道血型了。身穿白色制服的人员看过之后就会报出是"Ａ型"、"Ｏ型"等等。

盛夫在消防署，敏子在巡回帐篷，Ｈ与好子则是在学校，分别接受验血之后，这才首次知道全家人的血型。父亲是ＡＢ型，母亲是Ｏ型，Ｈ和好子则是Ｂ型。

原本只晓得人若是失血超过三分之一就会死的Ｈ，得知输血时如果弄错血型，即使用父母的血也会送命时大感讶异。

可是敏子却是一脸得意。

"才不呢，如果你用了我的血并不会死喔。听说Ｏ型的血可以给任何人用。你靠我就好了。所谓'施比受更为有福'嘛。"甚至还引用了《圣经》里的话。

Ｈ不仅怀疑Ｏ型的血是不是真能够替代所有血型，也担心母亲是否真的是Ｏ型。这是因为，曾听对面的清水婶说："检测很马虎。"因为清水婶两年前住院动手术时，明明被告知是Ａ型，可是在帐篷检测时却说是Ｏ型。"到底哪个才对呢？"询问之下再测一次，又改口说："不是Ｏ型，是Ａ型才对。"

因为听到这种事，Ｈ才会感到不安，心想："明明还有救的人，反而会因为输血而送命，实在是伤脑筋啊。"

血型在学校也成为话题。那个消息灵通的富田，得意洋洋地发表不知从哪得来的新知识。

"举个例子来说，Ｂ型的人多半我行我素，容易生气，但隔天就会忘记而笑眯眯。说对了吧？"

知道Ｈ是Ｂ型的四五个人看着他的脸哈哈大笑。Ｈ很不服气，抗议道：

"如果Ｂ型的人性格全都一样未免太奇怪了吧。我妹也是Ｂ型，性格却跟我完全相反。"

"就算不一样，也有非常相似之处。听说日本与德国以 A 型和 O 型居多。你不觉得有什么地方很像吗？意大利好像是以 B 型居多。"

富田回答。虽然认为富田不可能连意大利的统计资料都知道，但大家都觉得很有趣，很佩服他。"原来喔，意大利是 B 型啊！还真的比较随性呢。"说着又笑了。

H 想想几个认识的意大利人，可是并不觉得他们的性格都一样。唯一的共同点就是，他们都比德国人爽朗。所以 H 比较喜欢意大利人。如果真有很多人跟自己一样同是 B 型的话，H 心想："嗯，那就这样吧。"

可是，几天后发生了一件令 B 型人脸上无光的不名誉事情。与日本缔结"三国同盟"的意大利，早早就竖白旗无条件投降了。

虽然看过美、英以及加拿大的联军从西西里岛登陆意大利本土的新闻，但没想到会这么快就投降了。

九月十日朝会的时候，酒井校长就意大利投降发表了以下的讲话部分：

"可能很多同学已经知道了，很遗憾，意大利向美、英及加拿大联军无条件投降了。不过，因为意大利并没有全面投降，大家千万不可动摇。情况有些复杂，但简单说，日、德、意缔结三国同盟成为兄弟之邦，是在墨索里尼的法西斯政府掌权的时候。遗憾的是，墨索里尼被一个叫作巴多格里奥的政治家背叛而失势，政权如今由巴多格里奥接手。这次的无条件投降，便是巴多格里奥一派与部分的军方所为，我们的盟友墨索里尼并没有投降。据说德国的希特勒也发表了演说，表示'巴多格里奥不仅出卖自己的国家，也意图陷害德国。但是，《三国同盟条约》不会因此而受影响，德国也不会被任何敌人打败。'我觉得这番话说得没错。希望各位同学也抱持与战场上战斗的兵士相同的心情，以胜利为目标继续努力。"

意大利明明就已经投降，校长却还能说出这番道理，令 H 相当佩服。

当天傍晚，鸟取发生大地震。受害地区以鸟取市内为中心，灾情相当惨重。

天灾不知何时会降临，但意大利的投降也如同天地变异般突然。

数日后，传来遭巴多格里奥一派监禁的墨索里尼被德国空降部队救走的消息。因为这件事，教室里又热闹起来。

还有一则类似附录的报道指出，墨索里尼已组织法西斯内阁，并由罗马迁都至米兰。

"派空降部队救出盟友，还真是帅啊。果然没错，A 型和 O 型就是可靠。B 型多的意大利真是靠不住啊。"

"干吗非扯到那里去啊。明明就和血型一点关系也没有。"H 着急地说。

接着，H 想到住在神户的意大利人，现在一定很不安吧。

不过，这不只是 H 的想象，他们果真被逼到了孤立的状况。

意大利投降后大约一个礼拜，因为安东尼奥先生委托的裤子修缮妥当，盛夫便前往他家交件顺便探视。

可是安东尼奥先生不在家。邻人小声告知："我也不是很确定，不过好像被带去白川了。"住在神户的外国人来自许多不同的国家，战争开打之后，就依照国籍分类为敌我两边。德国和意大利是轴心国，属于我方，所以和过去一样继续密切往来也没有关系。但是美国、英国、荷兰、加拿大、澳大利亚等敌国的人，就都被送进集中营遭严格地隔离。

那集中营的所在地，叫作"白川"。该处得沿妙法寺川北溯，距离 H 家大约八公里。

地名虽然是"白川"，却是在西神户后山的一个山顶，并没有河川流过。

那一带的山，据说很久很久以前是海底。那里曾经是海的证据就是，只要在山坡上稍微挖掘，很容易就可以找到贝类化石。所以，小学时，学校的远足兼化石采集曾去白川玩过好多次，是个很熟悉的地方。

大东亚战争开始之后，H 只去"白川的集中营"看过一次。因为当时听说英国人霍华德先生被送进去，才想去那里看看。只不过，万一在白川附近遭到逮捕，会有被视为"意图与收容之敌国人联络的间谍"的危险。

于是 H 格外谨慎，带着铁锤、刷子还有小水桶，打扮成去采集化石的模样。

为避免太靠近集中营，H 爬上了可以俯瞰全景的山丘，趴在岩石后头眺望。在排列着木造平房的集中营四周，每隔两米就立着一根打入地下的粗原木桩，上面围着铁刺网。再仔细看，集中营里还有以铁刺网隔出区域。似乎是用以区隔老百姓和俘虏。谣传这里也关有在南方掳获的英军。

H 曾在街上见过那些俘虏。个子高的俘虏列队走着。由于那支队伍是由持枪的短小日军引领，可以明显看出体格的差异，H 心想："果然是差很大啊。"

H家斜对面铁工厂的老板知道那些俘虏要往何处去，这么告诉H：

"他们都被送去造船厂工作。每个人似乎工作都很认真。"

H问父亲："安东尼奥先生他们会不会也被送去集中营了呢？"父亲说："会吗？因为不能断定就是敌人，我也不知道会怎么样。"

几天后，传来令人担心的安东尼奥先生已经返家的消息。

据说不论是意大利使馆的外交官或是意大利平民，都被找去接受调查，看看是否有与巴多格里奥一派接触的人脉。经过调查没有嫌疑的人，虽然不会被送去集中营，却也无法像以往那样自由行动，好像还会受到监视。

安东尼奥先生从盛夫手中接过长裤时这么说："暂时还是不要再和我见面比较好。"

"安东尼奥先生看起来似乎很落寞。"听父亲这么说，H也觉得很寂寞。

"好像连神户的街道也愈来愈不一样了啊。"H心里想。

不但街上变了，住家的外观也变了。家家户户的窗子都用宽约三公分的白纸贴上了米字形。那是为了防止玻璃被空袭的爆波震碎而飞散。学校里白色发亮的校舍，也因会成为空袭目标的理由，用黑色与灰色油漆涂上了山形的线条，完全变了个样子。

H与同学们排队到校时，一接近校门口，担任队长的高年级生便会喊出："正步走！"的口令，众人一同摆手踢腿行进，但是抬头看到被颜色污染的校舍，就觉得很悲惨。就算来上学，课业时间也被缩减到极少，相反的，农耕作业与军事训练的时间却不断增加，令人生气。

"缴了学费，却要我们去搬土或下田工作。实在是亏大了。"

"就算进了大学，也没法念什么书。因为学生出征，马上就得去当兵。"

这些都是实话。因为已经逐渐演变成顾不了学业的情况了。

十月二十一日的报纸出现了这么一则标题："消灭鬼畜美英！出征学生威武的分列式"，还刊登了一张队伍在雨中肩负枪行进的大照片。也刊载了东条首相当时的训辞全文。因为是"在悠久的大义之道上前进。超越美英敌国的学生"这种老套的官腔，H就没有继续看下去。

原本H就不喜欢东条首相，进入二中之后更是觉得讨厌。或许是因为他长得和田森教官很像的缘故。

军训课是由田森教官与久门教官两人负责，但学生全都很讨厌上田森教官的课。因为与久门教官相比，他的上课内容实在差太多了。

久门教官的课，常让人觉得获益匪浅。

"面对极限的状况，人类往往会依照本能来行动。这一点同学们最好要注意。比方说，以树木为掩体射击时，一般都会采取防卫左侧避免心脏遭敌人击中的姿势。理论上这并没有错，但是要离开掩体向前移动的时候，就不能这样直接冲出去。因为敌人已经瞄准好你会出现的位置等着，如果还特地从那里冲出去就太笨了。所以，要离开掩体移动的时候，必须违反本能，从左侧出去。在这种情况下，不能就这么采取立姿，要尽量蹲低身体，从敌人瞄准部位的下方快速穿过去。要想避开危险，就必须养成这么行动的习惯。"

久门教官不仅传授理论，也不会揍学生，所以很受爱戴。

另一方面，田森教官就只会把"军人精神"挂在嘴边，毫无意义地经常要求学生跑操场或做伏地挺身。不仅如此，在教室授课时说得煞有介事的内容也令人生厌。

拿着报纸走进教室的田森教官，得意扬扬地高举报纸说道："你们看报吗？今天早上看过报纸的举手。"

H看了却没举手。

教官环视学生们之后说："那我念给你们听。"接着开始读报。

"标题是：'从国民学校到大学，全都是军方的预备学校。'接下来写的是陆军省局长在议会说明《兵役法修正》以及陈述军方决定的部分。'虽然这次将兵役年龄延长改为从二十岁到四十五岁，但许多国家早已如此规定。英国是从十八岁到五十岁，美国同样是十八岁。至于我国是否也要调降年龄，由于兵役法已进行修订，今后若有必要随时均可实施。从今天开始，要停止一切松散的做法，以军事教育为准，从国民学校到大学，连女子学校也不例外，都必须进行有组织的训练。过去的军事教育，只在培养国防观念，但以当前时局来说就显不足。各学校必须肩负起军方预备校的教育责任，在学生入伍之前作好准备。'"

读到这里，田森教官突然大喊："注意！"而后说道：

"你们已经是天皇陛下亲自率领的部队一员了。从今天起，别再以为自己是中学生就可以混！"

原本脸色就红的教官此刻更是涨得通红，看起来就像是赤鬼一样。大家都装出一脸老实样，深怕自己的名字被叫到，微微低下头，以免与教官四目相接。

即使在办公室，也有许多老师不想与田森教官视线相交，似乎都想尽量避免在意见上起冲突，因为大家都不想被无法讨论的精神主义方面的主张纠缠不清。

可是，就有一位老师会嘲弄田森教官，是教英文文法的渡边锻老师。

因为老师的名字发音是 Watanabe Tan，很自然的，他就被起了个绰号叫"馄饨"（发音为 Wantan）。

他非常胖，肚子圆鼓鼓的巨大身躯裹在国民服里，仿佛随时会把衣服撑破、纽扣迸掉似的，像是漫画人物一样滑稽。由于他容易动怒，总是令学生提心吊胆。但不可思议的是很受欢迎，这是因为他的教学方式很有趣。

一进教室，不论天气是否寒冷，馄饨都会说："把窗户全部打开。让霉菌很多的空气与新鲜空气交换一下吧。"因为他自己很胖，就算是冬天也拿着手帕擦汗，可是教室的窗户全开，冷风就会吹进来，学生可受不了。

这位馄饨老师，可说是田森教官的天敌。在走廊相遇时，都会立刻打招呼，说些这样的话："教官您可真是神采奕奕啊。精神真好。"

不知是打招呼的时机巧妙，还是掌握了田森教官什么弱点，很神奇的，馄饨从来不曾遭到反击。

事实上，馄饨也是 H 的天敌。入学考试时，坐在右边直盯着 H 的胖子，好像就是馄饨。或许当时觉得 H 是个傲慢又惹人厌的小子也不一定。总之，H 经常被他点到。要是问题答不出来，就会扯着 H 的耳朵说："这样不行啊。"馄饨绝不会打学生耳光，可是这"扯耳之刑"也很痛。如果想逃，就会变成自己拉扯自己的耳朵，反而更痛。

"进了二中之后，妹尾的耳朵就愈来愈大啦。"班上同学这么嘲笑，但Ｈ也怀疑可能真是如此，足见受过多少次"扯耳之刑"。

"馄饨的血型是ＡＢ型喔。"俨然血型研究权威的富田放学后冲进教室大叫。Ｈ不知ＡＢ型的性格有何特征，即使想找出血型相同的馄饨与父亲之间的共同点，也怎么都找不到。

"我再公布一件更有趣的事。好色皇是Ｏ型！久门教官一样也是Ｏ型。"

大伙儿听了议论纷纷。那个田森教官竟然跟久门教官一样是Ｏ型？

"两位教官根本是天差地别啊。用血型来看性格根本就是骗人的嘛！"

遭众人指责围剿，富田哑口无言。

血型话题的热度终于退去，话题转移到数日后例行的"全校大行军"上。

这"全校大行军"在每年的十二月初举行，是从学校到垂水往返二十公里的行军。行程是由国道一直往西走，经须磨沿海岸公路走到垂水。

当天的天气晴朗，但仍吹着冷风。八点钟，五年级生第一批离开学校，之后每隔十分钟，依照四年级、三年级、二年级的顺序分批出发。

二十公里的距离，与走到有马的夜间行军演习相当。可是，这回的行军却是在白天而且什么也不必带，与那"地狱行军"相比实在是太轻松了。过了须磨之后，可以看到海那一头的淡路岛。海风吹起了白色的浪花。

虽然大家都有些累，但一年级生全都没有脱队。所以，应该算不上是辛苦的行军，可是听说还是有四个高年级生回程时跑去搭电车。八成是为了追求瞒过老师的刺激吧。但听说运气不好被抓到，惨遭田森教官修理。

昭和十八年（一九四三）岁暮将近的十二月二十一日。有一则大本营发表的讯息，塔拉瓦岛、马金岛的陆战队士兵已经玉碎。

以三千人对抗五万敌军，奋战五日之后，柴崎少将与所有官兵全部阵亡。

报上刊载了与柴崎少将同期的矢野少将的谈话：

"即将前往太平洋战线第一线的塔瓦拉岛时，柴崎少将曾表示，自己会抱持楠木正成于凑川出征时的心境动身。而且已有所觉悟，无论任何情况，都将全力以赴。"

H 心里想："怎么又是楠木正成呢。果然又是被弃之不顾而战死的啊。"

木炭店大叔也说："动不动就搬出'楠公'的名讳蒙混战果，熟悉楠木正成事迹的神户人虽然没说出口，心里头可都气愤得很。"

"才刚发生玉碎的战役，今年的圣诞节得比去年还要小心，不然可能会出事啊。"

听到盛夫和敏子的谈话，H 发现一件事。

"说起来，我也不像以前那样期待圣诞节到来了啊。"

或许是因为自觉已经不再是小孩子，再加上周遭的紧迫感愈来愈重的缘故也不一定。

"基督教是敌国宗教！"这种攻击持续不断，保护教会也面临了严峻的状况。在报纸上看到，大阪已出现逼迫基督教信徒改变信仰的团体。

为免被强制征召，川口牧师也已经去军需工厂的野田滨铁工厂工作了。所以，当他穿着满是油渍的工作服回来时，每每已经是礼拜眼看就要开始的时刻。

即使是圣诞礼拜那天，讲道的川口牧师身上，一样也有淡淡的工厂油臭味。

实弹射击

"明天早上，教练射击社二年级学生要去靶场。今天放学后到枪械库集合。"

接到了这样的通知。可是，H他们已排定要去丸山从事田间劳动，于是去找久门教官，说："我们应该没办法去了。"

"没有问题。已经免除你们的田间劳动了。"没想到会听到这种回答，吓了一跳。原以为是久门教官去争取的，但其实并不是。"教练射击社与刺枪术社的训练比田间劳动重要，列为优先事项"是教职员会议的决定，校方似乎也同意了。

柔道社、剑道社也是免除田间劳动的对象，但铺设榻榻米地板的柔道场和木地板的剑道场，都供作中部第四一二六部队驻扎之用，没有道场可以练习。或许是因为这样，柔道社和剑道社的成员，和橄榄球队一样也去跑操场，相当显眼。

放学后邀横田同往枪械库，却只见久门教官，其他高年级生都不在。

原来是因为勤劳动员，三年级以上的学生都到三菱重工和三菱电机的工厂去了。学校里只剩下一年级和二年级。

"明天,我要带二年级去落合靶场练习实弹射击。你们去找出之前打练习弹时使用的枪,当做是自己的枪仔细保养过。"

突然听说要实弹射击,众学生七嘴八舌聊开来。心情是既兴奋,又带有些许不安。

"不用担心。古田和杉田不必去工厂轮班,我找他们过来帮忙。实弹射击也只要依照过去的训练去操作就好。好,现在来领自己的枪。完毕。"

久门教官打开楼梯下枪械管理库的锁,让 H 他们进去取出自己的枪。一想到真的要实弹射击,保养的认真度就和平日不同了。将串在通枪条前端的布吸饱了油,正卖力清洁枪管时,仿佛早已料到,教官在一旁提醒:

"过犹不及,可别让枪管里面积了太多油啊。"

翌日早上,庆幸不必参加田间劳动也不必随田森教官出操的 H 等人,心情非常好。

"好色皇一定很不甘心吧。因为他不敢违抗久门教官。"

边说边整队,而后负枪朝神有电铁的凑川站前进。

久门教官虽然听到 H 他们的对话,却也没出声制止。这时突然传来一声:"行进间保持肃静!"发令的是三年级的汤川学长。昨天并没有听教官说汤川学长也会参加,H 他们心里很不满:"怎么他也跟来啦。"三年级被分成两组,一组去三菱电机的工厂,一组留在学校上课,每隔一个礼拜互换。汤川学长那组的工厂劳动到昨天为止,今天回学校上课。看起来,汤川应该是向学校请假来参加的。

H 他们觉得,高一届的学长,好像比四五年级生更不容易亲近。有一回将这种感觉告诉了四年级的杉田学长，他笑着说："我们也有同感啊。总觉得年纪相距较多的高年级要比只差一届的学长还亲切。你们自己都发现了，可别对一年级太严厉啦。"

听到这番话，H有些不好意思。因为想起刚升上二年级时，有了新生当学弟，非常开心，却因为想要照顾人的心理而显得有些高姿态。

在铃兰台站下了电车，特地绕路走到落合靶场。

靶场所在处的两侧是山，有点像是山谷。射击位置是个略微高起的台地，标靶在前方一百米处。与靶台隔着稍微低洼区域的那头，立着三个仿佛从地面长出来似的靶子。

"为了让大家了解自己射击的是什么，我们过去标靶那里解说。"杉田学长说着就在前面带队。先往下走，来到一条沿山谷前进的小路，那是一条不必担心会有子弹飞来的绝对安全的通路。

"其实靶台和靶子之间的低洼区域才是快捷方式喔。"杉田意有所指地笑着说。H不明白那笑容有何含义，只知道所谓的快捷方式就在子弹飞过路线的下方，唯有无人射击的时候才能通过。从谷间小路爬上陡坡来到的地方，是一处混凝土深壕的入口。壕沟里的湿气很重。宽度与双手伸开的长度相当，是一·六米。深度约二·五米。即使站直仍与地面保持充分的距离，感觉就像是潜入地下要塞一样，令人讶异。

"要这么深也是理所当然的。因为实弹是朝这里射来，如果不进深壕里，可是会被子弹打死的啊。"杉田说道。

听说这个壕沟叫作"靶沟"，作用是从壕沟里观察靶子上的弹着点。从百米外的靶台看过来，靶上的黑点比豆子还要小，但是在这里看，黑点的直径大约有三十公分。

命中黑点的中央可得十分。以黑点为中心画有同心圆线，十分旁是九分，向外依序是八分、七分、六分，分数愈来愈少，击中圆外的空白处则是零分。

那么大的靶子，其实是一张约纸拉门大小的靶纸，贴在板子上。

贴靶纸的板子有上下两片，中间由转轴连结。也就是说，两片之中有一片会升出靶沟外，另一片留在沟中待命。监靶员的工作是准备标靶，以及为射手指示子弹击中位置。因为在靶台的射手只能勉强看到黑点，不可能看到弹着点所在位置。

在靶沟中抬头观察靶纸的监靶员，可以清楚看到击穿的弹孔。所以，要负责用附在一根长棍前端的圆板来指示。射手看了就知道自己打中什么地方，修正后再射击下一发。

"这根加装黑色圆板的棍子叫作'锅盖'。或许是因为黑色圆板像是锅的盖子吧。如果看到锅盖没有在标靶前准确停下，而是左右大幅摇晃的时候，就表示怎么也找不到弹痕，子弹偏离目标，不知飞到哪里去了。对射手来说，锅盖左右摇晃的'脱靶'，是非常丢脸的一件事。如果不好好瞄准再扣扳机的话，搞不好会被冠上'锅盖'这么个绰号喔。"

这一天的落合靶场，成了二年级生的专用靶场。八个人分成两组，轮流当射手和监靶员。横田和H分到了同一组，非常开心。

H这组先负责监靶。杉田学长和汤川学长留在靶沟，另外四个二年级生因为是射手组，又循来时路回到小丘上的靶台。

在靶沟里等候的H，脸和手被蚊子叮得很惨。似乎是积在沟底的雨水滋生了大批子孑所致。因为痒得要命，正刷刷猛抓时，听到杉田学长说："差不多要开始射击啰。"明明什么声音也没有，是怎么知道的呢？正这么想时才发现，原来靶沟上方装有像是汽车后视镜一样的镜子。靶沟里的杉田学长应该是抬头透过那面镜子看到了用力挥手示意开始射击的信号。

等了一会儿，没有子弹飞来。明明连枪声都还没听到，汤川学长就先笑着说"脱靶"了。随即砰一声尖锐的击发声传来，接着还有"咻——"的声音，靶纸上却找不着弹痕。"看吧。妹尾，快点用力摇锅盖。"H听令举起装有黑圆板的棍子左右摇晃。

接着又是脱靶。这么难打啊，H不禁感到不安。

"我告诉你们为什么打不中。因为瞄准时间太久了。视线一模糊，枪也会晃动。八成是第一次射击，有些害怕。扣扳机时因为紧张而过猛，子弹自然就偏了。"杉田学长说。

这番话就跟久门教官以前说的一样，H心想："原来如此，我明白了。只要跟射击练习弹的时候一样打就好了。"觉得很有把握。

第二人开始射击后，杉田学长说："汤川，差不多该带两个人过去靶台了。把打完的人带过来。另外两个我来带。"

H和横田跟着汤川走出靶沟，却发现要从不同的路去靶台。

"往这边，我们走快捷方式。"听汤川学长这么说，H和横田因为不安而互看一眼。因为他们知道，所谓的快捷方式就是从子弹飞过路线的下方通过。汤川学长笑着说：

"放心啦。还没有死过人。就算是弹道下方，因为是从低洼处通过，只要压低身子就不会中弹了。这大家都得体验。"

"杉田学长也知道要从这里通过的事吗？""知道。不过，不可以跟教官讲。因为这是特别训练，和久门教官监督下进行的训练不一样。"

汤川学长说完后就屈身快步向前跑。H没有办法，才刚随后追去时，突然传来砰、砰、砰的巨大声响，并伴随着划破空气的咻咻声，子弹从上方飞过。H吓得立刻卧倒。心脏好像都要跳上喉咙似的非常难受。H发觉自己的裤子湿湿的。原来是尿了裤子。原本跑在前面五米左右的横田倒在地上，动也不动。H吓了一跳，以为他中弹了。见汤川学长招手要求快点过去，H以匍匐前进的方式一点点往前推进。来到横田旁边，喊了声："喂！"并伸手推推他。只听到横田说："我好害怕。"一想到可能还会有子弹飞来，H也怕得要命。

此刻才明白，原来匍匐前进的训练为的就是应付这种情况。正想着确实很有用时，又听到砰、砰、砰的击发声，子弹带着"咻——呜"拉长的奇特声音飞过。汤川学长忍着笑说道："刚才那发脱靶啦。子弹朝上飞去了。听到那种声音，就表示子弹飞过了山谷。不信的话看看靶沟。锅盖应该会摇晃才对。"的确是说对了。只见锅盖从靶沟里伸出，左右大幅摇晃。汤川学长只比H大一届，竟然这么会分辨声音，真让人佩服。

即使只开了一枪，击发声却是砰、砰、砰响彻四方，听起来像是好几发同时射击一样，是因为两侧的山造成了回声。

了解原因后，H稍微镇静下来。这才发现，虽然是在弹道之下没错，但因为是洼地，好像不贴着地面前进也没关系。

"即使不卧倒应该也打不到吧。"听H这么说，汤川学长说："应该是不会，不过还是匍匐的姿势比较安全。绝对不要做傻事站着跑。因为可能会有跳弹。"声音听来有些动怒。所谓跳弹，就是击中地面之后弹跳起来的子弹。弹跳的方向，会因子弹击中处的地形而有所不同，无从判断会弹向何方。

H 听了又感到害怕，在地面爬行前进。穿过靶台与靶沟之间来到小丘附近，共有十几发子弹从 H 他们上方飞过。

从靶台旁登上小丘途中，汤川学长停下脚步转过身子，说道："这么做并不是故意要欺负你们。如果以后遇到有实弹飞过来的时候，这次的经验应该能够发挥保命的作用。不论什么时候都不可以慌张。不能掌握情况的家伙就只有死路一条。白白送命就一点意义也没有了。千万别那样。"同时顺手帮 H 和横田拍掉身上的泥土。而且还假装没发现裤子湿了。H 因此反省，自己不该认为汤川学长是那种爱摆高年级架子的讨厌鬼。

来到靶台所在处，第四个人正好射击完毕。H 再次对下令从靶沟出发的杉田学长，要求从快捷方式匍匐前进的汤川学长，对于时间判断的准确性感到折服。

久门教官和古田学长上下打量两人的模样，只是笑了一下，什么也没说。大概是看到长裤湿了吧。教官和古田学长似乎都知道抄快捷方式匍匐前进的事。不过，从靶台往下望，根本就看不到那条快捷方式所在的洼地。这是当然的。如果看得到，子弹应该就可以打到那里。

H 准备实弹射击，拿着四号枪站上靶台。

听到"装子弹"的口令，就将拉柄竖起往后拉，将五发子弹填入弹仓。拉柄关上时发出咔锵的金属声，吓了自己一跳。虽是这声音平常练习时早已听惯，但或许是因为强烈感觉到枪里装填了实弹的缘故。称为保险的安全装置是关着的，即使手指触碰扳机也不会击发，心里还是七上八下。

"卧射预备！"听到久门教官的口令，H 便趴在地面以卧姿做好射击准备。

打开保险等待"射击"的口令。虽然已经知道这把四号枪的弹着点习惯偏右上，但不晓得该朝左下修正多少才好。索性第一发就凭直觉瞄准左下方。

听到"射击"口令，H手指静静地施力扣动扳机。轰隆声和冲击比想象的还大。击发的瞬间，感觉枪身跳了一下。H心想，子弹搞不好朝上偏了很多吧。在靶台射击，是听不到子弹飞过的声音的。因为那个"咻——"的声音，只有在子弹从上方飞过时才听得到。

从靶沟伸出的锅盖会指着哪里呢？还是会大幅摇动呢？H担心地等待。锅盖从下面伸出，移到标靶中央黑点的前面停了下来。

"怎么可能！"H心里想。持望远镜观测的久门教官说道："命中黑点。"

第一发就命中，纯粹是侥幸。

"这样就射中，吓了我一跳。"H心里想。与其说高兴，不如说有些不知所措。

古田学长说："妹尾的瞄准和射击方法都没话可说。接下来也要好好瞄准再射击喔。"

"说要好好瞄准，其实我并没有瞄准黑点，而是朝偏离相当多的地方开枪，接下来就没办法保证了。"H很想这么说，但还是把话吞了回去。

第二发六分，第三发竟然有九分。

H想尝试不做校正，直接瞄准黑点射击会怎么样，于是第四发依正常瞄准射击。结果，弹痕落在黑点右上方，差了相当多，零分。

"哎呀！"大家都很失望。先前明明连着都打得不错，怎么会突然失准拿了个零分呢？纷纷投以质疑的眼光。

H觉得若是说出失准的原因可能会挨揍，所以没说是直接对准黑点射击。

最后的第五发得到七分。"生平第一次实弹射击总分就有三十二分，这可是新纪录啊。零分那一发的原因可能是扣扳机太猛吧。"听到有人这么说，H觉得有些好笑，因为事实并非如此，但也只好回答："是。以后我会注意。"

横田很惨，竟然有三发脱靶。

古田学长骂道："瞄到哪里去啦。既然没打到，就快点找找该瞄准哪里才对。没掌握枪的习性当然打不到啊。不可以直接瞄准！"

没有任何一把枪可以不经校正就准确命中目标。即便是公认命中精准度高的三八式步枪，实际状况也是如此，H知道之后再次感到讶异。

H的四号枪，是经过挑选，准确度良好的枪，与出操用的不同。那么，战场上的士兵用的枪又如何呢？在激烈的战斗中，能够好整以暇边校正枪支惯性边射击吗？还是只能够乱射一通呢？H不禁陷入沉思。

横田不知是否被古田学长的话给点醒，第四发两分，第五发甚至得到五分。

看来他已经知道只要朝右边瞄准就好。横田结束射击之后，由古田学长用同一把枪来示范。可是一开始也脱靶。大家静静等待接下来的射击。第三发之后逐渐向中央接近，令人佩服。不过也止于七分而已。

H被捧为"神射手"，古田学长拍拍他的肩膀说道："如果敌

人在本土登陆展开决战的时候，你这样的家伙可就有用啦。"H
听了觉得很害怕。

之后，又得到三次实弹射击的机会。有一次射击的子弹居然
有三十发之多，H觉得很不可思议。军队的弹药已经不足，应该
是很宝贵才对，竟然让中学生如此大量射击，实在是想不通。

搞不好正如古田学长所说，为因应本土决战，有什么秘密计
划也不一定。仔细想想，与训练那些驻扎在学校的中年新兵相比，
这样应该是有效率得多。可是H觉得，受到这样的期待实在很伤
脑筋。虽然不能告诉久门教官和高年级生，不过经由实弹射击，
已经清楚了解了一些事。

"就算是危急的时刻，我也没办法对着人开枪。就算有子弹
朝我打来，也只会趴在地上动也不敢动。开枪和被子弹打中实在
都很可怕。可是会喜欢射击，又是怎么回事呢？"

H知道自己是个胆小鬼。可是，H却无法否认开枪射击的快
感。或许这只是本能的快感吧，他试着这么想。因为用橡皮筋射
火柴盒的时候，如果能准确命中，任谁都会觉得很开心。也就是说，
在没有拿枪射击以前，也不是什么大不了的事。

H之所以参加教练射击社，原本只是一心想逃避田森教官。
可是，如今却因为爱上射击而能够忍受严格的训练。经由实际的
射击，H发现自己喜欢枪。

只不过由于瞄准对象的不同，枪可能成为可怕的武器。由于
三八式步枪无疑是用以击倒敌人的武器，其间的矛盾令他不知如
何是好。

"军方是不是已经下令要训练学生成为狙击手啊？"H鼓起
勇气去问久门教官。教官未置可否，只是这么说："就算有那种事，

我也决不会让我的学生因为疏忽而送命，我会尽量将能够在紧要关头保住性命的方法传授给你们。"

H突然发现。汤川学长竟然完全盗用了久门教官的想法。

H他们在操场进行练习弹射击，或是持枪做散开训练时，中部第四一二六部队的阿兵哥在一旁见习，看得是目瞪口呆。他们不但从没有持枪射击的经验，甚至连中学生程度的军事训练也没有受过。为什么会征召这些人来，H实在是想不通。

那些阿兵哥在校园中整队，然后朝操场西侧移动，分为四人一组开始在地面挖洞。那是通称"蛸壶"[1]，直径约八十公分的单人掩体。

间隔约五米，挖了有二十个，操场因此变得坑坑洞洞。

一个二年级学生见了随口说道："那是本土决战用的蛸壶。"

在校园里挖洞等待敌人的做法，究竟是什么样的作战策略呢？H实在无法想象。

答案在一个礼拜后揭晓。那是一种令人无言的可怕作战方式。

---

[1] 日本渔民用以诱捕章鱼的瓦罐。—— 译注

蛸壶

　　蛸壶式掩体完成后，部队的训练随即展开。单纯只是进出掩体，就轮流练习了大约有两个小时。空着手连枪也没带，就这么钻进掩体再爬出来的训练，也不知道有何作用，总之就是反复演练着。

　　好不容易到了中午，也是部队吃午饭休息的时间。这时，大约有三十人奉令进入掩体内。那些士兵好像得在掩体里吃便当。之所以说"好像"，是因为距离 H 他们所在位置相当远，听不到被交代的内容。士兵们带着饭盒进入蛸壶就没出来。

　　由于蛸壶的数目容不下部队所有的人，其他士兵便抱着饭盒到操场北侧的堤防坐下，吃了起来。

　　饭盒一般来说都是金属制，或许为弥补金属之不足，这些士兵分配到的是以孟宗竹制成的竹筒饭盒。反正饭是用大锅子一次煮，不必各自炊煮，所以用竹筒充当饭盒就很好用了吧。

　　H 他们也坐在尤加利树下，打开便当盒的布包，吃起以南瓜或地瓜代替米饭的午餐，但还是非常好奇中部第四一二六部队究竟在做什么。

"为什么要让他们在洞里吃饭啊？也太古怪了吧。"

"不会是要训练他们在洞里生活吧？"

"想大小便的时候怎么办呢？"

"真的作战时，也可能一直没法出来，应该是在洞里解决吧。"

"那洞里不就跟化粪池一样啦，就算是自己的大便也不行。"

学生们有些瞧不起这支部队，随口胡乱开玩笑。

H还见过比这个部队更古怪的军人。

"我在兵库车站看过两个排的士兵在那里整队，一样是拿着竹筒饭盒还有水壶。更好笑的是，腰间还挂着两双草鞋。"

"干吗啊那是。难道是鞋子很宝贵，所以作业的时候要换穿草鞋吗？"

"竹筒饭盒和草鞋呀。简直就是战国时代的步卒嘛。"家里是制鞋工厂的福岛说着叹了口气。

的确，日本陆军的装备，似乎是愈来愈简陋了。话虽如此，并非所有部队都是配竹筒和草鞋。当然也见过带着枪、全副武装行动，威武可靠的部队。只不过，看到这种部队的机会愈来愈少也是事实。

作为模板之一的中部第四一二六部队，在那奇妙的蛸壶训练结束后，又带着铲子和麻绳等工具，整队离开学校。看着部队移动，宫森说道："他们要去拆房子。地点可能是兵库车站靠海侧的明和通吧。"

所谓"拆房子"，指的是命令军需工厂与重要设施周边的居民迁走，划为"强制撤离区"，将原本的家屋破坏拆除的作业，以便作为空袭时防止火灾蔓延的"防火地带"之用。

由于宫森家就在明和通附近，所以知道川崎火车厂和川西仓库相邻的街区被划出一条带状的"强制撤离区"，正在进行拆除作业。

"看来那些阿兵哥是被征召来作土木工程的，真可怜。"

虽然有人这么说，不过 H 他们最近也被派去协助强制撤离作业，士兵和学生，其实都一样。

说到一样，部队所挖掘的蛸壶式掩体，田森教官的军训课也用上了。

"看来军方和学校果真有什么秘密协议也说不定。"横田说。

这么说来，教练射击部分配到这么多实弹，或许也一样。

田森教官的军训时间从在校园中的蛸壶前集合开始。

"要怎么整我们啊？"学生们尽可能嘴唇不动小声交谈。

教官先派了几个人去农具仓库搬训练用的道具。没想到竟然是装设在脚踏车后面的板车，大家都吓了一跳。板车上堆了十个折成三十公分左右的四方形再绑起固定的草席，有十个之多。大小约与棒球垒包相当。田森教官指着那东西，开始说明今天的训练。

"这辆板车是敌人的坦克车，而这些四方形的东西是反坦克地雷。这就是'反坦克地雷作战'。也就是说，藏身在掩体之中等待敌人的坦克到来，当坦克靠近后，就爬出掩体将地雷扔过去让坦克压。这个破坏敌人坦克的作战方式最需要注意的就是，得仔细观察坦克的动向，投掷后立刻回掩体躲避。如果没有做到，地雷爆炸的同时，自己也会被炸飞。若是成功爆破敌人坦克，我会举这面黄旗，吹哨子一声。如果失败，就嘀嘀吹两声。听到两声哨音的人就表示被炸死了。要让这个作战成功，就必须抱持见敌必杀的精神果敢行动。完毕。有没有问题？"

　　H 他们哑口无言听着说明。就算问"有没有问题？"也不知该问什么。简单说，要不是成功，要不就是被炸死。

　　首先派八个人进入掩体，其他人在一旁观摩，而后交换。

　　H 分到下一组，先观摩。最令他松了一口气的是，没有被选为坦克驾驶。说是驾驶，不过就是推着板车跑的人。

　　将板车当做敌方坦克的这个要求，实在很难办到。被学生小跑步推着的破车，看起来根本就不像坦克，大家都一直忍着不敢笑。因为知道如果笑出来可不得了。可是，不得了的事终究还是发生了。在训练开始前试跑时，本来要当坦克驾驶的大久保跌倒了。大块头男生啪哒向前扑倒，只有板车继续前进，简直有如漫画情节，全员再也忍不住而大笑。结果，好色皇自然是气炸了，大骂：

　　"你们这些家伙，把战斗当成什么啦！这可不是游戏啊！"

　　所有人已有挨揍的心理准备。意外的是，只是被训了一顿而已。或许是田森教官只想尽快进行"反坦克地雷作战"也不一定。

　　打前锋的八个人，抱着反坦克地雷跳进一字排开的掩体。全身一度整个进入蛸壶，而后突然探出半个脑袋。那在洞里偷偷观察前方的模样，看起来好像是某种奇妙的动物，让人想笑又不能笑，实在很困扰。

　　看到同学推着板车跑来，汤泽冲出来将地雷扔到板车下再回到自己的蛸壶，可是动作太慢。教官嘀嘀吹了两声哨子。

　　板车退回原来的距离，再一次冲过来。由于这回方向转向右方，福岛估计会朝自己这边来，先缩回脑袋等着。当他再次探出头时，坦克已来到眼前，地雷在极近的距离爆炸。

福岛也被嘀嘀吹了两声哨子。

田森教官每次嘀嘀都有人被炸死，最后八名反坦克地雷敢死队之中，有五人阵亡。不过，人虽然被炸死，也破坏了坦克。因为不认为实战中能够这么简单地将坦克爆破，不论阵亡者或存活的人都一脸无法认同的表情。

这回轮到 H 这一组进蛸壶。抱着充当地雷的像是厚草垫的东西，H 跳进了掩体。正好容身的这个洞很狭小，四下看看，眼前只见土壤被挖出的凹凸痕迹。抬起头，也只见缩成一小圈的天空。由于过去从未见过如此受限的小圈天空，心里顿生一种奇妙的孤独感。静静待在里面，仿佛自己周遭没有任何人，让人不安。隔壁的掩体明明就只相距五米，为何会有如此不安的感觉，实在很不可思议。

掩体内的土壁上挖有数个小洞。可以看出是作为出去时踏脚之用。H 边思考该以什么样的顺序踏脚，边悄悄探头望向隔壁的掩体。结果，正好和一双骨碌碌转动，同样不安的眼睛相遇。

虽然对这种将板车当作坦克的简单训练实际能发挥什么效果抱持疑问，也明白这个训练应该与实战相距甚远，却还是能够实际感受到自己将抱着地雷被炸死。

这和子弹飞来时立刻卧倒的那种恐惧也不一样。H 虽然不愿白白送死，但这样一直躲在蛸壶里也不见得安全。如果得连续几天一直待在里面，恐怕会一心只想离开蛸壶，最后哇地大叫冲出去吧。同时也觉得这样子立刻就被打死的自己很愚蠢。如果有人见了还以为这是不怕死的勇敢突击，那可就大错特错了。那纯粹只是无法忍受一直静静等候，当事人甚至根本没有想到死的意义。

心不在焉地想着这些时，坦克已来到旁边。连忙将身子探出掩体，扔出手中的地雷。嘀嘀两声哨音同时响起。不过也看到黄旗挥动了。算是光荣战死。但 H 只觉得很可笑。

首先是觉得这训练很愚蠢，渐渐却觉得包含其他事情在内，全都很愚蠢。

"反坦克地雷作战"训练结束后，田村教官接着讲评，但 H 却心不在焉一点也没听进去。

后来听横田说："明天放学后，还要依照今天的训练再做一次，给四一二六部队看。因为好色皇不会把不像样的东西给人看，所以让我们事先演练。八成是想在四一二六部队的长官面前卖弄吧，是不是？"

H 听了立刻冲去找久门教官，央求：

"求求您，明天无论如何都请让教练射击社的二年级放学后去行军。也请转告田森教官，免除我们放学后的训练。拜托拜托。"

久门教官笑着说："我已经从窗户里看到了。好吧，明天就去校外行军。"

第二天的行军只有二年级的少数人，持枪全副武装出发。目的地居然只是丸山农场旁的山丘，大家都很意外。不但距离学校相当近，也没有什么操练，只是睡午觉。选了个没有风的洼地躺下，日头暖洋洋的。

正躺着时，警戒警报响起，大约三十分钟左右，空袭警报断断续续传来。即使空袭警报响起，久门教官也没下任何命令，只是躺着看天而已。于是大家都一样躺着没起来。蓝蓝的天令人心情舒畅。

依照校规，"如遇空袭警报，学生可自行判断是否须离校避难"，所以他们这样也并未违反规定。

或许久门教官见 B 二九的编队是由西向东往海上飞，已经断定今天的轰炸目标并非神户也说不定。

砰！砰！高射炮爆开的白色烟朵在蓝天绽放，但都没有打中。

"高射炮可不容易打中。如果炮弹追得上飞机的话还有可能打到。"教官说，H 也有同感。这时 B 二九投下了黑色物体。

"傻了啊。怎么在那种地方投弹，那里是海啊。"有人笑着说。宫森说道：

"那是水雷。原本就是要扔在海上的。没听到炸弹爆炸的声音对吧。"这么说来，好像扔的果真不是炸弹。

"我看过水雷爆炸喔。是在没有敌机飞来的时候，突然响起爆炸声，并激起巨大的水柱。有船碰到了 B 二九投下的水雷。听说五年级生也看过船只在三菱重工外海被水雷炸沉。"

"我也听说了。据说看到的是刚下水不久的潜水艇被炸沉。"

战争接下来会如何发展呢？大家应该都在想这问题，但因教练射击社可说是学校里军事教练的重心，没办法说出真心话。

空袭警报解除后，全员整队回学校。

来到校门附近，大家便依"正步走！"的口令踩着雄赳赳的步子行进。无论任何人见了都会认为这是一支精神抖擞的精锐部队，不会想到他们才刚在丸山睡过午觉。

将枪和装备放回枪械库，来到校园一看，蛸壶周边没有任何人影。

回到教室，大久保和福岛正在聊天，于是问道：

"出了什么事？"

"有人被坦克撞个正着，真的受伤了。"

H 本以为两人在开玩笑，但渐渐发现他们说的是真的。受伤的是阿兵哥，不是二中的学生。

学生们先在四一二六部队面前进行和昨天一样的"反坦克地雷"训练。部队在观摩之后与学生交换，试着同样操演。指挥官从田森教官换成部队的排长，学生们离开蛸壶，换士兵进去。可是，士兵们的动作迟钝，令人看了不免担心。

果不其然，他们不会目测充当坦克的板车是否到来，有人是在板车通过后才从掩体探出头，有人好不容易才爬出掩体，甚至还有不少人根本来不及扔出地雷。

在一旁观看的学生，也渐渐同情起这些士兵。

因士兵动作迟缓而着急的排长，可能是意识到有中学生和学校的教官在旁边，要士兵在蛸壶前整队，开始训话：

"你们这个样子还算是军人吗？如果敌人的坦克当前，这样要如何作战？拿出拉敌人陪葬的勇气好好干！不要只想着赶快退回蛸壶！把这当成是人肉地雷的训练。要是让我看到谁还没干劲，我就要他操到半夜！"

然后就出事了。板车明明就已经冲了过去，一个上了年纪的士兵还从蛸壶出来，正面朝车下冲去，被狠狠撞个正着。

"砰的一声，只看到血溅当场。这时，好色皇突然站起来，挥动黄旗。明明又不是他自己的学生！学生和士兵全都看着好色皇。接着，好色皇竟然大声说道：'这正是最完美的一次反坦克地雷战啊。'那应该是部队排长要说的吧！实在拿他没办法。"

好像是脑震荡，倒地的士兵动也不动，后来被战友搀扶起来，满脸都是血。由于这个意外，当天的训练就此结束。

在解散学生之前，好色皇这么说：

"军事训练要当作实战来演练，这点小状况，没什么好大惊小怪的。"

敬礼后，学生们都没再看教官的脸就散去了。

"好色皇独自一个人脚步沉重地向办公室走去。毕竟还是很在意之前的意外吧。背影显得很落寞。以前从不曾见过那样的教官。就连在办公室也没有任何亲近的朋友。真的是一个人孤孤单单的。"汤泽说。

"是喔，这么一说，好色皇还真的总是自己一个人啊。"H心里想。这时，他突然兴起一个奇妙的幻想。想象着好色皇一个人坐在蛸壶里的模样。那与一向趾高气昂的他截然不同的模样，H觉得，说不定才是田森信太郎这个大叔的真实面貌。

不过这可不能说。因为福岛和汤泽很可能会讲："别净说些无聊事！"

H回到家，只有好子一个人。一看到H就快速说道：

"妈妈上教会去了。听说川口牧师收到了召集令。妈妈交代，你回来之后先去通知爸爸，然后去教会。"

H来到消防署，但父亲去大仓山参加综合训练了。

前往教会途中，H边走边喃喃自语："真的到了连牧师都得去当兵的地步啦。"

川口牧师入伍的日子，是在四天后。听说被分发到海军。"总比陆军好吧。"H心里想。

川口牧师不在的这段时间，职务好像会由芳子夫人代理。

最近，H的心情就好像是校园里挖出的蛸壶一样，感觉坑坑巴巴的，有些郁闷。

翌日，"好色皇之反坦克地雷作战"突然喊停。虽然不知这是教官自己的判断，是学校高层出面劝阻，抑或军方的意见，总之就是"不再有那种训练"。所以，同是二年级，还有很多人没机会体验。

"什么，已经成了'梦幻的训练'啦。真想试试看呀。"也有人这么说。

不过汤泽的话，足以代表多数人的意见："那种训练，根本一点意义也没有。就只有好色皇一个人乐在其中。真的很过分。"

数日后，一则奇怪的流言传到 H 耳里。内容是："田森教官之所以言行举止会有暴力倾向，性格异常喜欢伤人，全是因为老婆跑了。"

这件事起因于，自战地返家的教官，发现妻子与店里一个年轻人有染。教官大为光火，两人心生畏惧，觉得会有生命危险，于是私奔了。

"这事情是真的吗？"

"好像是真的。我是从知情的学长那儿听来的。"

"办公室里好像也有老师知道。之所以都没有提，是给他留情面吧。"

甚至还有人说早就知道了。H 觉得这个流言很奇怪。

理由是，过去从不曾听过这种流言。这流言开始悄悄传开，是在"蛸壶事件"之后不久。如此突然的出现方式很奇怪。

如果这流言是捏造的，应该是因为学生们无法谅解田森教官吧。或许流言里包含着日积月累的报复心理也不一定。

相反的，如果这流言属实，田森教官平日总是虚张声势，不在人前显露弱点，持续维持军人形象，倒也可以理解。若是自己的烦恼和弱点让人知道的话，一切就将崩坏，或许是处在这种不安定的状态吧。

胡思乱想着这些，田森教官的身形瞬时缩小，仿佛变成了一个小小人。一这么想，竟然就渐渐觉得他不是个值得挑战的对手了。

　　话说回来，那彻底打击弱者的异常、暴力行为，仍是不可原谅的，但 H 已不再害怕田森教官了。

　　无论流言是真是假，对 H 来说都一样。这是因为，过去对好色皇的恨意已经消失，反而渐渐觉得他是个孤独的可怜人。或许，在这紧迫的战局中，田森教官自己也不知该如何是好，正努力寻找值得拼了命去完成的事情吧。

　　不知学生们是不是也明白了教官这种焦急和迷惘，不到两个礼拜，流言就消失了。接着，大家的心里开始起了变化，变得不太害怕好色皇了。

杂烩粥与疏散

大街小巷出现了许多不需要外食券，二十钱就可以吃到一碗杂烩粥的食堂。

只不过，每家店供应的量都只有几十份，想要吃到，就得在午餐之前花很多时间去排队。好像到处去吃过多家食堂的大森叔说道："腕冢九丁目那家食堂的杂烩粥，没办法立筷子。再这样下去，恐怕要勒令停业啦。"

口气很大，一副以监督官自居的模样。

大森叔之所以会气愤地说"没办法立筷子"，是因为将筷子插入大碗里的杂烩粥中，不会倒的话就算合格，如果倒下就表示加入的水量超过标准。也就是说，这种是将杂烩粥加水稀释供应给客人，再暗中将米与食材转售的恶劣商家。

所以，"杂烩粥的浓度"是消费者关心的重点。大家在吃之前都会像进行仪式一样竖起筷子，亲眼确认筷子会不会倒。

一般来说，如有外食的场合，必须领有替代实物米配给的"外食券"，将那交付食堂，才有米饭可以吃，所以出门在外的时候，要不得自行带米，要不就得持有外食券才行。

米的配给是每日二合三勺[1]，但实际上配下来的却渐渐变成用面粉或面条等替代主食。可是，还是有延迟发放的情形。鱼和蔬菜等副食品的配给，与一年前相比也渐渐减少了。

报上有个"决战期食物动脑集"的连载，提供的方法就是"在米和替代主食之外来动脑筋"。一、稻秆也可以食用。将稻秆磨粉，与羊栖菜之类的海藻粉和面粉糅合在一起制成面。二、将地瓜、南瓜、橘子等外皮切下晒干，用石磨磨成粉备用，随时都可做成丸子或发糕来吃。

也曾出现"食用昆虫"的报道，是这么说的："蜂蛹、水蜈蚣（黄石蛉幼虫）、蜻蜓和天牛的幼虫等等，拿来作成佃煮或油炸都很好吃，又很营养。"H吃过蜂蛹和蚱蜢，可是稻秆却无论如何都不想尝试。总而言之，就是人人都饿肚子，所以想尽办法要把能吃的东西都找出来。可是，政府这种"食粮不足，是因为工夫下得不够。让我们努力开发出决战期的食物吧！"而不承认提不出对策的宣传，让大家都很生气。

或许是作为平息百姓这种焦躁的对策，风向突然一转，出现了可以不必外食券就吃到杂烩粥的食堂。这虽然令人讶异，但很多人却开心地去食堂前面排队。可是，没空排队的人，就只能抱憾吃不到那杂烩粥了。每天上学的H，还没尝过"杂烩食堂"杂烩粥的滋味。H无论如何都想吃吃看。虽然只要拿锅子去排队就可以装一份带回家，但母亲却说："那种东西不吃也罢。家里的杂烩粥要好吃多了。"不愿帮忙去排队。

---

[1] 尺贯法容积单位，一合＝十勺，约〇·一八公升。——译注

不过，一尝那杂烩粥的机会却意外提早来临。

原因是，本来要在放学后举行的防空训练，为配合长田署指导员的时间而改到上午。而且因为消防训练的水桶接力竞赛太过激烈，好些学生身上都湿了。可能是怕那些学生感冒，特准他们先回家，H听到消息立刻冲进厕所，故意把裤子弄湿。不过，根本不必做这种傻事。训练结束后，三年级以下的学生都获准可以回家。

H忍耐着湿裤子紧贴肌肤那股寒意，一出校门就全力朝兵库车站狂奔。目的地是车站附近一家寿司店。那家店原本卖寿司，因粮食管制而关门。现在变身成杂烩食堂。

一起跑的有包打听的富田、书店家的儿子石冢以及H三个人。

"那里排队的人少，吃完后可以回去排队，再吃一次。"这令人兴奋的情报来自富田。喘着气来到原本是寿司店的食堂，大约已有三十个人在排队。

H他们来到队伍的最后面，猜拳决定顺序。这种时候，H通常都最输，这回难得猜赢，总算松了一口气。由于已到了营业时间，排尾的石冢便去店里打探，想确认轮到自己的时候杂烩粥还有没有剩。石冢出来后笑着回到队伍，说道："他们喊话，才不管还剩几人份，反正锅子见底就结束。"

在等待的时候，由于冷得不得了，只好不断原地踏步。故意把裤子弄湿的H，边吸着鼻水边发抖。

终于进去店里捧着热乎乎的碗公，非常开心。碗公里盛着八分满的杂烩粥，冒着热气。H也和其他人一样，先试着立筷子。杂烩粥很软，筷子好不容易勉强立着，由于没有倒下，算是合格。接着尝试将筷子斜插，结果就慢慢倒下了。

内容物除了熬成粥状的米粒外，还加了萝卜和地瓜茎叶。或许是以代用酱油调味的缘故，总觉得有种焦臭味，水分多，没什么味道，很难吃。

"不好吃嘛。"H对富田咬耳朵，却被骂："别那么挑剔。"吃完后并没有饱足感，但并不想再去排一次。

H和富田顺道去石冢家，把自己的便当吃了。虽然利用这段时间用被炉烘干了裤子，但可能晚了一步已经感冒，晚上就发烧了。

请假后的隔天，第二节上课前，四个高年级生匆匆来到教室传令：

"全体起立，不带东西，成两列纵队至操场集合。开始动作。"

一头雾水来到操场，已经出来的学生像是朝会一样排好队伍。全校学生在操场集合完毕后，教务主任龟冈老师走上司令台，说道：

"昨天，发生了一件令人遗憾的事情。有三年级同学的便当不见了。我实在不愿说这是窃盗事件。我知道大家的肚子都很饿，可是便当会不见，实在不似我二中应有之事，令人遗憾，现在将对你们放在教室的物品做一次突击检查。负责检查的五年级同学，也会由别班的同学来检查，以求公正客观。"

过去的"突击检查"，都只是查有没有香烟，甚至连口袋都得翻出来看看有没有烟丝屑。

可是这次的检查，却比那更令人觉得受屈辱，非常不愉快。

回到教室后，大家仍默默不语。结果，当天什么也没有找到。

像是要打破这沉重的气氛，哥哥就读四年级的冈村说道：

"听说三年级和四年级都要去三菱电机的工厂做工了。"

"一直吗？"

"先去一个礼拜，接着是不是要一直继续就不知道了。"

"我们升上三年级之后是不是也要去啊？我觉得那要比搬土和农耕作业要好得多。"有人这么说。似乎大家都很受不了室伏老师的农耕作业。

"可是，到了地瓜能采收的时候好像会有配给，到时候你又要爱上榎健了吧？"有人笑着这么嘲弄。或许大家都想找出好笑的话题，即便不是多好笑的事情，也经常引得大家发笑。

一同去吃杂烩粥之后变得熟稔的石冢，家在三菱电机附近的入江通，是一间兼卖新书和旧书的小书店，他的父亲总是坐在店内最里头。第一次见到石冢时，就觉得他很像某种动物，看到他父亲，才想到原来是长颈鹿。石冢爹生得一张像是长颈鹿的脸，戴眼镜，身子瘦瘦高高的。或许是因为不够强壮，所以不必当兵吧。

放学回家途中顺道过去，石冢爹都会笑脸相迎，H可以放心看白书。虽然有时会去大仓山的图书馆，但H觉得还是这里好。因为不必一一填借书单，可以自由取阅眼前的书籍。

更开心的是，石冢爹会分享一些刊登在报纸上但H不知道的事情。因为H家订的是《朝日新闻》，石冢家订的则是《每日新闻》。报社不同，内容多少也会不同。石冢爹说："你看看这个，写得不错喔。"递过来的是二月二十二日的《每日新闻》。

标题是横写的大字："胜利抑或灭亡"，下面则是直式的副标："战局已经演变至此。靠竹枪无法成事。需要的是飞机。海洋航空机队"，后续内容如下：

"开战以来已二年二个月，相对于我初期辉煌的战果，敌军不但挽回了颓势，更令我如今不得不面对胜利抑或灭亡的现实。

大东亚战争即太平洋战争，是海洋战。

"我们最大的敌人，正不断跨太平洋而来。海洋战的攻防，应决胜于海上，而非取决于本土沿岸。若待敌人侵入我本土沿岸，已是万事皆休。

"自瓜达尔卡纳尔以来，我方战线已不得不持续后退，而阿图的玉碎、吉尔伯特的玉碎，不都显示我海洋航空兵力的数量，在面对敌人时处于劣势吗？"

"敌人以飞机攻来，我们无法以竹枪应战。问题在于战力的集结。"

看过之后，H心想："没错，上面写的都是事实。"

同一天的《朝日新闻》刊载了大本营发表的讯息："于楚克群岛击退来袭的敌方机动部队。歼敌航母等四艘，飞机五十四架。我方损失舰艇十八艘，飞机一百二十架。"并大幅报道东条首相兼任参谋总长一职的事情。可是，却怎么也找不到如同《每日新闻》那样的报道。

由于《每日新闻》明确表达了看法，H认为是"好报纸"。于是决定，接下来要天天都要在放学后顺便去石冢书店看《每日新闻》。可是隔天、再隔天都没再刊载那样的报道。

石冢爹说："那篇报道终究还是被军方盯上了吧。"

在"胜利抑或灭亡""无法以竹枪制胜"的报道刊出后三天，收音机传出了《海行兮》的音乐。因为《海行兮》是不好的消息，而这天大本营发表的新闻也是让人不愿听到的消息。因为又出现玉碎的战役。

消息指出，我军在马绍尔群岛的两个岛上，与敌方两个师对抗，四千五百将士全部阵亡。仔细读过才知道，由于受到敌军大机动部队的持续猛攻，遂于二月六日发动最后的突袭。因为大本营发表的日期是二月二十五日，公布的时间延迟了有二十天之多。很明显的，《每日新闻》对战局发展所提质疑的情况，正逐渐化为现实。那篇报道，可说是直指要害，一针见血。

第二天朝会，龟冈教务主任说：“让我们一同默哀，为在马绍尔群岛玉碎的英灵祈福。”接着是酒井校长讲话，居然出奇地短。

H他们升上二年级后没多久，得知配属军官民山中尉将赴前线。

民山教官因为脸长和肤色红而被起了“赤马”的绰号，因为没什么架子，很受学生欢迎。听说赤马是自愿上战场的。但谣传是因为经常被田森教官嘲讽“没有实战经验的人如何如何……”，为了反驳这种带刺的话语，才自愿去最前线。但学生们都认为那不是谣言，而是事实。

“欢送民山中尉勇赴前线饯行会”在礼堂举行，全校学生都参加了。

送走民山教官后没多久，绰号“幽灵”的市村老师，以及绰号“按摩”的花田老师也收到了召集令。

“事情愈来愈奇怪，听说棒球队和网球队都被废了。难道是因为棒球也具有敌国性吗？”

“可能是吧，听说光是把外来语假名改成网球也没有用，因为毕竟是诞生自英国的啊。”

原本还怀疑这个流言是不是真的，没想到竟是事实。

文部省下令，“自国民学校到大学的所有学校，一律废止棒球和网球运动。”

校园里的网球场将挖除，改成田地。看到室伏老师因田地面积增加而高兴的模样，学生们都很不甘心。

学生们在网球场辟出的田里种了地瓜，在屋顶的田里种下地瓜和洋葱。

文部省接着更有惊人之举。原本已经颁布有"学生勤劳动员令"，这回又宣布要实施"学校工厂化"。

就在文部省颁布"将学校的校舍转为工厂之用，藉以充实军需品的生产"命令的六月十六日这天，北九州岛地区遭受攻击，被锁定的目标好像是八幡炼钢厂等工厂设施，但周边的民宅听说也因轰炸而造成相当严重的损害。

大家开始感觉到本土遭受轰炸的日子已经到来。

神户沿海自东边的川西航空机制造厂起，有神户钢铁、川崎造船、川崎炼钢、三菱重工、三菱电机等一连串工厂，还有重要的港湾设施。其他还有H家附近旭日石油的油槽、鹰取机务段等等许多军事上相当重要的处所。

在乡下有亲戚的人，开始出现举家离开神户向外疏散的情形。

七月十七日，文部省与内务省终于透过学校通知各家庭，将实施"学童集体疏散"。那是一道要国民学校三至六年级学童进行疏散以避开轰炸的命令。其中规定"没有亲友可以投靠的学童，各学校要肩负起集体疏散的责任"。

就读五年级十一岁的好子，已经联络好要交由敏子在广岛县的娘家照顾。

翌日，大本营发表发出塞班岛守军玉碎的消息。虽然报纸和收音机持续报道激烈的战况，但塞班岛终究还是失守。

仔细读过报道后得知，守军于七月七日发动最后总攻击而全员阵亡。

H真想呐喊："东条，你要负责！你到底想把日本搞成什么样！"

仿佛听到了H的心声，塞班岛玉碎的消息传出后三天，东条内阁总辞。

来到石冢书店，老爹说："对东条很反感的人终于成功把他拉下台，可是为时已晚了啊。如果战争的状况持续不变，敌人也不可能收手。我想，攻击应该会愈来愈厉害吧。"而后叹了一口气。

八月四日上午，集体疏散的第一波由长乐国民学校出发，目的地是叫"出石"的地方。

H和好子连"出石"这个地名都不会念，该地虽然与神户一样同属兵库县，却远在靠近日本海的北边，也不知道那里是泽庵和尚的出生地。

听说男生去住寺院，女生则去住女子学校。

好子与母亲一同整理要送往疏散地的行李，将柳条箱放在房间一隅，开始把洋装、内衣、个人用品等往里面集中。托运的行李限制不得超过两件。

敏子设法要将史坦博斯女士赠送的一打大花盘塞进行李箱。对她而言，那是意义超越餐具的贵重物品，所以想好好保存以免毁于空袭。敏子用衣服将盘子逐一仔细包裹，分装在两件行李内。盛夫见状便告诫敏子：

"行李有时会被随便扔，搞不好会摔破喔。到时候也就只有认了。"

银制刀叉则留在神户家里不寄去。

因为好子说："用这种东西吃饭可能会吓到外婆，我不要。"

最近难得用到刀叉，于是很喜欢这些银制餐具的H便说道：

"好吧，我会擦得亮晶晶不让它们生锈。"

行李已经整理妥当，但好子出发的日子却往后延了。原本就体弱多病的好子，身体突然出状况而卧病在床。因为必须在第二学期开学之前转入，虽然着急，但发烧一直不退，花了两个礼拜才痊愈。

出发日期定在期限将至的八月三十日，前一晚，一家人拿出久未使用的刀叉吃晚餐。餐桌上摆着掺了玉米粉的自制发糕、蛤蜊汤。盘子盛的是南瓜。蛤蜊是 H 去海边捡拾的。

饭前的感谢祷告是每日的例行，但此刻母亲的"祷告"特别长。这像是奇怪仪式的感觉令 H 不耐，说道："好像最后的晚餐喔。"结果立刻遭父亲责备："别胡说！这不是最后，还会见面的。"好子听了突然抽抽搭搭哭了起来，令 H 慌了手脚。

这时，收音机传来巴黎沦陷的消息："巴黎市内的德军阵地，遭敌军优势火力猛攻而失守。"连德国也相当危急的消息，漂洋过海传到了日本。

好子将由母亲陪同前往广岛乡下。由于是父亲去消防署值勤的日子，H 逃了两节课去须磨车站送行。这班列车每站都停，也在须磨站停靠，八点五十四分发车。看着火车驶进月台，H 想起以前与好子一同去广岛的情景。好子似乎也想到了同一件事，说道："哥哥，要过来玩喔。"H 觉得不太可能，只是"嗯"应了一声。因为买火车票必须提出证明文件，已经不像以前那样可以自由购票。

在须磨站停靠的时间只有十几秒，H 急忙将母亲和好子往车门里推。车内似乎相当拥挤。可能是因为班次减少的缘故吧。母亲和好子都已进入车厢，但或许是无法靠近窗边，在见不到人的情形下，列车启动了。

H 持续挥手，直到两人搭乘的列车沿须磨海岸转弯消失不见。

有位大婶躲在车站月台的柱子后面哭。可能是为出征士兵送行的家属。

H 以跑步上下阶梯，来到隔壁省线电车月台候车。

到了学校，八成会因为无故迟到而挨骂吧。H 已做好心理准备，但只求别被田森教官撞见。

在兵库车站下车后，H 一路跑到学校。途中看一支部队正在上坡的背影。追过去一看，原来是中部第四一二六部队。自从这支部队驻扎在学校的柔道场和剑道场之后，H 就一直很郁闷。可能是为了训练又要向学校借枪了吧，H 边这么想边超过了他们。

到了校门口，正有机器从货运马车上卸下。机器的外箱上印有三菱电机的字样。可见学校成为工厂的日子已经不远了。

母亲寄了明信片回来，说送去乡下的花盘"破了两个"。

地瓜与蟹肉罐头

将好子送抵疏散地乡下的老家后，敏子只短暂停留就回来了。

母亲返家让 H 非常开心。因为母亲带了米、蛋和鸡肉回来。这些都是途中若是被警察看到，有可能全部遭到没收的贵重品。

H 一次用了两颗鸡蛋，配上鸡肉，自己做了久违的蛋包饭来吃。那在口中扩散开来的滋味和香气，占满了他的心。H 非常满足地上床时还说："今晚会有个好梦了。"不过，当晚又有警戒警报，半夜被吵醒了。

母亲将剩余的鸡蛋和鸡肉拿去地板下的防空壕放好，同时小声祈祷，H 听在耳里，似乎也能明白她有多在乎那些宝贵的鸡蛋。

那一夜的 B 二九是单机，只是高空自神户上空飞过，并未投弹。

隔天早上，H 提议："蛋和鸡肉都尽早吃掉比较好吧。也不知道明天是不是还活着。"意外的是，母亲竟然觉得言之有理表示同意，虽然是早餐，还是用了两颗鸡蛋与大量鸡肉做了奢侈的亲子丼。H 只想尽快送进嘴巴，但母亲却开始了长长的饭前祷告，只好一直忍耐。因为这顿大餐的食材，都是母亲带回来的。祷告进行中，H 想的是："鸡蛋只剩下四颗啦。"

由于早餐花了太多时间，上学快要迟到，H 一路跑着去。虽然搭的是晚了一班的电车，但总算气喘吁吁在学校附近追到上学的队伍。边走边和朋友们聊起半夜 B 二九的声音。H 他们之前听过好几次识别敌机的唱片，但引起话题的是，相较之下，实际的引擎声比较低沉。之所以与印象有所差异，或许是只有单机自夜晚的宁静中飞过，听起来格外鲜明吧。

"B 二九的引擎发出来的，像是低吟的嗡嗡声。"

"未来可能还会听很多次吧。因为南方的岛屿接连失守相继玉碎了。"

众人七嘴八舌来到学校，才知道上午的课全都取消。

"朝会后，二年级不必进教室。你们要帮忙搬运三菱电机送来的工具，不解绑腿，直接在玄关后的鞋柜前集合。"

装有工具和机械的箱子一抬才发现沉甸甸的。机器搬进教室后，机油的臭味随即弥漫开来。那种油味，与枪械库的气味又不一样。

休息片刻后，随即又被派去和一年级一同挖种在校园里的地瓜。这块田原本是网球场。带着秋意的风从山那边吹来，但夏日的阳光仍旧逞威，学生们挥汗如雨满身是泥挖掘着。工作虽然辛苦，但扯着茎叶将地瓜拔出来时，大家都非常兴奋。

地瓜比想象的要大。榎健得意地讲解"地瓜"的历史与品种，但学生们挖得兴起，根本没人听他讲话。

瓜三颗分成一堆，排在校园的泥土地上。地瓜有大有小，所以分配方法是众人最关心的事。虽然只有三颗，但对每个学生来说，其价值却非"只有三颗"那么简单。可笑的是，这回榎健说明分配方法时，大家都一字不漏听得非常认真。

"一年级和二年级各自排成一列纵队，朝地瓜排列的地方前进，听到我喊'立定'的时候就立刻停下，各自拿取脚边的地瓜。听到'全体立定'的时候就不可以再移动，必须当场停下来。知道了吧！"

"知道！"学生们回答后，就依"齐步走"的口令踏出步子，但所有人都紧张兮兮地低头直望着下面。而且，一看到前面那堆地瓜比较大，就会祈祷走到旁边时听到"立定"的口令。H同样祈祷着："拜托让我在那堆地瓜旁边停下。"

听到"全体——立定"时，已经超过相准的地瓜两步，令H很失望，认为榎健不该把口令拉得那么长。H得到的地瓜，大的有一颗，另外两个则是穷酸相。不过这种分配法没得抱怨，可以接受。

校园里的地瓜分配给一二年级的事情，好像没多久就传进去工厂劳动的高年级生耳里，于是有"不该趁我们在工厂劳动的时候这么做吧"的声音传回学校。其实，要分配给三年级以上的地瓜，已保留在屋顶的田里。那些地瓜，同样是动员一二年级生去挖。只不过去挖那些地瓜的时候就没什么劲了。因为自己的配给已经领过，一想到没法分到就有不甘，反而更想吃，实在伤脑筋。

H发现横田使了个眼色，只见他趁榎健向后转的瞬间，将手中的地瓜往楼下一扔。"横田果然厉害！"那果断与敏捷令H佩服。

工作一结束，横田和H立刻冲下楼，赶往地瓜可能的坠落地点。

可是看到地瓜的状况却相当沮丧。珍贵的地瓜已经摔碎。仔细想想这也是当然的。因为一心只想到吃，才会没注意这一点。但地瓜就是地瓜。连忙捡拾碎块，两人平分了。洗过之后煮成稀饭就成了上等的地瓜稀饭。就算沾了些沙子也无所谓。

下次要配给的是"丸山农耕地的地瓜"，不只学生，连教职员们也很期待。

可是，若要将丸山的地瓜分给全校的教职员和学生，估计每个人无法超过两颗，连龟冈教务主任都严肃看待表示关切。总之，一跟吃有关，大家都格外认真。

十二月七日，东海地方发生大地震后的隔天，学生们被派去和田岬西邻的苅藻岛高射炮阵地服劳动。即使那工作再辛苦，H他们都觉得可以忍受。因为听说除了供应午餐之外，下工之后还有豆沙面包可以领。

工作内容是搬沙包，堆在高射炮周围建构阵地。沙包很重，搬得腰酸背痛，但午餐正如同期待有饭团可吃，让人不禁觉得当兵真好。

午餐后的休息时间，来到高射炮前，由部队派员实际示范操作并且解说。

"直接对准飞来的飞机射击是没有用的。因为炮弹朝飞机射去，等到抵达那个高度的时候，飞机已经不在那里了。因为飞机持续前进，炮弹只会打到通过后的地方。所以，必须朝飞机的前面射击。不过这是件难事。之所以这么说，是因为要朝多前面射击，全都得依据高度逐一调整才行。"

觉得这比步枪瞄准还要困难的 H 说道：

"所以一发现飞机，就要立刻计算高度和速度啰。"

"没错，你挺清楚的嘛。还有就是，要让炮弹在什么高度爆炸，这一点也很重要。能够命中飞机自然最好，如果没打中但在极近的距离爆炸，冲击力仍然足以对飞机造成伤害。不过，即使是在应该可以击中机身的角度，如果在下方爆炸也打不下飞机。想要命中非常困难。要是一开始没击中，就观察爆炸的痕迹，逐步修正后续的射击。"

听着说明，H已明白操作高射炮射击有多困难。而且可想而知，如果B二九以为数惊人的大编队飞来，根本就无计可施，只能任人宰割。这一点最令人担忧。H很想知道，遇到那种情况的时候该如何是好，但觉得这种事情不能问，于是保持沉默。

堆沙包堆到傍晚，接着被派去喂猪。听说等这些猪养肥了都要杀来吃。"还有猪肉可以吃！好好喔。可以在学校养吗？"有人这么问，但这是不可能的。看过喂猪用的水桶，里面装的是菜叶和剩饭。换句话说，没有饭菜会剩下的情形下，连猪也没法养。

回去时，每个人领了两个豆沙面包。一出门，H立刻塞进嘴里。香甜到眼泪都快掉出来。

翌日，同样还有堆沙包的工作，但H一早就被派去打扫猪圈。理由是："猪好像比较喜欢你。"H自己也这么觉得。来到猪圈，H一发鼻音"吭哧、吭哧"学猪叫，猪不但会像是很高兴地合唱，还会争先恐后蹭过来。

听说阵地的士官一直在旁边看着H与猪同乐，觉得很有意思。所以第二天便指名要H去打扫猪圈。虽然被朋友们戏称是"猪班长"，但H并不觉得打扫猪圈辛苦，因为跟猪玩要比堆沙包轻松太多了。只是想到这些猪总有一天会被宰来吃，就很生自己的气。因为事实上他也很想吃。

年关将近的某天，朝会时宣布了全校九十六名学生报考预科练，五十三人合格。"预科练"，是海军飞行预科练习生的简称。预科练的制服胸前有七颗发亮的金纽扣，就如同"七颗纽扣是樱与锚"[1] 所讴歌那般令人憧憬。H 这一年级也有近二十人报考。丸山四郎原本也是报考者之一，但因父亲强烈反对而中途放弃，为此而深感羞愧与懊悔。

才刚迎接昭和二十年（一九四五）到来，元月二日、三日两天，就被赶去兵库车站搬柴薪和木炭。工作中警戒警报响起，不一会儿空袭警报声大作，抬头一看，以编队飞行的 B 二九正由西向东而去。机体后面拉出一道道像是白烟的细线。"那是航迹云。"旁边有人这么说。在蔚蓝的天空画出白线的飞行编队甚至让人觉得很美。苅藻岛的高射炮阵地不知为何沉默以对没有开火。也许是因为飞得太高了吧。过了一会儿，第二波的编队同样朝大阪方向飞去。终于，B 二九的轰炸已经化为现实。

四日深夜，警戒警报响起。H 连忙将罩在电灯外的黑布再放下来一点。这一点非得注意不可。只要稍有亮光外泄，从上空都看得到。据说即便只是点根火柴，火光都可能成为轰炸的目标。据说邻町就有人因为发布空袭警报时灯光从窗户外泄，遭警察以"视同间谍行为！"逮捕究责。

当空袭警报发布时，H 已穿好衣服打上了绑腿，为慎重起见，又检查一遍随身物品。头戴衬了棉的防空头巾，外面再加上钢盔，因为父亲说这样才有防护效果。睡觉前已经装满的水壶，也检查一下。再测试一下手电筒。防毒面具稍有破损已经失效，但还是决定带着。虽然是市公所推荐购买的东西，但看来质量并不好。

---

[1] 预科练的代表歌曲《若鹫之歌》的歌词。——译注

尽管怀疑平时准备的东西是否会和防毒面具一样派不上用场，H决定还是作好适当的准备。

翌日深夜，因警戒警报再次响起而起床，但似乎是自神户外海经大阪向名古屋飞去。后来才知道，当晚的编队轰炸了名古屋。

深夜飞来神户但没有扔炸弹就离去的飞机，可能是在进行心理战吧。一个月之内经历过多次心理战后，我方不再紧张兮兮，对警报也习以为常。渐渐连听到警报都不太愿意起床了。可是一进入二月，来袭的敌机就由心理战变成了真正的轰炸。

警报没有响却听到B二九的引擎声，来到外头一看，天上只有一架B二九。或许是来侦查的，下午接着就发布了空袭警报。

二月四日礼拜天，盛夫值勤结束后的轮休日，所以与敏子一同上教会去了。正在做礼拜时，空袭警报响起，盛夫立刻飞奔返回消防署。依规定，一发布空袭警报就进入紧急消防部署，不论人在何处都必须立刻赶回去。

敌机以前所未见的大编队来袭。本来下午要去学校的H决定留在家。敏子挨家挨户提醒邻组成员检查防火用具。

H冲上二楼的晾衣台，朝声音来源望去。苅藻岛的高射炮阵地开始砰、砰、砰朝B二九编队射击，可是炮弹炸开形成的白色弹幕看起来却在编队的下方，根本打不到B二九，更别说命中了。

敌机悠哉地继续以编队飞行并投下炸弹。从机身散出的黑点愈变愈大后落地，地面随着轰隆巨响而震动，随即窜出黑烟。那个方位无疑正是三菱重工和三菱电机等所在的工厂密集区。

礼拜天因勤劳动员而出勤的二中三四年级生，应该正在那两座工厂作业。

这天的轰炸，似乎一开始便锁定军需工厂，所以是以炸弹猛烈轰炸而不是使用烧夷弹。接着看到我方的战斗机急速爬升，冲向第一波与第二波的 B 二九。由于机体实在太小，看起来就像麻雀去向老鹰挑战一样。不多久，忽然看到白烟，原以为是 B 二九的机翼折损而脱口叫好。遗憾的是，那是日军的战斗机。机体拖着长长的白烟，一路打转朝鹰取山方向坠落。应该是零战[1]吧。

见 H 从二楼晾衣台下来，敏子说道："跑哪去啦？也不出去躲防空洞，真让人担心！你爸应该已经往和田岬那边去了，希望他能平安回来。你也要诚心祈祷啊。"这不必交代，H 已在心中祈祷了。

B 二九令人发毛的引擎声愈来愈大声。可能是为了准确投弹而降低了飞行高度。其间交织着高射炮猛烈的射击声，以及我军战斗机尖锐的呼啸，可是从 H 家周边根本看不出哪里受到了何种程度的损害。曾一度静下来，可是不久之后又传来 B 二九特有的嗡嗡引擎声，大概飞来了十架。

苅藻岛高射炮阵地的炮火好像击中了其中一架，机身靠近机翼处开始冒烟，并脱离编队向下坠落。由于机身被对面的屋顶挡住，无法确认机组员是否跳伞逃生。

那一夜，盛夫很晚才回来。人平安无事，但脸被熏得漆黑，身上又穿着厚重的黑色防火衣，H 和敏子都吓了一跳。

"我只是顺道先回来一趟，还得再赶回署里。"盛夫说着从口袋里不断掏出焦黑的罐头，排放在玄关的平台上。那些罐头都胀得圆鼓鼓的，看起来很怪。

"这些是蟹肉罐头。我们去军需工厂的仓库灭火，扑灭之后

---

[1] 零式战斗机。——译注

仍然噼噼啪啪乱炸乱跳。这就是那里的罐头。工厂的负责人说，遇热膨胀成这样很快就会坏掉，要我们带回去快点吃掉。放心吧，这不是趁火打劫，可以趁早吃掉没关系。"

听到是蟹肉罐头，H心里想："有东西的地方还是有的啊。"

见盛夫平安归来，又得到了十二个蟹肉罐头，敏子突然又有了活力，很有精神地说：

"这么多我们也吃不完，分一些给左邻右舍吧。"

妈妈又要搬出"施比受更为有福"那一套了，H心里这么想，但连盛夫也连忙阻止："不行，不可以拿去送人。"

制止的理由与H的完全不同，但H也觉得父亲的意见很有道理。

"如果可以均分给大家的话还无所谓，一旦有分到和没分到的差别就麻烦了。不考虑清楚怎么行。没分到蟹肉罐头的人心里可不会好受吧。待人亲切固然很好，可是有时反而会因此而伤害到别人。我还得回去整理水带，晚上可能不回来了。"

不过敏子之后还是嘟囔了好一阵子。H想开罐头来吃，去碗橱拿了开罐器和小碗。开罐器的刃刺进焦黑的罐头，发出扑哧好大一声。不过里面的蟹肉没问题。尝了一口，那久违的香气和味道让他眼泪都快流下来。H闷不吭声一口气连吃了三罐。实在太好吃了！

隔天到校之后得知，三菱重工和三菱电机的工厂虽然受创，但三四年级生全部平安无事，H松了一口气。但很明显的，神户已经变得和战场一样了。事实上，在这次的空袭中，二中的学生已经出现了第一位罹难者。根据后来的消息得知，家住元町一丁目，三年级的入沼利夫，因为房屋遭炸弹命中而受了重伤，不治身亡。

学校各角落都有人谈论空袭的情况，由于每个人所见的地方不同，说法也各自不同。由此可见，必须搜集各方证词才能拼凑出全貌。

听说石冢家也被炸，于是H去找他，才知他没来上学。

因为放心不下，放学之后就先绕去石冢家。从远处看到石冢书店仍在，并没有烧毁，但接近后发现窗玻璃全都破了，部分屋顶也被掀掉。往店内瞧，书架东倒西歪，书籍散落一地。目标原本应该是工厂的炸弹失准，落在他家附近，遭爆炸的震波所破坏。

石冢正和父亲忙着将书捆绑起来。妈妈和妹妹在屋内收拾衣物。"现在已经没有人会看书了，我们准备回乡下去。"石冢爹说。撤离的目的地是姬路的乡下。

"有朋友在姬路开书店，我打算把书让给他，可是也不知道能不能运送行李，也许到时就在路边随便便宜卖了。只不过，可能还卖不掉吧。总之，我们打算两个礼拜内从这里撤离。"H听了很难过，因为好不容易才交上这个好朋友。H帮忙了一会儿之后，石冢爹指着一堆绑好的岩波文库说："要的话可以给你。"H虽然高兴，可是一想到石冢家的景况，表现得太过高兴好像也不应该，于是只鞠躬道声谢而已。将大约四十本岩波文库绑在借来的脚踏车后架，蹬着踏板回家去。等看不到石冢家之后，H才因为得到了许多书而不由自主地笑了。

正要离开菅原通的时候，遇到从工厂街来的货运马车。货台上盖着满是油污的帆布。一看就知道，运送的是轰炸中的罹难者。

学校的会客室，也安置着一具与学校无关系的罹难者遗体，是与 B 二九交战时遭击落的战斗机飞行员。听说坠落在后山，第二天才找到。走过充作灵堂的会客室门前时，H 他们都会立正默哀。

翌日，原部队派员来迎接，英灵就回航空队的基地去了。

而后过了几天，在校园北侧的山崖下的河堤，发现一株残留的梅树开了花。平日对花没兴趣的 H，看了那梅花，也不禁怦然心动。看来梅花并不知空袭为何物，只是告诉人们春天已经到来。

施工的声响在学校各角落持续着。礼堂和一年级五个班级的地板都被拆除，因为要摆放工厂的机具，不适合用木地板。

H 他们也接到要施行"学生勤劳动员令"的通知，升上三年级之后就得在学校工厂做工。听说学校工厂将在三月十九日开始运作。在那之前，学生将在作业员的指导下练习使用凿子。训练的方法是，以固定在厚工作台的虎钳将铁板夹紧，用凿子抵住后拿铁锤敲打。熟练的工人，即使闭着眼睛全力挥下铁锤都可以准确命中凿子，但做起来并没有那么简单。

学生们不时敲到自己的手指而痛得惨叫，有时还会流血。

空袭

"呜————"H从持续了三分钟的警戒警报声中醒来。

看看时间，刚过凌晨一点不久，已经是三月十七日。H此刻还不知道，这一天将会变成什么样的日子。

睡在隔壁的父亲立刻起床，穿上长裤后开始打绑腿。由于几乎每晚都有空袭警报，大家都只穿着内衣睡觉，没有人会换睡衣。也就是保持只要套上长裤穿上外衣，立刻就可以往外冲的状况。

H睡意正浓，仍然闭着眼睛。因为几乎天天都在半夜被警报吵醒，睡眠不足，所以能不起床就不想起来。再说外头很冷，一旦离开棉被，就算警报解除再钻回被窝，冷却的身体便很难暖和起来，不容易再入睡。

即使被父亲摇动身体，H也不愿离开被窝，只回答："嗯，我知道啦。等空袭警报响了都还来得及啊。"

盛夫似乎有些着急，又摇着H说：

"今晚空袭的目标是神户啊！大阪四天前已经被炸得很惨，这回轮到神户了。你可要好好保护妈妈啊。我不出门不行了。就交给你啦。"说着戴上帽子走向玄关。

H 听着关门的声音起了床。打开收音机，一如往常传来"中部军管区司令部发表"的声音。"警戒警报发布中。敌机正由远州滩朝北行进。根据分析，今晚将以大编队来犯，务必严加防范。另有敌机由土佐外海朝西北行进。预料今晚空袭的目标将是大都市。请严加防范。再重复一次——"不断反复播报。因为说是大编队，数量应该很可观吧。

敏子到厨房将锅碗瓢盆都装满水。H 也拿水桶提水上二楼。晾衣台已有两个装满的大木桶，但还是多准备些比较安心。H 想起父亲平日的叮咛："失火的时候，一开始水很重要。万一有好几处的火焰比人还高，就赶紧逃命。"

空袭警报在一点五十六分响起。

H 先冲到门口马路上看看附近的情况。对面的清水伯正将一个以草席包覆、状似箱子的物体扔进路边的防空壕。H 见了想起也有不能被烧毁的东西。是得自石冢书店的那四十本岩波文库，还原封不动地放在壁橱里。原本很想读，却一直没解开绳子。

H 将两捆各二十本的书搬进挖在缘廊下的屋内防空壕里。

这是 H 考虑过各种即使房子烧毁也能保住书的方法之后想出的妙计。

用防火沙包将书捆围住，再从厨房搬来装味噌的瓮充当盖子压在上面。虽然没把握这么做就一定没问题，但也只能赌一把了。在地板下窸窸窣窣忙着藏书作业时，传来 B 二九单机的引擎声。

"你在干什么呀？听说家里的防空壕很危险啊！"母亲喊道。

H 刚从地板下爬出来，就看到面对马路的窗外刷地变得通明。亮度有如白昼，发出一种 H 从来不曾见过的神奇的青白色光芒。

H想弄清楚青白色的光源是什么东西，冲到屋外的马路抬头往天上看。有三颗非常明亮的光球缓缓摇晃落下。原来是挂着降落伞的照明弹。

既然照明弹能将街道照得如此明亮，"不得泄露任何灯光"的严格"灯火管制"，根本没有任何意义。

先来的B二九只扔了照明弹便离去，并没有投掷烧夷弹或者炸弹。紧接着传来的是编队飞行的B二九引擎声。这是轰炸的第一波。好几道探照灯的细长光柱交错寻找敌机踪影，朝编队射击的高射炮炮弹砰砰炸开。可是，没听到我方战斗机的引擎声。

第二波编队从淡路岛上空的方向飞来。引擎声愈来愈大，似乎正不断降低高度逼近。

正觉得引擎声来到头顶时，随即听到淅淅沥沥像是下大雨的声音，烧夷弹有如烟火般闪着亮光落下。从天而降的火群甚至美到令人感动。"这就是烧夷弹的夜间空袭啊！"仰头往上看的H这么想。

烧夷弹在半空中散开，淅沥声随着下降愈来愈激烈。虽然时间很短，却莫名地觉得很久，同时也认为会朝自己这边落下。心里边想着无法逃过这场火雨，H边快速冲回屋里，以免直接被击中。

紧接着，四处响起烧夷弹插入地面的啵嗞啵嗞声。

厨房后面的院子忽地变得通明。"掉到后面啦！"母亲大喊。鞋也没脱就穿过屋内跑到后面，只见插在水泥地上的烧夷弹正冒着火。是油脂烧夷弹。那种落下的同时会溅出黏答答油脂让火势蔓延的玩意儿。

"这里交给你！我上二楼看看。"H跟母亲说了之后直奔二楼。

"砰！"二楼传来撞击声。果不其然，穿破屋瓦落下的烧夷弹陷在外侧那间四坪房间的榻榻米里，正冒着火。墙壁和玻璃窗框都已经烧了起来，H连忙去晾衣台提了桶水来泼。一桶水虽然灭不了火，但也让火势稍微减弱，于是再从壁橱拉出被炉用的棉被，拿到晾衣台的大木桶浸湿之后直接抱去覆盖烧夷弹。然后又拿水桶去大木桶汲了好几次水往房里泼。火渐渐熄灭了。顾不得棉被下烧夷弹的火是否完全熄灭，连忙又冲下楼。

"被我扑灭啦。就和训练的一样！"母亲站在后院，得意地说。"因为刚好掉在容易扑灭的地方吧。万一打穿天花板掉在壁橱里，我看就没办法了。"H说完，敏子立刻接口："都是上帝保佑我们。"

H再次冲上二楼。幸好房里令他担心的火已经熄了。

可是，晾衣台对面却变得通红。后面的人家烧了起来。

南边香烟店的后面也烧了起来。从烧夷弹落下到现在还不到十分钟。

H觉得继续留在家里会有危险。可是有件东西，H很想带着一起逃，那就是父亲的宝贝缝纫机。

H大声呼喊母亲，可是没有响应，从晾衣台往后院一瞧，原来母亲正试着扑灭延烧到后面木头围墙的火。

H大喊："别管那个啦！快来二楼！"

试着去扛缝纫机，出乎意料的，竟然独自就可以办到。"莫非这就是临危的爆发力吗？"H心里想。可是一个人没法搬下楼。这时母亲跑了上来。两人一上一下抬着缝纫机，一阶一阶下楼，好不容易搬到门口。

开门一看，对面的清水家已经起火燃烧。

咔啦咔啦推着缝纫机，走向斜对面的十字路口。由于缝纫机的脚下附有轮子，勉强还可以推到那里。可是H也知道，因为轮子太小，要继续推是不可能的事情。无可奈何，决定还是弃置路旁，减轻负担逃命要紧。

往山那一边看，前方约八十米北侧的长乐市场已经被火焰吞噬。靠海的方向也烧了起来，但是火势看起来比长乐市场那边小一些。

"好吧，我们就朝海那一边逃。不过先在这里等一下，我回去拿棉被。"

H飞奔回家，厨房已是一片火海。从壁橱拉出棉被后连忙冲出家门。接着将棉被用水浸湿以防火。棉被吸水之后一下子变得很重。回到母亲等待的十字路口，二话不说就将棉被披在母亲头上。她一个踉跄，同时哀号："好冷啊！"H骂道："总比被烧死好吧，忍耐一下！"事实上，如果不披着湿棉被，根本不可能穿过前面的火场。

"看不到前面没法走路啊。"母亲的声音听来好像都快哭了。H自己也钻到棉被下，母子俩披着湿棉被一起跑。

回头一看，缝纫机弃置处旁的铁工厂以及隔壁的乌龙面店也都烧了起来。环顾街道，四处都看不到左邻右舍的人。原来大家早就逃走了。

远处传来喊叫声，但除此之外，就只听得到火焰燃烧劈劈啪啪的声音、像是龙卷风的风刮出的轰鸣以及房屋坍塌的轰然巨响。

披着沉重的棉被赶往海边时，从烟的那头跑来三个人。

"别过去，别过去。驹林也烧起来了，根本没法过去海边！"说完便跑开了。

H朝着他们的背影大喊："长乐市场也烧起来啦，那边也行不通！"但是被周遭燃烧的声音盖过，他们可能也听不到。

"就从旭日石油厂区中间穿过去，到须磨海边好了。快点！从这边！" H说着去拉母亲的手，但她却杵在那里，说："等等，我缠在肚子上的国债好像快滑掉了。"敏子觉得，无论如何都要守住这些邻组合购的国债。"要是烧死的话，国债又有什么用！" H着急地等着。

敏子将缠在腰间的布绑紧，"好了，走吧。"说着披上棉被。

好不容易来到旭日石油，可是铁栅门关着。平时明明都开着，现在却关了起来，真是一大失算。回头一看，本庄町七丁目靠海侧的房子都冒出大火。火势不断逼近。

H咔嗒咔嗒猛力摇着铁栅门，一名士兵持着上了刺刀的枪跑了过来。

"开门啊！" H说，但门内的士兵说："里面很危险。也不知道油槽什么时候会爆炸，就连我都很想逃离这里啊。你们还是快点离开比较好。要不要沿着这道围墙找地方躲？"

H也觉得那是剩下的唯一一条路。围绕旭日石油厂区的水泥围墙边的路，宽约一米半，另一边是条深沟。

H望向母亲，只见她靠在栅门上，双手交握，垂着头像是在祈祷。

"要祈祷也等到了安全一点的地方再祈祷吧！" H说，但母亲动也不动。使劲摇她，身体却是瘫软的，只是随着力道摇晃。H用力拍了她的脸颊两三次之后，她才终于睁开眼睛。明明失去了意识，敏子却说："我刚才是在祈祷。" H忍着没有争辩，拉她站起来。

"等等开始要跑步了。沿着这条路一直穿过去，就是旭日石油的大草地。不过途中会经过橡胶工厂的后面，还有长乐市场的西出口前面。从这里看是没有冒烟，万一火势也蔓延到那边的话就完蛋了。一定要跑得比燃烧的速度快才行。想要保命，非得全速跑过去不可。棉被太累赘，带着没办法跑，就先扔了，懂吧。已经不必再防范上面掉落的火了，只要跑就好。可以跑吧？我没办法牵着妈妈跑，得自己一个人跑喔。"

一心只想尽早行动的 H，像在叮嘱孩子似的跟母亲说话。

"没问题，我能跑。以前我可是马拉松选手啊。"母亲笑着说。H 觉得现在可不是笑的时候，说了声："开始跑吧。"便冲了出去。母亲拼了命跟在后面。

可以看到前面橡胶工厂的窗户冒出了火。

这时，B 二九的引擎声变大，第三波的编队逐渐接近。H 和敏子继续跑。如果这一轮的轰炸用的不是烧夷弹而是炸弹的话，跳进沟里趴下身子会比较安全。但 H 选择继续跑，因为他猜想今晚是烧夷弹攻击，其他就听天由命了。只希望能在橡胶工厂的建筑物坍塌之前冲过去。

哗哗……传来烧夷弹落下的声音。火雨又如天罗地网般罩住了这一带。一路都听到烧夷弹落在前后发出滋啪滋啪的声音。H 虽然害怕被烧夷弹直接打中，但还是继续跑。

这回的烧夷弹喷出青白色的明亮火焰猛烈燃烧着，是与油脂烧夷弹不同的铝热剂烧夷弹。特征是会放出高热，所以攻击并要烧毁的目标是工厂和仓库，而不只是民宅吧。

热风加上呼吸困难令 H 相当难受。回头一看，母亲落后了。H 原地踏步等了一会儿，然后又继续跑。如果这样跑下去，应该可以在整个陷入火海的橡胶工厂倒塌前通过那里，他心里这么想。

围墙旁这条沟的右边是长乐六丁目。刚才经过的七丁目已经整条街都烧了起来。火舌窜得老高，家屋轰然倒塌，不时可以看见火柱和火星飞舞。虽然六丁目也已烧了起来，但尚未波及两人奔跑的围墙这一边。

跑在一旁的母亲好像被绊到，突然跌倒。难道不行了吗？H心里想。可是她迅速站了起来，难为情地笑了笑。H愣了一下，心想："妈妈到底是什么样的一个人啊？"

经过橡胶工厂旁的时候，H心想还来得及，就快到草地了。可是，还有长乐市场后面这一关必须通过。

"就快到了，加油！"H回头本想这么喊，但是口干舌燥，发不出声音。"啊？你说什么？"母亲问，H只是招招手，示意她快跑。

最后及时闯过，真是千钧一发。看着旁边燃烧的长乐市场落到身后，总算过了这一关。或许是心情放松的缘故，H踢到支线的铁轨，扑通一声跌倒。

不过，还是很高兴。因为眼前开阔的地面，正是那片草原。后面不再有追来的火舌，前面也不会被倒塌的建筑物堵住。

这片草原，是H小学低年级时打棒球、抓虫子、跑来跑去的地方。好不容易才抵达的这地方，却是小时候再熟悉不过的草原，令H百感交集。

稍后才到的母亲，气喘吁吁地问："怎么啦？"眼中带着担心。"没事，你也躺下来休息一下吧。"H说，于是母亲也在旁边躺下。

两人并排躺在铁轨间略显拥挤，欢喜之情却不断涌现。

许多人来到了大草原，四处蹲着。认识的人意外地少，但看到了市场蔬果店的母子。

老板娘和敏子互相询问是否无恙。

这时，距离约十米的地方传来"呜、呜"的呻吟声。

"刚才他的肩膀被烧夷弹击中，手臂炸断了。可是这里又没有医生，也只能这样了。"蔬果店老板娘说。

H走过去看看能不能帮得上忙。呻吟的是住在草原附近青叶町的一个男孩子。虽然不知道名字，但记得应该是和好子同年龄。看来是疏散学童时留了下来没有离开。孩子的母亲紧紧抱着他，可是鲜血却不停汨汨流出。

H见了那血差点晕倒，但还是强忍着蹲下身，取下挂在肩上的水壶，递给孩子的母亲。她微微点头致意后接过水壶，试着让男孩喝水，可是水却从嘴边漏出来，根本没喝进去。没多久，孩子就不动了。

男孩因失血过多而死。"这样也算是解脱了吧。"H心里想。

男孩的呻吟消失后，除了建筑物燃烧的声音传来之外，草原上没有其他声响。众人默默不语，看着自己的城市陷入火海。脸上都被摇曳的火光染成了红色。

橡胶工厂的屋顶不断冒出火舌。铁皮屋顶卷曲，随着火场的上升气流飞舞。由此可见，如果刚才晚一步通过那里可就危险了。话说回来，就算提早来到这片草地也不见得安全，因为这里也有人直接被烧夷弹打中而丧命。根本不知道哪里才是安全的地方。

回到母亲身边，H喝着水壶的水，这才觉得冷。

因为湿棉被滴下的水加上汗水，全身都湿透了。

"可以给我一杯水吗？"旁边有人问。转头一看，是个陌生的老爷爷。"老爷爷住哪里啊？"H问，同时将水壶递过去。"浪松町二丁目。"老爷爷回答。浪松町二丁目就在鹰取车站的南边。"本庄町三丁目有没有烧起来？"H问，想知道教会是否安然无恙。

"我走的时候还没有烧起来，现在就不知道了。不过，对面也一片通红，大概……"老爷爷说。

母亲想早点去教会那边，但被 H 阻止，因为街上到处都还在燃烧。

有一件事，H 很佩服母亲，就是她始终没问："我们家不知怎么样了？"大概已经有被烧毁的心理准备了吧。

父亲和母亲年轻时从广岛来到神户，辛苦多时好不容易才拥有自己的西服号，却在这场空袭中转眼化为灰烬。想到这里，H 就觉得很难过，可是一句安慰的话也说不出来。

五点十五分，解除警报响起。"好了，我们快点去教会吧。"母亲说着就要站起来，但被 H 阻止："等天色亮一点再去比较好。"这时，一名母亲熟识的妇人带着小女孩来到草地。"幸好你也平安。""房子都烧掉了。""只要人没有受伤就好啦，不是吗？""也是啦。房子可以重建。愁眉苦脸的也无济于事。不打起精神可不行。只是肚子有点饿啊。"妇人说。H 心想，这位伯母也很坚强啊。

"电车道还可以通。"听到有人这么说，H 站了起来。母亲也想站起来，伸手要 H 牵。之后就一直这么牵着手。长大之后，H 还是头一次这样，尽管有些迟疑，还是握住了母亲的手。

天色渐亮，街上的情景可以稍微看得清楚些。强劲的北风，将部分地方仍未减弱的火与烟从两旁扫进大马路，但电车道没事。H 突然想到，在这种情况下，消防车还可以行驶。父亲现在应该正赶往和田岬吧。

烟的那一头，可以看到未被烧毁的本庄町三丁目一隅。教会也仍完好。

"感谢上帝听到我的祈祷，为我们保住了教会。"敏子说。"自己家都烧掉了，也要感谢吗？"H 说。"要感谢啊。因为我们母子俩都没有受伤啊。"敏子说。H 有些受不了，就没再多说什么。

总算来到教会，芳子夫人出来相迎，"我一直在祈祷。你们能平安，真是太好了。快进来吧。"敏子和 H 浑身都被煤烟熏黑，而且到处是泥。

教会的人烧了热水给他们擦拭身体，之后又提供了乌龙面，真是又暖和又好吃。

灾后废墟

H在落下的烧夷弹中到处逃。但不知为什么，火焰中传来赞美诗和风琴的乐音。"怎么，难道是天国近了？这下没救了。"边跑边这么想时，突然醒了过来。原来是梦。

H一时不知自己身在何处，半晌才想起是借住在教会的二楼。楼下是礼拜堂，所以传来赞美诗的声音。今天并不是礼拜天，但好像有特别礼拜。一看时间，早已过了中午。肚子饿得不得了。

礼拜堂静下来了，看来礼拜已经结束。为了避免与教友打照面，H悄悄下楼，去厨房找吃食。

看到桌上的盘里有刚蒸好的地瓜，H不禁暗自庆幸。正要伸手去拿时，突然发现后面有人，吓了一跳。一回头，只见芳子夫人笑着说："尽管吃吧。"于是H说了声："那我就不客气了。"一口气吃了三个。

敏子来到厨房，告诉芳子夫人："刚才请田中辰三先生帮忙去我家看过，果然还是烧掉了。"

"要不要一起去看看灾后废墟？"H试着问，但母亲拒绝："我不去。"

H决定自己一个人去，还借了水桶和铲子。因为他打算挖看看还有没有未遭烧毁的餐具，多少捡一些回来。不过，为免母亲过度期待，H说："可能什么都没留下了吧……"而后离开教会。

之所以急着赶往灾后废墟，除了想捡回餐具，也很想知道弃置路边的缝纫机情况如何。

还有一件事，就是想在烧毁的自家前竖一块"母子均安"的牌子。

回家之前，有一个地方想先绕道过去看一下，那就是满福寺。

顽皮的孩提时代曾受该寺院诸多照顾。每到秋天，就一定会去偷摘柿子。满福寺的龟甲石壁仍然完好，可是，随即就看到那棵柿子树已遭火噬，宛若烧焦的枯骨矗立在围墙里头。更遗憾的是，正殿的屋顶已经不见，烧毁坍塌了。

"怎么这样？怎么这样？"H一路喃喃自语沿着石壁走到电车道。眼前是一片延伸至远方的火灾后荒原。从电车道到海边，没有任何阻挡视线的建筑物。没有从消防车得到任何一滴水的市街，已经燃烧殆尽。

"这就是所谓的'放任火灾'吧。"H想起父亲以前提过的事。木造住家形成的街区，一旦任其燃烧，真的会全部化为灰烬。

到处还可看到有烟冒出。也许是火场的热气所造成，风不时打着转，市街被一股从来没闻过的焦臭味所笼罩。

仍然矗立在灾后荒原的，就只剩烧焦的电线杆，以及澡堂的烟囱。澡堂"本庄汤"的烟囱直挺挺立在焦黑的地面，格外醒目。

自己居住的街区变得可以如此一眼望穿，才发现实在是小而且狭窄，令H有些不知所措。因为直到昨天，都还觉得街区很广大。

理发的椅子烧得焦黑倒在澡堂的北邻，可以认出那儿曾是理发店。澡堂的南侧，倒着烧得面目全非的电冰箱。这里是木炭店大叔的店。废墟上仍未见报知平安与否的告示牌，不知那位大叔和他家老二是否平安避难去了。

街坊的住家全部消失，变得安静无声，形成一幅古怪的风景。更怪的是，没看到其他居民回来废墟探视。

或许是比 H 还要早回来，但火场仍然太热没法进入，于是又回避难处了。

从长乐市场旁边经过的时候，看到还冒着烟，可能火还没有完全熄灭吧。

地上还有烧夷弹砸出的点点痕迹。"竟然投了这么多啊。"H 心里想。

踩着沉重的步伐走向自己家时，看到前方的废墟上有白色的蝴蝶飞舞。白色蝴蝶接连自地面飞出，飞舞着往上升。

H 朝那地方跑了过去。没想到那里竟是自己家的所在之处。

看起来像是白色蝴蝶的物体，其实是岩波文库被烧剩的书页随风起舞。在这化为一片墨色的大火焚后荒原，仿佛有白粉蝶乱舞的景象，有如一场奇特的梦境。

走近察看才知道，原来是火烧进了防空壕中，连围在岩波文库四周的沙包的布都烧得精光。不过，压在书捆上的味噌瓮却是难能可贵撑到了最后。拜瓮之赐，书本的中心部分才得以残留下来。只是书已不成书。整捆书的周围都被烧焦，成了一叠椭圆形的纸。所以才会随风起舞。那白色的纸片，看起来就像是书本生命的化身一样。

H 一时之间看着那群蝶乱舞的景象出神。这时，H 居然脱口唱出歌剧《弄臣》的咏叹调："有如风中的羽毛。"连他自己也感到惊讶。

虽然这首歌轻快又富节奏感，与眼前的景象完全不符，却也可以当作最能表达 H 此刻心情的悲伤之歌。

突然回神的 H，想起自己还没去看缝纫机。来到那十字路口，看到弃置的缝纫机倒在电线杆旁的马路上，已经面目全非。

铁制的脚架仍然站着，但是机身已被烧坏掉落在地。木板的部分被烧掉，机身自然就会掉下来，可是那模样却令人目不忍睹。

父亲见到这面目全非的模样不知有何感受，H 想到就觉得心好痛。

H 再次感觉到，这架缝纫机可以说是以裁缝为天职的父亲的第二生命。

可是话说回来，都这个时候了，父亲却仍然未归，实在令人担心。

H 原本打算从废墟拣些还可以用的餐具，但这时还办不到。因为灾后的现场远比想象的来得热，根本无法踏入。

于是决定傍晚再来一趟。H 在外头的防空壕拣了块烧剩的木板，写上"妹尾敏子、肇平安无事，人在本庄町三丁目的教会"，立在原本是玄关的地方。

H 正准备离开时，听到有人说："你也平安啊。妈妈呢？"回头一看，香烟铺的老板娘站在那里。老板娘一家也都平安，原来是去长乐国民学校避难了。邻居们几乎都逃到了学校。

"咦，还可以躲去学校啊！" H 相当讶异。

"是啊，因为当时可以往东边逃。"老板娘说。

听她说，学校所在的野田町六丁目到新凑川边的庄田町一带，东侧完全躲过了大火。竟然有宽约五百米，长约一公里的地区分毫无损。

H非常诧异。原以为整个神户市都毁于大火，但情形并非如此。

在空袭最激烈时，由于无法从上方俯瞰街区，只知道眼前所见狭小范围的情形。"原来如此，当时如果向东逃就好了。"H心里想。

可是，H和母亲准备逃跑时，往长乐国民学校方向的路已经被大火所阻隔，应该无法从那条路往东走。如果要从那里走，就得在本庄町的六、七丁目以及海运町的六、七丁目被火吞噬之前才有可能通过。这么说来，很可能是在空袭警报响起后，就立刻离家直奔学校的操场了吧。

H这才想起，之前好不容易扑灭落在家中的烧夷弹时，后面的邻居和香烟铺都已经烧了起来。也就是说，邻居们并没有试着扑灭烧夷弹引燃的火，直接逃命去也。难怪都没看到町里的人。

"是哦，原来那才是正确的做法啊。"H不禁感慨。当时先跑就对了。

邻组在防空训练中反复演练的水桶接力，如果起火点只有一两处的话或许还能奏效，可是在那样的空袭下根本一点作用也没有。

在烧夷弹如雨般掉落，同时有几十处起火的状态下，"以自身安全为考虑早点逃命，别想要灭火"才是正确的做法。更何况，集束的烧夷弹会不断落下，攻击一波接着一波而来，根本无法应付。面对这种状况该如何是好，报纸或传阅板上从不曾提过。

报纸上只是一再出现这样的报道："烧夷弹不足为惧。只要依照日常的训练以水桶接力就一定可以扑灭。重要的是，要有靠邻组就能够扑灭的信心。可怕的不是烧夷弹，而是自认办不到而感到恐慌的心理。"

与投掷烧夷弹的敌人相比，H更痛恨那些满嘴谎言，不告诉国民事实，只是不断欺骗的家伙。那就是，政府、军方以及报社。

H也对自己的错误判断感到生气。担任消防队员的父亲明明说过："烧夷弹落下的时候，靠水桶根本起不了作用，想要依照训练的方式去处理很危险。"自己却没听话。看到烧夷弹落在眼前，就单纯地努力试着去扑灭。当时确实是扑灭了，但是烧夷弹可不止那两枚而已。留在家里扑灭烧夷弹的事情，H决定还是别告诉香烟铺老板娘。

"还有其他邻居也在学校，也过来避难吧。我等你们喔。"老板娘说。"嗯，我们晚点过去。"H这么回答，但心里并不想去。为什么会有这种想法，H当时也不明白，只是觉得自己所做的事情很丢脸。

先逃命的邻居是聪明的，H和母亲则相当愚蠢。

H想知道这场空袭造成的损伤如何、自己逃命的状况又是如何，决定循当时的路径再走一次。

在明亮的白天边走边观察街道各处，可以清楚看到空袭的实际状况。

H和母亲从弃置缝纫机的十字路口，披着湿棉被先是往南跑了大约一百米。可以确认那段路的两侧已完全烧毁。

路边有两具以草席覆盖的尸体，是被烧死的罹难者。像木炭一样烧得焦黑的手臂从草席下露出来。应该是一个大人和一个小孩，不过看不出性别。

事实上被烧死的不止这两人，这一带应该还有许多人倒在被烧毁的家中或巷弄里尚未被发现。这附近，就是烟和火焰从两旁窜出以致无法看到对面的地点。"我们可能差一点就在这里被烧死啊。"H心里想。

从海的方向逃来的那三个人，也是在这附近遇到的。就在这里听到他们说："别过去、别过去。驹林也烧起来了，根本没法过去海边！"

听到这说法，H才选择向右转往通到旭日石油大门的路。

可是实际走来一看，却是大感惊讶。驹林町并没有起火。"驹林也烧起来了"显然是误报。不过H遇到的那些人的确是从驹林町的方向逃来的，想不通他们为什么会这么说。

虽然事后再想"如果当时如何"已无意义，但还是觉得，"如果当时朝驹林町的方向逃的话"，应该就不必经历那种直接面对死亡的恐惧了。

不过，这件事可绝对不能告诉母亲。

沿着旭日石油围墙边的路向北走，途中找到了那时扔下的棉被。当时湿漉漉的棉被已经干了，上面都是泥。

比棉被更令他惊讶的是，地面上可见烧夷弹砸出的痕迹。

这并不是第一次在这一带发现的烧夷弹落下的痕迹。可是掉在这里的烧夷弹，数量之多令人愕然。大约每隔五米，地上就有一个弹痕。即使有掉落的时间差，两人竟然能顺利跑过去而没有被烧夷弹直接命中，实在是命大。

H再次仔细观察掉下来的烧夷弹。果然是第二波投下的铝热剂烧夷弹，呈六角形棒状，比油脂烧夷弹要细，直径约五公分，会喷出猛烈的青白色火焰。可以看出第一波以油脂烧夷弹攻击的地方，第二波再以这种烧夷弹炸过。所以这一带已彻底被烧毁。

差一点挡住 H 去路的橡胶工厂，由于是钢骨建筑，只剩下外廓。屋顶被烧塌，因高热而扭曲的钢骨，看起来像是朝天伸出的手。

木造平房的长乐市场已全部烧毁，只剩凹凸不平的炭块连在一起，不见原本的任何痕迹。H 来到草地一探，那里已经没有任何人，但仔细一看，有不少铝热剂烧夷弹插在地上。在这里打中男孩肩膀的，也是这种烧夷弹。这个地点还留有血渗入土里造成的黑色痕迹。H 默祷之后离开草原。

走向父亲的消防署时，心里边想着，从落在那片跑着经过的地方的烧夷弹数量来看，就算有更多人遭直接击中而丧命也不奇怪。

见 H 来到消防署，熟识的多田先生说："咦，跟你父亲错过啦？他刚离开。"H 心想："太好了！"看来父亲是平安回来了。"如果跑步应该还追得上。"H 闻言立刻跑了出去。

与半夜躲避空袭的奔跑不同，这时跑起来的心情是愉快的。H 边跑边望向天空。手上的水桶和铲子发出咔嗒咔嗒的金属撞击声，伴着 H 一路奔跑。

听着这声响，H 心里想："空袭若是持续下去，可能今天还回不来吧。"

一来到自家附近，就看到父亲站在废墟中的背影。

父亲的背影从来没让 H 有过这种感觉，觉得还是别老远就出声喊他比较好。H 悄悄靠近，在身后说："都烧掉了。"

父亲没回头，只应了声："嗯，是啊。"

好一会儿之后，"你没受伤吧？"父亲问。"嗯，没事。"H 回答。"嗯，那就好。"父亲说，而后又沉默下来。

H避免去看父亲的脸。因为觉得父亲正默默流着眼泪。虽然过去从未见过父亲流泪，但此刻觉得还是别看比较好。

H拎着水桶和铲子，试着踏进废墟。尽管还有点热，但已比之前来时冷却许多。站在原是客厅的位置，用铲子清除瓦砾。若是一般的火场，还会有柱子等焦黑的直立物，但这里已全部化为灰烬，连柱子的痕迹都看不到。

用铲子挖开烧碎的土墙和碎瓦片，在应该是碗橱的附近找到了被融化的玻璃黏在一起的饭碗，还有破掉的碗公。虽然也挖出几个没破的盘子，但都已烧黑，H不禁犹豫是否要放进水桶里。

继续挖下去，发现一个突出地表立着的物体，仿佛植物从地面冒出新芽的东西，正是H那支叉子。

因为是一支缺了一齿的三齿叉，一眼就可以认出。"你是在这里等着我啊！"H说着伸手去拔，但随即大叫一声将叉子扔掉。太烫了。

烫得他非常痛。摊开手掌一看，已经烙上了三道红色的烫伤痕迹。

赤手去握烧过的银叉实在是不智之举。H将叉子连土一同铲进水桶里。叉子落在桶底，发出清脆的声响。

H自小学二年级的时候开始使用刀叉，至今已有七年。虽然有时讨厌到痛恨的地步，有时又喜欢得不得了，交情非常奇特。

感觉就如同自己分身的这支叉子，竟然变得漆黑，令H非常难过。与叉子配对的餐刀应该就埋在附近，但H已放弃寻找。因为他觉得，即使用牙粉再怎么清理，都无法再恢复原本那银色的模样了。

H拎着水桶来到防空壕的位置，将叉子倒进防空壕里，再铲土将之覆盖。父亲只是一直看着 H 的一举一动，并未踏入废墟。

H 想起父亲曾这么说："用筷子进食或用刀叉进食，只是文化上的差异。我们要了解不同的文化，并且去认同才行。"

H 继续铲土往叉子上面覆盖，心里想："我现在是在埋葬文化啊。"

"饭锅和炒菜锅还能用吗？"父亲这才出声问道。

饭锅和炒菜锅似乎还能用，但是得小心以免再被烫伤。先用水桶汲水过来，浇在厨房四周以降低温度。结果竟发出"嗞——"的声音还冒出白烟。没想到火场的温度居然到现在都还这么高。

挖出仍堪使用的餐具放进水桶里，但想到母亲见了不知会有什么感觉，要不要带回去又让 H 有些犹豫。

不过，随后又觉得，还是有必要让她知道实情。还有一件事令 H 犹豫，不知该不该让父亲看。就是父亲那视为宝贝的缝纫机。

尽管有些犹豫，但 H 同样也想让父亲知道实情，下定决心说了出来：

"我本想救出缝纫机，所以从二楼搬了下来，但还是没法带着一起逃命。我们将缝纫机扔在路边先逃命去，结果还是被烧毁了。要不要去看看？"

父亲闻言立刻问："我要看。在哪里？"

"在十字路口的电线杆下面。"H 说着用手一指，父亲立刻朝缝纫机残骸走去。

而后蹲下身子抚摸缝纫机各个部位，说道："把这个带回去吧。"

H 觉得现在已经不必再缴破铜烂铁了，但父亲的想法并非如此。

"刷掉铁锈打磨一番再上点油，或许还能用。"父亲说。

虽然 H 觉得不太可行，但还将缝纫机的机体放进水桶，提起来很重。

父子俩一路吆喝，将水桶、铲子、缝纫机脚架以及饭锅和炒菜锅搬回教会。

玄关门一开，敏子飞奔而出，流着泪说："你还活着啊！我担心得要命，好怕你已经死了。真是太好了，太好了。我一直祈祷你能平安无事啊。"

母亲之前一直没提起父亲，令 H 觉得很奇怪，这时才终于明白，其实她只是一直忍耐着不说而已。

盛夫花了好几天清洁修理缝纫机、上油，终于又能动了。

烧毁的木板，就用苹果箱的木板重做。皮带则以脚踏车的旧车胎替代。当缝纫机响着咔嗒咔嗒的声音，再次开始缝补裤子的破洞时，H 不由得拍起手来。父亲对他说：

"幸好你把缝纫机搬了出来。要是留在二楼，可能就完全烧毁了吧。"

看到原本认为已经没救的东西再次复活，真的非常感动。

朋友

为了报告受灾情形，H 前往学校。

电车仍然停驶，于是决定走路过去。到学校的距离大约三公里，一个小时以内便可以抵达，走起来并不是什么辛苦事。

离开教会出发之后，途中突然想到芥川龙之介那本《三件宝贝》。H 很想知道，借那本书给自己的太田治夫是否安好，于是自前往二中的方向转开，先绕点路朝太田家所在的野田町七丁目前进。

与那本书相遇，记得是小学四年级的时候。虽然仅是数年前的事情，H 却觉得已经好久好久了。

之前听说长乐国民学校的东侧没有被烧掉，果然是真的。在被烧毁的荒原那一头，与之前相同的街容忽然间出现在眼前。走近一看，太田家依然完好，知道他和《三件宝贝》都平安，H 放下了心里的一块石头。可是，现在的他并不想与太田和那本《三件宝贝》见面。

H 只是隔着围墙眺望庭院的松树及宅子的屋顶，还没到门口就折返了。

如果太田的母亲正巧出门看到，H觉得会不知如何自处。因为H觉得，若是被看到了，她不仅会招呼自己进去坐坐，还会安慰灾情，甚至送些应急的衣物。H不愿被人家如此对待，更不愿被看成是为了讨东西才来的。

总之，不想和家还在的人见面。一夜之间就造成家仍在或是无家可归，差别实在太大。或许是因为如此，有些房子没被烧毁的人，面对房子被烧掉的人时会觉得内疚而一脸尴尬。所以也没顺路进去没被烧毁的久保町九丁目林五和夫家，只是从门前走过。

来到新凑川附近，又是一间屋子都不剩。河岸两侧的街区全都毁于大火。神乐小学校的校舍已被熏黑，可见这里也曾起火。从校门口望进去，校园里排放着许多以草席覆盖的烧死者尸体。因为目前的情况还无法安排火葬。焦黑的遗体中也混杂有发红而且膨胀的尸体，好像是被浓烟困住窒息而死的人。

看到死去的人，H并不觉得害怕。"与死去的人相比，看到流着血痛苦呻吟的人更让人不好受啊。"H心里这么想着便离开了。

兵库车站左右靠山侧和靠海侧也全遭焚毁。这里的街上，也到处停放着尚未火葬的尸体。站在这遭到焚毁的无尽荒原前，不禁再次体认："这就是战争啊。"

不用说，石冢书店所在的入江通也被烧得完全不见痕迹。石冢的父亲赶忙疏散无疑是正确的决定。

怎么也想象不到，从兵库车站到学校这条熟悉的道路，竟然面目全非变成这样的一幅景象。电线自焦黑的电线杆垂落地面，道路多处被烧毁倒塌的房屋堵住，通行不易。这个街区也一样，只剩下澡堂和工厂的烟囱朝天耸立着。

由于从三番町到五番町均未遭大火，在建筑物的阻隔下看不到二中的校舍，令 H 的心里七上八下。上坡途中，遇到从上面下来的高年级生。H 敬了个礼，并打听学校的情况。

　　"没被烧毁。你放心吧。"高年级生说，同时表示正要去和田岬的三菱电机联络事情。H 告诉他那一带已经烧成了平地。

　　"只是烧掉了一部分，并没有全部烧毁，目前仍持续生产。幸亏强制撤离，将工厂周边的建筑物拆除隔出了防火带。"高年级生说完便下坡离去。

　　"是哦，原来强制撤离拆除建筑物果真有用啊。"H 心里想。明明还有人居住，却因为单方面一纸"强制撤离区，限一周内搬离"的命令而被赶走，原本觉得很过分，可是却达到了防止延烧，保住工厂与重要设施的效果。

　　登上坡道最高点，看到二中校舍一如往常分毫未伤坐落在那里。因为一路四处看，原本一小时可达的地方，竟然花了两小时。

　　虽然校舍并无损伤，但是校内的情况却与三天前大不相同。

　　走廊和地下的玄关口周遭，满是失去家园的难民。聚集在此的看来都是学校附近的居民，身上只有好不容易带出来的随身用品，以及从废墟中挖出来的餐具和锅子，非常可怜。

　　试着询问一名怀抱两个小孩席地而坐的妇人，得知他们尚未接受食物配给和治疗。

　　H 一打开办公室的门，松元老师便举手招呼："嘿，你也平安啊！"老师已接到 H 家周遭被焚毁的报告，似乎相当担心。

　　墙上的地图旁贴了张纸，写有受灾学生的姓名，不过还无法确认所有在校生的消息。

　　"今天停课。还有，家中受灾的学生可以暂时不必到校。妹尾你也一样，等家里整理好之后再来上学。"松元老师说。

"我家已经被烧得片瓦无存，没什么好整理的。我想来学校。"H说。

"来了也只会被派去劳动服务喔。休息一阵子如何？"松元老师说着笑了。

其实，H是因为被收留住在教会二楼，接受牧师一家和教友们亲切照顾一事，心里怎么也定不下来。

甚至觉得，或许在学校的走廊和前来避难的人一起过日子还比较自在。但是H也很清楚，绝对不能够让母亲和教会的人知道自己有这种任性的想法。

打开教室的门，汤泽、福岛、大久保、西冈他们正聚在一起七嘴八舌聊着。由于这些都是H能够交心的伙伴，顿时轻松许多。

西冈一见H便问："你家也被烧了吗？"

"嗯，全烧光了，不过没有人受伤，老爸老妈也很好。"H回答，同时也察觉自己称母亲为"老妈"。说起来，最近这些日子，母亲在心中的地位似乎渐渐不如往常了。

"横田家也烧掉了，你知道吗？"H听了这才晓得。

"不只是这样，听说房子烧掉的前一天，他们刚刚接到当水兵的父亲战死的通知，隔天房子又被烧掉，真是可怜啊。"

H想起横田过去说过的一段话，心头像是被揪住一样非常难过。

"老爸临走的时候说：'也许这一去就回不来了。就别再指望我，好好过日子吧。你是男孩子，要好好照顾妈妈和妹妹。相对的，我准许你做任何事，不必在乎学校老师不喜欢。想做什么就去做吧。'好像是楠木正成、正行父子樱井之别的场景哪。"

当时横田开朗地笑着这么说。总是活力十足调皮捣蛋的他现在不知怎么样，H想到就觉得难受。

"听说教练射击社的杉田学长家也烧掉了，而且，他妈妈被烧成重伤，父亲也还在战场。实在令人同情。"大久保说。

听到这些消息，H再也忍耐不住流下了眼泪。尽管自己家被烧掉了都没掉眼泪，可是一想到横田和杉田的景况，就再也按捺不住。

或许是要让H转换心情，西冈说道：

"人平安就好，不是吗？我也在烧夷弹中逃过了一劫。后来想想，能够捡回一命，搞不好是拜田森教官那些愚蠢的训练之赐也不一定。"

大伙一听都笑了。笑过之后，大久保接着说："也许真是这样。我原本认为那蛸壶训练一点用也没有，但似乎可以当作一种危急时保命的训练。至于能不能爆破坦克车就不得而知了。不过，这些话可不能传到好色皇的耳朵里，免得他太得意了。"

这番话又引来一阵笑声。最近已难得听到这样的笑声。

"话又说回来，我们真打算进行本土决战吗？一个晚上的空袭就炸成这样了。我觉得，美军如果要强行登陆日本的话，一定会先彻底轰炸并配合舰炮射击，炸够了之后才上岸。"汤泽说，H也觉得有理。

H想起十天前的报纸新闻。

"《朝日新闻》上说，'我军拥有数倍兵力，本土决战有胜算'、'敌军若登陆就歼灭！一举扭转战局'，这真能相信吗？就和先前说的'以水桶接力便能扑灭烧夷弹！'一样。或许是不这么写，报纸就不能出刊吧？"

"报纸已经不能刊登事实了不是？你们知道神户空袭是怎么写的吗？"汤泽问。

H还没看报，无论如何都想知道。

"大本营发表。约六十架B二九猛炸神户。前述轰炸造成市区相当程度的火灾，但几乎于十点之前便完全控制。"

"咦，只有这些？"H非常意外。三言两语敷衍过去，实在太过分了。

"关于受害的部分就只有这些。至于我方的战果，则是奋勇迎击，击落二十架，其余敌机几乎全数受创。"汤泽说完的同时，大久保气愤地说："骗人！才没有击落那么多！"

因为他在会下山一直看到早上，所以断定那是谎言。

其实大久保根本没必要生气，因为只要提到"大本营发表"，内容千篇一律都是"损伤轻微，战果丰硕"，已经几乎没有人会相信了。

虽然H很久以前便不再相信报纸，却无论如何都想弄到一份有三月十七日的空袭相关新闻的报纸。

"好吧，我剪下来带给你。"汤泽说，但H表示希望能得到整份报纸而不是只有剪报。因为H认为，藉由报道与自己亲眼所见之间的差异，才能感觉战争真实的一面。

"是嘛，可是十八日的报纸很贵喔。你出得起多少？不过，从被烧得身无分文的家伙那里八成什么也捞不到吧。"汤泽开玩笑地说。

这时林走进教室，一见H便说："总算找到你了。我在废墟看到报平安的牌子之后跑去教会，又听说你来学校了。平安无事就好。我带了衣服和笔记本给你，聊表慰问之意。听你妈说，你还勇敢地扑灭了烧夷弹啊。"

母亲又多嘴了，H觉得很丢脸。衣服、笔记本和铅笔等文具令H相当感激，收下之后说道："扑灭烧夷弹可算不上勇敢，只是标准的愚蠢行为而已。老实说，应该早点逃命才对。你呢，空袭的时候怎么样？躲在家里吗？"

"我家最后是保住了，不过空袭警报一响，我们立刻就逃命去了。我爸在红十字会服务，当晚值夜不在家，可是他出门的时候交代，遇到大规模空袭的时候，就是走为上策。这回神户将会彻底遭到轰炸。尽早前往安全的处所避难比较好。所以我就拉着老妈逃命去了。父亲很清楚东京和大阪遭受攻击的惨状，所以才会说走为上策。"

"你们逃去哪儿啦？""一直跑到西代的市民运动场。当然还戴着钢盔。""耶，竟然跑到西代啊。有两公里吧？"

林的父亲守护家族的意识，以及林的明智作为，再次令H感到佩服。

"果然还是走为上策啊。只是让炭山听到又要生气了吧。"大久保说。

"炭山可是坚守大和魂的人，要是听到'逃命'，八成会揍人吧。"汤泽说着点点头。

H曾被炭山揍过，脑海中立刻浮现他发怒的脸。

"听说空袭的时候炭山没有逃命，还和烧夷弹搏斗，扔到河里弄熄。所以绝不能让他听到什么'走为上策'啊。"汤泽又补上这么一句。

虽然同样得扑灭烧夷弹，但所抱持的信念不同。炭山是将烧夷弹视为敌人而与其对抗。

炭山不但个子高，体格又壮硕。他曾自豪地表示："我的名字里有三座山。"的确，炭山岩这个名字带有一种如同三座山耸立的压迫感。

由于他将未来的目标锁定在"海军兵学校"，内心已十足是一名军人了。

"保家为国奉献生命，这才是日本男儿的本色。问题不在于输赢胜败，而是看自己能为日本尽多少心力！"

除了 H 周遭的极少数人之外，几乎所有二中学生都有同样的想法。

H 挨揍那次，就是大家在教室讨论"玉碎"的话题时。

"一旦面对生死关头，我决不会选择苟活，死也要拉一两个敌人当垫背。"炭山说，好像只有玉碎才能显现自己的生存价值似的。这时，H 面露质疑的表情，但是被眼尖的炭山看到了。"妹尾，你不愿玉碎吗？"炭山问。"因为作战失利，才需要玉碎不是？"H 回答，结果下巴立刻挨了一拳。"让我来矫正你这种非国民的思想！"怒火中烧的炭山这么说。自那之后，H 就一直尽量避着炭山，但最近情形有了改变。原本应该是最疏远的炭山，不知何故对 H 产生了好感。

或许是因为 H 的军训成绩出色加上射击本领不凡，即使知道 H 是基督徒家庭的小孩，炭山仍把他视为同志。H 也以军训作为保护伞，巧妙瞒过了他，但一直担心哪天会穿帮。

正七嘴八舌谈着炭山种种可怕流言时，当事人来到了教室，众人都吓了一大跳。

大伙都绷紧了神经，以为炭山要来找麻烦，但并不是那么回事。

他竟然是准备了衬衫和长裤要给 H 才来的。

衬衫中还有在南方战线阵亡的哥哥的衣物。因此，H 收下时心情非常复杂。

"我迟早要进海兵，到时也用不着私人衣物了。哥哥留下来的东西，我也觉得让活着的人继续使用比较好，就请你收下吧。"

听到这番话，H 决定接受他的好意。这让 H 觉得，虽然两人走向截然不同的人生道路，却很不可思议的，心灵有某些可以相通之处。

看到这个场面，教室里的友人全都愣住了。因为大家都很清楚 H 和炭山双方面情形。

H 这时清楚感觉到一件事，就是不论在什么情况下，接受他人赠予时，都应该开心地坦然收下。

简单说就是，绝对不会伸手去讨，但是人家给的时候就道谢接受。H 知道，这种其实很单纯的差别，对自己来说非常重要。

尽管如此，H 也觉得很矛盾，要是拘泥于这点小事，今后可没办法生存下去。但 H 随即又改变态度："反正我本来就是别扭嘛。"将这自己也弄不懂的事情先混过去。

准备回家陆续离开教室时，大家都说："真的要保重啊。"但要是炭山不在场的话，大概会互道："要快一点逃啊，可别丢了小命。希望下次再见面的时候一个也没有少"吧。

正要从操场的阶梯下去校门口时，看到小仓上来。小仓家好像也没烧掉。听说他们一家也是听了老爸的吩咐，在烧夷弹投下之前就逃命去了。

"听说你家烧掉了。拿去用吧。"原来他特地带了素描簿和水彩画具来给 H。"有朋友真好啊。"H 非常开心。

H回到教会，一开玄关门就听到了赞美歌。因为是教会，这也是很正常的事情，H却有些不知所措。蹑手蹑脚上了二楼，可是觉得自己没有资格在这里寄居。在此粮食短缺的时候，一家人接受帮助，也得到教友们各方面的照顾，却让H不知如何是好。大家无微不至的体贴和亲切，H反而觉得不好受。

　　盛夫和敏子尽管已失去一切，但或许是心境变得像是找到了安歇之处，安详平静，没任何抱怨。这实在是了不起。

　　"有信仰的人可真坚强啊。"H既惊讶又佩服。尤其是母亲，甚至表示："在这里不但可以听到赞美歌和风琴的乐音，又有礼拜堂可以祈祷，实在太好了。"很开心地接受教会的照顾。可是H却有些受不了。

　　这是因为，自从进了二中之后，H就渐渐不再去教会，不再当个"神的孩子"了。住在教会令他非常不自在。H下定决心离开教会，起因于一位吉本太太做礼拜时祈祷所说的话。她说："主啊。请保佑我们免于遭受敌机轰炸。请让日本获得这场战争的胜利。请赐予日本力量，绝对不能输给美国和英国。阿门。"

　　尽管H并非虔诚的基督徒，却强烈想对这种祈祷表达异议。

　　H选择离开教会，不再忍耐。而且气呼呼地自言自语：

　　"向耶稣基督祈求那种事情根本说不通嘛！如果全世界的基督徒都为了自己的利益向神祈祷，会变成什么样啊！基督教可不是那种自利的宗教吧。无论如何都要就战争祈祷的话，就只能祈求'愿战争尽快结束，和平早日到来'才对吧！"

　　"为什么连牧师都不说那是错误的呢？明明就有违《圣经》上的教诲不是！"H冲着父亲这么说。"这个嘛……因为基督教被怀疑可能违反国策正遭到监控，这种祈祷方式或许比较可以保护教会……而且，吉本太太也是因为先生被送上战场才会那样的吧。"父亲的解释不清不楚，没有明快回答。H听了很不痛快，心中不满。

由于心境变得如此，要在这种楼下会传来赞美歌声的环境中生活，令H非常痛苦。

何况，也没理由三口人就这么一直接受教会的照顾。

家庭会议的结果是，若是盛夫辞去消防署的工作，生活将无以为继，所以留下来继续接受教会照顾，每天从这里去消防署上班。敏子和H则前往好子的疏散地，广岛县御幸村，投靠敏子的娘家。

机枪扫射

警戒警报响起，但为了办理转学所需的文件，H 还是出门前往学校。

由于警报天天都响，已经没有人会因为只是警戒警报就不出门，只要没听到空袭警报，就不会太紧张。

并不是不害怕空袭，而是认为等到实际看到敌机的时候再快速判断即可。与烧夷弹相比，炸弹更令人害怕。炸弹落下时会发出"咻——"像是尖锐口哨的声音，听到之后若是不赶紧冲进防空壕就会有危险。如果附近没有挖出的掩体，就得跳进沟里趴下身子。如果这时还介意水沟里的污水而被爆炸的震波扫到，就什么都完了。不过，要是被烧夷弹直接打中，不论人在哪里下场都一样，这时也只能说运气太差了。

H 搭乘的市电，在东尻池十字路口附近没有站牌的地方停了下来，因为空袭警报响起。依规定，空袭警报响起时，电车必须停止行驶，让乘客下车避难。车门一开，乘客便分散开来，躲进大马路上事先挖好的各个防空壕里。

本已躲进防空壕的 H 又跑了出来，打算尽可能远离电车道。这是因为他有种预感，待在这里可能会挨上直击弹。

H 的预感并没有什么根据，可能只是因为这一带靠近工厂区才会这么觉得。总之，他认为依靠动物的本能迅速反应，要比深思熟虑再行动，往往更能够保命。至于预感准不准确，就看运气了。

H 在广大的废墟中往北朝学校方向跑去。边跑边想着的是，看到敌机的时候，就立刻找个可靠的地方卧倒。

H 边跑边不时回头望向海侧的上空。因为必须知道敌机的入侵路线，才好临机应变。敌机一向是由海侧入侵，从来不曾由山侧飞来。要不从西边的淡路岛方向，要不就是从东边的大阪方向，沿着东西向的神户海岸线飞行。

正觉得差不多该听到 B 二九的引擎声时，传来的却是战斗机的引擎声。在逆光中看到贴着鹰取山顶飞行的机影。由于敌机不可能从山侧出现，H 马上就知道那是日军的战斗机。而且那是最新锐的机种"钟馗"。

由于"钟馗"是比"零战"晚开发出，以拦截为目的的优秀战斗机，H 心想："原来今天是要来迎击 B 二九的啊。"顿时放心不少。

正这么想时，战斗机突然调头俯冲，像是划破空气的引擎声逼近的同时，响起嗒嗒嗒嗒的声音。H 吓得当场扑身卧倒。

以超低空自头顶通过的并非我方的战斗机，而是敌机。

望着飞离的机身，H 认出那是"格鲁曼 F 6 F 舰载机"。这还是第一次如此近距离目睹敌机身影。其实，H 曾读过报纸上附有照片的"如何辨识敌军舰载机"特集。其中与"寇蒂斯 S B 2 C 俯冲轰炸机"、"钱斯沃特 F 4 U"等一起出现的，就有"格鲁曼 F 6 F"。

说明是这么写的："F４F的改良机种，机身粗短，主翼末端如同截切般几近直角。翼展十三米，一具气冷式发动机，飞行姿态与我军的钟馗类似。武装是装配在左右两翼的十二厘米机枪，亦可挂载二百公斤炸弹。"

"哦，原来那就是敌军的新锐机种'格鲁曼F6F舰载机'啊，真希望能再看仔细点。"边走边这么想时，又听到了引擎声。

"格鲁曼"又折回了。H立刻朝敌机路径的直角方向奔逃。边跑边寻找可以藏身的地方。H发现附近有个防火用的混凝土蓄水槽，立刻滚到后方躲起来。

"由于机炮的射击方向与飞机的行进方向相同，在其延长线上的物体都会成为目标。所以要朝直角方向逃。"这是久门教官以前教过的。

"格鲁曼"发射的机枪子弹在H眼前五米的地面扫过，扬起了烟尘。在极近的距离目睹真实的机枪扫射，H不由得身体僵硬。一回神，已经冒了一身冷汗。幸好没有尿裤子。

在废墟中奔逃的只有H一个人，即使从空中应该也看得出来不是士兵。可是"格鲁曼"就是紧追着H并以机枪扫射，搞不好这个开火的飞行员把这当成了在草原追捕兔子的游戏。

吓人的是，引擎声再次接近。刚才的敌机又折返了。

这架阴魂不散的"格鲁曼"令H非常生气。可是，自己的性命只能靠自己保护。而且认为此刻还是躲在这个遮蔽物后面别动才最安全。

因为他确信这座混凝土水槽的厚度，子弹打不穿。

"格鲁曼"的引擎声愈来愈大，可以看到从正前方不断接近。H连忙将身体缩到水槽后面。紧接着，引擎的呼啸和机枪射击声便当头罩下。H 的身体因声音与强烈的气流而震动。飞机从正上方通过。这时，天空瞬时一黑，吓了 H 一跳，原来那是"格鲁曼"机身的影子。

H 悄悄探头，确认飞机逐渐远离后，绕到消防用水槽的另一头。

因为觉得飞机搞不好又会折返，得防备下一次机枪扫射。躲了好一会儿，"格鲁曼"已经飞走没再回来。

H 松了口气，仔细观察四周，确认刚才机枪扫射的弹痕。

子弹竟然嵌入了水槽的混凝土中。要是被打中，一定当场毙命。

"这就是十二厘米的机枪子弹啊！"H 用指尖触了一下。本想将子弹挖出来，无奈嵌得太深无法取出。

敌机离去后，四周安静无声。对于今天舰载机的空袭，苅藻岛高射炮阵地却是一弹未发。虽然知道无法瞄准这种超低空飞行的飞机，但 H 还是觉得有些窝囊。

"今天遭到空袭的好像就只有我一个人啊。真的是我在独自承担这场战役吗？"

想到这里，就怎么也笑不出来了。H 不禁怀疑，这种荒唐的状况，军方高层是否都能有所掌握。

H 有些恍惚，拖着脚步自废墟中的道路走向学校。

途中，一道长长的烟囱影子横过路面。这条路以前不知走过多少次，对这附近的情况也了如指掌。所以这不熟悉的奇怪烟囱影子令他讶异。由于周围的房子已付之一炬，只剩烟囱留下，所以影子才会落在路上。耸立的烟囱给人一种好不容易活下来的感觉，让 H 不忍心践踏它的影子，于是一蹦跳了过去。

走了一阵子快到长田的十字路口时，解除警报响起。

好不容易来到学校，在办公室遇到林。虽然他家没有烧掉，却听说已决定举家疏散。目的地仍在兵库县，却是靠日本海的丰冈，因为外婆家在那里。"一个礼拜后，我就要转到丰冈中学了。"林说。

"我要转到广岛县福山的诚之馆中学。其实我并不想去，可是总不能一直待在教会麻烦人家，无可奈何啊。"H说。"所以我们是一个往北一个往西啊。虽然会觉得寂寞，但还是要打起精神哪。"林说，两人并且互相勉励。

H虽然不是很清楚，但听说还有好几人要离开神户。

H和敏子搭火车前往福山那天，盛夫得去消防署值勤，所以是羽田野叔叔帮忙将行李搬去车站，为两人送行。

对H一家来说，羽田野叔叔就像是"鞍马天狗"一样。岚宽寿郎饰演的鞍马天狗，总会在危急时刻突然骑马现身出手相助，不过羽田野叔叔骑的是脚踏车。水灾那次，他涉过浊流前来，非得挖防空壕不可的时候，也是他过来帮忙。所以，在H的心目中，他就像另一个爸爸。

羽田野叔叔一个人住在距离H家三公里远，靠山边的明神町二丁目。叔叔在市公所的土木课上班，所以只将家人送到疏散地，自己一个人留下。之所以留在神户，除了羽田野叔叔的个人意愿之外，上面也下了命令："为保卫神户市，将限制有工作能力的男子迁出。"

盛夫也是基于同样的理由，决定将敏子和H送往乡下疏散，一个人留在神户。

H和敏子动身前往乡下的那天早上，比平时更早吃过早餐。

尽管加了晒干芋梗的稀饭相当寒酸，但 H 心里却想着："到了乡下就有白米饭可以吃到饱了。"这时父亲说："火车票愈来愈难买，不知道什么时候才能够再见面。"

自从遭受空袭之后，旅行管制愈来愈严格，想买火车票非常不容易。要买长途车票的时候，必须出示受灾证明或证明有旅行需求的文件。这回敏子和 H 的旅行，就是因为有"受灾户，要前往疏散地"的许可证以及受灾证明书，才买到了车票。

H 和敏子要搭乘的列车，是八点五十四分从须磨站发车的普通车，途中每一站都会停。这班车，与好子疏散时搭乘的相同。仍旧行驶的班次比起当时少了更多，但这一班车还保留着。

母子俩来到须磨车站时，距离发车时间还有二十分钟，于是 H 独自前往须磨的海边。想到不知什么时候才能再回神户，不由得对大海产生无比依恋之情，掬了掬海沙，又捡起小石子往海里扔。

"喂——火车就要来啦。"羽田野叔叔在月台呼喊，于是 H 掸掉身上的沙，跑向车站。由于月台紧临沙滩，不必太赶也来得及。

看到蒸汽车头吐着白烟驶进月台，H 紧紧握了羽田野叔叔的手，然后推着母亲的屁股上车。车厢内非常拥挤，没办法从连廊挤进去。列车开动后，羽田野叔叔追着挥手道别，但随即就看不到他的身影了。

到了姬路，总算挤进车厢；到了冈山，才找到一个位子让敏子坐。十四点十三分抵达福山车站，一直站着的 H 已在人群中挤了五个小时，累坏了。

在福山站转搭福盐线抵达横尾站时，义男舅舅和好子已在收票口等着了。"哥哥——"好子大喊之后上前抱住 H 哭了起来。

"好子，你这爱哭的毛病永远治不好啊。"H说着也差点掉泪。

虽说福山有时也会拉警报，但还是平静，感觉不到战争的紧张气氛。在"向古屋"的外婆、义男舅舅、阿郁舅妈他们的照顾下，好子看来是什么也不缺，生活过得相当自在。

可是，在矗立于田园之中独栋大屋的庭院里环顾四周，H不禁感到不安："我真能乖乖地在这里生活吗？怎么一点自信也没有啊。真的不会有问题吗？"

翌日，H搭火车前往福山，来到诚之馆中学。

诚之馆中学就在福山城附近。这所学校，当初是为了教育福山藩的子弟而设立的藩校，所以是这一带颇具地位的县立中学。

一踏进校门，就看到校园那一头的木造校舍。相当古老的建筑，但并没有二中那种破损的玻璃窗，走廊的木地板也擦得发亮，非常美。

放学后的校舍安静无声。"好像静得有点过分哪。"走廊上的H正这么想时，传来高亢的叫喊声以及激烈的竹剑打击声。虽然二中也有剑道场，H也练过剑道，但是这里的感觉不太一样。诚之馆中学，由于整座校园弥漫着静谧的气氛，配上激烈的剑道声，营造出一股迫人的气势。

"诚之馆不愧是一所武士的学校！"H心里这么想。

打开办公室的门，H大声说道："神户二中妹尾肇报告。这次因为在神户受灾，所以前来申请转入诚之馆中学三年级。"

几位老师望向H，显得有些讶异。

其中一位老师走来，问道："你家毁于烧夷弹吗？以水桶接力真能扑灭烧夷弹吗？如果有扑灭烧夷弹的方法，可以教我们吗？"

H已经听说，这座城下町[1]也面临遭到轰炸的危险。

"如果烧夷弹的数量少，以水桶接力的确可以扑灭。在神户，有些地方也曾以邻组的水桶接力将火扑灭。不过，这只限于烧夷弹数量少的地区。若是投下的数量很多，还是别想要灭火，赶紧逃命比较安全。"H回答。

"原来如此。我想请你跟本校学生谈谈你在神户的空袭经验。这样一来，你应该也可以很快交到朋友。"

看似教务主任的老师这么说。

这时，H不知怎的，突然不想转入诚之馆中学，打算回神户去。理由他自己也不太清楚，只是有种"诚之馆中学太过特殊，自己恐怕无法适应"的预感。这似乎是刚才行经走廊时，听到剑道的喊声与竹剑声而萌生的感觉。这种理由，再怎么解释别人也无法理解。于是H便告辞："因为办理转学手续的文件还不齐全，而且也忘了带印章，我改天再来。"

H出了校舍，走在校园中，"我还真是个怪胎啊。都搞不懂自己在想些什么了。真的要再回去遭到轰炸的神户？"就连H自己也觉得惊讶。不过还是觉得依照预感比较好。

才来的H说要回神户，大家都吓了一跳。

"要是回神户，哥哥你会死的。留下来别走啊。"好子大叫。

敏子也强烈反对："就算要回去也买不到车票啊。难道你要走回去？"

火车票确实是很难买到。H拟出了可能解决的方法。

方法有二。一是购买不受旅行管制的短程票，抵达后在该站

---

[1] 昔日以领主居住的城堡为中心建立的城市。——译注

再买下一段，如此不断换乘。只不过，要靠班次不多的列车转运，可能得花两天时间，必须在候车室过夜。

另外一个方法是，写信给羽田野叔叔，请他暗中帮忙。

请他打一封"父出征。速回神户。父"的假电报，藉以作为证明。

H写好请托信，以限时寄出。在邮局窗口买了邮票，贴上信封时在心中祈祷："鞍马天狗叔叔，请帮帮我。"

不论好说歹说，H就是想回神户。

等待羽田野叔叔的电报这几天，每天都用白米饭将肚子填得饱饱的，好像预先囤积起来似的。家里还杀了鸡，让他享用了丰盛的鸡肉寿喜烧和亲子丼。

敏子屡屡问："你一个人回神户，要吃什么呢？"但H已不再是听从母亲意见的小孩子了。自空袭那一夜以来，母子关系明显起了变化。

购买长途车票的作战策略，H没有告诉任何人，包括母亲。之所以视为机密作战而加以隐瞒，是因为觉得要是母亲知晓，一定会设法阻止。H很清楚，她是个很可能立刻寄限时信给羽田野叔叔的人。

四天后，神户那边来了电报。"电报！"敏子听了差点腿软。因为以为上面是丈夫在空袭中死亡或受伤的消息。"别担心。不是那种电报。"H说着就想看电文。敏子看了内容之后更是大惊。

因为电文写着："父出征。速回神户。父"。由于敏子认为丈夫不会收到召集令，因此大受打击哭了出来。这下子H惊慌失措，连忙解释："这封电报是假的啦，是我为了买车票想出的策略。"费了好一番工夫安抚母亲和好子。

H带着电报去买车票。出示了电报与受灾证明，同时向售票员诉说："我爸爸要出征了，就只有我一个人能送行，如果不快点回神户，可能会来不及。"结果这就买到了车票，出乎意料地简单。这个作战策略太成功了。

H觉得，这么一来自己就已经彻底成了坏人，即使回到神户也没法再去教会啦。但事实上，H已经事先写信拜托羽田野叔叔，到时要去投靠他。

在母亲和好子的泪眼送行中，H搭上了开往神户的列车。

途中，列车在离开冈山不远后停下。之所以出现红灯号志，好像是因为有空袭警报。停了好一阵子后，H听到了那熟悉的引擎声。就是那"格鲁曼"舰载机。从窗口往外看，却只听到引擎声，看不见飞机的踪影。声音愈来愈大，而后从头顶越过，幸好并没有用机枪扫射，让人松了口气。坐在H旁边的叔叔说：

"听说两天前有一班车遭到扫射，真把我吓坏了。"

快到神户时，列车在明石附近又停了下来，但这回也未遭机枪扫射。

在须磨站下车，H搭市电来到消防署前下车。看到H，正在晒消防水管的父亲吓了一跳。虽然想该如何说明回来的理由，但还是不知该如何开口，于是只说了声："我回来了。"父亲点点头，应了声："嗯。"

接着，父亲做了件不寻常的事。

"我就快下班了，能等我一下吗？我打算请照相馆帮我们父子俩拍张合照，然后寄去给敏子和好子她们，你觉得怎么样？"

H大概知道父亲在想什么。两人默默走到须磨寺参道上的一家照相馆。H心里想，这或许会成为留下两人最后身影的照片也不一定。

离开照相馆时，西边的天空被夕阳染得一片红。H 和父亲一同来到教会，说明自己已经回到神户顺便打个招呼。同时也表明，自己会一个人去投靠羽田野叔叔。

不过还有一件事让 H 担心。那就是，去住羽田野叔叔家是自己一厢情愿的想法，还不知道叔叔会不会收留。

因为 H 觉得去上班的地方找人不太好，于是先到叔叔家等着。坐在门口的石阶上，一直等到天色暗下来，才看到叔叔骑着脚踏车归来。

仿佛算准 H 今天会来似的，叔叔丝毫不显惊讶，说道："肚子一定饿了吧？"而后扛着脚踏车打开玄关门锁，让 H 进去。H 总算放下心里的大石。可是，他仍然烦恼明天在学校该如何解释才好。因为 H 觉得，其他人应该不会像父亲和羽田野叔叔一样，什么都不必说就能够了解自己。

学校工厂与"无法松"

重返二中一事，并未如 H 所担心的那样造成多大问题。

在办公室迎接 H 的学年主任松元老师笑着说：

"你竟然回来啦。虽然你特地跑回来，可是三年级都得去工厂工作，上课时间很少喔。这样你还是觉得二中好吗？"H 回答："我还是比较喜欢二中。"虽然有不喜欢的老师，也有不值得尊敬的讨厌学长，但 H 还是认为"二中真的是一所好学校"，这绝不是恭维。

"好吧，学校会帮你写道歉信给诚之馆中学。事实上，还有另一个人跟你一样回到了学校。"听老师这么说，H 也轻松许多。

离开办公室正要步上阶梯时，遇到小仓、西和内田三人下来。他们的家都在梦野，是住得很近的邻居，所以被称为"梦野三人组"。

"呦，你竟然回来啦！"小仓露出一口白牙笑着说。

"居然还有这种特地回来送死的笨蛋。"西调侃 H。内田则说："你离开的这段时间，学校已经变成了工厂。要不要我带你去参观工厂？”

的确，学校的礼堂和若干教室都已有机器进驻，俨然成了工厂。

原本前往和田岬到三菱电机工厂做工的四年级生，已经不必再奔波，就在学校工厂做事，所以学校里也变得比以往热闹。

在学校工厂制作的产品，听说是"特殊潜艇用潜望镜上升马达"。而且，那属于"军事机密"，不得向外泄露。

可是，H 却觉得所谓"军事机密"有些可疑。之所以如此认为，是因为在学校组装的是直径约二十五公分的小型马达，仅二中每日就生产六十几颗。再怎么说，都不可能每天生产与马达相同数量的特殊潜水艇。

五年级生当中，也有人强烈质疑所谓的特殊潜水艇。

"我曾经在造船厂负责安装电器设备，清楚得很。哪有可能每天生产六十艘那么多的潜水艇。而且，那种小型马达，并不是什么升降潜望镜用的马达。让学生以为'自己正在制造特殊潜艇的潜望镜，而且这属于军事机密'，应该只是工厂方面的策略，藉以提高劳动意愿吧。"H 听了也觉得很有道理。

昭和二十年春，H 他们三年级生，也被编入学校工厂成为作业员。

学生们被分成多个作业班。大致可分为车床机械作业班、马达组装班、弹簧制作加工班、绝缘体加工班等等。H 被分到马达组装班。每个班由三人组成，生产量还得与其他班比赛。按规定，马达组装班各班的每日最低责任量是要完成三颗。

与 H 同一班的有藤田让治和广部兵三。藤田原本比 H 高一年级，因为休学，现在与 H 是同班同学。

H和藤田让治可说是臭味相投，很快便结为好友。因为两人都有一些与众不同的毛病及年少轻狂之处。藤田有个特别的绰号，叫"English"。据说藤田的母亲是英国人，所以他的英语和日语一样流利。处于英语被视为敌国语的环境，他还能泰然自若地说话，实在是个奇怪的家伙。

H与藤田的交情随即好到可以称他为"乔治"（让治与George谐音）的程度。H虽不能像乔治那样一口流利的英语，但却有一个共同点，那就是，母亲是基督徒，我行我素的儿子却近似无神论者。

同班的另一位广步兵三，绰号"小兵"，家里经营楣窗店。他的父亲，是专门雕刻日式客厅门楣上的楣窗的工匠。好像理所当然似的，儿子小兵手也很巧，擅长精密的作业。他是个认真的男孩子，不像乔治和H那么野，但也与两人成为知心好友。

由于三人的手都很巧，所以每天都以组装超过三颗为目标。这并非他们有成为"产业战士"的自觉，而是为了给自己创造自由时间。

不只是H这一班如此，其他班的人好像也会暗中计划增产，可是事情可没那么简单，因为组装好的马达得通过非常严格的检查。

草率量产也只会被用粉笔画上表示"不良"的 × 记号退回，令人泄气。马达检查的重点在于缠绕铜线的线圈安装方式是否够精密。即使只有少许误差，马达就无法正确运转，检查当然必须严格。可是负责检查的也是同年级的学生，大家都恨得牙痒痒的，给他起了绰号叫"宪兵"。

彻底研究过线圈的安装方法后，H他们成了组装马达的熟手。

拜三人同样手巧之赐，每天轻轻松松就可以完成五颗。

额外的两颗不会当天送验，而是取下礼堂讲台下方的侧板将之藏在里面，当作宝贵的"储蓄"。虽然其他班的人也知道这个秘密，但是没有人会去向监督官告密，也不会有人偷。

工厂方面企图利用比较心理造成竞赛的情形并未发生，不论哪一班都准确地每天持续完成三颗。其中的秘密就是，若是哪一班出现不良品而无法准时交差，其他班便会将完成品通融给他们。二中的学生，自明治时代创校以来就本着"武阳精神"这不可思议的同侪意识团结在一起。

完成的马达，每隔三天就会装上板车送到三菱电机的工厂。负责搬运的人员会有额外的好处，令人羡慕。因为搬运途中可以在路上闲逛，有时在工厂还能分到难得的伙食用面包。

不过，搬运工也会遭遇危险。甚至有人曾经两次，和 H 一样成为舰载机机枪扫射的目标。橄榄球队的根本，在谈起逃过机枪扫射的情形时，还得意洋洋地展示挂在胸前的机枪子弹。那颗弹头，虽然前端已经变形，但尾端经过焊接加工，可以穿绳子。听说那是他拜托三菱电机工厂熟识的员工帮忙做的。

追逐 H 那架"格鲁曼"的机枪子弹，应该还嵌在废墟的混凝土水槽上，可是他一点也不想去挖，因为不愿再想起当时恐怖的感觉。

听说兵库车站附近也有一位妇人遭机枪扫射而死，可是这件事报纸却只字未提，只有目击者知道。

包打听富田就舰载机飞来一事加以分析之后，如此断言：

"最近经常有舰载机飞来，可见敌人的航空母舰已经来到附近的海域了。'格鲁曼'采取低空飞行，目的在于侦查。机枪扫射只是附带的游戏而已。他们应该已经拍摄好神户市内残留攻击目标的照片，不久之后可能会有大轰炸吧。"

H也有预感，神户完全化为废墟的日子已经不远，所以同意富田的看法。H试着想一想，在神户毁灭之前还有没有什么事情想做的。答案只有"想看电影"这么一件事而已，连他自己都很惊讶。

不过H觉得搞不好真是这样也不一定，因为现在所能想到的最奢侈的事，就是"大吃一顿"还有"看电影"。

没想到实现的日子不久便到来。

H接到通知："受灾学生有慰问金可以领取，请携带印章到教务处。"

慰问金的金额是十元。"太棒啦！"H心里想。有了这十元，就可以去首轮的一流电影院看十场电影。

这十元的事情，H决定不告诉父亲和羽田野叔叔。突然成了有钱人，许久不曾有过的兴奋心情又回来了。

放学途中，在长田十字路口的废墟路旁，有个老爷爷坐在那里卖书。

H驻足看看书，其中有不少那化为白蝴蝶飞走的岩波文库。

"坐在这种地方，万一遇到机枪扫射就危险了。"H说。老爷爷回答："所以我想早点卖完啊。我算便宜一点，你就买几本吧。我正在整理行李，准备要疏散。"这正合H的心意，打算好好杀个价。岩波文库印有一颗星的是二十钱，三颗星的莫泊桑《女人的一生》要六十钱。纪德的《窄门》是二颗星要四十钱，四颗星的斯汤达尔《红与黑》竟要价八十钱。

"一次买十本，可以算我一元吗？可以的话，我立刻就买。"H

咬定了价钱,没想到老爷爷竟爽快答应了。H选了十本,心里想着:"这回要埋好,免得又烧了。"虽然不知战争何时才会结束,但到时候如果还活着,再挖出来慢慢看。

H寄宿的明神町,位于自板宿溯妙法寺川而上的山边。街区旁的山壁挖出了巨大的山洞。河流对岸也有负责挖山洞的工程事务所以及工寮。看来,这附近还计划要挖出更多防空洞。也曾听羽田野叔叔说过:"目前正计划将工厂转移到防空洞里。"

那些巨大的防空洞中最前面的一个,明神町的居民也可以使用。

H决定将书埋在那防空洞里。这回先将书用木箱装好,再以土覆盖。

埋好书后,接着就是看电影了。只不过,虽然与机枪扫射的意义不同,可是看电影也相当危险。

由于新开地的电影街已付之一炬,附近就只剩下大正筋周边的三家电影院。这三家电影院,虽然一如往常放映,可是那一带也是补导联盟布下天罗地网的地区。因为轰炸后剩下的电影院不多,补导联盟能够逮人的地方自然有限。也就是说,活动的范围缩小,被逮的几率变得比以前高,逃跑时身手得像忍者一般敏捷才行。

二中已有几个学生被逮,受到比反省更重的停学处分。处罚之所以加重,是因为在工厂劳动时间逃班,或装病请假跑去看电影。

H试着邀乔治去看电影。广部是个一板一眼的家伙,所以没邀他。

"电影票钱我出。"听H这么说,乔治立刻就答应了。至于电

386

影院，就决定去鹰取馆。位于鹰取市场西侧的鹰取馆，远离闹街，是一家独栋的寒碜电影院。这里放映的片子，跟偏远地区的电影院差不多，大概要比首映晚个两年左右。不过，这里却是 H 熟悉的电影院。H 曾在此看过片冈千惠藏的《宫本武藏》、榎本健一的《一心太助》等电影。

看《宫本武藏》那一次，由于底片磨损，画面像下雨一样，胶卷还不时断掉造成放映中断。可是票价只要其他电影院的一半，还是可以接受。

去学校的途中，H 先顺道察看鹰取馆目前放映哪一部片。正在放映的是《无法松的一生》。因为是 H 本就感兴趣的电影，于是决定就看这一部。

电影的剧情，在两年前上映时就看过广告，也听别人谈过，已经很清楚。

故事的背景是明治时代的九州岛，有一个人称无法松的人力车夫，与一个军官家庭结下了缘分。可是军官后来因病去世，留下太太和儿子。无法松虽然很喜欢那位太太，但并没有说出口，一直照顾孩子和那位太太。是这样一部片子。

"我打算去看《无法松的一生》。明天午休的时候校遁吧。到时就请小兵帮忙拿'储蓄'来凑数。"到校之后，H 对乔治这么说。所谓"校遁"，就是"从学校遁走"的意思，"储蓄"则是完成之后先藏起来的马达。

翌日午休时，两人翻过操场西侧的围墙，朝长田跑去。

"跑着去太显眼了。"乔治说，H 觉得有理，于是改为步行。如果从未被烧毁的地区走，遇到熟人的几率很高，所以尽可能选择穿过废墟的路径。

"要是警戒警报响了，电影就会停止放映吧？"乔治有些担心，但 H 回答："放心啦。"事实上，依照规定，警戒警报响起后三十分钟内必须停止放映，但最近警报经常响了之后没多久就又解除，所以都会背着警察继续放映，直到空袭警报响起。

走了大约四十分钟，总算来到海运町二丁目的鹰取馆。电影票价是四十钱。距离这家电影院两个街区外，就是教会所在的本庄町三丁目，有很多人认识 H，所以他有些紧张，不时左顾右盼。

这一场《无法松的一生》已经放映大概一半了。因为不是什么高深难懂的片子，"从中途开始看也没关系吧。"两人说着决定入场。

一进电影院，乔治就低声说道："好臭啊。"H 也这么觉得，但在他耳边说："因为便宜，就别抱怨啦！"若与新开地的聚乐馆和松竹座相比，确实是天差地别，可是现在能看电影就已经像在天堂了。

H 拉着不情愿的乔治往前，来到距离厕所最近的地方。这个位置太靠近银幕，观赏角度不良，可是与电影院中央和后面的座位相比较为安全。若是靠近出入口，就容易被课补联盟逮到。如果遇到他们来抓人，只要赶紧逃进厕所，锁上门，再爬窗子逃走就好。H 小声对乔治说明。他虽然点头，但眼睛却只顾盯着银幕，H 不禁有些担心。

这是因为，除了看银幕之外，还必须不时回头张望，看看是否有貌似补导联盟的人进来。又要看银幕又要顾着后面相当累人，没有办法集中精神欣赏电影，但光是这份"现在正在看电影"的真实感就够令 H 兴奋的了。

眼前的银幕上，阪东妻三郎所饰的无法松正击着大鼓。饰演陆军上校未亡人的女明星园井惠子，非常漂亮。要是自己有一位像无法松这样的叔叔就好了，H心里想。但仔细想一想，H发觉已经有了。"我的无法松叔叔，就是羽田野叔叔！"他心里想。种种思绪涌上心头，只觉胸口发热。"或许真是如此也不一定。"有几点可被他猜中了。虽然只是在H出生之前寄住在家里，却持续比亲戚还要亲密来往，当H一家遭遇困难时总是义不容辞过来帮忙，让人认为并不寻常。即使现在，H也觉得自己就如同电影中的男孩一样，备受羽田野叔叔疼爱。

不过有一点不太一样，那就是无法松好像暗恋着的上校妻子是个大美女，而H的母亲则相差甚远。而且，H确定她绝不是那种会让男人喜欢的女人。对羽田野叔叔做了这么多失礼的想象，H觉得很过意不去。

边看电影，边想着这些事情出神，对后方的注意稍有疏忽时，H突然发觉气氛不对。后方有两个人似乎一直在打量周遭的观众，并不是来看电影的。

"快逃吧！"H抓住乔治的手臂。两人蹲低身子悄悄打开厕所门，将乔治推进一间上大号的隔间。H自己也冲进隔壁间，一推木闩锁上门。"爬窗子出去。"隔着墙交代之后，便攀住窗边往上爬。窗子又高又小，没有想象的那么容易。身体钻出窗子想往下跳，却发现高度超出了预期。从隔壁窗子钻出的乔治也是一脸为难。

这样下去的话肯定脑袋先着地，只好放弃。还是缩回身子，改由脚先伸出窗口。乔治似乎会意，身子退回窗里。

H焦虑不安，怕后面有人敲门。

好不容易腰部以下探了出去，可是身子还得再出去一些才能往下跳。隔壁的乔治也还在挣扎。H作好准备,放开窗口跳了下去。

虽然平安下来,但落地时滑了一跤。乔治同样滑倒。因为地点就在化粪池口附近,脏得很。

H和乔治都一屁股跌坐在地,手也黏答答的。

"好臭啊! 摸鱼摸到黄金了! "乔治说。他并不是特意要说俏皮话,只是因为太贴切了,两个人都哭笑不得。

不过,仔细想想,刚才潜入电影院的是什么人呢?

穿着屁股后面被屎尿弄脏的长裤,就这么弯着腰沿电影院走,再从小巷子里窥探马路上的情况。电影院门口停了一辆卡车。陆续有人从电影院里被带出来,押上卡车。原来并不是补导联盟,而是更可怕的"劳动动员紧急招募班"人员。以招募为名义,但实际上是强行将人带走。如果被抓的话,不但会通知学校,还会用卡车送往强制撤离区,强迫从事拆屋的劳动工作,而且不得抱怨也不得拒绝前往。至于为何会有如此做法,是因为在当前时局下还能来悠哉看电影的人,会被认定是手边没有应该做的工作,有多余时间的闲人。

H对乔治说:"我们真是走狗屎运。"而且还真是沾到屎尿还能自我解嘲的好运。H曾听邻居说,去看电影的时候被强行带走。原来真有这种事。

和上次逃过机枪扫射的时候相比,没有被逮更令H觉得庆幸。之所以这么说,是因为这比鬼门关前走一遭还要可怕。而且H也觉得很不满,无法接受强行将人拉上卡车带走这种事,认为太不合理了。

卡车开动了。两人躲在巷子里,直到看不见卡车的踪影为止。两人总算安全了。正这么想时,附着在身上的臭味令他们愈来愈受不了。

乔治相当生气，用"都是你害的！"的眼神瞪了 H 一眼。

除了找个水龙头冲洗之外别无他法。H 随即想到就在旁边的鹰取市场。市场后面应该找得到水龙头才对。

两人一副凄惨模样一路东张西望走去，在市场后面找到了水龙头。

迫不及待打开水龙头，先洗了手再脱掉裤子。即使用水猛冲，裤子上的脏东西还是除不干净，于是捡起地上的木片来刮。

虽然 H 也帮乔治洗，但他一直很不高兴。H 也跟着动了气，厉声说道："我们没被抓就够走运了，别太过分啊。"

哗啦哗啦用水洗着，两人的心情逐渐平静，终于又笑了出来。

水龙头似乎是安装在一家鱼店的后门。因为屋子的壁板破损，是用装鱼的木箱来修补的。

这时，后门打开，一名妇人探出头来。妇人吓得惊声尖叫。这也难怪，因为她突然看到了两名裤子和内裤都脱光的少年。

可是，两人也一样被吓到。H 和乔治都跳了起来，赶紧用双手遮住下身。

俘虏

在学校工厂做工的三四年级学生，很难得地获得了三菱电机的工厂所提供的面包，每人两个。

去工厂领取面包的，是六个比 H 高一年级的四年级学生。谣传在他们六个人搬运的途中，有五十个面包凭空消失了。

由于 H 他们所有人都和之前宣布的一样领到了两个热狗面包，所以不知道竟然发生了那种事。三天后听到流言，也觉得纳闷。

这是因为，工厂报给学校的数量是六百个。若是短少五十个，一定会成为当天的大问题。可是并没有任何状况发生。那么，消失的五十个面包呢？这是个谜团重重的神秘事件。

虽然无法直接去问高年级生真实情形究竟如何，但对 H 他们来说，自是不可能不关心"面包在途中消失"这个谣言。

"嘿，我知道啰。是去领面包的四年级生在路上吃掉啦。有工厂的人看到了。"大久保打听到一个值得参考的消息。

"真的吗？如果消息错误，你就惨啦。"

"我觉得是真的。因为我是直接从一位员工那里听来的，错不了。他说从电车的窗口看到他们拉着板车，边走边大口嚼着面包。甚至连名字都知道。"

大久保说得很肯定。由于那六个人的名字里也包括军训射击社的吉冈学长，"厉害！"H说，除了惊讶之外，同时也很崇拜。明知领取的数量既定、到时绝对会露马脚，却还胆大包天地大口大口吃，反而令人觉得很痛快。

在如此这般之中，逐渐拼凑出事情的大概。原来是工厂方点交时出错，多算了一百个，给了七百个面包。

发觉此事的六个人只觉得"真是赚到啦"，于是在途中吃掉五十个。不过，由于并没有将一百个全偷走，还留下一半，后来才救了他们。

事情会被发觉，是因为工厂打了电话给学校：

"我们算错了，多给了一百个，请你们自行适当分配。"

不可思议的是，偷吃的学生一般都免不了一个礼拜的停学处分，他们却未受任何处罚。这"五十个面包失踪事件"之所以置而不问没有张扬，听说是因为剩下的五十个，后来被老师们分掉了。也就是说，老师们在不知不觉间都成了共犯。

这场骚动，令众人大笑："连老师也一样！这就是二中啊。"

仿佛"以后能从工厂领回超额面包的人才够厉害！"已成了共识，而这奇妙的事件就在无人有损失的情形下收场。

之后大约过了半个月，又接到供应面包的通知。

负责前往领取的仍然是四年级生，令三年级十分羡慕。只不过想争取这份差事的四年级生也很多，只好抽签决定。

领取面包那天下午，H接到久门教官的传话："立刻到枪械库来。"

"到底是什么事情呢？"H问,不料教官下了一道奇怪的命令：

"持三八式步枪,着军装不带背包,独自前往和田岬的三菱电机。抵达后由西门进,面见一位时田幸次郎主任,并交付此信。收到回函后,再与搬运面包的四年级生会合,一同返校。出工厂大门之后便上刺刀,途中如遇任何异常状况,立刻吓阻对方并保护面包搬运车及其人员。不论任何人问及此番任务的目的都不得透露。以上。"

H想复诵一遍,但实在不明白意思,就又问了一次。简单说,就是穿军装带着枪,一个人去工厂送信,回来的时候负责保护面包。虽说这趟任务的目的是秘密,不得对任何人透露,但连H自己都搞不太懂,就算要讲也无从讲起。

"我已经跟松元老师和学校工厂的主任讲过,你不必再和其他同学或老师说,知道了吧。好,明白的话就出发。"依照久门教官的吩咐,H离开学校。

正要穿越五番町的电车道时,警戒警报响起。

万一遇到"格鲁曼"的话怎么办,这让H非常担心。这身装扮走在废墟,绝对会被认为是士兵。他可不想再成为机枪扫射的目标。

虽然带着枪,腰间的弹药盒装的却是没有火药的训练用模拟弹,就算瞄准敌机开火也只会发出撞针咔锵的撞击声,不会射出子弹。

"如果听到敌机的引擎声,就赶快跳进水沟以免被发现。"H这么想。

究竟该在空袭警报响起之前赶到工厂比较好,还是别靠近工厂以策安全,令H有些犹豫,但听说工厂有相当坚固的防空洞,于是决定听从命令尽快赶去。

边快步走着，H边思考"回程时上刺刀保护运送面包的板车"这命令是什么意思。就如同解谜一般，经过推理，他认为是："上次面包失踪时，虽然并未惩处那六名学生，但可能是为了告诉大家'下不为例'，才想出了这一招。以保护面包运送的方式，让大家感觉到学校无言的警告吧。"

此外，也考虑过"藉此发挥吓阻作用，以免面包在途中遭到周遭居民抢夺"的可能。

之所以会这么想，是因为数日前到强制撤离区搬运房屋拆除后残留的废木料时，就曾发生板车遭附近居民包围，抢走柱子及木板的事情。由于作为燃料的木炭和柴薪的配给量也不足，所以二中学生的板车不巧就成了目标。那一次，事情好像也被压下来了。听说町会长和校方达成了共识，并没有报警。

或许H的任务就是为了防患于未然，以免再次发生这种事。但不论原因是哪一种，H都认为这不是件愉快的差事，心情为之低落。

来到工厂西门的岗亭，告诉警卫要找时田主任。

里面有两名警卫，两人都比H的父亲年长许多。

"先进来等一下。"说着，一名警卫便跨上自行车去请时田主任。等待时田主任这段时间，H获准稍微看一下里面。

与上次前来时不同，工厂里非常安静。H不禁有种工厂仿佛已经死了似的不祥预感，心里发毛。

询问警卫为何如此安静，他说："现在停电，机器全都停止运转。"正当H四处走走看看时，空袭警报大作。

工厂里顿时一片忙乱，人群自建筑物中涌出。那些人随即散开，像是各就防火位置。

想象自己在这座工厂里被炸弹炸得血肉横飞的景象，H 就觉得惶惶不安。还是第一次觉得空袭警报这么可怕。

"今天的目标一定就是工厂区。" H 如此认定。这里在之前三月十七日的空袭中竟然能幸免于难，实在是很不可思议。敌人这回一定不会善罢甘休。

听到了敌机的引擎声，H 立刻认出是"格鲁曼"舰载机。

和田岬旁的苅藻岛高射炮阵地传来激烈的射击声。

由于站在工厂的建筑物之间，视野被高大的建筑物遮住，抬起头只能看到细长带状的天空。无法一窥上空战况的全貌。

尤其感到遗憾的是，明明苅藻岛就在三菱电机附近，却看不到高射炮应战的状况，以及对空炮火在天上炸开所形成的弹幕。

"从这边走到底，右手边有个大防空洞。"有人这么说，但 H 只是行礼婉拒，因为他不愿往工厂里面去。

H 半身躲入警卫岗亭旁边的露天防空壕，抬头望着细长的长方形天空。时田主任一直未到，令他有些着急。

这时，门外传来"打中啦！干得好、干得好！"、"啊，掉下来了。"的声音，可是从 H 所在的位置什么也看不到。接着，又听到有人说："降落伞打开了。"

看来是有敌机被击落，飞行员跳伞逃生。H 很想冲出去一探究竟，但还是忍住了。因为他觉得时田主任应该就快到了。

有名宪兵班长从 H 面前跑了过去。可能是驻厂的宪兵。经过时瞥了 H 一眼。H 一直很讨厌宪兵，便立刻低下头不看对方的脸。

去接人的警卫终于骑着脚踏车回来，后座载着那位时田幸太郎主任。接着，他很客气地跟 H 打招呼："不好意思，让你久等了。"

时田主任从 H 手中接过久门教官交付的信，立刻拆开来看。

这时，刚才那名宪兵慌慌张张地跑回来，停在 H 面前。

然后说了一件令人匪夷所思的事。H 吓了一跳，以为自己听错了。宪兵不耐烦地又说了一遍。

"我现在要去逮捕敌兵。为了作战需要，我命令你同行。"

"虽说是命令，但我只是个学生，是二中的学生啊。"H 嘟嘟囔囔，结果换来一顿骂："混账！学生怎么样！你要违抗逮捕敌兵的军令吗？你不是带着枪吗？难道你害怕像军人一样和敌人战斗吗？"

H 觉得，看来还是照办比较好，而且心里直嘀咕："不必这么大声就听得到啦。"竟然遇到这种意外，也只有听天由命了。

H 对时田主任微微躬身，随宪兵班长离开工厂。在后面看着班长只配有军刀的身影，H 渐渐明白自己是被找去做什么。

三菱电机和三菱造船厂之间的道路，与货运专用的铁路支线一同往海边延伸，直达船只停靠的码头边。

就在码头的尽头，发现那名正试图解开降落伞的美军飞行员。

因为风大，他被来不及收好的降落伞拖着，随时可能掉进海里。

三菱电机和造船厂的员工靠在两侧的墙边直盯着看，眼中充满了好奇。如此近距离亲眼目睹平日所称"鬼畜美英"的敌兵，或许是因为害怕，所有人不敢出声。身体之所以紧贴着墙，大概是为了万一发生枪战，可以避开双方交火的子弹吧。

H 很羡慕排在两侧看热闹的人。

这一切，包括"格鲁曼"遭击坠的瞬间、飞行员自坠落的机体脱身的场面、降落伞张开落下的样子、甚至落在码头尽头的情形，他们应该都看到了。

"真想看看降落伞张开时缓缓落下来的样子啊。要是不躲进警卫岗亭的防空壕等时田主任就好了。"H相当后悔。

H拿好枪，随宪兵班长一同接近那个美国兵。蹲在那里收伞绳的飞行员停止了动作，眼睛望过来。竟是个年轻人。

接近到大约三十米时，班长突然喊道："装弹！"

那声音，听不出是对H下令还是惨叫，很奇妙的声音。

"这只是模拟弹，就算装进去也打不出子弹啊。"H很想这么说，但也只是想想，咔锵咔锵操作拉柄，做出装弹的动作。

美军飞行员被操作枪支的金属声吓了一跳，站了起来。个子高而且结实，但默默看着这边动作的蓝眼睛不安地转动着。

宪兵班长似乎也一样不安。这时，H已渐渐不再感到害怕。唯一担心的是，这名飞行员身上应该藏有手枪。

与日本兵不同，美国兵并没有与对手同归于尽的玉碎精神，所以应该不会在这种状况下还掏出手枪应战。不过，H仍尽力装出凶狠的表情瞪着对方。只不过，对方应该也已经看穿自己只是个孩子，个子矮小的日本兵所拥有的武器也只有军刀而已。所以，还是相当紧张。

H一时想不起"把手举起来"的英语该怎么讲，但还是试着说："Hand up"。结果，飞行员立刻就举起了双手。

H松了口气，差点就脱口说出"Thank you"。

看着敌人就这么在自己眼前，好像电影一样，实在是难以置信。这是因为感觉不出，这个举着双手、表情显得害怕的年轻外国人，竟是战争对手的美军士兵，而且是驾驶"格鲁曼"的人。

虽然不知这名驾驶员是否就是追着H到处跑，或是在兵库车站附近射杀妇人的那一个人，但一想到以机枪扫射就是这样的人所为，就觉得很不可思议。

被枪口对准的驾驶员，因为担心被杀而感到害怕。

宪兵班长似乎也很害怕。大概没想过自己会突然就这么面对敌人吧。一看到对方举起双手，班长突然精神大振，神气地对 H 下令："刺刀再靠近点！"

虽然军训课时 H 曾接受以草捆当敌人的刺枪训练，却不曾以刺刀对着活人，难免胆战心惊。

班长绕到飞行员身后，战战兢兢伸手碰触他的身体，开始搜身。

上半身并未发现武器，最后在半长筒靴子里找到手枪。

H 很想看看是什么样的手枪。可是班长迅速放进自己的上衣口袋里，没法看到。

"好，带走。"班长说，于是 H 绕到飞行员身后，用刺刀对着，说道："Go away"。嘴里说着，心里却想："早知道就把英语学好一点。"

虽然 H 也想逞逞"这个美国兵现在是我的俘虏了"的威风，却不可思议地无法燃起敌忾之心。即使试着去想"烧了我家的就是这家伙！"仍无法涌现憎恶的情绪。再怎么样，心底都无法将他视为"鬼畜美英"，这令 H 不知所措。而且，他甚至还为此感到悲伤。

H 忽然觉得，此刻明显感到憎恶的，与其说是成为俘虏的美国兵，不如说是走在一起的宪兵。H 想到自己竟然会有这种想法，相当惊讶，也有些狼狈。

走着走着，H 对班长说："刚才那把枪的保险关好了吧？

万一在口袋里走火可是很危险的。是不是拿出来用比较好？"

H以为这么说，班长就会把手枪拿出来，到时就有机会可以看到枪了。没想到班长并没有把手枪拿出来，还以可怕的声音说："我绝不会使用敌人的武器！"

听到这种话，H认为这个人真是笨蛋。八成他是不想让H察觉自己并不知如何检查手枪保险，也没有操作的知识吧。

班长带着双手高举的美国兵，在员工的注目下，得意扬扬地走着。可是，由于不久前还看到这个班长微微发抖，这令H惊讶到说不出话来。

大约从码头走到大门的一半路程时，一辆加挂边车的摩托车迎面驶来，停在H他们的旁边。骑摩托车的是名上等兵，边车里坐着一名宪兵少尉。

少尉一下车，立刻用手铐铐住俘虏，并令他坐上边车。

接着问H："你是哪所学校的？"

听H报了校名，他突然冒出一句："今天你所看到的事，以及所做的一切，全当没发生过。"

"咦？"非常讶异的H回答："就算这样，这里的人全都看到了啊。"

"这是军方的机密事项。也不准你对别人说。"少尉丢下这句便扬长而去。

H目瞪口呆。照理讲,至少对于帮忙逮捕一事说声"你辛苦了"也不为过，居然说什么"当作没发生过"！这令H心中升起一股熊熊怒火。

再怎么说，工厂里有非常多人目睹了这段经过。"什么军事机密啊！什么叫没发生过！军事机密根本就是狗屁！"H心里想,而且更加痛恨宪兵了。

不论是之前将父亲带走的便衣刑警、身穿军服装腔作势的宪兵，或者指挥作战的大本营参谋，全都不会帮助H他们，也没哪个跟他们站在同一边。

H取下刺刀，收进刀鞘，同时很想放声大喊："我的敌人不是美国和英国，而是日本军！是宪兵！是特高警察！"

回到工厂，H问警卫："时田主任有没有托信给我？"

"你稍等一下。"说着，一名警卫骑着脚踏车往工厂里去了。留下的警卫伯伯说："听说今天击落了两架'格鲁曼'。飞来的架数很少，也没有投炸弹或是烧夷弹。到底是怎么回事？"

没多久，骑脚踏车的警卫带着时田主任的信回来，同时帮忙传话："领取面包的二中学生已经从东门回去了。不过跑步还追得上。"

"竟然没有护卫就回去啦。那我是来干吗的？"H感到不解。

H总觉得自己很蠢，同时决定不要去追。拉着载面包的板车走向学校的高年级生，应该不知道H今天接到了奇妙的秘密命令，为了护送面包也来到工厂。这项护卫任务的意义何在？转交的信件里又写了些什么？H自己也完全不晓得。

回到学校，将时田主任的信交给久门教官，正要说明今天的遭遇时，却被教官阻止："刚才宪兵司令部来过电话。你就依照吩咐，别跟人讲。"说法竟然跟宪兵一样。H觉得连久门教官都不太能相信了。

什么都说是"军事机密"，真是令人生气。

如果真有机密，H心里想，大概就只有若非藉中学生之力就无法逮捕敌人，实在是"宪兵之耻"这一件吧！八成是不想让人知道，所以才要求：“今天你所看到的事，以及所做的一切，全当没发生过。”

像今天这样净是不愉快的日子还真少见，H 觉得很没劲儿。

德国无条件投降

德国终究是无条件投降了。

这是有前兆的。因为五月四日的报纸刊登了"柏林沦陷"、"希特勒总统战死"、"戈培尔宣传部长自杀"等新闻。

紧接着,九日的头版刊登了"七日拂晓,德国全军无条件投降。欧战终告结束"的报道。H眼睛看着报道,口中不住喃喃自语:"德国终究也输啦。"

五年前,日德意缔结三国同盟时,记得还曾宣称:"绝对无法攻破的铁壁阵营就此结成。"

同盟国之中的意大利率先投降已经令人哑然,这回,竟然连应该是天下无敌的德国,终究也无条件投降了。

如今只剩下日本,必须独自与美国、英国、荷兰的全部军力为敌,继续作战。"日本今后会怎么样呢?"H曾试着想过这个问题。答案是:

"欧洲战线结束后,美国应该会将剩余战力投向日本,展开比过去更猛烈的攻击。不论怎么想,应该都没有胜算吧?"

即使过去口口声声"神国日本绝对不灭""大和魂必胜！"的人，这种信念应该也逐渐动摇，无法继续打从心底认定"会赢"了吧。只要是实地生活在化为一片焦土的城镇的人，即使不愿意承认，也都明白这一点。

但就算明白，也不能讲。除了害怕宪兵和特高警察之外，也害怕一旦说出口，那原本支撑着自己的东西就会消失、崩坏吧。H认为，大人们是"口口声声说要勇敢，其实是闭着眼睛没有骨气"！

H很想知道曾经在照片上看过的柏林变成了什么样子。

神户市三月的那次空袭，日本的报纸仅以"约六十架B二九来袭，轰炸造成市区相当程度的火灾，但几乎于十点之前便完全控制"三两行处理，所以H觉得柏林的情况可能也不会有详细的报道。

出乎意料的是，《朝日新闻》竟然报道了。H非常讶异，接着便贪婪地开始阅读。

那是一篇外国人的手记，由路透社记者哈洛德·金发自斯德哥尔摩。

"首都柏林已不复存在。记者随进攻部队的美军司令在柏林市内巡了一圈。距市中心数英里范围内的房舍，仿佛一间间都遭到炸弹直接命中似的不留任何痕迹。记者本人曾住在空袭下的伦敦，也曾见过好几个遭到严重破坏的苏联城市。可是柏林的极度破坏、荒废以及死状，已非笔墨可以形容。著名的大道被破坏得不知该如何修复。盖世太保总部所在的东区，亚历山大广场已成为只剩瓦砾的荒地。美军司令官表示：'若想知道何谓战争，就来柏林看看。'在市中心看到的是，男孩和女孩如幽灵般在水龙头前面排队等候的情景。"

H边读边将神户的废墟与之重叠，自言自语道："就算不去柏林，我们也很清楚啊。"

日本的报纸，为何不能用这种浅显易懂的文字，具体描述城市的状况呢？H不禁感到气愤，别只说什么"造成市区相当程度的火灾"啊！

对自己不利的事情就试图彻底隐瞒。可是，隐瞒却反而让人看得更透彻。

路透社这篇手记的左边，刊登了这样的报道：

"陆军幼年学校招生，不需照片及身家调查。"报考幼年学校的年龄资格，是年满十二岁至十四岁。为了便于报考，过去需要的照片和身家调查都取消了。由这件事情同样可以清楚看出，兵力吃紧的情况非常严重。

H的三年级同学中，也已经有十多人离开学校成为海军预科练习生了。

留下来的人，则是从早工作到晚，每天都过着如同工厂作业员一样的生活。

只有每个礼拜作业班与学业班互换，回去上课的时候，才好不容易又意识到自己是名"学生"。

H工作结束下楼时，遇到正要上去的广部。

几天前，广部自H的马达装配班调去了弹簧制作班，已有四五天没有见面。

"怎么，小兵，你们那班还在工作啊？"H问，广部摇摇头。

"渡边健彦的眼睛受伤，我带他去三菱电机的医院。"

听他说了才知道，学校工厂上午发生了意外。

"当时我们正在学习制作螺旋弹簧的方法。我们三年级的五个人围着工作台，看四年级生示范。所谓螺旋弹簧，是以钢丝卷成，直径两公分，长七公分。最后要将多余的钢丝截断，所以学长说：'要这样截断，仔细看好啊。'接着用凿子抵住钢丝，用铁锤敲，将多余部分截断。这时突然有人喊痛。原来是渡边。那一瞬间，没有人知道发生了什么事，但好像是学长手中的凿子刃口掉了一块，那铁片正好刺进渡边的右眼。于是学长和我们立刻将渡边带去三菱电机的医院，说是后天要动水晶体摘除手术。医生说恐怕会失明。"

为了避免学校工厂发生工作意外，一再强调各种注意事项，但仍有学生被车床弄断手指，也有人在截断铜板的时候被铁锤打碎了左手拇指。

三菱电机的宫崎社长与三菱重工的岩崎社长来到学校拜访，视察过学校工厂之后，与校方讨论作业方针之后离去。

虽然师生们仍会爽朗地笑，但从这种意外事故看来，大家其实都已经感到疲累。这并不只是因为每次空袭警报一响就得躲避，或是害怕空袭。最令人感到不耐的是，日本今后将会如何？谁也无法得知真正的答案。"神国日本不灭"这句话，再也无法激励人心了。

有些烦闷的 H 在走廊差点与高年级生发生口角时，横田飞奔而来，说道："久门教官收到召集令了！"

虽然 H 也曾想过久门教官赴战场的日子可能不远，但听到真的收到召集令，仍然顿时全身无力。H 再次深深感觉到，自己平时是多么倚赖久门教官。

横田也说："果然还是来了。为什么好色皇没收到啊。真希望由他代替。"

久门教官是教练射击社的社长，受社员爱戴是理所当然的，不过其他学生同样很喜欢他。好些学生听到"收到召集令"的消息，纷纷前来聚在久门教官身边。学生之所以和他比较亲，是因为他不会把"军人精神"、"大和魂"、"不屈的斗志"等精神主义的口号挂在嘴边，是一位与众不同的军人。

他是一位称职的军训教官，上课的时候非常严格。但他竭尽所能传授的是："真正的勇士，并不是不怕死，而是拥有技能，能够保护自己直到最后的人。如果做不到这一点，就无法成为真正的勇士去战斗。"这种观念并非只针对战斗技术，与日常生活也息息相关，非常重要，让学生们获益匪浅。教学方式有系统而易于理解，这或许与久门教官是钟表匠出身有关也不一定。

他轻轻松松就能将学生拿来的故障手表修好，而且是免费的，还会笑着说："偶尔也得清洁一下上上油。手表可不是靠精神力来推动的。"这句话，不仅适用于手表，或许也是对势力无远弗届的精神主义的一种嘲讽吧。

隔了两天，教物理和化学的仲田老师也收到了召集令。

这位老师，也让H想起许多往事。可是，H和这位绰号"Young"的仲田老师不投缘。

当然，对方好像也不喜欢我行我素的H。H有好几次也觉得："他不喜欢我，这也很正常吧。"

其中一次是发生在二年级考试的时候。

对于经常体罚的老师的考试，H决定统统交白卷，所以只写了名字就想离开教室。那时仲田老师当场拦阻："考试结束之前不得离开教室。"没办法，H只好回到座位，在答卷背面画了自己的左手，这下事情不妙了。

仲田老师似乎认为自己被看扁了。虽然 H 并没有那个意思，但仲田老师勃然大怒。

当时那张手部素描，是 H 自己相当满意的作品，可是在仲田老师眼里，却只会惹人生气。大概是忍无可忍，气得发抖的老师朝 H 下巴挥了一拳。

就如同"Young"这个绰号一样，仲田老师"不够成熟"。

之所以这么说，是因为 H 在另一位教数学的住谷老师的考试时，同样交白卷，背面也画了图。绰号"强公"的住谷老师，收到 H 的答卷时，笑着说："正面零分，背面一百分。"

总之，H 的数学、物理、化学这些数理科成绩全都很糟。但话说回来，并不是所有讨厌的科目的老师也全都不喜欢。好恶取决于老师的人品。

不止是 H，大家都很喜欢住谷老师。住谷老师总是双手拿粉笔，面对黑板龙飞凤舞，表演双手书写的绝技，上课很有意思。兴致一来，还会生动地讲述强公这个绰号由来的《悲惨世界》故事给大家听。

虽然 H 想仲田老师应该也知道他，自己并不像住谷老师那么受欢迎，但当 H 听到仲田老师收到召集令时，仍然考虑要送个什么。H 想要表达的是："我并不是讨厌老师，只是彼此不投缘而已。"这份礼物是画在名片大小厚纸上的仲田老师的肖像画。H 把仲田老师画得比本人更有男子气概些。另外附赠的是经常挨揍的同学一个个写在背面的签名。

当 H 将画作带去办公室交到仲田老师手上时，他顿时显得不知所措。接着，他看看画又看看 H，好一会儿之后，突然握住 H

的手说道:"谢谢。我会好好收藏。"那双手意外地温暖,令H有些难为情而手足无措。

虽然出发日期不同,但两位老师的惜别会合并举行。

两天后,为了送久门教官出征,教练射击社的成员自愿傍晚去神户车站送行。可是H却无法同行。

当天,H上午就开始肚子不舒服,到了下午更是开始狂泻。在不断跑厕所之中,裤子终于也弄脏了。为了替久门教官送行,即使用塞子将屁眼堵住都想要去,但却不得不放弃。这令H非常懊悔。

H觉得至少该写封信给教官,于是写了"因腹泻无法送行,甚感遗憾。请多保重身体。"托横田转交。但后来想想,为出征的人送行,用"腹泻"似乎不太合适,于是又捂着屁股去找横田,好不容易将信取回。

腹泻的原因出自黄豆。由于粮食短缺,黄豆已成为仅次于米的主食。所以错不在黄豆,而是食用方法不对。

那些黄豆,是父亲去某仓库灭火时,从火场带回来的残余黄豆,量相当多。这是为了投靠明神町羽田野叔叔的H而送去的贵重品。

羽田野叔叔说:"我一吃豆子就肚子不舒服,还是别碰的好。"于是H一个人站在厨房,用砂锅将黄豆炒了当早餐。吃了太多炒豆,几乎一定会闹肚子,但因为经常处于饥饿状态,多少已有心理准备,便嘎巴嘎巴嚼了起来。

因为炒豆而无法为久门教官送行,实在太不值了。

回到家,抱着肚子躺在床上时,羽田野叔叔回来,笑着把一份报纸递给H。

409 / 德国无条件投降

"看来还得再研究一下黄豆的食用方法才行哪。"

报上有一则让人看了腹泻会变得更严重的新闻。

因为陆军对全军下达了"皇土决战训"。内容的大意是："皇军将士应死守本土，贯彻舍身报国的精神，作为一亿战友的先驱。"这清楚显示，军方已经承认"战争已经不能只靠精神力量了"。

H觉得，要是没东西吃，精神力量也使不出来啊。

不止是H，大家都处于饥饿状态，而且还经常拉肚子。

"增产"的要求愈来愈高，学校工厂的生产线连假日也取消。不但夜间以轮班的方式继续作业，连不供电的"停电日"都得去做纯手工的工作。

"告诉你一件事。六月五日，神户会有大空袭。"工作中，藤田乔治对H咬耳根子。"你怎么知道？"H问。"美国的无线电这么说的。"H闻言笑了出来。

"竟然可以一本正经骗人，难怪人家叫你'吹牛乔治'。首先，美军的秘密应该不会在广播中讲出来吧。再说，窃听敌方的无线电可是会被宪兵以间谍嫌疑抓走的啊。"乔治听了伸出食指摇了摇，同时喷了喷笑道："现在宪兵可没空监视这些事，人数也不足了。"

但正如他所说，六月五日上午，果真来了大编队的B二九。

虽然不知乔治是否歪打正着，但这回似乎是针对三月十七日剩下的地区而来。发布空袭警报的时间是六点七分。

H被五点半响起的警戒警报吵醒，但仍赖在床上。

羽田野叔叔拿水壶到厨房装水。H开始着装后，叔叔说：

"今天的空袭可能会比以往更厉害。我得赶去公所，你哪都不准去，乖乖躲进防空洞别出来。要听话啊。"说完就骑脚踏车出门了。

H依照叔叔的叮咛，连忙跑去离家大约只有一百米的防空洞。在山坡上挖出的防空洞，是宽约四米、高二·五米、深达二十五米的巨型坑道。若是这种防空洞，即使炸弹投下来也不会有事。

H走到防空洞最里头，因为那是他埋了一箱书的地方。

附近的邻居在警戒警报响起时就已进入防空洞，铺了席子，从家具、锅碗瓢盆到棉被都带了进来，一副可以在这里过好几天的态势。

终于，连防空洞里都可以听到B二九的引擎声。那引擎声非常近非常大。可能飞得相当低。H明知在防空洞里很安全，却无法耐着性子待下去。H戴上加了棉垫的防空头巾和钢盔，站了起来。

"你要上哪儿？"田崎伯母问。"哦，我有点事。"H回答后跨过或躺或坐的人群，来到外面。天空非常晴朗。由于防空洞里很暗，仰望天空的时候觉得非常刺眼。

看到B二九的编队正以过去从未见过的低空飞行。约略一数，是大概二十架的大编队。引擎声仍不断传来。看来情况将会很惨。

明神町的正前方有妙法寺川流过，背面和前方则挨着崖壁和山丘，是一块狭长的地区，天空的视野不是很广。H决定去找一处更适合瞭望的地方。

该爬到对面禅昌寺的山上还是登上后山呢，犹豫了一下，决定上后山。

与上一次不同，这回没有必须保护的人，只要顾自己就好，所以相当轻松。

山壁比想象的要陡，滑落了好几次，花了大约三十分钟，总算来到视野良好的高处。H的家在正南方，前面一点的鹰取机务段好像已经起火燃烧。往西延伸到须磨一带，许多地方都冒出了黑烟。

不采取夜间空袭而是大白天的低空轰炸，是因为瞧不起日本这边的应战能力。不过，苅藻岛和大仓山的高射炮阵地正努力反击。

H看到两架B二九被击落。不久之后，又看到友军战机一个急转、开火射中敌机引擎。这种时刻，H的心情自然站在日本这一边，兴奋地期待着。

一波接着一波轮番轰炸的大编队，朝攻击目标准确投下烧夷弹和炸弹。东边的受害尤其惨重，起火的市街，直到下午三点都还不断冒出黑烟。

果不其然，广部家也遭了殃。他家位于三宫北边的二宫四丁目，整个地区都被大火吞噬。他的父亲是日本建筑的楣窗雕刻名人，但已无法继续这项工作，所以去军需工厂的木工部上班。出征的长兄被派去缅甸，空袭时，家里有五个人，父母亲、担任小学代课老师的二哥、姊姊以及广部。

"空袭警报响起时，我们就准备要逃命。老妈好像是听过三月遭到空袭的人说：'逃命的时候就算什么都没带，棉被一定不能少。要是没有棉被，往后日子就难过了。'所以一直强调'棉被、棉被'，结果慌乱之中就只抱了棉被出门，其他什么也没带。听说往北逃会有危险，所以我们往南跑。因为三月空袭的大火从琴之绪町一直延烧到码头，逃往废墟比较安全。逃命的途中一抬头，看到B二九打开机身的弹仓，烧夷弹像是被吐出来一样，随着淅沥的声音落下。其中一枚直接打中跑在前面的女学生，当场死亡。我们也觉得没指望了。幸好运气不错，全家都没事。当天晚上，我们用强制撤离区的废木料和烧过的铁皮搭建临时小屋睡觉。可是，半夜却下起了黑雨，把我们都淋湿了。"

同属于无家可归组，H非常了解广部的心情。

可是广部却说："房子没了虽然无可奈何，但只要再盖就好啦。"

听说乔治家也毁于六月五日的空袭。

来到学校，H想要安慰他，他却嘿嘿笑着说："其实，德国投降的事，我也是那一天知道的。"完全不提自己家的事。

尽管H对乔治有好感，但有时也不免觉得这家伙怪里怪气的。

同归于尽

H 拿到报道六月五日神户空袭的报纸，已是三天之后。

因为位于板宿的派报社烧掉了，所以买不到报纸。

很想知道那天的空袭是如何被报道的 H，拜托汤泽带六日的报纸来。

《朝日新闻》的标题是"三百五十架 B 二九轰炸阪神"、"神户、西宫、芦屋遭大火。击落击伤敌机二百架"。

竟然来了三百五十架！H 大吃一惊。虽然目睹数不清的飞机不断飞来，却没想到数量居然有那么多。

还有一点令 H 怀疑自己的眼睛，就是报上所写我军击落击伤的敌机多达两百架。那天的对空炮火，确实远比过去奋勇作战。击落的敌机也多过以往。即使如此，击落击伤多达两百架，再怎么说都有灌水之嫌。

接着再看更关心的受损程度究竟是如何报道，却依然是简单带过。只写着：

"神户市东部的西宫市、芦屋市虽有火灾发生，但由于民间

414

防空组织奋不顾身的努力，火势逐渐扑灭。"

根据这篇报道，六月五日的空袭，只造成神户的东部，以及西宫、芦屋的部分烧毁。虽然确实有些地区幸免于难，但只是极小部分，事实上神户市区应该已在这次空袭中毁坏殆尽了。

"为什么报纸就不能老实写啊。"广部很不高兴。那天，他成为和家人一同在烧夷弹如雨落下之中逃命，自己家也遭烧毁的受害人。所以，对于报纸未能忠实报道空袭实际状况与灾情一事感到不满，也是理所当然的。

"报纸不能详细报道，或许是不让敌人得知情报吧？"益田说。

"是吗？哪里起火，是怎么烧的，最清楚的不就是美军吗？只要在空袭之后进行侦查，用航照来判断，搞不好比日本自己知道得还清楚吧。"汤泽说，H也觉得有道理。

凡事都以"机密"为由而不公布的做法，早在这场战争开始之前就已经出现，但是H初次觉得："咦？连这也算秘密啊！"则是在小学五年级的时候。引燃对美战争之后的昭和十六年十二月八日以后，"天气预报"从报纸上消失，就是其中一例。

报纸不再刊登天气预报的理由是，天气预报会成为敌人可以利用的情报。连天气预报都被视为"军事机密"，实在令人诧异。

总之，报纸逐渐不再刊登大家都想知道的事情。相反的，版面却被政府和军方想要灌输给国民的讯息所占据。

H想知道的是，冲绳目前的情况到底如何。但是报上只说美军登陆后持续激战，详细的情况根本无从得知。

"本土决战对我有利。绝对奋战到底。现在更须加倍努力。"

报上刊登的铃木贯太郎首相这番话，让H觉得，冲绳已经无望，必须弃守，接下来就只能在本土决一死战了。而且，从小矶内阁到铃木内阁，虽然阁员更动过好几次，战争的方向不但没改变，而且愈来愈不像话。

"将美军引进本土，再一鼓作气予以痛击。这才是粉碎敌人，掌握制胜关键的决战"是目前的政策。H实在无法相信，被期待能够迎敌的日本各地，除了主要都市之外，连地方的乡镇市都接连化为焦土，竟然还认为让美军登陆利于扭转战局。

直到不久之前，依照规定还是"若是发布警戒警报，学生就不必到校，并让已来到学校的学生立刻返家"。可是，警戒警报已经成了家常便饭，于是规定便改为"只要没发布空袭警报，一律到校"。空袭警报已经多到变成每天的例行公事了。

有一天，H他们正在学校工厂作业，空袭警报又响了。这是早上以来的第二次警报。

"去农场避难吧！"横田笑着说。"好！我们走！"乔治和大久保同声赞成，离开工作台出发了。

施放空袭警报后，大家可以自行判断要前往何处避难，直到警报解除。"去农场避难吧"的意思，应该是要去偷洋葱吧。

听说一个礼拜之后要采收洋葱，而且会分配给学生，应该已经可以吃了。

"希望不会被发现，听说杀掉去偷农作物的贼也算正当防卫。"益田说了让人不安的话。

"不会吧！""是真的，那是在横滨发生的真实案例。有警防团员打死去田里偷地瓜的工人而遭逮捕，经认定属正当防卫而未被起诉。这是真的事情，我在《每日新闻》上看到的。"

H只看《朝日新闻》，所以不知竟有"殴人致死属于正当防卫"这种事。

"今天有一半的老师缺勤，龟冈教务主任非常生气，被抓的几率很低，不过最近愈来愈危险，还是小心一点比较好。"

大家都处于饥饿状态，脑袋里某个部分随时都在思考该如何顺利弄到食物。

大约自一个礼拜前，开始配给午餐给在学校工厂工作的所有学生。这非常值得高兴，不过数量的控管非常严格。只有配给的食物送达时在工作的人才能领取，就算要多一人份也没得通融。

配给的食物，不外是热狗面包或高粱米。虽然谣传面包里搀了稻秆粉，但还是比混着红色高粱的米饭受欢迎。

总之，高粱米除了难吃之外，气味也令人受不了。与电木容器的气味混在一起，一打开盖子，一股臭味立刻扑鼻而来。配菜则是煮鲱鱼干，或是只用盐搓过的萝卜叶。不过，一到了供餐时间，大家还是边嫌东嫌西边大口大口地吃着。

"听说七月起主食配给要减少一成，你们知道吗？"益田说。

"二合三勺的米，要减为二合一勺。而且配下来的不是米，而是替代主食。"

一讲到吃的，大家全都认真起来。

"将洋葱切丝，边炒边滴些酱油来调味，拿来配饭很棒喔。虽然没有放肉，感觉却像是加了肉一样。"

汤泽用手势加上动作形容洋葱盖饭有多好吃之后，又说道：

"我们还是去农场吧？因为明天是生是死都不知道。"

这句"明天是生是死"，H 也觉得有几分道理，再加上也想一尝洋葱盖饭的滋味，立刻就加入了小偷班。

说不去的广部和益田留下，H 和汤泽出发前往学校北侧的农场。

途中，在操场撞见炭山等四人扭打成一团。看起来不似真的在打架，但原本打算装作没看见悄悄从旁边溜走，结果还是被叫住。

由于曾收过炭山送的衬衫和长裤，H也不好不理他，于是走上前，同时声明："我可不练柔道喔。"

"不是柔道，这是《国民抗战必携》里头的。"说着出示剪报给H看。

"我们想照着报道上写的来一遍，正在这里练习。因为凡事都得亲身体验过，到时才能派上用场啊。"

H也看过这《国民抗战必携》的连载。上头说："进入本土决战时，国民可依此战斗"。当时边看还边质疑："不会吧！"

炭山他们就是打算实际操练一遍。这勾起了H的兴趣，决定请他们做来看看。

个头高、体格又好的炭山扮演美国兵，田渊等三人的角色则是日本人。

手中以短棍权充鱼刀。

"上头说，以鱼刀对准肚子刺进去，效果要比挥砍的效果来得好。就照着试试吧。"炭山朗声读过之后，开始实地演练。

田渊一冲过去，正以为迅速闪开的炭山会抓住对方腕时，却见他一扭腰，将田渊摔了出去。

"要是不冲得再猛一点灵活一点可不行。对手可是会闪开的。"炭山说。可是谁也敌不过体格好、身手敏捷的炭山。

接着换两人同时出手，照样又被摔了出去。虽然真正的美国兵应该没有炭山那么高明的柔道技巧，但还是可以清楚看出，要打倒敌人可没有那么简单。

418

H捡起地上介绍"肉搏战与格斗"的《国民抗战必携》剪报重读一遍。或许是边看着眼前实地操演边读，感触更深的缘故，内容实在令人害怕。

　　"枪和剑自然不在话下，就连刀、矛、竹枪，以至于镰刀、柴刀、铁锤、鱼刀甚至火钩，均可作为肉搏战的武器。

　　"若使用的是刀或矛，对准高大的敌兵腹部用力猛刺，效果要比挥砍来得好。使用柴刀、铁锤、鱼刀、火钩或是镰刀的时候，则是从后方偷袭的效果最好。

　　"如果是面对面的情况，就放低重心站稳，挡开敌人刺过来的武器，瞬间扑向对方胸口将之刺杀。镰刀的刀柄以三尺左右最管用。

　　"若是赤手空拳格斗，就攻击对方的心窝或是下体。或是使用空手道、柔道的招式将之勒毙。即使同归于尽也好。总之要用尽一切手段，无论如何都要将敌人杀掉。

　　"局势已经从'你切我肉，我断你骨'演变到'若要断他人骨，自己的骨头也得断'的地步。可是，只要有毅然决然的气势，胜利必定属于我们。"

　　H将剪报递给汤泽看。

　　"这样真的就能打赢？《国民抗战必携》的'肉搏战与格斗'这篇所写的事情，真的要老百姓去实行吗？要我们用水桶接力扑灭烧夷弹之后，接着要去格斗杀人吗？"H喃喃说道。

　　"有什么好大惊小怪的。我弟弟常看的《少年俱乐部》里头，还有配上图解的'手榴弹投掷法'哩。上面竟然还这么写：'在冲绳的战场，与各位同样年纪的少年，已经带着手榴弹去突击敌阵了。我们现在也要开始训练，为本土决战做准备吧。即使拿石头来丢也可以练得很不错，让我们现在就开始吧。'照这样看来，就连小孩子也被编入本土决战要员了。非要老百姓全都死光战争才会结束。玉碎到底是为了什么啊！"激动的汤泽声音越说越大。

"小声一点，别让炭山听到啦。"H为他捏了一把冷汗。

看着炭山他们示范格斗技巧好一会儿，解除警报响起。结果虽然没弄到洋葱，但好歹也没被炭山摔飞出去，算是好运了。

回到学校工厂的工作台，看到去过农场的横田他们也是空手而返。

"没法下手啊？"H问，只见横田一挤眼，做了个晚点再分的手势。

看来是找了个隐秘的地方藏好了。H一直认为自己无法像横田那么坚强，但有件事H相当在意，那就是横田最近经常请假没来上学。

总是很开朗，凡事都会讲的他，唯独这件事，他没有对任何人说过理由，似乎有什么难言之隐。

横田必须代替在南方战线阵亡的父亲照顾母亲和妹妹。看来，他正为此在做些什么，但大家都很小心，以免当着他的面提到。

几天后，一个低年级生的消息让大家明白他在做什么了。

"我看到横田学长拉着载了货的板车，从烧毁的矶田町朝须磨方向走去。"那个低年级生说。不久前就有传言，说他在做类似送货员的工作，原来是真的。

因为疏散而要离开神户的人会有行李，或烧剩下的东西需要搬运，他便去承揽这些工作来赚钱。

"板车的租金也愈来愈贵，横田赚的应该也不多吧。"

大久保说。这么一说才想起，横田曾难得提过：

"前阵子我走路去明石，途中遇到空袭警报，真把我累惨了。"

看来那次就是拉着送货的板车。虽说在明石住了一晚，可是到明石可有二十多公里，来回的距离就是五十公里。听到这样的话，一般都会问："去明石干什么啊？"可是大家只说："呵——那可真辛苦啊。"没有再多问。

因为横田应该是不想得到任何人的同情或是协助。

大久保曾拿内衣要给横田，但是被拒绝："我不是跟你客气，我真的不需要。"H 心想："要是我就立刻收下了，横田的自尊心真强啊。"

H 去找许久未见的父亲。来到教会一问，父亲还没回来，于是前往消防署看看。他们好像刚回来，脸上都被煤烟熏得黑黑的。因为署里的人或在洗车或将水管挂在瞭望台上晒，看来非常忙碌，H 决定先在外面等。因为听说之前父子俩合拍的照片已经洗出来了。可是父亲去取照片后三天，须磨一带遭到轰炸，那家照相馆好像也烧毁了。

正等着时，一个熟识的消防员在那里，觉得纳闷的 H 问："今天神户并没有空袭，你们去哪里啦？"对方回答去了西宫。

西宫，是位于神户与大阪中央的城市。

"因为神户几乎都烧光了，所以我们也得去救援西宫。你父亲今天做了件了不起的事。他冲进火场救出了两个人。"署员说。从未在 H 面前展现过敏捷动作的父亲，竟能如此大显身手，实在是难以置信。

被熏得比以往更脏的消防车一副寒碜的模样。昭和十八年以前，消防车都是红色，之后就改漆成称为国防色的土黄色，一被煤烟弄脏，看起来就很不中用。消防车之所以不用红色的理由，是因为会成为敌机醒目的目标，所以改为以国防色配上迷彩。

见父亲工作结束后走出来，H问到："你救了两个人？"父亲只说："是啊。"似乎不想再多说什么。但同事们说："应该颁发奖状表扬才对。"

"妹尾兄，跟令郎一起去泡个澡吧。"一名消防员过来这么说。H很高兴地说："好啊，我想泡澡。"因为他很想见识一下消防署的浴室是什么模样。

浴室在消防署后方。大约只能容纳十个人，但浴池贴着瓷砖，墙上有一排莲蓬头，看起来就像是澡堂。消防员叔叔们让莲蓬头的水从头冲下，水变得像是墨汁一般流到地板的瓷砖上。想必从火场沾染了许多煤烟吧。

见到父亲裸身，H忍不住心想："真是瘦小啊，这个人真是消防员吗？"

"这里有面包，要不要先吃个？"父亲问。H听了当然说好。比工厂配给的面包黑了些，但可能没掺稻秆粉，味道美极了。

"明天我轮休，今晚就去羽田野叔叔那里，一起吃个饭怎么样？"父亲难得这么说。"当然好啊。"H嘴巴上虽然这么说，心里却担心，这么做，是不是会变成最后的晚餐。

羽田野叔叔开心地迎接两人，将养在后院的鸡杀了。看到鸡不住地拍翅挣扎，H觉得于心不忍，但叔叔说："反正也没办法一直养下去，刚好趁这个机会让它成佛去啦。"H认为也只好这样了。

丰盛的鸡肉寿喜烧上桌了。和鸡肉一起下锅的洋葱，是横田分给H的贵重食材。鸡肉有点硬，可是很好吃。

那天，将电灯用黑布深深罩住，三个人一直聊到半夜。当时，羽田野叔叔提到他经常会胃痛，还说怀疑是胃癌。"骗人，你明明吃了那么多寿喜烧。"H说。"今天比较特别，何况又那么好吃。"叔叔笑着说。所以，H觉得"胃癌"应该只是开玩笑，可是开这种玩笑可不太好。

早上睁开眼睛时，已经起床的叔叔告诉H："我听广播说，广岛昨天被新型炸弹轰炸。还不清楚是什么样的炸弹，但是灾情非常惨重。"

正吃着昨天剩下的寿喜烧当早餐时，警戒警报响起。

原本轮休的父亲开始准备出勤。"这是最后一次了吧。"H心里想。但随即又发现，自己总是这么想。

H跟着父亲，一直走到板宿才道别，一个往东一个往南，H朝学校走去。

汤泽带了报纸来。报上标题的字体比平时还大。

"敌方新型炸弹袭广岛。少数B二九来袭。灾情严重。详情仍有待调查。"报道内容如下："大本营发表（昭和二十年八月七日十五点三十分）昨八月六日上午八时许，B二九少数机入侵广岛，投下少量炸弹，造成市内相当数量的家屋倒塌，同时引发各地火灾。敌人此次攻击使用的是新型炸弹，这种炸弹投下后会张开降落伞于空中爆炸。关于其威力，目前仍在调查，但绝对是一种不容轻视的武器。"

"这还是大本营发表第一次说'灾情严重'呢，可见灾情一定非常惨。新型炸弹到底是什么呢？"一群人七嘴八舌地讨论着，但一点头绪也没有。

H到处寻找乔治。原来乔治正在操场的堤防上晒太阳抽烟。"喂，广岛的事情，美国的广播是怎么说的？"H问。"那是Atom

炸弹啊。"乔治说。"Atom 是什么？"H 又问。

"原子弹啦。不同于过去用火药的炸弹，是利用原子核分裂来制造的炸弹，威力非常惊人。广岛的建筑物和人可能都在一瞬间就全部消失了。美国方面宣称，日本要是再不投降，就还会有其他城市遭到同样的攻击。"

"日本的军方和政府高层，都知道那广播所说的事吗？"

"应该都知道吧。因为连我都听到了。他们当然会窃听。"

H 想起住在广岛的亲戚辰夫，不禁担心，他会不会已经因为新型炸弹而消失了。

原子弹

"投在广岛的新型炸弹到底是什么啊？"

"神户经历那么多次空袭，被扔了几万枚烧夷弹和炸弹之后才烧成这样，可是仅仅一枚炸弹，就在广岛造成严重的灾情，究竟是怎么回事？"

学校工厂的作业开始之前，各角落都有人在谈论新型炸弹的话题。

"乔治说那是原子弹，听美国的短波广播说得很清楚。"H说。

"又是乔治啊。这也只有那家伙掰得出来不是？原子弹又是什么？"

"我也不清楚那是什么炸弹，可是乔治说的应该是真的。他还说了一件更惊人的事情，听说十天前有一份《波茨坦宣言》送到了日本，要求日本投降。由于日本没有答复，所以才投了原子弹。"

"咦，是真的吗？"大家异口同声表示惊讶。

"乔治人在哪里？"

"妹尾，乔治跟你同一班吧。今天没来吗？"连平日和乔治不和的福岛，都想从他那里打听消息。

其实，一个礼拜前各班成员曾经调动，乔治由马达组装班换到了绝缘体浸油加热作业班，已经和 H 不同班了。

他的工作地点，转到了西边木造旧校舍的一楼，被称为"天妇罗店"的房间。至于为什么会被叫作"天妇罗店"，是因为进行的作业是油炸压制成型的厚纸。

工作场所锅内加热过的机油冒出的臭味令人作呕。

乔治讨厌那单调的作业，放话："就算要我停学也无所谓。"之后就经常看不到人。所以，去了也不知道找得到找不到。

即使逮到乔治，脾气别扭的他应该也不会把知道的事情告诉那些平日取笑自己是"吹牛乔治"的家伙。

"乔治搞不好什么也不会说，可是你们可别动手打人啊。"H 担心地说。

福岛和田渊朝旧校舍跑去。

"要不要去问问石狗公？"益田说。石狗公是教物理的绳田老师。

"白痴啊！如果石狗公知道的话，日本也早就做出什么原子弹了。"

大家都因为实体不明的炸弹以及信息不足而感到焦躁不安。

福岛和田渊臭着脸回来了。

"乔治那家伙吹着口哨就是不回答。我揪住他的胸口作势要揍人，他才扯说早晚会上报，到时候就知道了。"

这是意料中的事。并不是因为乔治这么说才想看报，H 原本就一直在留意，不知道报纸会如何报道这种新型炸弹的消息。

板宿被烧毁的派报社原址，用废铁皮和烂木板搭起了简陋的临时屋，如果直接去那里可以买到报纸。由于份数很少，很快就会卖完，不过H事先约好上学之前会过去拿，一定可以弄到手。

就算报上写的不能够尽信，但除了报纸之外也没有其他管道可以获得消息。

从派报社阿姨手中接过报纸，H边走边饥渴地读着。在废墟里的路上，即使边走边看报也不会撞到任何人或车，而且报纸只有一张正反两面而已，抵达学校之前已差不多可以看完。

不过，走路必须花将近两倍的时间，得提早半个小时才行。

"咦！"接过十日的报纸，H立刻大声惊呼。

两天前，广岛遭投掷新型炸弹已经够令人吃惊了，这回又发生了不是惊呼一声就能了事的事情。因为"苏联对日本宣战"了。

"八月九日零时左右，苏联军越过国境，入侵满洲。"报道中写道，"我当地部队协同满洲军，奋勇迎战非法越境的苏联军，为了自卫展开激战"而已，其他都不知道。

来到学校，H立刻去找乔治。意外的是，他竟然老老实实在那里炸"天妇罗"。"怎么了吗？"H问。"天天逃班会被视为思想犯，要是中间隔一天，就可以说是身体不适在家休养。"H不禁感到佩服："真是聪明哪。"虽然H有动不动就佩服别人的毛病，但真的认为"二中有很多聪明的家伙"。

H问乔治知不知道苏联对日本宣战这件事。意外的是，他竟然说："大本营发表之后才知道。"因为美国的广播只字未提。

苏联原本一直对日本采取中立的立场，可是美国在广岛投下新型炸弹之后，便立刻见风转舵对日本宣战。虽说背叛是战争中难以避免的事，但H非常气愤，觉得这次的做法实在太过卑鄙。

由于苏联加入攻击，日本这下子是腹背受敌了。

同一版上还有"B二九百架袭东京，二百六十架轰炸北九州岛"的消息。而且仍表示："我方受害情况现正调查中，估计损失轻微。"

究竟打算说"损失轻微"到什么时候啊。

H想要更了解什么是"新型炸弹"。报纸上关于新型炸弹的报道，H反复看了两三遍。

日本政府透过中立国瑞士的政府和红十字国际委员会，对美国传达："对无视于国际法，投下残忍的新型炸弹一事，表示严重抗议。"

这篇报道正下方的标题是："杜鲁门总统在对日战争广播演说中夸耀原子弹威力"。H这时才首次看到"原子弹"一词被用在报纸上。乔治果然没有乱讲。虽然这是九日发自苏黎世的外电，但那演说的内容，就和之前听乔治说的一样。

"美国的原子弹究竟发挥了何等威力，日本国民应该已经见识过了。如果日本仍不投降，美国今后将持续以此种炸弹轰炸日本的都市。"

除此之外，还报道了波茨坦会议的决定等种种消息。

八月十二日的报纸，又刊载了长崎遭投掷原子弹的消息。

"如果不尽早投降，还会再投原子弹"看来并不只是恫吓而已。

令H惊讶的是，美国依预告投下原子弹，以及报道的处理方式。标题"长崎亦遭新型炸弹轰炸"是两栏高，而且使用的字体小，报道内容也只有七行，是这么写的："西部军管区司令部发表（昭和二十年八月九日十四时四十五分）一、八月九日上午十一时许，敌二大型机入侵长崎市，使用了类似新型炸弹的武器。二、详细情形目前正在调查，预估受害情况较为轻微。"

继广岛之后又遭投下威力骇人的原子弹，却用"类似"这种字眼，到底算什么理解啊。还有就是又来"预估受害情况较为轻微"这一套了。

H觉得，这篇报道可算得上证明军方胡扯的代表作，气呼呼地计算了报道中的字数。只有八十九个字[1]。长崎人的痛苦竟然只用八十九个字来表示。同一版面上还有更令人哑然的报道。标题使用的字体比"长崎亦遭新型炸弹轰炸"大，内容是"抗新型炸弹须知"。

"防空总本部第三次发表，抗新型炸弹对策。着白衣进入防空洞。"占三栏高。

据说这是由陆海军及防空总本部的专家于广岛实地调查后所提出。

"一、只要发现类似降落伞的物体降下，要立刻确实避难。

二、钢筋混凝土建筑物的安全性高，必须有效利用。不过，窗玻璃可能遭破坏而飞散，必须尽量避开以免造成伤害，有效利用墙壁、窗下、半腰壁作为避难处。

三、遭破坏的建筑可能起火，要注意初期防火。

四、可能伤害包括炸伤及灼伤等，其中又以灼伤居多，必须牢记灼伤的急救方法，处理这种炸弹的灼伤，最简单的急救方法就是以油类涂抹，或是以盐水将毛巾弄湿来敷。

五、防空洞与坚固的避难壕同样有效。

六、白色内衣类能有效防止灼伤。避难壕的入口应尽可能挡住。蛸壶式散兵坑若用一块木板盖住也能发挥效果。"

---

[1] 日文原为九十三字。——译注

光看到这些，会觉得并不是多了不得的炸弹。一般的炸弹不但会将周遭的物体炸飞，也会造成更严重的灾情。原子弹的威力真的只会造成灼伤，只要"穿白色衣物，在蛸壶上盖一块板子"就能躲掉原子弹的伤害吗？灼伤时用盐水湿毛巾来敷，又不是因幡的白兔[1]，真有医学根据吗？更令他在意的是，这里又走回头路，使用"新型炸弹"这意义不明的字眼来表现。

不知广岛的辰夫是否受伤抑或已经丧命，这让 H 非常担心。

因为知道遭受战灾的人将会攀升到惊人的数字，并不是只考虑到辰夫一个人，但 H 还是觉得，将关心放在熟识的人身上，比较能够据此思考众人的情况。广岛变成什么样子了呢？长崎呢？如果可以立刻搭上火车赶过去，H 很想亲眼见证一下原子弹造成的灾情。

不过，很难得的，十二日的报纸刊登了一篇相当写实的报道。

过去从来没有看过这类记述受害实情的报告。这是一位特派记者依自己在广岛实地所见所写下的。

"记者目前正在硝烟仍未散去的废墟一隅，难抑心中的愤恨之情。据市民表示，这几乎是一瞬间的事。

"B 二九的引擎声非常微弱。或许是在极高的高度就将引擎熄火，滑行进入广岛上空。类似照相镁光灯的闪光刺进了市民的眼中。下一瞬间，市内的情景为之一变。除了钢筋建筑之外，民宅几乎无一幸免全遭摧毁，行走中的市民因皮肤接触异常的高温而受伤。有许多伤者，是因为裸露的部位，尤其是颜面遭到灼伤而出血。市内灾情最轻的地区，屋顶也被暴风刮走，严重的地区，

---

[1]《古事记》中被鲨鱼剥了皮，被大国主神的兄弟骗去以海水浴治疗的兔子。——译注

即使是数人合抱的大树也被拦腰吹断。

"景象实在是惨不忍睹。可是，灾情之所以如此惨重，主要的原因就在于'不习惯'。这也难怪，毕竟当时警报已经解除。但做梦也没想到的是，这样就可以令日本民族无法承受。

"记者想起'战训'已经告诉我们，就算只有一架飞机也不得轻忽。一定要进防空壕避难。另外也得补强防空壕，外出时携带防空常备药（主要是红药水、三角巾等等），以及减少身体外露的部分。

"除此之外，最重要的是，此刻仍然必须保持'战斗意志'。进一步说，就是要克服恐惧，宁死也不向敌人屈服的'意志'。"

原本 H 还边看边点头，可是到了后半部"记者想起'战训'已经告诉我们"这一段，文章就愈来愈奇怪，不禁感到纳闷。若是不加上这些，可能就过不了军方的审核，无法刊登吧。虽然可以理解这一点，但还是怀疑，红药水对于原子弹造成的灼伤真的有效吗？

H 想看拍到广岛市区现状的照片。报纸上刊登的，不外是标题为"对战况深表关切"的皇太子殿下照片，或"等待出击命令的战斗机队精英"一类的照片。这些在 H 眼里并不重要。

H 再次想到，自从战争开始之后，从不曾看过任何一张能够获知战争实况的照片。

于是打算直接前往报社询问原因。

H 想起，来找父亲做西装的客人中，有一位神户新闻社的记者，小田切先生。虽然不知人家还记不记得自己，但 H 觉得如果去拜托他，说不定可以看到照片。

记得神户新闻社的大楼，位于神户车站靠海侧的东川崎町。

一路担心可能已经烧毁，到了一看，果然是烧掉了。之所以说"果然"，是因为这个地区紧临川崎造船，所以遭到密集轰炸的缘故。

烧毁的大楼门口贴有迁移后的新址，H决定再走去海岸通八丁目。这一带也烧过，但因为多是大楼，即使已经烧焦，四处仍矗立着建筑物的残骸，与住宅区废墟的样貌有相当大的差异。

好不容易找到，报上小田切先生的名字后，柜台人员说："他外出采访，但应该就快回来了，你等一下吧。"于是H得到同意后留下来等。不多久，有个人从H面前经过，柜台人员叫住他："这孩子来找小田切先生。"正巧那人也知道"妹尾西服号"，便对H说："那好，小田切先生回来之前，我先带你参观一下报社吧。"

经自我介绍，那人姓宫田。宫田先生也是记者，与小田切先生同样跑社会线。

"请问轮转机在哪里？"H问。因为想见识一下轮转机印报纸的地方。

"被烧过之后，我们就只好分散开来，印刷在别的地方进行。"宫田先生回答。

"这里是编辑部，社会组在那边。"他边说明，边领着H穿过桌面乱七八糟的房间，来到摄影组的房间。

一来到摄影组，H立刻就问："报上不刊登废墟的照片，是什么原因呢？"

"有登过啊，好比《在废墟开垦的少年》等等……是啦，城市被烧成如此模样的照片是不能登。除了防谍这层意义之外，也要避免削弱国民的战斗意志。"

广岛灾情的照片也不能让H看。谣传在空中爆炸那一瞬产生的闪光与暴风，使得建筑物和人都在转眼间融化，看来是真的。听说任何广岛的照片都不得公开。

"就算写了报道，也不能登照片。""原来是这么回事。"H说。摄影组的房间里令H产生兴趣的是，用水彩笔修正照片的工作。

"报纸上的照片是网点，要是不用笔触加强对比，就会模糊不清。"

修图员说。桌上有一张盖有（许可）印章的照片，标题为"即将出击的狂鹰"，背景的云并不是原来拍摄到的，而是手工画上去的。

"这云是叔叔画的吗？"H问。"画得不错吧。"修图员得意地说。

"就像这样，把照片上原本没有的东西，画得像是拍到的一样吗？"

"有云比较能够营造出'准备出击'的气氛吧。有点骗人的感觉，不算是严重的欺骗啦。当然，这艘潜水艇艇身上的数字也是非擦掉不可。"

这下子H明白："原来啊，连照片都可以加上去或是擦掉啊。"

接着，修图员又说了一件令H觉得新奇有趣的事。

因为水彩无法附着在光滑的照片上，没办法画，但只要先用棉花蘸蛋白擦拭过，水彩就可以附着了。还让H亲自尝试证实一下。

"蛋白用掉了，那剩下的蛋黄呢？"H相当好奇。

"蛋是修图员工作时要用的，当然是修图员吃啰。"叔叔笑着说。

每天都有蛋可以吃，修改照片似乎也很有趣，真想做这种工作啊，H心里想。

摄影组的人拿了许多先前拍摄的神户灾情照片给 H 看。

"能不能给我一张？" H 试着问，但是被拒绝："那可不行。"

小田切先生一直未归，无法打听到广岛的情况，虽然觉得遗憾也只好放弃，离开了报社。来到新开地的聚乐馆前面时，警戒警报响起。

"神户都已经被炸成这样了，应该不会再扔原子弹了吧。" H 心里想着，但还是决定先去学校。因为听说待在混凝土建筑里比较安全。

没有任何建筑物阴影的废墟街道，毒辣的太阳晒得地面热气蒸腾。空袭警报在途中响起，H 拔腿开始跑。来到学校已是满身大汗。边喘气边爬楼梯时，碰巧遇到乔治从上头下来。刚好，H 心里想。因为有事得向他打听。

"听说明天要宣布非常重要的事，一定得到校，你知道是什么事吗？"

"知道啊，就是要宣布日本输了。"

乔治竟然用平淡的语气说出这么有冲击性的事情，吓得 H 又问了一遍。

"就是要宣布日本要无条件投降了嘛。明天上午，将有重大事情透过广播发表，除了这个之外不会有别的。也就是说，得吞下《波茨坦宣言》，无条件投降了。我在美国的短波已经听过大概是这种意思的消息，应该错不了。只不过，你可别说出去。否则不但不会有人当真，搞不好还会激怒冲动的家伙把你杀掉喔。"

获知还没有人知道的重大国家机密，令 H 觉得有些喘不过气来。

回到家，羽田野叔叔已经从公所回来了。最近他经常忍着腹痛，令H相当担心，不过今天状况似乎还不错，光着身子只穿了一条兜裆布，坐在藤椅上摇扇子。H见了，突然想起看《无法松的一生》时的事情，于是鼓起勇气问叔叔，对自己一家的持续表示好意的原因何在。

"打从我出生之后，叔叔就一直很疼我，是不是就像无法松呢？"

结果，叔叔很干脆地回答："是啊，是无法松。"这反倒令H慌了手脚。

一方面觉得果真如此，但另一方面也觉得意外。不论怎么看，都不觉得老妈有那种魅力。见H一脸纳闷，叔叔便解释给他听：

"你妈妈啊，实在是个很纯真的人。起初我非常意外，没想到竟然还有这样的人。虽然我心里爱慕，其实也没发生过什么。你爸爸也是个亲切的好人。从你出生之前到现在，已经有十八年了。能跟这样的人一直保持往来，我也觉得非常幸福，所以，只要能帮得上忙，任何事情我都愿意做。"

H觉得听到了一件非常宝贵的事情，差点掉下眼泪。

"之前就已经提过，我的身体真的有些状况。为了疗养，我打算回岐阜的家，和疏散的家人团聚。原本是为了那份薪水，我才留在神户的，不过这不重要了。我让妻子吃了不少苦，武一郎差你两年，已经十三岁了，喜代治也十一岁了。虽然女儿还是个小婴儿，可是我觉得，想要全家人一起生活，如果不快点回去就来不及了。"

听叔叔这么说，H哭了。"说不定，战争就要结束了，可是……"想到这里，更是悲从中来。

接受《波茨坦宣言》

八月十五日上午，H前往学校，途中遇到泷村。他和炭山一样，立志进入海兵，是个 H 苦于应付的家伙。泷村竟然神情愉快。

"今天，天皇陛下应该会透过广播亲自赐诏，战局虽然艰苦，希望大家抱持必死的决心，奋战到最后。"泷村说。H听了有些苦恼，但还是试着问："是哦，你怎么知道？"

"你不知道吗？大家都知道啊。"泷村一脸意外地看着 H。

H 不禁担心，届时若是广播和泷村所想的完全相反，他将如何是好。抵达学校之前，H 绞尽脑汁寻找无灾无难的话题，以免谈到会去臆测今天广播内容的事情。

来到长田附近，遇到秋山武走来。他家经营的"秋每橡胶"，是一家知名的橡胶公司。"秋每橡胶"的工厂，和 H 家毁于同一场空袭，不过住家没事。

H 和秋山很合得来，是个可以毫无顾忌聊天的对象，这下总算得救了。只要聊聊上回向他借的书，应该很容易打发到学校的这段时间。

436

没想到在 H 开口之前，泷村就对秋山讲起刚才提的同一件事。

"今天的广播，天皇陛下将会亲自颁赐激励我们的话语。妹尾好像不知道，秋山你应该听说过吧？"

秋山显得有些不知所措，说道："天皇陛下真的会亲口激励我们吗？"

听秋山的语气，H 觉得："啊，他知道实情。"虽然不晓得秋山怎么会知道战争即将结束，但感觉他已经知道了。

到校之后去找乔治，可是他没来。要是军国少年代表炭山岩来的话可不得了，H 心里想，但不知为何也没看到炭山的人影。

已经很久没有全校学生都到了，校园显得相当热闹。话题自然是猜测广播的内容会是什么。其中以"亲赐激励的话语"这个意见占压倒性的多数。由于持相反意见的人都保持沉默，若是只计音量，二中所有学生都是"彻底抗战派"。

平日校长站立的司令台上设置了喇叭，显示今天的主角是广播。

H 的心里七上八下。究竟播放出来的会如同乔治所言，或是完全相反，传出激励的话语，正确答案仍是个未知数。

如果宣布战争结束，日本上下是否能够立刻接受呢？

全速疾驰的火车头突然紧急刹车，也不可能立刻就停住。但这可不仅仅是刹车，是连铁轨都突然消失，而列车兀自猛冲，自然就会出轨翻覆。到时候会不会情势大乱，难以收拾呢，H 心里想。

昨天的报纸也完全没有预测战争即将结束的消息，反而还在呼吁彻底抗战。对于广岛和长崎遭原子弹轰炸一事，仍旧表示："鬼畜美英所使用的新型炸弹，目前所了解的是，并不如先流传的有那么大的威力，只要确实做好防护措施就不足为惧。只要防空洞够坚固，即使位处炸弹的正下方也不必担心。神国日本不可能被这种新型炸弹所灭。"

如果，今天的重大广播是宣布战争结束，不知道会演变成什么样的状况，一想到这里，H不禁有些害怕。可是又觉得，能够目睹如此惊人的事情，一生也不会有几次。所以H决定要仔细观察，接下来会发生什么事，日本会变得如何，其他人又将如何因应。

司令台上的喇叭传出正午的报时。"现在即将播放重大讯息。全国听众，请起立。"男性播音员这么说之后，开始演奏国歌《君之代》。

音乐结束后，广播传来另一个男性的声音："不胜惶恐，现将恭请天皇陛下亲自对全体国民宣读诏书。谨此播送玉音。"

所有人保持立正姿势，微微低头，等待天皇陛下的声音。

"朕深鉴于世界之大势与帝国之现状……"由于播放出来的声音过于高亢而且缺乏抑扬顿挫，H相当讶异。实在是伤脑筋。即使竖起耳朵仔细听，也不太懂内容的意思。不过其中有"朕已饬令帝国政府通告美英中苏四国愿受诺其共同宣言"这么一句，H推断指的是接受《波茨坦宣言》。虽然后面还有长长的敕语，但因杂音太多，没办法完全听懂。H心想，就算现在无法了解，明天的报纸应该会刊载敕语全文，到时候再看就好。

总之，战争结束了。

"终于结束啦！"H打从心底松了一口气。可是觉得要是面露欣喜可能会惹上麻烦，于是咬紧牙关做出悲壮的表情。

"现在，天皇陛下的玉音播送，恭播完毕。"一听到这句，现场立刻闹哄哄一片。

天皇陛下说的话虽然很难听懂，但感受到"输掉了战争"的人，都和 H 一样什么也没说，紧咬着嘴唇。其中也有人觉得悔恨，握着拳头不住拭泪。每一个人的心中，好像都失去了方向，不知该如何去面对这件事情才好。

令 H 诧异的是，老师们竟都意外冷静。虽然有人眼中带泪，但似乎都已明确认知："这个广播，是天皇陛下亲口告诉人民战争已经结束的仪式。"

"怎么会有这么荒谬的事情！"突然有人大声这么说。是泷村的声音。

他似乎是向龟冈老师确认了广播内容的意思。老师应该是回答："非常遗憾，日本投降了。"所以他才会大吼："不可能！就算是这样，我们也要拼了这条命，杀一两个登陆的敌兵当垫背也好。我们已经将生死置之度外了！"

聚集在泷村身边的五六个人之中传出一个声音："天皇陛下的确曾说过：'汝等必当团结一心继续奋战。'敕语的最后也说：'誓发国体之精华，以期不后于世界之趋势。'"

H 不禁感到佩服，竟然有办法听出那句话。虽然觉得对方可能弄错了意思，但他们现在杀气腾腾，还是别开口比较好。想必他们现在根本就听不进去吧。

明白已经战败的人，悄悄远离"彻底抗战派"那一群，逐渐散去。由于人数相当多，反而令 H 意外。

泷村他们朝体育馆走去，好像要换个地方讨论什么事情。他们之中传来"只好组白虎队了"的对话，似乎是打算即使只剩下自己这些人也要拼了命继续作战。

虽然 H 是和他们完全相反的"非国民"，却也能理解他们的心情。

因为从年纪尚幼的小学到现在的中学,学生一直都被灌输"要为天皇陛下而死。你们是为此而生"的观念,很难会有别的想法。直到前不久,《国民抗战必携》还宣示"即使国民必须一对一与敌兵肉搏也要护持国体",才再次要求有此觉悟。打从心底相信这些,愿意为天皇陛下牺牲性命的他们,就跟大人一样,无法观察现实临机应变做出判断。不过这也难怪,因为大家都太单纯了。

学生们分散在校园各角落聊着。

H看到有些三年级学生聚在尤加利大树下。走过去一看,他们围着教数学的畑老师坐在那里。

在H来到之前,他们不知已经谈了些什么,但听到畑老师说:

"大家不必担心。美国并不是那种野蛮国家。'鬼畜美英'这种说法只是为激起敌忾心以利作战而已,其实是骗人的。说什么美军登陆之后,男人都会被杀,也是骗人的。千万别被那种说法给蒙蔽了。美国是个拥有优秀文化的国家,或许美国兵要比日本军人还要绅士也不一定。大家不必过度担心。天皇陛下会接受《波茨坦宣言》,也是相信美国和英国不会对日本国民做出野蛮的事情。懂了吧? 你们啊,今后就只要定下心来,好好读书就对了。"

H虽然对数学一窍不通,可是对畑老师却有好感。除了不曾被他揍过之外,现在听到这番话,更是觉得:"真是个可靠的老师啊。"评价又往上加分了。

"喂,妹尾。杉田学长叫你去枪械库。"汤川学长过来传话。

H这才想起,枪械库还有许多枪支及实弹。难道是要拿来对抗登陆的美军吗? H不禁开始担心。

来到枪械库,门关着。汤川学长敲了敲门,对里头说:

"我带妹尾来了。没有别人。"

门随即打开。似乎是由里头反锁起来。H战战兢兢走进去。里头有杉田学长和松川学长。

"妹尾，今天听了天皇陛下的话，你有什么想法？"被这么问，H一时不知该如何回答才好。因为不知道杉田学长是怎么想的，万一不小心说错话，事情就不妙了。

"我觉得，天皇陛下是为了全体国民着想，不愿再让大家深陷痛苦，才下此圣裁。尽管觉得不甘，但若不能遵从圣意，就是不忠之人。"不知道这么说可不可以，H忧心忡忡地看着杉田学长的脸。

杉田学长"嗯"了一声，沉默了好一会儿。

"你说得没错。我再问一件事。你觉得这里的枪该怎么处置？"

H心想："原来这才是重点。"难道杉田学长要将这些枪和实弹交给"彻底抗战派"去打一仗吗？H感到不安。

可是，就算会挨揍，H觉得也该对此表达自己真心的想法。否则，搞不好会被要求H加入敢死队，拿枪迎战美国兵。

H判断，除了藉助天皇之名外别无他法。

"天皇陛下已经决定停战。这里的枪，是天皇陛下暂时交付给我们的枪。所以我认为，不能够违背天皇陛下的圣意，拿去攻击美国兵。尽管觉得遗憾，但也只能解除武装，把枪交给美方。"

"没错，就是这样。其实，我也是这么想的。如果这里的枪落入打算抵抗的人手里，拿去抗战的话，可能造成无法挽救的重大国家问题。为了避免这种事情发生，我们才会从里面反锁，不让人进来。"

H双膝一软，晃了一下。原本教练射击社就算是最好战的团体也不足为奇，但杉田学长他们却能冷静判断，或许是因为了解武器的缘故。

"枪械库再多加两副锁，总共三道。钥匙则分开来由三个人保管，除非三个人到齐才能够开门。一把由我保管，一把交给汤川，第三把就交给妹尾。"

"由松川学长保管应该比交给我要好吧？"H连忙这么说。

"不，各年级要有一个人。我信得过你，就帮忙好好保管钥匙吧。"

由于临时没法立刻弄到两副锁，汤川学长和松川学长决定当晚睡在枪械库。而且说好，这是极机密事项，不得向学校与其他社员透露。

杉田学长决定先回家一趟，拿两人的食物和锁回来，于是和H一同离开枪械库。和阴凉的枪械库不同，外头为夏日蒸人的热气所笼罩。

"好热啊。你家里的人都好吗？你妈妈和妹妹应该都疏散了吧。啥时回来？"

杉田学长以社团前辈身份说话时，用的是接近标准语、比较拘谨的方式，但是一离开社团，就成了连珠炮似的神户腔。这种差别，H总是觉得很好笑。

H和杉田学长朝兵库车站走去。抬头一看，蔚蓝的天空升起了积雨云，相当刺眼。一想到不会再有B二九飞来，也不必再担心空袭警报响起，突然有一股喜悦涌上心头。H对杉田学长说："终于结束啦。真是太好了。"

杉田学长闻言停下脚步。H正觉得他神情有些可怕瞪着自己，下巴随即就挨了一记铁拳。

冷不防挨了一拳的H倒在路边，搞不清楚到底是怎么回事。

在晕头转向之中思索挨揍的理由，可是摸不着头绪。口中黏滑滑的，好像破洞流血了。

杉田学长哭了。倒地的H，由下往上看着杉田学长扑簌簌流着泪，哭泣的脸。这是第一次看到杉田学长哭。

"原来是这么回事啊。"H心里想。杉田学长的父亲出征之后生死未卜，住家毁于空袭，母亲全身严重灼伤。

H总算发现，刚才自己开心过头，一句"终于结束啦。真是太好了"与杉田学长内心的感触实在相差太多。

杉田学长伸出手将H拉起来，并且道歉："对不起，请原谅我。"H也突然掉下了眼泪。

不过并不是因为不甘心战败而落泪。

而是一想到"这场战争到底算什么啊！"就再也忍耐不住。

两人站在路中间一言不发，只是号啕大哭。

一会儿之后，杉田学长难为情地说："我哭的事可别说出去啊。"H笑着说："被杉田学长揍的事也不会张扬。"杉田学长闻言戳了H的脑袋一下。

来到兵库车站收票口，杉田学长正色说道：

"明天学校放假，后天放学后去枪械库，我把钥匙交给你。"

H往须磨，杉田学长往御影，两人分乘往东、西的电车离去。

H想去须磨海边，很想去海浪拍打的沙滩上躺一躺。

须磨的海滩，是H从小玩耍的地方。觉得今天能够接纳自己的地方，就只有那里了。

H走下须磨车站月台的阶梯，站在沙滩上。原本脱了鞋打算赤脚走过去，可是沙烫得令他直跳脚。没办法，只好穿了鞋跑到海水边。

本想躺在沙滩上，也因为太烫而作罢。

望着眼前辽阔的大海出神，却怎么也没有战争已经结束的实际感受，不由得有些心焦。只觉得这种大事件的收尾也未免太令人瞠目结舌了。

既然这么简单就可以终止战争，真希望能更早一些终止。

若是天皇陛下能够早一点下决断，应该就不会遭原子弹攻击，要是提早五个月的话，就连 H 家应该也不会被烧掉。

全国究竟有多少户人家遭到烧毁，有多少人因为战争而丧命或是受伤呢？

H 认为，天皇陛下要负起责任。因为"为了天皇陛下"是一切的共同口号，为了天皇陛下而战，士兵口呼"天皇陛下万岁"而战死沙场。

以美、英为对手揭开序幕的"大东亚战争"，也是接到天皇陛下的诏令而开始的。

除去天皇陛下之名，这场战争就不会开始，也不会有结束。

这么想着想着，H 有了一个很不可思议的想法。那就是，今天若非广播播放了天皇陛下本人的讲话，国民可能也不会如此平静地接受战争结束的事实。

就连 H 自己，今天也借用了天皇陛下之名。杉田学长决心守住枪械不交给任何人，也是因为知道，战争的结束，是出自天皇陛下的圣裁。

"落得这种下场，要怎么向我们交代！"绝大多数的国民都不会这样指控或怀恨天皇陛下，这是很奇怪的一件事。就连同样身为日本人的 H 也实在无法理解。

"这场战争，究竟是为了守护什么而战的呢？"仔细想想，唯一清楚的是，从战争开始到结束，要守护的就是所谓的"国体"了。

H 完全搞不懂"国体"的真正意义是什么。H 曾经问过父亲，父亲说："就是国家的体面。换句话说，就是藉由天皇陛下所建立的国家形体。"H 听了还是不明白到底是什么意思。

或许中学生要了解这个还有困难吧，可是纵使全国都成为焦土，全民都玉碎，仍然要求必须守住国体。难道国体真的是这么值得守住的东西吗？

也曾想过，或许，天皇陛下是在不知道实情的情况下，才延误了决定结束战争的时机，但这也不对。毕竟，若原因出自东条英机为首的其他战争指导者或是因为左右没有人才，同样难辞其咎。如果这不是天皇陛下的责任，那谁才该负责呢？

H 一直思考着，直到太阳开始落山。

太阳西下，将云朵染成了红色。H 拍掉屁股上的沙，站了起来。突然很想赶快回去看看羽田野叔叔。

不过，在那之前得先去消防署找父亲。搭乘市电，在署前的鹰取町二丁目下车。父亲不在。好像回教会去了。

该绕去教会还是直接回去呢，犹豫片刻后，决定直接回明神町。

因为 H 认为，教会今晚应该会为了战争结束而举行"感恩集会"。可是 H 不想唱赞美歌。

行经鹰取机务段调车场废墟旁的时候，西边的天空已是一片赤红的晚霞。

望着晚霞，H 心里想，不论战前或是战争中，完全没有改变的，就只有刚才一直看着的大海与这片天空了。

回到家，叔叔已经回来。"我回来啦。"H 说。叔叔应声道："回来啦。"但是关于今天玉音放送的事，叔叔什么也没说。

家里变得格外明亮。因为罩在电灯外面的灯火管制黑布已经取下了。

"没错，战争结束了。这就是和平的光亮啊。"H终于有了实际的感受。

埋枪

H 早上起来之后立刻跑去买报纸。

"今天真是不得了，一大清早报纸还没送到就有人来敲门。"老板娘将报纸递给 H 的时候这么说。拿到手的报纸，头版最上面的横标是"颁布战争终结诏书"。H 觉得好像从没见过这么大的铅字。下方的并列纵标则是"新型炸弹之惨况，天皇陛下深表痛心"、"帝国接受四国宣言"。

诏书全文也以较普通新闻大的字体刊登，但尽是些艰涩的句子，反复读了很多遍才总算明白意思。这种内容，不可能只经由广播就了解文字的意思。而且，由于从未听过天皇陛下的声音，发音的方式又与一般人截然不同，就更难听懂了。

虽然读过印刷出来的文字之后总算明白了内容，但怎么也找不到"战败"或是"向美英投降"这样的字眼。

不只是诏书，就连报纸的相关报道，也都没有看到一句"日本输了"之类的描述。H 自然觉得很奇怪。

回到家，H 将报纸拿给羽田野叔叔，同时表达心中的疑惑。

"昨天听了广播，为什么大人们立刻就知道是战争结束了呢？天皇陛下说的话那么难懂，怎么可能会知道……"H说。

"自然就知道吧，我也一样啊。一听说广播将播送重大消息，我就猜可能是这件事。既然是天皇陛下要亲口对人民宣布的事情，那么除了战争结束之外就没有其他可能了。"

听叔叔这么说，H不禁感到佩服："原来如此，大人果然是阅历比较丰富啊。"

H打算趁此机会，尽可能多访问一些人，听听他们过去从未说出的真心话。也想问问邻居、朋友还有学校的老师。想问的问题有五个。

"听了那次广播，是不是立刻就知道战败了呢？原本觉得这场战争会赢还是会输？如果觉得会输，是从什么时候开始的呢？认为天皇陛下必须负责，还是不这么认为？是不是一直相信天皇陛下是神呢？"

前面几个问题已经问过羽田野叔叔了，所以想听听他对天皇陛下的看法。叔叔一脸为难，说道：

"你也打算问其他人同样的问题吗？我觉得还是别问有关天皇陛下的事比较好。因为大家都不愿被问起这类的事情。天皇陛下应该还不至于被视为真正的神，但毕竟是国体的中心，地位仍然和神一样。何况大家的心情还没有调整过来，你还是别到处乱问这种问题比较好。"说完后就出门去医院了。

听叔叔这么说，H有点失望，因为这是他最想知道的。

之所以这么说，是因为每个月八日的"大诏奉戴日"，报纸必定会刊载大东亚战争的宣战诏书，学校每个月也都有固定的仪式，一定都会提到天皇陛下与这场战争的关联。

自开战以来，报纸每个月都持续刊载敕语，就如同教育敕语一样，成为人民遵循的依据。

所以能够忍受战争带来的种种不便，也是敕语的力量。

在天皇陛下透过广播宣告战争结束那天的前一个礼拜，也就是八月八日，报上仍刊载了这份对美英两国宣战的敕语。H想要弄清楚，这到底是怎么一回事。

H试着计算自开战日以来的四年里，一共有几次大诏奉戴日。有四十五次。

所以，这诏书的内容已经熟到会背的程度。应该不只H一个人如此。

“承天佑继万世一系皇祚之大日本帝国天皇，昭尔忠诚勇武之臣民。朕于此对美国及英国宣战。冀朕之陆海军将兵奋全力作战，朕之百官有司戮力奉公，朕之众庶各尽其本分，亿兆一心，举全国之力，以期谋无遗算，达征战之目的……”

宣战诏书后面还很长，全文大概有这一段的四倍，但简单说，意思就是“这场战争是为了确保东亚永久的和平而不得不进行的圣战，故须断然扫除一切障碍”，只是以天皇陛下的文体写下来而已。

所以，若非由天皇陛下亲自宣布结束，这场战争就无法结束，这一点H也很清楚。但就因为如此，他更想知道人们心里是怎么看待天皇陛下与这场战争之间的关系。

不过，H也能够理解羽田野叔叔所说的话。而且也明白，大家此刻心里好像都开了一个大洞，在这种情况下，大概没有谁能够冷静回答，也不愿有人碰触那伤口吧。

学校令学生十七日返校集合，所以有了一天假。可能是要召开教职员紧急会议，商讨未来该怎么做吧。

学校放假，也不会再有空袭警报，于是 H 清洗了积存的脏衣物，正在后院晾的时候，田崎伯母打开木头后门走进来。H 一眼就看到伯母手中的簸箕里有一颗蒸地瓜。

田崎家就在羽田野家后巷的对面，两家人就像是亲戚一样。由于每天两家人都会互相进进出出，H 立刻就知道伯母带地瓜来的用意，是要来换无花果的。因为羽田野家厕所旁的院子里有一棵无花果大树，伸到屋顶上方的树枝结有许多无花果。"要我采无花果没问题，可是也早上早一点来嘛，过了中午，屋瓦可就烫得不得了啦。"H 抱着簸箕边抱怨边爬上屋顶。果不其然，瓦片热得可以烫伤脚底。连忙摘了十个左右熟了的无花果放入簸箕，下来之后试着问伯母："昨天听了广播之后立刻就知道是什么意思吗？"

"内容虽然听不懂，不过我知道是说战争要结束了。"伯母答道。伯母为何会知道，H 觉得很不可思议。

"老实说，自山本司令战死之后，我先生就说已经不行了。不过这种话只能在家里讲，所以我们在外头都默不吭声。而且看了 B 二九撒下的传单之后，听到有重大广播，立刻就想到是《波茨坦宣言》了。"

伯母竟然早就知道《波茨坦宣言》，令 H 非常讶异。

"那传单还在吗？我不知道还有这种东西，很想看一下。"

H 虽然听说撒过传单，但从没亲眼见过。

"还在，藏在我家的抽屉里。既然你想看，我这就去拿。"

伯母说着便回家去。就连左邻右舍都不会互相谈论自己知道些什么、又在想些什么，这令 H 相当感慨。

这是因为，凡是拾获敌机空投传单，连内容都不可以看，必须立刻送交宪兵或警察，否则就要受罚。田崎伯母明知万一被抓到可不得了，却还是带回家藏起来。

田崎伯母返回，从劳动裤口袋掏出折得小小的传单。交给 H 时还四下望了望，有点好笑。明明已经不必再担心会有人向宪兵或警察检举了，但已养成的警觉性，一时之间还改不掉吧。

传单内容是以毛笔写就，上面有许多汉字。可能是由日裔的军人翻译后写下的吧。标题是"致日本国民"。

"我们今天来，并不是要投炸弹，而是要将美国、英国、支那以及苏维埃联邦，对贵国政府所提出的投降条件，由美国政府代表送交的答复，告知各位。"开头这么写道，后面的则是美国国务卿送交日本政府的《波茨坦宣言》内容。

乔治偷听短波广播得到的消息，田崎伯母也都知道。

"战争刚开始的时候，天皇陛下大概也没想到会败得这么惨吧。可是要停战，也是一件非常困难的事情。"伯母说。

"是这样吗？其他人也这么想吗？"H 问伯母。

"这种事情，因为大家彼此都不会讲，我也不清楚。不过，我觉得知道的人应该不止我们而已。因为只要有点风声，就可能被抓走，就算知道也会假装不知道。"

H 听了觉得都要起鸡皮疙瘩了。如果多数的大人都清楚地这么想，未免也和那些因学徒出阵而上战场的学生和少年之间的认知相差太多了。

H 不禁开始担心，因为想到昨天听过广播后，泷村他们所说的话："只好组白虎队了。就算会死也要拉一两个登陆的敌兵当垫背！"而且觉得，除了泷村他们之外，各地的军营可能也会出现反抗的情况吧。

这时 H 终于明白，杉田学长要增加枪械库门锁，"绝对不能让武器被抢走"的用意了。

翌日返校，H 比平常提早三十分钟出门，早点去学校等杉田学长。杉田学长也比其他学生早到。

"这就是我之前说的钥匙，绝对不可以交给任何人。还有，今晚九点来枪械库。换上弄脏也没关系的衣服。还有，最好别穿鞋，穿地下足袋（橡胶底工作袜）。你有吗？"

"应该可以跟我叔叔借。"听 H 这么说，杉田学长连忙阻止："别借了，你穿这双鞋就好。这件事绝对要保密，不能让任何人知道。"

由于一再被叮嘱"要保密"，H 不禁有些担心。虽然相信杉田学长与高唱抗战到底的"白虎队"不一样，但秘密行动似乎要在夜里进行，难免感到不安。

另外就是虽然已将山田学长交付的钥匙收进口袋，但因钥匙很小，万一遗失可不得了，同样是担心不已。

于是 H 来到教务处，讨了五十公分系点名簿用的麻绳。被问到要做什么用，便随口扯了个谎，说是要修理扫帚。将那条绳子穿过钥匙上的孔，挂在脖子上，这才安心。只不过，刺刺的麻绳令胸口发痒。

到了朝会时间，所有学生来到操场整队，校长上台说道："希望各位同学能理解天皇陛下的睿虑，切勿轻举妄动。下一次的返校日是二十日，星期一早上八点，届时应该会有重大事项要宣布，希望全员都能出席。"只说了这些，随即就解散了。

看来，学校方面也还不知该如何因应才好。

H 一直在留意泷村他们的行动。但不知为什么，他们并没有像刚听了终战广播时那样充满了杀气，让人不禁怀疑是否暗地里在策划些什么。

H 试着问过几个朋友那五个问题，意外的是，大家的反应都相当平静。

"我开始怀疑可能会战败，大概是从天天都拉空袭警报之后吧。看到神户的市街被烧毁，报上出现'本土决战'这种说法时，我就认为已经无法挽回，不可能打赢了。可是，听到那广播时，老实说，还是有点讶异。你说天皇陛下？我是不太清楚啦，不过，要负责的，应该是那些假借天皇陛下的名义让战争持续下去的军人和政治人物吧。"

大家的说法都大同小异。看来天皇陛下果然还是会让人有特殊的感觉，而且大家都诚惶诚恐地避免冠上战争责任等字眼。

后来遇到小仓，于是也问了相同的问题。

"我听过父亲和朋友谈论战争的局势，先前心里就有了个底，所以，当时并没有那么讶异。至于天皇陛下是否该为战争负起责任，这我不知道，不过，我觉得将这场战争结束的天皇陛下很了不起喔。"

小仓也同意，如果没有天皇陛下那广播，是不可能结束战争的。

H 这时也才听说，原来畑老师后来把泷村他们找了去，花了两个小时说服他们。"如果你们不能理解天皇陛下所说的话而擅自开战，就是犯上的逆贼！"一番话总算起了作用。不过被说服的泷村他们想必很沮丧吧。

毕竟直到终战宣言的前一天，国家和军方仍继续将"切记，在本土决战时刻与鬼畜美英奋战至死，才是日本男儿应有的本色"

这种思想灌输给年轻人，他们应该都有一种被赶上屋顶之后，梯子突然被抽走的感觉吧。

战争结束，固然让 H 松了一口气，可是对于持续欺骗人民的"国家"这个怪物的不信任感与愤怒却依然未消。

夜里，多日不见的父亲来访。不过对于战争结束之事，却是只字未提。"这是消防署之前囤的米。"说着将一袋约一升的米递给 H。

这些米，是为了消防员因扑灭空袭火灾而无法返家所准备的战备粮。由于已不再会有空袭，就分配给消防员表示慰劳之意。

将这些米送来给儿子吃，似乎就是父亲带给 H 的终战话语。

许久未曾尝到的白米饭好吃极了。只在饭上稍微撒了点盐，没有配菜，就这么吃了。没想到白米饭竟然这么好吃，H 相当感动。最后第三碗饭，虽然只滴了少许酱油，感觉却美味到不输过去吃的亲子丼，H 差点掉下眼泪。

羽田野叔叔见 H 开心的模样不禁笑了出来，自己却只吃了一点点。叔叔最近的病情似乎不是很好，H 相当担心。

晚饭后，H 和要返回教会的父亲一同出门，只对叔叔说："我去朋友家，说不定会在那里住一晚。"

原本 H 还以为可能会太早到学校，但来到枪械库时，杉田学长和汤川学长已经在后面等着了。两人席地而坐，都抱着铲子和十字镐。

H 不禁纳闷，都已经不需要防空壕了，现在为何还要挖坑呢？

到齐后，三人各自将钥匙插入挂着的锁，打开枪械库的门。

"我来说明一下今晚的行动。我们要将教练射击社所使用的十二把能够发射实弹的枪搬到会下山，挖洞埋起来。这些都是向军方借来的枪，是菊花御徽纹没有磨掉的现役枪支。所以原本还登记在军方的枪械册里。不过在今年的五月二十三日，由军方让与教练射击社之后，便从军方的枪械册剔除了。因为久门教官出征，将处理的责任交到我手上，不过还来不及登记到学校的设备清册，战争就结束了。换句话说，这十二把是不存在于这个世界的枪。日后所有的枪支、武器、弹药终究都必须缴交给美国的占领军。但这十二把射击社所使用，已经融入我们的精神的枪，我不愿交给美军。起码也要让我们亲手来埋葬它们。只不过，这些枪的去向万一泄露出去，我们搞不好会因隐匿枪支被认为有意谋反，送交占领军审判也不一定。所以，绝对不能对任何人讲。我们三个都得把这个秘密带进坟墓里。知道了吧！这是男人之间的约定。"

H 只觉身子微微发抖。可是也无意反对杉田学长的想法。H 自然也是不甘愿就这么乖乖地将这些三八式步枪交给美军。

三人各扛着四把枪走出枪械库，再把门锁上。子弹一发也没拿。理由是，如果连同子弹一同掩埋，万一被人挖到，枪支加上弹药，就有被认为是"为抗战而隐匿军火"的可能。为了尽量避免这种危险，才决定只埋枪。

会下山虽然距离学校只有一公里，但枪一把就有四公斤重，一次扛四把可是相当累人。再加上还得不被人发现，每次过马路时都得一一观察过周遭之后才迅速通过。这让 H 想起了那次夜行军演习的事，觉得很紧张。杉田学长好像已事先勘查地点，领着两人绕到会下山北侧。

离开学校后虽然一路走走停停休息，三人仍累得满身大汗。

脱掉汗衫晾在树枝上，打着赤膊坐下，取下挂在腰间的毛巾擦汗。

"好啦，就在这里挖。坑长一·四十公尺；宽五十；深七十。地方小，挖的时候小心一点，别互相弄伤了。"说着，杉田学长在地上画了线。

汤川学长先用十字镐撬开地面，途中换手由 H 继续挖。

起初很硬，但挖了大约三十公分后，土就变软了。愈挖愈深之后，感觉就好像真的在挖坟一样。

"深一点好了，再挖个三十公分吧。"杉田学长说，最后挖到了一米深。

"妹尾，你去里面接枪。"H 闻言跃入坑中。

接过从上面传下来的枪，一把一把仔细排放在坑底。H 非常用心，尽可能排得整整齐齐。在上头看着的杉田学长说道："可以了，你上来吧。"汤川学长伸出手，助 H 回到地面。接着，开始用铲子铲土覆盖在枪支上。H 珍爱的那把四号枪，也被一铲一铲倒进去的土所覆盖，看不到了。

三人默默继续铲着土。这时，H 想起埋葬被烧得漆黑的叉子那件事。

坑用土回填之后稍微隆起。这样会被别人看出里面埋了东西。因为土挖开之后体积会增加，再加上埋在里面的枪也占有体积。于是从侧面观察，小心翼翼削至水平，再将消除的土分成许多趟送到较远的地方弃置。

而后，为了让掩埋处变得平坦，三人用铲子不断用力拍打，还将杂草连同土一同移植过来仔细覆盖。

完成后，三人往草地上一倒，望着天空。星光闪烁。看着星星，H 心里想着，很久很久以后，不知道自己会如何回忆今晚的事情。

"埋枪的时候心脏扑通扑通跳，这件事大概一辈子都忘不了吧。昭和二十年八月十八日，战争结束后第三天的半夜。埋枪的这一天，就当作我的终战之日吧。"H心里想。

杉田学长起身盘腿而坐，从口袋掏出香烟，也递给汤川学长一支。擦了火柴点着，两人同时深深吸了一口。H突然也很想试试。

看着两位学长烟头如萤火虫般明灭的火光，H竟然有种莫名的安详之感。过去之所以没抽过烟，除了抽烟被抓到要受停学处分这个理由之外，也是因为并不感兴趣。可是，今晚真的很想试试看。"请给我一支。"听H这么说，杉田学长虽然一脸讶异，但还是给了一支。

见H笨拙地衔在口中，杉田学长说："我可不负责啊。"笑着帮忙点了火。

才吸了第一口，H立刻咳个不停。

占领军通告

"今天早上我遇到好色皇了。因为穿的是西装而不是军服，我一下子还没认出是田森教官。笑眯眯的，还以为是谁家的老爹呢。"

"我也遇到啦，那个好色皇还跟我问好，感觉好恶心喔。"

广部说完，大久保不屑地说：

"所谓见风转舵，讲的就是这种人吧。太不要脸了。想到他过去对我们说的话，就应该要他切腹了。居然还好意思来讨好学生，实在让人看不下去啊。"教室里的话题，全都集中在"魔鬼教官"摇身一变成了"邻家老爹"这件事情上。

不止是田森教官，其他还有好几个老师因为不知今后该如何是好而感到害怕。

只不过仍有老师和过去一样会揍学生，或以连坐为由要全班打绑腿在走廊正座。坐上半小时，打着绑腿的双腿就会完全麻痹，一起身便个个东倒西歪，想站都站不起来。这种阴险的手段令学生气愤不已，但那老师可能只是想表示"我的教育方针和战争结束与否没有关系"吧。

由于忧心占领军登陆之后的作为，再加上不知道在他们来之前该做些什么才好，老师们也都惶惶不安。

学校似乎频频召开教职员会议，但可能是并未接到文部省进一步的指示，能决定的事项也只有"指导学生勿轻举妄动"这种程度而已。

H 在走廊遇到畑老师，于是趁机打听。

"校长迟迟没有下达指示，是为什么呢？"

"我们去问县府御真影该如何处理，也只得到'静待通知'的答复而已。可能还要好一段时间，才能对学生下达明确的指示吧。"畑老师说。

"就算是这样，也应该告诉学生们比较好吧？比方要我们稍安勿躁之类的……"

结果畑老师白了 H 一眼，便径自默默离去。看来是被 H 惹得不太高兴了。H 并没有批评畑老师的意思，对自己的出言不逊感到相当懊悔。因为 H 非常尊敬畑老师，怎么可能会批评他。而且尊敬畑老师的不止 H 一个。在军国主义一面倒的教育体制下，畑老师在课堂上仍一直守护着学生，大多数的同学都能感受得到。

教英文的松元老师，也很受学生爱戴。进入二中后的第一堂课，就听松元老师说："我对各位同学的期望是，与其当个使小聪明的人，不如当个大笨蛋。"

突然听到"要当个大笨蛋"，新生全都吓了一跳，却也相当感动。

即使情势有所变化，还是有像是畑老师和松元老师，不曾改变对待学生的态度的老师，但也有好些老师因为必须改口讲出与自己过去完全不同论调的话而狼狈失措。

"接受《波茨坦宣言》"就像是理化实验所用的石蕊试纸，将可以信任与不可信任的人分辨得比以往更清楚。

因为农耕作业让学生吃尽苦头而遭怨恨的室伏老师，也突然变得和蔼可亲。尽管战争已经结束，但粮食仍极度短缺，农耕作业还是得继续。

驻扎在学校的中部第四一二六部队已经解散，撤走了。

学校工厂关闭，设置在礼堂和教室的机具全都从地板上拆除，搬上卡车。学生们也混在员工之中帮忙搬运。

礼堂的机具清空之后的隔天起停课三天，动员所有学生大扫除。

学校的礼堂虽然好不容易恢复到将近原本的模样，但不知是否有相当分量的机油已渗入地板之中，摆设机具时不太在意的机油味，现在反倒觉得刺鼻。

操场上坑坑洞洞的蛸壶式掩体，也得在占领军来到前填平。学生们用畚箕搬土将坑洞填平。除了这项工作外，还外出整理轰炸后的废墟，连续四天都没办法上课。

出动学生整理废墟，是因为这段期间还不清楚哪些事情可能在占领政策上形成问题，对县府和校方而言，或许让学生劳动服务，是最无可非议的措施吧。

神户市长来到学校，不知和校长谈了些什么，离去之后教职员办公室突然忙碌起来。

八月三十一日的报纸，有一则附照片的报道："昨日下午两点零五分，盟军最高统帅麦克阿瑟将军，抵达神奈川的厚木机场。"H看了之后心里想："占领军终于要来统治日本了。会从哪里着手呢？"

学校举行了中断许久的朝会。校长上台训话：

"今后势必有许多机会接触美国的国旗与国歌，请各位同学注意，要对美国的国旗与国歌表示敬意。不要再将美国视为敌人。要格外小心谨慎，以免被认为是有意侮辱或试图反抗。其次，希望大家注意的是，不要再继续使用以前提升斗志用的相关教材及历史、地理等教科书。此外，为了避免被怀疑是在继续进行军事训练，相关的滑翔机社、教练射击社、刺枪术社、剑道社、柔道社等社团，即刻解散。又，届时须依照占领军指示，将备品报废处理或缴交出去，以免被视为有保留军国主义之嫌。"

H听了之后想到自己保管的枪械库钥匙，不知该如何处理才好。

进教室之前，连忙赶去枪械库看看。门上的三道锁仍然挂着，似乎没有任何异状。回教室途中，在阶梯上遇到汤川学长。

"杉田学长正在找你，可能是错过了吧。午休的时候去枪械库后面等着。别被其他人瞧见啊。我会和杉田学长一起过去。"

午休时来到枪械库后面，不禁吓了一跳。说是不要被别人看到，可是周遭的情况已不同于以往，根本不可能办到。因为四一二六部队撤离后，换成在空袭中失去家园的龟冈等几位老师的家属住进了柔道场。

枪械库后方这个位置，从柔道场的窗户正好可以看到。为难的H只好躲在五十米外的农具室旁等候两位学长。

原本H认为，战争已藉由埋枪而告结束，但此刻却发现似乎并没有真的结束，不禁觉得有些烦。因为H只希望能够早日从这些事情中解脱。

见杉田学长和汤川学长从下面的操场走上阶梯，H 从农具室旁探出半个脑袋朝他们挥挥手，而后做出"注意柔道场窗户"的手势，边对两位学长打暗号，H 心里边想，在射击社学的这种无声传达法还真管用。两人立刻明白 H 打暗号的意思，随即若无其事地分开，分别慢慢走到农具室后头。虽然途中被正在晾衣物的龟冈师母看到，但似乎并未起疑。

H 解开衬衫，取下挂在脖子上的钥匙，默默交给杉田学长。

接过钥匙，杉田学长说：

"辛苦你了。我们已经平安守住了枪械，所以我打算将三把钥匙都交上去，将管理枪械库的责任转给学校。玉音放送那天，我们虽然打算拼了命也要守住枪械，但一切担心都是多余的。日本上下能够如此冷静接受战争结束，实在是出乎意料的事。对了，我有个好消息。久门教官已经除役，回来了。是他的家人昨天告诉我的。"

H 心想，这还真是许久以来第一次听到的好消息。应该是召集令来得晚，还没有被派往海外的战场，才能够平安无事。但因原本担任的是军事教练的教官，应该无法回二中复职。

"不必为久门教官未来的日子担心啦。因为他打算回老本行开钟表店。"

看出 H 的担心，汤川学长笑着说。

归还了钥匙，又听闻久门教官返乡，H 感到一切终于结束，心情也才轻松起来。剩下的就只有"占领军届时会怎么做"这一件事了。对于美军的终战处理，H 尽管有些不安，却也极感兴趣。

随后接获通知，于九月二十四日起三天，占领军将进驻神户市。为了避免发生不必要的混乱，那几天各地将进行交通管制，学校也停课三天。

H很想知道，美军使用什么样的枪与日本军作战。

为了亲眼确认，他决定前往受交通管制的路边看占领军。

来到神户新闻，向小田切先生打听神户市提供给占领军的土地。听说神户车站附近相当大一块轰炸后废墟，已决定作为兴建营房之用。小田切先生还告诉H，三宫的大丸周边，有几栋大楼也被接收。

只要在通往这些地方的路边等候，应该可以看到进驻的占领军。

当天早上，H打算邀横田一起去看。一来是他已好一段时日未在学校现身，H相当想念，而且觉得他应该和自己一样会关心美军的装备。

可是横田外出，不在家。他妹妹说："哥哥晚上才会回来。"问去了哪里，她回答："唔，我不知道他去哪里，可是每天都拉着板车出门。"

H留了字条给横田，便朝新开地走去。新开地的电车道两侧，已经聚集了等着看热闹的人。

H站在西侧烧毁的大楼前。这里背对着太阳，可以避免阳光刺眼，而且有阴影可以遮凉。沿途到处都是警察，戒备森严。万一有人冲了出去，表现出反抗占领军的行动，就会造成大问题，所以警察也都非常紧张。

大约一个半小时之后，等待终于有了回报。H见到了决定性的东西。

那就是吉普车上士兵手中的步枪。长形的弹匣向外突出，看来可以填装相当多子弹。而且，没看到枪栓拉柄。也就是说，可以不必像 H 使用三八式步枪那样，每击一发之后都得拉动拉柄上弹，只消扣扳机即可自动连续射击。

看到这种枪，H 心想："难怪我们会输。"除了步枪之外，那种叫作吉普的机动性强的车也很厉害。日本军的步兵部队没有这种车，只能靠两条腿作战。

H 凭着记忆，将美军用的步枪画在小仓送的素描簿上。如果要画得更正确，就非得潜入美军的军营，实际看着枪画不可。该用什么方法潜进去达成这个目的，就等有空的时候再思考好了。

看着一辆接着一辆从眼前通过、加装顶篷的军用卡车和吉普车队，H 不禁觉得："同样是军队，和日本军的差别实在太大了。美国兵可真是开朗啊。"或许沿途的市民也都有这种感觉，纷纷朝过去视为"鬼畜美英"的美国兵挥手。

近距离目睹占领军的实际状况后，或许是所受的冲击过大，当晚突然严重腹泻。说到腹泻，H 想起昭和十六年的十二月八日得知太平洋战争爆发时，自己也曾腹泻。

H 捂着肚子跑了好几趟厕所，羽田野叔叔相当担心。

"你年纪轻，以后还要有一番作为，一定要注意身体才行。我下个月初就要回岐阜。这里的房租我缴到十一月，你可以一个人住，也可以和父亲一起住。虽然不知道自己明年会怎么样，不过我已经做好心理准备，没什么好担心的了。"

或许是听叔叔这么说，H 当晚做了噩梦。

原本打算停课这段时间，天天都去看占领军，却因为腹泻躺了三天，令 H 非常遗憾。等到摇摇晃晃的身体好不容易康复，已经四天没有上学了。

这几天都睡在羽田野叔叔旁边的 H，发现叔叔不时会发作而剧烈疼痛，只能够拼命忍耐。来到学校，H在办公室走廊的公布栏看到好几张油印的占领军通告，以及文部省的指示事项。对学校的通告也向学生公开，或许是想彻底实行吧。

"占领军通告"的项目包括，一、撤除校内的御真影奉安殿；二、废止军事教练及武道；三、禁止以团体名义参拜神社；四、学校内禁止强迫信奉特定宗教；五、不得限制个人的思想与宗教自由等等项目。

"请同学到柔道场集合，有工作要做。"市桥老师这么宣布。来到道场前集合，听到工作内容竟是"为了证明学校已经废除武道，现在要拆除柔道场内的榻榻米"，大家都吓了一跳。

虽然不知是否真有指示要做到如此程度，但总之得把榻榻米都搬离学校。为了龟冈老师和其他几位老师的家眷，每户留下六张榻榻米，其余全都搬上了卡车。

虽说榻榻米将转供战灾户住宅使用，大家都还可以接受，但看到这种仓促的处理方式，不禁令人觉得对于占领军似乎有些反应过度。

听说久门教官来到学校，H便去见他。行了举手礼，大声说道："欢迎回来！"教官连忙挥手制止，说道："别那么大声。还有，不要再敬礼了。"

由于久门教官曾是军人，所以无法复职。H想趁这个机会请教一些事情。

"那次的训练，真是军方的特别指示吗？还有，派我一个人全副武装携枪前往三菱电机，并且交代必须保密，当时的秘密究竟是什么呢？我一直很在意，请告诉我。"

"一切都已经结束了。这个问题就当作不曾存在吧。"久门教官只这么说，并没有回答。于是 H 改变话题，自告奋勇："如果教官要开钟表行，我可以帮忙用油漆在玻璃橱窗上写字。"

虽然还不曾用油漆写过字，但 H 很有自信。

"店面已经毁于空袭，所以我打算在新开地的大马路旁摆个摊子，从修理钟表开始。放学途中可以顺道过去，帮忙照顾一下生意啊。"教官说。

大约一个月之内，学校里也有了许多改变。

最大的改变，就是"废止敬礼"。

进出办公室的时候，原本都必须大声报出年级、班别、姓名以及事由，获得许可后再说"我要进去了"，离开时得再次报出姓名，并说"我要离开了"才行。今后只需开门的时候鞠个躬，告知事由后便可进入。

而且，在校内见到老师不必一一敬礼。还有，在电车上遇到老师的时候，过去也得大声说："敬礼！"这也废止了。

"废止车内行礼"，最高兴的大概要数住谷老师了。反倒是学生们觉得相当失望，这是因为只要在车内见到老师，同学们都会故意大喊："向住谷老师敬礼！"并一齐行举手礼，算是合法的捉弄老师。现在少了这个乐趣，大家都觉得很可惜。住谷老师总会不知所措地说："别吓我了！"然后推开其他乘客落荒而逃。因为喜欢看到老师那副模样，学生们总是算准了搭乘山阳电车通勤的住谷老师的乘车时间。这是因为同学们喜欢住谷老师的缘故，对于讨厌的老师，则是尽量避免搭乘同一班电车，也会设法不要在路上相遇。

除了"废止敬礼"之外，也急急忙忙开始实行"教育民主化"。

对学生而言，最值得庆幸的是"禁止铁拳制裁"，老师不可再无故揍学生。可是，仍有老师解释成"不使用铁拳就好"，所以 H 后来还是会吃耳光，因为 H 总是有法子激怒老师。

看过占领军送来学校的通告，重点好像在彻底消灭神道教。他们似乎认为，日本的军国主义，是源自以天皇为中心的神道，并以此作为国教。为了确认相关活动是否仍在施行，占领军的督察官曾数度在翻译人员的陪同下来到学校视察。

检查的重点包括，学校武道场内的神龛是否已经撤除？天皇陛下的御真影奉安殿是否已经拆毁？神道的宗教行事是否仍有举行的迹象？其他会让人联想到神道的象征性事物是否已经全数撤走？诸如此类。

即使要去神社参拜，也有具体的范例。前往附近的长田神社参拜，是学校过去的日常行事，但如今已明令禁止集体参拜。

不止是长田神社，就连神户市民喜欢去参拜的凑川神社也不例外。

在禁止集体参拜的条文上，甚至还特地注明了伊势神宫、明治神宫等神社。但令人意外的是"遥拜皇城无妨"这一条但书。

H 觉得很不可思议。占领政策的首要目的，看来是要将天皇与国家神道切割，但是对天皇却又有特别待遇，让人感到十分矛盾。H 左思右想之后才终于明白。美国知道，想要不流血占领日本，除了让天皇宣布终结之外别无他法。

此外，占领军为了顺利推展从根本改革日本的占领政策，可能认为还是不要否定天皇的地位比较好，H 心里这么想。

还有一点就是，占领军持续监视的目的，就是要彻底摘除军国主义的芽。

十月初，长田署的警察便与美军的督察官前来扣押枪械库的枪支。两百数十把教练用枪一一从枪架取下，装上卡车载走了。

短少那十二把枪的事情当时完全未被拆穿，H总算松了一口气。

如果埋枪的事情被查出来会有什么后果，光是想象就很可怕。因为只是在武道场角落发现留有几把刺枪术用的木枪，就已经让美军督察官大惊小怪了。虽然木制的枪根本无法作为武器，但是在他眼里似乎却象征着与军国主义仍有牵连。

枪支和弹药自然是占领军接收的目标，但就连滑翔机社的滑翔机也被命令解体，不得保留原样。"据说是因为即使军队已经解散，万一仍有人制造飞机的话可不得了，所以连滑翔机也不行。"滑翔机社的学长吐着苦水。

听到这件事，H觉得真是岂有此理，很想抽烟。香烟很苦，而且也会冒烟，但不知为何却很想深深吸一口，再"呼——"地将烟吐出来，实在伤脑筋。

M1卡宾枪

时令上虽然已经入秋，阳光却依然炙热。

因"整理火灾废墟"名目被借调的三年级生，将近一个礼拜没在学校上课。

"这次的作业，是废墟的自来水管线工程。"虽然接到的指示是这样，但所谓的工程，不过就是找出管线漏水之处并且止漏而已。

在几位老师的带领下，H他们在中道国民学校的校园集合，听自来水局人员说明工作的程序。简单说，就是在废墟中找出止水栓所在的水表箱，将总开关扭紧，以免漏水造成浪费。

战争已经结束，却仍有"勤劳动员"，令学生们很不满。

可是大家仍愿意忍耐，毕竟眼前这一大片火灾后的荒地，正是自己居住的城市，所以必须尽一份力量。

三个学生为一组分头巡视废墟，以十字镐和铲子挖开瓦砾和坍塌的墙壁，挨家挨户寻找总开关。

自来水局的人员一副神气的模样在现场监督，想偷个懒都很困难，H 他们只好打诨说笑，唱唱自己改编的讽刺念歌解闷。

"说的是自来水工程　做的是下水道工人

若是为了神户人　面包一个来就能忍　啊啊随遇而安哪"

边挖着瓦砾堆，边自怨自艾地大声唱着。

其实，做这件工作可以获得一个热狗面包作为酬劳，但学生们仍然很生气："一个面包就想讨好我们啊！"但嘴巴上虽然生气，心里却还是很期待那面包，不禁觉得自己实在是没出息。

由于下雨就得停工，所以大家都会边观察云朵边期望下雨。

"快把那朵云召来啊。可以帮忙向你的神祈祷求雨吗？"

福岛对 H 说。虽然 H 已丧失信仰，而且就算依然虔诚，向耶稣基督祷告求雨，八成也不会灵验，但 H 仍说："好，就让我来。"一副煞有介事的表情，装出"祷告求雨"的模样，口中念念有词，最后再加上"阿门"。

结果，不到一个小时果真下起雨来。这当然只是巧合，但 H 倒是吓了一跳。大久保调侃 H："基督教的求雨真管用啊。"

眼看有可能变成倾盆大雨，三人连忙扛起十字镐和铲子赶快跑。

冒雨在废墟里跑了大约一百米，好不容易发现一处好像可以躲雨的地方。那是间像是垃圾箱一样的小屋，紧贴在烧毁的大楼墙壁，因为仍有烧剩的铁皮屋顶，看来还可以遮个雨。

三人抢着冲进小屋，因为光线昏暗，一时看不清里头的状况。

待眼睛适应之后，才发现有人正瞪着自己。仔细一看，有个老爷爷带着应该是孙子的男孩一脸惊恐地缩在墙角。从他们的立场来看，三个带着十字镐的人突然闯进家里，想必觉得很可怕吧。

H 他们也有些不知所措，因为原本以为这是间空屋。

　　M 1 卡宾枪

环视漏雨的小屋，除了一张草席、棉被、锅子以及放在脸盆里的几个烧焦的碗盘之外，没有其他像样的家庭用品。

H他们本想找个可以避雨的地方吃面包，但总不好当着老爷爷和小孩子的面只顾自己吃。

福岛把手伸进书包同时眨眨眼睛，示意大家拿出来分。

H无可奈何，只好掏出面包。面包因为淋雨而有点潮，但大家还是各掰了四分之一递给老爷爷和孩子。老爷爷接过面包后不断鞠躬道谢，反而让H他们很难为情。看到这情景，H不禁觉得自己实在小气。

由于大家默默无言嚼着面包有些尴尬，H便谈起从学长那儿听来有关好色皇的事。

"听学长说，他拿手表去田森当铺典当，拿到了比其他地方更好的价钱。'是不是遇到有人要典当就介绍他们来田森当铺啊？'他本想借机嘲笑一下，不料好色皇竟然说：'那就拜托了。'"

大久保听了非常生气。

"不要脸的家伙。明明就已经是战犯级人物，终战当天就应该切腹了，竟然还厚着脸皮赖活，就和东条英机一样懦弱！"

这时老爷爷突然插话了：

"东条英机简直就是日本军人之耻。战阵训里说'宁死不受虏囚之辱'的人是谁！不就是制定战阵训的东条英机本人吗？在这一点上，阿南陆军上将就让人认同。我两个儿子都被征召入伍战死沙场。这孩子的母亲也在空袭中被烧死。因为我以前也是军人，知道战争中的一切都只能看破。可是，领导战争的东条应该负起责任，在终战那天就立刻切腹才对。"

老爷爷愈说愈大声，H他们不禁感到畏缩，坐立不安。

的确，老爷爷说的并不是没有道理。因为终战日之后一个月，东条英机都没有任何扛起责任的作为，一直躲在家里苟且偷生。

当盟军总司令部展开"逮捕战犯嫌疑人"行动，来到东条自宅时，东条在窗口说了声"请等一下"之后，回到屋内，持手枪朝自己的左腹部射击意图自杀。听到枪响，美军宪兵破门冲进去，将东条送往医院，保住了一命。由于当时的情况报纸曾经报道，任何人都知道。

"如果要用手枪自杀，一般都是朝自己的脑袋开枪吧。朝肚子射击，我看一开始就没打算要死吧。既然为了作证无论如何都要活下去，不可能在快被逮捕的时候才匆匆忙忙意图自杀。那是假自杀！阿南上将可是自己切腹之后再割断颈动脉，一心求死。"

阿南上将是终战时的陆军大臣，是在"终战诏书"上署名的阁员之一。终战前夜，他会见了计划政变的内弟竹下中校，当时便已留下了辞世歌句以及遗书。对酌之后，于黎明时分自尽。桌上留有染血的"一死以谢大罪　昭和二十年八月十四日夜"遗书。

除阿南上将外，还有许多军人切腹自杀。大西泷治郎海军中将也是其中之一。

号称"特攻队"之父，以飞机冲撞敌舰这种同归于尽作战法而令美军丧胆的大西中将，也是在官邸自尽。报纸也曾刊载他的遗书："致特攻队英灵。对诸位的善战，在此深表感谢。坚信最后的胜利，化身肉弹壮烈成仁。然此信念终未能实现。吾，将以死向旧部英灵及其遗族谢罪……"

"虽然并不是自杀就能解决，但至少也要厘清自己所作所为的责任！我的儿子和媳妇，不就是给东条那样的家伙害死的吗！"

老爷爷的声音几近大吼，于是 H 想问问他真正的看法。

"您的意思是，如果为了天皇陛下而死就没有遗憾了吗？天皇陛下的责任呢？"

听了之后，老爷爷的声音更是吓人。

"你在胡说些什么！天皇陛下是无辜的，是身边那些人没有正确传达讯息，才会造成今天这种局面！"

老爷爷满脸通红这么怒骂。从那愤怒程度看来，若是再这么激动下去，搞不好会突然暴毙，令H惊惶失措。

"啊，雨停了。我们还得工作。"H他们连忙以此为借口冲出小屋。

"真可怕啊。都怪妹尾问了不该问的事。你呀，还是小心点。如果对方年轻一点，你就要挨揍了。"大久保边跑边这么说。福岛也点头表示赞同。

虽然雨已停，却没有人回去废墟。就连自来水局的人员也不见踪影，于是三人开心地自行决定就地解散。

回去之前，H想顺道去个地方。

"我想去横田家看看。一直放心不下。"H说，并拜托大久保帮忙将十字镐送回自来水局。

可是大久保说："他现在应该不在吧。那家伙在做黑市的买卖，比我们有钱多了。"

"什么？"H这么说，一时之间还无法理解。

大久保接着说明，原来横田是自己一个人拉着板车前往加古川向农家购物，然后运到黑市去卖。

"我也是不久前才知道的。当时我是在大开通附近意外遇到横田，他有点不好意思地对我笑了笑。那辆板车上，看起来像是堆着要从疏散地运回神户市区的家私，其实抽屉里都藏着走私米和蔬菜。他还非常得意，说自己走私从来没被警察抓到过。可能是因为警察看到一个小孩子拉板车，还认为他是个'孝顺的孩子'吧。"

"横田这小子真了不起啊！"H不禁再次感到佩服。横田与H不同，不会去想"谁该为这场战争负责？"而是独自坚强地活下去。

于是放弃去横田家，三人转往新开地，久门教官应该已经开始在那里营业了。

由于H他们扛着十字镐和铲子，露天摊商纷纷喊话："我开个好价向你们买！"看来这些施工用的工具相当值钱。

"不如就在这里卖了，吃些东西填饱肚子吧。"三人走在新开地的大马路上，边这么开玩笑。

虽然马路两旁都被烧过，但新开地毕竟是原本的繁华街，已然恢复活力热闹起来。路上有贩卖家具、餐具的人，也有摆着旧鞋、修理兼贩卖的店家。

听到锵锵锵的打铁声，往人群聚集的地方一瞧，有一位缠着头带的大叔，正将钢盔放在铁砧上用铁锤敲打，改造成锅子。就在前不久空袭频仍的时候，钢盔还是防身的必需品，如今却已成为无用之物的代表。看过之后得知，改造成锅子的加工法是，先拆除钢盔内的皮革和布料，以铆钉将孔洞补起来，再将顶部圆弧形的部分敲打延展，变平之后当作锅底。打听了加工的费用，一个要十元。

排在马路两旁的摊子，好像比上次来的时候更多了。

路边摊除了有卖杂烩粥、面疙瘩、油炸物等吃食的摊子之外，也有二手衣物或者私烟的摊子。

在摊贩群中找到了久门教官的钟表摊。为了吓教官一跳，三人悄悄来到摊前站定。教官戴着单眼放大镜，正在修理手表。

发现是 H 他们，久门教官笑着说：

"怎么是你们啊，如果是客人我就乐了。没带手表来的家伙没生意可以做啊。"

问教官生意如何，他说进驻的美国兵是好主顾。由于附近就有美军的营区，看来是个做生意的好地点。

"在战场上摔破了表壳玻璃，或是进水不会走了，都会来找我修理。看到这些士兵，我就会想，他们可是刚打过仗的啊。"

H 想打听占领军所用枪支的事，觉得久门教官是最佳人选，于是开口询问。

"那是 M1 卡宾枪。美国兵拿手表来修的时候我问过，据说扣下扳机就可以连打十五发子弹。你想见识那种枪的实物啊？可别自己跑去军营要求人家让你看啊。搞不好会被射杀喔。"

听久门教官说着，H 想到一个可以看枪的好办法。

那就是免费替美国兵画肖像，混熟了之后再要求看枪。

教官说："这个方法或许可行。M1 卡宾枪如果画好了，可要拿来给我看啊。"

接下来的礼拜天，H 来到大丸百货店附近。

未烧毁的大楼被占领军当作医院使用。H 的目标就是那间医院。

医院门口站着一个持枪的黑人卫兵。H 硬着头皮走上前，鼓起勇气打招呼。然后告诉卫兵，为了表达慰劳之意，愿意免费替他画肖像。说是告诉，但其实是将写在素描簿封面的文字给对方看。那是拜托英文好的藤田让治帮忙写的。

H有些担心，不知对方会有何反应。没想到卫兵很感兴趣，尽管正在值勤，却还是说："先画我的脸。"H以手势示意对方别动，而后开始画。由于过去不曾这么近距离观察别人的脸，也觉得很有趣。

大约十分钟，脸部轮廓画好时，这位当模特儿的卫兵就迫不及待地要看。看过之后，他非常开心："喔，画得真像！"H说："再稍微涂黑一点，等等会更像。"对方听了连忙用手盖住画，说："不用了，这样就好！"接着又说："别再涂啦。"拿到撕下来的画页，那卫兵连说了好几声"Thank you"。

这时H才知道，黑人好像比较喜欢被画得比实际白一点。

他将自己的肖像画拿给路过的军官看，并且介绍："是这男孩画的。"

军官看看画又看看H，问道："也帮我画一张好吗？"

这正中H的下怀，于是试着提出交换条件："如果也让我画M1卡宾枪的话。"结果那名军官竟然很干脆地答应了。

这令H目瞪口呆，心想："真的假的！未免和日本的军队差太多了吧。"为了接近M1卡宾枪，H原本打算连续几个礼拜天都来这里走动，没想到不用一个小时就得以接近期望的M1卡宾枪，真是连做梦也想不到的事。

H被招进医院里，在大厅作画。几名士兵围了过来，个个都是壮硕的高个子。

虽然不知他们是医务兵抑或住院中的士兵，但这样被围着，还是觉得有些可怕。

H开始动笔的这名军官也是黑人，所以特别注意不要涂得太黑。H边画边问起帝国大厦的事，结果对方说没有去过纽约，故乡是在西部片里会出现的亚利桑纳附近的小镇。

H从地图上知道美国很大，不过竟然有人连纽约都不知道，还真是个比想象中还大的国家啊。

H还有其他事情想问，无奈英文只会说些只字片言。下次来的时候，最好能请乔治跟着帮忙翻译，他心里想。

接到完成后的肖像，军官非常高兴，说了声："你等一下。"派人去取来先前答应的M1卡宾枪。

搁在桌上的M1卡宾枪，比H使用过的三八式步枪短了许多。

"可以测量尺寸吗？"比手画脚问了之后，得到的答复是"OK"。

H连忙掏出口袋里的卷尺，测量枪口到枪托底部的长度。

M1卡宾枪只有九十公分。之所以觉得"只有"，是因为三八式长达一二七公分。这款枪竟然短了三十七公分之多。

试着拿看看，觉得"好轻啊！"出乎意料的轻。问一旁的士兵枪有多重，对方说不知道。

于是军官令属下去秤一下。

又问能装多少子弹。回答是："一般是十五发，不过可以改用装填三十发的弹匣。"

去秤枪重的士兵回来报告："五・五磅重。"

一磅相当于四百五十克，换算成公斤的话，还不到二・五公斤。

H叹了一口气。因为那三八式步枪，重达四公斤。

不禁再次觉得"难怪会输"。因为个子高体格又好的美国兵，用的是不但轻又短，还可以半自动连射三十发的卡宾枪，开的是连山路也能行驶的吉普车。

相对的，日本军的士兵，却得扛着只能射击五发，又重又长的手动式步枪，躲在无法期待补给和援军的丛林或洞窟，忍耐着饥饿持续作战。

只是拿这两种步枪来比较，就连小学生都看得出来哪一方在战场上比较有利。这种差距，自战争开始之后就一直没有暴露出来。日本军的三八式步枪，就如同数字所示，是在明治三十八年（一九〇五）制定为军用枪。四十年来未曾改良的这种枪，持续用于作战至昭和二十年。

虽然战争中期的昭和十五年（一九四〇）推出了九九式这种新型步枪，但也只比三八式短十五公分，口径略大些而已。这种被使用于部分战线的九九式新枪，仍然采用手动式击发，装弹量同样只有五发。

画着M1卡宾枪，H差点掉下泪来。

仅是步枪这一点就有如此差距，老百姓自然不知情，就连军人也无法得知。军方高层应该在开战之前就已经知道这种事情，却只是说："不要浪费子弹，要抱持必胜的信念作战。我们拥有大和魂！"

只不过，太平洋战争与明治时代的日俄战争可不一样，比的是物资和机动性。

因为H过于热情地描绘枪支，又提出各种问题，令军官感到好奇，半开玩笑地问：

"你也是军人吗？"

H笑着说："是啊。"

"喔——！"他两手一摊也笑了。

"有空再来啊，也帮其他人画画。"听着军官这么说，H一面与五六个美国兵握手，然后离开大楼。

回去时顺道前往久门教官的钟表摊。教官兴味津津看着 M1 卡宾枪的图，边问了 H 一连串问题，频频说道："是哦，是哦。"

久门教官也叹了口气，说道："这个样子，就连地面战也打不赢啊。"竟然就连负责军训的教官都不知道敌人的步枪装备。

一路走回去，看到父亲已来到，因为羽田野叔叔两天后要回岐阜，所以父亲过来帮忙打包棉被和衣物。叔叔的情况看起来日渐恶化，所以父亲好像也要搭火车同行。由于长途列车目前都是超级客满状态，上下车都只能够爬窗子，就连体力好的人要应付都很吃力。

还有一个消息，就是疏散到乡下的母亲和好子即将回到神户。因为申请了多次的"战灾户住宅"，终于抽到了。原本一家人分居三地，这么一来四个人一起生活的日子总算即将到来。

战灾户住宅

　　母亲敏子寄来一封长长的信。八张信纸写满密密麻麻的小字。

　　信中提到好子很高兴马上就能回去神户，还有人在广岛的辰夫，奇迹似的自原子弹爆炸中保住一命而且已经返家等事情。

　　原以为小辰在劫难逃，得知他平安，H非常开心。

　　原来投掷原子弹那天，辰夫在教室上课，因而保住一命。他的座位在远离窗户的走廊这一侧，所以只受了点轻伤。坐在窗边的人除了灼伤之外，全身还被碎玻璃割得血淋淋的。同年级在操场打着赤膊做体操的班级，同学们就因暴露在爆炸的闪光中而倒地丧命。

　　战争结束后，H虽已知道广岛和长崎的惨况，即那原子弹的威力，并不像报上所写的"白色内衣类能有效防止灼伤。蛸壶式散兵坑用一块木板盖住，也有防护的效果"那种程度而已。

　　然而军方的审查非常严厉，若是写出受害状况或事情的真相，就会立刻遭到停刊的处分，这种情况就连H这个中学生都知道。但就算是这样，H仍然觉得，报社长久以来未免也协助军方做了太多不实的报道。

战争结束了，他们理应主动认错并向读者致歉。可是却从没见过"过去一直报道偏颇"的道歉启事。不仅如此，他们甚至连"战败"这类的字眼都不愿使用。在九月二日报上注销"于密苏里舰举行投降签署仪式"的新闻之前，从未见过"投降"这种措词用语。

报纸还有其他滑头之处令 H 生气。

有很多事情，报纸上经常写得煞有介事，之后却自己都不遵守。"日本语新式标记与横书文字"就是其中之一。

"日本语改为依照发音标记，横书的场合，也不再使用过去由右至左的方式，改采由左向右书写"的决策，是 H 进中学的前一年，昭和十七年定下的。

记得当时报纸上是这么讲的："赞成此等将日本语推广至全亚洲的改革。"报纸本身理应以身作则，可是同一版面上可以看到有左起的，却也有右起的。一段时间之后，他们好像就忘了曾经赞成"日本语改革"这档事，横式的标题又全部恢复成右起了。

标记的部分也一样，"今日"一词不用"きょう"而是"けふ"，"中央"不用"ちゅうおう"而是沿用过去的"ちうあう"。

既然要恢复原本用法，也应该告知明确的理由。对成人来说，要恢复成习惯用法或许完全不会有困难，但是在学校是左起，而报纸上是右起，却会令正在学习使用文字的孩子混乱、迷惑。

H 原以为占领军进驻之后，会趁此机会将横书的日本语改为与英文一样从左起，但并未如此。

不过，反倒有战时遭禁的东西，在版面上复活了。

那就是"天气预报"栏。昭和十六年十二月八日，太平洋战争开打那天，基于"防谍"的理由遭禁，于昭和二十年八月二十三日复活。在报纸背面的最下方，小小的字段刊载了"天气预报"。

H 看到时非常开心。他期待的并不是天气预报是否准确，而是解禁一事，加上可以仰望不再有 B 二九飞来的天空，心里想着："明天的天气如何呢？"就能够实际感受到"和平"已经到来。

H 以为，在报纸的禁止事项解除后，终于什么都可以刊登了。但事情并非如此。因为占领军的"GHQ 审查"，取代了原本的"军部审查"。H 之所以知道此事，是因为有一则报道指出，在麦克阿瑟司令官的命令下，东京版的《朝日新闻》受到停刊两日的处分。[1]

由于关西版《朝日新闻》未受处分得以继续出刊，原先 H 还不知道发生了这种事。但九月十九日、二十日的版面上刊登了东京的报道触犯"GHQ 审查"的详细原因，H 这才知道。

那篇报道的版面并不大，标题却占了两栏高，一百一十行的文字排得密密麻麻。简单说来，就是以下的内容触怒了麦克阿瑟司令官。

"应该要求美国人视察原子弹造成的惨状，让他们对自己的行为有补偿之念，积极协助日本复兴。

"虽然美军公布了日本军在菲律宾的残暴行为，但吾人并不相信会如此残暴。今天，美军突如其来公布日本军的残暴行为，真正的意图究竟为何……部分人士认为，在日美军暴力事件的报道，与公布日本军的虐行，是否有何关联，这不无疑问。激烈战争中的异常心理导致的残暴，与和平进驻的情况下发生的暴行虽

---

[1] General Headquarters, GHQ，盟军总部。——译注

不可相提并论，但也完全适用于在日的盟军。值此日本朝和平之路再出发之际，期望盟军亦能本于人道立场，采取正确行动。"

东京《朝日新闻》这篇报道的标题及内容，被视为扭曲事实的报道，违反了检查标准。

报上同时刊载了麦克阿瑟司令官动怒直斥的话语："日本对于目前所处立场的认知实在太过天真！日本与联合国可不是对等关系。"

"麦克阿瑟最爱好新闻自由，但绝不容许毫无建设性的批评或扰乱人心的不实报道。以为日本与盟国处于对等的立场，是错误的想法。因为日本是战败国。事实如此，报纸所提供的新闻却予人日本正与总司令进行交涉的印象。交涉乃对等关系者之间所进行，我方与日本政府之间并无交涉存在。"

看着这篇报道，H不禁觉得，虽然同是检查，却与军部的检查不同。

会这么觉得，是因为曾经在参观神户新闻时见过盖了"不许可"印章的照片及报道。当时H问过不许可的理由，报社的人这么说：

"根本不需要说明什么理由。说'不许可'就是不许可了。我们也很无奈，只能自行推测不被许可的理由。"

GHQ的检查，则会明白指出哪里不对，严格但明快。

或许是惧于麦克阿瑟司令官坚决的态度，听说文部省及县府发给各级学校的"盟军相关通告"中也要求："应服从占领军的所有指示，不得拒绝。请注意应对态度。"不得违抗的对象，过去是"日本军部"，如今换成了"占领军"。

仿佛要诏告全日本国民似的，九月二十九日的报纸，大幅刊载了麦克阿瑟司令官与天皇陛下的立姿合照。

这帧照片的说明写着：二十七日摄于东京赤坂的美国大使馆，天皇前往拜访麦克阿瑟司令官。

相对于天皇陛下身着燕尾服端正站立的模样，麦克阿瑟司令官双手背在身后一派轻松，服装也是开襟衬衫的军服，没系领带，领口扣子也解开的轻装打扮。

这帧照片公布之后造成极大的震撼。尤其是成人，仿佛脑袋遭到重击般大为震惊。因为他们被明确告知，现在的最高权力者是麦克阿瑟司令官，不再是天皇。

麦克阿瑟司令官之所以试图逐步撑起占领政策，是为了根绝以天皇为首的军国主义，并且打破"八纮一宇"这种日本乃亚洲中心的精神。不过，麦克阿瑟司令官也曾说过，自己并不否定天皇的地位。要做的是，以"民主"的精神植入日本人的心中，以取代"八纮一宇"的精神。这一点，H 也表示赞同。可是，对于占领军的任何要求都只能照办，却让他觉得很不甘心。可能是因为这个缘故，最近经常焦躁不安，精神状况非常不稳，连他自己都感觉得到。

特别令他烦躁的是，有许多投机主义、没有原则的大人。

学校里的老师也有好几个欺世盗名的家伙。对那种直到终战之日明明还是军国主义化身，如今却以一副向来就是民主主义者的嘴脸继续当老师的人，H 实在无法原谅。

"一副了不起的模样谈什么'民主主义'，根本就只是装模作样！"H 实在是无法忍受。

于是他决定，遇到讨厌的老师进教室时，敬礼之后就立刻离开教室。

绰号十钱的古林老师冲到走廊去追 H，面红耳赤地大吼：

"就算来了学校，点名簿上还是要记你缺席！"

川野老师在情感上似乎也很难原谅 H。川野老师毕业自神户二中，是比 H 大十一届的学长。他因为满腔的爱校精神而回母校执教鞭，基于使命感，实在无法忍受自己有个行为不当的学生。

考试的时候，H 只写了名字就要交白卷，川野老师爆发了。

"考试结束之前，谁也不准离开教室！"气得发抖的他大骂。

无可奈何的 H 又在答卷背面画起左手的素描，和仲田老师考试时一样。

考试时间结束，从最后一排收答卷走来前面的广部，拿起 H 桌上的答卷，看见左手素描便微微一笑。

之后，除了川野老师之外，H 还以手部素描充当答案交给其他好几位老师。

"妹尾，你最好收敛一点，不然可能遭受无可挽回的处罚。听说被你惹毛的那些老师，已经集合起来讨论要怎么处置你了。"

喜欢电影的程度与 H 不分轩轾，有点叛逆的野村泰弘这么告诉 H。野村家在 H 通学途中的板宿，经常一起上学。

什么样的处罚 H 都不怕，而且也已有心理准备，不论成绩单上的分数如何都无所谓。

起初觉得 H 的反抗很有趣的朋友们渐渐也开始担心了。

"我说你呀，我知道你要贯彻原则，可是在战争中，谁不是军国主义者啊。妹尾，你的情况不一样，所以才会产生疑问，这我知道，可是你这种家伙并不多啊。因为占领军来了之后说：'军国主义不行，以后要施行民主主义！'所以大家现在才都慌了手脚啊。因为觉得自己这样很可耻，反而没办法坦然道歉，不是吗？

老师们只是虚张声势，好保住颜面而已。你也体谅一下吧。"福岛这么说。听了这番话，H才明白自己太过执著。

可是，H还是无法改变自己的想法。仅仅接受两三个月民主主义的训练，就说得一副煞有介事的模样，还是让他无法接受。

在这之前，至少也应该说一句："我要修正自己过去的想法"才对。做不到的老师，H就觉得他们不行。

更何况，二中的老师之中，也已经有人在学生面前道歉："我以前错了。"

那就是会以扯耳朵的酷刑处罚，令学生害怕的渡边老师。

"馄饨只是嘴巴上道歉而已，不能够相信。大家别被骗了。"虽然仍有人这么说，但H觉得："至少他已经在大家面前承认自己错了，值得肯定。"

H离开学校，和福岛他们道别后，决定先绕去抽中的"战灾户住宅"瞧瞧。因为想早点知道是什么样的房子。听说是将空袭中被火烧过的"若松国民学校"改造而成的住宅。虽然经历过火灾，但校舍是以混凝土建造，建筑物的结构幸而因此保留下来，才得以转为临时住宅之用。原来的学校位于若松町七丁目，距离H被烧毁的家很近，所以相当熟悉。

一踏进校门，就看到熏黑的水泥校舍矗立在眼前。H一家即将入住的是一楼的六号室，距离东边的侧门比较近。进入校舍中才发现，烧得比外表看起来更严重。可以想见空袭时被烈焰吞噬的惨状。墙壁漆黑一片，教室靠走廊这一边应该是玻璃窗的部分全都钉上了木板。作为出入口的门是木板门，上面用墨汁写着六号室。开门进去屋里，从木板缝隙射入的光成了细线，在墙壁上形成条纹图案。

房间约六坪大，木头地板上铺了六张榻榻米。可以看出，这是将一间教室用木板隔成两半，分配给两户人家。

房屋的隔间，使用的是制材时剩余的废木料，上头仍留有树皮的边材。以边材做成的隔间墙，板子与板子之间都有缝隙。由于边材并非直线，无论如何都会出现缝隙，于是形成相邻的两户可以互窥的状况。

"缝隙很讨厌，可是昏暗没有窗户更伤脑筋啊。"H这么觉得。但接着发现，与走廊相对那一侧的墙板上方装有合叶。原本是窗户部位的木板好像可以打开，于是试着往上推。原来是可以用棍子撑住作为窗户之用。这种窗子让H想到绘画中平安时代的家屋，觉得很好笑。

由于窗子上并没有安装玻璃，刮风的日子就没办法开。但若是关着，屋里又太暗。照明就只能仰赖挂在天花板下的一颗灯泡。"虽然很高兴一家四口总算能够一起生活，可是真要住这里吗？"H有些不安。

为了去向父亲报告，H来到消防署。可是父亲不在。

"小弟，你还不知道啊。令尊已经辞去消防署的工作了。"

"咦，什么时候的事？"

"两天前。因为出征的年轻消防员已经退伍回来了。"

H吓了一跳。"竟然没有立刻告诉我。"觉得很不满。

H喘着气跑到教会。一冲进玄关，出来相迎的是川口牧师。

被海军征召的川口牧师也平安归来。听说是因为入伍后被派到宝冢附近的航空队，终战后才能立刻回来。

"令尊已经去你住的明神町了。"牧师告诉H。

H不想和父亲错过，边跑边考虑路线。

回到住处，见父亲落寞地坐在客厅。

"你被消防署开除了吗？"H急着问。

"因为战争已经结束，重新经营西服号缝制衣服，才是我的本行。"

H将所见的"战灾户住宅"的详细状况讲给父亲听。而后提议：

"我实在是不知道，在那昏暗的焦黑水泥箱里要怎么生活。不如放弃那边，就住明神町这里吧。"

沉默了片刻，父亲说："别那么不知足。能够遮雨就已经很好了。有很多人还住在废墟的防空洞里呢。再说，如果放弃入住，日后市营住宅盖好了，也会丧失入住资格。所以，无论如何都得去住那里。"

盛夫也认为，尽早搬出教会比较好。"因为川口牧师已经回来，我总不能还继续占用二楼那间一坪半的房间啊。"

最后决定，盛夫和H先住进战灾户住宅，等敏子和好子过年之后回来。来到新居，两人第一件工作，就是将木板间的缝隙糊起来。

糊缝用的纸，是向学校讨来的作废白报纸，裁成五公分宽的纸条，再用浆糊贴上去。从地板一直贴到天花板，不但需要梯子，也很耗时。梯子是向住家所在地区未被烧毁的熟人借来的"防空用梯"。

"被拿来这样使用，梯子大概也吓了一跳吧。"H试着开玩笑，但父亲并没有笑，只是默默将抹好浆糊的纸递给H。

糊缝的工作一直持续到第二天深夜，似乎不会再有风从缝隙钻进来了。不过原本的教室挑高较高，还是非常冷。铺棉被睡觉时，H决定用水壶装热水充当汤婆子。但因比汤婆子小了许多，很快就不暖了。

父子许久没有一起睡，H每晚都跟父亲谈"今后如何如何"。但父亲却只是"嗯，是啊"附和一下而已，不像以前那样明快地表达看法。H觉得父亲变得非常消极，又着急又同情。

"是谁说裁制西装才是自己的本行的啊！振作一点吧！"H说。

"我原本是那么想的，可是在这种地方开西服号，会有顾客上门吗？在外面的马路上又看不到，没有人会想到在烧毁的学校里会有西服号吧。"父亲喃喃说道。

"如果去大正筋附近贴广告，就写'前若松国民学校内·战灾户住宅,六号室的妹尾西服号。修改西服,价格低廉'宣传一下，大家不就知道我们的位置了！我来做宣传单去贴！"

"这样啊，说不定可行喔。"

"什么说不定，就只能这么做了啊！"H不高兴地大声说。

第二天起，H拿糊缝剩下的白报纸，用墨汁写了一张又一张广告单。在旁边看着的父亲突然冒出一句：

"如果再写上'旧毛毯也可修改成大衣'怎么样？"

"很好啊！我就在广告单上加件大衣的图！"H非常高兴，觉得"妹尾西服号"复兴有望了。剩下的，就只等父亲打起精神去通知老客户西服号恢复营业了。

昭和二十一年（一九四六）的一月到来。

元旦的报纸头版是诏书及相关报道，刊载了"天皇并非现人神"宣言。

"现在讲这些有什么用呢。"H心里想。但之后又改变看法，觉得现在确实有必要再次宣告："天皇也是人。"

不晓得大人如何看待这件事情。H试着去问，他们似乎并未特别惊讶。板宿车站前的鞋店老板，说法也和大家一样。

"这种事情我早知道了。倒是天皇陛下和麦克阿瑟的合照比较让人讶异。"

两天后，报上刊载："麦克阿瑟司令官对于天皇率先民主化表示满意。"相关的报道还有："神国日本的历史观有必要再检讨。"

可是，对家家户户而言，如何弄到食物，这个问题可比检讨历史要实际得多。

同样的，H虽然也扳着手指计算母亲和好子归来的日子，但老实说，等待两人归来的心情里，也掺杂着她们应该会带米回来的期待。

母亲与好子回来那天，H那个时间还在学校，所以是父亲去车站接人。

H回到家打开六号室的门，好子喊了声："哥！"立刻迎上来抱住H哭了起来。

听说列车非常拥挤，上下车都只能够爬窗子。除了车厢少之外，还谣传最近火车票价将会涨成两倍半，所以才会这样吧。

H最在意的是，母亲是否带了米回来。

"米呢？"他急着问。"带回来啦。"母亲说。H听了这才松了一口气。

墙壁上的眼睛

住进战灾户住宅一个礼拜后，隔壁搬来一户很热闹的人家。

这时正是准备吃晚饭的时刻。隔间墙的那一头传来搬运行李的声音，以及木屐咔哒咔哒踩着地板的声音，所以知道有人搬来。

"哇，好香喔。隔壁家好像在煮饭耶。我也好想吃米饭喔。"

一个男孩子的声音刚传来，像是母亲的尖锐声音随即响起："吵也没用，我们根本买不起米。如果不想吃就不要吃！"

其间还夹着孩子的哭声。没想到隔壁的对话和声音竟然能够听得一清二楚，H不禁哑然。

"隔壁有几个人啊？"听敏子这么问，H立刻知道母亲在想什么。从讲话的声音来判断，老大是十一二岁的女生，接下来是男生，最小的是个五六岁的女生。虽然听得到妇人的声音，但好像没有成年男性的样子。

"应该是一家四口吧。我做些饭团当作见面礼，过去打声招呼吧。"敏子说。

"也许那可以说是'爱'，但是有办法每天供应吗？搞不好人家以后每天都会期待。没办法持续下去的事情，还是别做比较好吧！"H烦躁地说。

敏子默默取出锅中刚煮好的饭，边用水冷却手掌以免烫伤，边捏起饭团。一留神，隔壁的声音完全静了下来。似乎知道这边的状况，正等着饭团送过去。

令人惊讶的是，补住隔间墙缝隙的纸被挖出了洞，一双双眼睛正往这边瞧。H气得将坐垫朝隔间墙扔去。洞中的眼睛瞬间消失，但随即又和之前一样排在墙上。位置稍高处的眼睛，应该是那位母亲的。

敏子带着捏好的饭团去了隔壁。

"请尝尝看。很高兴我们能成为邻居，不要客气。"

"不好意思啊。我们已经很久没吃过米饭，实在太高兴了。"

"哇，真的可以吃吗？"

"一个一个吃，不必两手各抓一个。没人会抢的啦。"

孩子们的欢闹声和进食声，听起来简直就像在同一间屋里似的。

母亲回来后开心地说："邻居很高兴喔。"H说："施比受更为有福嘛。"敏子回答："没错。《使徒行传》第二十章第三十五节。"

H原本有意奚落母亲，似乎却反而让她以为儿子了解自己的心意。

"从乡下带回来的米明明就剩下不多了，真不知你到底在想什么！"

H用就要爆发的声音说。惊慌失措的好子看看H和母亲，说道："我在乡下一直都是吃米饭，哥哥你就多吃一点吧。"

"我才不吃好子那一份！我说的不是那个意思！"H大吼。

父亲不发一语保持缄默的态度也令H生气。

"爸爸，你觉得呢？"H问。盛夫显得有些狼狈，只说了："这个嘛……"就没讲下去。

"这个是哪个？"对于H的逼问，父亲为难地撇开了视线。

H开门冲了出去。

"哥你别走啊。等一等，饭就快煮好啦。哥哥！"

虽然听见好子的叫声，H依然从东门冲了出去，跑向电车道。

尽管肚子很饿，却很讨厌自己只会愣愣地等饭上桌。

"老妈所说的'爱'或许并没有错。可是小气的我就是做不到。如果硬是勉强自己去做同样的事，那就是伪善。"H一路自言自语，朝大正筋的白川药局走去。

因为想起药局老板娘曾经说："店里有旧的药品海报要给你。可以拿去写招贴，到时再帮你贴在店里。"

经营白川药局的夫妇与H的双亲很熟，听说一样是从广岛来到神户的同乡。基于这样的缘分，他们经常照顾H一家。在战灾户住宅开店的"妹尾西服号"头一位客人，就是这对夫妇介绍的。

白川家的次子白川昭夫，原是高H一年的学长，在二中入学口试的时候曾经指点过出题方向。后来，他因为身体状况欠佳而休学一年，变成与H同年级。

由于块头大而被起了"百贯"这个绰号的昭夫还没有回家。

"昭夫就快回来了，你等一下吧。"虽然被挽留，但H只是拿了海报便告辞，匆匆离开药局。因为他们好像还没有吃晚饭。如果他们说："吃个饭再走。"平时或许会很高兴地接受招待，但H心里想："今天会很尴尬！"

回程在各电影院前晃晃，瞧瞧电影广告牌和剧照。松竹馆正在放映的片子叫作《微风》。广告牌上大大写着"轻快甜美，吹向日本电影界的微风"。这部片的主题曲非常受欢迎，就是正在流行的《苹果歌》。

"红色的苹果　慢慢送向双唇　默默望着蓝天"就连没有看过电影的人都能大声唱出来。可见大家还是比较喜欢唱唱轻快的歌曲吧。

虽然 H 尚未看过这部电影，但已知道剧情梗概。"原本负责灯光的坚强少女，最后反而成为聚光灯下的大明星。"是这样一个故事。剧照上可以看到熟悉的上原谦、佐野周二、三浦光子，还有演唱主题曲的并木路子这位新人。

不过 H 觉得："这电影似乎没什么意思，我才不想看呢。"

回到家时，晚餐已经结束，只剩下 H 那一份。配菜是盐烤沙丁鱼。

这时听到母亲说："青花鱼一条竟然要三元，太贵了，买不起。"

H 默默嚼着米饭，觉得白米真是太好吃了。用传统铁锅煮出来的饭，味道要比用铝锅好得太多。以前家中厨房的饭锅，已经在空袭中被烧得不堪使用，现在煮饭用的这口气派铁锅，是羽田野叔叔留下来的。锅盖也和以前一样是厚重的木头制成，所以更能将米煮得软硬恰到好处吧。

正愣愣地想着这些时，双亲之间令他不得不在意的对话却钻进了耳朵。他们正谈到的是："看来不得不停止订报了。"

H 搁下筷子，瞪着双亲。

"要停止订报？我决不同意！我每天都要看报纸！"

H 气冲冲的模样吓着了两人。沉默片刻后，母亲解释："其实，

494

我们也想继续订报啊。可是你爸爸辞去消防署的工作后，月入少了将近五百元，影响很大啊。虽然说如果有人订制西装，一件就可以进账一千五百元，可是现在都只有一些缝缝补补和修改的活儿，才会连五元的报费都得省啊。"

母亲对 H 这么说，父亲却是无言。H 直盯着父亲，期待他能帮忙说话。沉默了好半晌，父亲终于缓缓开口了：

"买缝纫机要五千元。家里这部缝纫机虽然经历火灾，却还能继续卖力为我工作。这部缝纫机之所以还能用，都是你在空袭时搬出来的功劳。所以就用买缝纫机的钱当作报费，继续订吧。"

这番话唤回了 H 消失多时的对父亲的感觉，H 非常开心。虽然隐约知道家中经济情况并不好，但觉得还没有必要担心。但渐渐也知道，家中的存款已所剩不多。

"嗯，既然如此，那我也去工作。"H 下定了决心。赚钱的方法，就是去美军的医院画肖像。不过这次不像之前那样免费，打算好好地赚些钱。

翌日，就在放学途中绕去医院。之前那位军官已经不在，但幸亏有乔治帮忙写的英文说明，得以和先前一样顺利进入医院。

H 决定和上回一样只选择黑人兵，因为觉得黑人看到画中的自己似乎要比白人来得高兴。这次仍旧尽量避免画得太黑。

一个小时画了三位黑人兵，每一张收一包香烟作为作画的酬劳。这对他们来说非常便宜，所以都很满意。"也帮我画，我给两包烟。"有个士兵拉住 H 的手臂这么说，但 H 说："Next chance. See you again."便离开医院。

其实两包一张让 H 动了心，但为避免一次赚太多而过于招摇，到时被禁止进入可就惨了，而且为了长久之计，还是将价格统一订得便宜些比较好。

回程就去新开地的小巷子，用香烟和黑市商人换了米。虽然交易时得一直留神周遭的状况，但三包烟居然可以换到一升二合（约二·二公升）的米，真是太划算了。H带去的烟有两包好彩（Lucky Strike）和一包骆驼（Camel）。他们告诉H，有红色圆圈的好彩比较受欢迎。

H回到家时已经晚上了。晚餐是面包而不是米饭。说是面包，其实是用玉米粉和面粉各半，加水及些许小苏打粉之后揉匀，用电烤出来的。

面包电烤箱，是H锯木板手工做出的箱子，呈二十公分乘十公分的长方形，高约十二公分。烤面包的装置，是在木箱内的两侧贴上作为电极的铁片，将揉好的面团置入箱中，通电烤出面包。

一打开开关就发出啪滋啪滋的声音，还会冒出蓝色火花。烤出来的面包是细长的四方形，虽然远远称不上好吃，但能填饱肚子就算是高档食材了。

隔壁静悄悄的，原以为无人在家，没想到眼珠子又排在木板墙上望着这一边。似乎只有小孩子在家。明明昨天才把被戳破的地方补好，竟然又开了新的洞，而且数目比前天更多。H气得将正往嘴里塞的面包扔在一旁，朝隔间墙冲去。眼珠子立刻消失。

"要是敢再挖洞偷看，我就过去揍人！"大声威胁过之后，H连忙拿剪刀剪了纸，涂满浆糊将洞补起来。

不料孩子们立刻用手指噗噗戳着刚贴上去的纸，转眼间又到处都是洞。三个孩子才嚷着："好饿啊。好饿啊。"却又突然安静下来。原来他们是看着H的一举一动做出反应。H坐立难安，心情愈来愈差。有种自己正和一群难缠的怪物作战的感觉。敏子见状说道：

"你就忍一忍吧。我今天在公用厨房那里问过，原来他们的父亲战死了，全靠妈妈一个人扶养孩子。她在六间道的路边卖团子，不是什么赚钱的生意，只能勉强糊口而已。也难怪孩子们会吵着肚子饿啊。就忍耐一下吧。"

孩子们似乎也一起听着这番话，偶尔还传来"嗯，就是啊"的附和声。

原以为住进临时住宅，可以过着久违了的平静生活，不料这期待却是完全落空。除了隔壁的恼人家庭之外，与母亲之间的摩擦也是原因之一。

对于信仰，她比遭受空袭之前更虔诚，感觉像是不断在自问自答："我能为受苦的人做些什么呢？"

对任何事情都讲求"爱"的母亲，与对此抱持怀疑的 H 之间的关系，已濒临崩溃。对于母亲的想法，H 不但不能够同意，也无法理解。

父亲变得毫无朝气，H 多少还能够理解。战争中，父亲对事情的看法，没有一件是错的。战争结束后，国人开始朝民主主义一边倒，但他却老早就已是民主主义者了。可是现在，看到过去盲目赞同战争的人突然开始倡导民主主义，他反而无法出声表示赞同了。很可能是这种由过去的反作用力而突然产生的民主主义浪潮，让他觉得不太能够信任的缘故，所以才会对任何事情都保持沉默吧。

H 和父亲不同，无法保持沉默，而且万分焦躁。

看着经常会不太对劲的 H，大久保说："你呀，还是别太钻牛角尖了吧。想法太固执，很容易一下就折断了。就好像柔道的受身[1]，身体太僵硬的话是会骨折的。妹尾，你最近实在是危险，我快看不下去了。"

"也许吧。"H自己也这么觉得。

战争期间的自己，就好像立在河中的木桩。起初水流和缓。可是，战争开始之后，水流变得愈来愈急，为了不被冲走，木桩只能竭尽全力站稳。可是，到了颁布"终战诏书"那天，才刚觉得激流突然停了下来时，水流方向这回竟然一百八十度逆转，开始朝与过去完全相反的方向流动。

H观察人们接下来会怎么做，发现众人都很巧妙地随波逐流。就如同H潜入海中所看到的裙带菜一样。裙带菜会随着潮流晃动而不抵抗。可是，根部仍然附着在岩石上。或许应该活得像是裙带菜一样才自然。

"不过我办不到，我不要当裙带菜。我又得继续当抵抗水流站立的木桩了。"H心里想。

野村也曾在一起上学途中这么说："妹尾啊，你家算是比较特别吧。一般人呢，在战争中什么都不知道就参与了战争。等到战争结束，这才明白许多事情，也才发现今后非改变想法不可。事情不就是这样吗？你也别太哲学性去探讨了。"

H吓了一跳，这样子就是所谓"哲学"？

"我不懂什么哲学，也没打算要做哲学性探讨……虽然我对民主主义抱有期望，可是大家突然都挂在嘴边，令我强烈怀疑'这是真的吗？'就是快活不起来，实在伤脑筋。"

由于适逢战后的第一次总选举，街头的情况令H这种感觉更

---

[1] 被对手投摔或自己摔倒时，减少身体的冲击以保安全的方法。—— 译注

加强烈。

共产党有一位野坂参三也来到神户，发表选举演说。此人一直被认为是"神户人"，但听说其实是出生在山口县。由于毕业自神户商业学校，所以说是"神户出身"。

野坂先生早年受政府压迫而流亡中国，相隔十六年之后返回日本。

听到"野坂参三将在新开地的凑川公园发表演说"的消息，H试着邀朋友，可是没人感兴趣，只好独自前往。

途中遇到一个身穿飞行装，脖子缠白围巾的年轻人。这人表示也要去听野坂参三的演说。H本有很多事情想请教从预科练回来的人，但还是忍住了。因为怕问到不该问的事情，搞不好就要挨揍，所以决定一路上都只默默听那人讲。

"应该轮到我特攻飞行的前一天，战争结束了。本来都已经做好要死的心理准备了，可是结束之后再回头看，才发现根本不知道自己到底做了些什么。说起共产党，战争时觉得他们简直就像是敌人一样，但既然真正的敌人美国的做法才正确，那就得也听听共产党的说法才行啊。你为什么要去听共产党的演说？"

预科练的人突然望着H这么问，令他措手不及，连忙回答：

"我只是想听听野坂参三这个人会说些什么。"

事实上也真的只是如此而已。H对演说的开场会说些什么很感兴趣。

登上阶梯走进公园，里面已经聚集了非常多的人。自"纪元二千六百年"的庆祝典礼以来，第一次看到这么多人聚集在一起。只不过，那个时候大家可都排得整整齐齐。

H本想从人群中往前挤，但看来非常困难，只好放弃。

接着绕到最后面，爬上围墙，因为他觉得，如果站在人群中，视线会被脑袋瓜给挡住，看不到前面。只是万一从围墙上往外跌的话，高差甚远的下方是市电通行的马路，可能不死也是重伤，非常危险。H小心翼翼以免跌落，爬上围墙坐好。而且这个位置居高临下，不但可以俯瞰塞满广场的人群，就连讲台也看得很清楚。放眼望去，四处都有巨幅的红旗在飘扬。

"因为是'赤色份子'而被捕的乌龙面店小哥，不知是否平安自战场归来？搞不好他就在这人群之中也不一定。"H心里想。

大家都在等待野坂参三这号人物登上讲台。司仪介绍完之后，野坂先生现身了。仅仅如此，台下便一阵骚动。

从那如雷的声响，可以清楚了解野坂参三这个人受欢迎的程度。

野坂先生伸开双手示意群众安静之后，说道：

"残破不堪的城市——大家请看看——到底是谁——什么人——造成的？不就是以天皇为首谋的军阀、财阀造成的吗？"

接着，群众狂热的叫声及掌声不绝于耳。

H无法即刻了解野坂参三在说些什么，因为他说话带有不熟悉的奇妙口音。待群众的鼓噪平静下来后，野坂又开始继续讲话，但H并没听进去，因为他正专心地将刚才听到的奇怪声音转化成话语，然后才明白他说了些什么。

"没错，就是这个样子。"H也这么认为。可是想着想着，他不禁有些害怕。因为眼前群众狂热的模样，看起来就和"纪元二千六百年"时高呼："神国日本万岁！"的情况一样。H心想："所有人都喊着相同的话语，真的很可怕。"

当晚，H做了噩梦。可是，他完全无法分辨那是梦还是现实，只是挣扎大喊。

墙壁上密密麻麻满是弹珠般的眼珠子，而且全部一齐瞪着 H。
H 想逃，但只要一动，所有眼珠子便立刻同时转动。那些眼珠子
并不是小孩子的眼睛，而是大人的。总之就是数目惊人的眼珠集
团。而且还在不断繁殖增生。

突然间，那些眼珠子离开了墙壁，朝 H 飞去。就在接近至快
要撞到脸时，就又突然消失。

眼珠子持续的攻击令 H 害怕，如果是梦的话，只希望能快点
醒来。

可是，身体好像被人压住似的无法动弹。好不容易坐起来的
H，正要确认这眼珠攻击究竟是不是梦的时候，又看到眼珠子在
屋里飞。

"哇！"就在他叫出声的同时，所有的眼珠子都被吸进了隔
间墙，消失无踪。

H 的大喊，不仅吵醒了家人，好像连隔壁的孩子都起来了。

"怎么了？做梦了吗？"好子问，但母亲说："这样对邻居很
不好意思。"

H 朝隔间墙一看，果真有眼珠子在动。而且还是朝这边望着
的眼珠。

于是 H 又哇哇大叫，并且握拳咚咚用力捶打隔间墙。

头痛到像要爆炸一样。

等一等

　　H升上了四年级。可是在开始上课之前，又被动员去支持一个礼拜的自来水恢复作业。上回的名目是"自来水工程"，而这回是"自来水恢复作业"，原以为会有什么不同，结果一样是去废墟处理自来水漏水问题。同样可以领到一个热狗面包。虽说已习惯在废墟工作，但还是感到吃力。不过对H而言，工作可以消除烦躁，反倒觉得是件好事。

　　H发觉自己的精神状态似乎愈来愈不稳定，非常担心。若是再这样继续恶化，自己搞不好会变成一个跟谁都会起冲突的火爆人物。

　　虽然H打算压抑以免同学发觉，但福岛和大久保似乎已经知道，不但表现得格外体贴，还会尽力逗他开心。

　　"除了工作时间之外禁止打绑腿，听说是占领军的命令喔。可是不打绑腿的话下面那么透风，很容易感冒啊，真受不了。"大久保说完后，福岛笑着接口："听说，禁止打绑腿，是担心军国主义复活。'不准让学生在校园里整队、不可编排队伍'这种要求，也是相同的原因。其实根本不必操这个心嘛。莫非会梦见日本军的鬼魂吗？"

听到"鬼魂"这两个字，H想到了遭眼珠子攻击的幻觉。很明显的，半夜噩梦连连最根本的原因就是，从隔间墙的洞偷窥的"孩子们的眼珠"。

H认为，若是不设法对付那些眼珠子，自己搞不好会发疯。

即使与眼珠子无关，令H烦躁不安无法静下来的事情也愈来愈多。大概是三天前，他就曾对着住家附近的电线杆大发雷霆，将贴在上面的竞选海报刷刷撕得粉碎，并且破口大骂日本进步党。尽管总选举已经结束，但事后发觉那时撕海报带有异常的杀气，H自己都觉得很可怕。

所以会怒气冲冲将海报撕掉，是因为日本进步党的海报贴在"妹尾西服号·定制·修改迅速·价廉"的招贴上。

对H来说，一张电线杆上的招贴，就足以影响全家人的命运。正如同父亲先前所担心的，在经过大火的校舍中经营西服号果真相当困难。虽然已经心里有数，但是从街上看不到而且连窗户也没有的西服号，实在是太难找了。

有一天，H放学返家，在外头大门遇到一位妇人。因为对方抱着一个包袱，立刻就看出是来找什么地方。

"找西服号吗？右边第二扇门那家。"听H这么说，妇人语带迟疑："我去那门前看过，感觉不像西服号呀。"H心想果然没错，同时领妇人过去。

在这种情况下，"妹尾西服号"的招贴还被日本进步党的海报遮住，难怪他会失控。

除了海报这件事之外，战后第一次总选举的结果也令他生气。

野坂参三演说时兴奋激动的人潮明明看来气势惊人，H原本还觉得若是全日本的人都这样的话很可怕，但令人哑然的是共产党并未如预期那样成长。一百四十三人参选，却仅有五人当选。看来批判天皇还是行不通。

与共产党相反，主张"护持国体"的自由党和进步党，则分别拿下一百四十一与九十四席。战时曾有多人遭受打压的社会党也取得了九十三席。

H问父亲投给了谁，答案是"社会党的松泽兼人先生"。松泽先生是关西学院大学的教授，这是他第一次参选。

原本没有投票权的女性也首度可以投票，有些兴奋的母亲投给了无党籍的中山玉子女士。

"中山女士是医生，铃兰台医院的院长。也是第一次出来竞选的喔。"母亲相当得意。

双亲支持的两位参选人都是新人，而且都顺利当选，但H却觉得反对保守势力的共产党若能成长多一些就好了。这是因为，自由党与进步党的议员，有许多曾隶属于大政翼赞会协助推动战争。"实在搞不懂大人在想些什么。"正在看报的H是愈看愈烦。

H觉得自己老是这样也不是办法，便思考该如何治疗自己的焦躁。最有效的方法，可能是去占领军的医院，为开朗的军人画肖像。而且画肖像所得的香烟可以再换成白米，这应该也有助于治疗。

由于藤田乔治常说："下次也带我去吧。"所以H决定礼拜天早上约他同行。

同时也期待乔治能以拿手的英语会话帮忙翻译。

在元町车站会合，由鲤川筋朝元町前进。H边走边撇着嘴抱怨对政治的不信任，但乔治说："你呀，就算对政治啦选举啦再怎么忧心也无济于事，因为那些全都是依照 GHQ 的意思去操作的。"

H以为乔治又知道些什么别人不知道的事，但他只是笑笑说："到时候你就知道了。"没再多说什么。

来到医院一看，竟然出现预期之外的状况，因为没办法进去了。

门口的卫兵断然拒绝。乔治以英语和卫兵沟通，可是怎么也无法闯关成功。

进出的盘问之所以变得严格，是因为日本的黑市商人会来此与住院的美军交易物资。

"我们不是黑市商人。我们只是来画肖像表达慰劳之意的。"乔治这么解释，却被大声斥责："你们要是进去，立刻就会被宪兵当作黑市商人的同伙抓起来。快回去！"

向来开朗的美国兵一脸可怕的表情说："Get away!"让人非常失望。

想到就此无法再弄到白米，H的心情低落。若是没有米，就得回头去吃南瓜或地瓜面疙瘩了。"我不要再吃南瓜了！"H心里想。将南瓜蒸熟作为主食令他厌烦。

回到家一开门，米饭香扑鼻而来，H的心情立刻放松。

母亲做完主日礼拜已自教会返家，正在准备午餐。

父亲踩着缝纫机，应该是正在修补日前妇人拿来的西装。

没看到好子，可能是出去玩了。

H走近饭锅，用力吸着冒出来的热气。想到所剩无几的米量，就觉得连这香气也不能够浪费。

这时突然觉得背后有人。一回头，果然又看到隔壁的孩子偷窥的眼睛。H倏地起身，冲出家门跑去隔壁。他已经忍无可忍了。

"我今天一定要扑灭那些眼珠！"H心里想着，同时呼呼敲着隔壁的门。怎么敲都无人应门，但一转门把就轻松打开了。

光线比H快一步射进屋内，使得孩子们的身影浮现在房间角落。三个孩子在叠好的棉被上缩成一团，直盯着H。母亲做生意去了，不在家。屋里没有一件像样的家具。似乎是以苹果箱充当矮桌，上头的盘子里有几颗团子。立刻就可以看出，那就是他们的母亲在路边卖的团子。每人大概两颗团子，就是他们的午餐。H觉得看到了自己不愿见到的景象。

或许是惧于不断打量屋内的H，十一岁的姊姊紧紧搂住弟妹。不安地盯着H的那三双眼睛的主人，竟是如此年幼的孩子，让他不觉得就是从孔洞偷窥的眼睛。H不禁有些畏缩，但还是厉声说道："以后要是再挖洞偷看，我可不敢保证会有什么后果啊。听清楚了吧！"

孩子们不住点头称是。

这时传来"电报！电报！"的呼喊声及敲门声。明明敲的是H家的门，听起来却不像是隔壁的声音。

H不假思索便从墙上的洞看过去，只见母亲说着："来啦，请等一下。"前去应门，也看到踩着缝纫机的父亲回头的身影。

与身在同一房间看的时候不同的是，从孔洞偷窥，感觉就像在看戏。眼睛一离开墙壁，H便发觉孩子们也在一旁偷看。而后看着H笑了。

原本要来扑灭眼珠，结果却和孩子们一样偷看，H实在是受不了自己。

虽然这并不是"西洋镜",但H觉得他们想偷窥也是情有可原。

H连忙回家看电报。那是羽田野叔叔的讣告。

电报纸上是平假名电文。"羽田野金四郎去世。不必参加葬礼。再叙。喜千代"

这时H才又想起,羽田野叔叔的名字是"金四郎",而婶婶叫作"喜千代"。叔叔今年应该正好六十岁。

父亲默默继续踏着缝纫机,可是肩膀抖动。看得出他正在哭。

母亲则是放声大哭。这时好子回到家,问道:"你们怎么啦?"

H不愿让好子看到自己悲痛的模样,冲出家门,来到楼顶独自哭泣。眼泪和鼻涕不断涌出,流得满脸都是。

明知叔叔的病是不治之症而且也已做好心理准备,但实际听到他过世的消息,才发现先前的心理准备一点用处都没有。

H大约半小时后回到家,母亲和好子已在矮桌上摆好了碗筷。

虽然大家都默默不语,但可以看出都在思念羽田野叔叔。

母亲正将刚煮好的饭装进每个人的碗里时,突然"砰!"的一声传来巨大声响。

好像有人撞到了家门。母亲起身去把门打开,一个男人倒了进来。身穿军服,可能是复员兵吧。他的眼窝凹陷双颊瘦削,看起来像个老头,但实际年龄应该和父亲差不多。

刚听母亲跟那人说了些什么,接着就看到她又拿了个碗,开始将每人碗里的饭分一点过去。

"又来这套了!"H说着连忙抢回自己的碗。

"那个人比你还饿,就分一点给人家呀。"母亲说。

"如果要帮助饥饿的人那可没完没了。不要太过分了!"说着,

H望向父亲，希望他能对此有所表示。但父亲沉默不语。

H对父亲大吼："为什么不阻止！到底有什么看法啊？"

但父亲仍然只是默默看着H的脸。意外的是，父亲并不显得为难，那眼神看起来反倒是心疼这焦躁的儿子。

H的火气愈来愈大，破口大骂："怎么不说话！有点父亲的样子吧！"好子哭了，母亲也拿着碗不知如何是好。

H抓起饭锅盖，使劲一挥掷向父亲。相当厚重的饭锅盖直接朝父亲的脸飞去。但父亲并未闪躲，表情也没有变化，只是凝视着H。饭锅盖击中父亲的脸，反弹掉落在地板上，发出巨大的声响。

见一道血自父亲的额头流下，H相当狼狈。

为什么不避开呢，H心里想。明明可以躲得掉，父亲却故意不闪避。这令H大感意外。

"你流血啦。"母亲说着上前用手帕压住父亲额头的伤口。

好子哭着说："哥哥你这种人才应该去死啦！"并用力捶打H的背。

隔壁的孩子似乎也自墙孔窥看，呼呼敲着墙壁。

"没错，我还是死了好。这个样子活着，真不知会闯出什么乱子。"H心里这么想。

何况世界又那么奇怪，活着也麻烦，而且没什么值得留恋的。

事实上，这并非H第一次想要去死。有时候，他就会想要"让自己消失"，而且也已经决定好地点，如果要死的话，就去那里。

那就是须磨车站西侧不远的一处涵洞。

那涵洞很短，钢架上只有四段枕木，而且高度相当低，从下面通过时只要向上伸长了手就碰触得到。自须磨的国道方向透过涵洞望过去，可以看到白色的沙滩和蔚蓝的海水，就像是一幅加了长方形框的风景画。

小学的时候，H曾把那涵洞当作游戏场，最喜欢玩的就是"爆破列车"游戏。玩法就是在涵洞下等候，待列车从上方通过的那一瞬大喊："爆破！"虽然再怎么喊都会被飞驰而过的车轮轰隆声盖过，但孩子们可都兴奋得很。这个游戏也称为"军事机密作战"，并且一同发誓绝不能告诉大人。

这个长度只有两米左右的无名涵洞，被孩子们叫作"等一等涵洞"。这是因为涵洞旁有根漆成白色的柱子，上面以粗黑的字体写有"请等一等，神爱世人。须磨教会"。

须磨教会的位置，比H一家所属的教会还要靠西边，同样是个小教会。

虽然不晓得这根白柱让多少意图跳铁道自杀的人打消念头，但也相当有名。

这个涵洞周边之所以会有这么多自杀案例，是因为火车路线沿着海岸弯曲，看不到这一带的缘故。

H也如同其他自杀者，觉得瞬间撞得支离破碎的卧轨自杀方式比较好。虽然同样是死，但他不喜欢像娘小哥那样上吊。

H在市电的终点须磨下车，走向"等一等涵洞"。

途中向烟摊老板娘借了铅笔，撕下一块电影海报，在背面写下遗书。"我已经活不下去了，请原谅我。"开头这么写了之后却不知该怎么接下去，于是决定就这样，然后补上姓名和住址。

来到涵洞前，看到"请等一等，神爱世人"的柱子仍如多年前一样矗立在那里。

"我已经等不下去了。"H说着将遗书放在柱子下，捡了块石头压住。

不可思议的是，H完全没有将死的恐惧感。是因为一直过着面临死亡威胁的日子，还是因为被杀与自己选择死亡有所不同呢？H心里这么想着。

为能确实求死，H觉得与其列车来时冲过去，不如让自己挂在涵洞的枕木间，等列车接近的那一瞬探出身子将脑袋搁在铁轨上才是最好的方式。

H边等待上行列车到来，边多次练习从枕木之间探出身子。

不多久，铁轨传来微微振动。H心想，终于是时候了。

振动愈来愈大，身体都感觉得到列车正不断接近。

已经看到从弯道那一头疾驰而来的火车头。就快了，才刚这么想，晃动变得非常激烈，H只好竭尽全力抓紧枕木。

仿佛看着电影银幕一样，只见火车头愈来愈大逼近眼前。

枕木上下剧烈振动，好像就要掉落似的。这是意料之外的状况。

紧接着，H觉得头顶像是挨了一记似的受到冲击，并被巨大的轰隆声包围，随即一片黑暗。完全不知后来发生了什么事。

待回过神来，眼前再度变亮，整列火车已经从顶上通过了。

感觉到剧烈的振动已逐渐远去，并且明白自己并没有死。原来，自己一直紧紧抓着枕木。

与其说得救，H倒觉得是"没死成"。

H放开抱着的枕木，跳到涵洞下的沙地。其实只要松手跳下就好，根本不必那样紧抱着枕木。不过当时可没空想这些。H步履蹒跚走到海边，往沙滩上一躺。

迷迷糊糊的，仍不明白自己到底发生了什么事。

仰望天空，层层叠叠的云已被染成赤红。

"为什么没死成呢？"他一再喃喃自语。

H愣愣地想着想着，发现自己犯了一个严重的错误。

虽然脑袋里想的是要寻死，但到了关键时刻，全身的细胞因为超乎想象的激烈振动而受到惊吓，反而违抗意志，将全力集中在"活下去"这一点上。

小时候来这里玩，都只在涵洞底下，根本无法想象竟然会振动得如此厉害。

H明白，是能将自我意志击退的另一个自己，救了自己的性命。忽然想到，这不可思议的力量是否正是所谓"请等一等"这种神的爱的力量呢？但H很单纯地不这么认为。

能够逐渐理解的是，以为可以依照脑袋里所想的来支配自己的肉体，这种想法可是大错特错。H发觉，那只是一种要不得的自大。

如果把此事对别人说，可能会得到："那是因为在潜意识之下，隐藏着'不想死'的念头。是对死亡的恐惧让你避开了自杀吧。"这种似乎言之成理的回答吧。可是，相较于潜意识那类的说法，H更清楚了解的是，肉体要比罹病的精神来得单纯而坚强。

而且H领悟到，自我的"意志"，可能只是个桀骜不驯的傻蛋。

奇妙的是，H发觉躺在沙滩上的自己，脑袋里的混乱正逐渐消失。精神病治疗中好像有种电击疗法，列车紧贴着头顶上方通过，说不定也产生了相同的效果。

H抬头仰望彩霞，心里想："或许有人会说这是重生，但那是骗人的。"并且觉得："重点在于没有死。因为没有死，才能够将过去的生命，与未来的生命连结在一起，我要将此牢记在心。"

H站了起来，拍掉屁股上的沙，再次穿过涵洞，来到"请等一等，神爱世人"的柱子前。

　　用石块压住的遗书还在那里。H 捡起来撕个粉碎，撒向空中。

　　小纸片在正巧通过的下行电车卷起的风中，四散飞去。

教室的住民

　　H在"等一等涵洞"自杀失败后，便悄悄在二中校舍里住了下来。虽然以前就曾把那个房间当作藏身之处，并不会感到不安，但也没想过自己有朝一日竟会住在学校里。

　　那个地方是三楼礼堂后面紧临绘画教室的一间准备室，如今形同废弃空屋。之所以被舍弃成为空屋，是因为已经取消美术课了。

　　说到神户二中，是一所曾经孕育出小矶良平、东山魁夷等诸多画家的学校。但美术教育之所以会从这所学校消失，都是因为战争的缘故。

　　理由可以用负责军训的田森教官所说的话作为代表："在此非常时期，软弱的绘画和音乐对战争没有任何帮助！"于是绘画与音乐就成了推动战争的牺牲品。

　　尽管正规课表中已经没有美术课，但绘画教室还是保留下来，这对H来说好歹也是一线生机。因为偶尔还可以来这里画画石膏像。

　　H决定住下的绘画教室准备室，曾经当作指导老师的房间。

三坪大的房间里，还堆着毕业学长们留下来的画作；应该是老师居住时使用的铁制折叠床和棉被上满是尘埃。

三楼的礼堂当作学校工厂的那段时间，紧临的后面这间房间，是H的休息场所兼避难处。战争结束后，为了规避看不顺眼的老师的课，也会躲在这里画图。H所以拥有能够自由进出此处的钥匙，是有原因的。

三年级时，有一次停电休工日，学校的机器都停止运转，H提出申请想去画石膏像，得到正式许可并且借到了绘画准备室的钥匙。去教务处取钥匙时，H表示会在傍晚四点归还。而且确实遵守约定拿去归还了。只不过，在归还之前偷偷请人复制了一把。复制钥匙很简单。礼堂的工厂里，薄铁片和大小锉刀一应俱全，不缺打钥匙的材料。幸运的是，钥匙上只有三处开牙，并不复杂，很快就完成了。

H随即拿复制品去测试，确定效果完美之后，又进行了另一项作业，就是用锉刀将借来的原版钥匙上的一牙磨掉。

归还钥匙时，锉掉的切口还会反光，让他有些担心，但值日的福田老师并未起疑，收下后就直接挂在墙壁的钥匙架上。

归还的钥匙上还系着写有"绘画准备室"的木牌，但已经是把不能开锁的无用钥匙，H手上的复制品才是唯一能够开关准备室门的钥匙。H虽然有些愧疚，但弄到了秘密房间还是非常开心。

拜这把钥匙之赐，自"等一等涵洞"那天起就得以住进准备室。

可是，第一个夜晚H却因为心情郁闷难以成眠。睡不着的原因，并不在于半夜潜入寂静的校舍而感到害怕，而是自杀不成之后顿时注意到许多事情，陷入沉思的缘故。

H挂在涵洞的枕木下时，一心就只有了结自己，现在连自己都感到愕然。家人和朋友的事、会连累学校的事，还有其他比如劳烦人家收拾尸体，或者造成列车班次大乱这些事情，竟然连一件都没有想到。

虽说没有那种思考余裕也是事实，但显示自己想法实在太过狭隘。精神方面的确是出了毛病。一想到这些，H 就觉得心好痛。

那天离开海边之后，H 在日落时回到自家附近。可是却有些犹豫，没有立刻进家门，先在住宅周边闲晃了两圈。

在夜晚的黑暗中，再次仰望作为战灾户住宅的焦黑校舍，家家户户的灯火从木板门缝漏出，使得黑漆漆的建筑物看起来更是令人发毛。

在东门前停下脚步，附近的大婶经过时道了声晚安，或许是顺着这个势，H 打开了家门。正踩着缝纫机的父亲回过头来。H 看到他的脸时愣了一下，原先准备好的话又吞了回去。缠在头上的纱布，在电灯照不到的地方显得格外地白。

"请原谅我。我的脑袋，最近不大对劲。"

像要盖过 H 这番话似的，父亲说："我了解。你不用担心，这不是什么了不起的伤。"

母亲和好子不在，去教会参加夜间礼拜了。平日父亲应该也会同行，可能是因为缠着纱布才没有去。

"我打算去住小仓家。"H 说。

"也许会打扰到人家，但如果他们同意的话就太好了。或许你离开家里一阵子比较好。要是继续住在这里，搞不好脑袋又会变得不大对劲。我会叫敏子不要担心，你暂时不必回来没关系。"父亲说。

H 心里想，还是父亲了解我。

肚子饿得要命，这才想起原来连午饭都没吃就冲出了家门。

"一直没吃东西，肚子饿扁了。有没有什么可以吃的？"H故作开朗地说。

"你那份还留着。"头上裹着绷带的父亲笑着指向矮桌。

掀开布巾一看，H的饭碗里仍和中午一样盛着白饭。H差点流下眼泪，于是换了个方向背对着父亲吃，以免被发现。

吃饱之后，H将学用品与日常生活用品装进布书包里，内衣则用包袱巾包起来。这时父亲塞给H零用钱："这你带着。"这是学费之外父亲第二次给他零用钱。收下之后，H又感动得差点落泪。

"我会在小仓家住上一阵子，没回来也不必担心。"H说完便离开家门。

实在无法坦白说出："我要去二中，在校舍里过活。"因为不想让父亲多操不必要的心。

H搭市电到五番町二丁目下车，爬坡来到二中校舍前，抬头一看，二楼值班室的灯亮着。蹑手蹑脚登上阶梯，从值班室的窗户下爬过去，从北侧的楼梯爬到三楼。进入绘画教室，把钥匙插进绘画教室里头准备室的钥匙孔，轻松就将锁打开，但门轧出了很大的叽叽声，不免令人心跳加速。

进入房间后，H所做的第一件事就是把窗户全都遮起来，以免灯光外泄。这时学长们留下来的作品发挥了作用。"战争都结束了，却还是得灯火管制啊！"想到这个不禁觉得好笑。来到房间外面确认，因为贴了厚达三层，已将光线完全遮蔽。如此一来，即使夜间巡逻也不会发现有人住在这里。

工作告一段落，H这才去洗了手脸。虽然上厕所得去外头，但幸好屋内有水龙头。

"真是漫长的一天啊。"H心里想着，边动手将铁制折叠床架好，躺下。可是，满是灰尘的棉被害他咳个不停。这第一个夜晚，就因为咳嗽与思绪而无法成眠。到了早上，楼下逐渐热闹起来，于是稍微打开窗户，从缝隙往下看。学生们陆续到校。看着他们，H忽然觉得精神也好了起来。

"别再去管别人会怎么样，或是这个社会又有哪里错了。只要忠于自己想做的事情就好。从今以后，我要为了自己而活。"H如此下定了决心。

H还看见龟冈教务主任的女儿春子从窗下经过，从北门出去。她和家人住在二中的道场，在通称"县二"的学校就读。H有点喜欢春子。

等大家差不多都到校进入教室后，H悄悄离开房间，从楼梯下去一楼。

四年五班的教室位于面向操场的一楼，办公室的隔壁。H在教室前拦住小仓，约好午休时在礼堂后面碰头。H觉得，至少得向小仓说明现在的状况。

听到H说出了秘密，小仓的一双圆眼睛变得更圆了。

"我当然会帮你保密。可是吃的东西怎么办？"小仓问。

"农场采回来的地瓜，我知道被老师藏在哪里，晚上去偷就好。一楼的楼梯下方不是有个三角形的置物柜，就藏在里头。那里的锁很好开。是谁藏的大家都心里有数，也没人去检举。以后那就是我的粮仓。暂时应该不会有问题，不过，我还是想吃米饭啊。"听H这么讲，小仓说："这我来想办法。"

小仓想瞧瞧屋内的状况，于是H开锁请他进去。他边打量屋内边说道："应该有饭盒吧。再加个锅子比较好。我也帮你带锅子来。这个电炉是你从家里带来的吗？""不是，房间里本来就有的。"

小仓在房间角落找到一部留声机，"不知道会不会转。"擦掉上面的灰尘之后试着转动曲柄。令人高兴的是，唱盘转了起来。盖子内夹有三张唱片，可惜都是军歌。"我也带唱片来吧。"

"那我要听德彪西。"H指名。因为曾在小仓家听过。"有没有藤原义江的唱片？"

"没有耶。老爸只听交响乐和室内乐。不过话说回来，你一个人住在这里不会觉得寂寞吗？"

"我想静一静。待在战灾户住宅，让我的脑袋变得不大对劲。"

"原来如此。"小仓点点头。他曾去过H家，所以了解其中状况。只不过，H并没有告诉小仓企图在铁轨上自杀的事。

翌日，小仓带了一包米来。放学后，用饭盒煮了饭，酱油烧的地瓜当配菜，两人一起吃。

许久不曾吃到的米饭，真香。

天黑之后，就放德彪西的《月光曲》和罗西尼的《威廉·退尔序曲》来听。H觉得自己从来没有如此放松、幸福过。

"通学时间几乎等于零，实在太棒了。"小仓笑着说。

"你偶尔也可以来住啊。"H也笑了。

接着，两人约定好敲门的暗号，并练习"叩·叩叩·叩叩叩"的敲法。

一个礼拜后，H回家看看，因为听说母亲四处去朋友家打听，寻找H的下落，也去过小仓家。

"我说你每天都会去上学，可是不知道你住哪里。"小仓说。

H刚打开家门，父亲便问："过得还好吧？"母亲则是吓了一跳。似乎害怕 H 又会施展暴力。

望向墙壁，偷窥的眼珠子立刻消失。隔壁的孩子还是继续会偷看。

屋内的墙上，到处都贴了母亲引自《圣经》的话语。

"如今常存的有信，有望，有爱这三样，其中最大的是爱。"（《哥林多前书》第十三章第十三节）

"清心的人有福了，因为他们必得见神。"（《马太福音》第五章第八节）

"你务要至死忠心。"（《启示录》第二章第十节）

"只要存心谦卑，各人看别人比自己强。"（《腓立比书》第二章第三节）

看着贴在墙壁上数量可观的纸条，H 觉得果然还是别住这里的好。

H 尽可能以平静的语气对母亲说："继续住在这里，我的脑袋又会不大对劲，下一次搞不好真的会发疯。我还是先离开一阵子，这样对彼此都好。或许你会担心不知道我住在哪里，但唯独这一点我不能说。千万别再到处去打听了。我不会对任何人造成困扰的。"

父亲说："我了解。我们会一直等到能够再度一起生活的那一天。因为我信任你。"母亲则是边拭泪边说："有没有好好吃饭？这一阵子不容易弄到食物啊。如果你非离家不可，就把配给的米和菜也带着吧。"H 虽然能够深深体会母亲的心情，但还是答道："别担心，我吃得比在家里还好。"母亲说："我才不信。"接着又哭了。

若是等好子回来，母亲一定会哭得更惨，于是 H 匆匆离开家门。

回到学校后，H彻夜以碳笔素描伏尔泰的石膏像。

H期望自己有朝一日能像尾道的正雄舅舅一样成为画家。可是他也明白，家里目前的经济状况没有办法供自己去读美术学校。

在此之前，能否自二中毕业都还是个问题。若是毕不了业，就无法报考美术学校。由于H拒绝上课，教室里经常不见踪影，点名簿上被记缺席的日子非常多。除了出席天数不足之外，有些科目的考试还交了白卷，总成绩也不够，无疑是个留级人选。

H并不担心能否毕业，一心只想尽早学画。他想到一个好主意。决定去拜访小矶良平老师，请对方看看自己的素描。

小矶画师的住家毁于空袭，听说目前暂住在盐屋。虽然不知正确地址，总之先到须磨西边的盐屋看看再说。

在盐屋车站下了车，前往派出所打听，却没有人知悉。

来到车站前的书店一问，店里的人说："知道啊，因为我们会帮忙送书去老师家。"

H拿着人家帮忙画的地图，气喘吁吁地跑向山丘上一户独栋住宅。

"有人在家吗？"H说着打开玄关门，小矶老师从屋内出来，满脸诧异。

因为有个脸上不停冒汗的少年，没有任何介绍信就自己跑来，站在那里。

"我是神户二中第三十六届学生，妹尾肇。我来这里，是希望老师能教我作画。"H大声说道，但有些担心，像是军训课时的语气是否不太妥当。

"我不收弟子，所以一名弟子也没有。不过，你先把画拿来让我看看吧。"幸好老师这么说，H松了一口气，将卷着抱来的素描摊在玄关的木地板上。小矶老师低头默默看了好一会儿。

"这里地方小，没有专用的画室。但如果你愿意，就来吧。因为我有时候会不在，得去京都的学校授课，或是有聚会，你也可以趁我不在的时候过来作画。"老师说。H觉得自己像是在做梦。约好下次来的时间，关上玄关门之后，便一路哇哇大叫直冲车站。从山丘上俯瞰，海面上波光粼粼。就连隔着海峡横亘的淡路岛仿佛都近在眼前。

H边跑边想："活着真好。"以前从不曾如此兴奋过。

H未直接回学校，先绕去梦野的小仓家，因为H想先让同样喜欢绘画的小仓知道此事。

小仓打从心底为H感到高兴。H希望能请小矶老师也看看小仓的画。但小仓说：

"那可不成。我没有什么像样的作品。"

H每个礼拜大概会去小矶老师那里三次。老师的指导方式是，不直接插手修改作品，只会一再提醒："再仔细观察一下。"

几个礼拜后，老师问："要不要试试画裸体？芦屋伊藤继郎先生的画室没有烧掉，有不少人聚在那里作画。跟各种人一起作画，也是种很好的学习喔。"H虽然很高兴，可是担心钱的问题。老师大概心里有数，说道："不必担心模特儿的费用。"似乎会帮忙出那一份。

自阪急的芦屋车站往山上走，来到伊藤继郎先生的画室，以小矶良平画师为首的几位知名画家，如田村孝之介、藤井二郎、儿玉幸雄等都聚在那里，由于没有其他像他一样的中学生，混在这些人之中作画，不免有些紧张。再加上还要直接面对女性的裸体，更是令H心跳加速。

小仓一听说这件事，脸上尽是艳羡之情。

跟小仓聊着聊着，H产生了一个念头。他打算提一个方案，把神户所有喜欢绘画的中学生和女学生集合起来，组成"神户学生美术联盟"。

"中学生和女学生一起啊？学校会同意吗？"小仓喃喃说道。会这样担心也是理所当然的。毕竟过去连男女同席这种事都不可能有。

"可是在美国的指导下，听说以后会朝男女合校的方向去做，不是吗？时代已经不同了。首先得去见各学校的校长，说明主旨。并且尽量将画展的团体票折扣、举办画展、绘画研究会、邀小矶良平画师举办美术讲座等等可能执行的项目条列出来。还要对他们说，如果仍然担心害怕男女一同读书的话，将有碍民主化的推展。联盟结成之后就拜托你了。因为我不擅长组织营运，小仓你就是事务局长。"

小仓难为情地笑了笑。"是哦，要和女学生一起作画啊。听起来真不赖。也把西和内田找来好了。"

H打算先去拜访"县二"，也就是兵库县第二神户高等女学校的校长。这所女校在二中北侧的山坡上，是二中学生憧憬的目标。所以小仓也兴冲冲地随行。

在校长和美术老师面前，H说明现在为何有必要组成"神户学生美术联盟"。没想到校长说："这也是未来的教育方向，应该不成问题。"一口就答应了。看来将民主精神与组织联盟拉上关系发挥了作用。不过，搞不好是害怕万一没跟上，会被认为是保守的学校也不一定。

接着前往"一中"。一中的参与丝毫没有问题。一中之后的目标,选择的是以用功闻名的女校"县一"。听说"县二"已经加入,县一的校长立刻直接批准。接下来,就像是连锁反应一样,神户的中学和女校几乎全都加入了。

"神户美术联盟"成立后举办的第一个活动是,邀请小矶良平老师到二中演讲。那一天,各女校的学生三三两两齐聚二中,使得校内的气氛也与往常大不相同。许多二中的男学生心神不宁,在会场周边晃来晃去。

《神户新闻》也刊登了这样的报道:"日本首度,男女中学生合组'神户学生美术联盟'诞生"。

下一个企划是,参观在大阪的阪急百货举办的"西欧美术展"。因为考虑到要所有人在同一时间集合太过困难,所以只要在柜台出示会员证即可入场。经过交涉,门票是以团体优待再给折扣来计算。所以,只要找几个要好的朋友,挑个合适的日子前往即可。

H和小仓决定与县二的龟冈春子、中井纯子四人同行。在阪急三宫车站集合后一踏上月台,立刻遇到一群二中的学生,实在是运气不好。这下子大事不妙,H慌了手脚。

因为,当天是"一中对二中橄榄球赛"在西宫举行的日子。在橄榄球盛行的二中,依照惯例,全校学生都得去现场加油。所以不参加的人,就相当于战时的非国民。H被视为二中学生里不应出现的背叛者。

一名高年级学生眼中冒着怒火走过来。已作好心理准备的H,果不其然挨了一拳。幸亏小仓及时出手相救让他免挨第二拳,但鼻子还是鲜血直流。两个女学生因事发突然而惊声尖叫。听到那叫声,H觉得挨揍也是无可避免的事。因为从脸上的疼痛可以感觉得到月台上所有二中学生充满忌妒的愤怒。

留级人选

二中的橄榄球队实力很强。与神户一中的比赛更是被认为"绝对不能输"。"那还用得着说，因为竞争意识打从明治四十一年（一九〇八）就一直持续到现在啊。"听到这种说法，H非常惊讶。这层因缘，据说是来自"二中"乃是由"一中"分出所诞生之兄弟校。

虽说兄弟阋墙有时会比对外冲突还来得严重，但两校之间"贵公子模样的哥哥"与"火爆浪子的弟弟"这种感觉的气质差异，在橄榄球赛中会表现得更加明显。

学生们会热情投入还有另一个理由。由于剑道、柔道等都遭禁止，被压抑、蓄积的能量于是藉此机会爆发，成了宣泄的管道。

二中橄榄球队向来以实力坚强著称，除了粉碎了对手学校一中之外，在战后重新举行的全国各校对抗赛的表现也令人瞠目结舌，所向披靡。在第一届国民大会中连战皆捷，与福冈的修猷馆中学对战一役，以十一比六的成绩成为西日本代表。之后，又在决定日本第一的决战中，以十六比八击败秋田工业，终于称霸全国。

可是 H 讨厌橄榄球。

因为全校学生都理所当然应该同样狂热的强制感，会勾起他战时痛苦的回忆。虽然这只要藏在内心就不会有事，偏偏 H 都表现在脸上，所以每每被拉拉队或学长围堵责问："你这家伙还有一丝爱校心吗！"或是惨遭修理。

虽然学校严格禁止老师或高年级对低年级采取暴力制裁，但在橄榄球这方面，就都只是说说而已，一切都会视而不见，不闻不问。

H 觉得愤愤不平，不知道重视"个人意志"的民主时代何时才会到来。可是升上四年级之后，有一位似乎能让这梦想实现的人出现了。

那个人就是内藤好春老师。

内藤老师的第一堂课，H 就像狗儿嗅对了气味就会摇尾巴似的被驯服了。

内藤老师从地理教室的准备室过来，一站上讲台就立刻这么说：

"我是内藤好春，原本就是这所学校的老师，不过在各位入学之前就被征召派往中国的战场。如今能够平安复员，再度回到二中，像这样站在讲台上，个人感到非常高兴。我所教的科目是人文地理，所谓'人文'，是思考人类与自然之间关系的一门学问，以'河川'为例来说，每条河川连同所流经的土地都完全不同，河川之间的差异，连带也会使得居住在周边的人们的生活或是捕鱼方法都有所不同。去了解这种生活文化上的差异，并进而学习，就是我们的'人文地理'。"说到这里，内藤老师原本的标准语突然变成了关西腔,"也就是说呢,只讲'河川'两个字没办法看出任何事情,如果带着好奇心去观察,就能够渐渐看出每一条河川的个性。我的责任,就是要带领各位领略这门学问的有趣之处。除了课堂上之外,我对你们每一位也都很感兴趣,希望能有更多互动。就算与课业无关,同学们也可以去我那里走走。非常欢迎。"

接着要大家拉上遮光幕,待教室内暗下来后,开始将一张张幻灯片打在银幕上。流经中国大陆的扬子江、蜿蜒于北海道原野的石狩川、东京的隅田川、穿过大阪市区的淀川,最后是水量较少的神户新凑川,每次更换影像,都会讲解每条河川的不同特征,及其与土地之间的关系。

从来没上过这么有意思的课,令 H 非常感动。

"只要仔细观察便可看出河川的不同之处。藉由这些差异,就能够探究出其中的个性。"

内藤老师这番话,就如同水渗入了干涸的地表,滋润了 H 的心。

内藤老师家住高槻,距离学校很远,加上又是单身,所以就住在地理教室旁的准备室,很少回去。于是,H 便开始经常进出和自己一样住在二中的内藤老师住处。

一段时间后,H 便称呼内藤老师为"内藤先生",而且是以中国语发音的"先生"(ㄒㄧㄢㄕㄥ)。因为曾听待过中国的内藤老师用中国语讲"先生",所以 H 才决定这么称呼内藤老师,但对其他老师称呼"先生"还是维持日文发音,之所以这么做,是为了与其他老师做出区别。

内藤老师似乎对学生们如此称呼自己也觉得有趣。

崇拜先生的不止 H 一个。放学后,经常都会有好几个学生赖在地理准备室。

H多半会在光线不足以再画素描的傍晚造访先生的房间。先生有时会用饭盒煮饭招待H，边吃边讲述战时在中国的事情给他听。先生提到中国的时候从来不使用"支那"一词，这在大人之中非常罕见。

之后又过了一段时日，教务主任在朝会时转述了上级的命令："请注意，今后不论语言或文字，都不得再使用'支那'一词。由于支那带有轻蔑之意，该国人民表达了抗议，所以今后要使用中华民国、中国、中国人、华人等等。"

而先生在此命令之前用的就是"中国"了。

自从崇拜先生以来，就有一件事令H觉得很不可思议。先生明明表示对每个学生都很感兴趣，却不会打听学生的家庭状况。这正合H的意，也觉得比较自在。

H的级任松元老师，也经常出现在先生的房间。因为两人看起来感情非常好，于是H问道："你们是老朋友啊？"先生回答："是啊。在我去当兵之前感情就特别好了，还经常一起去爬山。应该是臭气相投吧。"

"哦，果然啊。"H心里想。松元老师是少数几个不论战时或战后对学生的态度都没有改变的老师之一，难怪松元老师和先生是死党。

二中有形形色色的老师，其中有些特别怪又令人同情。排名第一的就是被惩戒免职的新屋敷这个人。

这名老师像是口头禅似的经常自吹自擂："我可是东大毕业的。可是这个学校除了我，没有其他人来自东大。"所以学生们私底下都嘲笑："东大又怎么样。讲课没人听得懂，伤脑筋啊。""什么新屋，我看根本就是鬼屋。"得知那个人伪造学历时，教室里哄堂大笑。

所以会被拆穿，是因为所有教职员都必须将自己的详细经历送交"教职员资格审查会"。这是依照 GHQ 的指示，以调查过去是否曾有支持军国主义教育的迹象。审查的过程中发现，新屋敷老师根本不曾在东大就读。

因为战时就连老师也普遍不足，所以才能够伪造学历混进来的吧。这么一说，难怪以前就觉得这位新屋敷老师不大对劲，因为他极度讨厌学生发问。

还有一人被"教职员资格审查会"查了出来。令人讶异的是竟然是片山久校长。校长于四月份到任，但几个月后，好像遭人指控"于执行校长职务方面有疑问"。所以有好一阵子没有校长，十个月后终于被宣告"不适任"。片山校长的情况，好像是战争期间的经历出了什么问题。

校园的民主化眼看着持续进展，但有时也会蜿蜒停滞。

五年级生突然召集低年级生至讲堂集合，宣布："我们将在此成立'学生自治会'。"也是摸索过程中的事件之一。

发表成立宣言的"学生自治会"提出的要求是："决定学校的教育方针时，必须让学生参与。对于战争期间的言行与教育方针似乎有问题的老师，希望也能让学生讯问。"

五年级生以迹近怒吼的声音宣读要求决议文之后，问道："有没有人要提问？"可是那气氛相当可怕，令人不敢发问。

老师也因"学生自治会"的成立而感到紧张，东奔西走寻求对策，经过多次开会讨论之后得出结论："今后若未经申请，一概不准集会。全由学生主导的自治会，目前仍言之过早。"事情竟然如此简单就被压下来，部分原因可能在于学生们自己本身也曾对战争表示肯定，所以声讨的矛头不够锋利吧。在学生之间，也是抱持"总之时代变了，原本的价值观也被推翻了。大家还是别再互揭过去的疮疤，想想今后该怎么做比较好才对吧"这种意见的人占绝大多数。

由于离开二中去读军校的人也已经回来，会有这种意见也是理所当然的事情。

除了自陆军幼年学校回到二中的有恋野英夫和森崇茂等人，H班上增加了从幼年学校转来的加纳了二和吉田齐吾等。

H问过好几个人为什么要去读"陆幼"。

"那个时候大家不都说什么'鬼畜美英'嘛。所以想要从军是很自然的事情。何况学校也鼓励这么做，否则还真下不了决心。但老实说，其中也有家庭因素。去读军校不但不必缴学费，未来也有保障，其实是想到这些才去的。现在我才敢实话实说……"

听了这番话，H又多了几分了解。

也难怪谣传就连曾表示："如果美军登陆，至少也要杀他两三个！"的炭山岩，最近都放弃再当强硬派，而且迷上夏威夷音乐，弹起了乌克丽丽。起初还难以置信，没想到竟是事实。令人讶异的还有，他的伙伴竟是广部。

"炭山，你以前明明就像是大和魂的代表，现在怎么玩起敌国的夏威夷音乐啦？"H调侃炭山，他显得有些不好意思，说道："时代变了嘛。有机会演奏给你听，我弹得还不错喔。"

升上五年级之后才转学回来的林五和夫，也让H大吃一惊。

"你在那边的学校也拿下相扑的横纲吗？"H问，不料林摇摇手说："现在已经不时兴脱光衣服，只系条兜裆布露出屁股蛋啦。我打排球。如果打排球的话,应该会有机会认识女孩子吧。"H一听不禁笑了出来。

大家想尽办法为的就是接近女孩子,连眼神都变了。

福岛好不容易才和一个女学生开始交往,却被从东京陆军幼年学校转来的吉田齐吾横刀夺爱,体育馆后面差点就要上演一场决斗。那个时候,决斗的对手吉田突然用流利的东京腔说:"我看决斗就免了吧,因为过不了多久就要男女合校了,到时候就可以随意挑啦。又不是只有现在这一位才是女孩子。"

这番话让福田和到场助阵的家伙全都傻眼。

当时是以吉田主动退出收场,不过他所说的男女合校倒是确有其事。"男女合校"是在美国的指导下进行,决定教育制度将有所改变,自昭和二十三年(一九四八)的四月起,中学校与女学校将合并为男女合校。还有就是原本的中学为五年制,未来将分为新制中学三年,新制高中三年。

中学五年级的H他们正好处在制度变革的交界,可以自行选择要中学五年级毕业,或是多留一年,升上新制高中的三年级。

H选择自二中毕业而不进新制高中。但问题是,H可能无法毕业。因为平均成绩必须五十七分以上才行。即使不能够毕业,H也打算只待到五年级的最后,学期一结束就离开学校。H不愿提升考试成绩的理由之一是,依照目前家里的经济情况,就算有意升学也不大可能。如果去和父亲商量,他应该会说"我来想办法",但H很清楚,根本就没有办法可想了。所以他决定让无法报考美术学校的责任揽在自己身上,是因为成绩不好无法毕业,而非家庭因素。不过也不觉得悲壮。反而是有种预感,未来可能还有更有意思的事情在等着。

"想当画家，并不是只有进美术学校这一条路，而是在于能够持续作画多久。"或许是因为受到小矶老师这一番话的鼓励也不一定。

还有另一件令 H 耿耿于怀的事。因为曾经听说，父亲独自从广岛县来到神户当学徒的时候，是十五岁。与父亲相比，H 的独立晚了两年，十七岁才开始。所以，他觉得至少应该连一钱也不再向家里拿。

也不是突然调整了心态，但升上五年级之后 H 变得比过去更热衷于作画。

除了沉迷于作画之外，欣赏电影所带来的喜悦也愈来愈强烈。虽然这有点麻烦，但幸好 H 身边有位人称"电影少年"的朋友野村。

身上没有任何零用钱的 H，之所以偶尔能看个电影，都是仰仗野村请客，由野村负责帮忙筹措资金。因为可以利用他家的乌龙面店，偷拿店里制面用的美国面粉出去变卖。

H 负责掩护，任务就是找野村的姊姊聊天引开注意力，绝对不让她回头往后看。而野村则趁机迅速将面粉装进袋子里。

H 每次都提心吊胆深怕姊姊突然回过头去，幸好一切顺利从不曾穿帮。

偷到的面粉可以拿去黑市换钱，所以像亨佛莱·鲍嘉和英格丽·褒曼主演的美国电影《北非谍影》（Casablanca）、玛琳·黛德丽主演的《蓝天使》（The Blue Engel）等票价较贵的洋片也都看得起。

虽然学校也准许去看法国电影《红萝卜头》（Poli de Carotte）或是美国片《孤儿乐园》（Boys Town），可是喜爱电影的野村和木村雄乡并不以此为满足，看了相当多电影。后来成立了"二中电影研究社"，并发行杂志。封面自然由 H 负责设计。

不过，自己一直住在绘画准备室这件事，H 也没有告诉野村他们。

可是，有一天传来敲门声，并听到小仓说："是我。"可是却与平常不太一样，因为是"叩叩叩"而不是约定好的敲门方式。

H 没有回应，屏息观察状况，感觉得到门那一头除了小仓之外还有其他人。

敲门之后有人低声讲话，还传来钥匙插进锁里转动的声音。

明知道那把钥匙无法开门，H 还是很紧张。喀嚓喀嚓转动的声音响了几次之后，听到有人问："小仓，这是怎么回事？"是教数学的川野老师的声音。果然有敌人躲在后面。川野老师不耐烦了，朝着门用力敲打猛踹，同时大吼："快开门出来！我知道你在里面！"最后竟然把气出在小仓头上。H 虽然觉得对不起小仓，但依然保持沉默，就是不开门。

回想起来，大约自两个礼拜前，就发现偶尔会有人过来试图开门。"你住在这里的事，好像已经有人知道了。还是小心为妙。"小仓之前就曾这么提醒，这一天果真来到了。

喀嚓喀嚓试了好一会儿后，川野老师似乎已经放弃，和小仓离开了。待两人的脚步声自走廊的那一头消失之后，H 都还把耳朵贴着门继续留意外头的动静。

过了大概一个小时，小仓来了。这回的敲门方式正确，H 立刻开门。"好险啊。""幸好我们有暗号。"两人说着互相拍拍肩膀。

不知是从谁哪里听说 H 躲在绘画教室里，川野老师才会找来。

"妹尾竟然不把学校放在眼里！"认真且热心教育的川野老师非常生气。听说还曾经放话："要是妹尾再不知悔改好好念书，我绝对要让他留级！"

"川野老师说：'我知道妹尾在那里。只是我去，他也不会出来，所以小仓你也一起去。你们的交情好，如果你去叫他，他应该会出来吧。'所以我就被抓来了。"小仓说。就和 H 的判断一样。

除了川野老师之外，小仓也曾被级任松元老师找去征询意见。

"要是妹尾再继续这样逃课交白卷的话，到时候就得留级。只要认真一点，那小子的表现一定不差，实在是伤脑筋啊。你觉得他怎么样？"

"你怎么说？"H 想知道小仓如何回答。

"我说，妹尾是个思想犯，我再怎么跟他说，应该也不会来上课。而且他好像已经有留级的心理准备了。要帮你讲话也很奇怪吧。"小仓笑着说。"一点也没错。"H 也跟着笑了。

虽然 H 已有"肯定留级"的心理准备，没想到竟然能够毕业。这让他非常诧异。

二月二十四日下午两点开始的"留级会议"，据说师长为了是否让 H 毕业而起了争执。和 H 同年级中有五个人的平均成绩未达标准。其中有两个人因病而长期缺席，处于休学状态。必须审议的有冈村透、小内山佑司以及妹尾肇三人。其中妹尾除了平均分数不够之外，非病的缺席日数竟高达六十八天。H 虽然每天到校，可是有些课却不愿意上，所以点名簿上才会被记缺席。这也令老师们印象不佳。

据说会议的气氛倾向依规定"留级"，但松元和内藤两位老师热心地不断帮忙辩护："一名个性无法只用学校的成绩来衡量的学生，我们是否该用笼统的教育框架套在他头上而扼杀了他的才能，是个值得思考的问题。为了他的将来，应该让他毕业。"

起初主张"应该留级"的川野老师也转为支持派，H才得以毕业。

尽管H不把留级当一回事，但听到会议的结果还是打从心底感到开心。

还有一件事令他欣喜若狂，那就是他家抽到了新建的市营住宅。在白川药局得知这个消息的H，立刻前往葺合区野崎四丁目二番地一探。那房子盖在能俯瞰市区的台地斜坡上。母亲和好子已经来到，正卖力擦拭榻榻米。

新建房舍的窗户都装有玻璃。或许这只是件很平常的事，H却很开心。

战灾户住宅全部都是木板，没有玻璃窗，H在学校的房间窗户也全部遮了起来，两边都很暗。所以能够由透明的玻璃窗看到外面，令H相当感动。

"好子，透明的玻璃窗很棒吧。从这里还可以一直看到港口耶。"H说。

"这间房子光线明亮，真好。哥哥，这样你愿意回来住吗？"好子问。

"这次我会一起住。因为再也不会被隔壁偷看了嘛。"好子听了这回答不禁喜极而泣。

新家是附加院子的平房，有一坪大的玄关，四张半与六张榻榻米的房间、厨房，厕所也在屋内的玄关旁。没有浴室是很正常的事，但只要上澡堂就可以解决，没有什么不便。

厨房也有瓦斯炉。

对H来说，有玻璃窗，有瓦斯，又铺了榻榻米的木造新家，简直就像是梦中的住处。

到了傍晚，父亲带着缝好的窗帘和灯泡来到。H非常开心地在各房间装上灯泡并且打开。与只有一盏灯的战灾户住宅不同，这里亮得让人觉得有些刺眼。

这天由于棉被和家具尚未搬来，所以一家人决定回去战灾户住宅。"一起回去吧。"母亲说，但H拒绝了："等住进这个家我再回来。"而后独自回到学校。不可思议的是，父亲和母亲都没有问H住在哪里。看来他们已经隐约知道了。

住在学校的最后一晚，H来到内藤老师的房间，为让自己毕业一事致谢，并报告离家四个月之后就要回去了。先生一脸诧异，笑着说："虽然我多少听过一些传言，没想到你还真的住在学校啊。实在拿你这家伙没办法。"

菲尼克斯工房

H 开始在一家名为"菲尼克斯工房"的招牌店工作。介绍人是处处为 H 费心的小矶良平老师。

"那里是画家奥村隼人经营的地方,白天是招牌店,晚上就变成画室。一面工作,一面还可以作画,我觉得挺适合你的。要不要去看看?神户的画家会聚在那个画室作画,应该可以学到很多东西。"

既然是小矶老师打包票的地方,应该不会有问题,而且似乎是家有趣的招牌店,于是 H 立刻决定前往。招牌店的老板是奥村隼人先生,这一点也很棒。

奥村隼人与田村孝之介、儿玉幸雄一样属于"二纪会"的成员,是神户相当知名的画家。最吸引 H 的就是"白天是招牌店,晚上就变成画室"这一点。而且听说那里位于三宫与元町交界的下山手通三丁目,还是栋新造的建筑,更是让他心动。

三月三日毕业典礼之后,H 便偷偷过去瞧瞧。之所以说"偷偷过去",是因为奥村先生寄来的附地图明信片,上头写着"三月六日周六下午两点过来"。可是 H 等不及到那天，提早跑去看看。

目的地"菲尼克斯工房"，位于下了东亚路的斜坡后的西侧巷子里，可是没有办法立刻找着。晃来晃去，竟然直接从店门前面走过，来到了鲤川筋。再次核对地图折返，好不容易才找到。H 心中嘀咕着："就这里啊。"因为工房只是间非常简陋的临时木板屋。甚至连块招牌都没有。

这一带之前在空袭中被夷为平地，看到的都是新建的房子，而且几乎都是临时性的木板屋，这也没什么好大惊小怪的。只不过，这里却是其中最最简陋的一间平房，难免让人有些失望。

H 正准备打道回府时，有个头戴贝雷帽的人开门走了出来。是小松益喜先生。

"哟，是妹尾君啊！"他出声招呼。因为曾在芦屋伊藤继郎先生的画室见过，所以和小松先生很熟。"你好。"既然被发现了，H 只得行礼问安。

"你要来的事，我已经听小矾先生说了，刚才又听奥村先生提起。那正好，我来帮你介绍一下吧。"小松先生大声嚷着。

"可是，我被通知的时间是六号，还是到时候再来吧。"H 正犹豫的时候，小松先生已经把门打开。

"没关系，没关系。早点来比较好。"

木板房里到处都是油漆罐，其间有个满脸胡碴子的人，正在一面招牌上画水果。立刻就知道那人是奥村隼人先生。

奥村先生露出白牙笑嘻嘻地迎向两人。

"我来帮你们介绍。这位是妹尾君。"听小松先生这么说，奥村先生觉得好笑："嗓门那么大，还没进来我就知道啦。"而后对着 H 说："听说妹尾君古灵精怪，什么都会画。"

H吓了一跳，心想八成是听小松先生说的，于是用责怪多嘴的眼神看过去。小松先生连忙解释："不不，奥村兄是听小矶先生讲的。"

看来在芦屋画室的所作所为，已经全部泄了底。竟然还是从小矶先生嘴里传出去的，H慌了手脚。因为事后反省，自己实在是不知天高地厚，很丢脸。

聚集在画室的诸位老师，画风自然是各不相同，H觉得这很有意思，于是想试着逐一模仿。第一个对象是擅长波纳尔（Pierre Bonnard）画风，用色缤纷的藤井二郎先生。儿玉先生看了之后夸了一句："可以当作仿画来卖喔。"H更是乐得宣告："接下来要仿伊藤老师的作品。"伊藤先生说："我的技法可是秘密，没那么简单喔。"于是H说："那么请给我两个礼拜时间。"

伊藤先生是采用塞甘蒂尼（Giovanni Segantini）那样的点描法画出独特的作品。以描绘细线的面相笔堆砌颜料，等到半干的时候使用一种被称为罩染的方法将液状的颜料加上去，然后再用剃刀将表面削去。这是一种让底部复杂重叠的颜料显现出来的技法。

伊藤先生好像是深夜在无人的画室中秘密作画。H之所以自认能够模仿那独特的技法，是因为发现了削掉的颜料屑，用报纸包着扔在画室的角落。

既然掌握了技法的线索，尝试之后效果竟意外地好。画好了之后甚至连签名的习惯也一并模仿，签上自己的名字摆在伊藤先生的作品旁边。

大家觉得有趣都笑了出来，但说不定，温厚的伊藤先生内心已因此受到了伤害。之所以隐忍没有动怒，是因为对象只是个中学生，又是小矶先生带来的孩子的缘故吧。但 H 根本没顾虑到这些，一心只想趁现在身处于前辈高人之间的时候，模仿各家画风，多学一点东西而已。小矶先生看在眼里，或许觉得 H 被看成是个热情但伤脑筋的家伙，于是在离开画室前往阪急车站的归途中这么说：

"你啊，如果喜欢尝试各种不同手法的话，也许朝商业美术发展比较好。一来可以自由发挥，每次都以不同的方法呈现，而且我觉得这个领域未来一定会变得很有意思。毕竟又不是只有画油画才是画家……"

所以才会将他托付给"菲尼克斯工房"的奥村先生也不一定。

H 自己也还不清楚要成为什么样的画家，知道的就只有希望能够一直画下去而已。

"菲尼克斯工房"里只有两间房，靠内侧三坪大的是奥村先生夫妻俩的卧室，工房约有七坪大。工房的作业区铺有木地板，但除了油漆罐和煤炉之外什么也没有。房间的墙壁只是薄薄的木板，简直和战灾户住宅没有两样。

到此工作之后，第一件令 H 不知所措的事情是，身边净是些与学校的老师和同学截然不同的"奇怪大人"。

先说老板奥村先生，大白天就浑身酒气。有时甚至醉醺醺地画着图。可是画出来的作品却很棒，H 虽然觉得他奇怪，但还是非常尊敬他。比较伤脑筋的是，他是个会在收账回来途中，把账款全都喝掉的酒鬼。

负责图案与设计的三谷幸一先生也作画，可是不太愿意让别人看。H 曾偷偷看过一幅层层涂上厚重颜料黑漆漆的画，但再仔细看，漆黑的画面上会隐约浮现出人的脸。

被拘留在西伯利亚的三谷先生半年前才回来。平日经常说笑逗乐众人，一旦喝醉就会用俄语喃喃自语，还教过 H "domoi" 就是回国的意思。因为在西伯利亚，心里想的就只有回日本的那一天。所以 H 觉得，是因为当时的思绪无法磨灭，画作才会显得灰暗吧。

人称"书法名人"的佐山胜先生，听说以前待过一家名为"日展"的大型广告公司，因为被炒鱿鱼才来到这里。被解雇的原因，据本人说是爱打麻将。可是来到"菲尼克斯工房"之后积习难改，依然经常泡麻将馆，连什么时候该工作都不知道。时常连人家定制的招牌交件日期将近都还不见踪影，H 只得为奥村先生传话，跑去鲤川筋的麻将馆叫他快点回去。来到昏暗的麻将馆逮着正在洗牌的佐山先生，催他赶快回去，他都会回说："再半圈就好。"但总是言而无信。甚至有一回说是："马上就回去。"结果等了三天都不见人影。

好不容易终于回来的佐山先生两眼都是血丝，身上发臭。可是一提起笔就能飞快写出一手好字。真不愧是"名人"。

自称"小说家"的高木清次先生也是个酒鬼。听说当初也是因为自称能写一手好字才能进来，可是不但字写得丑，画也不行。"这个嘛，我其实是个小说家。哪天作品登上杂志，就让我来请客。我正在创作类似织田作之助那样的作品。"高木先生大言不惭地这么说，但 H 从来没见过他的小说。

高木先生也是个从军队复员回来的人。真不明白奥村先生为何会雇用一个既不能写也不会画的人，或许是因为力气大，成了搬运和安装招牌时不可或缺的人手也不一定。

总之，每个人都喝得很凶。H 的父亲是基督徒，滴酒不沾，而这里的大人个个都是酒鬼，令他非常讶异。

偶尔 H 也会被迫一起喝，可是并不觉得酒有什么好喝的。有时候甚至喝得痛苦到怀疑自己就快死了，或是清醒时发现自己躺在电车道上，眼前是通勤的人从脑袋边跨过的情景。可是这时却怎么也想不起来自己为什么会睡在这里，实在是很可怕。毕竟十七岁就喝酒还太早了。

对 H 而言，不仅是"菲尼克斯工房"的人令他惊讶，刚进来那一阵子的工作也让他惊呼连连。第一件令他讶异的事情是，油漆要自行炼制，因为 H 原本以为油漆都是罐装贩卖的。市面上确实买得到罐装油漆，因为贵，所以才自行制造。

白油漆是去买来"锌白"的粉末，倒进马口铁制的调制盘，加入亚麻仁油和松节油搅拌混合而成。从早到晚，H 的工作就是负责用抹刀搅拌。

红色油漆是用"铅丹"和"洋红"的粉末调制而成，蓝色用的是"群青"，绿色则是以"绿青"的粉末为原料。

大约一个月之后，这回开始传授为招牌上底漆的全套本领。上底漆要注意的是，尽量以少量的油漆均匀地刷出大面积。而且要依据承包的价格调整油漆的使用量。"这面书店的招牌刷一次就好。"奥村先生这么说的时候，意思就是："小气的老板杀价，底漆只刷一次就开始上色。"外行人从表面上看来，根本分辨不出刷一层和刷三层的成品有什么差别，但招牌的寿命就不同了。刷一次的很快就会生锈，颜色开始剥落。不过这种事情并不会让买方知道。H 心想："商场果然很残酷啊。"

说到残酷，H 虽然已经出来工作，手头却还是很紧。原本谈妥可以拿到一千五百元，却因为通货膨胀，物价不断上涨，变得不是一笔多大的金额。而且这份月薪还拿不到，只有奥村先生想到的时候给个五百元零用钱而已，实在是痛苦。H想要一双美军卖出的长筒靴就要价一千二百元，一直没办法买到手。

穷的不只是"菲尼克斯工房"的这些人，每个画家都很穷。虽然商店和住家已经开始陆续在废墟中重建，但谁也没有余裕再去买画。奥村先生所以会开招牌店，也是因为靠卖画无法度日。再加上隔行如隔山，根本不擅于做生意，以至于经常连买油漆的钱都没有。这种时候，奥村太太都会拿出自己的和服用包袱巾包好，从后门出去，到斜对面的当铺。

穷虽穷，幸好他们都还能够说说笑笑而不沮丧，日子依然过得很快乐。

在"菲尼克斯工房"工作，最令H高兴的事就是，每个礼拜的礼拜一和礼拜四两天，作业区会摇身一变成为画室。

将近傍晚时，将油漆罐集中至一处，制作中的招牌抬到外面去，把地方空出来当作画室。这些工作全部交由H负责，但也做得很起劲，因为H获准将自己的画架和椅子摆在最佳位置，即离模特儿不会太远也不至于过近，容易看清全身的地方。

天色渐暗时，好几位画家陆续来到，开始热闹起来。常客有小松益喜、儿玉幸雄、松冈宽一、津高和一等几位，再加上工房的成员。小松先生擅长画的是山手的异人馆等建筑，人物画就不太好，所以只用铅笔速写裸女而不画油画。

素描功力扎实的奥村先生、儿玉先生以及松冈先生三位，是H的老师。

津高先生与其说是画家，倒不如说是诗人，遇到写实的对象时草稿总显得失常。

542

H在一旁调侃："诗人是不是还是画像诗一样的抽象画比较好啊？像真的作品太多人画，现在起步已经来不及了。"结果差点挨揍。虽然只是开玩笑作势要打人，但总之津高先生画了一张让人看不下去的裸女。

　　担任裸体模特儿的，是某新闻社分社的女性职员。听说是小矶先生介绍来的，非常美丽。她在里面的房间褪尽衣物，裹着毯子来到画室，然后将毯子解掉开始摆姿势，体态撩人。

　　由于她是瞒着新闻社出来当模特儿的，大家都不称呼她本名，而是用"古贺小姐"相称。听说古贺小姐曾经也有意成为画家。

　　"因为我知道自己没有才华，所以希望至少能帮大家一点忙。"口音并非神户腔。也不知为什么，她从不提自己的出生地和家庭背景，所以大家也都没问。

　　H被松冈先生提醒："别跟人家聊得太亲昵。这是规矩。"

　　H觉得，大人们明明都对古贺小姐有意思，只是都一直忍着而已。

　　围着模特儿画了约两小时后，依照惯例就是饮酒作乐。酒是由有临时收入的人请客。小松先生将一升瓶重重放在桌上，因为他有一幅画卖给在荣町通盖了新大楼的银行，那幅画将要挂在大厅。

　　"往后画就要好卖啰！真是太好了！"大家都很兴奋。的确，街上开始盖起新大楼之后，不但画可能会愈来愈好卖，定制招牌的生意应该也会增加，大家都满怀希望。

　　聚集在此的人们，就好像出现在法国电影里住在阁楼上的波西米亚人，给人一种"只要买得起颜料和画布，吃什么都满足"的感觉，个个都很爽朗。

这些画家之中年纪最轻的 H，经常被使唤："喂，你去买酒。"但值得高兴的是，H 在绘画方面的表现已经获得大家的肯定。

在 H 已经学会如何上招牌底漆之后，奥村先生说："来练字吧。"

"咦，写字不是有佐山先生吗？为什么？" H 问，觉得很奇怪。

"赶时间的时候没有人帮忙怎么来得及。再说，会写字的话，对你的未来也有帮助。画画和写字都能拿来混饭吃，不是很好吗？"

H 这才理解，决定在文字上下工夫。

由于没有人指导，报纸的铅字就成了老师。H 虽然知道报上的横式文字总算在二十二年元旦改为从左至右，却从未注意"朝日"和"读卖"的铅字字形有微妙的差异。H 将报纸标题的大号铅字割下，贴在笔记本上充当教材。起初觉得笔画的粗细都相同的黑体比较好写，但正好相反。H 比较喜欢明体。

"你的字已经练得差不多可以接案子了。东亚路的西服号要做一面割字招牌，要不要试试？"听奥村先生这么说，H 非常高兴。

那家店是中国人经营的"盛鸿洋服店"，他们的招牌就是 H 的第一件作品。

安装到墙上之后抬头望去，金色的割字闪闪发光，H 非常得意。

不过，接下来可就不是那么回事了。为元町商店街整排的铃兰灯刷漆，是一件痛苦的差事。随着复兴计划的推展，元町商店街的街景呈现一片闪亮的银色。这是因为，制造飞机的材料杜拉铝随着战争结束而剩余下来，于是转为覆盖建筑物之用。

为了搭配，新设计的街灯也要漆成银色。

这件工作的四分之一由"菲尼克斯工房"承包下来，这是截止目前为止最赚钱的案子，H虽然非常高兴，但这也是一件非常累人的差事。

首先要将高梯搭在街灯柱上，爬到最高处之后抱住柱子，下面的人再将梯子挪开，然后将刷子插入挂在腰间的油漆罐，伸长了右手去漆柱子。可是，一旦抱着柱子的左手松掉的话就会往下滑落，一刻也松懈不得。再加上银色油漆会从刷毛溅出，弄得满头满脸都是银色斑点，看起来就像是妖怪一样，实在受不了。

工作中不经意往下一瞄，竟然看到认识的女学生经过。H的脸一红，把头转向另一边以免被对方看到，觉得非常难为情。什么"职业不分贵贱"，根本就是骗人的。实在是太丢脸了。将路灯柱从顶漆到下，回到地面后、往下一根柱子移动时都低头快跑，不想让任何人看到自己的脸。

一想到得从一丁目漆到三丁目就很想逃走，而且不止H这么想。到了第五天，一起爬灯柱的高木先生突然辞职不干了。

他说："我决定要回加古川写小说去。"是真是假令人怀疑。

奥村先生另有工作，所以漆铃兰灯的工作，就只有H和负责搬梯子的临时工老伯两个人而已。

H在灯柱上这么想。"如果这样抱着屈辱的心情继续工作，自己终究会受不了吧。好，就让自己不再觉得难为情，一直漆到三丁目吧。"这个决定果然奏效。心情逐渐变得轻松。这种变化自己都觉得有趣。

不知不觉中已不再觉得这是丢人的工作了。看到碰巧从下面经过的横田，自己已经能够出声打招呼"嘿，横田！"的时候，就清楚地证明了这一点。

横田东张西望寻找声音的来源，发现头顶上的 H 时不禁吓了一跳。"你在干吗啊？"

"看了也知道啊。倒是你最近在做什么？"

横田西装笔挺一派绅士模样。"我啊，靠黑市发财啰。"他笑着说。

H 银色的脸虽然令横田有些讶异，但久未叙旧的两人就这么一上一下聊了一会儿。

听横田说，藤田乔治的工作是为占领军担任翻译。

扛着梯子回去的途中，被水果店老板叫住。虽然这家店的招牌是出自奥村画师之手的油画作品，但老板应该看不出其中的价值吧。

"梯子能不能借我用一下？我想上屋顶钉一下铁皮。能不能请你顺便帮帮忙？前一阵子刮风，招牌虽然没被吹走，屋顶却被掀开了。"

H 随老板一起爬上屋顶帮忙修理。咚咚敲着钉子，一面俯瞰街景。放眼望去，有许许多多新盖起来的商店，清楚展现神户正持续复兴的景象。

"看来定做招牌的生意会愈来愈多了。应该也会加薪吧。"H 这么说。

"能够生意兴隆才好啊。我一直想问，这'菲尼克斯'究竟是什么意思？"老板问道。

"是火凤凰，一种就算被烧死也还能复活的不死鸟。"H 说。

"是哦，绝对不会死的鸟啊！那我们也得像火凤凰一样才行啊。"老板说。

这时，虽然不见火凤凰飞过，但在满天晚霞的衬托下，高架铁道上的省线电车往前驶去。

"人生二十五年"的时代

井上厦 著/韩冰 译

　　无论哪个时代，在其他时代的人们看来或许都是奇怪的。当然，我们置身其中的这个世纪交替的时代，映在另一个时代人们的眼睛里，必定也显得不可思议。

　　譬如，据统计现在全世界有五万枚核弹头。太平洋战争后期，少年 H 生活的那座美丽城市和其他城市一样，沐浴着 B29 轰炸机投下的炸弹，成了名副其实的火的海洋。当时 B29 号称世界上最大的远程轰炸机，每架可以搭载 20 吨高性能火药炸弹。但是如果把投在广岛的原子弹的威力换算成高性能火药的话，仅仅一枚，就相当于 1000 架 B29 轰炸机（两万吨）。而一枚核弹头的爆炸威力平均相当于广岛型原子弹的 20 倍，那么这五万枚核弹头，就相当于高性能火药 200 亿吨！

　　也就是说地球上的人们，无论你还是我，无论住在哪个角落，每人各自背负着三吨以上的高性能火药在过日子。

换句话说，我们是在不知何时就会爆炸的、铺得厚厚的高性能火药的地毯上，过着喜怒哀乐的生活。别的时代的人们如果看到，是佩服地说"那时代的人们真是一群乐天派呀"，还是苦着脸嘟哝一句"真是发疯了"呢？

　　这本书的作者少年 H 出生于昭和五年（1930 年），这篇解说的笔者少年 I 比他小四岁。H 和 I 之间，有着小时候曾呼吸同一时代空气的共同点。那究竟是一个什么样的时代呢？或许那是一个比现在更怪异、更恐怖、更沉重、更难以形容的奇特时代。

　　那时有一种叫作战时标语的东西。虽然叫标语，却不像现在的标语这样不具备强制力。在当时几乎接近于政府布告，具有和法律比肩的力量。那是由国家发出的指令："现在是战争期间。所以，所有国民都必须按照这样的觉悟生活。"下面就按年代追溯一下主要的战时标语。

　　　　昭和十二年（1937）：国民精神总动员

　　　　　　　　　　　　　　勿再烫发

　　　　　　　　　　　　　　一菜一汤

　　　　昭和十五年（1940）：奢侈是大敌

　　　　　　　　　　　　　　八纮一宇

　　　　　　　　　　　　　　一亿一心

　　　　　　　　　　　　　　日本南进

　　　　昭和十六年（1941）：每天都是工作日

　　　　昭和十七年（1942）：克勤克俭到胜利

诛杀英美我等大敌

儿童是国家之宝

生育报国

昭和十八年（1943）：勿懈怠，敌人正竭尽全力

不灭敌人，决不罢休

昭和十九年（1944）：一亿火球向前进

今日一架机，胜过明日百架机

昭和二十年（1945）：人生二十五年

　　对昭和二十年的战时标语"人生二十五年"，大概需要有所说明。

　　古希腊人的平均寿命是 19 岁。至 16 世纪，欧洲平均寿命延长到 21 岁；18 世纪的法国达到 30 岁；到 20 世纪初，人类平均寿命终于达到了 60 岁。可以说这两千年的世界史，也是人类为尽量延长平均寿命而艰苦奋斗的追求过程。

　　日本的情况也一样。进入江户时代 [1] 后，人的平均寿命终于达到了 60 岁。根据福岛县立医科大学的森一教授的调查，细分起来大致如下：

藩主 48.3 岁

贵族 50.8 岁

家臣 64.7 岁

---

[1] 江户时代，始于 1603 年德川家康在江户（今东京）建立幕府，终于 1868 年明治政府军占领江户。——译者注

僧侣 68.6 岁

步卒 更长寿

据说当时幼儿的死亡率极高，但只要能存活下来，就可以相当长寿。至于地位越高寿命越短，大概是由于更加劳心之故。

而当少年 H 在空袭炸弹下四处奔逃、少年 I 抱着充当炸弹的坐垫接受冲撞敌人坦克的训练，也就是问题所在的昭和 20 年，根据厚生省发表的简易生命表，日本人的平均寿命反而从 60 岁倒退至以下地步：

男性 23.9 岁

女性 37.5 岁

由于没有药品和食物，幼儿大量死去。在战场上，年轻人大量死去。在内地的空袭中，人们大量死去。于是，倒退至这样令人恐怖的数字。

无论是住在有着坡道景致的美丽城市的少年 H，还是住在东北山间小村落的少年 I，当时生活在日本国内的少年少女们几乎天天从大人那里听到"你们大概在二十岁左右就会死去吧"这样的话。"有的人将作为特攻队冲入敌阵，其他人也会在本土决战中作为御国神盾而死去。女孩子们也将拿起竹枪和美国士兵拼刺。"……

战时标语"人生二十五年"的意思就是这样。似乎是说："既然日本人的寿命不过二十五岁，那么在本土决战中，你们即使二十岁就死掉，也理所当然。"

那么，究竟什么是"本土决战"呢？外务省编纂的《终战史录》是这样写的：

> 当时大本营制定的最终作战计划是本土决战，内容是把军队部署到以中央山脉为中心的山岳地带，根据总动员法让全体国民武装起来，用所谓焦土战术、竹枪战术抵抗登陆的美军，最后请陛下移驾到满洲（中国东北部）的新京（现在的长春），以苏联为后盾，在大陆（中国）进行彻底抵抗……

当时的日本，与苏联签订有互不侵犯条约，在中国大陆仍有近百万帝国陆军。所以打算以此为凭借，移驾新京。

明明已毫无胜算，竟还指望着在少年 H 和少年 I 们用竹枪和坐垫炸弹抵抗登陆本土的部队期间，美国或许会因为厌战而求和，这种计划无异于痴人说梦。

所以，当读到少年 H 在得知战败后不由得发自内心地脱口而出"太好了"，而被高年级学生殴打的场面时，曾是少年 I 的笔者不由得流下了眼泪。这是庆祝的眼泪——发动战争的大人们把"人生二十五年"这样的标语强加到孩子们身上，做着匪夷所思的梦的奇特时代终于结束了；少年 H 终于熬过那非人的时代，平安活了下来。

真是奇怪的时代啊。那样奇怪的、非人的时代未必不会重演；为了避免再次招来那样恐怖的标语，希望人们好好读一读这本书。

图书在版编目 (CIP) 数据

少年H / (日) 妹尾河童著；张致斌译 . –– 北京：
生活·读书·新知三联书店, 2013.11
（妹尾河童作品）

ISBN 978-7-108-04554-6

Ⅰ. ①少… Ⅱ. ①妹… ②张… Ⅲ. ①长篇小说 – 日
本 – 现代 Ⅳ. ① I313.45

中国版本图书馆 CIP 数据核字 (2013) 第 114065 号

责任编辑　樊燕华
装帧设计　张　红　朱丽娜
责任印制　李思佳
出版发行　生活·讀書·新知 三联书店
　　　　　北京市东城区美术馆东街22号
邮　　编　100010
网　　址　www.sdxjpc.com
经　　销　新华书店
印　　刷　北京市松源印刷有限公司
版　　次　2013年11月北京第1版
　　　　　2013年11月北京第1次印刷
开　　本　880毫米×1230毫米　1/32　印张 18.25
字　　数　300千字　插图23幅
印　　数　00,001—10,000册
定　　价　43.00 元

（印装查询：010-64002715；邮购查询：010-84010542）

图书在版编目 (CIP) 数据

少年 H / (日) 妹尾河童著；张致斌译 . —— 北京：
生活·读书·新知三联书店，2013.11
（妹尾河童作品）

ISBN 978-7-108-04554-6

Ⅰ.①少… Ⅱ.①妹…②张… Ⅲ.①长篇小说 – 日

本 – 现代 Ⅳ.① I313.45

中国版本图书馆 CIP 数据核字 (2013) 第 114065 号

责任编辑　樊燕华
装帧设计　张　红　朱丽娜
责任印制　李思佳
出版发行　生活·讀書·新知 三联书店
　　　　　北京市东城区美术馆东街22号
邮　　编　100010
网　　址　www.sdxjpc.com
经　　销　新华书店
印　　刷　北京市松源印刷有限公司
版　　次　2013年11月北京第1版
　　　　　2013年11月北京第1次印刷
开　　本　880毫米×1230毫米　1/32　印张 18.25
字　　数　300千字　插图23幅
印　　数　00,001—10,000册
定　　价　43.00 元

（印装查询：010-64002715；邮购查询：010-84010542）